1 Märchenmond

2 Die Priesterin von Avalon

3 Drohende Schatten

4 Der Magier der Erdsee

5 *Die Herren von Winterfell*

6 Der Drachenbeinthron

7 Das erste Gesetz der Magie

8 Wächter der Nacht

9 Die Farben der Magie

10 Vor der Elfendämmerung

Die Herren von Winterfell

GEORGE R.R. MARTIN

Die Herren von Winterfell

Das Lied von Eis & Feuer 1

Deutsch von
Jörn Ingwersen

Weltbild

Der Autor

George R. R. Martin hat längere Zeit als Dramaturg an der TV-Serie »The Twilight Zone« gearbeitet. Zu seinen Werken gehören die mehrfach ausgezeichneten Romane »Armageddon Rock« und »Fiebertraum«. Der Zyklus »Das Lied von Eis und Feuer« mit dem ersten Band »Die Herren von Winterfell« ist sein erstes Werk auf dem Gebiet der Fantasy. Es wurde von der Kritik begeistert aufgenommen und von den etablierten Kollegen neidlos als Meisterwerk anerkannt. George R. R. Martin lebt in Santa Fe, New Mexico.

Besuchen Sie uns im Internet:
www.weltbild.de

Genehmigte Lizenzausgabe 2006
für Verlagsgruppe Weltbild GmbH,
Steinerne Furt 67, 86167 Augsburg
Deutsche Erstveröffentlichung Oktober 1997 bei Blanvalet,
einem Unternehmen der Verlagsgruppe Random House GmbH, München

Projektleitung: Julia Kotzschmar
Übersetzung: Jörn Ingwersen
Umschlaggestaltung: Veronika Illmer (BamS)
Umschlagabbildung: Copyright © by AMY BURCH/Michael Whelan
via Agentur Schlück GmbH
Innenteilillustrationen: Copyright © by CIRUELO (141), Doug Beekmann (13),
AMY BURCH/Michael Whelan (297), Jan Patrik Krasny (31), Boris Vallejo (403),
Michael Whelan (217) via Agentur Schlück GmbH
Schmuckinitialen: Norbert Pautner, München
Satz: Uhl und Massopust GmbH
Druck und Bindung: GGP Media GmbH, 07381 Pößneck

Gedruckt auf chlorfrei gebleichtem Papier

ISBN 3-89897-525-8

Für Melinda

Der Norden
DIE EISIGE
KÜSTE
DIE EISIGE BUCHT
Bear Island
Der Verwunschene Wald
DIE MAUER
Shadow Tower
Castle Black
Eastwatch by the Sea
DIE SEE-HUNDS-BUCHT
Last River
Karhold
Wolfswald
Dreadfort
N
Winterfell
White Knife
Kingsroad
Torrhen's Square
HÜGELLAND
White Harbor
Widow's Watch
Moat Cailin
NECK
BITE
Greywater Watch
Three Sisters
Fingers
Twins
Iron Islands
Seagard
Die Eyrie
DAS GRÜNE TAL VON ARRYN
Grüner Arm
Blauer Arm
Bluttor
Karte: James Sinclair
Riverrun
Roter Arm

Der Süden
Three Sisters
Fingers
Kingsroad
Grüner Arm
Iron Islands
Seagard
DAS GRÜNE TAL VON ARRYN
Pyke
Blauer Arm
Der Trident
Die Eyrie
Bluttor
Gulltown
Roter Arm
Tumblestone
Riverrun
Bay of Crabs
Harrenhal
Golden Tooth
God's Eye
Kingsroad
Dragonstone
Casterly Rock
Lannisport
Goldroad
King's Landing
Blackwater Rush
DIE WEITE
Kingswood
N
Tarth
Searoad
Roseroad
Mander
Storm's End
SHIPBREAKER BAY
Highgarden
Die Dornischen Marschen
Rainwood
Cape Wrath
DAS DORNISCHE MEER
Oldtown
Starfall
DORNE
Broken Arm
Sunspear
Arbor
Karte:
James Sinclair

Prolog

»Wir sollten umkehren«, drängte Gared, als es im Wald um sie zu dunkeln begann. »Die Wildlinge sind tot.«

»Machen euch die Toten Angst?«, fragte Ser Waymar Royce mit nur dem Anflug eines Lächelns.

Gared ließ sich darauf nicht ein. Er war ein alter Mann, über fünfzig, und junge Lords hatte er schon so manchen kommen und gehen sehen. »Tot ist tot«, sagte er. »Die Toten sind nicht unsere Sache.«

»Sind sie denn tot?«, fragte Royce leise. »Welchen Beweis haben wir?«

»Will hat sie gesehen«, sagte Gared. »Wenn er sagt, dass sie tot sind, dann ist mir das Beweis genug.«

Will hatte es gewusst. Früher oder später würde man ihn in den Streit hineinziehen. »Meine Mutter hat mich gelehrt, dass Tote keine Lieder singen«, warf er ein.

»Das hat meine Amme auch gesagt«, erwiderte Royce. »Glaub nie etwas, das du an der Zitze einer Frau hörst. Selbst von den Toten kann man etwas lernen.« Seine Stimme hallte nach, zu laut im dämmrigen Wald.

»Wir haben noch einen langen Ritt vor uns«, erklärte Gared. »Acht Tage, vielleicht neun. Und es wird Nacht.«

Unbeeindruckt sah Ser Waymar Royce zum Himmel auf. »Das wird es jeden Tag um diese Zeit. Beraubt dich die Dunkelheit deiner Manneskraft, Gared?«

Will konnte den angespannten Zug um Gareds Mund erkennen, den kaum unterdrückten Zorn in seinen Augen unter der dicken, schwarzen Kapuze seines Umhangs. Gared gehörte der

Nachtwache seit vierzig Jahren an, als Mann und schon als Junge, und er war es nicht gewohnt, dass man sich über ihn mokierte. Doch war es mehr als das. Hinter dem verletzten Stolz bemerkte Will noch etwas anderes bei diesem alten Mann. Man konnte es wittern, eine nervöse Anspannung, die der Angst gefährlich nahe kam.

Will teilte sein Unbehagen. Vier Jahre war er auf der Mauer. Als man ihn zum ersten Mal auf die andere Seite geschickt hatte, waren ihm all die alten Geschichten wieder eingefallen, und fast war ihm das Herz in die Hose gerutscht. Später hatte er darüber gelacht. Inzwischen war er ein Veteran, hatte hundert Patrouillen hinter sich, und die endlose, finstere Wildnis, welche die Südländer den Verwunschenen Wald nannten, konnte ihn nicht mehr schrecken.

Bis zum heutigen Abend. Heute war irgendetwas anders. Eine Schärfe lag in dieser Finsternis, bei der sich ihm die Nackenhaare sträubten. Neun Tage waren sie geritten, nach Norden und Nordwesten und dann wieder nach Norden, immer weiter von der Mauer fort, hart auf den Fersen einer Bande von Plünderern. Jeder Tag war schlimmer als der Tag zuvor gewesen. Heute war der schlimmste von allen. Kalter Wind wehte von Norden her und ließ die Bäume rascheln, als wären sie lebendig. Den ganzen Tag schon schien es Will, als würden sie beobachtet, von etwas Kaltem, Unerbittlichem, das ihn nicht mochte. Auch Gared hatte es gespürt. Will wollte nichts lieber, als schnellstmöglich in den Schutz der Mauer reiten, nur war das nichts, was man seinem Vorgesetzten anvertraute.

Besonders nicht einem Vorgesetzten wie diesem.

Ser Waymar Royce war der jüngste Sohn eines alten Geschlechts mit allzu vielen Erben. Er war ein hübscher Junge von achtzehn Jahren, mit grauen Augen, anmutig und schlank wie eine Klinge. Auf seinem mächtigen, schwarzen Streitross ragte der Ritter über Will und Gared mit ihren kleineren Kleppern hoch auf. Er trug schwarze Lederstiefel, schwarze Wollhosen, schwarze Handschuhe aus Moleskin und ein feines, geschmeidiges Hemd aus schimmernden, schwarzen Ketten über Schichten von schwarzer Wolle und hartem Leder. Ser Waymar gehörte noch kein halbes Jahr zu den Brüdern der Nachtwache, doch konnte niemand behaupten, er hätte sich auf seine Berufung nicht vorbereitet. Zumindest was seine Garderobe anging.

Sein Umhang war die Krönung. Zobel, dick und schwarz und weich wie die Sünde. »Ich wette, die hat er alle eigenhändig gemeuchelt, der Mann«, hatte Gared beim Wein in der Kaserne erklärt, »hat den kleinen Biestern die Hälse umgedreht, unser großer Krieger.« In sein Lachen hatten alle mit eingestimmt.

Es fällt schwer, Befehle von einem Mann anzunehmen, über den man lachen musste, wenn man einmal zu tief ins Glas geschaut hat, dachte Will, während er zitternd auf seinem Klepper saß. Gared musste wohl ebenso empfinden.

»Mormont hat gesagt, wir sollten sie verfolgen, und das haben wir getan«, sagte Gared. »Sie sind tot. Die werden uns keinen Ärger mehr machen. Vor uns liegt ein harter Ritt. Nur das Wetter gefällt mir nicht. Wenn es schneit, könnte der Rückweg zwei Wochen dauern, und über Schnee könnten wir uns noch freuen. Schon mal einen Eissturm erlebt, Mylord?«

Der junge Herr schien ihn nicht zu hören. Er betrachtete die herabsinkende Dämmerung, auf diese halb gelangweilte, halb abwesende Art und Weise, die er meist an den Tag legte. Will war lange genug mit dem Ritter unterwegs gewesen, um zu wissen, dass man ihn am besten nicht störte, wenn er so dreinblickte. »Erzähl mir noch einmal, was du gesehen hast, Will. Sämtliche Einzelheiten. Lass nichts aus.«

Will war Jäger gewesen, bevor er sich der Nachtwache angeschlossen hatte. Nun, eigentlich Wilderer. Reiter hatten ihn in Mallisters Wald auf frischer Tat ertappt, als er gerade einen Hirsch häutete, der dem Mallister gehörte, und ihm war nur die Wahl geblieben, Schwarz zu tragen oder eine Hand einzubüßen. Niemand konnte so lautlos durch die Wälder streifen wie Will, und die schwarzen Brüder hatten nicht lange gebraucht, um sein Talent zu erkennen.

»Das Lager liegt zwei Meilen von hier, hinter diesem Kamm, gleich neben einem Bach«, sagte Will. »Ich war so nah dran, wie ich mich traute. Sie sind zu acht, Männer wie Frauen. Kinder konnte ich keine sehen. An den Fels haben sie einen Unterstand gebaut. Mittlerweile ist er ziemlich schneebedeckt, aber ich konnte ihn trotzdem erkennen. Es brannte kein Feuer, aber die Feuerstelle war nicht zu übersehen. Niemand hat sich gerührt. Ich habe sie lange beobachtet. Kein Lebender kann so lange still liegen.«

»Hast du Blut gesehen?«

»Nein, das nicht«, räumte Will ein.

»Hast du Waffen gesehen?«

»Ein paar Schwerter, ein paar Bögen. Ein Mann hatte eine Axt. Sah schwer aus, mit doppelter Klinge, ein grausiges Stück Eisen. Es lag neben ihm, direkt bei seiner Hand.«

»Hast du darauf geachtet, wie die Leichen lagen?«

Will zuckte mit den Achseln. »Einige sitzen an den Stein gelehnt. Die meisten liegen am Boden. Als wären sie gestürzt.«

»Oder als würden sie schlafen«, vermutete Royce.

»Als wären sie gestürzt«, beharrte Will. »Eine Frau liegt da im Eisenholz, halb verborgen von den Zweigen. Mit abwesendem Blick.« Er lächelte leise. »Ich habe darauf geachtet, dass sie mich nicht sieht. Als ich näher kam, habe ich gesehen, dass auch sie sich nicht mehr rührt.« Unwillkürlich ging ihm ein Schauer über den Rücken.

»Ist dir kalt?«, fragte Royce.

»Ein wenig«, murmelte Will. »Der Wind, Mylord.«

Der junge Ritter wandte sich zu seinem ergrauten Krieger um. Erfrorene Blätter umflüsterten sie, und Royce' Streitross wurde unruhig. »Was, glaubst du, hat diese Leute getötet, Gared?«, fragte Ser Waymar beiläufig. Er strich über seinen langen Zobelmantel.

»Es war die Kälte«, sagte Gared mit eiserner Bestimmtheit. »Ich habe im letzten Winter gesehen, wie Menschen erfrieren, und auch in dem davor, als ich fast noch ein Junge war. Alle reden von vierzig Fuß hohem Schnee und dass der Wind von Norden her heult, doch der eigentliche Feind ist die Kälte. Sie schleicht sich leise an als Wind, und anfangs zittert man, und die Zähne klappern, und man stampft mit den Füßen und träumt von Glühwein und hübschen, heißen Feuern. Sie brennt, das tut sie. Nichts brennt wie die Kälte. Doch nur eine Weile. Dann

kriecht sie in dich hinein und fängt an, dich auszufüllen, und nach einer Weile hast du keine Kraft mehr, dich zu wehren. Es fällt leichter, sich hinzusetzen oder einzuschlafen. Man sagt, man spürt am Ende keine Schmerzen. Erst wird man schwach und müde, und alles lässt nach, und dann ist es, als würde man in einem Meer aus warmer Milch versinken. Friedlich eigentlich.«

»Diese Beredsamkeit, Gared«, bemerkte Ser Waymar. »Nie hätte ich so etwas bei dir vermutet.«

»Ich hatte die Kälte selbst schon in mir, junger Herr.« Gared schob seine Kapuze zurück und ließ Ser Waymar einen langen, gewissenhaften Blick auf die Stümpfe werfen, wo einst seine Ohren gesessen hatten. »Zwei Ohren, drei Zehen und der kleine Finger meiner linken Hand. Ich bin noch gut weggekommen. Meinen Bruder haben wir erfroren auf seinem Posten gefunden, mit einem Lächeln auf dem Gesicht.«

Ser Waymar zuckte mit den Schultern. »Du solltest dich wärmer anziehen, Gared.«

Gared warf dem jungen Lord einen bösen Blick zu, und die Narben um seine Ohrlöcher, wo Maester Aemon ihm die Ohren abgeschnitten hatte, wurden rot vor Zorn. »Wir werden sehen, wie warm Ihr Euch kleiden könnt, wenn der Winter kommt.« Er zog seine Kapuze hoch und kauerte auf seinem Klepper, schweigend und brütend.

»Wenn Gared sagt, dass es die Kälte war …«, setzte Will an.

»Hast du letzte Woche Wache geschoben, Will?«

»Ja, Mylord.« Es verging keine Woche, in der er nicht ein ganzes Dutzend Mal Wache schob. Worauf wollte der Mann hinaus?

»Und was hat die Mauer getan?«

»Geweint«, sagte Will. Jetzt war alles klar, nachdem der junge Lord ihn darauf hingewiesen hatte. »Sie hätten nicht erfrieren können. Nicht, wenn die Mauer weint. Es war nicht kalt genug.«

Royce nickte. »Kluger Kopf. Wir hatten in dieser Woche ein paarmal leichten Frost und hin und wieder einen leichten Schneeschauer, doch sicher keinen Frost, der so hart war, dass er acht erwachsene Menschen töten konnte. Menschen in Fell und Leder, wenn ich euch erinnern darf, mit Obdach in der Nähe und der Möglichkeit, ein Feuer zu machen.« Das Grinsen des Ritters war anmaßend. »Will, bring uns dorthin. Ich möchte diese Toten mit eigenen Augen sehen.«

Und dann war nichts mehr zu ändern. Der Befehl war erteilt, und die Ehre hieß sie, sich zu fügen.

Will ritt voraus, und sein zottiger, kleiner Klepper suchte sich sorgsam einen Weg durchs Unterholz. In der Nacht zuvor war ein wenig Schnee gefallen, und Steine und Wurzeln und verborgene Mulden lagen gleich unter der Kruste und warteten auf die Sorglosen und Unachtsamen. Dahinter kam Ser Waymar, und sein großes, schwarzes Streitross schnaubte voller Ungeduld. Ein Streitross war das falsche Reittier für Patrouillen, nur war das einem jungen Lord nicht beizubringen. Gared bildete die Nachhut. Beim Reiten murmelte der alte Krieger vor sich hin.

Immer dunkler wurde es. Der wolkenlose Himmel wandelte sich zu einem dunklen Rot, die Farbe einer alten Prellung, dann schließlich war er schwarz. Die ersten Sterne kamen hervor. Die Sichel des Mondes stieg auf. Will war dankbar für das Licht.

»Wir können doch bestimmt auch schneller vorankommen«, sagte Royce, nachdem der Mond ganz aufgegangen war.

»Nicht mit diesem Pferd«, sagte Will. Die Angst machte ihn unverschämt. »Vielleicht möchte Euer Lordschaft vorausreiten?«

Ser Waymar Royce geruhte nicht zu antworten.

Irgendwo tief in den Wäldern heulte ein Wolf.

Will lenkte seinen Klepper zu einem alten, knorrigen Stück Eisenholz und stieg ab.

»Wieso hältst du an?«, fragte Ser Waymar.

»Am besten gehen wir den Rest des Weges zu Fuß, Mylord. Es ist gleich dort hinter diesem Kamm.«

Royce wartete einen Moment lang, starrte in die Ferne, mit nachdenklicher Miene. Kalter Wind flüsterte durch die Bäume. Sein großer Zobelmantel wehte hinter ihm, als steckte Leben darin.

»Irgendetwas stimmt hier nicht«, murmelte Gared und blickte unsicher um sich. Der junge Lord warf ihm ein verächtliches Lächeln zu. »Ist das so?«

»Spürt Ihr es denn nicht?«, fragte Gared. »Lauscht der Finsternis!«

Will konnte es spüren. Vier Jahre war er bei der Nachtwache, und noch niemals hatte er sich so sehr gefürchtet. Was war das?

»Wind. Raschelnde Bäume. Ein Wolf. Was davon beraubt dich deiner Manneskräfte, Gared?« Als Gared nicht antwortete, glitt Royce elegant aus seinem Sattel. Er band das Streitross an einem tief hängenden Ast fest, abseits der anderen Pferde, zog sein Langschwert aus der Scheide, und Mondlicht lief am schimmernden Stahl hinab. Es war eine prachtvolle Waffe, auf einer Burg geschmiedet, und allem Anschein nach nagelneu. Will bezweifelte, ob es je im Zorn des Kampfes geschwungen worden war.

»Die Bäume stehen eng«, warnte Will. »Das Schwert wird Euch behindern, Mylord. Greift besser zum Messer.«

»Wenn ich Anleitung bräuchte, würde ich darum bitten«, sagte der junge Lord. »Gared, bleib hier. Bewach die Pferde.«

Gared stieg ab. »Wir brauchen ein Feuer. Ich kümmere mich darum.«

»Wie dumm bist du, alter Mann? Wenn Feinde in diesem Wald sind, ist ein Feuer das Letzte, was wir brauchen.«

»Es gibt auch Feinde, die ein Feuer fernhält«, sagte Gared. »Bären und Schattenwölfe und … und andere …«

Ser Waymars Mund wurde zu einem schmalen Strich. »Kein Feuer.«

Gareds Kapuze verbarg sein Gesicht, doch Will konnte das harte Funkeln in seinen Augen sehen, als er den Ritter anstarrte.

Einen Moment lang fürchtete er, der ältere Mann könne zum Schwert greifen. Es war ein kurzes, hässliches Ding, der Griff vom Schweiß entfärbt, die Klinge vom vielen Gebrauch gekerbt, doch Will hätte keinen Eisenschilling für das Leben des Lords gegeben, wenn Gared es aus seiner Scheide gezogen hätte.

Schließlich sah Gared zu Boden. »Kein Feuer«, murmelte er leise.

Royce nahm es als Einwilligung und wandte sich ab. »Geh voraus«, wies er Will an.

Will bahnte ihnen einen Weg durchs Dickicht, dann stieg er den Hang zum flachen Kamm hinauf, wo er seinen Aussichtspunkt unter einem Wachbaum gefunden hatte. Unter der dünnen Schneekruste war der Boden feucht und matschig, rutschig, mit Steinen und verborgenen Wurzeln, über die man stolpern konnte. Lautlos kletterte Will voran. Hinter sich hörte er das sanfte, metallische Rasseln vom Kettenhemd seines Herrn, das Rascheln der Blätter und unterdrückte Flüche, als lange Äste nach seinem Langschwert griffen und an seinem prachtvollen Zobel zerrten.

Der große Wachbaum stand genau dort oben auf dem Kamm, wo Will ihn in Erinnerung hatte, die untersten Äste kaum einen Fuß über dem Boden. Will schob sich darunter, flach auf dem Bauch durch Schnee und Schlamm, und blickte auf die leere Lichtung unter sich hinab.

Ihm stockte das Herz. Einen Moment lang wagte er nicht zu atmen. Mondlicht schien auf die Lichtung hinab, die Asche der Feuerstelle, den schneebedeckten Unterstand, den großen Felsen, den kleinen halb gefrorenen Bach. Alles war genau so, wie er es noch wenige Stunden zuvor verlassen hatte.

Nur war keiner mehr da. Alle Leichen waren verschwunden.

»Bei allen Göttern!«, hörte er hinter sich. Ein Schwert schlug gegen einen Ast, als Ser Waymar Royce den Kamm erklomm. Er stand neben dem Wachbaum, das Langschwert in der Hand, der Umhang wehte in seinem Rücken, da Wind aufkam, edel und für jedermann im Licht der Sterne gut zu sehen.

»*Runter!*«, flüsterte Will aufgebracht. »Irgendwas stimmt hier nicht.«

Royce rührte sich nicht von der Stelle. Er sah auf die leere Lichtung hinab und lachte. »Deine Toten scheinen ihr Lager abgebrochen zu haben, Will.«

Wills Stimme versagte ihm den Dienst. Er rang um Worte, die nicht kommen wollten. Es war nicht möglich. Sein Blick ging über das verlassene Lager hin und her, blieb an der Axt hängen. Die riesenhafte Streitaxt mit doppelter Klinge lag noch immer da, wo er sie zuletzt gesehen hatte, unangetastet. Eine wertvolle Waffe …

»Steh auf, Will!«, befahl Ser Waymar. »Da ist niemand. Ich will nicht, dass du dich unter einem Busch versteckst.«

Widerstrebend fügte sich Will.

Ser Waymar musterte ihn mit offener Verachtung. »Ich werde nicht von meinem ersten Streifzug nach Castle Black zurückkehren, ohne einen Erfolg vorweisen zu können.« Er sah sich um. »Auf den Baum. Beeil dich! Such nach einem Feuer.«

Will wandte sich wortlos ab. Es hatte keinen Sinn zu streiten. Der kalte Wind fuhr ihm in die Glieder. Will trat an den Baum, einen gewölbten, graugrünen Wachbaum, und begann zu klettern. Bald schon klebten seine Hände vom Harz, und er hatte sich in den Nadeln verirrt. Wie eine Mahlzeit, die er nicht verdauen konnte, breitete sich Angst in seiner Magengrube aus. Er flüsterte ein Gebet an die namenlosen Götter des Waldes und befreite seinen Dolch aus dessen Scheide. Er klemmte ihn zwischen die Zähne, um beide Hände zum Klettern frei zu haben. Der Geschmack von kaltem Eisen schenkte ihm Trost.

Weit unten rief plötzlich der junge Lord: »Was gibt es da?« Will spürte die Unsicherheit in seiner Stimme. Er hörte auf zu klettern. Er lauschte. Er suchte.

Der Wald gab Antwort: das Rascheln des Laubs, das eisige Rauschen des Baches, der ferne Schrei einer Schnee-Eule.

Die Anderen machten kein Geräusch.

Aus den Augenwinkeln bemerkte Will eine Bewegung. Fahle Formen glitten durch den Wald. Er wandte den Kopf um, sah einen weißen Schatten in der Dunkelheit. Dann war er wieder verschwunden. Zweige schwankten sanft im Wind. Will öffnete den Mund, um einen Warnruf auszustoßen, doch die Worte erfroren ihm in der Kehle. Vielleicht täuschte er sich. Vielleicht war es nur ein Vogel gewesen, ein Schatten auf dem Schnee, das Mondlicht, das ihn täuschte. Was hatte er denn schon gesehen?

»Will, wo bist du?«, rief Ser Waymar herauf. »Kannst du etwas erkennen?« Langsam drehte er sich um, das Schwert in seiner

Hand. Er musste sie gespürt haben, ganz wie Will sie spürte. Es war nichts zu sehen. »Antworte mir! Warum ist es so kalt?«

Es *war* kalt. Zitternd klammerte sich Will fester an seinen Sitz. Sein Gesicht presste sich hart an den Stamm des Wachbaumes. Er konnte das süße, klebrige Harz an seiner Wange fühlen.

Ein Schatten trat aus dem Dunkel des Waldes. Er blieb direkt vor Royce stehen. Hoch ragte er vor ihm auf, hager und hart wie alte Knochen, mit Haut so weiß wie Milch. Seine Rüstung schien die Farbe zu verändern, wenn er sich bewegte. Hier war er weiß wie frischer Schnee, dort schwarz wie ein Schatten, überall gesprenkelt mit dem dunklen Graugrün der Bäume. Mit jedem Schritt verliefen die Muster wie Mondlicht auf dem Wasser.

Will hörte Ser Waymar Royce seinen Atem mit langem Zischen ausstoßen. »Kommt nicht näher«, warnte der junge Lord. Seine Stimme überschlug sich wie die eines Kindes. Er warf den langen Zobelmantel über seine Schulter, um die Arme für den Kampf freizuhaben, und nahm sein Schwert in beide Hände. Der Wind hatte sich gelegt. Es war sehr kalt.

Mit lautlosen Schritten trat der andere vor. In seiner Hand hielt er ein Langschwert, wie Will es nie zuvor gesehen hatte. Kein den Menschen bekanntes Metall war zu dieser Klinge geschmiedet worden. Es lebte im Mondlicht, durchscheinend, eine kristallene Scherbe, so dünn, dass sie fast zu verschwinden schien, wenn man sie von der Seite sah. Ein schwacher, blauer Schimmer lag über dieser Waffe, gespenstisches Licht, das seinen Rand umspielte, und irgendwie wusste Will, dass es schärfer als jedes Barbiermesser war.

Ser Waymar trat ihm tapfer entgegen. »Dann tanzt mit mir.« Herausfordernd hob er sein Schwert hoch über den Kopf. Die Hände zitterten vom Gewicht oder vielleicht auch von der Kälte. Doch in diesem Augenblick, so dachte Will, war er kein Junge mehr, sondern ein Mann der Nachtwache.

Der Andere zögerte. Will sah seine Augen, dunkler und blauer, als Menschenaugen jemals sein konnten, ein Blau, das brannte wie Eis. Sie richteten sich auf das Langschwert, das dort oben bebte, betrachteten das Mondlicht, das kalt über das Metall lief. Einen Herzschlag lang wagte er zu hoffen.

Lautlos traten sie aus der Dunkelheit hervor, Zwillinge des Ersten. Drei von ihnen… vier… fünf… Ser Waymar musste die Kälte gespürt haben, die mit ihnen kam, doch sah er sie nicht, hörte sie nicht mehr. Will hätte schreien müssen. Es war seine Pflicht.

Und sein Tod, wenn er es täte. Er zitterte, klammerte sich an den Baum und schwieg.

Das helle Schwert schnitt durch die Luft.

Ser Waymar trat ihm mit Stahl entgegen. Als sich die Klingen trafen, erklang kein Singen von Metall auf Metall, nur ein hoher, dünner Ton, den man kaum hören konnte, wie ein Tier, das vor Schmerzen schrie. Royce hielt einem zweiten Hieb stand und einem dritten, dann wich er einen Schritt zurück. Ein weiteres Blitzen von Hieben, und wieder wich er zurück.

Hinter ihm, rechts von ihm und links, überall um ihn herum, standen schweigend Zuschauer, und die sich wandelnden Muster auf ihren feinen Rüstungen machten sie im Wald fast unsichtbar. Dennoch rührten sie sich nicht, um einzugreifen.

Wieder und wieder trafen die Schwerter aufeinander, bis Will sich am liebsten die Ohren zugehalten hätte, um das seltsam gequälte Klagen der Hiebe nicht hören zu müssen. Schon keuchte Ser Waymar von den Mühen, und sein Atem dampfte im Mondlicht.

Seine Klinge war weiß vom Frost, doch die des Anderen tanzte mit blassblauem Licht.

Dann kam Royce' Parade um einen Herzschlag zu spät. Das helle Schwert schnitt unter seinem Arm durchs Kettenhemd. Vor Schmerzen schrie der junge Lord. Blut quoll zwischen den Ketten hervor.

Es dampfte in der Kälte, und die Tropfen leuchteten rot wie Feuer, als sie in den Schnee tropften. Ser Waymar strich mit der Hand über seine Seite. Als er sie wieder fortnahm, waren seine Moleskin-Handschuhe blutdurchtränkt.

Der Andere sagte etwas in einer Sprache, die Will nicht

kannte. Seine Stimme klang wie das Knacken von Eis auf einem winterlichen See, und die Worte waren voller Hohn.

Ser Waymar geriet in Wut. »Für Robert!«, rief er und richtete sich ächzend auf, hob das eisbedeckte Langschwert und schwang es mit seinem ganzen Gewicht in flachem Bogen. Die Parade des Anderen kam beinah träge.

Als sich die Klingen trafen, barst der Stahl.

Ein Schrei hallte durch den nächtlichen Wald, und das Langschwert sprang in hundert spröde Teile, deren Scherben wie ein Nadelregen niedergingen. Royce fiel auf die Knie, schrie und schützte seine Augen. Blut quoll zwischen seinen Fingern hervor.

Wie ein Mann traten die Zuschauer vor, als hätte jemand ein Zeichen gegeben. Schwerter hoben sich und stießen herab, all das in tödlicher Stille.

Es war ein kaltes Schlachten. Die blassen Klingen durchschnitten die Ketten wie Seide. Will schloss die Augen. Weit unter sich hörte er Stimmen und Gelächter, das spitz wie Eiszapfen klang.

Als er den Mut fand, wieder hinzusehen – und es war viel Zeit vergangen –, fand er den Kamm unter sich leer.

Er blieb auf dem Baum, wagte kaum zu atmen, während der Mond langsam über den schwarzen Himmel kroch. Schließlich, als seine Muskeln verkrampften und seine Finger von der Kälte schon taub waren, kletterte er hinunter.

Royce' Leiche lag bäuchlings im Schnee, den einen Arm von sich gestreckt.

Der dicke Zobelmantel war an einem Dutzend Stellen zerschnitten. Als er da so tot im Schnee lag, sah man, wie jung er war. Ein Kind.

Er fand, was von dem Schwert noch übrig war, in einigen Schritten Entfernung, das Ende zersplittert und verdreht wie ein Baum, in den der Blitz geschlagen hatte. Will kniete nieder, sah sich wachsam um und sammelte es auf. Das geborstene Schwert sollte sein Beweis sein. Gared würde es erklären können, und wenn nicht er, dann sicher der alte Bär Mormont oder Maester Aemon.

Ob Gared noch bei den Pferden wartete? Er musste sich beeilen.

Will erhob sich. Ser Waymar ragte über ihm auf.

Seine feinen Kleider waren zerfetzt, das Gesicht eine Ruine. Eine Scherbe seines Schwertes steckte in der blinden, weißen Pupille seines linken Auges.

Das rechte Auge stand offen. Die Pupille brannte blau. Sie sah.

Das zerbrochene Schwert glitt aus kraftlosen Fingern. Will schloss die Augen, um zu beten.

Lange, anmutige Hände strichen über seine Wange, dann schlossen sie sich um seinen Hals. Sie waren in feinsten Moleskin gehüllt und vom Blut verklebt, aber dennoch waren sie kalt wie Eis.

BRAN

Kalt und klar hatte der Tag gedämmert, mit einer Frische, die vom Ende des Sommers kündete. Sie brachen im Morgengrauen auf, zwanzig insgesamt, um der Enthauptung eines Mannes beizuwohnen, und Bran ritt unter ihnen, ganz nervös vor Aufregung. Es war das erste Mal, dass man ihn für alt genug erachtete, mit seinem Hohen Vater und seinen Brüdern zu gehen und zu sehen, wie das Recht des Königs vollstreckt wurde. Es war das neunte Jahr des Sommers und das siebte in Brans Leben.

Man hatte den Mann vor eine kleine Festung in den Bergen geführt. Robb hielt ihn für einen Wildling, der mit seinem Schwert einen Eid auf Mance Rayder, den König-jenseits-der-Mauer, abgelegt hatte. Beim bloßen Gedanken daran bekam Bran eine Gänsehaut. Er erinnerte sich der Geschichten, die Old Nan ihnen am Ofen erzählt hatte. Die Wildlinge seien grausame Männer, so sagte sie, Sklavenhändler und Mörder und Diebe. Sie verkehrten mit Riesen und Ghulen, entführten kleine Mädchen mitten in der Nacht und tranken Blut aus polierten Hörnern. Und ihre Frauen teilten in der Langen Nacht die Betten mit den Anderen, um schreckliche, halbmenschliche Kinder zu zeugen.

Doch der Mann, der dort mit Händen und Füßen an die Mauer der Festung gefesselt das Recht des Königs erwartete, war alt und knochig, nicht viel größer als Robb. Er hatte beide Ohren und einen Finger an den Frost verloren und war ganz in Schwarz gekleidet, als wäre er ein Bruder der Nachtwache, nur dass seine Kleider zerlumpt und dreckig waren.

Der Atem von Mann und Pferd vermischte sich, dampfte in

der kalten Morgenluft, als sein Hoher Vater den Mann von der Mauer lösen und zu ihnen bringen ließ. Robb und Jon saßen aufrecht und regungslos auf ihren Pferden, dazwischen auf seinem Pony Bran, der sich Mühe gab, älter als sieben zu wirken, und so tat, als hätte er das alles schon einmal gesehen. Leiser Wind ging durch das Tor der Festung. Über ihren Köpfen flatterte das Banner der Starks von Winterfell: ein grauer Schattenwolf, der über ein eisweißes Feld hetzt.

Brans Vater saß feierlich auf seinem Pferde, das lange braune Haar leicht wehend im Wind. Mit dem gestutzten Bart wirkte er älter als die fünfunddreißig Jahre, die er zählte. Etwas Grimmiges lag an diesem Tag um seine grauen Augen, und er wirkte ganz und gar nicht wie der Mann, der abends am Feuer saß und mit sanfter Stimme aus den Zeiten der Helden und der Kinder des Waldes erzählte. Er hatte sein väterliches Gesicht abgenommen, so dachte Bran, und das Gesicht des Lord Stark von Winterfell aufgesetzt.

Es wurden Fragen gestellt und Antworten gegeben, dort in der kalten Morgenluft, doch konnte sich Bran später nicht an vieles von dem erinnern, was gesagt worden war. Schließlich gab sein Hoher Vater das Kommando, und zwei seiner Gardisten schleppten den zerlumpten Mann zu dem Eisenbaumstumpf in der Mitte des Platzes. Sie zwangen seinen Kopf auf das harte, schwarze Holz. Lord Eddard Stark stieg ab, und sein Mündel Theon Greyjoy holte das Schwert hervor. »Ice« wurde dieses Schwert genannt. Es war so breit wie eine Männerhand und größer noch als Robb. Die Klinge war aus valyrischem Stahl, mit Zauberkraft geschmiedet und schwarz wie Rauch. Nichts war so scharf wie valyrischer Stahl.

Sein Vater schälte die Handschuhe von den Händen und reichte sie Jory Cassel, dem Hauptmann seiner Leibgarde. Er packte Ice mit beiden Händen und sagte: »Im Namen Roberts aus dem Geschlecht Baratheon, des Ersten seines Namens, König der Andalen und der Rhoynar und der Ersten Menschen, Lord der Sieben Königslande und Protektor des Reiches, durch das Wort Eddards aus dem Geschlecht der Starks, Lord von Winterfell und Wächter des Nordens, verurteile ich dich zum Tode.« Er hob das Großschwert hoch über seinen Kopf.

Brans Halbbruder Jon Snow kam näher heran. »Halt dein Pony gut fest«, flüsterte er. »Und wende dich nicht ab. Vater wird merken, wenn du es tust.«

Bran hielt sein Pony gut fest und wandte sich nicht ab.

Mit einem einzigen, festen Hieb schlug sein Vater den Kopf des Mannes ab. Blut spritzte über den Schnee, rot wie Sommerwein. Eines der Pferde bäumte sich auf und wäre fast durchgegangen. Bran konnte seine Augen nicht vom Blut lösen. Gierig sog es der Schnee um den Stumpf auf und färbte sich rot.

Der Kopf prallte von einer dicken Wurzel ab und rollte davon. Fast kam er bis zu Greyjoys Füßen. Theon war ein schlanker, dunkler Jüngling von neunzehn Jahren, der alles amüsant fand. Er lachte, setzte seinen Fuß an den Kopf und stieß ihn von sich.

»Esel«, murmelte Jon so leise, dass Greyjoy es nicht hören konnte. Er legte Bran eine Hand auf die Schulter, und Bran sah seinen Halbbruder an. »Gut gemacht«, erklärte Jon feierlich. Jon war vierzehn, ein alter Hase, was Recht und Gesetz anging.

Auf dem langen Weg zurück nach Winterfell schien es noch kälter geworden zu sein, obwohl sich der Wind inzwischen gelegt hatte und die Sonne hoch am Himmel stand. Bran ritt mit seinen Brüdern weit vor der Gesellschaft, und sein Pony hatte alle Mühe, mit den Pferden der anderen mitzuhalten.

»Der Deserteur ist tapfer gestorben«, befand Robb. Er war groß und breit und wurde jeden Tag noch größer, besaß die Farbe seiner Mutter, die helle Haut, rotbraunes Haar und die blauen Augen der Tullys von Riverrun. »Wenigstens hatte er Courage.«

»Nein«, erwiderte Jon Snow leise. »Es war keine Courage. Er ist voller Furcht gestorben. Das konnte man seinen Augen ansehen, Stark.« Jons Augen waren grau, dunkelgrau, fast schwarz, doch ihnen entging nur wenig. Er war im gleichen Alter wie Robb, doch sie sahen sich überhaupt nicht ähnlich. Wo Robb muskulös war, war Jon schlank, wo Robb hell war, Jon dunkel, und wo sein Halbbruder stark und schnell war, zeigte Jon Grazie und Behändigkeit.

Robb blieb unbeeindruckt. »Sollen sich die Anderen seine

Augen holen«, fluchte er. »Er ist gut gestorben. Um die Wette bis zur Brücke?«

»Gemacht«, sagte Jon und trat sein Pferd in die Flanken. Robb fluchte und folgte ihm, und so galoppierten sie den Pfad hinab, Robb lachend und johlend, Jon still und konzentriert. Die Hufe der Pferde warfen Mengen von Schnee auf.

Bran versuchte nicht, ihnen zu folgen. Sein Pony konnte nicht mithalten. Die Augen des zerlumpten Mannes kamen ihm wieder in den Sinn. Nach einer Weile war Robbs Lachen verklungen, und im Wald kehrte wieder Stille ein.

So tief war er in Gedanken versunken, dass er den Rest der Gesellschaft gar nicht hörte, bis sein Vater schon neben ihm ritt. »Geht es dir gut, Bran?«, fragte er nicht unfreundlich.

»Ja, Vater«, erklärte Bran. Er blickte hoch. In Fell und Leder gewickelt, hoch auf seinem großen Streitross, ragte sein Vater wie ein Riese über ihm auf. »Robb sagt, der Mann sei tapfer gestorben, aber Jon sagt, er hätte sich gefürchtet.«

»Was glaubst du?«, fragte sein Vater.

Bran dachte darüber nach. »Kann ein Mann tapfer sein, auch wenn er sich fürchtet?«

»Das ist der einzige Moment, in dem er tapfer sein kann«, erklärte ihm sein Vater. »Verstehst du, warum ich es getan habe?«

»Er war ein Wildling«, sagte Bran. »Sie verschleppen Frauen und verkaufen sie den Anderen.«

Sein Hoher Vater lächelte. »Old Nan hat euch wieder Geschichten erzählt. In Wahrheit war der Mann ein Eidbrüchiger, ein Deserteur aus der Nachtwache. Niemand ist gefährlicher. Der Deserteur weiß, dass sein Leben verwirkt ist, wenn er gefasst wird, daher wird er vor keinem Verbrechen zurückschrecken, so schändlich es auch sein mag. Doch du missverstehst mich. Die Frage ist nicht, warum der Mann sterben musste, sondern warum *ich* es tun musste.«

Darauf wusste Bran keine Antwort. »König Robert hat einen Henker«, sagte er unsicher.

»Das stimmt«, bestätigte sein Vater. »Wie alle Könige der Targaryen vor ihm. Doch unsere Tradition ist die ältere. Das Blut der Ersten Menschen fließt noch heute in den Adern der

Starks, und wir halten an dem Glauben fest, dass ein Mann, der ein Urteil spricht, auch selbst das Schwert führen soll. Wenn du jemandem das Leben nehmen willst, bist du es ihm schuldig, ihm in die Augen zu blicken und seine letzten Worte zu hören. Wenn du es nicht ertragen kannst, dann verdient der Mann vielleicht auch nicht den Tod.

Eines Tages, Bran, wirst du Robbs Vasall sein und selbst ein Lehen von deinem Bruder und deinem König erhalten, dann wird es an dir sein, Recht zu sprechen. Wenn dieser Tag kommt, darfst du keine Freude an dieser Aufgabe empfinden, doch darfst du dich auch nicht abwenden. Ein Herrscher, der sich hinter bezahlten Henkern versteckt, vergisst bald, was der Tod bedeutet.«

Das war der Moment, in dem Jon wieder auf der Kuppe des Hügels vor ihnen erschien. Er winkte und rief ihnen zu. *»Vater, Bran, kommt schnell und seht, was Robb gefunden hat!«* Dann war er erneut verschwunden.

Jory schloss zu ihnen auf. »Ärger, Mylord?«

»Zweifellos«, sagte sein Hoher Vater. »Kommt, sehen wir mal, welches Unheil meine Söhne diesmal ausgegraben haben.« Er setzte sein Pferd in Trab. Jory und Bran und alle anderen folgten ihm.

Sie fanden Robb am Flussufer nördlich der Brücke, und neben ihm saß Jon noch immer zu Pferd. Beim letzten Neumond dieses Spätsommers hatte es heftig geschneit. Robb stand knietief im Weiß, die Kapuze vom Kopf geschoben, so dass die Sonne sein Haar leuchten ließ. Er wiegte etwas im Arm, auf das die Jungen beschwichtigend einredeten.

Die Reiter suchten sich sorgsam einen Weg durch die Schneewehen, ließen die Pferde auf der verhüllten, unebenen Erde nach festem Tritt suchen. Jory Cassel und Theon Greyjoy waren als Erste bei den Jungen. Greyjoy lachte und scherzte. Bran hörte ihn aufstöhnen. *»Bei allen Göttern!«*, rief er und kämpfte darum, sein Pferd im Zaum zu halten, während er nach seinem Schwert griff.

Jory hatte das Schwert schon gezückt. »Zurück, Robb!«, rief er, als sich sein Pferd unter ihm aufbäumte.

Robb grinste und blickte von dem Bündel in seinen Armen auf. »Sie kann dir nichts tun«, sagte er. »Sie ist tot, Jory.«

Inzwischen brannte Bran vor Neugier. Er hätte seinem Pony die Sporen gegeben, doch sein Vater ließ sie neben der Brücke absteigen und zu Fuß weitergehen. Bran sprang ab und rannte.

Nun waren auch Jon, Jory und Theon Greyjoy abgestiegen. »Was bei allen sieben Höllen ist das?«, sagte Greyjoy.

»Ein Wolf«, erklärte Robb.

»Eine Missgeburt«, sagte Greyjoy, »seht euch nur an, wie groß er ist.«

Brans Herz schlug laut in seiner Brust, als er durch den hüfthohen Schnee an die Seite seines Bruders eilte.

Halb unter blutigem Schnee verborgen, lag eine riesenhafte, dunkle Gestalt im Tod zusammengesunken. Eis hatte sich in ihrem zottigen Fell gebildet, und ein schwacher Geruch von Verwesung hing daran wie das Duftwasser einer Frau. Bran sah blinde Augen, aus denen Maden krochen, ein großes Maul voll gelber Zähne. Doch war es die Größe, die seinen Atem stocken ließ. Der Wolf war größer als sein Pony, doppelt so groß wie der größte Jagdhund in der Meute seines Vaters.

»Das ist keine Missgeburt«, sagte Jon ganz ruhig. »Es ist ein Schattenwolf. Die werden größer als jede andere Rasse.«

Theon Greyjoy sagte: »Seit zweihundert Jahren hat man keinen Schattenwolf mehr südlich der Mauer gesehen.«

»Jetzt sehe ich einen«, erwiderte Jon.

Bran riss seinen Blick von dem Monstrum los. Da bemerkte er das Bündel in Robbs Armen. Er stieß einen Freudenschrei aus und trat näher heran. Das Wolfsjunge war ein winziges Knäuel aus grauschwarzem Fell, die Augen noch geschlossen. Blindlings schmiegte es sich an Robbs Brust, während der es wiegte, und auf der Suche nach Milch gab es ein leises Wimmern dabei von sich. Zögerlich streckte Bran eine Hand danach aus. »Mach nur«, erklärte ihm Robb. »Fass ihn ruhig an.«

Bran streichelte das Wolfsjunge kurz und voller Aufregung, dann wandte er sich um, als Jon sagte: »Hier, für dich.« Sein Halbbruder legte ihm ein weiteres Junges in den Arm. »Wir haben fünf davon.« Bran setzte sich in den Schnee und hielt das

Tier an sein Gesicht. Sein Fell fühlte sich weich und warm an seiner Wange an.

»Schattenwölfe streunen durch das Reich, nach so vielen Jahren«, murmelte Hullen, der Stallmeister. »Das gefällt mir nicht.«

»Es ist ein Zeichen«, sagte Jory.

Vater sah ihn fragend an. »Es ist nur ein totes Tier, Jory«, sagte er. Dennoch schien es ihm Sorge zu bereiten. Schnee knirschte unter seinen Stiefeln, als er den Kadaver umdrehte. »Wissen wir, woran die Wölfin gestorben ist?«

»Da ist etwas in ihrem Hals«, erklärte Robb stolz, weil er die Antwort wusste, bevor sein Vater auch nur danach gefragt hatte. »Da, gleich unter dem Unterkiefer.«

Sein Vater kniete nieder und suchte mit der Hand unter dem Kopf der Wölfin. Er riss etwas los und hielt es hoch, damit alle es sehen konnten. Die Spitze eines zerbrochenen Geweihs, die Sprossen gesplittert, blutbeschmiert.

Plötzlich legte sich ein Schweigen über die Gesellschaft. Voller Sorge betrachteten die Männer das Geweih, und niemand wagte, etwas zu sagen. Selbst Bran konnte ihre Angst spüren, wenn er sie auch nicht verstand.

Sein Vater warf das Geweih beiseite und wusch seine Hände im Schnee. »Es überrascht mich, dass sie noch lange genug gelebt hat, um werfen zu können«, sagte er. Seine Stimme brach den Bann.

»Vielleicht war es nicht so«, sagte Jory. »Ich habe Geschichten gehört… vielleicht war die Wölfin schon tot, als die Welpen kamen.«

»Im Tod geboren«, warf ein anderer ein. »Noch größeres Unglück.«

»Wie dem auch sei«, sagte Hullen. »Die werden auch bald tot sein.«

Bran stieß einen wortlosen Schrei des Entsetzens aus.

»Je eher, desto besser«, stimmte Theon Greyjoy zu. Er zückte sein Schwert. »Gib mir das Tier, Bran.«

Das kleine Ding wand sich an seiner Brust, als höre und verstehe es. »*Nein!*«, schrie Bran grimmig auf. »Es ist meins.«

»Steckt Euer Schwert weg, Greyjoy«, sagte Robb. Einen Moment lang klang er gebieterisch wie sein Vater, wie der Lord, der er eines Tages sein würde. »Wir werden diese Welpen behalten.«

»Das kannst du nicht tun, Junge«, sagte Harwin, der Hullens Sohn war.

»Es wäre eine Gnade, sie zu töten«, warf Hullen ein.

Bran sah seinen Hohen Vater Hilfe suchend an, erntete jedoch nur einen fragenden Blick, ein Stirnrunzeln. »Hullen spricht recht, mein Sohn. Besser ein schneller Tod als ein schwerer durch Kälte und Erfrieren.«

»Nein!« Er fühlte, wie Tränen in seine Augen traten, und wandte sich ab. Vor seinem Vater wollte er nicht weinen.

Robb weigerte sich standhaft. »Ser Rodriks rote Hündin hat letzte Woche wieder geworfen«, sagte er. »Es war ein kleiner Wurf, nur zwei lebende Welpen. Sie müsste Milch genug haben.«

»Sie wird die Kleinen in Stücke reißen, wenn sie trinken wollen.«

»Lord Stark«, sagte Jon. Es war seltsam zu hören, wie er seinen Vater so ansprach, so förmlich. Von verzweifelter Hoffnung erfüllt sah Bran ihn an. »Wir haben fünf Welpen«, erklärte er dem Vater. »Drei männlich, zwei weiblich.«

»Was ist damit, Jon?«

»Ihr habt fünf eheliche Kinder«, sagte Jon. »Drei Söhne, zwei Töchter. Der Schattenwolf ist das Wahrzeichen Eures Geschlechts. Diese Welpen sind für Eure Kinder bestimmt, Mylord.«

Bran sah, wie sich die Miene seines Vaters wandelte und die anderen Männer einander Blicke zuwarfen. In diesem Augenblick liebte er Jon von ganzem Herzen. Trotz seiner sieben Jahre verstand Bran, was sein Bruder eben getan hatte. Die Rechnung stimmte nur deshalb, weil Jon sich ausgenommen hatte. Er hatte die Mädchen mitgerechnet, selbst Rickon, den Kleinsten, nur nicht den Bastard, der den Nachnamen Snow trug, jenen Namen, den der Sitte nach all jene im Norden bekamen, die das Unglück hatten, nicht mit eigenem Namen geboren zu sein.

Auch ihr Vater verstand. »Du willst keinen Welpen für dich, Jon?«, fragte er leise.

»Der Schattenwolf ziert das Banner des Hauses Stark«, erklärte Jon. »Ich bin kein Stark, Vater.«

Nachdenklich betrachtete ihn der Hohe Vater. Robb beeilte sich, die Stille zu durchbrechen. »Ich will ihn selbst füttern, Vater«, versprach er. »Ich werde ein Handtuch mit warmer Milch tränken und ihn daran nuckeln lassen.«

»Ich auch!«, plapperte Bran ihm nach.

Eindringlich musterte der Lord seine Söhne. »Leichter gesagt als getan. Ich werde nicht zulassen, dass ihr die Zeit der Diener damit vergeudet. Wenn ihr diese Welpen wollt, werdet ihr sie selbst füttern. Habt ihr verstanden?«

Bran nickte eifrig. Das Wolfsjunge krümmte sich in seinem Griff, leckte ihm mit warmer Zunge über das Gesicht.

»Außerdem müsst ihr sie abrichten«, sagte ihr Vater. »*Ihr* müsst sie abrichten. Der Hundeführer wird sich mit diesen Ungeheuern nicht befassen, das verspreche ich euch. Und mögen euch die Götter beistehen, wenn ihr sie vernachlässigt, sie quält oder schlecht abrichtet. Das hier sind keine Hunde, die betteln und bei einem Tritt den Schwanz einziehen. Ein Schattenwolf kann einem Menschen den Arm aus der Schulter reißen, so leicht wie ein Hund eine Ratte tötet. Seid ihr sicher, dass ihr sie wollt?«

»Ja, Vater«, sagte Bran.

»Ja«, willigte Robb ein.

»Vielleicht sterben die Welpen trotz alledem.«

»Sie werden nicht sterben«, sagte Robb. »Wir werden sie nicht sterben *lassen*.«

»Dann behaltet sie. Jory, Desmond, sammelt die restlichen Welpen ein. Es wird Zeit für die Rückkehr nach Winterfell.«

Erst als sie aufgestiegen und wieder unterwegs waren, gestattete sich Bran, den süßen Duft des Sieges einzuatmen. Mittlerweile hatte sich der Welpe an sein Leder geschmiegt, drückte sich warm an ihn, geborgen für den langen Heimweg. Bran überlegte, wie er ihn nennen sollte.

Auf halbem Weg über die Brücke hielt Jon plötzlich an.

»Was ist, Jon?«, fragte ihr Hoher Vater.

»Könnt Ihr es nicht hören?«

Bran hörte den Wind in den Bäumen, das Klappern ihrer Hufe auf Planken aus Eisenholz, das Jaulen seines hungrigen Welpen, doch Jon lauschte nach etwas anderem.

»Da«, sagte Jon. Er riss sein Pferd herum und galoppierte über die Brücke. Sie sahen, wie er abstieg, wo der tote Schattenwolf im Schnee lag, und niederkniete. Einen Augenblick später kam er lächelnd zurückgeritten.

»Er muss von den anderen fortgekrochen sein«, sagte Jon.

»Oder er wurde vertrieben«, sagte ihr Vater mit einem Blick auf den sechsten Welpen. Dessen Augen waren rot wie das Blut des zerlumpten Mannes, der am Morgen gestorben war. Bran fand es merkwürdig, dass allein dieser Welpe die Augen geöffnet hatte, während die anderen noch blind waren.

»Ein Albino«, sagte Theon Greyjoy mit gequältem Vergnügen. »Der hier wird noch schneller sterben als die anderen.«

Jon Snow warf dem Mündel seines Vaters einen langen, kalten Blick zu. »Das glaube ich kaum, Greyjoy«, sagte er. »Der hier gehört mir.«

CATELYN

Catelyn hatte diesen Götterhain noch nie gemocht.

Sie war eine geborene Tully aus Riverrun weit im Süden, am roten Arm des Trident. Im Götterhain dort gab es einen Garten, hell und luftig, in dem hohe Rotholzbäume ihre Schatten über singende Bäche warfen, Vögel in verborgenen Nestern zwitscherten und die Luft von Blumenduft erfüllt war.

Die Götter vom Winterfell hielten sich andere Bäume. Es war ein dunkler, urweltlicher Ort, drei Morgen von altem Wald, zehntausend Jahre unberührt, als die finstere Burg darum entstand. Es roch nach feuchter Erde und Fäulnis. Hier wuchs kein Rotholz. Es war ein Wald aus unbeugsamen Wachbäumen, die mit graugrünen Nadeln bewaffnet waren, aus mächtigen Eichen, aus Eisenholz, so alt wie das Reich selbst. Die dicken, schwarzen Stämme standen eng zusammen, während krumme Äste ein festes Dach bildeten und unförmige Wurzeln unter der Erde miteinander rangen. Es war ein Ort tiefer Stille und drückender Schatten, und die Götter, die hier lebten, hatten keine Namen.

Doch wusste sie, dass sie ihren Mann hier heute Abend finden würde. Immer wenn er jemandem das Leben nahm, suchte er danach die Stille des Götterhaines.

Catelyn war mit den sieben Ölen gesalbt und hatte ihren Namen im Regenbogen aus Licht bekommen, der die Septe von Riverrun erfüllte. Sie hing dem *Glauben* an, wie ihr Vater und Großvater und auch dessen Vater vor ihr. Ihre Götter hatten Namen, und ihre Gesichter waren ihr so vertraut wie die ihrer Eltern. Götterdienst war ihr ein Septon, der Duft von Weihrauch, ein siebenseitiger Kristall, in dem das Licht spielte, Stimmen, die ein Lied sangen. Die Tullys hielten sich – wie alle großen Häuser – einen Götterhain, doch war dieser nur ein Ort, an dem man schlendern oder lesen oder in der Sonne liegen konnte. Götterdienst gehörte in die Septe.

Ihretwegen hatte Ned eine kleine Septe gebaut, in der sie für die Sieben Gesichter Gottes singen konnte, doch in den Adern der Starks floss noch das Blut der Ersten Menschen, und seine Götter waren die alten, die namenlosen, gesichtslosen Götter des Grünen Waldes, den sie mit den verschwundenen Kindern des Waldes teilten.

In der Mitte des Hains ragte ein uralter Wehrholzbaum über einem kleinen Teich auf, in dem das Wasser schwarz und kalt war. »Der Herzbaum«, wie Ned ihn nannte. Die Borke von Wehrholz war weiß wie Knochen, seine Blätter waren dunkelrot wie tausend blutverschmierte Hände. In den Stamm des großen Baums war ein Gesicht geschnitzt, dessen Züge lang und melancholisch waren, die tief liegenden Augen rot vom getrockneten Harz und merkwürdig wachsam. Sie waren alt, diese Augen, älter selbst als Winterfell. Sie hatten gesehen, wie Brandon der Erbauer den ersten Stein gesetzt hatte, falls die Geschichten stimmten. Sie hatten gesehen, wie die Granitmauern der Burg um sie herum gewachsen waren. Es hieß, die Kinder des Waldes hätten die Gesichter während der frühen Jahrhunderte in die Bäume geschnitzt, noch bevor die Ersten Menschen die Meerenge überquert hatten.

Im Süden waren die letzten Wehrbäume schon vor tausend Jahren geschlagen oder niedergebrannt worden, nur nicht auf der Isle of Faces, wo die grünen Männer ihre stille Wacht hielten. Hier oben war es anders. Hier hatte jede Burg ihren Götterhain, jeder Götterhain hatte seinen Herzbaum und jeder Herzbaum sein Gesicht.

Catelyn fand ihren Mann unter dem Wehrholzbaum auf einem moosbedeckten Stein sitzen. Das Großschwert Ice lag auf seinem Schoß, und er reinigte die Klinge in diesem Wasser, das so schwarz war wie die Nacht. Tausend Jahre Humus bedeckten den Boden des Götterhains, schluckten die Schritte ihrer nackten Füße, doch die roten Augen des Wehrbaums schienen ihr zu folgen, als sie näher kam. »Ned«, rief sie ihn leise.

Er hob den Kopf, um sie anzusehen. »Catelyn«, sagte er. Seine Stimme klang kühl und förmlich. »Wo sind die Kinder?«

Immer fragte er sie das. »In der Küche. Sie streiten um die Namen für die Wolfswelpen.« Dabei breitete sie ihren Umhang auf dem Waldboden aus und setzte sich an den Teich, mit dem Rücken zum Wehrbaum. Sie spürte die Augen, die sie beobachteten, doch gab sie sich alle Mühe, nicht auf sie zu achten. »Ayra ist schon verliebt, Sansa ist entzückt und dankbar, nur Rickon ist sich noch nicht ganz sicher.«

»Fürchtet er sich?«, fragte Ned.

»Ein wenig«, räumte sie ein. »Er ist doch erst drei.«

Ned legte die Stirn in Falten. »Er muss lernen, sich seiner Angst zu stellen. Er wird nicht ewig drei sein. Und der Winter naht.«

»Ja«, gab Catelyn ihm recht. Die Worte ließen sie erschauern, wie sie es stets taten. Der Sinnspruch der Starks. Jedes Adelsgeschlecht hatte seinen Sinnspruch. Familienmottos, Streichsteine, allerlei Gebete, die mit Ehre und Ruhm prahlten, Loyalität und Wahrheitsliebe versprachen, Treue und Mut schworen. Nicht so die Starks. *Der Winter naht* lauteten die Worte der Starks. Nicht zum ersten Mal dachte sie, welch seltsame Menschen diese Nordmänner doch waren.

»Der Mann ist gut gestorben, das muss ich ihm lassen«, sagte Ned. Er hielt einen Streifen öligen Leders in einer Hand. Beim Sprechen wischte er leicht an seinem Großschwert entlang, polierte das Metall zu dunklem Glanz. »Um Brans willen war ich froh. Ihr wäret stolz auf Bran gewesen.«

»Ich bin immer stolz auf Bran«, erwiderte Catelyn und betrachtete das Schwert, während er es putzte. Sie konnte die Maserung tief im Stahl erkennen, wo das Metall beim Schmieden hundertmal gefaltet worden war. Catelyn hatte für Schwerter nichts übrig, doch konnte sie nicht abstreiten, dass Ice eine ganz eigene Schönheit besaß. Es war in Valyria geschmiedet worden, vor dem Untergang des alten Freistaates, als die Schmiede ihr Metall ebenso mit Zauberei wie mit dem Hammer bearbeiteten.

Vierhundert Jahre war es alt und scharf wie an dem Tag, als es geschmiedet worden war. Der Name, den es trug, war noch weit älter, ein Erbe aus der Zeit der Helden, als die Starks Könige des Nordens waren.

»Er war der vierte in diesem Jahr«, sagte Ned grimmig. »Der arme Mann war halb verrückt. Irgendetwas hat ihn derart in Angst und Schrecken versetzt, dass ich ihn mit Worten nicht erreichen konnte.« Er seufzte. »Ben schreibt, die Stärke der Nachtwache sei auf unter tausend Mann gefallen. Es sind nicht nur die Deserteure. Sie verlieren auch Männer auf den Patrouillen.«

»Sind es die Wildlinge?«, fragte sie.

»Wer sonst?« Ned hob Ice an, blickte am kühlen Stahl entlang. »Und es wird noch schlimmer werden. Es könnte der Tag kommen, an dem ich keine andere Wahl habe, als zu den Fahnen zu rufen und gen Norden zu reiten, um ein für alle Mal mit diesem König-jenseits-der-Mauer aufzuräumen.«

»Jenseits der Mauer?« Der Gedanke ließ Catelyn erschauern.

Ned sah das Grauen auf ihrem Gesicht. »Von Mance Rayder haben wir nichts zu befürchten.«

»Es gibt finsterere Dinge jenseits der Mauer.« Sie drehte sich dem Herzbaum zu, der fahlen Rinde und dem roten Gesicht, das dort schaute, lauschte und seine langen, langsamen Gedanken dachte.

Ned lächelte milde. »Ihr hört zu oft Old Nan bei ihren Märchen zu. Die Anderen sind tot wie die Kinder des Waldes, achttausend Jahre schon. Maester Luwin wird Euch erklären, dass sie nie gelebt haben. Kein Lebender hat je einen von ihnen gesehen.«

»Bis heute Morgen hatte auch kein Lebender je einen Schattenwolf gesehen«, erinnerte ihn Catelyn.

»Ich sollte klug genug sein, nicht mit einer Tully zu streiten«, sagte er mit reuigem Lächeln. Er schob Ice in die Scheide zurück. »Doch Ihr seid nicht gekommen, um mir Ammenmärchen zu erzählen. Ich weiß, wie sehr Ihr diesen Ort sonst meidet. Was gibt es, Mylady?«

Catelyn nahm ihres Gatten Hand. »Heute kam eine traurige

Nachricht, Mylord. Ich wollte Euch nicht behelligen, bevor Ihr Euch gereinigt hattet.« Es gab keine Möglichkeit, den Schlag zu mildern, daher sagte sie es rundheraus. »Es tut mir so leid, Geliebter. Jon Arryn ist tot.«

Seine Augen suchten sie, und sie konnte sehen, wie hart es ihn traf, ganz wie sie es gewusst hatte. In seiner Jugend war Ned auf der Eyrie großgezogen worden, und der kinderlose Lord Arryn war ihm und seinem Mitmündel Robert Baratheon ein zweiter Vater geworden. Als der Irre König, Aerys II. Targaryen, ihre Köpfe forderte, hatte der Lord über die Eyrie lieber seine Banner mit Mond und Falke zur Revolte aufgenommen, als jene aufzugeben, die zu schützen er geschworen hatte.

Und eines Tages vor fünfzehn Jahren war sein zweiter Vater ihm auch noch zum Bruder geworden, als er und Ned gemeinsam in der Septe von Riverrun standen, um zwei Schwestern zu ehelichen, die Töchter des Lord Hoster Tully.

»Jon …«, sagte er. »Ist dieser Nachricht zu vertrauen?«

»Es war das Siegel des Königs, und der Brief ist in Roberts eigener Handschrift verfasst. Er sagte, es habe Lord Arryn schnell dahingerafft. Selbst Maester Pycelle sei hilflos gewesen, aber er habe ihm Mohnblumensaft gebracht, so dass Jon nicht lange leiden musste.«

»Das ist nur ein kleiner Trost«, sagte er. Sie konnte den Schmerz auf seinem Gesicht sehen, doch selbst jetzt dachte er zuerst an sie. »Deine Schwester«, sagte er. »Und Jons Junge. Hast du von ihnen gehört?«

»Die Nachricht besagt nur, es ginge ihnen gut und sie seien wieder auf der Eyrie«, antwortete Catelyn. »Ich wünschte, sie wären nach Riverrun gegangen. Die Eyrie liegt hoch und einsam, und schon immer war ihr Mann dort zu Hause, nicht sie. Jeder Stein wird sie an Lord Jon erinnern. Ich kenne meine Schwester. Sie braucht den Trost von Familie und Freunden.«

»Ihr Onkel erwartet sie im Grünen Tal, oder nicht? Wie ich gehört habe, hat Jon ihn zum Ritter der Pforte gemacht.«

Catelyn nickte. »Brynden wird alles für sie tun, was in seiner Macht steht, und auch für den Jungen. Das ist tröstlich, dennoch …«

»Geht zu ihr«, drängte Ned. »Nehmt die Kinder mit. Erfüllt ihre Säle mit Lärm und Geschrei und Gelächter. Ihr Junge braucht andere Kinder um sich, und Lysa sollte in ihrem Schmerz nicht allein sein.«

»Wenn ich nur könnte«, erwiderte Catelyn. »Der Brief enthielt noch andere Kunde. Der König kommt nach Winterfell, um Euch einen Besuch abzustatten.«

Es dauerte einen Moment, bis Ned ihre Worte begriff, doch als er sie dann verstand, verloren seine Augen ihre Düsternis. »Robert kommt hierher?« Als sie nickte, breitete sich ein Lächeln auf seinem Gesicht aus.

Catelyn wünschte, sie hätte seine Freude teilen können. Doch hatte sie gehört, was man auf den Burghöfen tuschelte: ein toter Schattenwolf im Schnee, mit einem gebrochenen Geweih in der Kehle. Angst rollte sich wie eine Schlange in ihr zusammen, doch zwang sie sich, diesen Mann anzulächeln, den sie liebte und der nicht an solche Zeichen glaubte. »Ich wusste, dass es dir gefallen würde«, sagte sie. »Wir sollten deinem Bruder auf der Mauer Nachricht geben.«

»Ja, natürlich«, stimmte er zu. »Ben wird dabei sein wollen. Ich werde Maester Luwin sagen, er soll seinen schnellsten Vogel schicken.« Ned erhob sich und zog sie auf die Beine. »Teufel auch, wie viele Jahre mag es her sein? Und er gibt uns nicht mehr Nachricht als diese? Wie groß ist sein Gefolge, stand es in der Nachricht?«

»Ich denke hundert Ritter mindestens, mit all deren Gefolge, und noch einmal halb so viele freie Ritter. Cersei und die Kinder reisen mit ihnen.«

»Robert wird sich um ihretwillen Zeit lassen«, sagte er. »Das ist mir nur lieb. So bleibt uns mehr Zeit für die Vorbereitungen.«

»Auch die Brüder der Königin gehören dem Gefolge an«, erklärte sie.

Da verzog Ned das Gesicht. Zwischen ihm und der Familie der Königin gab es nur wenig Liebe, wie Catelyn wusste. Die Lannisters von Casterly Rock hatten sich Roberts Sache erst spät angeschlossen, als der Sieg schon mehr als sicher war, und das hatte er ihnen nie verziehen. »Nun, wenn der Preis für Roberts Gesellschaft die Heimsuchung durch die Lannisters ist, dann soll es so sein. Es klingt, als würde Robert die Hälfte seines Hofstaats mitbringen.«

»Wohin der König auch geht, folgt ihm sein Reich doch auf dem Fuße«, sagte sie.

»Es wird schön sein, die Kinder zu sehen. Der Jüngste nuckelte noch an der Brust dieser Lannister, als ich ihn zum letzten Mal gesehen habe. Er muss inzwischen fünf sein.«

»Prinz Tommen ist sieben«, erklärte sie ihm. »Genauso alt wie Bran. Bitte, Ned, hüte deine Zunge. *Diese Lannister* ist unsere Königin, und man sagt, ihr Stolz wüchse mit jedem Jahr.«

Ned drückte ihre Hand. »Natürlich muss es ein Fest geben, mit Sängern, und Robert wird jagen wollen. Ich werde Jory mit einer Ehrengarde gen Süden schicken, die ihn auf der Kingsroad in Empfang nimmt und hierher eskortiert. Bei den Göttern, wie sollen wir sie nur alle verköstigen? Schon auf dem Weg, sagtet Ihr? Verdammt sei der Mann. Man sollte ihm sein königliches Fell über die Ohren ziehen.«

DAENERYS

Ihr Bruder hielt den Umhang hoch, damit sie ihn betrachten konnte. »Ein Kunstwerk. Fass ihn an. Mach nur. Streich über diesen Stoff.«

Dany berührte ihn. Der Stoff war so weich, dass er wie Wasser durch ihre Finger zu rinnen schien. Sie konnte sich nicht erinnern, jemals etwas derart Weiches getragen zu haben. Es machte ihr Angst. Sie zog ihre Hand zurück. »Ist er wirklich für mich?«

»Ein Geschenk von Magister Illyrio«, sagte Viserys lächelnd. Heute Abend war ihr Bruder in bester Stimmung. »Die Farbe wird das Veilchenblau in deinen Augen hervorheben. Und auch Gold sollst du bekommen, und Juwelen aller Art. Illyrio hat es versprochen. Heute Abend sollst du wie eine Prinzessin aussehen.«

Eine Prinzessin, dachte Dany. Sie hatte schon vergessen, wie es war. Vielleicht hatte sie es nie wirklich gewusst. »Warum gibt er uns so viel?«, fragte sie. »Was will er von uns?« Seit fast einem halben Jahr nun wohnten sie im Haus des Magisters, aßen seine Speisen, wurden von seinen Dienern umsorgt. Dany war dreizehn, alt genug zu wissen, dass man solche Gaben nur selten ohne Gegenleistung bekam, hier in der Freien Stadt Pentos.

»Illyrio ist kein Narr«, sagte Viserys. Er war ein magerer, junger Mann mit fiebrigem Blick in den blasslilafarbenen Augen und mit nervösen Händen. »Der Magister weiß, dass ich meine Freunde nicht vergessen werde, wenn ich meinen Thron erst besteige.«

Dany sagte nichts. Magister Illyrio handelte mit Gewürzen, Edelsteinen und anderen, weniger pikanten Dingen. Wie man hörte, hatte er Freunde in allen Neun Freien Städten und selbst jenseits davon in Vaes Dothrak und den sagenhaften Ländern abseits der Jadesee. Außerdem hörte man, er habe nie einen Freund gehabt, den er nicht mit Freuden für den angemessenen Preis verkauft hätte. Das redeten die Leute auf der Straße, doch war Dany klug genug, ihrem Bruder nicht zu widersprechen, wenn er das Netz seiner Träume wob. Sein Zorn wütete furchtbar, war dieser erst entfacht. Viserys nannte es »den Drachen wecken«.

Ihr Bruder hängte den Umhang neben die Tür. »Illyrio wird die Sklavinnen schicken, damit sie dich baden. Achte darauf, dass sie den Stallgestank abwaschen. Khal Drogo besitzt eintausend Pferde, aber heute Abend will er etwas anderes besteigen.« Er betrachtete sie eingehend. »Du sitzt noch immer schief da. Richte dich auf.« Mit den Händen schob er ihre Schultern zurück. »Zeig ihnen, dass du eine Frau geworden bist.« Sanft strichen seine Finger über ihre knospenden Brüste und umfassten eine Brustwarze. »Du wirst mich heute Abend nicht enttäuschen. Falls du es doch tust, wird es dir übel bekommen. Du willst den Drachen doch nicht wecken, oder?« Seine Finger kniffen sie schmerzlich fest durch den groben Stoff. »*Oder?*«, wiederholte er.

»Nein«, gab sie demütig zurück.

Ihr Bruder lächelte. »Gut.« Er strich ihr über das Haar, fast liebevoll. »Wenn man die Geschichte meiner Regentschaft schreibt, süßes Schwesterchen, wird es heißen, sie habe in der heutigen Nacht begonnen.«

Als er fort war, trat Dany ans Fenster und blickte wehmütig hinaus auf die Fluten in der Bucht. Die quadratischen Steintürme von Pentos zeichneten sich schwarz gegen die untergehende Sonne ab. Dany konnte den Gesang der roten Priester hören, als diese die Nachtfeuer entzündeten, und das Geschrei zerlumpter Kinder, die unter den Mauern des Anwesens spielten. Einen Moment lang wünschte sie, sie könnte dort draußen bei ihnen sein, barfuß und atemlos und in Fetzen gekleidet, ohne Vergangenheit und ohne Zukunft und ohne dieses Fest, an dem sie in Khal Drogos Villa teilnehmen sollte.

Irgendwo hinter dem Sonnenuntergang, jenseits der Meerenge, lag ein Land grüner Hügel, blumenübersäter Weiden und großer, rauschender Flüsse, in dem Türme aus dunklem Stein inmitten blaugrauer Berge aufragten und Ritter in Rüstungen unter den Bannern ihrer Lords in die Schlacht ritten. Die Dothraki nannten dieses Land *Rhaesh Andahli*, das Land der Andalen. In den Freien Städten sprach man von Westeros und den Königreichen der Abenddämmerung. Ihr Bruder hatte einen schlichteren Namen. »Unser Land«, nannte er es. Diese Worte waren für ihn wie ein Gebet. Wenn er sie oft genug sagte, würden die Götter sie sicher erhören. »Unser, des Blutrechtes wegen, durch Verrat von uns genommen, dennoch unser, auf ewig unser. Man bestiehlt den Drachen nicht, o nein. Der Drache vergisst nichts.«

Und vielleicht erinnerte sich der Drache tatsächlich, doch Dany erinnerte sich nicht. Das Land, von dem ihr Bruder sagte, es gehöre ihnen, hatte sie selbst nie gesehen, dieses Reich jenseits der Meerenge. Diese Orte, von denen er sprach, Casterly Rock und die Eyrie, Highgarden und das Tal von Arryn, Dorne und die Isle of Faces, sie alle waren für sie nur Namen. Viserys war ein Junge von acht Jahren gewesen, als sie aus King's Landing fliehen mussten, um den vorrückenden Armeen des Usurpators, des Thronräubers, zu entkommen, doch Daenerys hatte noch nicht einmal den Bauch ihrer Mutter gewölbt.

Manchmal stellte sich Dany vor, wie es gewesen war, so oft schon hatte ihr Bruder die Geschichte erzählt. Die Flucht nach Dragonstone, als das Mondlicht auf den schwarzen Segeln des Schiffes schimmerte. Ihr Bruder Rhaegar rang mit dem Usurpator in den blutigen Fluten des Trident und starb für die Frau, die er liebte. Die Plünderung von King's Landing durch diejenigen, die Viserys die »Hunde des Usurpators« nannte, die Lords Lannister und Stark. Prinzessin Elia von Dorne flehte um Gnade, als man ihr Rhaegars Erben von der Brust riss und vor ihren Augen mordete. Die polierten Schädel der letzten Drachen, die blicklos von den Wänden des Thronsaals starrten, während der Königsmörder des Vaters Kehle mit goldenem Schwert durchschnitt.

Neun Monate nach der Flucht kam sie auf Dragonstone an einem Tag zur Welt, als ein tosender Sommersturm drohte, die Inselfestung zu zerschmettern. Man sagte, der Sturm sei fürchterlich gewesen. Die Flotte der Targaryen wurde zerschlagen, während sie vor Anker lag, und riesige Steinblöcke wurden aus den Brüstungen gerissen und stürzten in die wilden Fluten der Meerenge. Ihre Mutter war gestorben, als sie ihr das Leben schenkte, und das hatte der Bruder ihr nie verziehen.

Selbst an Dragonstone erinnerte sie sich nicht. Wieder waren sie geflohen, kurz bevor der Bruder des Usurpators mit seiner nagelneuen Flotte die Segel setzte. Mittlerweile war ihnen allein Dragonstone, der alte Sitz ihres Geschlechts, von den Sieben Königslanden geblieben, die einst die ihren gewesen waren. Doch auch das sollte nicht lange währen. Die Garnison hatte sie an den Usurpator verkaufen wollen, doch eines Nachts war Ser Willem Darry mit vier getreuen Männern in das Kinderzimmer eingedrungen, hatte sie beide zusammen mit der Amme entführt und war im Schutze der Dunkelheit zur sicheren Küste von Braavos gesegelt.

Sie erinnerte sich dunkel an Ser Willem, einen großen, halbblinden Bären von einem Mann, der von seinem Krankenbett aus brüllte und Befehle bellte. Die Dienerschaft lebte in Angst und Schrecken vor ihm, doch zu Dany war er stets freundlich gewesen. Er nannte sie »kleine Prinzessin« und manchmal »Mylady«, und seine Hände waren weich wie altes Leder. Doch niemals verließ er sein Bett, und Tag und Nacht hing der Geruch von Krankheit an ihm, ein heißer, feuchter, drückend süßer Duft. Damals lebten sie in Braavos, in dem großen Haus mit der roten Tür. Dort hatte Dany ihr eigenes Zimmer mit einem Zitronenbaum vor dem Fenster. Nachdem Ser Willem gestorben war, hatten die Diener das letzte Geld, das ihnen noch geblieben war, gestohlen, und kurz darauf waren sie aus dem großen Haus geworfen worden. Dany hatte geweint, als sich die rote Tür für immer hinter ihnen schloss.

Seither waren sie auf Wanderschaft gewesen, von Braavos nach Myr, von Myr nach Tyrosh und weiter nach Qohor und Volantis und Lys, waren nie lange an einem Ort geblieben. Ihr Bruder ließ es nicht zu. Die gedungenen Messerstecher des Usurpators waren ihnen dicht auf den Fersen, so sagte er, obwohl Dany nie einen von ihnen zu Gesicht bekam.

Anfangs hießen die Magister, Archonten und Handelsherren die letzten der Targaryen in ihren Häusern und an ihren Tafeln gern willkommen, doch je mehr Jahre ins Land gingen und je länger der Usurpator auf dem Eisernen Thron blieb, desto öfter verschlossen sich ihnen die Türen, und ihr Leben wurde kläglicher. Vor Jahren schon waren sie gezwungen gewesen, ihre letzten Schätze zu verkaufen, und jetzt war sogar die Münze, die sie für die Krone ihrer Mutter bekommen hatten, verloren. In den Gassen und Weinlöchern von Pentos nannte man ihren Bruder den »Bettlerkönig«. Dany wollte gar nicht wissen, wie man sie nannte.

»Eines Tages werden wir alles zurückbekommen, süßes Schwesterchen«, versprach er ihr oft. Manchmal zitterten seine Hände, wenn er davon sprach. »Die Juwelen und die Seide, Dragonstone und King's Landing, den Eisernen Thron und die Sieben Königslande, alles, was sie uns genommen haben, holen wir uns zurück.« Allein für diesen Tag lebte Viserys. Alles, was Daenerys wiederhaben wollte, war das Haus mit der roten Tür, dem Zitronenbaum vor dem Fenster, die Kindheit, die sie nie gehabt hatte.

Es klopfte leise an der Tür. »Herein«, sagte Dany und wandte sich vom Fenster ab. Illyrios Dienerinnen traten ein und machten sich ans Werk. Es waren Sklavinnen, ein Geschenk von einem der vielen dothrakischen Freunde des Magisters. In der Freien Stadt Pentos gab es keine Sklaverei. Die alte Frau, klein und grau wie eine Maus, sagte nie auch nur ein Wort, doch das Mädchen machte das mehr als wett. Sie war Illyrios Lieblingssklavin, ein blondes, blauäugiges Ding von sechzehn Jahren, das bei der Arbeit unablässig plapperte.

Sie füllten ihr Bad mit heißem Wasser, das aus der Küche gebracht wurde, und versetzten es mit duftenden Ölen. Das Mädchen zog Dany das grobe Leinenhemd über den Kopf und half ihr in die Wanne. Das Wasser war kochend heiß, doch weder schreckte Dany zurück, noch schrie sie auf. Sie mochte die Hitze. Sie gab ihr ein Gefühl von Sauberkeit. Außerdem hatte ihr Bruder ihr oft genug erklärt, nichts sei zu heiß für eine Targaryen. »Wir sind das Geschlecht der Drachen«, sagte er dann. »Das Feuer liegt uns im Blut.«

Die alte Frau wusch schweigend ihr langes, silberweißes Haar und kämmte die Metten heraus. Das Mädchen schrubbte Rücken und Füße und erklärte ihr, wie glücklich sie sich schätzen könne. »Drogo ist so reich, dass selbst seine Sklaven goldene Manschetten tragen. Hunderttausend Mann reiten in seinem *khalasar,* und sein Palast in Vaes Dothrak hat zweihundert Zimmer und Türen aus reinem Silber.« Es kam noch mehr, so viel mehr davon, wie ansehnlich der *khal* sei, so groß und wild, furchtlos in der Schlacht, der beste Reiter, der je auf einem Pferd gesessen habe, ein Teufel von einem Bogenschützen. Daenerys sagte nichts. Stets war sie davon ausgegangen, dass sie Viserys heiraten würde, sobald sie alt genug wäre. Jahrhundertelang hatten bei den Targaryen Bruder und Schwester geheiratet, seit Aegon der Eroberer seine Schwestern zur Braut genommen hatte. Die Linie muss rein bleiben, hatte Viserys ihr tausendmal erklärt. In ihren Adern flösse das Blut der Könige, das goldene Blut des alten Valyria, das Blut des Drachen. Drachen paarten sich nicht mit dem Vieh auf der Weide, und die Targaryen mischten ihr Blut nicht mit dem geringerer Menschen. Dennoch plante Viserys nun, sie an einen Fremden, einen Barbaren, zu verkaufen.

Als sie sauber war, halfen ihr die Sklavinnen aus dem Wasser und trockneten sie ab. Das Mädchen bürstete ihr Haar, bis es wie geschmolzenes Silber glänzte, während die alte Frau sie mit einem Blumenduft aus den dothrakischen Steppen salbte, je einen Tupfer auf die Handgelenke, hinter die Ohren, auf die Spitzen ihrer Brüste und einen letzten kühl auf ihre Lippen, die unten zwischen ihren Beinen. Sie kleideten sie mit Tüchern, die Magister Illyrio heraufgesandt hatte, dann kam der Umhang, dunkle, pflaumenfarbene Seide, die das Veilchenblau ihrer Augen hervorheben sollte. Das Mädchen zog die vergoldeten Sandalen über ihre Füße, während die alte Frau eine Tiara in ihrem Haar befestigte und goldene, mit Amethysten besetzte Armreifen über ihre Handgelenke schob. Schließlich kam der Halsschmuck, ein schwerer, goldener Torques, verziert mit alten valyrischen Hieroglyphen.

»Jetzt seht Ihr aus wie eine Prinzessin«, stellte das Mädchen atemlos fest, als sie fertig waren. Dany betrachtete ihr Antlitz im versilberten Spiegelglas, das Illyrio freundlicherweise zur Verfügung gestellt hatte. *Eine Prinzessin*, dachte sie, doch erinnerte sie sich an die Worte des Mädchens, Khal Drogo sei so reich, dass selbst seine Sklaven goldene Manschetten trügen. Plötzlich wurde ihr ganz kalt, und sie spürte eine Gänsehaut auf ihren nackten Armen.

Ihr Bruder wartete in der kühlen Eingangshalle, saß am Teich und spielte mit einer Hand im Wasser. Er stand auf, als sie erschien, und musterte sie kritisch. »Stell dich dorthin«, erklärte er. »Dreh dich um. Ja. Gut. Du siehst aus wie …«

»Eine Königin«, sagte Magister Illyrio, als er durch den Torbogen trat. Für einen derart massigen Mann bewegte er sich erstaunlich anmutig. Unter losen Gewändern aus flammenfarbener Seide wackelten Ringe aus Fett. Gemmen glitzerten an allen Fingern, und sein Leibdiener hatte ihm den gelben Gabelbart geölt, bis er wie reines Gold schimmerte. »Möge der Herr des Lichts Euch an diesem glücklichen Tage mit Segnungen überhäufen, Prinzessin Daenerys«, sagte der Magister, als er ihre Hand nahm. Er neigte den Kopf und ließ einen kurzen Blick auf seine schiefen, gelben Zähne hinter dem Gold des Bartes zu. »Sie ist ein Traum, Majestät, ein Traum«, erklärte er ihrem Bruder. »Drogo wird entzückt sein.«

»Sie ist zu dürr«, sagte Viserys. Sein Haar, vom selben Silberblond wie ihres, war mit einer Spange aus Drachenknochen am Hinterkopf festgebunden. Es wirkte streng und hob seine harten, ausgemergelten Züge hervor. Er stützte seine Hand auf den Griff jenes Schwertes, das Illyrio ihm geliehen hatte, und sagte: »Seid ihr sicher, dass Khal Drogo so junge Frauen mag?«

»Sie hat ihre Blutungen. Sie ist alt genug für den *khal*«, erklärte Illyrio nicht zum ersten Mal. »Seht sie Euch an. Dieses weißgoldene Haar, die purpurnen Augen … sie ist vom Blut des alten Valyria, zweifellos, zweifellos … und hochwohlgeboren, Tochter des alten Königs, Schwester des neuen, es kann ihr nicht misslingen, unseren Drogo zu verzücken.«

»Wahrscheinlich«, sagte ihr Bruder zweifelnd. »Die Wilden haben einen seltsamen Geschmack. Jungen, Pferde, Schafe …«

»Erwähnt dies Khal Drogo gegenüber lieber nicht«, warnte Illyrio mit glasklaren Augen.

Wut blitzte in den violetten Augen ihres Bruders auf. »Haltet Ihr mich für einen Narren?«

Der Magister verneigte sich leicht. »Ich halte Euch für einen König. Nur allzu oft geht Königen die Vorsicht des gemeinen Mannes ab. Ich bitte um Verzeihung, falls ich Euch gekränkt haben sollte.« Er wandte sich ab und klatschte in die Hände, um seine Träger zu rufen.

Die Straßen von Pentos waren finster, als sie sich in Illyrios kunstvoll geschnitztem Palankin auf den Weg machten. Zwei Diener liefen voraus, um ihnen den Weg zu leuchten, trugen verzierte Öllampen aus hellblauem Glas, während ein Dutzend starker Männer die Stangen auf ihre Schultern hoben. Drinnen, hinter den Vorhängen, war es warm und stickig. Dany konnte den Gestank der blassen Haut Illyrios trotz seiner schweren Duftwasser riechen.

Ihrem Bruder, der sich neben ihr auf den Kissen räkelte, fiel das nicht weiter auf. In Gedanken war er weit jenseits der Meerenge. »Wir werden nicht sein ganzes *khalasar* brauchen«, sagte Viserys. Seine Finger spielten am Heft der geliehenen Klinge herum, doch Dany wusste, dass er noch nie im Ernst ein Schwert geschwungen hatte. »Zehntausend wären schon genug. Ich könnte die Sieben Königslande mit zehntausend dothrakischen Schreihälsen überrennen. Das Reich wird sich für seinen rechtmäßigen König erheben. Tyrell, Redwyne, Darry, Greyjoy, sie alle haben für den Usurpator nicht mehr übrig als ich. Die Dornischen brennen darauf, Elia und ihre Kinder zu rächen. Und die kleinen Leute werden zu uns stehen. Sie rufen nach ihrem König.« Unsicher sah er Illyrio an. »Das tun sie doch, nicht?«

»Sie sind Euer Volk, und sie lieben Euch sehr«, sagte Magister Illyrio freundlich. »Auf Festungen überall im Reich erheben Männer heimlich ihre Gläser zu einem Trinkspruch auf Eure Gesundheit, während Frauen Drachenbanner nähen und sie für den Tag Eurer Rückkehr von jenseits des Meeres verstecken.« Schwerfällig zuckte er mit den Schultern. »Das zumindest melden mir meine Spione.«

Dany hatte keine Spione, keine Möglichkeit, in Erfahrung zu bringen, was irgendwer jenseits der Meerenge tat oder dachte, doch misstraute sie Illyrios schmeichlerischen Worten, wie sie allem misstraute, was Illyrio anging. Ihr Bruder jedoch nickte eifrig. »Eigenhändig werde ich den Usurpator erschlagen«, versprach er, der noch nie jemanden getötet hatte, »wie er meinen Bruder Rhaegar erschlagen hat. Und auch Lannister, den Königsmörder, für das, was er meinem Vater angetan hat.«

»Das wäre nur angemessen«, sagte Magister Illyrio. Dany sah den leisen Hauch eines Lächelns um seine vollen Lippen spielen, doch ihrem Bruder fiel nichts auf. Nickend schob er einen Vorhang zurück und stierte in die Nacht hinaus, und Dany wusste, dass er ein weiteres Mal die Schlacht am Trident schlug.

Das neuntürmige Anwesen Khal Drogos stand an den Fluten der Bucht, die hohen Steinmauern waren von hellem Efeu überwuchert. Die Magister von Pentos hatten es dem *khal* geschenkt, wie Illyrio ihnen erklärte. Die Freien Städte waren den Reiterlords gegenüber stets großzügig. »Es ist nicht so, als fürchteten wir diese Barbaren«, erklärte Illyrio lächelnd. »Der Herr des Lichts würde unsere Stadtmauern gegen eine Million Dothraki schützen, das zumindest verspricht der rote Priester ... doch wozu ein Risiko eingehen, wenn deren Freundschaft so billig zu haben ist?«

Ihr Palankin wurde am Tor aufgehalten, der Vorhang grob von einer Hauswache zurückgerissen. Der Mann besaß die kupferfarbene Haut und die dunklen Mandelaugen eines Dothraki, doch sein Gesicht war bartlos, und er trug die bronzene Pickelhaube der Unbefleckten. Magister Illyrio knurrte ihm etwas in der groben Sprache der Dothraki zu, der Wachmann antwortete nicht minder grob und winkte sie durchs Tor.

Dany bemerkte, dass die Hand ihres Bruders den Griff seines geliehenen Schwertes fest umklammerte. Fast wirkte er so ängstlich, wie er war. »Unverschämter Eunuch«, murmelte Viserys, während sich der Palankin dem Anwesen näherte.

Magister Illyrios Worte waren wie Honig. »Viele bedeutende Männer werden heute Abend auf diesem Fest sein. Solche Männer haben Feinde. Der *khal* muss seine Gäste schützen, und

Euch vor allen anderen, Majestät. Zweifellos dürfte der Usurpator gut für Euren Kopf bezahlen.«

»O ja«, sagte Viserys finster. »Er hat es versucht, Illyrio, das kann ich Euch versichern. Seine gedungenen Mörder folgen uns überallhin. Ich bin der letzte Drache, und sicher wird er nicht ruhig schlafen, solange ich noch lebe.«

Der Palankin wurde langsamer und hielt. Die Vorhänge wurden zurückgeworfen, und ein Sklave bot seine Hand an, um Daenerys herauszuhelfen. Seine Manschette war, wie sie bemerkte, aus gewöhnlicher Bronze. Ihr Bruder folgte ihr, die eine Hand noch immer fest am Griff seines Schwertes. Zwei Männer waren nötig, um den Magister Illyrio wieder auf die Beine zu bekommen.

Im Inneren des Gebäudes war die Luft von schwerem Duft erfüllt. Gewürze, Stechbrand, süße Zitrone und Zimt. Man geleitete sie durch die Eingangshalle, wo ein Mosaik aus buntem Glas den Untergang Valyrias darstellte. Öl brannte in schwarzen Eisenlampen entlang der Wände. Unter einem Bogen verschlungener Steinblätter verkündete ein Eunuch ihre Ankunft. »Viserys aus dem Geschlecht Targaryen, der Dritte seines Namens«, rief er mit hoher, hübscher Stimme, »König der Andalen und der Rhonar und der Ersten Menschen, Lord der Sieben Königslande und Protektor des Reiches. Seine Schwester Daenerys Stormborn, Prinzessin von Dragonstone. Sein hochverehrter Gastgeber Illyrio Mopatis, Magister der Freien Stadt Pentos.«

Sie traten an dem Eunuchen vorbei in einen säulenbesetzten Hof, der ganz von hellem Efeu überwuchert war. Mondlicht bemalte die Blätter in den Farben von Knochen und Silber, während die Gäste darunter flanierten. Viele davon waren dothrakische Reiterlords, große Männer mit rotbrauner Haut, deren hängende Schnauzbärte mit metallenen Ringen gebunden waren und deren schwarzes Haar geölt und geflochten und mit Glöckchen behängt war. Doch zwischen ihnen sah man Banditen und Soldritter aus Pentos und Myr und Tyrosh, einen roten Priester, der noch fetter als Illyrio war, haarige Männer aus dem Hafen von Ibben und Lords von den Summer Isles mit Haut so schwarz wie Ebenholz. Sie alle betrachtete Daenerys mit Staunen… und bemerkte plötzlich voller Entsetzen, dass sie die einzige Frau im Raum war.

Illyrio flüsterte: »Diese drei dort drüben sind Drogos Blutreiter. An der Säule steht Khal Moro mit seinem Sohn Rhogoro. Der Mann mit dem grünen Bart ist der Bruder des Archon von Tyrosh, und der Mann hinter ihm ist Ser Jorah Mormont.«

Der letzte Name machte Daenerys stutzig. »Ein Ritter?«

»Nicht weniger als das.« Illyrio lächelte durch seinen Bart hindurch. »Vom Hohen Septon höchstpersönlich mit den sieben Ölen gesalbt.«

»Was macht er hier?«, platzte sie heraus.

»Der Usurpator fordert seinen Kopf«, erklärte Illyrio. »Wegen eines geringfügigen Affronts. Er hat ein paar Wilddiebe an einen Sklavenhändler der Tyroshi verkauft, statt sie der Nachtwache zu übergeben. Absurdes Gesetz. Ein Mann sollte mit seinem Hab und Gut tun und lassen dürfen, was er will.«

»Ich möchte mit Ser Jorah sprechen, bevor der Abend um ist«, sagte ihr Bruder. Dany merkte, wie ihr Blick neugierig den Ritter suchte. Er war ein älterer Mann, über vierzig, mit beginnender Glatze, doch noch immer kräftig und gesund. Statt Seide und Tuch trug er Wolle und Leder. Sein Rock war von dunklem Grün, bestickt mit dem Bild eines schwarzen Bären, der auf zwei Beinen stand.

Noch während sie diesen seltsamen Mann aus der Heimat, die sie nie gesehen hatte, betrachtete, legte Magister Illyrio ihr seine feuchte Hand auf die nackte Schulter. »Dort drüben, liebreizende Prinzessin«, flüsterte er ihr zu, »das ist der *khal* höchstpersönlich.«

Am liebsten hätte sich Dany versteckt, doch ihr Bruder warf ihr nur einen Blick zu. Wenn sie ihn verstimmte, würde sie damit den Drachen wecken. Ängstlich wandte sie sich um und nahm den Mann in Augenschein, von dem Viserys hoffte, dass er noch vor dem Ende dieser Nacht um ihre Hand anhalten würde.

Das Sklavenmädchen hatte ganz recht gehabt, dachte sie. Khal Drogo war noch um einen Kopf größer als der größte Mann in diesem Raum und dennoch leichtfüßig, anmutig wie ein Panther in Illyrios Menagerie. Er war jünger, als sie gedacht hatte, nicht über dreißig. Seine Haut war von der Farbe polierten Kupfers, sein dicker Schnauzbart mit goldenen und bronzenen Ringen durchflochten.

»Ich muss ihm meine Ergebenheit bekunden. Wartet hier. Ich bringe ihn zu Euch.«

Ihr Bruder nahm sie beim Arm, als Illyrio zum *khal* hinüberwatschelte, und seine Finger drückten sie so fest, dass es schmerzte. »Siehst du seinen Zopf, süßes Schwesterchen?«

Drogos Zopf war schwarz wie die Mitternacht und schwer von duftenden Ölen, mit winzigen Glöckchen behangen, die leise klangen, wenn er sich bewegte. Er fiel bis über seinen Gürtel, selbst noch über seinen Hintern, das Ende strich noch über seine Schenkel.

»Siehst du, wie lang er ist?«, sagte Viserys. »Wenn ein Dothraki im Kampf besiegt wird, schneidet man ihm zur Schmach den Zopf ab, damit die Welt um seine Schande weiß. Khal Drogo hat nie einen Kampf verloren. Er ist der wiedergeborene Aegon Dragonlord, und du wirst seine Königin sein.«

Dany sah Khal Drogo an. Sein Gesicht war hart und grausam, seine Augen kalt und dunkel wie Onyx. Ihr Bruder tat ihr manchmal weh, wenn sie den Drachen weckte, doch niemals machte er ihr solche Angst wie dieser Mann. »Ich will nicht seine Königin sein«, hörte sie sich mit leiser, schwacher Stimme sagen. »Bitte, *bitte*, Viserys, ich will nicht, ich möchte heim.«

»Heim?« Er sprach mit gedämpfter Stimme, doch konnte sie den Zorn in seinem Tonfall hören. »Wie können wir heimkehren, süßes Schwesterchen? Sie haben uns unser Heim genommen!« Er zog sie in den Schatten, wo sie nicht zu sehen waren. Seine Finger bohrten sich in ihre Haut. *»Wie können wir heimkehren?«*, wiederholte er und meinte King's Landing und Dragonstone und das ganze Reich, das sie verloren hatten.

Dany hatte nur ihre Zimmer in Illyrios Anwesen gemeint, wahrlich kein echtes Heim, wenn auch alles, was sie hatten, doch davon wollte ihr Bruder nichts hören. Das war nicht sein Heim. Fest gruben sich seine Finger in ihren Arm, forderten

Antwort. »Ich weiß es nicht …«, sagte sie schließlich mit gebrochener Stimme. Tränen traten in ihre Augen.

»Aber ich«, sagte er scharf. »Wir kehren mit einer ganzen Armee heim. Mit Khal Drogos Armee, so kehren wir heim. Und wenn du ihn dafür heiraten und sein Bett teilen musst, dann wirst du es tun.« Er lächelte sie an. »Ich würde dich von seinem ganzen *khalasar* nehmen lassen, wenn es sein müsste, süßes Schwesterchen, von allen vierzigtausend Mann, und von ihren Pferden auch, wenn ich dafür meine Armee bekäme. Sei dankbar, dass es nur Drogo ist. Mit der Zeit wirst du ihn vielleicht sogar mögen. Jetzt wisch dir die Tränen ab. Illyrio führt ihn hierher, und er wird dich *nicht* weinen sehen.«

Dany drehte sich um. Es stimmte. Magister Illyrio, der nur noch aus Lächeln und Verbeugungen zu bestehen schien, begleitete Khal Drogo zu ihnen. Mit dem Handrücken strich sie die letzten ungeweinten Tränen fort.

»Lächeln«, flüsterte Viserys aufgeregt, und seine Hand suchte das Heft des Schwertes. »Und richte dich auf. Lass ihn sehen, dass du Brüste hast. Und bei allen Göttern, davon hast du wenig genug.«

Daenerys lächelte und richtete sich auf.

EDDARD

Wie ein reißender Fluss von Gold und Silber und poliertem Stahl strömten die Besucher durch die Tore der Burg, dreihundert Mann, eine Pracht von Vasallen und Rittern, von Gefolgsmännern und freien Rittersleuten. Über ihren Köpfen peitschte ein Dutzend goldener Banner im Nordwind hin und her, verziert mit dem gekrönten Hirschen von Baratheon.

Ned kannte viele der Reiter. Dort kam Ser Jaime Lannister mit Haar so hell wie Blattgold und dort Sandor Clegane mit seinem grauenhaft verbrannten Gesicht. Der große Junge neben ihm konnte nur der Kronprinz sein, und dieser verkrüppelte, kleine Mann an seiner Seite war sicher der Gnom Tyrion Lannister.

Doch der mächtige Mann an der Spitze der Kolonne, flankiert von zwei Rittern in den schneeweißen Umhängen der Königsgarde, erschien Ned fast wie ein Fremder … bis er mit altbekanntem Aufschrei vom Rücken seines Pferdes sprang und ihn mit knochenberstender Umarmung an sich drückte. »Ned! Wie gut es tut, dein gefrorenes Gesicht zu sehen.« Der König musterte ihn von oben bis unten und lachte. »Du hast dich nicht verändert.«

Hätte Ned nur dasselbe sagen können … Vor fünfzehn Jahren, als sie aufgebrochen waren, um einen Thron zu erobern, war der Lord von Storm's End glatt rasiert gewesen, klaren Blickes und muskulös wie der Traum junger Mädchen. Mit seinen sechseinhalb Fuß Größe überragte er die anderen Männer, aber wenn er seine Rüstung anlegte und den großen, geweihbesetzten Helm seiner Familie aufsetzte, wurde er zum wahren

Riesen. Und Riesenkräfte besaß er auch. Seine Lieblingswaffe war ein dornbesetzter, eiserner Streithammer, den Ned kaum heben konnte.

In jenen Tagen damals hatten ihn Leder und Blut wie Duftwasser eingehüllt.

Nun war es Duftwasser, das ihn wie Duftwasser einhüllte, und sein Umfang entsprach seiner Größe. Zuletzt hatte Ned den König vor neun Jahren während Balon Greyjoys Rebellion gesehen, als sich Hirsch und Schattenwolf getroffen hatten, um den Ansprüchen des selbst ernannten Königs von Iron Islands ein Ende zu bereiten. Seit jenem Abend, als sie Seite an Seite in Greyjoys gefallener Festung standen, in welcher Robert die Kapitulation des rebellischen Lords entgegennahm und Ned dessen Sohn Theon als Geisel und Mündel bekam, hatte der König erheblich zugelegt. Ein Bart – grob und schwarz wie Eisendraht – bedeckte sein Gesicht, um das Doppelkinn und die hängenden, königlichen Wangen zu verhüllen, doch nichts konnte den Wanst oder die dunklen Ringe unter seinen Augen verbergen.

Aber heute war Robert Neds König und nicht mehr nur ein Freund, und daher sagte er: »Majestät, Winterfell ist Euer.«

Mittlerweile stiegen auch die anderen ab, und Stallburschen liefen zu den Pferden vor. Roberts Königin Cersei Lannister kam zu Fuß mit ihren Kindern in den Hof. Die Karosse, in der sie gefahren waren, eine riesenhafte Doppeldeckerkutsche aus geölter Eiche und vergoldetem Metall, die von vierzig schweren Pferden gezogen wurde, war zu breit, um durch das Tor der Burg zu passen. Ned kniete im Schnee und küsste den Ring der Königin, während Robert Catelyn wie eine verloren geglaubte Schwester umarmte. Dann hatte man die Kinder vorgeschickt, vorgestellt und gegenseitig gelobt.

Kaum waren diese Begrüßungsformalitäten beendet, da sagte der König zu seinem Gastgeber gewandt: »Bring mich in eure Krypta, Eddard. Ich möchte ihnen meinen Respekt zollen.«

Dafür liebte Ned ihn, weil er sich nach all den Jahren noch ihrer erinnerte. Er bat um eine Laterne. Sonst waren keine Worte nötig. Schon hatte die Königin zum Protest angesetzt.

Seit dem Morgengrauen waren sie unterwegs, allesamt müde und durchgefroren, und sicher müssten sie sich erst einmal erfrischen. Die Toten würden warten. Nicht mehr als das hatte sie gesagt. Robert hatte ihr einen Blick zugeworfen, und ihr Zwillingsbruder Jaime hatte sie still in den Arm genommen, und dann hatte sie nichts mehr gesagt.

Gemeinsam stiegen sie in die Gruft hinab, Ned und dieser König, den er kaum noch kannte. Die steinerne Wendeltreppe war schmal. Ned ging mit der Laterne voraus. »Ich fing schon an zu glauben, wir würden Winterfell nie mehr erreichen«, klagte Robert. »Unten im Süden, so wie da über meine Sieben Königslande gesprochen wird, vergisst man fast, dass deine Last so groß ist wie die aller anderen sechs zusammen.«

»Ich hoffe, Ihr habt Eure Reise genossen, Majestät.«

Robert schnaubte. »Sümpfe und Wälder und Felder, und kaum ein vernünftiges Wirtshaus nördlich vom Neck. Nie zuvor habe ich derart ausschweifende Leere gesehen. Wo ist dein *Volk*?«

»Wahrscheinlich waren die Leute zu scheu, um aus ihren Löchern zu kommen«, scherzte Ned. Er spürte die Kälte, welche die Stufen heraufkroch, kalter Atem aus dem Inneren der Erde. »Könige sind im Norden ein seltener Anblick.«

Robert schnaubte. »Wahrscheinlicher ist, dass sie sich unter dem Schnee versteckt haben. *Schnee*, Ned!« Der König legte eine Hand an die Mauer, um sich abzustützen.

»Spätsommerliche Schneefälle sind nichts Ungewöhnliches«, sagte Ned. »Ich hoffe, sie haben Euch keine Unbill bereitet. Für gewöhnlich sind sie mild.«

»Mögen die Anderen deine milden Schneefälle holen«, fluchte Robert. »Wie soll es hier erst im Winter werden? Beim bloßen Gedanken daran friert es mich.«

»Die Winter sind hart«, räumte Ned ein. »Doch die Starks halten durch. Wie wir es immer schon getan haben.«

»Du solltest in den Süden kommen«, erklärte Robert. »Du brauchst etwas Sommer, bevor er uns ganz entflieht. In Highgarden gibt es Felder voll goldener Rosen, so weit das Auge reicht. Das Obst ist so reif, es explodiert einem schier im Mund…

Melonen, Pfirsiche, Feuerpflaumen, so Liebliches hast du noch nie gekostet. Du wirst es sehen, denn ich habe dir ein paar davon mitgebracht. Selbst in Storm's End, bei dem kräftigen Wind von der See, sind die Tage so heiß, dass man sich kaum rühren kann. Und du solltest die Städte sehen, Ned! Überall Blumen, die Märkte quellen über vor Speisen, der Sommerwein ist so billig und gut, und man ist schon benebelt, wenn man nur atmet. Jedermann ist dick und trunken und reich.« Er lachte und versetzte seinem stattlichen Wanst einen Schlag. »Und die *Mädchen*, Ned!«, rief er mit leuchtenden Augen aus. »Ich schwöre dir: Frauen legen alle Scham in dieser Hitze ab. Sie schwimmen nackt im Fluss, gleich unterhalb der Burg. Selbst in den Straßen ist es viel zu heiß für Wolle oder Pelz, und deshalb laufen sie in diesen kurzen Kleidern herum, aus Seide, wenn sie das Silber dafür haben, aus Leinen, wenn nicht; doch macht es keinen Unterschied, wenn sie schwitzen und der Stoff an ihrer Haut klebt, könnten sie ebenso gut nackt sein.« Der König lachte selig.

Schon immer war Robert Baratheon ein Mann von mächtigem Appetit gewesen, ein Mann, der wusste, wie man sich vergnügte. Das war nichts, was man von Eddard Stark hätte sagen können. Doch konnte Ned nicht übersehen, welchen Tribut diese Vergnügungen vom König forderten. Robert atmete schwer, als sie das untere Ende der Treppe erreichten, und sein Gesicht leuchtete rot im Lampenschein, während sie die dunkle Gruft betraten.

»Majestät«, sagte Ned respektvoll. Er schwang die Laterne in weitem Halbkreis. Schatten taumelten und schwankten. Flackerndes Licht fiel auf die Steine zu ihren Füßen und strich über eine lange Prozession von Granitpfeilern, die paarweise in die Dunkelheit vorausmarschierten. Zwischen den Säulen saßen die Toten auf ihren steinernen Thronen an den Wänden, mit den Rücken an die Grabstätten gelehnt, die ihre sterblichen Überreste bargen. »Sie ist hinten am Ende, bei Vater und Brandon.«

Er lief zwischen den Säulen voraus, und Robert folgte wortlos, fror in der unterirdischen Kälte. Hier unten war es stets kalt. Ihre Schritte hallten im Gewölbe über ihnen nach, während sie sich unter die Toten des Hauses Stark mischten. Die Lords von Winterfell sahen sie vorüberziehen. Ihre Ebenbilder waren in den Stein gemeißelt, der die Gräber versiegelte. In langen Reihen saßen sie da, starrten mit blinden Augen in ewige Finsternis, während große, steinerne Schattenwölfe sich um ihre Füße scharten. Die schwankenden Schatten ließen die Steinfiguren aussehen, als bewegten sie sich, wenn die Lebenden vorübergingen.

Aus alter Sitte hatte man jedem, der Lord von Winterfell gewesen war, ein eisernes Langschwert auf den Schoß gelegt, um die rachsüchtigen Geister in ihrer Gruft zu halten. Das älteste war lange schon vom Rost zerfressen, und nur noch ein paar rote Flecken waren zurückgeblieben, wo das Metall auf Stein gelegen hatte. Ned fragte sich, ob es bedeutete, dass sich diese Geister nun frei in seiner Burg bewegen konnten. Er hoffte es nicht. Die ersten Lords von Winterfell waren so hart wie das Land gewesen, über das sie herrschten. In den Jahrhunderten, bevor die Dragonlords über das Meer kamen, hatten sie sich niemandem unterwerfen müssen und sich selbst zu Königen des Nordens gemacht.

Schließlich blieb Ned stehen und hob die Öllaterne in die Höhe. Die Gruft führte noch weiter in die Finsternis vor ihnen, doch von hier an waren die Gräber leer und unverschlossen. Schwarze Gruben erwarteten ihre Toten, warteten auf ihn und seine Kinder. Daran mochte Ned nicht denken. »Hier«, erklärte er seinem König.

Robert nickte leise, kniete nieder und neigte den Kopf.

Es waren drei Gräber, Seite an Seite. Lord Rickard Stark, Neds Vater, hatte ein langes, ernstes Gesicht. Der Steinmetz hatte ihn gut gekannt. In stiller Würde saß er da, die steinernen Finger hielten das Schwert auf seinem Schoß, doch im Leben hatten Schwerter ihm kein Glück gebracht. In zwei kleineren Gräbern zu beiden Seiten lagen seine Kinder.

Brandon war zwanzig gewesen, als er starb, erdrosselt auf Befehl des Irren Königs Aerys Targaryen, nur wenige kurze Tage, bevor er Catelyn Tully von Riverrun heiraten sollte. Seinen Vater hatte man gezwungen zuzusehen, wie er starb. Brandon war der wahre Erbe gewesen, der Älteste, zum Herrschen geboren.

Lyanna war erst sechzehn gewesen, ein liebreizendes Kind. Ned hatte sie von ganzem Herzen geliebt. Robert hatte sie sogar noch mehr geliebt. Sie hatte seine Braut werden sollen.

»Sie war hübscher als das«, sagte der König nach einigem Schweigen. Sein Blick ruhte auf Lyannas Gesicht, als könnte er sie mit seinem Willen wieder zum Leben erwecken.

Schließlich erhob er sich, unbeholfen wegen seines Gewichts. »Ach, verflucht, Ned, musstest du sie an einem *solchen* Ort begraben?« Seine Stimme war heiser vor Trauer. »Sie verdient besseres als diese Dunkelheit ...«

»Sie war eine Stark von Winterfell«, erwiderte Ned leise. »Sie gehört hierher.«

»Sie sollte irgendwo auf einem Hügel liegen, unter einem Obstbaum, mit der Sonne und den Wolken über ihr, und dem Regen, der sie reinwäscht.«

»Ich war bei ihr, als sie starb«, erinnerte Ned den König. »Sie wollte heimkehren und neben Brandon und Vater ruhen.« Manchmal konnte er ihre Worte noch hören. *Versprich es mir*, hatte sie geweint, in einem Zimmer, das nach Blut und Rosen roch. *Versprich es mir, Ned.* Das Fieber hatte ihr die Kraft geraubt, und ihre Stimme war schwach wie ein Flüstern gewesen, doch als er ihr das Versprechen gab, war die Angst in den Augen seiner Schwester verflogen. Ned erinnerte sich daran, wie sie ihn angelächelt hatte, wie fest ihre Finger die seinen umfassten, als sie das Leben losließ, ihr die Rosenblätter aus der Hand glitten, tot und schwarz. Danach erinnerte er sich an nichts mehr. Man hatte ihn gefunden, mit der Toten im Arm, schweigend vor Trauer. Howland Reed, der kleine Pfahlbaumann, hatte ihre Hand aus seiner gelöst. Daran konnte Ned sich nicht erinnern. »Ich bringe ihr Blumen, wann immer ich kann«, sagte er. »Lyanna war ... sie liebte Blumen.«

Der König berührte ihre Wange, und seine Finger strichen so sanft über den groben Stein, als wäre dieser lebendige Haut. »Ich habe geschworen, Rhaegar für das zu töten, was er ihr angetan hat.«

»Du hast es getan«, erinnerte Ned ihn.

»Einmal nur«, sagte Robert bitter.

Sie waren sich an der Furt des Trident begegnet, während um sie herum die Schlacht tobte, Robert mit seinem Streithammer und dem großen Geweihhelm, der Targaryen ganz in schwarzer Rüstung.

Auf seiner Brustplatte war der dreiköpfige Drache seines Geschlechts zu sehen, mit Rubinen überzogen, die im Sonnenlicht wie Feuer blitzten. Rot färbten sich die Fluten des Trident um die Hufe ihrer Rösser, als sie einander umkreisten und aufeinanderprallten, wieder und immer wieder, bis endlich ein berstender Hieb von Roberts Hammer den Drachen und die Brust darunter traf. Als Ned schließlich hinzukam, lag Rhaegar tot im Strom, während Männer beider Armeen in den tosenden Fluten nach den Rubinen scharrten, die aus seinem Panzer gebrochen waren.

»In meinen Träumen töte ich ihn jede Nacht«, gestand Robert. »Tausende Tode wären noch immer weniger, als er verdient.«

Es gab nichts, was Ned dazu hätte sagen können. Nach einigem Schweigen meinte er: »Wir sollten umkehren, Majestät. Eure Frau wird schon warten.«

»Sollen die Anderen meine Frau holen«, murmelte Robert säuerlich, doch machte er sich mit schweren Schritten auf den Weg, den sie gekommen waren. »Und wenn ich noch einmal *Majestät* von dir höre, lasse ich deinen Kopf auf einen Stecken spießen. Wir bedeuten einander mehr als das.«

»Ich habe es nicht vergessen«, erwiderte Ned leise. Als der König nicht antwortete, sagte er: »Erzähl mir von Jon.«

Robert schüttelte den Kopf. »Noch nie habe ich gesehen, wie ein Mann so schnell verfallen ist. Wir hatten ein Turnier am Namenstag meines Sohnes. Hättest du Jon da gesehen, hättest du geschworen, dass er ewig lebt. Vierzehn Tage später war er tot. Die Krankheit erhob sich wie eine Feuersbrunst in seinem Gedärm. Sie hat sich geradewegs durch ihn hindurchgebrannt.« An einer Säule blieb er stehen, vor dem Sarg eines lang verstorbenen Stark. »Ich habe den alten Mann geliebt.«

»Das haben wir beide getan.« Ned wartete einen Moment. »Catelyn fürchtet um ihre Schwester. Wie trägt Lysa ihre Trauer?«

Um Roberts Mund erschien ein bitterer Zug. »Nicht gut, um die Wahrheit zu sagen«, gestand er. »Ich glaube, Jon zu verlieren, hat die Frau um den Verstand gebracht, Ned. Sie hat den Jungen mit zurück auf die Eyrie genommen. Gegen meinen Wunsch. Ich hatte gehofft, ich könnte ihn Tywin Lannister in Casterly Rock anvertrauen. Jon hat keine Brüder, keine weiteren Söhne. Sollte ich zulassen, dass er von Frauen aufgezogen wird?«

Ned hätte ein Kind eher einer Schlange als Lord Tywin anvertraut, doch ließ er seine Zweifel unausgesprochen. Manch alte Wunde heilt niemals wirklich und blutet beim leisesten Wort. »Die Frau hat ihren Mann verloren«, sagte er vorsichtig. »Vielleicht fürchtete die Mutter, den Sohn nun ebenfalls zu verlieren. Der Junge ist noch sehr klein.«

»Sechs Jahre und kränklich und – mögen uns die Götter gnädig sein – Lord über die Eyrie«, fluchte der König. »Lord Tywin hatte noch nie ein Mündel zu sich genommen. Lysa hätte sich geehrt fühlen sollen. Die Lannisters sind ein großes und edles Geschlecht. Sie weigerte sich, auch nur davon zu hören. Dann reiste sie mitten in der Nacht ab, ohne sich zu verabschieden. Cersei war außer sich.« Er seufzte tief. »Der Junge ist mein Namensvetter, wusstest du das? Robert Arryn. Ich habe geschworen, ihn zu beschützen. Wie kann ich das, wenn seine Mutter ihn verschleppt?«

»Ich werde ihn als Mündel nehmen, wenn Ihr wollt«, sagte Ned. »Damit sollte Lysa einverstanden sein. Sie und Catelyn standen sich als Mädchen sehr nahe, und auch sie wäre uns willkommen.«

»Ein großzügiges Angebot, mein Freund«, sagte der König, »doch kommt es zu spät. Lord Tywin hat bereits sein Einverständnis erklärt. Den Jungen andernorts unterzubringen wäre eine schwere Beleidigung.«

»Das Wohlergehen meines Neffen liegt mir mehr am Herzen als der Stolz der Lannisters«, erklärte Ned.

»Weil du nicht mit einer Lannister schläfst«, lachte Robert. Sein Lachen hallte zwischen den Särgen und kehrte von der gewölbten Decke zurück. Im Dickicht des mächtigen, schwarzen Bartes blitzten weiße Zähne auf, als er lächelte. »Ach, Ned«, sagte er, »du bist noch immer viel zu ernst.« Er legte den massigen Arm um Neds Schulter. »Ich hatte ein paar Tage warten wollen, bis ich mit dir spreche, doch jetzt sehe ich, dass es dafür keinen Grund gibt. Komm, geh ein Stück mit mir.«

Sie setzten zwischen den Säulen hindurch den Rückweg fort. Blinde, steinerne Augen schienen ihnen zu folgen, wenn sie vorübergingen. Noch immer hatte der König seinen Arm um Neds Schulter gelegt. »Du wirst dich gefragt haben, wieso ich endlich in den Norden nach Winterfell gekommen bin, nach so langer Zeit.«

Ned hatte seine Vermutungen, doch behielt er sie für sich. »Um das Vergnügen meiner Gesellschaft zu haben, nehme ich doch an«, sagte er freudig. »Und dann ist da die Mauer. Die müsst Ihr sehen, Majestät, auf ihren Zinnen spazieren und mit denen sprechen, die sie bemannen. Die Nachtwache ist nur noch ein Schatten dessen, was sie einmal darstellte. Benjen sagt ...«

»Zweifelsohne werde ich noch früh genug erfahren, was dein Bruder sagt«, unterbrach ihn Robert. »Die Mauer steht jetzt – wie lange? – seit achttausend Jahren. Sie wird noch ein paar Tage warten können. Ich habe drängendere Probleme. Wir leben in schwierigen Zeiten. Ich brauche gute Männer um mich. Männer wie Jon Arryn. Er hat mir als Lord über die Eyrie gedient, als Wächter des Ostens, als Rechte Hand des Königs. Er wird nicht leicht zu ersetzen sein.«

»Sein Sohn ...«, begann Ned.

»Sein Sohn wird ihm auf der Eyrie nachfolgen«, sagte Robert brüsk. »Nicht mehr.«

Das überraschte Ned. Er blieb stehen, verdutzt, und wandte sich um, damit er seinen König ansehen konnte. Die Worte entfuhren ihm, ohne dass er es gewollt hätte. »Stets waren die Arryns Wächter des Ostens. Der Titel gehört zum Besitz.«

»Vielleicht kann man ihm diese Ehre wieder übertragen, wenn er alt genug ist«, sagte Robert. »Ich muss dieses und das nächste Jahr bedenken. Ein Sechsjähriger ist kein Kriegsherr, Ned.«

»In Friedenszeiten ist der Titel nicht mehr als eine Ehre. Lass ihn dem Jungen. Um seines Vaters willen, wenn schon nicht um seiner selbst willen. Das bist du Jon für seine Dienste sicher schuldig.«

Der König war nicht eben erfreut. Er nahm den Arm von Neds Schulter. »Jons Dienste waren die Pflicht, die er seinem Lehnsherrn schuldete. Ich bin nicht undankbar, Ned. Du vor allem solltest das wissen. Aber der Sohn ist nicht der Vater. Ein Kind allein kann den Osten nicht halten.« Dann wurde seine Stimme milder. »Genug davon. Es gibt Wichtigeres zu besprechen, und ich möchte mit dir nicht streiten.« Robert packte Ned beim Ellbogen. »Ich brauche dich, Ned.«

»Ich stehe Euch zur Verfügung, Majestät. Jederzeit.« Es waren Worte, die er sagen musste, und so sprach er sie aus, besorgt darum, was als Nächstes folgen mochte.

Robert schien ihn kaum zu hören. »Jene Jahre, die wir auf der Eyrie verbracht haben ... bei den Göttern, das waren gute Jahre. Ich möchte dich wieder an meiner Seite sehen, Ned. Ich möchte dich unten in King's Landing haben, nicht hier oben am Ende der Welt, wo du niemandem nützt.« Robert blickte in die Dunkelheit, einen Moment lang melancholisch wie ein Stark. »Ich schwöre dir: Auf einem Thron zu sitzen ist tausendmal schwerer, als einen zu erobern. Gesetze sind eine öde Angelegenheit, und Kupfermünzen zählen noch viel schlimmer. Und diese Leute ... sie nehmen einfach kein Ende. Ich sitze da auf diesem gottverdammten Eisenstuhl und hör mir ihre Klagen an, bis mein Verstand benebelt und mein Hintern wund ist. Alle wollen irgendwas, Geld oder Land oder Gerechtigkeit. Die Lügen, die sie erzählen ... und meine Lords und Ladies sind nicht besser. Ich bin von Schmeichlern und Narren umgeben. Das kann einen Mann in den Wahnsinn treiben, Ned. Die eine Hälfte von ihnen wagt nicht, mir die Wahrheit zu sagen, und die andere Hälfte kann sie nicht finden. Es gibt Nächte, in denen ich mir wünsche, wir hätten am Trident verloren. Ach nein, nicht wirklich, aber ...«

»Ich verstehe«, sagte Ned sanft.

Robert sah ihn an. »Das glaube ich dir. Falls es so ist, bist du der Einzige, mein alter Freund.« Er lächelte. »Lord Eddard Stark, ich möchte Euch zur Rechten Hand des Königs ernennen.«

Ned sank auf ein Knie. Das Angebot überraschte ihn nicht. Welchen anderen Grund hätte Robert für diese lange Reise haben können? Die Rechte Hand des Königs war der zweitmächtigste Mann in den Sieben Königslanden. Sie sprach mit der Stimme des Königs, befehligte des Königs Armeen, unterzeichnete die Gesetze des Königs. Gelegentlich saß sie sogar auf dem Eisernen Thron, um königliches Recht zu sprechen, wenn der König abwesend oder krank war oder sonst wie unpässlich. Robert bot ihm eine Verantwortung an, die groß war wie das Reich selbst.

Es war das Letzte auf der Welt, was er wollte.

»Majestät«, sagte er. »Ich habe diese Ehre nicht verdient.«

Robert knurrte mit gut gelaunter Ungeduld. »Wenn ich dich ehren wollte, würde ich dich in den Ruhestand versetzen. Ich habe vor, dich das Reich und die Kriege führen zu lassen, während ich esse und trinke und mich in ein frühes Grab hure.« Er schlug sich auf den Wanst und grinste. »Kennst du das Sprichwort über den König und seine Rechte Hand?«

Ned kannte das Sprichwort. »Was der König erträumt«, sagte er, »das baut die Rechte Hand.«

»Einmal war ich mit einer Fischhändlerin im Bett, die mir erzählte, dass die von niedriger Geburt eine deftigere Art haben, es auszudrücken. Der König speist, so sagen sie, und an der Rechten Hand bleibt die Scheiße kleben.« Er warf den Kopf in den Nacken und brüllte vor Lachen. Das Echo hallte durch die Dunkelheit.

Schließlich verklang das Gelächter und erstarb. Ned stützte sich noch immer auf ein Knie, mit erhobenem Blick. »Verdammt, Ned«, klagte der König. »Du könntest mich wenigstens mit einem Lächeln erfreuen.«

»Man sagt, hier oben würde es im Winter so kalt, dass einem das Lachen im Hals erfriert und man daran erstickt«, sagte Ned gleichmütig. »Vielleicht ist das der Grund, wieso die Starks so wenig Humor haben.«

»Komm in den Süden mit mir, und ich zeige dir, wie man lacht«, versprach der König. »Du hast mir geholfen, diesen verdammten Thron zu erobern, jetzt hilf mir, ihn zu halten. Wir sind dafür gemacht, gemeinsam zu herrschen. Wenn Lyanna noch lebte, wären wir Brüder geworden, durchs Blut wie durch Zuneigung verbunden. Nun, es ist noch nicht zu spät. Ich habe einen Sohn. Du hast eine Tochter. Mein Joff und deine Sansa sollen unsere Geschlechter verbinden, wie Lyanna und ich es einst getan hätten.«

Dieses Angebot erstaunte ihn nun doch. »Sansa ist erst elf.«

Ungeduldig winkte Robert ab. »Alt genug für die Verlobung. Die Heirat kann ein paar Jahre warten.« Der König lächelte. »Nun steh auf und sag ja, verdammt!«

»Nichts würde mir größere Freude bereiten, Majestät«, antwortete Ned. Er zögerte. »Diese Ehrungen kommen allesamt so unerwartet. Habe ich etwas Zeit, sie zu bedenken? Ich muss mich mit meiner Frau besprechen…«

»Ja, ja, natürlich, sag es Catelyn, schlaf drüber, wenn du willst.« Der König streckte eine Hand aus, nahm Ned bei der seinen und zog ihn grob auf die Beine. »Lass mich nur nicht zu lange warten. Ich bin nicht der geduldigste Mensch auf der Welt.«

Einen Moment lang war Eddard Stark von einer schrecklichen Vorahnung erfüllt. *Hier* war sein Platz, hier im Norden. Er sah sich nach den steinernen Gestalten um und atmete tief in der kalten Stille der Gruft. Er spürte die Blicke der Toten. Sie alle lauschten, das wusste er. Und der Winter nahte.

JON

Es gab Momente – nicht viele, aber einige wenige –, in denen Jon Snow sich freute, ein Bastard zu sein. Als er seinen Weinbecher ein weiteres Mal aus einem der Krüge nachfüllte, die herumgereicht wurden, kam ihm in den Sinn, dass dieser Augenblick ein solcher sein mochte.

Er lehnte sich an seinem Platz auf der Bank zwischen den jüngeren Schildknappen zurück und trank. Der süße, fruchtige Geschmack von Sommerwein erfüllte seinen Mund und lockte ein Lächeln auf seine Lippen.

Die Große Halle von Winterfell war von Rauch vernebelt. Schwer hing der Duft von geröstetem Fleisch und frisch gebackenem Brot in der Luft. Die grauen Steinwände waren mit Bannern verziert. Weiß, Gold, Rot: der Schattenwolf von Stark, Baratheons gekrönter Hirsch, der Löwe von Lannister. Ein Sänger spielte die Harfe und trug eine Ballade vor, doch unten am Ende des Saales war seine Stimme beim Prasseln des Feuers, dem Klirren von Zinntellern und Bechern und dem tiefen Gemurmel von hundert trunkenen Gesprächen kaum noch zu vernehmen.

Es war die vierte Stunde des Willkommensfestes, das man dem König bereitete. Jons Brüder und Schwestern hatte man zu den Königskindern gesetzt, unterhalb des erhöhten Podiums, auf dem Lord und Lady Stark den König und die Königin bewirteten. Zur Feier dieses Anlasses würde sein Hoher Vater zweifellos jedem Kind ein Glas Wein gestatten, doch nicht mehr als das. Hier unten auf den Bänken gab es niemanden, der Jon daran hätte hindern können, so viel zu trinken, wie sein Durst befahl.

Und er stellte fest, dass er den Durst eines Mannes hatte, zum rauen Vergnügen der Jungen um ihn, die ihn anspornten, sobald er sein Glas geleert hatte. Sie waren angenehme Gesellschaft, und Jon genoss die Geschichten, die sie erzählten, Märchen von Schlachten, Bett und Jagd. Und bestimmt waren seine Gefährten unterhaltsamer als die Sprösslinge des Königs. Seine Neugier hinsichtlich der Besucher hatte er befriedigt, als sie in den Saal eingezogen waren. Kaum einen Fuß von seinem Platz entfernt, den man ihm auf der Bank zugewiesen hatte, war die Prozession vorbeigezogen, und Jon hatte sich jeden Einzelnen gut ansehen können.

Zuerst war sein Hoher Vater gekommen, hatte die Königin begleitet. Sie war so schön, wie die Männer sagten. Eine juwelenbesetzte Tiara glitzerte inmitten ihres goldenen Haars, die Smaragde entsprachen perfekt dem Grün ihrer Augen. Sein Vater half ihr die Stufen zum Podium hinauf und führte sie an ihren Platz, doch würdigte die Königin ihn keines Blickes. Schon mit seinen vierzehn Jahren durchschaute Jon ihr Lächeln.

Als Nächster war König Robert höchstselbst gefolgt, mit Lady Stark am Arm. Der König war eine große Enttäuschung. So oft hatte sein Vater von ihm gesprochen: der unvergleichliche Robert Baratheon, Dämon des Trident, der wildeste Krieger des Reiches, ein Riese unter Prinzen. Jon sah nur einen fetten Mann, rotgesichtig unter seinem Bart, schwitzend durch die Seide. Er ging wie ein Mann, der etwas zu tief ins Glas geschaut hatte.

Nach ihnen kamen die Kinder. Zuerst der kleine Rickon, der den langen Weg mit aller Würde bewältigte, die ein Dreijähriger aufbringen konnte. Jon musste ihn weiterschicken, als er bei ihm stehen blieb. Kurz danach kam Robb in grauer Wolle, mit Weiß besetzt, den Farben der Starks. Er führte die Prinzessin Myrcella am Arm. Sie war ein schmächtiges Ding, noch nicht ganz acht, ihr Haar ein Sturzbach von goldenen Locken unter juwelenbesetztem Netz. Jon bemerkte die scheuen Blicke, die sie Robb zuwarf, während sie zwischen den Tischen hindurchgingen, und die zaghafte Art und Weise, auf die sie ihn anlächelte. Er kam zu dem Schluss, dass sie fade war. Robb besaß nicht einmal genug Verstand, zu merken, wie dumm sie war. Er grinste wie ein Idiot.

Seine Halbschwestern eskortierten die Prinzen von königlichem Geblüt. Arya hatte man dem plumpen, kleinen Tommen zugeteilt, dessen weißblondes Haar länger als ihres war. Sansa, zwei Jahre älter, hatte den Kronprinzen Joffrey Baratheon gezogen. Er war zwölf, jünger als Jon oder Robb, doch größer als beide, zu Jons unendlicher Bestürzung. Prinz Joffrey besaß das Haar seiner Schwester und die dunkelgrünen Augen seiner Mutter. Ein dickes Bündel blonder Locken fiel über seine enge, goldene Halskette und den hohen Samtkragen. Sansa strahlte, als sie neben ihm ging, doch Jon gefiel weder Joffreys Schmollmund noch die gelangweilte, verächtliche Art und Weise, in der er Winterfells Große Halle betrachtete.

Er interessierte sich mehr für das Paar, das hinter ihm folgte: die Brüder der Königin, die Lannisters von Casterley Rock. Der Löwe und der Gnom. Es war unschwer zu erkennen, wer wer war. Ser Jaime Lannister war der Zwillingsbruder von Königin Cersei, groß und golden, mit blitzenden, grünen Augen und einem Lächeln, das scharf wie ein Messer war. Er trug karminrote Seide, hohe, schwarze Stiefel, einen schwarzen Satinumhang. Auf die Brust seines Rocks war mit goldenem Faden der Familienlöwe gestickt und brüllte seine offene Verachtung heraus. Offiziell nannte man ihn den »Löwen von Lannister«, hinter seinem Rücken flüsterte man vom »Königsmörder«.

Jon fiel es schwer, sich von ihm abzuwenden. *So sollte ein König aussehen*, dachte er bei sich selbst, als der Mann vorüberging.

Dann sah er den anderen, der halb verborgen an der Seite seines Bruders watschelte. Tyrion Lannister, der jüngste aus Lord Tywins Brut und bei Weitem der hässlichste. Alles, was die Götter Cersei und Jaime geschenkt hatten, war Tyrion verwehrt geblieben. Er war ein Zwerg, halb so groß wie sein Bruder, und auf seinen stummeligen Beinen versuchte er, Schritt zu halten. Sein Kopf war zu groß für den Körper, mit dem eingedrückten Gesicht eines Grobians unter gewölbter Stirn. Ein grünes und ein schwarzes Auge lugten unter strähnigem Haar hervor, welches so blond war, dass es fast weiß wirkte. Jon betrachtete ihn fasziniert.

Die letzten hohen Herren, die eintraten, waren sein Onkel Benjen Stark von der Nachtwache und das Mündel seines Vaters, der junge Theon Greyjoy. Benjen schenkte Jon ein warmes

Lächeln, als er vorüberging. Theon ignorierte ihn vollkommen, doch das war nichts Neues. Nachdem alle Platz genommen hatten, wurden Trinksprüche ausgebracht, Danksagungen gesprochen und erwidert, und dann konnte das Fest beginnen.

Da hatte Jon zu trinken begonnen, und er hatte nicht mehr aufgehört.

Etwas rieb unter dem Tisch an seinem Bein. Jon sah rote Augen, die zu ihm aufblickten. »Schon wieder Hunger?«, fragte er. Es lag noch ein halbes, honigbestrichenes Hühnchen auf dem Tisch. Jon streckte eine Hand aus, um ihm ein Bein auszureißen, dann hatte er eine bessere Idee. Er spießte den ganzen Vogel mit der Gabel auf und ließ ihn zwischen seinen Beinen zu Boden gleiten. Mit gefräßigem Schweigen machte sich Ghost darüber her. Jons Brüder und Schwestern hatten ihre Wölfe nicht mit zu dem Bankett bringen dürfen, doch tummelten sich an diesem Ende des Saales mehr Köter, als Jon zählen konnte, und niemand hatte ein Wort über sein Wolfsjunges verloren. Auch darin hatte er Glück, so sagte er sich.

Seine Augen brannten. Wild rieb Jon daran herum, verfluchte den Rauch. Er nahm noch einen Schluck Wein und beobachtete, wie sein Schattenwolf das Huhn verschlang.

Hunde liefen zwischen den Tischen herum, folgten den Bediensteten. Eine Hündin, eine schwarze Promenadenmischung mit gelben Augen, witterte das Huhn. Sie blieb stehen und sprang unter die Bank, um sich ihren Teil zu holen. Jon sah sich den Streit an. Die Hündin knurrte tief in der Kehle und näherte sich. Schweigend blickte Ghost auf und stierte den Hund mit seinen rot glühenden Augen an. Die Hündin schnappte wütend zu. Sie war dreimal so groß wie das Wolfsjunge. Ghost rührte sich nicht. Er stand über seiner Beute und öffnete das Maul, zeigte seine Reißzähne. Die Hündin spannte sich, bellte noch einmal, dann überlegte sie es sich anders. Sie fuhr herum und schlich davon, mit einem letzten, trotzigen Schnappen, um ihren Stolz zu wahren. Dann machte sich Ghost wieder an sein Mahl.

Jon grinste und langte unter den Tisch, um das zottige weiße Fell zu zerzausen. Der Schattenwolf sah zu ihm auf, leckte sanft an seiner Hand, dann machte er sich wieder an sein Fressen.

»Ist das einer der Schattenwölfe, von denen ich so viel gehört habe?«, fragte eine altvertraute Stimme ganz in der Nähe.

Freudig sah Jon auf, als sein Onkel Ben ihm eine Hand auf den Kopf legte und sein Haar zerzauste, ganz wie Jon es beim Wolf getan hatte. »Ja«, sagte er. »Er heißt Ghost.«

Einer der Knappen unterbrach die Zote, die er eben erzählte, um am Tisch Platz für den Bruder ihres Herrn zu machen. Benjen Stark setzte sich mit langen Beinen rittlings auf die Bank und nahm Jon den Weinbecher aus der Hand. »Sommerwein«, sagte er, nachdem er davon probiert hatte. »Nichts ist süßer. Wie viele Becher hast du davon schon gehabt, Jon?«

Jon lächelte.

Ben Stark lachte. »Ganz wie ich befürchtet hatte. Ach, na ja, ich glaube, ich war jünger als du, als ich mich zum ersten Mal wahrlich und ehrlich betrunken habe.« Er griff sich eine geröstete Zwiebel, triefend braun, von einem Schneidebrett in der Nähe, und biss hinein. Sie knirschte.

Sein Onkel hatte scharfe Züge, zerklüftet wie eine Bergklippe, doch stets lag die Andeutung eines Lächelns in seinen blaugrauen Augen. Er kleidete sich schwarz, wie es von einem Mann der Nachtwache erwartet wurde. Heute Abend war es satter, schwarzer Samt mit hohen Lederstiefeln und einem breiten Gürtel mit silberner Schnalle. Eine schwere Silberkette hing um seinen Hals. Benjen betrachtete Ghost mit amüsiertem Blick, während er auf seiner Zwiebel kaute. »Ein sehr stiller Wolf«, bemerkte er.

»Er ist nicht wie die anderen«, sagte Jon. »Er gibt nie auch nur einen Ton von sich. Deshalb habe ich ihn Ghost genannt. Deshalb, und weil er weiß ist. Die anderen sind alle dunkel, grau oder schwarz.«

»Es sind noch immer Schattenwölfe jenseits der Mauer. Wir hören sie auf unseren Patrouillen.« Benjen warf Jon einen langen Blick zu. »Isst du normalerweise nicht am Tisch bei deinen Brüdern?«

»Meistens«, antwortete Jon mit tonloser Stimme. »Aber heute Abend dachte Lady Stark, die königliche Familie könnte gekränkt sein, wenn sie mit einem Bastard an der Tafel sitzt.«

»Ich verstehe.« Sein Onkel blickte über die Schulter hinweg

zu dem erhöht stehenden Tisch am anderen Ende des Saales. »Mein Bruder scheint heute Abend nicht eben in Feierlaune zu sein.«

Das war auch Jon schon aufgefallen. Ein Bastard musste lernen, aufzupassen und die Wahrheit zu erkennen, die Menschen hinter ihren Blicken verbargen. Sein Vater betrachtete den Hof, doch strahlte er eine Anspannung aus, die Jon kaum je bei ihm gesehen hatte. Er sagte wenig, sah sich mit verhüllten Blicken im Saal um, ohne etwas wahrzunehmen. Zwei Stühle daneben hatte der König den ganzen Abend schwer getrunken. Sein breites Gesicht war hinter seinem großen, schwarzen Bart gerötet. Er brachte manchen Trinkspruch aus, lachte laut über jeden Scherz und machte sich wie ein Verhungernder über jede neue Speise her, doch wirkte die Königin an seiner Seite kalt wie eine Skulptur aus Eis. »Auch die Königin ist böse«, erklärte Jon seinem Onkel mit leiser, ruhiger Stimme. »Vater hat mit dem König am Nachmittag die Gruft besucht. Die Königin wollte nicht, dass er geht.«

Benjen warf Jon einen sorgsamen, musternden Blick zu. »Dir entgeht nicht viel, was, Jon? Einen Mann wie dich könnten wir auf der Mauer gut gebrauchen.«

Jon wollte platzen vor Stolz. »Robb ist besser mit der Lanze als ich, aber ich bin besser mit dem Schwert, und Hullen sagt, ich reite so gut wie kaum einer in der ganzen Burg.«

»Bemerkenswerte Leistungen.«

»Nehmt mich mit, wenn Ihr wieder zur Mauer geht«, sagte Jon, von einer plötzlichen Anwandlung ergriffen. »Vater wird es mir erlauben, wenn Ihr ihn fragt. Ich weiß, er wird es tun.«

Sorgsam betrachtete Onkel Benjen sein Gesicht. »Es ist für einen Jungen auf der Mauer nicht leicht, Jon.«

»Ich bin fast schon ein erwachsener Mann«, protestierte Jon. »An meinem nächsten Namenstag werde ich fünfzehn, und Maester Luwin sagt, Bastarde wachsen schneller als andere Kinder.«

»Das mag stimmen«, sagte Benjen mit herabgezogenen Mundwinkeln. Er nahm Jons Becher vom Tisch, schenkte aus dem Krug nach, der ihm am nächsten stand, und trank mit einem langen Zug.

»Daeron Targaryen war erst vierzehn, als er Dorne eroberte«, erklärte Jon. Der Junge Drache war einer seiner Helden.

»Eine Eroberung, die nur einen Sommer Bestand hatte«, erklärte sein Onkel. »Dein Kindkönig hat zehntausend Mann verloren, um es einzunehmen, und weitere fünfzigtausend, um es zu halten. Jemand hätte ihm sagen sollen, dass der Krieg kein Spiel ist.« Er nahm noch einen Schluck Wein. »Außerdem«, sagte er und wischte sich den Mund, »war Daeron Targaryen erst achtzehn, als er starb. Oder hast du den Teil schon vergessen?«

»Ich vergesse nie etwas«, prahlte Jon. Der Wein verlieh ihm Kühnheit. Er versuchte, sich aufrecht hinzusetzen, um größer zu wirken. »Ich möchte in der Nachtwache dienen, Onkel.«

Er hatte lange und ausgiebig darüber nachgedacht, nachts wenn er im Bett lag, während seine Brüder schliefen. Robb würde eines Tages Winterfell erben, würde als Wächter des Nordens große Armeen befehligen. Bran und Rickon wären Robbs Vasallen und würden in seinem Namen über Festungen herrschen. Seine Schwestern Arya und Sansa würden die Erben anderer großer Häuser heiraten und als Herrscherinnen über ihre eigenen Burgen in den Süden ziehen. Doch welches Erbe konnte sich ein Bastard erhoffen?

»Du weißt nicht, worum du mich bittest, Jon. Die Nachtwache ist eine verschworene Bruderschaft. Wir haben keine Familien. Keiner von uns wird jemals Söhne zeugen. Unser Weib ist die Pflicht. Unsere Geliebte ist die Ehre.«

»Auch ein Bastard kann Ehre haben«, sagte Jon. »Ich bin bereit, Euren Eid abzulegen.«

»Du bist ein Junge von vierzehn Jahren«, sagte Benjen. »Kein Mann, noch nicht. Bevor du nicht eine Frau gehabt hast, kannst du nicht verstehen, worauf du verzichten würdest.«

»Das ist mir egal!«, widersprach Jon böse.

»Das wäre es vielleicht nicht, wenn du wüsstest, was es bedeutet«, sagte Benjen. »Wenn du wüsstest, was der Eid dich kostet, wärst du kaum so begierig, den Preis dafür zu zahlen, mein Sohn.«

Jon spürte, wie der Zorn in ihm aufstieg. »Ich bin nicht Euer Sohn!«

Benjen Stark stand auf. »Umso bedauerlicher.« Er legte Jon eine Hand auf die Schulter. »Komm wieder, wenn du selbst ein paar Bastarde gezeugt hast, und dann wollen wir mal weitersehen.«

Jon bebte. »Nie werde ich einen Bastard zeugen«, sagte er vorsichtig. *»Niemals!«* Er spuckte es aus wie Gift.

Plötzlich merkte er, dass der ganze Tisch inzwischen schwieg und alle ihn ansahen. Er merkte, dass ihm Tränen in die Augen stiegen. Ruckartig erhob er sich auf die Beine.

»Entschuldigt mich«, sagte er mit aller Würde, die ihm noch geblieben war. Er wandte sich ab, bevor sie seine Tränen sehen konnten. Er musste wohl mehr Wein getrunken haben, als ihm bewusst gewesen war. Seine Beine bogen sich unter ihm, als er zu gehen versuchte, und seitwärts torkelte er in eine Kellnerin, dass ein Krug mit gewürztem Wein zu Boden ging. Überall um ihn brandete Gelächter auf, und Jon spürte heiße Tränen auf den Wangen. Jemand versuchte, ihn zu stützen. Er riss sich los und rannte fast blindlings zur Tür. Ghost folgte ihm auf den Fersen in die Nacht hinaus.

Still und leer lag der Hof da. Ein einsamer Wachmann stand oben auf den Zinnen der inneren Mauer, den Umhang gegen die Kälte eng um sich gelegt. Erbärmlich und gelangweilt sah er aus, wie er sich allein dort wärmte, doch augenblicklich hätte Jon mit ihm getauscht. Ansonsten war die Burg finster und verlassen. Jon hatte einmal einen leeren Zwinger gesehen, einen trübseligen Ort, an dem sich nur der Wind regte und die Steine sich darüber ausschwiegen, welche Menschen hier einst gelebt hatten. Daran erinnerte ihn Winterfell an diesem Abend.

Musik und Gesang drangen durch die offenen Fenster hinter ihm. Es war das Letzte, was Jon hören wollte. Er wischte sich die Tränen mit seinem Hemdsärmel ab, wütend, dass er sich nicht hatte beherrschen können, und wandte sich zum Gehen.

»Junge«, rief ihn eine Stimme. Jon fuhr herum.

Tyrion Lannister hockte auf dem Sims über der Tür zum Großen Saal und starrte wie ein Wasserspeier in die Welt hinaus. Der Gnom grinste zu ihm herab. »Ist das Tier ein Wolf?«

»Ein Schattenwolf«, antwortete Jon. »Er heißt Ghost.« Er sah zu dem kleinen Mann auf, und plötzlich war seine Enttäuschung vergessen. »Was treibt Ihr dort oben? Warum seid Ihr nicht auf dem Fest?«

»Zu heiß, zu laut, und ich würde nur zu viel Wein trinken«, erklärte der Zwerg. »Vor langer Zeit schon habe ich gelernt, dass es als rüde angesehen wird, sich auf dem Schoß seines Bruders zu erbrechen. Darf ich mir deinen Wolf aus der Nähe ansehen?«

Jon zögerte, dann nickte er langsam. »Könnt Ihr herunterklettern, oder soll ich eine Leiter holen?«

»Oh, vergiss es«, sagte der kleine Mann. Er stieß sich vom Sims ab und segelte durch die Luft. Jon stöhnte auf, als er staunend beobachtete, dass Tyrion Lannister sich wie ein Ball drehte, leicht auf den Händen landete, dann einen Salto rückwärts auf die Beine machte.

Verunsichert wich Ghost vor ihm zurück.

Der Zwerg klopfte den Schmutz von seiner Kleidung. »Ich fürchte, ich habe den Wolf erschreckt. Ich bitte um Verzeihung.«

»Er hat keine Angst«, sagte Jon. Er kniete nieder und rief: »Ghost, komm her. Komm schon. So ist es brav.«

Das Wolfsjunge tapste heran und schmiegte sich an Jons Gesicht, dabei behielt es Tyrion Lannister wachsam im Auge, und als der Zwerg eine Hand ausstreckte, um es zu streicheln, wich es zurück und fletschte die Zähne mit einem leisen Knurren. »Scheu ist er, was?«, bemerkte Lannister.

»Sitz, Ghost«, befahl Jon. »Genau so. Bleib sitzen.« Er sah zu dem Zwerg auf. »Jetzt könnt Ihr ihn anfassen. Er wird sich erst rühren, wenn ich es sage. Ich habe ihn abgerichtet.«

»Verstehe«, sagte Lannister. Er kraulte das schneeweiße Fell zwischen Ghosts Ohren. »Hübscher Wolf.«

»Wenn ich nicht dabei wäre, würde er Euch die Kehle rausreißen«, sagte Jon. Es entsprach nicht ganz der Wahrheit, doch würde es bald so sein.

»In diesem Fall solltest du lieber in der Nähe bleiben«, sagte der Zwerg. Er neigte seinen übergroßen Kopf zur Seite und musterte Jon mit ungleichen Augen. »Ich bin Tyrion Lannister.«

»Ich weiß«, sagte Jon. Er stand auf. Stehend war er größer als der Zwerg. Es gab ihm ein seltsames Gefühl.

»Du bist Ned Starks Bastard, wenn ich nicht irre.«

Jon fühlte, wie Kälte ihn durchfuhr. Er presste die Lippen zusammen und antwortete nicht.

»Habe ich dich verletzt?«, sagte Lannister. »Tut mir leid. Zwerge müssen aber auch nicht taktvoll sein. Generationen von radschlagenden Narren in scheckigen Kleidern haben mir das Recht erkämpft, mich unpassend zu kleiden und alles zu sagen, was mir gerade in den Sinn kommt. Aber du *bist* der Bastard, nicht wahr?«

»Lord Eddard Stark ist mein Vater«, räumte Jon starr ein.

Lannister betrachtete sein Gesicht. »Ja«, sagte er. »Das kann ich sehen. Du hast mehr vom Norden in dir als deine Brüder.«

»Halbbrüder«, verbesserte Jon. Er freute sich über diese Bemerkung des Zwergs, doch gab er sein Bestes, es sich nicht anmerken zu lassen.

»Nimm einen Ratschlag von mir an, Bastard«, sagte Lannister. »Vergiss nie, was du bist, denn die Welt wird es ganz sicher nicht vergessen. Mach es zu deiner Stärke, dann kann es niemals deine Schwäche sein. Mach es zu deiner Rüstung, und man wird dich nie damit verletzen können.«

Jon war nicht in der Stimmung, Ratschläge anzunehmen. »Was wisst Ihr davon, wie es ist, ein Bastard zu sein?«

»Alle Zwerge sind in den Augen ihrer Väter Bastarde.«

»Ihr seid der Sohn eurer Mutter, ein echter Lannister.«

»Bin ich das?«, erwiderte der Zwerg boshaft. »Erzähl das meinem Vater. Meine Mutter starb bei meiner Geburt, und so konnte er nie sicher sein.«

»Ich weiß nicht mal, wer meine Mutter war«, sagte Jon.

»Ohne Zweifel irgendeine Frau. Wie es meistens ist.« Er warf Jon ein reuiges Lächeln zu. »Vergiss eins nicht, Junge. Alle Zwerge könnten Bastarde sein, doch nicht alle Bastarde müssen Zwerge sein.« Und mit diesen Worten wandte er sich um und schlenderte zum Fest zurück, wobei er ein Lied vor sich hin pfiff. Als er die Tür öffnete, warf das Licht von drinnen seinen Schatten deutlich in den Hof, und nur für einen Augenblick war Tyrion Lannister groß wie ein König.

CATELYN

Von allen Räumen in Winterfells Großem Turm waren Catelyns Schlafgemächer die wärmsten. Nur selten musste sie Feuer machen. Die Burg war über natürlichen, heißen Quellen errichtet worden, und siedendes Wasser rauschte durch die Mauern und Kammern wie Blut durch den Körper eines Menschen, vertrieb die Kälte aus den steinernen Hallen, erfüllte die gläsernen Gärten mit feuchter Wärme und verhinderte, dass der Boden gefror. Offene Tümpel rauchten Tag und Nacht in einem ganzen Dutzend Höfe. Das war im Sommer kaum von Belang. Im Winter war es eine Frage von Leben und Tod.

Catelyns Bad war stets heiß und dampfte, und auch ihre Wände waren warm, wenn man die Hand darauf legte. Die Wärme erinnerte sie an Riverrun, an Tage im Sonnenschein mit Lysa und Edmure, doch Ned konnte die Hitze nie ertragen. Die Starks seien für die Kälte geschaffen, erklärte er ihr dann, woraufhin sie lachte und ihm erklärte, in diesem Fall hätten sie ihre Burg ganz sicher am falschen Ort gebaut.

Danach wälzte sich Ned von ihr herunter und stieg aus dem Bett, wie er es schon Tausende von Malen getan hatte. Er durchmaß den Raum, zog die schweren Gobelins zurück, stieß die hohen schmalen Fenster eines nach dem anderen auf und ließ Nachtluft in die Kammer.

Der Wind umwehte ihn, wie er dort stand, der Dunkelheit zugewandt, nackt und mit leeren Händen. Catelyn zog die Felle bis ans Kinn und betrachtete ihn. In gewisser Weise sah er kleiner und verwundbarer aus, wie der Junge, den sie in der Septe von Riverrun geheiratet hatte, vor fünfzehn Jahren. Noch immer schmerzten ihre Lenden von der Heftigkeit seiner Liebe. Es war ein angenehmer Schmerz. Sie spürte Neds Samen in sich. Sie betete, dass er sie befruchten möge. Drei Jahre waren vergangen, seit sie Rickon geboren hatte. Sie war noch nicht zu alt. Sie konnte ihm noch einen Sohn schenken.

»Ich werde ihm eine Absage erteilen«, sagte Ned, als er sich wieder zu ihr umdrehte. Sein Blick wirkte gehetzt, seine Stimme war vom Zweifel belegt.

Catelyn setzte sich im Bett auf. »Das könnt Ihr nicht tun. Das *dürft* Ihr nicht.«

»Ich werde hier im Norden gebraucht. Ich hege nicht den Wunsch, Robert als Rechte Hand zu dienen.«

»Er wird es nicht verstehen. Er ist jetzt König, und Könige sind nicht wie andere Menschen. Wenn Ihr Euch weigert, ihm zu dienen, wird er sich fragen, warum, und früher oder später wird er vermuten, dass Ihr gegen ihn steht. Seht Ihr nicht, in welche Gefahr wir dadurch gerieten?«

Ned schüttelte den Kopf, weigerte sich, es zu glauben. »Mir oder einem der Meinen würde Robert niemals schaden. Wir standen uns näher als Brüder. Er liebt mich. Wenn ich ihm eine Absage erteile, wird er brüllen und fluchen und toben, und nächste Woche lachen wir gemeinsam darüber. Ich kenne den Mann!«

»Ihr kanntet den Mann«, sagte sie. »Der König ist Euch ein Fremder.« Catelyn erinnerte sich an den toten Schattenwolf im Schnee, das zerbrochene Geweih in der Kehle. Sie musste ihn überzeugen. »Stolz ist für einen König alles, Mylord. Robert ist den ganzen Weg hierher zu Euch gekommen, um Euch diese große Ehre anzutragen, und Ihr könnt sie ihm nicht so einfach vor die Füße werfen.«

»Ehre?« Ned lachte bitter.

»In seinen Augen, ja«, sagte sie.

»Und in Euren?«

»*Und* in meinen«, fuhr sie ihn zornig an. Wieso sah er es nicht ein? »Er bietet unserer Tochter seinen eigenen Sohn zur Heirat an, wie würdet Ihr es anders nennen? Vielleicht wird Sansa eines Tages Königin. Ihre Söhne könnten von der Mauer bis zu den Bergen von Dorne herrschen. Was ist denn bitte so schlecht daran?«

»Bei allen Göttern, Catelyn, Sansa ist erst *elf*«, sagte Ned. »Und Joffrey… Joffrey ist…«

Sie beendete den Satz für ihn. »…Kronprinz und Erbe des Eisernen Throns. Und ich war erst zwölf, als mein Vater mich Eurem Bruder Brandon versprach.«

Das rief einen bitteren Zug um Neds Mundwinkel. »Brandon. Ja. Brandon wüsste, was zu tun ist. Das wusste er immer. Alles war für Brandon gedacht. Du, Winterfell, alles. Er war dazu geboren, die Rechte Hand des Königs zu sein und Königinnen zu zeugen. Ich habe nie darum gebeten, dass mir dieser Kelch gereicht würde.«

»Vielleicht nicht«, sagte Catelyn, »aber Brandon ist tot, der Kelch wurde weitergereicht, und Ihr müsst daraus trinken, ob es Euch nun gefällt oder nicht.«

Ned wandte sich von ihr ab, sah wieder in die Nacht hinaus. Er stand da und starrte in die Dunkelheit, betrachtete wohl den Mond und die Sterne oder vielleicht auch die Wachen auf der Mauer.

Es besänftigte Catelyn, als sie seinen Schmerz sah. Eddard Stark hatte sie an Brandons Stelle geheiratet, wie es Sitte war, doch der Schatten seines Bruders stand noch immer zwischen ihnen, wie auch der andere, der Schatten dieser Frau, die er nicht preisgeben wollte, der Frau, die ihm seinen unehelichen Sohn geboren hatte.

Schon wollte sie zu ihm gehen, da klopfte es an der Tür, laut und unerwartet. Stirnrunzelnd wandte sich Ned ab. »Was gibt es?«

Desmonds Stimme drang durch die Tür. »Mylord, Maester Luwin ist draußen und bittet dringend um eine Audienz.«

»Ihr habt ihm erklärt, dass ich Weisung gegeben habe, nicht gestört zu werden?«

»Ja, Mylord. Er besteht darauf.«

»Also gut dann. Schickt ihn herein.«

Ned trat an den Kleiderschrank und warf sich ein schweres Gewand über. Catelyn spürte, wie kalt es plötzlich geworden war. Sie setzte sich im Bett auf und zog die Felle bis ans Kinn. »Vielleicht sollten wir die Fenster schließen«, schlug sie vor.

Ned nickte abwesend. Maester Luwin wurde hereingeführt.

Der Maester war ein kleiner, grauer Mann. Seine Augen waren grau und schnell und sahen viel. Sein Haar war grau, auch wenn ihm die Jahre nur wenige gelassen hatten. Seine Robe war aus grauer Wolle, mit weißem Fell besetzt, den Farben der Starks. In den großen, hängenden Ärmeln waren Taschen verborgen. Ständig stopfte Luwin manches in diese Ärmel und zauberte anderes aus ihnen hervor: Bücher, Botschaften, seltsame Artefakte, Spielzeug für Kinder. Bei allem, was er in seinen Ärmeln verbarg, überraschte es Catelyn, dass Maester Luwin seine Arme überhaupt heben konnte.

Der Maester wartete, bis sich die Tür geschlossen hatte, bevor er sprach. »Mylord«, sagte er zu Ned, »verzeiht mir, dass ich Eure Nachtruhe störe. Man hat mir eine Nachricht hinterlassen.«

Ned schien verdutzt. »Hinterlassen? Wer? War ein Reiter da? Man hat mir nichts gesagt.«

»Es war kein Reiter, Mylord. Nur ein geschnitzter Holzkasten, den jemand auf dem Tisch meines Observatoriums abgestellt hat, während ich schlief. Meine Diener haben niemanden gesehen, doch muss er von jemandem aus dem Gefolge des Königs gebracht worden sein. Wir hatten sonst keinen Besuch aus dem Süden.«

»Ein Holzkasten, sagt Ihr?« sagte Catelyn.

»Darin war eine feine, neue Linse für das Observatorium, allem Anschein nach aus Myr. Die Linsenschleifer von Myr sind ohnegleichen.«

Ned legte die Stirn in Falten. Er hatte nur wenig Geduld mit solcherart Dingen, wie Catelyn wusste. »Eine Linse«, sagte er. »Was hat das mit mir zu tun?«

»Dieselbe Frage habe ich mir auch gestellt«, antwortete Maester Luwin. »Ganz offensichtlich war mehr an dieser Sache, als es den Anschein hatte.«

Unter dem schweren Gewicht ihrer Felle erschauerte Catelyn. »Eine Linse ist ein Instrument, das uns helfen soll zu sehen.«

»Das ist sie allerdings.« Er fingerte an seiner Ordenskette herum, die schwer und eng um seinen Hals hing, gleich unter seiner Robe, jedes Glied aus anderem Metall geschmiedet.

Catelyn spürte, wie sich wieder diese Angst in ihr breitmachte. »Was mag es sein, von dem man möchte, dass wir es deutlicher erkennen?«

»Genau das habe auch ich mich gefragt.« Maester Luwin zog ein fest zusammengerolltes Stück Papier aus seinem Ärmel. »Ich fand die eigentliche Botschaft in einem doppelten Boden, als ich den Kasten zerlegte, doch ist dieser Brief nicht für meine Augen bestimmt.«

Ned streckte eine Hand aus. »Dann gebt ihn mir!«

Luwin rührte sich nicht. »Verzeiht, Mylord. Die Nachricht gilt auch nicht Euch. Sie ist für die Augen der Lady Catelyn bestimmt, und nur für sie. Darf ich mich nähern?«

Catelyn nickte, wagte nicht zu sprechen. Der Maester legte das Papier auf den Tisch neben dem Bett. Es war mit einem kleinen Klecks von blauem Wachs versiegelt. Luwin verneigte sich und wollte gehen.

»Bleibt!«, befahl ihm Ned. Seine Stimme klang drohend. Er sah Catelyn an. »Was ist? Mylady, Ihr zittert.«

»Ich sorge mich«, gab sie zu. Sie griff nach dem Brief und hielt ihn mit bebenden Händen. Unbemerkt rutschten die Felle von ihrem nackten Leib. Im blauen Wachs waren Mond und Falke zu erkennen, das Siegel des Hauses Arryn. »Er ist von Lysa.« Catelyn sah ihren Gatten an. »Er wird uns keine Freude bereiten«, sagte sie. »Trauer liegt in diesem Brief, Ned. Ich kann es spüren.«

Ned runzelte die Stirn, und seine Miene verfinsterte sich. »Öffnet ihn!«

Catelyn brach das Siegel.

Ihre Augen zuckten über die Worte. Anfangs ergaben sie keinen Sinn. Dann erinnerte sie sich. »Lysa ist kein Risiko eingegangen. Als wir beide Mädchen waren, hatten wir eine Geheimsprache, sie und ich.«

»Könnt Ihr sie lesen?«

»Ja«, gab Catelyn zu.

»Dann sagt es uns.«

»Vielleicht sollte ich mich zurückziehen«, sagte Maester Luwin.

»Nein«, sagte Catelyn. »Wir werden Euren Ratschlag brauchen.« Sie warf die Felle zurück und stieg aus dem Bett. Die Nachtluft war kalt wie ein Grab auf ihrer Haut, als sie barfuß durch das Zimmer lief.

Maester Luwin bedeckte seine Augen. Selbst Ned sah sie erschrocken an. »Was tut Ihr?«, fragte er.

»Ich will ein Feuer machen«, erklärte Catelyn. Sie suchte ihren Morgenmantel und zog ihn über, dann kniete sie vor dem kalten Kamin.

»Maester Luwin ...«, sagte Ned.

»Maester Luwin hat alle meine Kinder zur Welt gebracht«, sagte Catelyn. »Es ist nicht der rechte Augenblick für falsche Scham.« Sie schob das Papier zwischen die Zweige und legte schwere Scheite darauf.

Ned durchmaß den Raum, nahm sie beim Arm und zog sie auf die Beine. So hielt er sie, sein Gesicht nur Zentimeter von dem ihren entfernt. »Mylady, sagt es mir! Was besagt diese Nachricht?«

Catelyn versteifte sich in seinem Griff. »Eine Warnung«, erklärte sie sanft. »Wenn wir klug genug sind, sie herauszuhören.«

Seine Augen suchten in ihrem Gesicht. »Weiter.«

»Lysa sagt, Jon Arryn wurde ermordet.«

Seine Finger schlossen sich um ihren Arm. »Von wem?«

»Den Lannisters«, erklärte sie. »Der Königin.«

Ned ließ ihren Arm los. Dunkelrote Abdrücke waren auf ihrer Haut zu sehen. »Bei allen Göttern«, flüsterte er. Seine Stimme war heiser. »Eure Schwester ist krank vor Trauer. Sie weiß nicht, was sie sagt.«

»Sie weiß es«, sagte Catelyn. »Lysa ist leidenschaftlich, ja, aber diese Nachricht war sorgsam geplant, klug verborgen. Sie wusste, dass es den Tod bedeutet, wenn der Brief in falsche Hände geriete. Um so viel zu riskieren, muss sie mehr als nur einen Verdacht gehabt haben.« Catelyn sah ihren Mann an. »Jetzt haben wir tatsächlich keine Wahl mehr. Ihr müsst Roberts Rechte Hand werden. Ihr müsst mit ihm in den Süden ziehen und die Wahrheit in Erfahrung bringen.«

Augenblicklich sah sie, dass Ned zu einem gänzlich anderen Entschluss gekommen war. »Die einzigen Wahrheiten, die ich kenne, sind hier. Der Süden ist ein Nest von Nattern, das ich besser meiden sollte.«

Luwin zog an seiner Kette, wo sie an der weichen Haut des Halses gescheuert hatte. »Die Rechte Hand des Königs besitzt große Macht, Mylord. Macht, die Wahrheit über Lord Arryns Tod herauszufinden, seine Mörder vor Gericht zu bringen. Macht, Lady Arryn und ihren Sohn zu schützen, falls das Schlimmste wirklich wahr sein sollte.«

Hilflos sah sich Ned im Schlafgemach um. Catelyns Herz strebte ihm zu, doch wusste sie, noch durfte sie ihn in diesem Augenblick nicht in die Arme schließen. Erst musste der Sieg errungen sein, um ihrer Kinder willen. »Ihr sagt, Ihr liebt Robert wie einen Bruder. Würdet Ihr zulassen, dass Euer Bruder von Lannisters umzingelt bleibt?«

»Sollen die Anderen Euch beide holen«, murmelte Ned finster. Er wandte sich von ihnen ab und trat ans Fenster. Sie sagte nichts, und auch der Maester nicht. Sie warteten schweigend, während Eddard Stark Abschied von seinem Heim nahm, das er so sehr liebte. Als er sich schließlich vom Fenster abwandte, war seine Stimme müde und voller Melancholie, und etwas Feuchtes glitzerte in seinen Augenwinkeln. »Mein Vater zog einmal gen Süden, um dem Ruf eines Königs zu folgen. Er kam nie mehr zurück.«

»Es war eine andere Zeit«, erwiderte Maester Luwin, »ein anderer König.«

»Ja«, sagte Ned wie betäubt. Er setzte sich auf einen Stuhl vor dem Kamin. »Catelyn, Ihr bleibt auf Winterfell.«

Wie ein eisiger Lufthauch trafen sie seine Worte ins Herz. »Nein«, sagte sie plötzlich erschrocken. Sollte das ihre Strafe sein? Nie wieder sein Gesicht zu sehen, nie wieder seine Arme um sich zu spüren?

»Ja«, sagte Ned mit einer Stimme, die keine Widerworte duldete. »Ihr müsst an meiner Stelle im Norden regieren, während ich mich um Roberts Angelegenheiten kümmere. Stets muss ein Stark auf Winterfell sein. Robb ist vierzehn. Bald wird er erwachsen sein. Er muss lernen zu regieren, und ich werde nicht für ihn da sein. Lasst ihn an Euren Entscheidungen teilhaben. Er muss bereit sein, wenn seine Zeit gekommen ist.«

»Mögen uns die Götter gnädig sein, dass es noch viele Jahre dauert«, murmelte Maester Luwin.

»Maester Luwin, ich vertraue Euch wie meinem eigenen Fleisch und Blut. Steht meiner Frau in allen großen und kleinen Dingen zur Seite. Lehrt meinen Sohn alles, was er wissen muss. Der Winter naht.«

Maester Luwin nickte feierlich. Dann machte sich Stille breit, bis Catelyn den Mut fand, die Frage zu stellen, deren Antwort sie am meisten fürchtete. »Was wird mit den anderen Kindern?«

Ned stand auf und schloss sie in die Arme, dann brachte er sein Gesicht ganz nah an ihres. »Rickon ist noch sehr klein«, sagte er sanft. »Er sollte hier bei Euch und Robb bleiben. Die anderen werde ich mit mir nehmen.«

»Das könnte ich nicht ertragen«, sagte Catelyn bebend.

»Ihr müsst«, gab er zurück. »Sansa muss Joffrey heiraten, das ist jetzt klar, denn wir dürfen ihnen keinen Anlass bieten, unsere Ergebenheit zu bezweifeln. Und es ist schon lange überfällig, dass Arya die Sitten und Gebräuche der Höfe im Süden lernt. In wenigen Jahren wird auch sie im heiratsfähigen Alter sein.«

Sansa würde im Süden erblühen, so dachte Catelyn bei sich, und – bei den Göttern – Arya hatte eine Verfeinerung ihrer Umgangsformen bitter nötig. Widerstrebend löste sie sich im Herzen schon von ihnen. Doch nicht Bran. Niemals Bran. »Ja«, sagte sie, »aber bitte, Ned, bei aller Liebe, die Ihr für mich empfinden mögt, lasst Bran hier bei mir auf Winterfell bleiben. Er ist erst sieben.«

»Ich war acht, als mich mein Vater auf die Eyrie schickte«, sagte Ned. »Ser Rodrik berichtet mir, es gäbe böses Blut zwischen Robb und Prinz Joffrey. Das ist nicht gut. Bran kann diese Kluft überbrücken. Er ist ein süßer Junge, lacht gern, jedermann liebt ihn. Lasst ihn mit den jungen Prinzen aufwachsen, lasst ihn deren Freund werden, wie Robert der meine wurde. Unser Haus wird dadurch sicherer.«

Er hatte recht, das wusste Catelyn. Es machte den Schmerz nicht leichter zu ertragen. Sie würde also alle vier verlieren: Ned, beide Mädchen und ihren süßen, liebevollen Bran. Nur Robb und der kleine Rickon würden ihr bleiben. Schon jetzt fühlte sie sich einsam. Winterfell war so groß. »Nur haltet ihn von Mauern fern«, sagte sie tapfer. »Ihr wisst, wie gern Bran klettert.«

Ned küsste ihr die Tränen von den Augen, bevor sie fallen konnten. »Ich danke Euch, Mylady«, flüsterte er. »Es ist schwer, ich weiß.«

»Was wird mit Jon Snow, Mylord?«, fragte Maester Luwin.

Bei der bloßen Nennung seines Namens verspannte sich Catelyn. Ned spürte den Zorn in ihr und löste sich von ihr.

Viele Männer zeugten Bastarde. In diesem Bewusstsein war Catelyn aufgewachsen. Es konnte sie nicht überraschen, als sie im ersten Jahr ihrer Ehe erfuhr, dass Ned ein Kind von irgendeinem Mädchen hatte, dem er auf einem Feldzug begegnet war. Schließlich hatte er die Bedürfnisse eines Mannes, und sie waren in jenem Jahr getrennt gewesen, als Ned gen Süden in den Krieg zog, während sie in der Sicherheit der Burg ihres Vaters in Riverrun blieb. Ihre Gedanken waren mehr bei Robb, dem Säugling an ihrer Brust, als bei dem Gatten, den sie kaum kannte. Sollte er doch allen Trost zwischen den Schlachten suchen, den er brauchte. Und falls sein Same Früchte trug, erwartete sie, dass er sich um die Bedürfnisse des Kindes kümmerte.

Er tat weit mehr als das. Die Starks waren nicht wie andere Menschen. Ned brachte seinen Bastard mit nach Hause und nannte ihn »Sohn«, damit der ganze Norden es wusste. Als die Kriege schließlich ein Ende hatten und Catelyn nach Winterfell ritt, hatten sich Jon und seine Amme bereits dort eingerichtet.

Das schmerzte sehr. Ned wollte über die Mutter nicht sprechen, kein einziges Wort, doch eine Burg wahrt keine Geheimnisse, und Catelyn hörte die Geschichten der Zofen, die diese von den Soldaten ihres Mannes wussten. Sie flüsterten von Ser Arthur Dayne, dem Schwert des Morgens, dem gefürchtetsten der sieben Ritter aus Aerys' Königsgarde, und dass der junge

Lord ihn im Kampf Mann gegen Mann erschlagen hatte. Und sie erzählten, wie Ned danach Ser Arthurs Schwert der schönen, jungen Schwester gebracht hatte, die ihn in einer Burg mit Namen Starfall an der Küste des Sommermeers erwartet hatte. Die Lady Ashara Dayne, groß und blond, mit betörend veilchenblauen Augen. Vierzehn Tage hatte sie gebraucht, um ihren Mut zu sammeln, doch schließlich hatte Catelyn ihren Mann eines Abends im Bett rundheraus danach gefragt.

Es war das einzige Mal in all den Jahren gewesen, dass Ned ihr jemals Furcht eingeflößt hatte. »Fragt mich nie nach Jon«, sagte er kalt wie Eis. »Er ist von meinem Blut, und mehr müsst Ihr nicht wissen. Und jetzt werde ich erfahren, woher Ihr diesen Namen habt, Mylady.« Sie hatte gelobt, ihm zu gehorchen. Sie erzählte es ihm. Und von diesem Tag an hatte das Flüstern ein Ende, und Ashara Daynes Name wurde in Winterfell nie mehr erwähnt.

Wer auch immer Jons Mutter sein mochte: Ned musste sie sehr geliebt haben, denn nichts von allem, was Catelyn sagte, konnte ihn dazu bringen, den Jungen fortzuschicken. Es war das Einzige, was sie ihm nie verzieh. Sie liebte ihren Mann inzwischen von ganzem Herzen, doch nie hatte sie in sich Liebe für Jon empfunden. Um Neds willen hätte sie über ein ganzes Dutzend Bastarde hinwegsehen können, solange sie diese nicht vor Augen haben musste. Jon war immer da, und je größer er wurde, desto ähnlicher sah er Ned, mehr noch als die Söhne, die sie ihm gebar. Das hatte es in gewisser Weise noch verschlimmert. »Jon muss gehen«, sagte sie jetzt.

»Er und Robb stehen sich nahe«, sagte Ned. »Ich hatte gehofft …«

»Er kann nicht bleiben«, beharrte Catelyn und schnitt ihm das Wort ab. »Er ist Euer Sohn, nicht meiner. Ich will ihn hier nicht haben.« Es war hart, das wusste sie, aber nichtsdestotrotz die Wahrheit. Ned würde dem Jungen keinen Gefallen tun, wenn er ihn hier auf Winterfell zurückließ.

Mit gequältem Blick sah Ned sie an. »Ihr wisst, dass ich ihn nicht mit in den Süden nehmen kann. Es wird dort bei Hofe kein Platz für ihn sein. Ein Junge mit dem Namen eines Bastards … Ihr wisst, wie man über ihn reden wird. Man wird ihn von allen Seiten meiden.«

Catelyn schützte ihr Herz gegen das stille Flehen in den Augen ihres Mannes.

»Man sagt, Euer Freund Robert habe selbst ein gutes Dutzend Bastarde gezeugt.«

»Und keiner von ihnen wurde je bei Hofe gesehen!«, fuhr Ned sie an. »Dafür hat diese Lannister gesorgt. Wie könnt Ihr so verdammt grausam sein, Catelyn? Er ist noch ein Junge. Er …«

Zorn hatte ihn ergriffen. Er hätte mehr gesagt, und Schlimmeres, doch Maester Luwin ging dazwischen. »Eine weitere Möglichkeit bietet sich«, sagte er mit leiser Stimme. »Euer Bruder Benjen kam vor einigen Tagen wegen Jon zu mir. Es scheint, als strebe der Junge an, das Schwarz anzulegen.«

Ned schien zu erschrecken. »Er hat darum gebeten, in die Nachtwache aufgenommen zu werden?«

Catelyn sagte nichts. Ließ es Ned allein durchdenken. Ihre Meinung wäre jetzt nicht willkommen. Doch wie gern hätte sie in diesem Augenblick dem Maester einen Kuss gegeben. Es war die perfekte Lösung.

Benjen Stark gehörte der Bruderschaft an. Jon wäre ihm wie ein Sohn, das Kind, das er nie haben würde. Und beizeiten würde auch der Junge den Eid ablegen. Er würde keine Söhne zeugen, die eines Tages Catelyns eigenen Enkeln Winterfell streitig machen konnten.

Maester Luwin sagte: »Es ist eine große Ehre, Dienst auf der Mauer zu leisten, Mylord.«

»Und selbst ein Bastard kann es in der Nachtwache zu etwas bringen«, überlegte Ned. Dennoch klang seine Stimme sorgenvoll. »Jon ist so jung. Wenn er als erwachsener Mann darum gebeten hätte, wäre das eine Sache, aber ein Junge von vierzehn …«

»Ein hartes Opfer«, gab Maester Luwin ihm recht. »Doch sind es harte Zeiten, Mylord. Sein Weg ist nicht grausamer als Eurer oder der Eurer Lady.«

Catelyn dachte an die drei Kinder, die sie verlieren würde. Das Schweigen fiel ihr nicht leicht.

Ned wandte sich von ihnen ab, blickte aus dem Fenster, das lange Gesicht still und nachdenklich. Schließlich seufzte er und drehte sich wieder um. »Also gut«, sagte er zu Maester Luwin. »Ich vermute, es wird das Beste sein. Ich werde mit Ben sprechen.«

»Wann wollen wir es Jon sagen?«, fragte der Maester.

»Wenn es sein muss. Erst müssen die Vorbereitungen getroffen werden. Es wird zwei Wochen dauern, bis wir zur Abreise bereit sind. Ich möchte Jon lieber seine letzten paar Tage genießen lassen. Der Sommer geht noch schnell genug zu Ende, und seine Kindheit auch. Wenn es an der Zeit ist, will ich es ihm selbst sagen.«

ARYA

Wieder waren Aryas Stiche schief. Erschrocken blickte sie darauf und sah hinüber, wo ihre Schwester Sansa zwischen den anderen Mädchen saß. Sansas Handarbeiten waren vorzüglich. Alle sagten das. »Sansas Arbeit ist so hübsch wie sie selbst«, hatte Septa Mordane ihrer Hohen Mutter einst erklärt. »Sie hat so feine, zarte Hände.« Als Lady Catelyn sich nach Arya erkundigte, hatte die Septa die Nase gerümpft. »Arya hat die Hände eines Schmieds.«

Heimlich sah sich Arya im Zimmer um, fürchtete, dass Septa Mordane ihre Gedanken gelesen haben mochte, doch die Septa schenkte ihr heute keinerlei Beachtung. Sie saß mit Prinzessin Myrcella da, lächelte stetig und voller Bewunderung. Es kam nicht oft vor, dass die Septa das Privileg genoss, eine Prinzessin in den weiblichen Künsten unterweisen zu dürfen, wie sie es auszudrücken pflegte, als die Königin Myrcella zu ihnen gebracht hatte. Arya fand, dass auch Myrcellas Stiche etwas schief aussahen, doch Septa Mordane war davon nichts anzumerken.

Wieder betrachtete sie ihr Werk, suchte nach einer Möglichkeit, es noch zu retten, dann seufzte sie und legte die Nadel nieder. Bedrückt sah sie ihre Schwester an. Sansa plapperte fröhlich während der Arbeit. Beth Cassel, Ser Rodriks Mädchen, saß zu ihren Füßen, lauschte jedem Wort, das sie sagte, und Jeyne Poole beugte sich vor, um ihr etwas ins Ohr zu flüstern.

»Was redet ihr da?«, fragte Arya plötzlich.

Jeyne warf ihr einen verdutzten Blick zu, dann kicherte sie. Sansa sah beschämt aus. Beth errötete. Niemand antwortete.

»Sagt es mir«, sagte Arya.

Jeyne sah in die Runde, um sicherzugehen, dass Septa Mordane nicht zuhörte. Da sagte Myrcella etwas, und die Septa lachte gemeinsam mit den Damen.

»Gerade haben wir vom Prinzen gesprochen«, sagte Sansa, und ihre Stimme war sanft wie ein Kuss.

Arya wusste, welchen Prinzen sie meinte: Joffrey natürlich. Den Großen, den Hübschen. Sansa hatte während des Festes neben ihm gesessen. Arya hatte bei dem Dicken sitzen müssen. Natürlich.

»Joffrey mag deine Schwester«, flüsterte Jeyne stolz, als hätte sie etwas damit zu tun. Sie war die Tochter des Haushofmeisters von Winterfell und Sansas beste Freundin. »Er hat ihr gesagt, sie sei sehr hübsch.«

»Er wird sie heiraten«, sagte die kleine Beth verträumt und umarmte sich selbst. »Dann wird Sansa die Königin des ganzen Reiches sein.«

Sansa besaß die Würde zu erröten. Sie errötete auf hübsche Art und Weise.

Alles, was sie tat, war hübsch, so dachte Arya mit trübem Widerwillen. »Beth, du solltest dir keine Geschichten ausdenken«, tadelte Sansa das jüngere Mädchen und strich sanft über ihr Haar, um die Schärfe aus ihren Worten zu nehmen. Sie blickte Arya an. »Was hältst du von Prinz Joff, Schwester? Er ist sehr galant, findest du nicht?«

»Jon sagt, er sieht wie ein Mädchen aus«, sagte Arya.

Sansa seufzte, während sie stickte. »Armer Jon«, sagte sie. »Er wird neidisch sein, weil er ein Bastard ist.«

»Er ist unser Bruder«, sagte Arya viel zu laut. Ihre Stimme schnitt durch die nachmittägliche Stille im Turmzimmer.

Septa Mordane blickte auf. Sie hatte ein knochiges Gesicht, scharfe Augen und einen schmalen, lippenlosen Mund, für Missbilligungen wie geschaffen. »Worüber sprecht ihr, Kinder?«

»Über unseren Halbbruder«, verbesserte sie Sansa sanft und korrekt. Sie lächelte die Septa an. »Arya und ich bemerkten gerade, wie hocherfreut wir sind, die Prinzessin heute bei uns zu haben«, sagte sie.

Septa Mordane nickte. »In der Tat. Eine große Ehre für uns

alle.« Prinzessin Myrcella lächelte unsicher über dieses Kompliment. »Arya, wieso bist du nicht bei der Arbeit?«, fragte die Septa. Sie erhob sich, und gestärkte Röcke raschelten, als sie durch den Raum herüberkam. »Lass mich deine Stiche sehen.«

Arya hätte schreien können. Es sah Sansa nur ähnlich, die Aufmerksamkeit der Septa auf sie zu lenken. »Hier«, sagte sie, als sie ihr die Stickereien aushändigte.

Die Septa betrachtete den Stoff. »Arya, Arya, Arya«, sagte sie. »Das wird nicht genügen. Das wird sicher nicht genügen.«

Alle sahen sie an. Es war zu viel. Sansa war zu wohlerzogen, als dass sie über die Schande ihrer Schwester gelächelt hätte, doch Jeyne grinste an ihrer Stelle höhnisch. Selbst Prinzessin Myrcella schien Mitleid zu haben. Arya merkte, wie ihr Tränen in die Augen stiegen. Sie sprang von ihrem Stuhl auf und hastete zur Tür.

Septa Mordane rief ihr nach: »Arya, komm zurück! Dass du mir keinen Schritt mehr machst! Deine Hohe Mutter wird davon erfahren. Und das alles vor unserer Prinzessin! Du machst uns allen Schande!«

An der Tür blieb Arya stehen, fuhr herum und biss sich auf die Lippe. Tränen liefen ihr jetzt über die Wangen. Sie brachte eine steife, kleine Verbeugung vor Myrcella zustande. »Mit Verlaub, Mylady.«

Myrcella blinzelte sie an und sah sich Rat suchend unter ihren Damen um. Doch wenn die Prinzessin unsicher war, so war Septa Mordane es ganz bestimmt nicht. »Was glaubst du eigentlich, wohin du gehst, Arya?«, wollte die Septa wissen.

Wütend sah Arya sie an. »Ich muss ein Pferd beschlagen«, flötete sie honigsüß und fand kurze Befriedigung in der erschrockenen Miene der Septa. Dann fuhr sie herum, ging hinaus und rannte die Stufen hinab, so schnell ihre Füße sie trugen.

Es war nicht gerecht. Sansa hatte alles. Sansa war zwei Jahre älter. Vielleicht war nichts mehr übrig gewesen, als Arya zwei Jahre später zur Welt gekommen war. Oftmals erschien es ihr so. Sansa konnte nähen und tanzen und singen. Sie schrieb Gedichte. Sie wusste sich zu kleiden. Sie spielte die Harfe und das Glockenspiel. Schlimmer noch: Sie war schön. Sansa hatte die hohen, feinen Wangenknochen ihrer Mutter und das volle kastanienbraune Haar der Tullys geerbt. Arya schlug nach ihrem Hohen Vater. Ihr Haar war von einem matten Braun, ihr Gesicht war lang und ernst. Jeyne nannte sie früher oft Arya Pferdegesicht und wieherte jedes Mal, wenn sie in die Nähe kam. Es schmerzte, dass das Einzige, was Arya besser als ihre Schwester beherrschte, das Reiten eines Pferdes war. Nun, das und Haushaltsrechnung. Sansa hatte noch nie gut rechnen können. Falls sie Prinz Joff heiraten sollte, hoffte Arya für ihn, dass er einen guten Haushofmeister hätte.

Nymeria wartete im Wachraum am unteren Ende der Treppe auf sie. Sobald sie Arya erblickte, sprang sie auf. Arya grinste. Das Wolfsjunge liebte sie, auch wenn niemand sonst es tat. Sie gingen überall zusammen hin, und Nymeria schlief in ihrem Zimmer am Fußende ihres Bettes. Hätte die Mutter es nicht verboten, hätte Arya sie liebend gern mit zur Handarbeit genommen. Da sollte sich Septa Mordane ruhig beklagen.

Eifrig leckte Nymeria an ihrer Hand, als Arya sie losband. Sie hatte gelbe Augen. Wenn sich das Sonnenlicht darin fing, leuchteten sie wie goldene Münzen. Arya hatte sie nach der Kriegerkönigin der Rhoyne benannt, die ihr Volk über die Meerenge geführt hatte. Auch das war ein großer Skandal gewesen. Sansa hatte ihren Welpen natürlich »Lady« genannt. Arya schnitt eine Grimasse und schloss ihre kleine Wölfin in die Arme. Nymeria leckte ihr am Ohr herum, und sie kicherte.

Mittlerweile hatte Septa Mordane ihre Hohe Mutter sicher schon benachrichtigt. Wenn sie in ihr Zimmer ging, würde man sie finden. Arya wollte nicht gefunden werden. Sie hatte eine bessere Idee. Die Jungen waren bei ihren Übungen auf dem Hof. Sie wollte sehen, wie Robb den galanten Prinz Joffrey aus den Stiefeln schlug. »Komm«, flüsterte sie Nymeria zu. Sie stand auf und rannte, und der Wolf war ihr hart auf den Fersen.

Es gab ein Fenster in der überdachten Brücke zwischen der Waffenkammer und dem Großen Turm, von dem aus man den gesamten Hof überblicken konnte. Dorthin wollte sie.

Dort rotgesichtig und atemlos angekommen, fand sie Jon vor, der auf der Fensterbank saß und ein Bein träge unters Kinn gezogen hatte. Er beobachtete die Kämpfe derart versunken, dass er Arya und die Wölfin erst bemerkte, als sein weißer Wolf ihnen entgegenlief, um sie zu begrüßen. Argwöhnisch stakste Nymeria näher heran. Ghost, der jetzt schon größer als die anderen aus seinem Wurf war, beschnüffelte sie, biss ihr vorsichtig ins Ohr und setzte sich dann hin.

Jon warf ihr einen neugierigen Blick zu. »Solltest du nicht an deinen Stickereien sitzen, kleine Schwester?«

Arya schnitt ihm eine Fratze. »Ich wollte sie kämpfen sehen.«

Er lächelte. »Dann komm her.«

Arya kletterte zum Fenster hinauf und setzte sich neben ihn, zum Chor von dumpfen Schlägen und angestrengtem Stöhnen.

Zu ihrer Enttäuschung übten dort die kleineren Jungen. Bran war derart dick gepolstert, dass er aussah, als hätte er ein Federbett um sich gewickelt, und Prinz Tommen, der ohnehin etwas dicklich war, wirkte nun wie eine Kugel. Sie keuchten und schnauften und schlugen mit gepolsterten Holzschwertern aufeinander ein, und alles unter den Augen von Ser Rodrik Cassel, dem Waffenmeister, einem großen, gestauchten Fass von einem Mann mit prächtig weißem Backenbart. Ein Dutzend Zuschauer, Männer und Jungen, feuerten sie an, und Robbs Stimme war die lauteste von allen. Sie entdeckte Theon Greyjoy neben ihm, das schwarze Wams mit dem goldenen Kraken seines Hauses bestickt. Auf seinem Gesicht zeigte sich Verachtung. Beide Kämpfer taumelten. Vermutlich waren sie schon eine Weile dabei.

»Einen Hauch ermüdender als Handarbeit«, bemerkte Jon.

»Einen Hauch vergnüglicher als Handarbeit«, gab Arya zurück. Jon grinste, streckte eine Hand aus und zerzauste ihr Haar. Arya errötete. Schon immer hatten sie einander nahegestanden. Jon besaß das Gesicht ihres Vaters, genau wie sie. Sie waren die Einzigen. Robb und Sansa und Bran und selbst der kleine Rickon kamen allesamt nach den Tullys, stets lächelnd und mit Feuer im Haar. Als Arya klein gewesen war, hatte sie befürchtet, es bedeutete, dass auch sie ein Bastard sei. Jon war es gewesen, zu dem sie mit ihren Befürchtungen gegangen war, und Jon hatte sie beruhigt.

»Wieso bist du denn nicht unten auf dem Hof?«, fragte Arya erstaunt. Mit halbem Lächeln sah er sie an. »Einem Bastard ist es nicht gestattet, junge Prinzen zu verbeulen«, sagte er. »Die Prellungen, die sie von Übungen heimbringen, müssen von reinrassigen Schwertern stammen.«

»Oh.« Arya war verlegen. Sie hätte es sich denken können. Zum zweiten Mal an diesem Tag dachte Arya, dass das Leben ungerecht war.

Sie beobachtete, wie ihr kleiner Bruder auf Tommen einhieb. »Ich könnte es genauso gut wie Bran«, sagte sie. »Er ist erst sieben. Ich bin neun.«

Jon musterte sie mit aller Weisheit seiner vierzehn Lebensjahre. »Du bist zu dünn«, sagte er. Er nahm ihren Arm, um ihre Muskeln zu betasten. Dann seufzte er und schüttelte den Kopf. »Ich bezweifle, ob du überhaupt ein Langschwert heben könntest, kleine Schwester, geschweige denn ein solches schwingen.«

Arya riss ihren Arm zurück und funkelte ihn an. Wieder zerzauste Jon ihr Haar. Sie beobachtete, wie Bran und Tommen einander umkreisten.

»Siehst du Prinz Joffrey?«, fragte Jon.

Den hatte sie nicht gesehen, zumindest nicht auf den ersten Blick, doch als sie noch einmal in die Runde blickte, fand sie ihn zurückgezogen im Schatten der hohen Steinmauer. Er war von Männern umgeben, die sie nicht kannte, jungen Knappen in den Gewändern von Lannister und Baratheon, allesamt Fremde. Einige ältere Männer waren darunter, Ritter, wie sie vermutete.

»Sieh dir die Ärmel an seinem Wappenrock an«, sagte Jon.

Arya sah hinüber. Ein verzierter Schild war auf den gepolsterten Wappenrock gestickt. Ohne Zweifel war die Handarbeit ganz ausgezeichnet. Der Schild war in der Mitte geteilt. Auf der einen Seite sah man den gekrönten Hirsch der königlichen Familie, auf der anderen den Löwen der Lannisters.

»Die Lannisters sind stolz«, bemerkte Jon. »Man sollte glauben, das königliche Siegel müsste genügen, aber nein. Er stellt das Haus seiner Mutter auf dieselbe Stufe wie das des Königs.«

»Auch Frauen sind von großer Bedeutung!«, protestierte Arya. Jon gluckste. »Vielleicht solltest du es ihm nachtun, kleine Schwester. Tully und Stark auf deinem Schild vereinen.«

»Ein Wolf mit einem Fisch im Maul?« Es brachte sie zum Lachen. »Es sähe lächerlich aus. Außerdem, wenn ein Mädchen nicht kämpfen darf, wozu sollte sie dann einen Wappenschild haben?«

Jon zuckte mit den Achseln. »Mädchen bekommen Schilde, aber keine Schwerter. Bastarde bekommen Schwerter, aber keine Schilde. Ich habe die Regeln nicht gemacht, kleine Schwester.«

Von unten aus dem Hof war ein Aufschrei zu hören. Prinz Tommen rollte durch den Staub, versuchte wieder aufzustehen und scheiterte. Mit den vielen Polstern wirkte er wie eine Schildkröte auf dem Rücken. Bran beugte sich mit erhobenem Holzschwert über ihn, bereit, ihn erneut niederzustrecken, sobald er auf die Beine käme. Die Männer lachten.

»Genug!«, rief Ser Rodrik. Er reichte dem Prinzen eine Hand und zog ihn auf die Beine. »Gut gefochten. Lew, Donnis, helft ihnen aus der Rüstung.« Er sah sich um. »Prinz Joffrey, Robb, wollt Ihr noch eine Runde wagen?«

Robb, der von einem früheren Gefecht bereits verschwitzt war, trat eifrig vor. »Gern.«

Joffrey trat als Antwort auf Rodriks Ruf ins Sonnenlicht. Sein Haar leuchtete wie Goldgespinst. Er schien gelangweilt. »Das ist ein Spiel für Kinder, Ser Rodrik.«

Theon Greyjoy lachte plötzlich bellend auf. »Ihr *seid* Kinder«, sagte er spöttisch.

»Robb mag noch ein Kind sein«, entgegnete Joffrey. »Ich bin ein Prinz. Und ich bin es müde, mit dem Holzschwert auf Starks einzuschlagen.«

»Du hast mehr Schläge eingesteckt als ausgeteilt, Joff«, hielt Robb ihm entgegen. »Hast du Angst?«

Prinz Joffrey blickte ihn an. »Oh, ganz furchtbar«, sagte er. »Du bist so viel älter als ich.« Einige Männer der Lannisters lachten.

Stirnrunzelnd beobachtete Jon die Auseinandersetzung. »Joffrey ist wirklich ein kleiner Mistbock«, erklärte er Arya.

Nachdenklich zupfte Ser Rodrik an seinem weißen Backenbart herum. »Was schlagt Ihr vor?«, fragte er den Prinzen.

»Echten Stahl.«

»Abgemacht«, rief Robb zurück. »Es wird dir noch leidtun.«

Der Waffenmeister legte eine Hand auf Robbs Schulter, um ihn zu beruhigen. »Echter Stahl ist zu gefährlich. Ich erlaube euch Turnierschwerter mit stumpfen Schneiden.«

Joffrey sagte nichts, doch ein Mann, den Arya nicht kannte, ein großer Ritter mit schwarzem Haar und Brandnarben im Gesicht, schob sich vor den Prinzen. »Dies ist Euer Prinz. Wer seid Ihr, der Ihr ihm zu sagen wagt, er dürfe keine scharfe Klinge führen, *Ser?*«

»Der Waffenmeister von Winterfell, Clegane, und Ihr tätet gut daran, es nicht zu vergessen.«

»Bildet Ihr hier Weiber aus?«, wollte der verbrannte Mann wissen. Er hatte Muskeln wie ein Stier.

»Ich bilde *Ritter* aus«, sagte Ser Rodrik scharf. »Sie werden Stahl bekommen, wenn sie dafür bereit sind. Wenn sie alt genug sind.«

Der verbrannte Mann sah Robb an. »Wie alt bist du, Junge?«

»Vierzehn«, sagte Robb.

»Mit zwölf habe ich einen Mann getötet. Seid versichert, dass es nicht mit einem stumpfen Schwert geschah.«

Arya konnte sehen, dass Robb zornig wurde. Sein Stolz war verletzt. Er wandte sich Ser Rodrik zu. »Lasst es mich tun. Ich kann ihn schlagen.«

»Dann schlag ihn mit einem Turnierschwert«, gab Ser Rodrik zurück.

Joffrey zuckte mit den Achseln. »Komm wieder, wenn du älter bist, Stark. Wenn du dann nicht *zu* alt bist.« Wieder lachten die Mannen der Lannisters.

Robbs Flüche hallten durch den Burghof. Erschrocken hielt sich Arya den Mund zu. Theon Greyjoy packte Robb beim Arm, um ihn vom Prinzen fernzuhalten. Bestürzt zupfte Ser Rodrik an seinem Backenbart herum.

Joffrey täuschte ein Gähnen vor und wandte sich seinem jüngeren Bruder zu. »Komm mit, Tommen«, sagte er. »Die Spielstunde ist zu Ende. Überlassen wir die anderen Kinder doch einfach ihrem Übermut.«

Das rief weiteres Gelächter bei den Lannisters hervor, und weitere Flüche von Robb. Ser Rodriks Gesicht glühte unter seinem weißen Backenbart vor Zorn rot wie eine Rübe. Theon hielt Robb mit festem Eisengriff, bis die Prinzen und ihr Gefolge abgezogen waren.

Jon sah ihnen hinterher, und Arya blickte Jon an. Sein Gesicht war still wie der Tümpel im Herzen eines Götterhains. Schließlich stieg er vom Fenster herab. »Die Aufführung ist beendet«, sagte er. Er beugte sich vor, um Ghost hinter den Ohren zu kraulen. Der weiße Wolf stand auf und rieb sich an ihm. »Du solltest besser in dein Zimmer laufen, kleine Schwester. Septa Mordane liegt dort sicher schon auf der Lauer. Je länger du dich versteckt hältst, desto strenger wird die Buße. Du wirst den ganzen Winter nähen. Wenn das Tauwetter im Frühling kommt, wird man deine Leiche mit einer Nadel in der gefrorenen Faust finden.«

Arya fand das überhaupt nicht komisch. »Ich hasse Handarbeit!«, rief sie voller Leidenschaft. »Es ist einfach nicht gerecht!«

»Nichts ist gerecht«, sagte Jon. Wieder zerzauste er ihr Haar und ging davon, Ghost schweigend in seinem Schlepptau. Nymeria wollte ihm hinterher, dann blieb sie stehen und kam zurück, als sie sah, dass Arya nicht folgte.

Widerstrebend wandte sie sich der anderen Richtung zu.

Es war schlimmer, als Jon gedacht hatte. Nicht allein Septa Mordane erwartete sie in ihrem Zimmer. Sondern Septa Mordane *und* ihre Mutter.

BRAN

Die Jagd begann im Morgengrauen. Der König wollte wilde Keiler zum abendlichen Fest. Prinz Joffrey ritt mit seinem Vater, so dass auch Robb gestattet wurde, sich den Jägern anzuschließen. Onkel Benjen, Jory, Theon Greyjoy, Ser Rodrik und sogar der komische kleine Bruder der Königin waren allesamt mit ihnen ausgeritten. Schließlich war es die letzte Jagd. Am nächsten Morgen wollten sie gen Süden aufbrechen.

Bran war mit Jon, den Mädchen und Rickon zu Hause geblieben. Aber Rickon war noch ein kleines Kind, die Mädchen waren eben Mädchen und Jon und sein Wolf nirgends aufzutreiben. Bran suchte ihn nicht gerade fieberhaft. Er glaubte, Jon sei ihm böse. In letzter Zeit schien Jon auf alle böse zu sein. Bran wusste nicht wieso. Er würde mit Onkel Ben zur Mauer gehen, um sich dort der Nachtwache anzuschließen. Das war fast genauso gut, wie mit dem König gen Süden zu ziehen. Robb war es, der zurückbleiben würde, nicht Jon. Tagelang konnte Bran es kaum erwarten, abzureisen. Auf einem eigenen Pferd würde er über die Kingsroad reiten, nicht auf einem Pony, sondern auf einem richtigen Pferd. Sein Vater würde die Rechte Hand des Königs sein, und sie würden in der roten Burg von King's Landing leben, der Burg, welche die Dragonlords errichtet hatten. Old Nan sagte, dort gäbe es Gespenster und Verliese, in denen schreckliche Dinge vor sich gegangen seien, und dazu Drachenköpfe auf den Mauern. Der bloße Gedanke daran ließ Bran einen Schauer über den Rücken rinnen, doch fürchtete er sich nicht. Wie konnte er sich fürchten? Sein Vater wäre bei ihm, und auch der König mit seinen Rittern und den Gefolgsleuten.

Eines Tages würde Bran selbst Ritter sein, einer aus der Königsgarde. Old Nan sagte, das seien die besten Krieger im ganzen Reich. Es gab nur sieben von ihnen, und sie trugen weiße Rüstungen und hatten weder Frauen noch Kinder, sondern lebten nur für den Dienst am König. Bran kannte sämtliche Geschichten. Ihre Namen waren wie Musik in seinen Ohren. Serwyn vom Spiegelschild. Ser Ryam Redwyne. Prinz Aemon der Drachentöter. Die Zwillinge Ser Erryk und Ser Arryk, die vor Jahrhunderten schon durch das Schwert des anderen gestorben waren, als Bruder und Schwester einander in einem Krieg bekämpften, den die Sänger als »Drachentanz« bezeichneten. Der Weiße Bulle Gerold Hightower. Ser Arthur Dayne, das Schwert des Morgens. Barristan, der Kühne.

Zwei aus der Königsgarde waren mit König Robert in den Norden gekommen. Voller Begeisterung hatte Bran sie beobachtet, doch nie gewagt, sie anzusprechen. Ser Boros war ein kahler Mann mit Hängebacken, und Ser Meryn hatte müde Augen und einen rostfarbenen Bart. Ser Jaime Lannister sah eher aus wie die Ritter in den Geschichten, und auch er gehörte der Königsgarde an, doch Robb sagte, er habe den alten Irren König erschlagen und zähle daher nicht. Der größte aller lebenden Ritter war Ser Barristan Selmy, Barristan der Kühne, Kommandant der Königsgarde. Vater hatte versprochen, dass sie Ser Barristan treffen würden, wenn sie nach King's Landing kämen, und Bran hatte die Tage an seiner Hand gezählt, in Vorfreude auf die Reise, die ihm eine Welt zu Gesicht bringen sollte, von der er bisher nur geträumt hatte, um dort ein Leben zu beginnen, das er sich kaum vorzustellen wagte.

Doch nun, da der letzte Tag angebrochen war, fühlte sich Bran verloren. Er hatte bisher immer in Winterfell gelebt. Sein Vater hatte ihm erklärt, dass er sich heute verabschieden sollte, und er hatte es versucht. Nachdem die Jagdgesellschaft ausgeritten war, ging er mit seinem Wolf durch die Burg, in der Absicht, diejenigen aufzusuchen, die er zurücklassen musste, Old Nan und Gage, den Koch, Mikken in seiner Schmiede, Hodor, den Stalljungen, der dauernd lächelte und sich um sein Pony kümmerte und nie etwas anderes als »Hodor« sagte, den

Mann in den Gläsernen Gärten, der ihm stets eine Brombeere schenkte, wenn er ihn besuchte …

Doch ergab es keinen Sinn. Zuerst war er zum Stall gegangen und hatte sein Pony dort stehen sehen, nur dass es nicht mehr *sein* Pony war, denn er bekam ein echtes Pferd und sollte das Pony zurücklassen, und ganz plötzlich hätte sich Bran am liebsten hingesetzt und geweint. Er drehte sich um, rannte davon, bevor Hodor und die anderen Stalljungen die Tränen in seinen Augen sahen. Damit war sein Abschied beendet. Stattdessen verbrachte Bran den Morgen allein im Götterhain, versuchte, seinem Wolf beizubringen, wie man Stöckchen holt, und scheiterte dabei. Der Wolf war klüger als alle Hunde in der Meute seines Vaters, und Bran hätte schwören können, dass er jedes Wort verstand, das man zu ihm sagte, doch zeigte er nur wenig Interesse daran, Stöckchen zu holen.

Noch immer hatte sich Bran nicht für einen Namen entscheiden können. Robb nannte seinen Grey Wind, weil er so schnell laufen konnte. Sansa hatte ihren Lady genannt, Arya ihren nach irgendeiner alten Hexe aus den Liedern, und der kleine Rickon nannte seinen Shaggydog, was Bran für einen ziemlich dummen Namen für einen Schattenwolf hielt. Jons Wolf, der weiße, hieß Ghost. Bran wünschte, es wäre ihm zuerst eingefallen, obwohl sein Wolf nicht weiß war. Hundert Namen hatte er in den vergangenen zwei Wochen probiert, doch keiner klang passend.

Schließlich wurde er des Stöckchenwerfens müde und beschloss, klettern zu gehen. Seit Wochen war er nicht mehr oben auf der Turmruine gewesen, so viel war los gewesen, und heute mochte die letzte Gelegenheit dazu sein.

Er lief durch den Götterhain, nahm den langen Weg, um dem Teich auszuweichen, wo der Herzbaum wuchs. Schon immer hatte ihm der Herzbaum Angst gemacht. Bäume sollten keine Augen haben, dachte Bran, und auch keine Blätter, die wie Hände waren. Sein Wolf jagte hinter ihm her. »Du bleibst hier«, befahl er ihm am Fuße des Wachbaumes nahe der Mauer zur Waffenkammer. »Platz. So ist es recht. Und jetzt *sitz*.«

Der Wolf tat, was man ihm sagte. Bran kraulte ihn hinter den

Ohren, dann wandte er sich ab, sprang hoch, packte einen Ast und zog sich nach oben. Er war schon auf halbem Weg den Baum hinauf, kletterte mühelos von einem Ast zum anderen, als der Wolf aufsprang und zu heulen begann.

Bran sah hinab. Da schwieg sein Wolf, starrte ihn aus gelben Schlitzaugen an. Ein seltsamer, frostiger Schauer durchfuhr ihn. Wieder begann er zu klettern. Wieder heulte der Wolf. »Still«, rief er. »Platz. Sitz. Du bist schlimmer als Mutter.« Das Heulen begleitete ihn den ganzen Weg, bis er schließlich auf das Dach der Waffenkammer sprang, wo er nicht mehr zu sehen war.

Die Dächer von Winterfell waren Brans zweite Heimat. Oft sagte seine Mutter, Bran habe klettern können, bevor er lief, aber er selbst konnte sich nicht mehr erinnern, wann er zu klettern begonnen hatte, also musste es wohl stimmen.

Für einen Jungen war Winterfell ein grauer, steinerner Irrgarten aus Mauern und Türmen und Höfen und Tunneln, die sich in alle Richtungen ausbreiteten. In den älteren Teilen der Burg konnte man nie sicher sein, in welchem Stockwerk man sich gerade befand. Die Anlage war im Laufe von Jahrhunderten wie ein monströser, steinerner Baum gewachsen, so hatte Maester Luwin es ihm erklärt, und die Äste waren knorrig und dick und verdreht, die Wurzeln tief in die Erde eingegraben.

Wenn er darunter hervorkroch und nah am Himmel auf die Beine kam, konnte Bran ganz Winterfell mit einem Blick überschauen. Es gefiel ihm, wie es aussah, wie es sich unter ihm ausbreitete und nur die Vögel über seinem Kopf kreisten, während alles Leben in der Burg unter ihm geschah. Stundenlang konnte Bran zwischen den formlosen, vom Regen verwaschenen Wasserspeiern des Bergfrieds hocken und sich alles ansehen: die Männer, die sich im Hof mit Holz und Stahl übten, die Köche, die im Gläsernen Garten ihr Gemüse pflegten, rastlose Hunde, die in den Zwingern auf und ab liefen, die Stille im Götterhain, die plaudernden Mädchen am Waschbrunnen. Es gab ihm ein Gefühl, als wäre er der Herr über diese Burg, auf eine Art und Weise, die Robb nie kennenlernen würde.

Es zeigte ihm auch Winterfells Geheimnisse. Die Erbauer hatten die Erde nie geebnet. Hügel und Täler lagen unter den

Mauern Winterfells. Es gab eine überdachte Brücke, die vom vierten Stock des Glockenturms zum zweiten Stock des Krähenhorsts führte. Davon wusste Bran. Und er wusste, wie man hinter die innere Mauer am südlichen Tor gelangte, drei Stockwerke hinaufkletterte und durch einen schmalen Gang im Stein ganz Winterfell umrunden konnte, um dann *auf Bodenhöhe* am nördlichen Tor herauszukommen, wo die Mauer hundert Fuß über einem aufragte. Nicht einmal Maester Luwin wusste das, dessen war Bran überzeugt.

Seine Mutter fürchtete, dass Bran eines Tages von einer Mauer rutschen und dabei zu Tode stürzen könne. Er sagte ihr, das würde ihm nicht passieren, doch glaubte sie ihm nie. Einmal nötigte sie ihm das Versprechen ab, am Boden zu bleiben. Er hatte es geschafft, dieses Versprechen fast zwei Wochen lang einzuhalten, auch wenn er sich die ganze Zeit schrecklich gefühlt hatte, bis er eines Abends aus dem Fenster seines Schlafzimmers geklettert war, während seine Brüder schliefen.

In einem Anfall von Schuldgefühlen beichtete er sein Vergehen am nächsten Tag. Lord Eddard befahl ihn in den Götterhain, wo er sich rein waschen sollte. Wachen wurden aufgestellt, um dafür zu sorgen, dass Bran die ganze Nacht allein dort blieb und über seinen Ungehorsam nachdachte. Am nächsten Morgen war Bran nirgends zu sehen. Man fand ihn schließlich schlafend in den obersten Ästen des höchsten Wachbaumes im Hain.

So zornig er auch sein mochte, konnte sein Vater darüber doch nur lachen. »Du bist nicht mein Sohn«, erklärte er Bran, als man ihn herunterholte, »du bist ein Eichhörnchen. So sei es denn. Wenn du klettern musst, dann klettere, nur achte darauf, dass deine Mutter dich nicht sieht.«

Bran gab sein Bestes, obwohl er nicht glaubte, sie je wirklich täuschen zu können. Da sein Vater es ihm nicht verbieten wollte, wandte sie sich anderen zu. Old Nan erzählte ihm die Geschichte von einem kleinen Jungen, der zu hoch geklettert war und von einem Blitz getroffen wurde, woraufhin die Krähen kamen und ihm die Augen aushackten. Bran blieb unbeeindruckt. Oben auf der Turmruine gab es Krähennester, zu denen außer ihm nie jemand vorstieß, und manchmal füllte er seine Taschen mit Körnern, bevor er hinaufkletterte, und die Krähen fraßen ihm direkt aus der Hand. Keine hatte je auch nur das geringste Interesse daran gezeigt, ihm die Augen auszuhacken.

Später töpferte Maester Luwin die Figur eines kleinen Jungen, zog ihr Brans Kleider über und warf sie von der Mauer hinunter auf den Hof, um zu demonstrieren, was geschah, falls Bran einmal fallen sollte. Das hatte Spaß gemacht, doch danach hatte Bran den Maester nur angesehen und gesagt: »Ich bin nicht aus Lehm. Und außerdem falle ich nicht herunter.«

Dann jagten ihn die Wachen eine Weile jedes Mal, wenn sie ihn auf den Dächern sahen, und versuchten, ihn herunterzuholen. Das war die allerbeste Zeit. Es war, als spielte man mit seinen Brüdern ein Spiel, nur dass Bran hierbei stets gewann. Keiner der Wachmänner konnte so gut klettern wie Bran, nicht einmal Jory. Die meiste Zeit sahen sie ihn ohnehin nicht. Die Menschen sehen nicht nach oben. Das war noch etwas, das ihm am Klettern so gefiel. Fast war es, als wäre man unsichtbar.

Er mochte auch, wie es sich anfühlte, wenn er sich Stein für Stein an einer Mauer hochzog und sich Finger und Zehen hart in die kleinen Spalten dazwischen gruben. Stets zog er seine Stiefel aus und ging barfuß, wenn er kletterte, denn es gab ihm das Gefühl, als besäße er vier Hände statt zwei. Er mochte den tiefen, süßen Schmerz, der danach in den Muskeln zurückblieb. Er mochte es, wie die Luft dort oben roch, süß und kalt wie ein Winterpfirsich. Er mochte die Vögel: die Krähen in der Turmruine, die winzig kleinen Spatzen, die in den Spalten zwischen den Steinen nisteten, die alte Eule, die auf dem staubigen Dachboden über der alten Waffenkammer schlief. Bran kannte sie alle.

Vor allem aber suchte er gern Orte auf, die keinem anderen zugänglich waren, und von dort aus betrachtete er das graue Winterfell, wie niemand sonst es sah. Dadurch wurde die ganze Burg zu Brans geheimem Ort.

Am liebsten war ihm die Turmruine. Einst war sie ein Wachturm gewesen, der höchste von ganz Winterfell. Vor langer Zeit, hundert Jahre bevor selbst sein Vater geboren worden war, hatte ein Blitzschlag den Turm in Brand gesetzt. Das obere Drittel des Baus war innerlich in sich zusammengestürzt und der Turm nie mehr neu errichtet worden. Manchmal schickte sein Vater Rattenfänger in den Keller des Turmes, um die Nester auszuräumen, die sich ständig zwischen den heruntergestürzten Steinen und verkohlten und vermoderten Balken fanden. Doch niemand kam mehr zur zerklüfteten Spitze des Turmes, niemand außer Bran und den Krähen.

Zwei Wege wusste er dorthin. Man konnte direkt an der Seite des Turmes selbst hinaufklettern, doch die Steine waren lose, denn der Mörtel, der sie einst gehalten hatte, war lange schon zu Asche verbrannt, und Bran mochte ihnen nie so recht sein ganzes Gewicht anvertrauen.

Das *Beste* war es, vom Götterhain aus zu gehen, den großen Wachbaum hinaufzuklettern, quer über die Waffenkammer und den Wachsaal zu laufen und von Dach zu Dach zu springen, barfuß, damit die Wachen einen nicht über sich hörten. Das führte einen zur blinden Seite des Bergfrieds, dem ältesten Teil der Burg, einer dicken, viereckigen Festungsanlage, die höher war, als sie aussah. Inzwischen lebten dort nur noch Ratten und Spinnen, doch die alten Steine waren zum Klettern noch immer gut. Von dort aus konnte man direkt hinauf, wo die Wasserspeier sich blindlings in den leeren Raum lehnten, und sich von einem Wasserspeier zum nächsten hangeln, Hand über Hand, um die Nordseite herum. Hier nun musste man sich richtig strecken und sich mit langen Armen zur Turmruine ziehen, wo diese sich herüberneigte. Dann blieb nur noch, die verrußten Steine hinauf zum Horst zu klettern, nicht mehr als zehn Schritte weit, und schon kamen die Krähen, um zu sehen, ob er ihnen wieder Körner brachte.

Bran hangelte sich gerade mit der Leichtigkeit langjähriger Erfahrung von einem Wasserspeier zum nächsten, als er Stimmen hörte. Er war derart erschrocken, dass er beinah den Halt verlor. Sein Leben lang war der Bergfried verlassen gewesen.

»Es gefällt mir nicht«, sagte eine Frau. Eine Reihe von Fenstern lag unter ihm, und die Stimme kam aus dem letzten Fenster auf der ihm zugewandten Seite. »*Du* solltest die Hand sein.«

»Mögen die Götter es mir ersparen«, erwiderte der Mann träge. »Es ist keine Ehre, die ich mir wünsche. Zu viel Arbeit ist damit verbunden.«

Bran hing da, lauschte, fürchtete sich plötzlich weiterzuklettern. Vielleicht würden sie seine Füße sehen, wenn er sich vorbeischwang.

»Siehst du denn nicht die Gefahr, in die es uns bringt?«, sagte die Frau. »Robert liebt diesen Mann wie einen Bruder.«

»Robert kann seine Brüder kaum ertragen. Nicht, dass ich es ihm verdenken würde. Stannis würde jedem Magenbeschwerden bereiten.«

»Spiel nicht den Dummkopf. Stannis und Renly sind die eine Sache, und Eddard Stark ganz sicher eine andere. Robert wird auf Stark *hören*. Verdammt sollen sie beide sein. Ich hätte darauf *bestehen* sollen, dass er dich ernennt, aber ich war mir sicher, Stark würde ablehnen.«

»Wir sollten uns glücklich schätzen«, sagte der Mann. »Der König hätte ebenso gut einen seiner Brüder ernennen können, oder – bei allen Göttern – sogar Littlefinger. Man gebe mir lieber ehrenhafte Feinde als ehrgeizige, damit ich nachts ruhiger schlafen kann.«

Sie sprachen von seinem Vater, das wusste Bran. Er wollte noch mehr hören. Nur noch ein Stück ... doch würden sie ihn sehen, wenn er sich am Fenster vorbeihangelte.

»Wir werden uns sorgsam um ihn kümmern müssen«, sagte die Frau.

»Lieber würde ich mich nur um dich kümmern«, sagte der Mann. Er klang gelangweilt. »Komm her zu mir.«

»Lord Eddard hat sich nie für irgendetwas interessiert, das südlich des Necks vor sich ging«, sagte die Frau. »Niemals. Ich sage dir, er will gegen uns ziehen. Warum sonst sollte er den Sitz seiner Macht verlassen?«

»Aus hundert Gründen. Pflicht. Ehre. Er sehnt sich danach, seinen Namen in Großbuchstaben ins Buch der Geschichte einzutragen, um von seiner Frau wegzukommen, oder beides. Vielleicht will er einfach nur, dass ihm einmal im Leben warm wird.«

»Seine Frau ist Lady Arryns Schwester. Es ist ein Wunder, dass Lysa nicht hier war, um uns mit ihren Anschuldigungen zu empfangen.«

Bran sah hinunter. Dort war ein schmaler Sims unter dem Fenster, nur ein paar Finger breit. Er versuchte, sich darauf herunterzulassen. Zu weit. Er konnte ihn nicht erreichen.

»Du machst dir zu viel Sorgen. Lysa Arryn ist eine schreckhafte Kuh.«

»Diese schreckhafte Kuh hat mit Jon Arryn das Bett geteilt.«

»Falls sie etwas wüsste, wäre sie zu Robert gegangen, bevor sie aus King's Landing geflohen ist.«

»Als er schon eingewilligt hatte, ihren Schwächling von einem Sohn auf Casterly Rock unterzubringen? Ich glaube nicht. Sie wusste, wie sehr das Leben ihres Jungen von ihrem Schweigen abhinge. Sie könnte kühner werden, jetzt, da sie sicher oben auf der Eyrie sitzt.«

»Mütter.« Der Mann sprach das Wort aus wie einen Fluch. »Ich glaube, der Vorgang des Gebärens macht etwas mit eurem Verstand. Ihr habt doch alle den Verstand verloren.« Er lachte. Es war ein bitteres Lachen. »Soll Lady Arryn so kühn werden, wie sie will. Was immer sie auch weiß, was immer sie zu wissen glaubt, sie hat keinen Beweis.« Er machte eine kurze Pause. »Oder doch?«

»Glaubst du, der König bräuchte einen Beweis?«, sagte die Frau. »Ich sage dir, er liebt mich nicht.«

»Und wessen Schuld ist es, geliebtes Schwesterlein?«

Bran betrachtete den Sims. Er könnte sich hinunterfallen lassen. Das Sims war zu schmal, um darauf zu landen, aber wenn er sich im Vorbeifallen festhielt, sich dann hochzog … nur dass es vielleicht Lärm machen, sie ans Fenster locken würde. Er war nicht sicher, was er mit anhörte, aber er wusste, dass es nicht für seine Ohren bestimmt war.

»Du bist nicht minder blind wie Robert«, sagte die Frau.

»Wenn du meinst, dass ich dieselben Dinge sehe, ja«, sagte der Mann. »Ich sehe einen Mann, der eher sterben würde, als seinen König zu verraten.«

»Einen hat er bereits verraten, oder hast du das vergessen?«, sagte die Frau. »Oh, sicherlich verhält er sich Robert gegenüber loyal, das ist offensichtlich. Was geschieht, wenn Robert stirbt und Joff den Thron besteigt? Und je eher das über die Bühne geht, desto sicherer werden wir alle sein. Mein Mann wird mit jedem Tag rastloser. Einen Stark neben sich zu wissen, wird es nur noch schlimmer machen. Er liebt noch immer diese Schwester, die geistlose, kleine, tote Sechzehnjährige. Wie lange wird es wohl dauern, bis er mich wegen einer neuen Lyanna verstößt?«

Plötzlich bekam Bran große Angst. Er wollte nichts lieber als dorthin zurück, woher er gekommen war, und seine Brüder suchen. Doch was sollte er denen erzählen? Er musste näher heran, das wurde Bran nun klar. Er musste sehen, wer dort sprach.

Der Mann seufzte. »Du solltest weniger an die Zukunft und mehr an die greifbaren Freuden denken.«

»Lass das!«, fuhr ihn die Frau an. Bran hörte ein kurzes Klatschen auf Haut, und dann das Lachen des Mannes.

Bran zog sich hinauf, kletterte über den Wasserspeier, kroch auf das Dach. Das war der einfache Weg. Er schob sich übers Dach zum nächsten Wasserspeier, gleich über dem Fenster des Zimmers, in dem gesprochen wurde.

»Dieses ganze Gerede ist wirklich ermüdend, Schwester«, sagte der Mann. »Komm her, und sei still.«

Bran saß rittlings auf dem Wasserspeier, klammerte seine Beine darum und schwang sich selbst herum, kopfüber. Er hing an seinen Beinen und reckte sich langsam zum Fenster hin. Seltsam sah die Welt kopfüber aus. Ein Burghof lag verschwommen unter ihm, die Steine waren feucht von geschmolzenem Schnee.

Bran sah in das Fenster.

Drinnen rang ein Mann mit einer Frau. Beide waren nackt. Bran konnte nicht erkennen, wer sie waren. Der Mann hatte ihm den Rücken zugewandt, und sein Leib verdeckte den Blick auf die Frau, da er sich an die Wand drückte.

Weiche, feuchte Geräusche waren zu hören. Bran merkte, dass sie sich küssten. Er sah ihnen zu, mit großen Augen und ängstlich, und ihm stockte der Atem. Der Mann hatte eine

Hand zwischen ihren Beinen, und er musste ihr wohl Schmerzen bereiten, denn die Frau begann zu stöhnen, tief unten aus der Kehle. »Lass das«, sagte sie, »lass das, lass das. *Oh, bitte...*« Doch ihre Stimme war leise und schwach, und sie stieß ihn nicht von sich. Ihre Hände gruben sich in sein Haar, sein verworrenes, goldenes Haar, und zogen sein Gesicht auf ihre Brust hinab.

Bran sah ihr Gesicht. Ihre Augen waren geschlossen, und ihr Mund stand offen, stöhnend. Ihr goldenes Haar wehte von einer Seite zur anderen, während ihr Kopf vor und zurück ging, und dennoch erkannte er die Königin.

Er musste wohl ein Geräusch gemacht haben. Plötzlich schlug sie die Augen auf und starrte ihn geradewegs an. Sie schrie.

Dann geschah alles zur gleichen Zeit. Wild stieß die Frau den Mann von sich, schrie und deutete auf ihn. Bran versuchte, sich hochzuziehen, krümmte sich und langte nach dem Wasserspeier. Er war zu sehr in Eile. Nutzlos packten seine Hände nach dem glatten Stein, und in seiner Panik glitten auch die Beine ab, und plötzlich stürzte er. Er spürte einen kurzen Schwindel, einen ekelerregenden Ruck im Magen, als das Fenster an ihm vorüberflog. Blitzartig streckte er eine Hand aus, langte nach dem Sims, rutschte ab, bekam ihn mit der anderen Hand wieder zu fassen.

Hart prallte er an die Mauer. Der Schlag nahm ihm den Atem. Bran baumelte an einer Hand, keuchend.

Im Fenster über ihm tauchten Gesichter auf.

Die Königin. Und jetzt erkannte Bran den Mann an ihrer Seite. Sie sahen einander so ähnlich, als wäre der eine das Spiegelbild des anderen.

»Er hat uns *gesehen*«, sagte die Frau mit schriller Stimme.

»Das hat er«, bestätigte der Mann.

Brans Finger begannen abzurutschen. Er packte den Sims mit seiner anderen Hand. Fingernägel krallten sich in den unnachgiebigen Stein. Der Mann streckte ihm eine Hand entgegen. »Nimm meine Hand«, sagte er. »Bevor du fällst.«

Bran packte seinen Arm und hielt sich mit aller Kraft fest. Der Mann zog ihn auf den Sims. »Was tust du?«, rief die Frau.

Der Mann ignorierte sie. Er war sehr stark. Er stellte Bran auf den Sims. »Wie alt bist du, Junge?«

»Sieben.« Bran zitterte vor Erleichterung. Seine Finger hatten tiefe Furchen in den Unterarm des Mannes gegraben. Schüchtern ließ er los.

Der Mann sah die Frau an. »Was man nicht alles für die Liebe tut«, sagte er verächtlich. Er gab Bran einen Stoß.

Schreiend stürzte Bran rückwärts aus dem Fenster ins Leere. Es gab nichts, woran er sich hätte festhalten können. Der Burghof flog ihm entgegen.

Irgendwo in der Ferne heulte ein Wolf. Krähen kreisten über der Turmruine, warteten auf Futter.

TYRION

Irgendwo im großen, steinernen Irrgarten von Winterfell heulte ein Wolf. Wie eine Trauerflagge hing sein Heulen über der Burg.

Tyrion Lannister sah von seinen Büchern auf, und ein Schauer lief ihm über den Rücken, obwohl es in der Bibliothek warm und gemütlich war. Irgendetwas am Heulen eines Wolfes riss ihn aus dem Hier und Jetzt und ließ ihn in einem finsteren Wald von Gedanken zurück, nackt auf der Flucht vor der Meute.

Als der Schattenwolf ein weiteres Mal heulte, schloss Tyrion das schwere, ledergebundene Buch, in dem er las, eine hundert Jahre alte Abhandlung über den Wandel der Jahreszeiten von einem lang schon verstorbenen Maester. Er verbarg ein Gähnen hinter dem Rücken seiner Hand. Seine Leselampe flackerte, da das Öl ausgebrannt war, während schon das Licht des frühen Morgens durch die hohen Fenster drang. Die ganze Nacht hatte er hier gesessen, doch das war nichts Neues. Tyrion Lannister schlief nie besonders viel.

Seine Beine waren steif und wund, als er sich von der Bank schob. Er massierte ihnen Leben ein und humpelte schwerfällig zu dem Tisch, an dem der Septon sanft schnarchte, den Kopf auf einem offenen Buch vor sich. Tyrion warf einen Blick auf dessen Titel. Das Leben des Grand Maester Aethelmure, kein Wunder. »Chayle«, sagte er leise. Der junge Mann schreckte auf, blinzelnd, verwirrt, und der Kristall seines Ordens baumelte wild an seiner Silberkette herum. »Ich gehe frühstücken. Denkt daran, dass Ihr die Bücher wieder in die Regale stellt. Seid vorsichtig mit den valyrischen Schriftrollen, das Pergament ist sehr trocken. Ayrmidons *Triebkräfte des Krieges* ist sehr selten, und

Eures ist die einzige vollständige Ausgabe, die ich je gesehen habe.« Chayle glotzte ihn an, noch immer halb im Schlaf. Geduldig wiederholte Tyrion seine Anweisungen, dann klopfte er dem Septon auf die Schulter und überließ ihn seinen Aufgaben.

Draußen sog Tyrion die kalte Morgenluft in seine Lungen und begann den mühsamen Abstieg die steile, steinerne Treppe hinab, die sich um die Außenwand des Bücherturmes wand. Er konnte nur langsam gehen. Die Stufen waren schmal und hoch, doch seine Beine waren kurz und krumm. Noch hatte sich die aufgehende Sonne nicht über den Mauern von Winterfell gezeigt, doch waren die Männer unten auf dem Hof schon wieder hart bei der Sache. Sandor Cleganes schnarrende Stimme wehte zu ihm herauf. »Der Junge lässt sich mit dem Sterben Zeit. Ich wünschte, er würde sich beeilen.«

Tyrion blickte in die Tiefe und sah den Bluthund dort mit dem jungen Joffrey stehen, während Knappen sie umschwärmten. »Zumindest stirbt er leise«, erwiderte der Prinz. »Dieser Wolf, der macht den Lärm. Ich konnte letzte Nacht kaum schlafen.«

Clegane warf einen langen Schatten über die festgetretene Erde, als der Knappe den schwarzen Helm auf seinen Kopf sinken ließ. »Ich könnte das Vieh zum Schweigen bringen, wenn es Euch beliebt«, sagte er durch das offene Visier. Sein Knappe gab ihm ein Langschwert in die Hand. Er prüfte dessen Gewicht und schnitt durch die kalte Morgenluft. Hinter ihm hörte man das Klirren von Stahl auf Stahl.

Die Vorstellung schien den Prinzen zu erfreuen. »Man schicke einen Hund, um einen Hund zu töten!«, rief er aus. »In Winterfell wimmelt es derart von Wölfen, dass die Starks sicher keinen vermissen würden.«

Tyrion hüpfte von der letzten Stufe auf den Hof. »Ich erlaube mir, anderer Meinung zu sein, Neffe«, sagte er. »Die Starks können über sechs hinaus zählen. Im Gegensatz zu manchen Prinzen, die ich nennen könnte.«

Joffrey besaß zumindest so viel Anstand, um zu erröten.

»Eine Stimme aus dem Nichts«, sagte Sandor. Er lugte durch

seinen Helm, er blickte hierhin und dorthin. »Das sind Geister aus der Luft!«

Der Prinz lachte, wie er immer lachte, wenn sein Leibwächter diesen Mummenschanz trieb. Tyrion war daran gewöhnt. »Hier unten.«

Der große Mann spähte zu Boden und gab vor, ihn jetzt zu bemerken. »Der kleine Lord Tyrion«, sagte er. »Ich bitte um Verzeihung. Ich habe Euch dort nicht stehen sehen.«

»Ich bin heute nicht in der Stimmung für Eure Überheblichkeit.« Tyrion wandte sich seinem Neffen zu. »Joffrey, es wird höchste Zeit, dass du Lord Eddard und seiner Lady die Aufwartung machst, um ihnen dein Mitgefühl auszusprechen.«

Joffrey sah so verdrießlich aus, wie nur ein kleiner Prinz verdrießlich aussehen kann. »Was wird ihnen mein Mitgefühl schon nützen?«

»Nichts«, erwiderte Tyrion. »Und dennoch wird es von dir erwartet. Dein Nichterscheinen wurde schon bemerkt.«

»Die kleine Stark bedeutet mir nichts«, sagte Joffrey. »Ich kann das Klagen der Weiber nicht ertragen.«

Tyrion Lannister streckte eine Hand aus und schlug seinem Neffen hart ins Gesicht. Die Wange des Jungen begann sich zu röten.

»Noch ein Wort«, drohte Tyrion, »und ich schlage dich abermals.«

»Das sag ich meiner Mutter!«, schrie Joffrey.

Wieder schlug Tyrion zu. Nun flammten beide Wangen auf.

»Sag es deiner Mutter«, erklärte Tyrion. »Aber vorher gehst du zu Lord und Lady Stark, und du fällst vor ihnen auf die Knie und sagst ihnen, wie leid es dir tut und dass du ihnen zu Diensten stehst, wenn du in dieser Stunde der Verzweiflung nur irgendetwas für sie oder die Ihren tun kannst, und deine Gebete gelten ihnen. Hast du mich verstanden? *Hast du?*«

Der Junge sah aus, als wollte er gleich weinen. Stattdessen brachte er ein schwaches Nicken zustande. Dann drehte er sich um, floh Hals über Kopf vom Hof und hielt sich die Wangen. Tyrion sah ihm nach.

Ein Schatten fiel über sein Gesicht. Er wandte sich um und

sah, wie Clegane wie eine Klippe über ihm aufragte. Seine rußschwarze Rüstung schien die Sonne zu verdunkeln. Er hatte das Visier an seinem Helm geschlossen. Dieser war einem zähnefletschenden, schwarzen Jagdhund nachempfunden, schrecklich anzuschauen, doch empfand Tyrion den Helm als enorme Verbesserung gegenüber Cleganes grauenvoll verbranntem Gesicht.

»Das wird der Prinz nicht vergessen, kleiner Lord«, warnte ihn der Bluthund. Der Helm verwandelte sein Lachen in ein hohles Grollen.

»Das will ich hoffen«, erwiderte Tyrion Lannister. »Falls er es vergessen sollte, seid ein braver Hund und erinnert ihn.« Er sah sich auf dem Burghof um. »Wisst Ihr, wo ich meinen Bruder finden könnte?«

»Beim Frühstück mit der Königin.«

»Ah«, sagte Tyrion. Er widmete Sandor Clegane ein flüchtiges Nicken und ging pfeifend so rasch davon, wie seine verkrüppelten Beine ihn trugen. Er bedauerte den ersten Ritter, der sich heute dem Bluthund stellen musste. Der Mann hatte schlechte Laune.

Ein kaltes, freudloses Mahl war im Damenzimmer des Gästehauses aufgetischt. Jaime saß mit Cersei und den Kindern am Tisch, und sie unterhielten sich im Flüsterton.

»Ist Robert noch im Bett?«, fragte Tyrion, als er sich unaufgefordert an den Tisch setzte.

Seine Schwester sah ihn mit jenem Ausdruck leiser Abscheu an, mit dem sie ihn seit dem Tag seiner Geburt betrachtete. »Der König hat überhaupt nicht geschlafen«, erklärte sie. »Er ist bei Lord Eddard. Er nimmt sich ihre Trauer sehr zu Herzen.«

»Er hat ein großes Herz, unser Robert«, befand Jaime mit trägem Lächeln. Es gab kaum etwas, das Jaime ernst nahm. Das wusste Tyrion von seinem Bruder, und er verzieh es ihm. Während all der schrecklich langen Jahre seiner Kindheit war Jaime der Einzige gewesen, der ihm jemals einen Hauch von Zuneigung und Respekt entgegengebracht hatte, und dafür war Tyrion gewillt, ihm fast alles zu vergeben.

Ein Diener trat heran. »Brot«, sagte Tyrion zu ihm, »und zwei von diesen kleinen Fischen, und einen Krug von diesem guten, dunklen Bier, um sie damit herunterzuspülen. Oh, und etwas Schinken. Brat ihn, bis er schwarz ist.« Der Mann verneigte sich und ging. Tyrion wandte sich wieder seinen Geschwistern zu. Zwillinge, männlich und weiblich. An diesem Morgen sahen sie einander sehr ähnlich. Beide hatten sie dunkles Grün gewählt, das ihrer Augenfarbe entsprach. Ihre blonden Locken waren modisch zerzaust, und Goldschmuck schimmerte an Handgelenken, Fingern und Hälsen.

Tyrion fragte sich, wie es wohl wäre, einen Zwilling zu haben, und kam zu dem Schluss, dass er es lieber nicht wissen wollte. Schlimm genug, sich selbst jeden Tag im Spiegel zu betrachten. Noch jemand wie er war eine grauenvolle Vorstellung.

Prinz Tommen meldete sich zu Wort. »Wisst Ihr Neues von Bran, Onkel?«

»Ich war heute Nacht noch in der Krankenstube«, erklärte Tyrion. »Es gab keine Veränderung. Der Maester hielt es für ein gutes Zeichen.«

»Ich will nicht, dass Brandon stirbt«, sagte Tommen ängstlich. Er war ein süßer Junge. Nicht wie sein Bruder, aber schließlich glichen Jaime und Tyrion einander selbst nicht eben wie ein Ei dem anderen.

»Lord Eddard hatte selbst einen Bruder namens Brandon«, erzählte Jaime nachdenklich. »Eine der Geiseln, die von Targaryen ermordet wurden. Der Name scheint kein Glück zu bringen.«

»Oh, vielleicht bringt er ihm doch noch Glück«, warf Tyrion ein. Der Diener brachte seinen Teller. Er brach ein Stück vom schwarzen Brot ab.

Argwöhnisch betrachtete Cersei ihn. »Was meinst du damit?«

Tyrion sah sie mit schiefem Lächeln an. »Nun, nur dass Tommens Wunsch vielleicht in Erfüllung geht. Der Maester glaubt, der Junge könnte überleben.« Er nahm einen Schluck Bier.

Myrcella seufzte erleichtert auf, und Tommen lächelte angespannt, doch waren es nicht die Kinder, die Tyrion beobachtete.

Der Blick, den Jaime und Cersei wechselten, dauerte nicht mehr als eine Sekunde, doch er entging ihm nicht. Dann sank der Blick seiner Schwester auf den Tisch. »Das ist kein Segen. Die Götter des Nordens sind grausam, wenn sie ein Kind mit solchen Schmerzen leben lassen.«

»Was waren die Worte des Maesters?«, fragte Jaime.

Der Schinken knirschte, als er hineinbiss. Nachdenklich kaute Tyrion einen Moment lang. »Er glaubt, wenn der Junge sterben sollte, dann hätte er es schon getan. Es geht nun schon vier Tage ohne jede Veränderung.«

»Wird Bran wieder gesund, Onkel?«, fragte die kleine Myrcella. Sie besaß die Schönheit ihrer Mutter, doch nichts von ihrem Wesen.

»Sein Rückgrat ist gebrochen, meine Kleine«, erklärte ihr Tyrion. »Der Sturz hat ihm außerdem die Beine zertrümmert. Man hält ihn mit Honig und Wasser am Leben, sonst müsste er verhungern. Vielleicht kann er, falls er erwacht, wieder richtig essen, doch wird er nie mehr laufen können.«

»Falls er erwacht«, wiederholte Cersei. »Ist das wahrscheinlich?«

»Das wissen nur die Götter allein«, erklärte ihr Tyrion. »Der Maester kann nur hoffen.«

Er kaute noch etwas Brot. »Ich möchte schwören, dass dieser Wolf den Jungen am Leben hält. Das Tier sitzt Tag und Nacht heulend vor seinem Fenster. Jedes Mal, wenn sie ihn fortjagen, kommt er zurück. Der Maester sagt, einmal hätten sie das Fenster geschlossen, um den Lärm auszusperren, und Bran schien schwächer zu werden. Als sie es wieder öffneten, schlug sein Herz fester.«

Die Königin erschauerte. »Diese Tiere haben etwas äußerst Unnatürliches, ja fast Bedrohliches an sich«, sagte sie. »Sie sind gefährlich. Ich werde *nicht* zulassen, dass sie mit uns in den Süden kommen.«

Jaime sagte: »Es dürfte dir schwerfallen, sie daran zu hindern, Schwester. Sie folgen diesen Mädchen überallhin.«

Tyrion machte sich an seinen Fisch. »Dann wollt ihr bald abreisen?«

»Leider nicht bald genug«, antwortete Cersei. Dann sah sie ihn skeptisch mit wachen Augen an. »Wollen *wir* abreisen?«, fragte sie. »Was ist mit dir? Bei allen Göttern, sag nicht, dass du alleine *hierbleiben* willst!«

Tyrion zuckte mit den Schultern. »Benjen Stark kehrt mit dem Bastard seines Bruders zur Nachtwache zurück. Ich denke daran, mit ihnen zu gehen und mir diese Mauer anzusehen, von der wir schon so viel gehört haben.«

Jaime lächelte. »Ich hoffe, du hast nicht vor, den Schwarzen Rock uns vorzuziehen, lieber Bruder.«

Tyrion lachte. »Was ich, ins Zölibat? Die Huren von Dorne bis Casterly Rock brächte es an den Bettelstab. Nein, ich will nur auf der Mauer stehen und über den Rand der verdammten Welt pissen.«

Abrupt stand Cersei auf. »Die Kinder müssen diesen Schmutz nicht hören. Tommen, Myrcella, kommt.« Barsch stolzierte sie aus dem Damenzimmer, ihr Gefolge und ihre Brut im Schlepptau.

Jaime Lannister betrachtete seinen Bruder nachdenklich mit seinen kühlen, grünen Augen. »Stark wird sich niemals bereit erklären, Winterfell zu verlassen, solange über seinem Sohn der Schatten des Todes liegt.«

»Er wird es tun, wenn Robert es befiehlt«, erwiderte Tyrion. »Und Robert *wird* es befehlen. Es gibt ohnehin nichts, was Lord Eddard für den Jungen tun könnte.«

»Er könnte seine Qualen beenden«, sagte Jaime. »Ich würde es tun, wenn er mein Sohn wäre. Es wäre ein Gnadenakt.«

»Ich rate dir, Lord Eddard diesen Vorschlag nicht zu unterbreiten, lieber Bruder«, sagte Tyrion. »Er würde es nicht wohlwollend aufnehmen.«

»Selbst wenn der Junge überlebt, wird er ein Krüppel bleiben. Eine Absurdität. Da lobe ich mir einen schönen, sauberen Tod.«

Tyrion antwortete mit einem Achselzucken, das die Verkrümmung seiner Schultern hervorhob. »Wenn wir von Absurditäten sprechen«, sagte er, »erlaube ich mir, anderer Meinung zu sein. Der Tod ist grausam endgültig, während das Leben voller Möglichkeiten bleibt.«

Jaime lächelte. »Du bist ein perverser kleiner Gnom, nicht?«

»Oh, ja«, gab Tyrion zu. »Ich hoffe, der Junge erwacht wieder. Es würde mich sehr interessieren, was er vielleicht zu erzählen haben könnte.«

Das Lächeln seines Bruders erstarrte wie saure Milch. »Tyrion, mein lieber Bruder«, sagte er finster, »es gibt Zeiten, in denen du mir Anlass gibst, mich zu fragen, auf wessen Seite du eigentlich stehst.«

Tyrions Mund war voller Brot und Fisch. Er nahm einen Schluck von dem starken, schwarzen Bier, um alles herunterzuspülen, und grinste Jaime wölfisch an. »Aber, Jaime, mein lieber Bruder«, sagte er. »Du verletzt mich. Du weißt, wie sehr ich meine Familie liebe.«

JON

Langsam stieg Jon die Treppe hinauf und versuchte, nicht daran zu denken, dass es vielleicht das letzte Mal sein mochte. Schweigend tappte Ghost neben ihm her. Draußen wirbelte Schnee durch die Burgtore, und der Hof war von Lärm und Chaos erfüllt, doch innerhalb der dicken Steinmauern war es noch warm und still. Zu still für Jons Geschmack.

Er kam an den Treppenabsatz und blieb einen langen Augenblick dort stehen, fürchtete sich. Ghost schmiegte sich an seine Hand. Das machte ihm Mut. Er richtete sich auf und trat in das Zimmer.

Lady Stark saß dort neben dem Bett. Bei Tag und Nacht war sie dort gewesen, seit nunmehr fast zwei Wochen. Keinen Moment lang war sie von Brans Seite gewichen. Sie hatte sich die Mahlzeiten dorthin bringen lassen, und auch das Nachtgeschirr und ein kleines, hartes Bett, auf dem sie schlafen konnte, obwohl es hieß, sie schliefe überhaupt kaum. Sie fütterte ihn eigenhändig mit Honig und Wasser und Kräutern, die ihn am Leben hielten. Kein einziges Mal verließ sie das Zimmer. Also hatte sich Jon ferngehalten.

Doch jetzt war keine Zeit mehr.

Einen Moment lang stand er in der Tür, wagte nicht zu sprechen, wagte nicht, sich zu nähern. Das Fenster war offen. Unten heulte ein Wolf. Ghost hörte ihn und hob den Kopf.

Lady Stark sah herüber. Einen Augenblick lang schien es, als erkenne sie ihn gar nicht. Schließlich blinzelte sie. »Was tust du hier?«, fragte sie mit seltsam ausdrucksloser Stimme.

»Ich komme, um Bran zu sehen«, sagte Jon. »Um mich zu verabschieden.«

Ihre Miene veränderte sich nicht. Ihr langes, kastanienbraunes Haar war matt und verworren. Sie sah aus, als wäre sie um zwanzig Jahre gealtert. »Du hast ihn gesehen. Nun geh.«

Ein Teil von ihm wollte nur entfliehen, doch wusste er, wenn er es täte, würde er Bran vielleicht nie wieder sehen. Er tat einen unsicheren Schritt ins Zimmer. »Bitte«, sagte er.

Etwas Kaltes rührte sich in ihren Augen. »Ich habe gesagt, du sollst gehen«, sagte sie. »Wir wollen dich hier nicht.«

Früher einmal hätte es ihn in die Flucht geschlagen. Früher einmal hätte es ihn vielleicht sogar zum Weinen gebracht. Nun machte es ihn nur wütend. Bald schon würde er ein Bruder der Nachtwache sein und sich noch weit schlimmeren Bedrohungen als Catelyn Tully Stark stellen müssen. »Er ist mein Bruder«, sagte er.

»Soll ich die Wache rufen?«

»Ruft sie«, gab Jon trotzig zurück. »Ihr könnt mich nicht daran hindern, ihn zu besuchen.« Er ging quer durch das Zimmer, ließ das Bett zwischen ihnen und sah auf Bran herab, der dort lag.

Sie hielt seine Hand. Sie sah aus wie eine Klaue. Das war nicht der Bran, an den er sich erinnerte. Alles Fleisch war von ihm gefallen. Seine Haut spannte sich straff über Knochen, die wie Zweige waren. Unter der Decke spreizten sich die Beine auf eine Art und Weise ab, dass Jon ganz übel wurde. Seine Augen waren in tiefen, schwarzen Löchern versunken, offen, doch leer. Der Sturz hatte ihn irgendwie schrumpfen lassen. Halb sah er wie ein Blatt aus, das der erste harte Windhauch ins Grab wehen könnte.

Doch unter dem zerbrechlichen Korb dieser zertrümmerten Rippen hob und senkte sich seine Brust mit jedem flachen Atemzug.

»Bran«, sagte er, »es tut mir leid, weil ich nicht früher gekommen bin. Ich hatte Angst davor.« Er fühlte, dass ihm Tränen über die Wangen liefen. Das war Jon jetzt egal. »Stirb nicht, Bran. Bitte. Wir alle warten, dass du wieder aufwachst. Ich und Robb und die Mädchen, alle …«

Lady Stark beobachtete ihn. Sie hatte die Wache nicht gerufen. Jon verstand es als Einwilligung. Draußen vor dem Fenster heulte wieder der Schattenwolf. Der Wolf, dem Bran noch keinen Namen gegeben hatte.

»Ich muss jetzt gehen«, fuhr Jon fort. »Onkel Benjen wartet. Ich gehe in den Norden an die Mauer. Wir müssen heute noch aufbrechen, bevor der Schnee kommt.« Er dachte daran, wie aufgeregt Bran über die Aussicht auf seine Reise gewesen war. Das war mehr, als er ertragen konnte, der Gedanke daran, ihn so zurücklassen zu müssen. Jon wischte seine Tränen fort, beugte sich vor und küsste seinen Bruder leicht auf die Lippen.

»Ich wollte, dass er hier bei mir bleibt«, sagte Lady Stark sanft.

Jon betrachtete sie argwöhnisch. Sie sah ihn nicht einmal an. Sie sprach mit ihm, doch es war, als wäre ein Teil von ihr nicht einmal in diesem Raum.

»Ich habe darum gebetet«, sagte sie müde. »Er war mein Liebling. Ich war in der Septe und habe sieben Mal zu den Sieben Gesichtern Gottes gebetet, dass Ned es sich noch einmal überlegt und ihn hier bei mir lässt. Manchmal werden Gebete erhört.«

Jon wusste nicht, was er sagen sollte. »Es war nicht Eure Schuld«, brachte er nach drückendem Schweigen hervor.

Ihre Augen suchten ihn. Sie waren voller Gift. »Ich brauche deine Absolution nicht, Bastard.«

Jon senkte seinen Blick. Sie hielt eine von Brans Händen. Er nahm die andere und drückte sie. Finger kalt wie Vogelknochen. »Leb wohl«, sagte er.

Er war schon an der Tür, als sie ihn zurückrief. »Jon«, sagte sie. Er hätte weitergehen sollen, doch hatte sie ihn vorher noch nie beim Namen gerufen. Er drehte sich um, und sie blickte ihm ins Gesicht, als sähe sie ihn zum ersten Mal.

»Ja?«, sagte er.

»Du solltest an seiner Stelle sein«, erklärte sie. Dann wandte sie sich wieder Bran zu und begann zu weinen, dass ihr ganzer Leib vom Schluchzen erschüttert wurde. Jon hatte sie noch niemals weinen sehen.

Es war ein langer Weg zum Hof hinunter.

Draußen war Lärm und großes Durcheinander. Wagen wurden beladen, Männer riefen Befehle, Pferde wurden angespannt und gesattelt und aus den Ställen geführt. Leichter Schneefall hatte eingesetzt, und alle waren in Aufruhr wegen der Reise.

Robb stand mittendrin, brüllte seine Kommandos so gut wie alle anderen. Er schien in letzter Zeit gewachsen zu sein, als hätten Brans Sturz und der Zusammenbruch seiner Mutter ihn irgendwie gestärkt. Grey Wind war an seiner Seite.

»Onkel Benjen sucht dich«, erklärte er Jon. »Er wollte schon vor einer Stunde aufbrechen.«

»Ich weiß«, sagte Jon. »Bald.« Er sah sich im Lärm und Durcheinander um. »Der Abschied fällt mir schwerer, als ich dachte.«

»Mir auch«, sagte Robb. Er hatte Schnee im Haar, der von seiner Körperwärme schmolz. »Warst du bei ihm?«

Jon nickte, traute sich nicht zu sprechen.

»Er wird nicht sterben«, versicherte ihm Robb. »Ich weiß es.«

»Ihr Starks seid schwer zu töten«, gab Jon ihm recht. Seine Stimme klang ausdruckslos und müde. Der Besuch hatte ihn alle Kraft gekostet.

Robb wusste, dass etwas nicht stimmte. »Meine Mutter …«

»Sie war … sehr freundlich«, erklärte ihm Jon.

Robb wirkte erleichtert. »Gut.« Er lächelte. »Wenn wir uns wiedersehen, wirst du Schwarz tragen.«

Jon zwang sich, sein Lächeln zu erwidern. »Es war von jeher meine Farbe. Was glaubst du, wie lange es dauern wird?«

»Nicht lange«, versprach Robb. Er zog Jon an sich und schloss ihn fest in die Arme. »Leb wohl, Snow.«

Jon erwiderte seine Umarmung. »Du auch, Stark. Pass gut auf Bran auf.«

»Das werde ich tun.« Sie lösten sich voneinander und sahen sich verlegen an. »Onkel Benjen sagte, ich sollte dich zu den Ställen schicken, wenn ich dich sehe«, sagte Robb schließlich.

»Einen letzten Abschiedsgruß muss ich noch entbieten«, sagte Jon.

»Dann habe ich dich nicht gesehen«, erwiderte Robb. Jon ließ ihn dort im Schnee stehen, umgeben von Wagen und Wölfen und Pferden. Es war nur ein kurzer Weg zur Waffenkammer.

Er sammelte sein Bündel auf und nahm die überdachte Brücke zum Großen Turm.

Arya war in ihrem Zimmer und packte eine polierte Eisenholztruhe, die größer war als sie selbst. Nymeria half ihr dabei. Arya musste nur mit dem Finger zeigen, und die Wölfin sprang durchs Zimmer, sammelte einen Seidenfetzen mit den Zähnen auf und brachte ihn heran. Doch als sie Ghost witterte, hockte sie sich hin und jaulte.

Arya sah sich um, erkannte Jon und sprang auf. Sie warf ihre dünnen Arme fest um seinen Hals. »Ich fürchtete, du wärest schon fort«, sagte sie, und der Atem saß in ihrer Kehle fest. »Sie wollten mich nicht hinauslassen, um dir mein Lebewohl zu sagen.«

»Was hast du wieder angestellt?«, Jon war amüsiert.

Arya löste sich von ihm und verzog das Gesicht. »Nichts. Ich hatte gepackt und alles.« Sie deutete auf die mächtige Truhe, kaum mehr als zu einem Drittel gefüllt, und auf die Kleider, die überall im Zimmer verstreut lagen. »Septa Mordane sagt, ich müsste alles noch einmal machen. Meine Sachen seien nicht ordentlich gefaltet gewesen, sagte sie. Eine echte Dame aus dem Süden wirft ihre Sachen nicht einfach wie Lumpen in ihre Truhe, sagt sie.«

»Und das hattest du getan, kleine Schwester?«

»Na, die kommen doch ohnehin alle durcheinander«, verteidigte sie sich. »Wen interessiert es schon, ob sie gefaltet sind?«

»Septa Mordane«, erklärte Jon. »Ich glaube, es würde ihr auch nicht gefallen, dass Nymeria dir hilft.« Die Wölfin betrachtete ihn schweigend aus ihren dunklen, goldenen Augen. »Wie dem auch sei. Ich habe etwas für dich, das du mitnehmen kannst, und es muss sehr sorgfältig verpackt werden.«

Ihr Gesicht erstrahlte. »Ein Geschenk.«

»So könnte man es nennen. Schließ die Tür.«

Müde, aber aufgeregt, warf Arya einen Blick in den Flur. »Nymeria, hier. Pass auf.« Sie ließ den Wolf draußen, damit er sie vor Störungen warnte, und schloss die Tür. Inzwischen hatte Jon die Lumpen aufgemacht, in die er das Geschenk gewickelt hatte. Er hielt es ihr hin.

Aryas Augen wurden groß. Dunkle Augen wie die seinen. »Ein Schwert«, staunte sie leise und atemlos.

Die Scheide war aus weichem Leder, geschmeidig wie die Sünde. Langsam zog Jon die Klinge hervor, und Arya konnte den Glanz des Stahls sehen. »Das ist kein Spielzeug«, erklärte er ihr. »Pass auf, dass du dich daran nicht schneidest. Die Schneiden sind scharf, man könnte sich damit rasieren.«

»Mädchen rasieren sich nicht«, sagte Arya.

»Vielleicht sollten sie es tun. Hast du schon mal die Beine der Septa gesehen?«

Sie kicherte ihn an. »Es ist so dünn.«

»Genau wie du«, gab Jon zurück. »Ich habe es extra von Mikken anfertigen lassen. Banditen benutzen solche Schwerter in Pentos und Myr und den anderen Freien Städten. Es hackt einem Mann nicht gleich den Kopf ab, aber es kann ihn ordentlich durchlöchern, wenn man nur schnell genug ist.«

»Ich kann schnell sein«, sagte Arya.

»Du musst jeden Tag damit üben.« Er legte das Schwert in ihre Hände, zeigte ihr, wie sie es halten sollte, und trat zurück. »Wie fühlt es sich an? Magst du seine Balance?«

»Ich glaube schon«, sagte Arya.

»Erste Lektion«, sagte Jon. »Zustechen nur mit dem spitzen Ende.«

Arya versetzte ihm mit der flachen Seite ihrer Klinge einen Schlag auf den Arm. Der Hieb schmerzte, doch merkte Jon, dass er grinste wie ein Idiot. »Ich weiß, welches Ende man benutzen muss«, sagte Arya. Ein zweifelnder Blick ging über ihr Gesicht. »Septa Mordane wird es mir fortnehmen.«

»Nicht, wenn sie nichts davon weiß.«

»Mit wem soll ich üben?«

»Du wirst schon jemanden finden«, versprach er ihr. »King's Landing ist eine richtige Stadt, tausendmal so groß wie Winterfell. Bis du einen Partner findest, sieh dir an, wie sie auf dem Hof kämpfen. Lauf und reite, stärke dich. Und was immer du tust …«

Arya wusste, was jetzt kam. Sie sagten es gemeinsam.

»… sag … Sansa … nichts … davon.«

Jon wuschelte ihr durchs Haar. »Du wirst mir fehlen, kleine Schwester.«

Plötzlich sah sie aus, als würde sie gleich weinen. »Ich wünschte, du könntest mit uns kommen.«

»Verschiedene Straßen führen manchmal zur selben Burg. Wer weiß?« Er fühlte sich schon besser. Er wollte nicht traurig werden. »Ich sollte besser gehen. Ich werde mein erstes Jahr auf der Mauer mit dem Ausleeren von Latrinen verbringen, wenn ich Onkel Ben noch länger warten lasse.«

Arya lief zu ihm, um ihn ein letztes Mal zu umarmen. »Leg erst das Schwert weg«, sagte Jon lachend. Sie legte es fast scheu beiseite und überhäufte ihn mit Küssen.

Als er sich an der Tür umdrehte, hielt sie es schon wieder in Händen, probierte seine Balance. »Fast hätte ich es vergessen«, erklärte er. »Die besten Schwerter haben Namen.«

»Wie Ice«, sagte sie. Sie betrachtete die Klinge in ihrer Hand. »Hat dieses auch einen Namen? Oh, sag es mir.«

»Kannst du ihn nicht erraten?«, neckte er sie. »Dein allerliebstes Ding.«

Anfangs schien Arya verdutzt. Dann dämmerte es ihr. Sie war so schnell. Sie sagten es gemeinsam:

»Needle!«

Auf dem langen Weg nach Norden war die Erinnerung an ihr Lachen die einzige Wärme in der Kälte.

DAENERYS

Daenerys Targaryen ehelichte Khal Drogo in Angst und barbarischem Prunk auf einem Feld jenseits der Mauern von Pentos, da die Dothraki glaubten, dass alle wichtigen Dinge im Leben eines Mannes unter freiem Himmel stattfinden müssten.

Drogo hatte sein *khalasar* gerufen, damit es ihm zur Seite stünde, und sie waren gekommen, vierzigtausend dothrakische Krieger und unzählige Frauen, Kinder und Sklaven. Draußen vor den Stadtmauern lagerten sie mit ihren riesigen Horden, errichteten Paläste aus geflochtenem Gras, aßen alles, was in Sichtweite kam, und verängstigten die braven Leute von Pentos mit jedem Tag mehr.

»Die anderen Magister haben die Stärke der Stadtwache verdoppelt«, erklärte Illyrio ihnen eines Abends bei Tellern voller Honigenten mit Orangen in der Villa, die einst Drogos gewesen war. Der *khal* hatte sich seinem *khalasar* angeschlossen, da er sein Anwesen bis zur Hochzeit Daenerys und ihrem Bruder überließ.

»Am besten sorgen wir dafür, dass Prinzessin Daenerys bald heiratet, bevor sie die Hälfte allen Reichtums von Pentos unter Soldrittern und Meuchelmördern verteilen«, scherzte Ser Jorah Mormont. Der Verbannte hatte ihrem Bruder sein Schwert an jenem Abend angeboten, an dem Dany an Khal Drogo verkauft worden war. Viserys hatte das Angebot dankend angenommen. Seither war Mormont nicht von ihrer Seite gewichen.

Magister Illyrio lachte leise durch seinen gespaltenen Bart, doch Viserys lächelte nur. »Er kann sie schon morgen haben, wenn er will«, sagte ihr Bruder. Er sah zu Dany hinüber, und sie senkte ihren Blick. »Vorausgesetzt, er zahlt den Preis.«

Illyrio wedelte mit träger Hand durch die Luft, und Ringe glitzerten an seinen fetten Fingern. »Ich habe es Euch gesagt: Es ist alles vereinbart. Vertraut mir. Der *khal* hat Euch eine Krone versprochen, und die sollt Ihr auch bekommen.«

»Ja, nur wann?«

»Wenn es dem *khal* beliebt«, sagte Illyrio. »Erst wird er das Mädchen bekommen, und wenn sie verheiratet sind, muss er seine feierliche Prozession durch die Steppe machen und sie den *dosh khaleen* in Vaes Dothrak vorstellen. Danach vielleicht. Falls die Omen einen Krieg gutheißen.«

Viserys kochte vor Ungeduld. »Ich pisse auf die Omen der Dothraki. Der Usurpator sitzt auf dem Thron meines Vaters. Wie lange muss ich warten?«

Illyrio zuckte mit den massigen Schultern. »Ihr habt die meiste Zeit Eures Lebens gewartet, großer König. Was sind da ein paar weitere Monate, ein paar Jahre?«

Ser Jorah, der gen Osten bis nach Vaes Dothrak gereist war, nickte zustimmend. »Ich rate Euch, Geduld zu zeigen, Majestät. Die Dothraki stehen zu ihrem Wort, nur tun sie es in ihrer eigenen Geschwindigkeit. Ein Untertan darf einen Gefallen vom *khal* erbitten, sich jedoch niemals erdreisten, ihn dafür zu schelten.«

Viserys wurde zornig. »Hütet Eure Zunge, Mormont, sonst lasse ich sie herausschneiden. Ich bin kein Untertan, ich bin der rechtmäßige Lord der Sieben Königslande. Der Drache bettelt nicht.«

Respektvoll senkte Ser Jorah seinen Blick. Illyrio lächelte geheimnisvoll und riss der Ente einen Flügel aus. Honig und Öl liefen über seine Finger und tropften in seinen Bart, als er am zarten Fleisch nagte. *Es gibt keine Drachen mehr,* dachte Dany, während sie ihren Bruder anstarrte, doch wagte sie nicht, es laut zu sagen.

Dennoch träumte sie in dieser Nacht von einem solchen. Viserys schlug sie, tat ihr weh. Sie war nackt, unbeholfen in ihrer Angst. Sie floh vor ihm, doch ihr Leib wirkte dick und linkisch. Wieder schlug er sie. Sie stolperte und fiel. »Du hast den Drachen geweckt«, schrie er, als er nach ihr trat. »Du hast den Drachen geweckt, du hast den Drachen geweckt.« Ihre Schenkel glänzten vom Blut. Sie schloss die Augen und wimmerte. Wie zur Antwort hörte sie ein grauenvolles Reißen und das Knistern eines großen Feuers. Als sie wieder hinsah, war Viserys fort, Rauchsäulen stiegen überall auf, und mittendrin stand der Drache. Langsam wandte er den Kopf. Als seine geschmolzenen Augen sie fanden, erwachte sie, bebend und von feinem Schweiß überzogen. Nie zuvor hatte sie sich so gefürchtet…

…bis zu dem Tag, an dem schließlich ihre Hochzeit stattfand.

Die Zeremonie begann im Morgengrauen und dauerte bis in die Abenddämmerung, ein endloser Tag des Trinkens und Feierns und Kämpfens. Eine mächtige, irdene Rampe war inmitten der Graspaläste errichtet worden, und auf dieser saß Dany neben Khal Drogo über dem brodelnden Meer der Dothraki. Weder hatte sie je zuvor so viele Menschen an einem Ort gesehen, noch welche, die ihr so fremd und furchterregend vorgekommen waren. Die Reiterlords mochten prunkvolle Stoffe und schwere Duftwasser anlegen, wenn sie die Freien Städte besuchten, doch draußen unter freiem Himmel wahrten sie die alten Traditionen. Männer und Frauen gleichermaßen trugen bemalte Lederwesten auf nackter Brust und Hosen aus Pferdehaar, die von Gürteln mit bronzenen Medaillons gehalten wurden, und die Krieger ölten ihre langen Zöpfe mit Fett ein. Sie schlangen mit Honig und Paprika geröstetes Pferdefleisch in sich hinein, tranken bis zum Vollrausch gegorene Stutenmilch und Illyrios feine Weine und spuckten einander Scherze übers Feuer zu, mit Stimmen, die für Danys Ohren harsch und fremdartig klangen.

Viserys saß gleich unter ihr, prächtig anzusehen in seinem neuen, schwarzen Wollrock mit einem roten Drachen auf der Brust. Illyrio und Ser Jorah saßen an seiner Seite. Es war ein Platz von hohen Ehren, gleich unterhalb der Blutreiter des *khal*, doch Dany sah den Zorn in den veilchenblauen Augen ihres Bruders. Es gefiel ihm nicht, unter ihr zu sitzen, und er schäumte, wenn die Diener jedes Gericht erst dem *khal* und seiner Braut anboten und ihn von den Portionen bedienten, die sie abgelehnt hatten.

Es blieb ihm nichts weiter, als seinen Groll zu pflegen, und so pflegte er seinen Groll, und seine Laune wurde stündlich und mit jeder Beleidigung seiner Person düsterer.

Noch niemals hatte sich Dany so allein gefühlt wie inmitten dieser unübersehbaren Horde. Ihr Bruder hatte ihr gesagt, sie solle lächeln, und daher lächelte sie, bis ihr Gesicht schmerzte und ihr die Tränen ungebeten in die Augen traten. Sie gab ihr Bestes, um sie zu verbergen, da sie wusste, wie böse Viserys wäre, wenn er sie weinen sähe, und sie hatte schreckliche Angst davor, wie Khal Drogo darauf reagieren mochte. Man brachte ihr Speisen, dampfende Braten, dicke, schwarze Würste und dothrakische Blutpasteten, später Früchte und Eintopf von süßem Gras und köstliches Gebäck aus den Küchen von Pentos, doch winkte sie bei allem ab. Ihr Magen war in Aufruhr, und sie wusste, dass sie nichts von alledem würde bei sich behalten können.

Niemand war da, mit dem sie reden konnte. Khal Drogo rief Befehle und Scherze zu seinen Blutreitern hinab und lachte über ihre Antworten, doch warf er Dany neben sich kaum einen Blick zu. Sie sprachen nicht dieselbe Sprache. Dothraki war ihr unverständlich, und der *khal* kannte nur wenige Worte des verfälschten Valyrisch der Freien Städte und rein gar nichts von der Gemeinen Zunge der Sieben Königslande. Gern hätte sie an dem Gespräch ihres Bruders mit Illyrio teilgehabt, doch waren sie zu weit unter ihr, als dass sie diese hätte hören können.

So saß sie in ihrem seidenen Hochzeitskleid, nippte an einem Becher Honigwein, fürchtete sich zu essen und sprach im Stillen mit sich selbst. *Ich bin Daenerys Stormborn, Prinzessin von Dragonstone, vom Blut und Samen Aegons des Eroberers.*

Die Sonne hatte erst ein Viertel ihres Weges zum Zenit hinter sich gebracht, als sie den ersten Mann sterben sah. Trommeln schlugen, während einige der Frauen für den *khal* tanzten. Ausdruckslos sah Drogo zu, doch seine Blicke folgten ihren Bewegungen, und von Zeit zu Zeit warf er eine bronzene Münze hinunter, um welche die Frauen dann rangen.

Auch die Krieger sahen zu. Einer von ihnen trat schließlich in den Kreis, packte eine Tänzerin beim Arm, stieß sie zu Boden und bestieg sie gleich dort, wie ein Hengst eine Stute besteigt. Illyrio hatte ihr gesagt, dass so etwas geschehen mochte. »Die Dothraki paaren sich wie die Tiere in ihren Herden. Es gibt kein Alleinsein in einem *khalasar*, und sie verstehen Sünde und Scham nicht wie wir.«

Dany wandte sich von dieser Paarung erschrocken ab, als ihr bewusst wurde, was dort geschah, doch ein zweiter Krieger trat vor, und ein dritter, und bald gab es keine Möglichkeit mehr, sich abzuwenden. Dann packten zwei Männer dieselbe Frau. Sie hörte einen Schrei, sah einen Stoß, und innerhalb eines Augenblicks waren die *arakhs* gezückt, lange, rasiermesserscharfe Klingen, halb Schwert, halb Sense. Ein Todestanz begann, als die Krieger einander umkreisten und zuschlugen, einander ansprangen, die Klingen über den Köpfen wirbeln ließen, bei jedem Hieb Beleidigungen brüllten. Niemand trat vor, um einzugreifen.

Es endete so schnell, wie es begonnen hatte. Die *arakhs* zuckten schneller, als Dany sehen konnte, ein Mann ließ einen Schritt aus, der andere schwang seine Klinge in flachem Bogen. Stahl schnitt knapp über der Hüfte des Dothraki in sein Fleisch und riss ihn vom Rückgrat bis zum Nabel auf, verteilte sein Gedärm im Staub. Noch während der Verlierer starb, packte sich der Sieger die nächststehende Frau – nicht einmal diejenige, um die sie gestritten hatten – und nahm sie auf der Stelle. Sklaven trugen die Leiche fort, und der Tanz begann von neuem.

Auch davor hatte Magister Illyrio Dany gewarnt. »Eine dothrakische Hochzeit ohne mindestens drei Tote ist keine richtige Hochzeit«, hatte er gesagt. Ihre Hochzeit schien auf besondere Weise gesegnet zu sein. Bevor der Tag ein Ende nahm, war ein ganzes Dutzend Männer gestorben.

Während die Stunden verrannen, wuchs die Angst in Dany, bis sie nur noch darum rang, nicht aufzuschreien. Sie fürchtete sich vor den Dothraki, deren Sitten ihr fremd und grausam erschienen, als wären sie wilde Tiere in Menschenhaut und eigentlich gar keine Menschen. Sie fürchtete sich vor ihrem

Bruder, vor dem, was er ihr antun mochte, wenn sie ihn enttäuschte. Vor allem jedoch fürchtete sie sich davor, was des Nachts unterm Sternenzelt geschehen mochte, wenn ihr Bruder sie dem ungeschlachten Riesen auslieferte, der mit einem Gesicht, das so unbewegt und grausam wie eine Bronzemaske war, trinkend neben ihr saß.

Ich bin das Blut des Drachen, sagte sie sich immer wieder.

Als die Sonne tief am Himmel stand, klatschte Khal Drogo in die Hände, und die Trommeln und Schreie und die ganze Feier erstarben mit einem Mal. Drogo stand auf und zog Dany neben sich auf die Beine. Es wurde Zeit für ihre Brautgeschenke.

Und nach den Geschenken, das wusste sie, nachdem die Sonne untergegangen war, würde es Zeit für den ersten Ritt und die Vollstreckung der Ehe. Dany versuchte, den Gedanken zu verdrängen, doch wollte es ihr nicht gelingen. Sie verschränkte die Arme vor der Brust, damit sie nicht zitterte.

Ihr Bruder Viserys beschenkte sie mit drei Mägden. Dany wusste, dass sie ihn nichts gekostet hatten. Zweifellos hatte Illyrio die Mädchen gestellt. Irri und Jhiqui waren kupferhäutige Dothraki mit schwarzem Haar und mandelförmigen Augen, Doreah ein blondes, blauäugiges lysenisches Mädchen. »Diese sind keine gewöhnlichen Dienerinnen, liebe Schwester«, erklärte ihr Bruder, als eine nach der anderen vorgeführt wurde. »Illyrio und ich haben sie persönlich für dich ausgewählt. Irri wird dich das Reiten lehren, Jhiqui die Sprache der Dothraki, und Doreah wird dich in der weiblichen Kunst der Liebe unterweisen.« Er lächelte schmal. »Sie ist sehr gut, das können Illyrio und ich beide bestätigen.«

Ser Jorah Mormont bat für seine Gabe um Verzeihung. »Es ist nur eine Kleinigkeit, meine Prinzessin, doch alles, was ein armer Verbannter sich leisten kann«, sagte er, als er einen kleinen Stapel alter Bücher vor sie legte. Es waren Historien und Lieder aus den Sieben Königslanden, wie sie sah, verfasst in der Gemeinen Zunge. Sie dankte ihm von ganzem Herzen.

Magister Illyrio murmelte einen Befehl, und vier stämmige Sklaven eilten vor, trugen zwischen sich eine große, bronzebeschlagene Zederntruhe. Als sie diese öffnete, fand sie Stapel vom feinsten Samt und Damast, den es in den Freien Städten gab ... und darauf ruhten – auf weichem Tuch aneinandergeschmiegt – drei übergroße Eier. Dany hielt den Atem an. Nie zuvor hatte sie etwas Schöneres gesehen. Jedes war anders als die anderen, mit Mustern in derart dunklen Farben, dass sie anfangs glaubte, sie seien mit Juwelen besetzt, und so groß, dass sie beide Hände brauchte, um eines davon festzuhalten. Vorsichtig hob sie es an, erwartete, dass es aus feinem Porzellan oder zartem Email wäre, sogar aus geblasenem Glas, doch war es viel schwerer als das, als wäre es ganz aus Stein. Die Oberfläche der Schale war von winzigen Schuppen überzogen, und als sie das Ei zwischen ihren Fingern drehte, schimmerten die Schuppen im Licht der untergehenden Sonne wie poliertes Metall. Ein Ei war von dunklem Grün mit geschliffenen Bronzeflecken, die kamen und gingen, je nachdem wie Dany es hielt. Ein anderes war von heller Cremefarbe, mit Gold durchzogen. Das letzte war schwarz, so schwarz wie ein mitternächtlicher See, dennoch schienen rote Wellen und Wirbel darauf zu leben. »Was ist das?«, fragte sie mit leiser Stimme voll Verwunderung.

»Dracheneier aus den Schattenländern jenseits von Asshai«, sagte Magister Illyrio. »Die Ewigkeiten haben sie in Stein verwandelt, doch dennoch leuchtet ihre Schönheit hell.«

»Ich werde sie stets in Ehren halten.« Dany hatte Geschichten von solchen Eiern gehört, doch hatte sie nie eines gesehen und auch nicht damit gerechnet, je eines zu Gesicht zu bekommen. Es war ein wahrlich prachtvolles Geschenk, obwohl sie wusste, dass Illyrio es sich leisten konnte, verschwenderisch zu sein. Er hatte für seine Mitwirkung daran, sie an Khal Drogo zu verkaufen, ein Vermögen an Pferden und Sklaven kassiert.

Die Blutreiter des *khal* boten ihr die drei traditionellen Waffen an, und es waren prächtige Waffen. Haggo überreichte ihr eine große Lederpeitsche mit Silbergriff, Cohollo ein herrliches *arakh*, in Gold ziseliert, und Qotho einen doppelt gebogenen Drachenknochen, der größer als sie selbst war. Magister Illyrio und Ser Jorah hatten sie die traditionelle Ablehnung dieser Gaben gelehrt. »Dieses ist eine Gabe, die eines großen Kriegers würdig ist, o Blut von meinem Blut, und ich bin nicht mehr als eine Frau. Lasst meinen Herrn und Gatten diese an meiner Stelle tragen.« Und so bekam auch Khal Drogo seine »Brautgeschenke«.

Zahlreich waren die Gaben, die andere Dothraki ihr brachten: Pantoffeln und Juwelen und Silberringe für ihr Haar, Gürtel mit Medaillons, bemalte Westen und weiche Felle, Rohseide und Krüge mit Duftwasser, Nadeln und Federn und winzige Fläschchen aus rotem Glas, und einen Umhang aus dem Fell von tausend Mäusen. »Ein nobles Geschenk, *Khaleesi*«, sagte Magister Illyrio von Letzterem, nachdem er ihr erklärt hatte, was es war. »Großes Glück.« Die Gaben stapelten sich zu großen Haufen um sie, mehr Geschenke, als sie sich hatte vorstellen können, mehr Gaben, als sie wollen oder brauchen konnte.

Und als Letzter holte Khal Drogo sein Brautgeschenk für sie hervor. Erwartungsvolle Stille breitete sich von der Mitte des Lagers aus, als er von ihrer Seite wich, und diese Stille wuchs, bis sie das ganze *khalasar* umfasste. Als er zurückkam, teilte sich die dichte Menge der Dothrakis vor ihm, und er führte ein Pferd zu ihr.

Es war ein junges Stutenfohlen, feurig und wunderschön. Dany verstand gerade genug von Pferden, um es von einem gewöhnlichen Tier zu unterscheiden. Es hatte etwas an sich, das einem den Atem raubte. Es war grau wie das winterliche Meer, mit einer Mähne wie Silberrauch.

Zögernd streckte sie eine Hand aus und streichelte den Hals des Pferdes, fuhr mit den Fingern durch das silbrige Haar seiner Mähne. Khal Drogo sagte etwas auf Dothrakisch, und Magister Illyrio übersetzte. »Silber für das Silber Eures Haars, sagte der *khal.*«

»Sie ist wundervoll«, murmelte Dany.

»Sie ist der Stolz des *khalasar*«, sagte Illyrio. »Die Sitte verlangt, dass die *khaleesi* ein Pferd reiten muss, das ihrer Stellung an der Seite des *khal* entspricht.«

Drogo trat vor und legte seine Hände um ihre Hüften. Er hob sie so leicht an, als wäre sie ein Kind, und setzte sie auf den dünnen, dothrakischen Sattel, der um so vieles kleiner war als alle, die sie gewohnt war. Unsicher saß Dany einen Moment lang da.

Von diesem Teil hatte ihr niemand erzählt. »Was soll ich tun?«, fragte sie Illyrio.

Es war Ser Jorah Mormont, der antwortete. »Nehmt die Zügel und reitet. Es muss nicht weit sein.«

Unsicher sammelte Dany die Zügel ein und schob ihre Füße in die kurzen Steigbügel. Sie war nur eine mäßige Reiterin. Sie war weit öfter mit Schiff und Wagen und Palankin gereist als auf einem Pferderücken. Sie betete, dass sie nicht herunterfallen und sich der Lächerlichkeit preisgeben möge, und ließ das Fohlen die denkbar leichteste und ängstlichste Berührung mit den Knien spüren.

Und zum ersten Mal seit Stunden vergaß sie, sich zu fürchten. Oder vielleicht auch zum ersten Mal überhaupt.

Das silbergraue Fohlen bewegte sich mit weichem und seidigem Gang, und die Menge teilte sich vor ihr, alle Augen ganz auf sie gerichtet. Dany merkte, dass sie schneller ritt, als es ihre Absicht gewesen war, dennoch war es eher aufregend als Furcht einflößend. Das Pferd fiel in einen Trab, und sie lächelte. Dothraki drängten sich zur Seite, um ihr Platz zu machen. Der leiseste Druck mit den Beinen, die leichteste Bewegung an den Zügeln, und das Fohlen reagierte. Sie ließ es galoppieren, und nun johlten und lachten die Dothraki und feuerten sie an, wenn sie vor ihr aus dem Weg sprangen. Als sie wendete, um zurückzureiten, sah sie vor sich eine Feuerstelle direkt auf ihrem Weg. Die Menschen drängten sich zu beiden Seiten, und es war kein Platz zum Stehenbleiben. Da wurde Daenerys von einem Wagemut erfüllt, den sie nie gekannt hatte, und sie zeigte dem Fohlen, was sie wollte.

Das silberne Pferd übersprang die Flammen, als hätte es Flügel.

Als sie vor Magister Illyrio zum Stehen kam, sagte sie: »Sagt Khal Drogo, dass er mir den Wind geschenkt hat.« Der fette Pentosi strich über seinen gelben Bart, als er die Worte ins Dothrakische übersetzte, und Dany sah ihren neuen Gatten zum ersten Mal lächeln.

In diesem Augenblick verging der letzte Sonnenstrahl hinter den hohen Mauern von Pentos. Dany hatte jegliches Gefühl für die Zeit verloren. Khal Drogo befahl seinen Blutreitern, sein Pferd zu bringen, einen schlanken, roten Hengst. Während der *khal* das Pferd sattelte, trat Viserys nah an seine Schwester heran, grub seine Finger in ihr Bein und zischte ihr zu: »Bereite ihm Freude, Schwesterchen, oder ich schwöre dir, du wirst erleben, dass der Drache erwacht, wie er noch nie erwacht ist.«

Da kehrte die Angst zu ihr zurück, bei den Worten ihres Bruders. Wieder fühlte sie sich wie ein Kind, erst dreizehn und ganz allein, nicht bereit für das, was ihr geschehen würde.

Gemeinsam ritten sie davon, als die Sterne herauskamen, ließen das *khalasar* und die Graspaläste hinter sich. Khal Drogo sagte kein Wort zu ihr, doch trieb er seinen Hengst im schnellen Trab durch die herabsinkende Dämmerung. Die winzigen Silberglöckchen in seinem langen Zopf läuteten leise. »Ich bin das Blut des Drachen«, flüsterte sie laut, da sie ihm folgte, und versuchte, sich Mut zu machen. »Ich bin das Blut des Drachen. Ich bin das Blut des Drachen.« Der Drache fürchtete sich niemals.

Später konnte sie nicht mehr sagen, wie weit oder wie lange sie geritten waren, doch herrschte Dunkelheit, als sie auf einer Wiese neben einem kleinen Bach Halt machten. Drogo schwang sich von seinem Pferd und hob sie von ihrem. In seinen Händen fühlte sie sich zerbrechlich wie Glas, ihre Glieder waren wie Wasser. Hilflos und zitternd stand sie in ihrer Hochzeitsseide da, während er die Pferde sicherte, und als er sich zu ihr umdrehte, fing sie an zu weinen.

Khal Drogo starrte auf ihre Tränen, seine Miene seltsam ausdruckslos. »Nein«, sagte er. Er hob die Hand und wischte die Tränen grob mit schwieligem Daumen fort.

»Ihr sprecht die Gemeine Zunge«, fragte Dany verwundert.

»Nein«, sagte er noch einmal.

Vielleicht kannte er nur das eine Wort, so dachte sie, doch war es ein Wort mehr, als sie erwartet hatte, und in gewisser Weise fühlte sie sich dadurch besser. Drogo berührte sanft ihr Haar, ließ die silberblonden Strähnen durch seine Finger gleiten und murmelte leise etwas auf Dothrakisch. Dany verstand die Worte nicht, doch lag Wärme in ihrem Klang, eine Zärtlichkeit, die sie von diesem Mann niemals erwartet hätte.

Er legte ihr einen Finger unters Kinn und hob ihren Kopf, damit sie ihm in die Augen sah. Drogo ragte über ihr auf, wie er über jedermann aufragte. Indem er ihr leicht unter die Arme griff, nahm er sie hoch und setzte sie auf einen runden Stein am Bach. Dann setzte er sich ihr gegenüber auf den Boden, die Beine unter sich gekreuzt, und endlich waren ihre Gesichter auf gleicher Höhe. »Nein«, sagte er.

»Ist es das einzige Wort, das Ihr kennt?«, fragte sie ihn.

Drogo antwortete nicht. Sein langer, schwerer Zopf kringelte sich neben ihm im Schmutz. Er zog ihn über seine rechte Schulter und begann, die Glöckchen aus seinem Haar zu nehmen, eines nach dem anderen. Einen Augenblick später beugte sich Dany vor, um zu helfen. Als sie damit fertig waren, machte Drogo eine Geste. Sie verstand. Langsam, vorsichtig, begann sie, den Zopf zu lösen.

Es dauerte seine Zeit. Währenddessen saß er schweigend da, betrachtete sie. Als sie fertig war, schüttelte er den Kopf, und sein Haar breitete sich wie ein Strom der Finsternis auf seinem Rücken aus, ölig und schimmernd. Nie zuvor hatte sie so langes Haar gesehen, so schwarz, so voll.

Dann war er an der Reihe. Er begann, sie zu entkleiden.

Seine Hände waren geschickt und seltsam zärtlich. Er entfernte ihre Seide Schicht für Schicht, während Dany ungerührt dasaß, schweigend, und ihm in die Augen sah. Als er ihre kleinen Brüste enthüllte, wusste sie sich nicht zu helfen. Sie wandte sich ab und bedeckte sie mit den Händen. »Nein«, sagte Drogo. Er nahm ihre Hände von den Brüsten, sanft, wenn auch bestimmt, dann hob er wieder ihr Gesicht, damit sie ihn ansah. »Nein«, wiederholte er.

»Nein«, gab sie wie ein Echo zurück.

Dann stand er auf und zog sie an sich, um die letzte Seide zu entfernen. Die Nacht war kühl auf ihrer nackten Haut. Sie zitterte und bekam auf Armen und Beinen eine Gänsehaut. Sie fürchtete, was nun kommen würde, doch eine Weile geschah nichts. Khal Drogo saß im Schneidersitz nur da, sah sie an, trank ihren Leib mit seinen Augen.

Nach einer Weile begann er, sie zu berühren. Anfangs leicht, dann fester. Sie konnte die wilde Kraft in seinen Händen fühlen, doch tat er ihr nie weh. Er hielt ihre Hand in seiner und strich über ihre Finger, einen nach dem anderen. Er fuhr mit einer Hand sanft an ihrem Bein hinab. Er streichelte ihr Gesicht, zeichnete den Schwung ihrer Ohren nach, strich mit einem Finger sanft um ihren Mund. Er schob beide Hände in ihr Haar und kämmte es mit seinen Fingern. Er drehte sie herum, massierte ihre Schultern, rieb mit einem Knöchel an ihrem Rückgrat hinab.

Es schien, als wären Stunden vergangen, als seine Hände zu ihren Brüsten kamen. Er streichelte die weiche Haut darunter, bis sie prickelte. Er umkreiste ihre Brustwarzen mit seinen Daumen, nahm sie zwischen Daumen und Zeigefinger und begann, daran zu ziehen, anfangs ganz leicht, dann beharrlicher, bis ihre Brustwarzen hart wurden und zu schmerzen begannen.

Dann hielt er inne und zog sie auf seinen Schoß. Dany war schamesrot und außer Atem, das Herz flatterte ihr in der Brust. Er nahm ihr Gesicht in seine riesenhaften Hände und sah ihr in die Augen. »Nein?«, sagte er, und sie wusste, dass es eine Frage war.

Sie nahm seine Hand und führte sie dorthin, wo sie zwischen ihren Schenkeln feucht war. »Ja«, flüsterte sie, als sie seinen Finger in sich schob.

EDDARD

Der Ruf kam genau in der Stunde vor der Morgendämmerung, als die Welt noch still und grau war.

Alyn rüttelte ihn grob aus seinen Träumen, und Ned stolperte in die nächtliche Kälte hinaus, benommen noch vom Schlaf, wo er sein Pferd gesattelt fand und der König schon auf dem seinen saß. Robert trug dicke, braune Handschuhe und einen schweren Fellumhang mit einer Kapuze, die seine Ohren bedeckte, und sah vor aller Augen aus wie ein Bär auf einem Pferd. »Auf, Stark!«, brüllte er. »Auf, auf! Wir haben Staatsgeschäfte zu besprechen.«

»Alles, was recht ist«, sagte Ned. »Kommt herein, Majestät.« Alyn hob die Zelttür an.

»Nein, nein, nein«, entgegnete Robert. Sein Atem dampfte bei jedem Wort. »Das Lager ist voller Ohren. Außerdem will ich ausreiten und ein Gefühl für dein Land bekommen.« Ser Boros und Ser Meryn warteten hinter ihm mit einem Dutzend Gardisten, wie Ned sah. Er konnte nichts weiter tun als den Schlaf aus seinen Augen reiben, sich ankleiden und aufsitzen.

Robert gab den Schritt vor, trieb sein mächtiges, schwarzes Streitross hart an, während Ned neben ihm galoppierte und versuchte, mitzuhalten. Er rief ihm eine Frage zu, während sie ritten, doch der Wind verwehte seine Worte, und der König konnte ihn nicht hören. Danach ritt Ned schweigend weiter. Bald schon verließen sie die Kingsroad und eilten über weite, dunstverhangene Hügel. Mittlerweile war die Garde ein kleines Stück zurückgefallen, sicher außer Hörweite, und dennoch wollte Robert nicht langsamer werden.

Der Morgen graute, als sie einen flachen Kamm erklommen,

und endlich hielt der König an. Inzwischen waren sie meilenweit südlich von der Reisegesellschaft. Robert war rotgesichtig und erheitert, als Ned neben ihm zum Stehen kam. »Bei allen Göttern«, fluchte er lachend. »Es fühlt sich so gut an, zu *reiten*, wie ein Mann reiten soll! Ich schwöre dir, Ned, dieses Herumkriechen kann einen zur Verzweiflung treiben.« Er war nie ein geduldiger Mensch gewesen, dieser Robert Baratheon. »Dieses verfluchte Haus auf Rädern, wie es quietscht und knarrt, erklimmt jedes Loch auf der Straße wie einen Berg ... ich verspreche dir, wenn diesem verdammten Ding noch eine weitere Achse bricht, werde ich es verbrennen, und Cersei kann laufen!«

Ned lachte. »Ich zünde dir liebend gern die Fackel an.«

»Guter Mann!« Der König klopfte ihm auf die Schulter. »Zur Hälfte bin ich schon bereit, alles hinter mir zu lassen und einfach loszureiten.«

Ein Lächeln umspielte Neds Lippen. »Ich glaube dir, dass es dein Ernst ist.«

»Ist es, ist es«, sagte der König. »Was meinst du, Ned? Nur du und ich, zwei vagabundierende Ritter auf der Kingsroad, unsere Schwerter an der Seite, und allein die Götter wissen, was alles noch vor uns, und vielleicht eine Bauerntochter oder eine Tavernendirne, die uns des Nachts die Betten wärmt.«

»Wenn wir nur könnten«, seufzte Ned, »aber wir haben inzwischen unsere Pflichten, mein Lehen ... vor dem Reich, vor unseren Kindern, ich vor meiner Hohen Gattin, und du vor deiner Königin.«

»Du hast dich nie so recht austoben können«, brummte Robert. »Was eine Schande ist. Und dennoch war da dieses eine Mal ... wie hieß sie gleich, dieses bürgerliche Mädchen? Becca? Nein, die war eine von meinen, die Götter liebten sie, schwarzes Haar und diese süßen, großen Augen, dass man in ihnen ertrinken konnte. Deine war ... Aleena? Nein. Du hast es mir einmal erzählt. Hieß sie Merryl? Du weißt, welche ich meine, die Mutter von deinem Bastard?«

»Ihr Name war Wylla«, erwiderte Ned mit kühler Höflichkeit, »und ich würde lieber nicht darüber sprechen.«

»Wylla. Ja.« Der König grinste. »Sie muss eine selten gute Dirne gewesen sein, da sie Lord Eddard Stark dazu bringen konnte, seine Ehre zu vergessen, wenn auch nur für eine Stunde. Du hast mir nie erzählt, wie sie aussah ...«

Zorn verzerrte Neds Mund. »Und ich werde es auch nicht tun. Lass es ruhen, Robert, bei aller Liebe, die du deinen Worten nach für mich empfindest. Ich habe mir Schande gemacht, und ich habe Catelyn Schande gemacht, vor den Augen der Götter und aller Menschen.«

»Mögen dir die Götter gnädig sein, du kanntest Catelyn ja kaum.«

»Ich hatte sie zu meinem Weib genommen. Sie trug mein Kind.«

»Du bist zu streng mit dir, Ned. Das warst du schon immer. Verdammt noch eins, keine Frau will Baelor, den Seligen, in ihrem Bett.« Er schlug sich mit der Hand aufs Knie. »Nun, ich will dich nicht drängen, wenn deine Gefühle noch so stark sind, obwohl ich schwören könnte, dass du manchmal so stachlig bist, dass du einen Igel als Wappen wählen solltest.«

Die aufgehende Sonne schickte ihre leuchtenden Finger durch den Dunst des Morgengrauens. Eine weite Ebene erstreckte sich unter ihnen, kahl und braun, die Ödnis hier und da von langen, flachen Hügeln aufgelockert. Ned machte seinen König darauf aufmerksam. »Die Hügelgräber der Ersten Menschen.«

Robert legte seine Stirn in Falten. »Sind wir hier auf einem Friedhof?«

»Hügelgräber gibt es überall im Norden, Majestät«, erklärte Ned. »Dieses Land ist alt.«

»Und kalt«, brummte Robert und zog seinen Umhang fester um sich. Die Garde hatte weit hinter ihnen Halt gemacht, am Fuße des Hügels. »Nun, ich habe dich nicht hierher gebracht, um mit dir über Gräber zu sprechen oder über deinen Bastard zu zanken. Heute Nacht kam ein Reiter von Lord Varys aus King's Landing. Hier.« Der König zog ein Stück Papier aus seinem Gürtel und reichte es Ned.

Varys, der Eunuch, war des Königs Meister der Ohrenbläser. Er diente Robert, wie er es einst für Aerys Targaryen getan hatte. Beklommen entrollte Ned das Papier, dachte an Lysa und ihre schreckliche Beschuldigung, doch die Botschaft betraf nicht Lady Arryn. »Wer ist die Quelle dieser Information?«

»Erinnerst du dich an Ser Jorah Mormont?«

»Als ob ich ihn vergessen könnte«, erwiderte Ned schroff. Die Mormonts von Bear Island waren ein altes Geschlecht, stolz und ehrenhaft, doch ihr Land war kalt und fern und arm. Ser Jorah hatte versucht, die Familienschatulle zu füllen, indem er Wilddiebe an einen Sklavenhändler der Tyroshi verkaufte. Da die Mormonts Vasallen der Starks waren, hatte sein Frevel den Norden entehrt. Ned hatte die lange Reise gen Westen nach Bear Island unternommen, nur um dort bei seiner Ankunft festzustellen, dass sich Jorah an Bord eines Schiffes Ice dem Recht des Königs entzogen hatte. Fünf Jahre waren seitdem vergangen.

»Ser Jorah weilt nun in Pentos, hofft dringlich auf einen königlichen Straferlass, der ihm erlauben würde, aus der Verbannung heimzukehren«, erklärte Robert. »Lord Varys hat reichlich Verwendung für ihn.«

»Somit ist der Sklavenhändler zum Spion geworden«, sagte Ned angewidert. Er gab den Brief zurück. »Es wäre mir lieber, ihn als toten Mann zu sehen.«

»Varys meint, Spione wären nützlicher als tote Männer«, sagte Robert. »Von Jorah einmal abgesehen, was hältst du von diesem Bericht?«

»Daenerys Targaryen hat irgendeinen dothrakischen Reiterlord geheiratet. Was ist damit? Sollen wir ihr ein Hochzeitsgeschenk schicken?«

Der König sah ihn fragend an. »Ein Messer vielleicht. Ein gutes, scharfes, und einen beherzten Mann, der es schwingt.«

Ned täuschte keine Überraschung vor. Roberts Hass auf die Targaryen war wie ein Wahn. Er erinnerte sich noch gut an die bösen Worte, die zwischen ihnen gefallen waren, als Tywin Lannister Robert die Leichen von Rhaegars Frau und Kindern als Zeichen seiner Treue gebracht hatte. Ned hatte es als Mord bezeichnet, Robert nannte es Krieg. Als er eingewendet hatte, dass der junge Prinz und die Prinzessin kaum mehr als Säuglinge gewesen seien, hatte sein frisch gekrönter König erwidert: »Ich sehe keine Säuglinge. Nur Drachenbrut.« Nicht einmal Jon Arryn war in der Lage gewesen, diesen Sturm zu bändigen. An jenem Tag war Eddard Stark in kalter Wut hinausgeritten, um die letzten Schlachten des Krieges im Süden allein auszufechten. Es hatte eines weiteren Toten bedurft, um sie miteinander auszusöhnen, denn erst Lyannas Tod und die Trauer um sie verband sie wieder.

Diesmal beschloss Ned, seinen Zorn im Zaum zu halten. »Majestät, das Mädchen ist kaum mehr als ein Kind. Ihr seid kein Tywin Lannister, der Unschuldige dahinschlachtet.« Man sagte, Rhaegars kleines Mädchen habe geweint, als man sie unter ihrem Bett hervorgezerrt habe, damit sie sich den Schwertern stellte. Der Junge war nicht mehr als ein Säugling, doch hatten Lord Tywins Soldaten ihn seiner Mutter von der Brust gerissen und ihm den Schädel an der Wand eingeschlagen.

»Und wie lange wird sie ihre Unschuld bewahren?« Um Roberts Mund zeigte sich ein harter Zug. »Dieses Kind wird bald schon seine Beine spreizen und weitere Drachenbrut gebären, um mich damit zu plagen.«

»Nichtsdestotrotz«, hielt Ned dagegen, »Mord an Kindern ... es wäre schändlich ... unsagbar ...«

»*Unsagbar?*«, brüllte der König. »Was Aerys deinem Bruder Brandon angetan hat, das war unsagbar. Die Art und Weise, wie dein Vater gestorben ist, das war unsagbar. Und Rhaegar ... wie oft, glaubst du, hat er deine Schwester vergewaltigt? Wie viele *hundert* Male?« Seine Stimme war so laut geworden, dass sein Pferd unter ihm unruhig wieherte. Hart riss der König an den Zügeln, brachte das Tier zur Ruhe und deutete mit wütendem Finger auf Ned. »Ich werde jeden Targaryen töten, den ich zu fassen bekomme, bis sie so tot wie ihre Drachen sind, und dann werde ich auf ihre Gräber schiffen.«

Ned war klug genug, ihm nicht zu trotzen, wenn der Zorn ihn überkam. Wenn die Jahre Roberts Rachedurst nicht gestillt hatten, dann würden auch Worte nicht helfen. »Du kommst nicht an sie heran, was?«, fragte er ruhig.

Des Königs Mund verzog sich zu bitterer Miene. »Nein, ver-

flucht seien die Götter. Irgendein pockenkranker, pentosischer Käsehändler hat ihren Bruder und sie auf seinem Anwesen eingemauert und von Eunuchen mit spitzen Mützen bewachen lassen, und jetzt hat er die beiden an die Dothraki weitergereicht. Ich hätte sie schon vor Jahren töten lassen sollen, als es leicht war, an sie heranzukommen, aber Jon war genauso schlimm wie du. Und ich war Narr genug, auf ihn zu hören.«

»Jon Arryn war ein weiser Mann und eine gute Rechte Hand.«

Robert schnaubte. Der Zorn fiel so plötzlich von ihm ab, wie er ausgebrochen war. »Man sagt, dieser Khal Drogo hätte hunderttausend Mann in seiner Horde. Was würde Jon *dazu* sagen?«

»Er würde sagen, dass selbst eine Million Dothraki keine Bedrohung für das Reich sind, solange sie auf der anderen Seite der Meerenge bleiben«, erwiderte Ned gelassen. »Die Barbaren haben keine *Schiffe*. Sie hassen und fürchten das offene Meer.«

Der König rutschte unruhig auf seinem Sattel hin und her. »Vielleicht. Doch sind Schiffe in den Freien Städten zu bekommen. Ich sage dir, Ned, mir gefällt diese Heirat nicht. Noch immer gibt es in den Sieben Königslanden Männer, die mich Usurpator nennen. Hast du vergessen, wie viele Familien im Krieg für Targaryen gekämpft haben? Sie warten den rechten Augenblick ab, doch wenn sich ihnen nur die leiseste Chance böte, würden sie mich im Bett ermorden lassen, und meine Söhne mit mir. Wenn der Bettlerkönig mit einer Horde von Dothrakis im Rücken übersetzt, werden sich ihm die Verräter anschließen.«

»Er wird nicht übersetzen«, versicherte Ned. »Und falls er es unglücklicherweise dennoch tut, werfen wir ihn wieder ins Meer zurück. Wenn du erst einen neuen Wächter des Ostens ernannt hast …«

Der König knurrte. »Zum letzten Mal: Ich werde diesen kleinen Arryn nicht zum Wächter machen. Ich weiß, dass er dein Neffe ist, aber solange Targaryen mit Dothrakis ins Bett steigen, wäre ich verrückt, ein Viertel des Reiches den Händen eines kränklichen Kindes anzuvertrauen.«

Darauf war Ned vorbereitet. »Desungeachtet brauchen wir noch immer einen Wächter des Ostens. Wenn Robert Arryn nicht genügt, ernennt einen Eurer Brüder. Stannis hat sich bei der Belagerung von Storm's End verdient gemacht.«

Darüber ließ er den König für einen Augenblick lang nachdenken. Der runzelte die Stirn und antwortete nichts. Er sah verlegen aus.

»Das heißt«, endete Ned leise und wachsam, »es sei denn, Ihr hättet die Ehre bereits einem anderen versprochen.«

Einen Moment lang besaß Robert den Anstand, ein verdutztes Gesicht zu ziehen. Ebenso schnell jedoch wurde seine Miene ärgerlich. »Und wenn es so wäre?«

»Es ist Jaime Lannister, habe ich recht?«

Robert trat sein Pferd wieder in Gang und hielt den Hang hinab den Hügelgräbern zu. Ned zog mit ihm gleich. Der König ritt voran, die Augen stur geradeaus. »Ja«, sagte er schließlich. Ein einziges, harsches Wort, das diese Frage abschloss.

»Königsmörder.« Dann stimmten die Gerüchte. Er wusste, dass er sich nun auf gefährlichem Terrain bewegte. »Ein fähiger und mutiger Mann, ganz ohne Zweifel«, sagte Ned vorsichtig, »aber sein Vater ist Wächter des Westens, Robert. Beizeiten wird Ser Jaime diesen Titel von ihm erben. Niemand sollte sowohl über den Osten als auch über den Westen bestimmen.« Seine wahre Sorge ließ er unerwähnt, dass nämlich die Ernennung die Hälfte aller Armeen des Reiches in die Hände der Lannisters spielte.

»Ich werde die Schlacht schlagen, wenn der Feind auf dem Schlachtfeld erscheint«, sagte der König störrisch. »Im Augenblick ragt Lord Tywin so ewiglich dräuend wie Casterly Rock über uns auf, und ich bezweifle, ob Jaime in nächster Zeit die Nachfolge antritt. Quäle mich nicht damit, Ned, der Stein ist gesetzt.«

»Eure Majestät, darf ich offen sprechen?«

»Ich scheine dich nicht aufhalten zu können«, brummte Robert. Sie ritten durch hohes, braunes Gras.

»Kann man Jaime Lannister vertrauen?«

»Er ist der Zwillingsbruder meiner Frau, ein Waffenbruder der

Königsgarde, sein Leben, sein Schicksal und seine Ehre sind allesamt an mich gebunden.«

»Wie sie an Aerys Targaryen gebunden waren«, erklärte Ned.

»Warum sollte ich ihm misstrauen? Er hat alles getan, worum ich ihn je gebeten habe. Sein Schwert hat geholfen, den Thron zu erobern, auf dem ich sitze.«

Sein Schwert hat geholfen, den Thron zu besudeln, auf dem du sitzt, dachte Ned, doch ließ er die Worte nicht über seine Lippen kommen. »Er hat einen Eid geschworen, das Leben seines Königs mit seinem eigenen zu verteidigen. Dann hat er diesem König mit seinem Schwert die Kehle aufgeschlitzt.«

»Bei den sieben Höllen, irgendwer musste Aerys töten!«, sagte Robert und brachte sein Pferd neben einem uralten Grab plötzlich zum Stehen. »Wenn Jaime es nicht getan hätte, wäre es an dir oder mir hängen geblieben.«

»Wir waren keine Waffenbrüder der Königsgarde«, gab Ned zurück. In diesem Moment beschloss er, dass für Robert die Zeit gekommen war, die ganze Wahrheit zu erfahren. »Erinnert Ihr Euch an den Trident, Majestät?«

»Dort habe ich meine Krone errungen. Wie könnte ich das vergessen?«

»Ihr habt eine Wunde von Rhaegar davongetragen«, erinnerte Ned. »Als das Heer der Targaryen nun also wich und floh, legtet Ihr die Verfolgung in meine Hände. Die Reste von Rhaegars Armee flüchteten nach King's Landing zurück. Wir folgten ihnen. Aerys war mit mehreren Tausend Getreuen im Red Keep. Ich erwartete, die Tore verschlossen vorzufinden.«

Ungeduldig schüttelte Robert den Kopf. »Stattdessen habt ihr festgestellt, dass unsere Mannen die Stadt bereits eingenommen hatten. Was ist damit?«

»Nicht unsere Mannen«, sagte Ned geduldig. »Lannisters Mannen. Der Löwe von Lannister flatterte auf den Festungsmauern, nicht der gekrönte Hirsch. Und sie haben die Stadt durch eine Hinterlist genommen.«

Der Krieg hatte fast ein Jahr getobt. Große und kleine Lords hatten sich Roberts Banner angeschlossen, andere waren Targaryen treu geblieben. Die mächtigen Lannisters von Casterly

Rock, die Wächter des Westens, hatten sich von den Kämpfen ferngehalten und die Rufe sowohl der Rebellen als auch der Royalisten ignoriert. Aerys Targaryen musste geglaubt haben, dass die Götter seine Gebete erhört hatten, als Lord Tywin Lannister mit einer zwölftausend Mann starken Armee vor den Toren von King's Landing auftauchte und ihm seine Treue schwor. So hatte der Irre König seinen letzten irren Befehl gegeben. Er hatte seine Stadt den Löwen vor dem Tor geöffnet.

»Verrat war eine Währung, die auch die Targaryen recht gut kannten«, sagte Robert. Wieder wuchs der Zorn in ihm. »Lannister hat es ihnen mit gleicher Münze heimgezahlt. Es war nicht so, als hätten sie es nicht verdient. Es wird mir keineswegs den Schlaf rauben.«

»Du warst nicht dabei«, sagte Ned mit einiger Verbitterung in der Stimme. Unruhiger Schlaf war ihm nicht fremd. Vierzehn Jahre hatte er mit seinen Lügen gelebt, doch verfolgten sie ihn nach wie vor des Nachts. »Es war kein ehrenvoller Sieg.«

»Sollen die Anderen deine Ehre holen!«, fluchte Robert. »Was haben die Targaryen jemals von der Ehre verstanden? Steig in eure Gruft hinab und frag Lyanna nach der Ehre des Drachen!«

»Du hast Lyanna am Trident gerächt«, sagte Ned, als er neben dem König stehen blieb. *Versprich es mir, Ned,* hatte sie geflüstert.

»Das hat sie nicht zurückgebracht.« Robert wandte sich ab, blickte in die graue Ferne. »Mögen die Götter verdammt sein. Es war ein schaler Sieg, den sie mir gegeben haben. Eine Krone ... es war das Mädchen, für das ich zu ihnen gebetet hatte. Deine Schwester, in Sicherheit ... und wieder mein, wie es hatte sein sollen. Ich frage dich, Ned, was ist gut daran, eine Krone zu tragen? Die Götter verspotten die Gebete von Königen und Kuhhirten gleichermaßen.«

»Ich kann nicht für die Götter sprechen, Majestät ... nur für das, was ich fand, als ich an jenem Tag in den Thronraum ritt«, begann Ned. »Aerys lag tot am Boden, erstickt an seinem eigenen Blut. Seine Drachenschädel starrten von den Wänden herab. Lannisters Mannen waren überall. Jaime trug den weißen

Umhang der Königsgarde über seiner goldenen Rüstung. Ich sehe ihn noch vor mir. Selbst sein Schwert war vergoldet. Er saß auf dem Eisernen Thron, hoch über seinen Rittern, und trug einen Helm, der einem Löwenkopf nachempfunden war. Wie er gefunkelt hat!«

»Das ist wohlbekannt«, beklagte sich der König.

»Ich war noch zu Pferd. Schweigend ritt ich die Halle der Länge nach ab, zwischen den langen Reihen von Drachenschädeln. Irgendwie kam es mir vor, als beobachteten sie mich. Vor dem Thron blieb ich stehen und blickte zu ihm auf. Sein goldenes Schwert lag auf seinen Knien, die Klinge rot vom Blut des Königs. Hinter mir strömten meine Mannen in den Saal. Lannisters Männer zogen sich zurück. Kein Wort habe ich gesagt. Ich blickte zu ihm auf, dort oben auf dem Thron, und wartete. Schließlich lachte Jaime und stand auf. Er nahm seinen Helm ab, und er sagte zu mir: ›Fürchtet Euch nicht, Stark. Ich habe ihn nur unserem Freund Robert warmgehalten. Ohnehin ist es kein sonderlich bequemer Platz.‹«

Der König warf seinen Kopf in den Nacken und grölte. Sein Gelächter schreckte einen Krähenschwarm im hohen, braunen Gras auf. Mit wildem Flügelschlag stiegen sie in die Lüfte auf. »Du meinst, ich sollte Lannister misstrauen, weil er ein paar Augenblicke lang auf meinem Thron gesessen hat?« Wieder bebte er vor Lachen. »Jaime war kaum siebzehn, Ned. Fast noch ein Kind.«

»Kind oder Mann, er hatte kein Recht, auf dem Thron zu sitzen.«

»Vielleicht war er müde«, gab Robert zurück. »Könige zu töten ist ein ermüdendes Geschäft. Die Götter wissen, dass in diesem vermaledeiten Saal sonst keine Bank ist, auf der man seinen Arsch ausruhen kann. Und er hat die Wahrheit gesprochen: Es ist ein grauenvoll unbequemer Stuhl. In mehr als einer Hinsicht.« Der König schüttelte den Kopf. »Nun, jetzt kenne ich Jaimes finstere Sünde, und wir können die Sache vergessen. Ich habe ehrlich genug von Geheimnissen und Zank und Staatsaffären, Ned. Das alles ist so öde wie das Münzenzählen. Komm, reiten wir, früher wusstest du doch, wie es geht. Ich will wieder den Wind in meinen Haaren spüren.« Er trieb sein Pferd an und galoppierte über das Hügelgrab hinweg, dass es in seinem Rücken Erde regnete.

Einen Moment lang folgte Ned ihm nicht. Ihm waren die Worte ausgegangen, und er sah sich von einem maßlosen Gefühl der Hilflosigkeit erfüllt. Nicht zum ersten Mal fragte er sich, was er hier tat und wozu er hergekommen war. Er war nicht Jon Arryn, der die Wildheit seines Königs zügelte und ihn die Weisheit lehrte. Robert würde tun, was ihm beliebte, wie er es von jeher tat, und nichts von allem, was Ned sagen oder tun konnte, würde etwas daran ändern. Er gehörte nach Winterfell. Er gehörte zu Catelyn in ihrer Trauer, und zu Bran.

Doch konnte ein Mann nicht immer dort sein, wohin er gehörte. Resigniert trat Eddard Stark sein Pferd mit Stiefeln und hastete dem König nach.

TYRION

Der Norden nahm kein Ende.

Tyrion Lannister kannte die Karten so gut wie kaum jemand, doch zwei Wochen auf dem verwilderten Pfad, der hier oben als Kingsroad galt, hatten ihm die Lektion erteilt, dass die Karte das eine war und das Land etwas ganz anderes.

Sie brachen am selben Tag wie der König in Winterfell auf, inmitten des Tumultes der königlichen Abreise, ritten aus zum Gebrüll der Männer und dem Schnauben der Pferde, zum Rasseln der Wagen und Knarren der mächtigen Kutsche, während leichter Schneefall sie umflog. Die Kingsroad lag gleich abseits von Burg and Stadt. Dort wandten sich die Banner und Wagen und Kolonnen von Rittern und Edelfreien dem Süden zu und nahmen den Tumult mit sich, während Tyrion mit Benjen Stark und dessen Neffen nach Norden ausscherte.

Danach war es kälter geworden, und erheblich stiller.

Westlich der Straße lagen Flinthügel, grau und zerklüftet, mit hohen Wachtürmen auf ihren felsigen Gipfeln. Zum Osten hin war das Land flacher, die Erde breitete sich zu einer hügeligen Ebene aus, so weit das Auge reichte. Steinerne Brücken überspannten rauschende, schmale Flüsse, während kleine Höfe einzelne Fluchtburgen umringten, die mit Holz und Stein gesichert waren. Die Straße war viel befahren, und des Nachts fanden sich derbe Wirtshäuser zu ihrer Bequemlichkeit.

Drei Tagesritte von Winterfell entfernt jedoch wich das Ackerland dichtem Wald, und es wurde einsam auf der Kingsroad. Die felsigen Hügel wurden mit jeder Meile höher und wilder, bis sie am fünften Tag zu Bergen gewachsen waren, zu kalten, blaugrauen Riesen mit zerklüfteten Ausläufern und Schnee auf ihren Schultern. Der Wind wehte von Norden her, lange Federn von Eiskristallen flogen wie Banner von den hohen Gipfeln.

Mit den Bergen wie eine Mauer im Westen schlängelte sich die Straße nordöstlich durchs Gehölz, durch einen Wald von Eichen und Tannen und Dorngestrüpp, der älter und dunkler schien als alle Wälder, die Tyrion je gesehen hatte. »Der Wolfswald«, nannte Benjen Stark ihn, und tatsächlich war er des Nachts vom Heulen ferner Rudel belebt, und manche davon gar nicht so fern. Jon Snows Albinowolf stellte beim nächtlichen Geheul die Ohren auf, doch heulte er nie zur Antwort. *Dieses Tier hat etwas Beunruhigendes an sich*, dachte Tyrion.

Inzwischen waren sie acht, den Wolf nicht mitgerechnet. Tyrion reiste mit zwei seiner eigenen Männer, wie es einem Lannister gebührte. Benjen Stark hatte nur seinen Bastard von einem Neffen und ein paar frische Pferde für die Nachtwache dabei, doch am Rande des Wolfswaldes verbrachten sie eine Nacht hinter den Holzwänden einer Waldfestung und taten sich mit einem weiteren schwarzen Bruder, einem gewissen Yoren, zusammen. Yoren war krumm und finster, sein Gesicht hinter einem Bart verborgen, der so schwarz wie seine Kleider war, doch wirkte er so unbeugsam wie eine alte Wurzel und hart wie Stein. Bei ihm waren zwei zerlumpte Bauernjungen von den Fingern. »Vergewaltiger«, sagte Yoren mit kaltem Blick auf seine Schützlinge. Tyrion verstand. Es hieß, das Leben auf der Mauer sei hart, doch zweifellos war es einer Kastration vorzuziehen.

Fünf Männer, drei Jungen, ein Schattenwolf, zwanzig Pferde und ein Käfig voller Raben, der Benjen Stark von Maester Luwin übergeben worden war. Ohne Zweifel stellten sie auf der Kingsroad eine seltsame Gesellschaft dar, wie wohl auf jeder Straße.

Tyrion merkte, dass Jon Snow Yoren und seine mürrischen Begleiter beobachtete, mit merkwürdigem Ausdruck auf dem Gesicht, der beunruhigenderweise wie Bestürzung wirkte. Yoren hatte eine krumme Schulter und einen säuerlichen Geruch an sich, Haar und Bart waren verfilzt und schmierig und voller Läuse, seine Kleidung alt, geflickt und selten gewaschen. Seine beiden jungen Rekruten rochen sogar noch übler und schienen so dumm zu sein, wie sie grausam waren.

Zweifellos hatte der Junge den Fehler begangen, zu glauben, dass sich die Nachtwache aus Männern wie seinem Onkel zusammensetzte. Falls dem so gewesen sein sollte, bereiteten ihm Yoren und seine Begleiter ein rüdes Erwachen. Tyrion hatte Mitleid mit dem Jungen. Er hatte ein hartes Leben gewählt… oder vielleicht sollte man sagen: Für ihn war ein hartes Leben gewählt worden.

Weit weniger Mitgefühl hatte er für den Onkel. Benjen Stark schien den Widerwillen seines Bruders gegen die Lannisters zu teilen, und er war keineswegs erfreut gewesen, als Tyrion ihm von seinen Absichten erzählt hatte. »Ich warne Euch, Lannister, Wirtshäuser werdet Ihr an der Mauer keine finden«, hatte er gesagt und auf ihn herabgesehen.

»Ohne Zweifel werdet Ihr irgendetwas finden, wo Ihr mich unterbringen könnt«, hatte Tyrion erwidert. »Wie Euch schon aufgefallen sein mag, bin ich klein.«

Selbstverständlich schlug man dem Bruder der Königin nichts ab, womit die Sache dann geklärt war, doch Freude hatte Stark darüber nicht empfunden. »Der Ritt wird Euch nicht behagen, das kann ich Euch versprechen«, hatte er barsch gesagt, und seit dem Augenblick, an dem sie losgeritten waren, hatte er alles getan, um sein Versprechen einzulösen.

Gegen Ende der ersten Woche waren Tyrions Oberschenkel blutig gescheuert vom harten Ritt, in den Beinen hatte er schwere Krämpfe, und er fror bis auf die Knochen. Er klagte nicht. Er wollte verdammt sein, wenn er Benjen Stark diese Genugtuung gönnte.

Er nahm eine kleine Rache, was sein Reitfell anging, ein zerfetztes Bärenfell, alt und muffig riechend. Stark hatte es ihm in einem Anflug von Ritterlichkeit angeboten und zweifellos erwartet, dass er dankend ablehnte. Lächelnd hatte Tyrion es akzeptiert. Er hatte seine wärmsten Kleider eingepackt, als sie Winterfell verließen, und bald schon festgestellt, dass sie nicht im Entferntesten warm genug waren. Kalt war es dort oben, und es wurde immer kälter. Die Nächte waren inzwischen unter dem

Gefrierpunkt, und wenn der Wind wehte, war es, als schnitt ein Messer geradewegs durch seine wärmste Wollkleidung. Mittlerweile bereute Stark seinen ritterlichen Impuls ganz ohne Zweifel. Vielleicht war es ihm eine Lektion. Die Lannisters lehnten niemals ab, dankend oder sonst wie. Die Lannisters nahmen, was sich ihnen bot.

Bauernhöfe und Festungsanlagen wurden seltener und kleiner, je weiter sie nach Norden kamen, tiefer und tiefer ins Dunkel des Wolfswaldes hinein, bis es schließlich keine Dächer mehr gab, unter denen man Schutz suchen konnte, und sie waren auf sich selbst gestellt.

Tyrion war nie eine große Hilfe, wenn es darum ging, ein Lager zu errichten oder abzubrechen. Zu klein, zu behindert, zu sehr im Weg. Während Stark und Yoren und die anderen Männer also grobe Unterstände errichteten, sich um die Pferde kümmerten, ein Feuer machten, wurde es ihm zur Gewohnheit, sein Fell und einen Weinschlauch zu nehmen und sich zum Lesen zurückzuziehen.

Am achtzehnten Abend ihrer Reise war der Wein ein selten süßer Rebensaft von den Summer Isles, den er den ganzen Weg von Casterly Rock in den Norden mitgenommen hatte, und das Buch eine Abhandlung zu Geschichte und Eigenschaften der Drachen. Mit Lord Eddard Starks Erlaubnis hatte Tyrion einige seltene Bände aus der Bibliothek von Winterfell für die Reise in den Norden entliehen.

Er fand eine bequeme Stelle etwas abseits des Lagerlärms, an einem rauschenden Bach, dessen Fluten klar und kalt wie Eis waren. Eine Eiche von bizarrem Alter bot ihm Schutz vor dem schneidenden Wind. Tyrion wickelte sich mit dem Rücken am Stamm in sein Fell, nahm einen Schluck Wein und begann, über die Eigenschaften von Drachenknochen nachzulesen. *Drachenknochen ist schwarz wegen seines hohen Eisengehalts*, las er in dem Buch. *Er ist hart wie Stahl, doch leichter und weit biegsamer, und natürlich Feuer gegenüber gänzlich unempfindlich. Bogen aus Drachenknochen sind bei den Dothraki hoch geschätzt, was nicht verwundern kann. Ein damit bewehrter Bogenschütze schießt weiter als mit jedem Holzbogen.*

Drachen übten auf Tyrion eine morbide Faszination aus. Als er für die Hochzeit seiner Schwester mit Robert Baratheon zum ersten Mal nach King's Landing gekommen war, hatte er darauf bestanden, die Drachenschädel zu besichtigen, die an den Wänden des Thronsaals der Targaryen gehangen hatten. König Robert hatte sie durch Banner und Wandteppiche ersetzt, doch Tyrion war derart beharrlich geblieben, bis er die Schädel schließlich in dem feuchten Keller aufspürte, wo man sie lagerte.

Er hatte erwartet, dass sie eindrucksvoll wären, vielleicht sogar beängstigend. Er hatte nicht gedacht, dass sie wunderschön sein würden. Und doch waren sie es. Schwarz wie Onyx, blank poliert, so dass der Knochen im Fackelschein zu schimmern schien. Sie liebten das Feuer, das spürte er. Er hatte seine Fackel ins Maul eines der größeren Schädel gesteckt, dass die Schatten an der Wand dahinter hüpften und tanzten. Die Zähne waren lange, gebogene Dolche von schwarzem Diamant. Die Flamme der Fackel konnte ihnen nichts anhaben. Sie hatten schon der Hitze weit heißerer Feuer widerstanden. Als er von ihnen zurückgetreten war, hätte Tyrion schwören können, dass die leeren Augenhöhlen des Untiers ihn dabei beobachteten.

Es waren neunzehn Schädel. Der älteste war über dreitausend Jahre alt, der jüngste nur anderthalb Jahrhunderte. Die jüngeren waren auch die kleinsten, ein gleiches Paar, nicht größer als Schädel von Mastiffs, und seltsam missgebildet, alles, was von den letzten beiden frisch Geschlüpften geblieben war, die auf Dragonstone das Licht der Welt erblickt hatten. Sie waren die letzten Drachen der Targaryen gewesen, vielleicht die letzten Drachen überhaupt, und lange hatten sie nicht gelebt.

Die anderen Schädel waren größer, bis zu den drei Ungeheuern aus Liedern und Legenden, die Drachen, die Aegon Targaryen und seine Schwestern in alten Zeiten auf die Sieben Königslande losgelassen hatten. Die Sänger hatten ihnen Namen von Göttern gegeben: Balerion, Meraxes, Vhagar. Tyrion hatte zwischen ihren klaffenden Kiefern gestanden, wortlos und staunend. Man hätte auf einem Pferd in Vhagars Schlund reiten können, obwohl man kaum wieder herausgekommen wäre. Meraxes war sogar noch größer. Und der größte von allen, Balerion, der Schwarze Schrecken, hätte einen ganzen Auerochsen am Stück verschlingen können, oder vielleicht sogar eines dieser haarigen Mammuts, welche die kalte Einöde jenseits des Hafens von Ibben durchstreiften.

Lange stand Tyrion in diesem feuchten Keller, starrte Balerions Schädel mit den leeren Augen an, bis seine Fackel abgebrannt war, versuchte, die Größe des lebenden Tieres zu begreifen, sich vorzustellen, wie es ausgesehen haben musste, wenn es seine großen, schwarzen Flügel ausbreitete und Feuer speiend am Himmel schwebte.

Sein entfernter Vorfahr König Loren vom Stein hatte versucht, dem Feuer zu widerstehen, als er sich König Mern von der Weite anschloss, um sich der Eroberung durch die Targaryen zu widersetzen. Das lag fast dreihundert Jahre zurück, als die Sieben Königslande noch wirklich Königslande *waren*, und nicht bloß Provinzen eines größeren Reiches. Gemeinsam hatten die zwei Könige sechshundert Vasallen, fünftausend Ritter zu Pferd und zehnmal so viele Freie und Soldaten. Aegon Dragonlord besaß vielleicht ein Fünftel davon, so sagten die Chroniken, und die meisten waren Einberufene aus den Reihen des letzten Königs, den er erschlagen hatte, deren Treue war fraglich.

Die Feinde begegneten einander auf der weiten Steppe der »Weite«, inmitten goldener Felder von Getreide, das zur Ernte reif war. Als die zwei Könige angriffen, erbebte Targaryens Armee, zerstob und flüchtete. Für einige Augenblicke, so schrieben die Chronisten, fand die Schlacht ihr Ende ... doch nur für diese kurzen Augenblicke, bis Aegon Targaryen und seine Schwestern in die Schlacht eingriffen.

Es war das einzige Mal, dass Vhagar, Meraxes und Balerion gleichzeitig losgelassen wurden. Die Sänger nannten es »Das Feld des Feuers«.

Fast viertausend Mann waren an jenem Tag verbrannt, unter ihnen König Mern von der Weite. König Loren war entkommen und lebte noch so lange, dass er kapitulieren, den Targaryen Treue geloben und einen Sohn zeugen konnte, wofür Tyrion gebührend dankbar war.

»Warum lest Ihr so viel?«

Beim Klang der Stimme blickte Tyrion auf. Jon Snow stand einige Schritte entfernt und betrachtete ihn neugierig. Er schloss das Buch, klemmte einen Finger zwischen die Seiten und sagte: »Sieh mich an und sag mir, was du siehst.«

Argwöhnisch sah der Junge ihn an. »Soll das ein Trick sein? Ich sehe Euch. Tyrion Lannister.«

Tyrion seufzte. »Für einen Bastard bist du bemerkenswert höflich, Snow. Was du siehst, ist ein Zwerg. Wie alt bist du, zwölf?«

»Vierzehn«, sagte der Junge.

»Vierzehn, und du bist größer, als ich je sein werde. Meine Beine sind kurz und verkrüppelt, und ich kann nur mit großen Schwierigkeiten laufen. Ich brauche einen speziellen Sattel, damit ich nicht vom Pferd falle. Einen Sattel, den ich selbst entworfen habe, was dich vielleicht interessieren könnte. Mir blieb nur das oder ein Pony zu reiten. Meine Arme sind kräftig, aber auch sie sind zu kurz. Nie werde ich ein Krieger. Wäre ich als Bauernsohn geboren, hätte man mich vielleicht zum Sterben ausgesetzt oder in das Absurditätenkabinett eines Sklavenhändlers verkauft. Jedoch bin ich als ein Lannister von Casterly Rock geboren, und so gehen die Absurditäten meiner verlustig. Bestimmte Dinge werden von mir erwartet. Mein Vater war zwanzig Jahre lang die Rechte Hand des Königs. Mein Bruder hat später, wie sich herausstellen sollte, eben jenen König erschlagen, doch ist das Leben voll Ironie des Schicksals. Meine Schwester hat den neuen König geheiratet, und mein widerwärtiger Neffe wird nach ihm König werden. Ich muss meinen Teil zur Ehre meiner Familie leisten, meinst du nicht? Doch wie? Nun, meine Beine sind zu klein für meinen Körper, doch mein Kopf ist zu groß, obwohl ich lieber glaube, dass er für meinen Verstand gerade die richtige Größe hat. Ich schätze meine Stärken und Schwächen sehr realistisch ein. Mein Verstand ist meine Waffe. Mein Bruder hat sein Schwert, König Robert hat seinen Streithammer, und ich habe meinen Verstand … wie ein Schwert den Wetzstein braucht ein Verstand Bücher, um seine Schärfe zu behalten.« Tyrion tippte auf den Ledereinband des Buches. »Deshalb lese ich so viel, Jon Snow.«

Der Junge nahm das alles schweigend in sich auf. Er hatte das

Gesicht eines Stark, wenn auch nicht dessen Namen: lang, ernst, gefasst, ein Gesicht, das nicht viel preisgab. Wer auch immer seine Mutter gewesen sein mochte, sie hatte nicht viel von sich in ihrem Sohn hinterlassen. »Worüber lest Ihr?«, fragte er.

»Drachen«, erklärte Tyrion.

»Wozu soll das gut sein? Es gibt keine Drachen mehr«, sagte der Junge mit der leichtfertigen Gewissheit der Jugend.

»So sagt man«, erwiderte Tyrion. »Traurig, nicht? Als ich in deinem Alter war, habe ich oft davon geträumt, einen eigenen Drachen zu besitzen.«

»Habt Ihr?«, fragte der Junge voller Misstrauen. Vielleicht glaubte er, Tyrion mache sich über ihn lustig.

»Oh, ja, selbst ein verkrüppelter, hässlicher, kleiner Junge kann auf die Welt hinuntersehen, wenn er auf dem Rücken eines Drachen sitzt.« Tyrion schob das Bärenfell beiseite und stand auf. »Früher habe ich unten in den Gängen von Casterly Rock Feuer entfacht, stundenlang in die Flammen gestarrt und so getan, als wären es Drachenfeuer. Manchmal habe ich mir vorgestellt, mein Vater würde brennen. Manchmal auch meine Schwester.« Jon Snow starrte ihn an, mit einem Blick, der zu gleichen Teilen sein Entsetzen wie auch seine Faszination zeigte. Tyrion lachte schallend. »Sieh mich nicht so an, Bastard. Ich kenne dein Geheimnis. Du hast selbst schon solche Träume gehabt.«

»Nein«, widersprach Jon Snow entgeistert. »Ich würde nie …«

»Nein? Nie?« Tyrion zog eine Augenbraue hoch. »Nun, zweifelsohne sind die Starks schrecklich gut zu dir gewesen. Ich bin mir sicher, dass Lady Stark dich wie einen der Ihren behandelt. Und dein Bruder Robb, stets war er nett, wieso auch nicht? Er bekommt Winterfell, und du bekommst die Mauer. Und dein Vater … er muss gute Gründe haben, dich zur Nachtwache abzuschieben …«

»Hört auf damit«, verlangte Jon Snow, und seine Miene verfinsterte sich vor Zorn. »Die Nachtwache ist eine edle Berufung!«

Tyrion lachte. »Du bist zu schlau, um das zu glauben. Die Nachtwache ist ein Abfallhaufen für alle Missratenen des Reiches. Ich habe beobachtet, wie du Yoren und seine Jungen angesehen hast. Das sind deine neuen Brüder, Jon Snow, wie gefallen sie dir? Verdrossene Bauern, Schuldner, Wilderer, Vergewaltiger, Diebe und Bastarde wie du landen auf der Mauer und halten nach Grumkins und Snarks und all den anderen Ungeheuern Ausschau, vor denen dich deine Amme gewarnt hat. Das Gute daran ist, dass es keine Grumkins oder Snarks gibt, also handelt es sich wenigstens um keine gefährliche Arbeit. Das Schlechte ist, dass du dir die Eier abfrierst, aber da du dich ohnehin nicht fortpflanzen darfst, denke ich, ist das wohl unerheblich.«

»*Hört auf!*«, schrie der Junge. Er tat einen Schritt nach vorn, ballte, den Tränen nah, die Hände zu Fäusten.

Plötzlich und absurderweise fühlte sich Tyrion schuldig. Er trat vor, wollte dem Jungen beruhigend auf die Schulter klopfen oder ein Wort der Entschuldigung murmeln.

Er sah den Wolf gar nicht, wo er war oder wie er ihn ansprang. Im einen Augenblick ging er noch Snow entgegen, und im nächsten lag er rücklings auf dem harten Felsboden, das Buch flog davon, als er stürzte, ihm blieb bei dem harten Aufprall die Luft weg, sein Mund war voller Dreck und moderndem Laub. Als er aufzustehen versuchte, verkrampfte sich sein Rücken schmerzhaft. Er musste ihn beim Sturz verdreht haben. Wütend knirschte er mit den Zähnen, packte eine Wurzel und zog sich in eine sitzende Position. »Hilf mir«, forderte er den Jungen auf und streckte eine Hand aus.

Und plötzlich war der Wolf zwischen ihnen. Er knurrte nicht. Das verdammte Vieh gab nie einen Ton von sich. Er sah ihn nur mit diesen hellroten Augen an und zeigte ihm die Zähne, und das reichte völlig aus. Ächzend sank Tyrion zu Boden. »Dann hilf mir nicht. Ich bleibe hier sitzen, bis ihr weg seid.«

Jon Snow streichelte Ghosts dickes, weißes Fell und lächelte jetzt. »Fragt mich freundlich.«

Tyrion Lannister spürte, wie Wut in ihm aufkochte, und verdrängte sie mit reiner Willenskraft. Es war nicht das erste Mal in seinem Leben, dass er erniedrigt wurde, und es würde auch nicht das letzte Mal sein. Vielleicht hatte er es sogar verdient.

»Ich wäre dir für deine freundliche Hilfe wirklich sehr dankbar, Jon«, bat er sanft.

»Sitz, Ghost«, sagte der Junge. Der Schattenwolf hockte sich hin. Die roten Augen ließen von Tyrion nicht ab. Jon trat hinter ihn, schob die Hände unter seine Arme und zog ihn mit Leichtigkeit auf die Beine. Dann hob er das Buch auf und gab es ihm zurück.

»Wieso hat er mich angegriffen?«, fragte Tyrion mit einem Seitenblick auf den Schattenwolf. Mit dem Handrücken wischte er Blut and Schmutz von seinem Mund.

»Vielleicht dachte er, Ihr wärt ein Grumkin.«

Tyrion sah ihn scharf an. Dann lachte er, ein rohes Schnauben der Belustigung platzte gänzlich ohne Erlaubnis aus seiner Nase hervor. »Oh, bei allen Göttern«, sagte er, hustete vor Lachen und schüttelte den Kopf. »Wahrscheinlich sehe ich wirklich wie ein Grumkin aus. Was stellt er mit Snarks an?«

»Fragt lieber nicht.« Jon hob den Weinschlauch auf und reichte ihn Tyrion.

Tyrion zog den Pfropfen heraus, legte seinen Kopf in den Nacken und drückte einen langen Strahl in seinen Mund. Der Wein war wie kühles Feuer, als er seine Kehle hinunterlief. Er hielt Jon Snow den Weinschlauch hin. »Möchtest du?«

Der Junge nahm den Schlauch und probierte vorsichtig einen Schluck. »Es stimmt, oder?«, fragte er, als er fertig war. »Was Ihr über die Nachtwache gesagt habt.«

Tyrion nickte.

Jon Snow presste seine Lippen grimmig zusammen. »Wenn es so ist, dann ist es eben so.«

Tyrion grinste ihn an. »Das ist gut, Bastard. Die meisten Menschen würden eine schwere Wahrheit eher leugnen, als sich ihr zu stellen.«

»Die meisten Menschen«, sagte der Junge. »Nur Ihr nicht.«

»Nein«, gab Tyrion zu, »ich nicht. Ich träume auch nur noch selten von Drachen. Es gibt keine Drachen.« Er sammelte das heruntergefallene Bärenfell auf. »Komm, wir sollten besser im Lager sein, bevor dein Onkel zu den Fahnen ruft.«

Der Weg war nur kurz, doch der Boden war uneben, und als

sie ankamen, hatte Tyrion schwere Krämpfe in den Beinen. Jon Snow bot ihm eine Hand an, um ihm über ein dichtes Gewirr von Wurzeln zu helfen, doch Tyrion lehnte ab. Er wollte seinen Weg allein gehen, wie er es sein Leben lang getan hatte. Dennoch war ihm das Lager ein willkommener Anblick. Die Unterstände waren an der baufälligen Wand einer lange verlassenen Festung errichtet worden. Die Pferde waren gefüttert, und ein Feuer brannte. Yoren saß auf einem Stein und häutete ein Eichhörnchen. Der würzige Duft von Eintopf zog in Tyrions Nase. Er schleppte sich zu seinem Leibdiener Morrec, der im Topf rührte. Wortlos reichte Morrec ihm die Schöpfkelle. »Mehr Pfeffer«, sagte er.

Benjen Stark trat aus dem Unterstand, den er sich mit seinem Neffen teilte. »Da bist du ja, Jon, verdammt noch mal, du solltest nicht allein losgehen. Ich dachte schon, die Anderen hätten dich geholt.«

»Es waren die Grumkins«, erklärte Tyrion lachend. Jon Snow lächelte. Stark warf Yoren einen verdutzten Blick zu. Der alte Mann brummte, zuckte mit den Achseln und machte sich wieder an sein blutiges Werk.

Das Eichhörnchen brachte etwas Fleisch in den Eintopf, und den aßen sie an diesem Abend mit schwarzem Brot und hartem Käse, während sie um das Feuer saßen. Tyrion ließ seinen Weinschlauch herumgehen, bis selbst Yoren milder gestimmt war. Einer nach dem anderen zog sich zum Schlafen in seinen Unterstand zurück, alle bis auf Jon Snow, der die erste Wache der Nacht gezogen hatte.

Tyrion zog sich als Letzter zurück, wie stets. Als er den Unterstand, den seine Männer für ihn errichtet hatten, betrat, hielt er kurz inne und sah sich nach Jon Snow um. Der Junge stand am Feuer, mit stiller, harter Miene, und blickte starr in die Flammen.

Tyrion Lannister lächelte traurig und ging zu Bett.

CATELYN

Ned war seit acht Tagen mit den Mädchen fort, als Maester Luwin eines Abends zu ihr in Brans Krankenzimmer kam, mit einer Leselampe und den Rechnungsbüchern. »Es wird höchste Zeit, dass wir die Zahlen durchgehen, Mylady«, sagte er, »Ihr werdet wissen wollen, was uns der Besuch des Königs gekostet hat.«

Catelyn blickte Bran auf seinem Krankenbett an und strich ihm das Haar aus der Stirn. Es war lang geworden, fiel ihr auf. Sie würde es bald schneiden müssen. »Ich muss mir die Zahlen nicht ansehen, Maester Luwin«, erklärte sie, ohne sich von Bran abzuwenden. »Ich weiß, was uns der Besuch gekostet hat. Nehmt die Bücher wieder mit.«

»Mylady, das Gefolge des Königs hatte einen gesunden Appetit. Wir müssen unsere Vorratskammern füllen, bevor …«

Sie schnitt ihm das Wort ab. »Ich sagte, nehmt die Bücher wieder mit. Der Haushofmeister wird sich darum kümmern.«

»Wir haben keinen Haushofmeister«, brachte Maester Luwin ihr in Erinnerung. Wie eine kleine, graue Ratte, so dachte sie, wollte er nicht loslassen. »Poole ist gen Süden gezogen, um Lord Eddards Haushalt in King's Landing einzurichten.«

Catelyn nickte abwesend. »Oh, ja, Ihr habt recht.« Bran sah so blass aus. Sie überlegte, ob sie sein Bett ans Fenster stellen sollte, damit er ein wenig Morgensonne bekam.

Maester Luwin stellte die Lampe in eine Nische bei der Tür und fingerte an ihrem Docht herum. »Es stehen mehrere Ernennungen an, Mylady. Neben dem Haushofmeister brauchen wir einen Hauptmann der Garde, der an Jorys Stelle tritt, einen neuen Stallmeister …«

Ihr Blick fuhr herum und fand ihn. »Einen *Stallmeister?*« Ihre Stimme war wie eine Peitsche.

Der Maester war erschüttert. »Ja, Mylady. Hullen ist mit Lord Eddard in den Süden geritten, um …«

»Mein Sohn liegt hier mit gebrochenen Gliedern im Sterben, und Ihr wollt über einen neuen *Stallmeister* sprechen? Glaubt Ihr, es interessiert mich, was in den Ställen vor sich geht? Glaubt Ihr, es wäre für mich von irgendeinem Belang? Gern würde ich sämtliche Pferde auf Winterfell eigenhändig schlachten, wenn sich damit Brans Augen öffnen ließen, versteht Ihr mich? *Versteht Ihr?*«

Er verneigte sich. »Ja, Mylady, aber die Ernennungen …«

»Ich werde die Ernennungen vornehmen«, sagte Robb.

Catelyn hatte nicht gehört, wie er hereingekommen war, doch da stand er in der Tür und sah sie an. Sie hatte geschrien, das bemerkte sie nun mit einem plötzlichen Anflug von Scham. Was geschah mit ihr? Sie war so müde, und ihr Kopf schmerzte ohne Unterlass.

Maester Luwin blickte von Catelyn zu ihrem Sohn. »Ich habe eine Liste derer angelegt, die wir für die offenen Ämter vielleicht ins Auge fassen könnten«, sagte er und reichte Robb ein Blatt Papier, das er aus dem Ärmel gezückt hatte.

Ihr Sohn sah sich die Namen an. Er war von draußen hereingekommen, wie Catelyn sah. Seine Wangen waren rot von der Kälte, sein Haar struppig und vom Wind zerzaust. »Gute Männer«, befand er. »Wir werden uns morgen darüber unterhalten.« Er gab ihm die Namensliste zurück.

»Sehr wohl, Mylord.« Das Papier verschwand in seinem Ärmel.

»Lasst uns nun allein«, forderte Robb ihn auf. Maester Luwin verbeugte sich und ging. Robb schloss die Tür hinter ihm und wandte sich ihr zu. Er trug ein Schwert, wie sie sah. »Mutter, was tust du?«

Stets hatte Catelyn gedacht, Robb sähe aus wie sie, wie Bran und Rickon und Sansa, er hätte die Farben der Tullys, das kastanienbraune Haar, die blauen Augen. Doch nun entdeckte sie zum ersten Mal einen Zug von Eddard Stark in seinem Gesicht, etwas so Strenges und Hartes wie der Norden. »Was ich tue?«, wiederholte sie verwundert. »Wie kannst du das fragen? Was glaubst du, was ich tue? Ich kümmere mich um deinen Bruder. Ich kümmere mich um Bran.«

»So nennst du es? Du hast dieses Zimmer nicht verlassen, seit Bran gestürzt ist. Du bist nicht einmal zum Tor gekommen, als Vater und die Mädchen gen Süden gezogen sind.«

»Ich habe hier von ihnen Abschied genommen und von diesem Fenster aus gesehen, wie sie hinausgeritten sind.« Sie hatte Ned angefleht, nicht zu gehen, nicht jetzt, nicht nach allem, was geschehen war. Alles hatte sich verändert, konnte er das nicht sehen? Doch vergeblich. Er hatte keine Wahl, das hatte er ihr erklärt, und dann war er gegangen, hatte seine Wahl getroffen. »Ich kann ihn nicht allein lassen, nicht einmal für einen Augenblick, nicht wenn jeder Augenblick sein letzter sein könnte. Ich muss bei ihm sein, falls … falls …« Sie nahm die schlaffe Hand ihres Sohnes, ließ seine Finger durch die ihren gleiten. Er war so dünn und zerbrechlich, ohne Kraft in seiner Hand, doch konnte sie noch immer die Wärme des Lebens unter seiner Haut fühlen.

Robbs Stimme wurde milder. »Er wird nicht sterben, Mutter. Maester Luwin sagt, die Zeit der größten Gefahr ist vorüber.«

»Und was ist, wenn Maester Luwin sich täuscht? Was ist, wenn Bran mich braucht und ich nicht da bin?«

»*Rickon* braucht dich«, sagte Robb scharf. »Er ist erst drei, er versteht noch nicht, was vor sich geht. Er glaubt, alle hätten ihn verlassen, also läuft er mir den ganzen Tag hinterher, klammert sich an mein Bein und weint. Ich weiß nicht, was ich mit ihm tun soll.« Er machte eine kurze Pause, nagte an seiner Unterlippe, wie er es als kleiner Junge getan hatte. »Mutter, *ich* brauche dich auch. Ich gebe mir Mühe, aber ich kann nicht … ich kann nicht alles allein schaffen.« Seine Stimme versagte vor plötzlichen Gefühlen, und Catelyn fiel ein, dass er erst vierzehn war. Sie wollte aufstehen und zu ihm gehen, doch Bran hielt ihre Hand, und so konnte sie sich nicht rühren.

Draußen vor dem Turm begann ein Wolf zu heulen. Eine Sekunde lang zitterte Catelyn.

»Brans.« Robb öffnete das Fenster und ließ die Nachtluft ins stickige Turmzimmer. Das Heulen wurde lauter. Es klang kalt und einsam, voller Melancholie und Verzweiflung.

»Nicht«, sagte sie. »Bran muss es warm haben.«

»Er muss sie singen hören«, widersprach Robb. Irgendwo draußen in Winterfell stimmte ein zweiter Wolf in das Geheul des ersten mit ein. Dann ein dritter, näher. »Shaggydog und Grey Wind«, sagte Robb, als sie gemeinsam die Stimmen erhoben. »Man kann sie auseinanderhalten, wenn man genau hinhört.«

Catelyn zitterte. Es war die Trauer, die Kälte, das Heulen der Schattenwölfe und die graue, leere Burg, und immer ging es weiter, wandelte sich nie, und ihr Junge lag zerschmettert da, das süßeste ihrer Kinder, das sanfteste, Bran, der so gern lachte und kletterte und von der Ritterwürde träumte, alles fort, nie mehr würde sie sein Lachen hören. Schluchzend löste sie ihre Hand aus der seinen und hielt sich die Ohren gegen dieses schreckliche Geheul zu. »Mach, dass sie aufhören!«, schrie sie. »Ich kann es nicht ertragen, mach, dass sie aufhören, mach, dass sie aufhören, töte sie alle, wenn es sein muss, aber mach, dass sie *aufhören!*«

Sie erinnerte sich nicht daran, wie sie zu Boden gefallen war, doch lag sie dort, und Robb hob sie auf, hielt sie mit seinen starken Armen. »Hab keine Angst, Mutter. Sie würden ihm nie etwas antun.« Er half ihr zu dem schmalen Bett in der Ecke der Krankenstube. »Schließ die Augen«, sagte er sanft. »Ruh dich aus. Maester Luwin sagt, du hättest seit Brans Sturz kaum geschlafen.«

»Ich *kann* nicht«, weinte sie. »Mögen mir die Götter vergeben, Robb, ich kann nicht, was ist, wenn er stirbt, während ich schlafe, was ist, wenn er stirbt, was ist, wenn er stirbt …« Noch immer heulten die Wölfe. Sie schrie und hielt sich wieder die Ohren zu. »Oh, bei allen Göttern, schließ das Fenster!«

»Wenn du mir schwörst, dass du ein wenig schläfst.« Robb trat ans Fenster, doch als er nach den Fensterläden griff, mischte sich noch etwas anderes unter das traurige Geheul der Schattenwölfe. »Hunde«, stellte er lauschend fest. »Alle Hunde bellen. Das haben sie noch nie getan …« Catelyn hörte, wie ihm die Luft im Halse stecken blieb. Als sie aufblickte, war sein Gesicht ganz fahl im Lampenschein. »*Feuer*«, flüsterte er.

Feuer, dachte sie, und dann *Bran!* »Hilf mir«, rief sie drängend und setzte sich auf. »Hilf mir mit Bran.«

Robb schien sie nicht zu hören. »Der Bücherturm steht in Flammen«, sagte er.

Jetzt konnte Catelyn das flackernd rote Licht durchs Fenster sehen. Erleichtert sank sie in sich zusammen. Bran war in Sicherheit. Die Bibliothek lag auf der anderen Seite des Burghofes, und das Feuer konnte sie unmöglich erreichen. »Den Göttern sei Dank«, hauchte sie.

Robb sah sie an, als hätte sie den Verstand verloren. »Mutter, bleib hier. Ich komme wieder, sobald das Feuer gelöscht ist.« Dann rannte er. Sie hörte, wie er den Wachen vor dem Zimmer etwas zurief, hörte, dass sie zusammen in wilder Hatz hinunterstürmten und immer zwei, drei Stufen gleichzeitig nahmen.

Draußen vom Hof her hörte man Leute »Feuer!« rufen, Schreie, eilige Schritte, das Wiehern ängstlicher Pferde und das rasende Gebell der Burghunde. Das Heulen hatte aufgehört, das merkte sie, als sie dem Lärm lauschte. Die Schattenwölfe waren verstummt.

Catelyn sprach ein stilles Dankesgebet zu den sieben Gesichtern des Gottes, als sie ans Fenster trat. Auf der anderen Seite des Burghofes schossen lange Flammenzungen aus den Fenstern der Bibliothek. Sie sah, wie der Rauch zum Himmel stieg, und dachte traurig an all die Bücher, welche die Starks im Laufe der Jahrhunderte gesammelt hatten. Dann schloss sie die Fensterläden.

Als sie sich vom Fenster abwandte, war der Mann bei ihr im Zimmer.

»Ihr solltet nicht hier sein«, murmelte er sauertöpfisch. »Niemand sollte hier sein.«

Er war ein kleiner, schmutziger Mann in dreckiger, brauner Kleidung, und er stank nach Pferden. Catelyn kannte alle Männer, die in ihren Ställen arbeiteten, und dieser gehörte nicht dazu. Er war ausgemergelt, hatte dünnes, blondes Haar und blasse

Augen, die tief in seinem knochigen Gesicht versunken waren. Und er hielt einen Dolch in der Hand.

Catelyn sah das Messer an, dann Bran. »Nein«, sagte sie. Das Wort blieb ihr in der Kehle stecken, nichts als ein Flüstern.

Er musste sie gehört haben. »Es ist ein Gnadenakt«, sagte er. »Er ist schon tot.«

»Nein«, sagte Catelyn, lauter jetzt, da sie ihre Stimme wiedergefunden hatte. »Nein, das *dürft* Ihr nicht.« Sie fuhr wieder zum Fenster herum, damit sie um Hilfe rufen konnte, doch der Mann war schneller, als sie sich hätte vorstellen können. Eine Hand schloss sich um ihren Mund und riss ihr den Kopf zurück, die andere brachte den Dolch an ihre Luftröhre. Der Gestank des Mannes war überwältigend.

Sie hob beide Hände und packte die Klinge mit aller Kraft, drückte sie von ihrem Hals fort. Sie hörte, wie er in ihr Ohr fluchte. Ihre Finger waren schlüpfrig vom Blut, doch wollte sie den Dolch nicht loslassen. Die Hand auf ihrem Mund griff fester zu, drückte ihr die Luft ab. Catelyn drehte ihren Kopf zur Seite und schaffte es, etwas von seinem Fleisch zwischen die Zähne zu bekommen. Fest biss sie in seine Hand. Der Mann stöhnte vor Schmerz. Sie biss die Zähne zusammen und zerrte an ihm, und ganz plötzlich ließ er los. Der Geschmack von Blut erfüllte ihren Mund. Keuchend holte sie Luft und schrie, und er packte sie beim Haar und riss sie von sich fort, und sie stolperte und ging zu Boden, und dann stand er über ihr, keuchend, bebend. Den Dolch hielt er noch immer fest in der rechten Hand, glänzend vom Blut. »Ihr solltet nicht hier sein«, wiederholte er wie benommen.

Catelyn sah den Schatten durch die offene Tür in seinem Rücken gleiten. Es folgte ein leises Rumpeln, dann ein Knurren, das leise Flüstern einer Drohung, doch musste er etwas gehört haben, denn eben wollte er sich umdrehen, als der Wolf zum Sprung ansetzte. Gemeinsam gingen sie zu Boden, wälzten sich halb über Catelyn, die dort noch lag. Der Wolf hatte ihn zwischen den Zähnen. Der Mann kreischte keine Sekunde lang, bis das Tier den Kopf zurückriss und seine halbe Kehle dabei mitnahm.

Sein Blut fühlte sich wie warmer, sanfter Regen an, als es über ihr Gesicht spritzte.

Der Wolf sah sie an. Sein Maul war rot und feucht, und seine Augen glühten golden im dunklen Zimmer. Es war Brans Wolf, wie sie merkte. Natürlich war er es. »Danke«, flüsterte Catelyn mit schwacher, kaum vernehmbarer Stimme. Sie hob zitternd die Hand. Der Wolf tappte näher, schnüffelte an ihren Fingern, dann leckte er das Blut mit feuchter, rauer Zunge. Als er ihre Hand vom Blut gereinigt hatte, wandte er sich ab, sprang auf Brans Bett und legte sich neben ihn. Catelyn fing hysterisch an zu lachen.

So fand man sie, als Robb, Maester Luwin und Ser Rodrik mit der halben Garde von Winterfell hereinstürmten. Als das Gelächter schließlich in ihrer Kehle erstarb, wickelte man sie in warme Decken und führte sie zum Großen Turm in ihre Gemächer. Old Nan entkleidete sie, half ihr in ein siedend heißes Bad und wusch das Blut mit einem weichen Tuch ab.

Später kam Maester Luwin, um ihre Wunden zu verbinden. Die Schnitte in ihren Fingern waren tief, fast bis auf den Knochen, und ihre Kopfhaut blutete dort, wo der Mann ihr eine Hand voll Haare ausgerissen hatte. Der Maester erklärte, der Schmerz würde erst jetzt einsetzen, und gab ihr Mohnblumensaft zu trinken, damit sie schlafen konnte.

Endlich schloss sie die Augen.

Als sie diese wieder aufschlug, sagte man ihr, sie habe vier Tage lang geschlafen. Catelyn nickte und setzte sich im Bett auf. Alles schien ihr nun wie ein Alptraum, alles seit Brans Sturz, ein schrecklicher Traum von Blut und Trauer, doch hatte sie den Schmerz in ihren Händen, der sie daran erinnerte, dass alles Wirklichkeit war. Sie fühlte sich schwach und benommen, und dennoch seltsam beherzt, als wäre ihr eine schwere Last von der Seele genommen.

»Bringt mir etwas Brot und Honig«, trug sie den Dienerinnen auf, »und bringt Maester Luwin Nachricht, dass meine Bandagen gewechselt werden müssen.« Voller Überraschung sah man sie an, dann liefen alle, um ihren Wünschen zu entsprechen.

Catelyn erinnerte sich, wie sie sich vorher benommen hatte, und schämte sich. Sie hatte alle im Stich gelassen, ihre Kinder, ihren Mann, ihre Familie. Es würde nicht wieder geschehen. Sie würde diesen Nordmännern zeigen, wie stark eine Tully aus Riverrun sein konnte.

Robb traf noch vor ihrem Essen ein. Rodrik Cassel war bei ihm, dazu das Mündel ihres Mannes, Theon Greyjoy, und zuletzt Hallis Mollen, ein muskulöser Gardist mit kantigem, braunem Bart. Er sei der neue Hauptmann der Garde, sagte Robb. Ihr Sohn trug hartes Leder und ein Kettenhemd, wie sie sah, und an seiner Seite hing ein Schwert.

»Wer war es?«, fragte Catelyn.

»Niemand kennt seinen Namen«, erklärte Hallis Mollen. »Er war kein Mann von Winterfell, M'lady, aber manche sagen, sie hätten ihn öfter hier und um die Burg herum gesehen.«

»Dann einer von des Königs Männern«, vermutete sie, »oder von den Lannisters. Er könnte zurückgeblieben sein, als die anderen ausgezogen sind.«

»Vielleicht«, sagte Hal. »Bei all den Fremden, die sich in letzter Zeit auf Winterfell drängten, lässt sich heute nicht mehr sagen, zu wem er gehörte.«

»Er hatte sich in Euren Ställen versteckt«, sagte Greyjoy. »Man konnte es an ihm riechen.«

»Und wie konnte das unbemerkt bleiben?«, sagte sie scharf.

Hallis Mollen sah beschämt aus. »Wegen der Pferde, die Lord Eddard mit nach Süden genommen hat, und denen, die wir der Nachtwache nach Norden geschickt haben, waren die Ställe halb leer. Es war nicht schwierig, sich vor den Stalljungen versteckt zu halten. Könnte sein, dass Hodor ihn gesehen hat, man sagt, der Junge hätte sich seltsam benommen, aber schlicht, wie er ist …« Hal schüttelte den Kopf.

»Wir haben die Stelle gefunden, wo er geschlafen hat«, warf Robb ein. »Er hatte neunzig Silberhirsche in einem Lederbeutel unter dem Stroh versteckt.«

»Es tut gut zu wissen, dass das Leben meines Sohnes nicht billig verkauft wurde«, sagte Catelyn verbittert.

Hallis Mollen sah sie verwundert an. »Ich bitte um Verzeihung, M'lady. Ihr sagt, er wollte Euren *Jungen* morden?«

Greyjoy hatte seine Zweifel. »Das ist Irrsinn.«

»Er war wegen Bran hier«, beharrte Catelyn. »Ständig hat er gemurmelt, dass ich nicht hier sein sollte. Er hat die Bibliothek in Brand gesteckt, weil er dachte, ich würde eilig laufen, um zu löschen, und die Wachen dorthin mitnehmen. Wäre ich vor Trauer nicht halb verrückt gewesen, hätte es so kommen können.«

»Warum, um Himmels Willen, sollte jemand Bran ermorden?«, fragte Robb. »Bei allen Göttern, er ist nur ein kleiner Junge, hilflos, im Schlaf…«

Catelyn warf ihrem Erstgeborenen einen scharfen Blick zu.

»Wenn du im Norden herrschen sollst, musst du solche Dinge überdenken, Robb. Beantworte dir die Frage selbst. Warum sollte jemand ein schlafendes Kind ermorden wollen?«

Bevor er antworten konnte, kehrten die Dienerinnen mit einem Tablett voller Speisen aus der Küche zurück. Es war viel mehr darauf, als sie erbeten hatte: warmes Brot, Butter und Honig und eingemachte Brombeeren, ein Speckstreifen und ein weich gekochtes Ei, ein Stück Käse, eine Kanne Pfefferminztee. Und nun kam auch Maester Luwin.

»Wie geht es meinem Sohn, Maester?« Catelyn sah die Speisen an und merkte, dass sie keinen Appetit hatte.

Maester Luwin senkte den Blick. »Unverändert, Mylady.«

Es war die Antwort, die sie erwartet hatte, nicht mehr und nicht weniger. In ihren Händen pochte der Schmerz, als sei die Klinge noch in ihr, tief eingeschnitten. Sie schickte die Dienerinnen fort und sah Robb wieder an. »Hast du inzwischen eine Antwort?«

»Jemand fürchtet, dass Bran aufwachen könnte«, sagte Robb, »fürchtet, was er sagen oder tun könnte, fürchtet etwas, das er weiß.«

Catelyn war stolz auf ihn. »Sehr gut.« Sie wandte sich dem neuen Hauptmann der Wache zu. »Wir müssen Bran schützen. Wo ein Mörder ist, könnten noch weitere sein.«

»Wie viele Wachen wollt Ihr, M'lady?«

»Solange Lord Eddard fort ist, ist mein Sohn Herr über Winterfell«, erklärte sie ihm.

Robb wurde gleich etwas größer. »Stellt einen Mann ins Krankenzimmer, bei Tag und Nacht, einen vor die Tür, zwei weitere unten an die Treppe. Niemand besucht Bran ohne meine Zustimmung oder die meiner Mutter.«

»Ganz wie Ihr sagt, M'lord.«

»Tut es gleich«, verlangte Catelyn.

»Und lasst seinen Wolf bei ihm im Zimmer«, fügte Robb hinzu.

»Ja«, sagte Catelyn. Und dann wieder: »Ja.«

Hallis Mollen verbeugte sich und ging hinaus.

»Lady Stark«, sagte Ser Rodrik, als der Gardist gegangen war, »habt Ihr zufällig den Dolch bemerkt, den der Mörder benutzt hat?«

»Die Umstände ließen nicht zu, dass ich ihn näher untersuchen konnte, aber für seine Schärfe kann ich mich verbürgen«, erwiderte Catelyn mit schiefem Lächeln. »Wieso fragt Ihr?«

»Wir fanden das Messer noch in der Hand des Schurken. Es schien mir eine insgesamt zu feine Waffe für einen solchen Mann, deshalb habe ich sie mir lange und gut angesehen. Die Klinge ist aus valyrischem Stahl, der Griff aus Drachenknochen. Eine solche Waffe hat in Händen wie den seinen nichts zu suchen. Jemand hat sie ihm gegeben.«

Catelyn nickte nachdenklich. »Robb, schließ die Tür.«

Er sah sie seltsam an, doch tat er, wie ihm befohlen.

»Was ich Euch erzählen will, darf dieses Zimmer nicht verlassen«, erklärte sie. »Ich möchte Euren Eid darauf. Wenn nur ein Teil von dem, was ich vermute, stimmt, sind Ned und meine Mädchen in tödlicher Gefahr, und ein Wort im falschen Ohr könnte sie das Leben kosten.«

»Lord Eddard ist mir wie ein zweiter Vater«, sagte Theon Greyjoy. »Deshalb schwöre ich.«

»Ihr habt meinen Eid«, sagte Maester Luwin.

»Und meinen auch, Mylady«, setzte Ser Rodrik hinzu.

Sie sah ihren Sohn an. »Und du, Robb?«

Er nickte zustimmend.

»Meine Schwester Lysa glaubt, die Lannisters hätten ihren Mann Lord Arryn, die Rechte Hand des Königs, ermordet«, erklärte Catelyn. »Dabei fällt mir ein, dass sich Jaime Lannister an jenem Tag, als Bran stürzte, nicht der Jagdgesellschaft angeschlossen hatte. Er blieb hier in der Burg.« Im Zimmer herrschte Totenstille. »Ich glaube nicht, dass Bran vom Turm gefallen ist«, sagte sie in die Stille hinein. »Ich glaube, er wurde gestoßen.«

Das Entsetzen stand ihnen ins Gesicht geschrieben. »Mylady, das ist eine ungeheuerliche Beschuldigung«, sagte Rodrik Cassel. »Selbst ein Königsmörder würde davor zurückschrecken, ein unschuldiges Kind zu töten.«

»Ach, würde er das tun?«, zweifelte Theon Greyjoy. »Das ist die Frage.«

»Stolz und Ehrgeiz der Lannisters kennen keine Grenzen«, sagte Catelyn.

»Der Junge war in der Vergangenheit stets sehr geschickt im Klettern«, erklärte Maester Luwin nachdenklich. »Er kannte jeden Stein auf Winterfell.«

»Bei allen Göttern«, fluchte Robb, und sein junges Gesicht verfinsterte sich vor Zorn. »Falls es wahr ist, wird er dafür bezahlen.« Er zog sein Schwert und schwang es durch die Luft. »Eigenhändig werde ich ihn töten!«

Ser Rodrik funkelte ihn an. »Steck das weg! Die Lannisters sind dreihundert Meilen entfernt. *Niemals* solltest du dein Schwert ziehen, wenn du es nicht auch gebrauchen willst. Wie oft muss ich dir das noch sagen, dummer Junge?«

Beschämt steckte Robb sein Schwert weg, war plötzlich wieder ein Kind. Catelyn wandte sich an Ser Rodrik: »Wie ich sehe, trägt mein Sohn jetzt Stahl.«

Der alte Waffenmeister antwortete: »Ich dachte, es sei an der Zeit.«

Deutlich verunsichert sah Robb sie an. »Allerdings«, stimmte sie zu. »Winterfell könnte schon bald alle verfügbaren Schwerter brauchen, und die sollten besser nicht aus Materialien wie Holz sein.«

Theon Greyjoy legte eine Hand ans Heft seiner Klinge und sagte: »Mylady, falls es dazu kommen sollte, hat meine Familie Euch gegenüber große Schuld zu begleichen.«

Maester Luwin zog an seiner Ordenskette, an der Stelle, wo

sie an seinem Hals scheuerte. »Wir haben hier nur Mutmaßungen. Schließlich handelt es sich um den geliebten Bruder der Königin, den wir beschuldigen wollen. Das wird ihr nicht gefallen. Wir müssen letztlich gute Beweise finden oder für immer und ewig schweigen.«

»Euer Beweis ist dieser Dolch«, sagte Ser Rodrik. »Eine feine Klinge, die nicht unbemerkt geblieben sein dürfte.«

Es gab nur einen Ort, an dem die Wahrheit zu finden war, das wurde Catelyn nun klar. »Jemand muss nach King's Landing reiten.«

»Ich gehe«, sagte Robb.

»Nein«, lehnte sie den Vorschlag ab. »Dein Platz ist hier. Stets muss ein Stark auf Winterfell sein.« Sie sah Ser Rodrik mit seinem großen weißen Backenbart an, dann Maester Luwin in seiner grauen Robe, dann den jungen Greyjoy, schlank und dunkel und ungestüm. Wen sollte sie schicken? Wem würde man glauben? Dann wusste sie es. Catelyn rang damit, die Decken zurückzuschlagen, mit bandagierten Fingern, die hart und unnachgiebig wie Stein waren. Sie kletterte aus dem Bett. »Ich muss selbst gehen.«

»Aber Mylady«, wandte Maester Luwin ein, »ist das denn klug? Sicher betrachten die Lannisters Eure Ankunft doch voller Misstrauen.«

»Was ist mit Bran?«, fragte Robb. Er sah nun vollkommen verwirrt aus. »Ihr könnt ihn doch nicht allein lassen.«

»Ich habe alles, was ich kann, für Bran getan«, seufzte sie und legte eine verwundete Hand auf seinen Arm. »Sein Leben liegt in den Händen der Götter und denen von Maester Luwin. Wie du mir selbst in Erinnerung gerufen hast, Robb, muss ich jetzt auch an meine anderen Kinder denken.«

»Ihr werdet eine starke Eskorte brauchen, Mylady«, sagte Theon.

»Ich schicke Hal mit einem Trupp Gardisten«, sagte Robb.

»Nein«, sagte Catelyn. »Eine große Gesellschaft weckt ungebetene Aufmerksamkeit. Lieber wäre mir, wenn die Lannisters nicht wüssten, dass ich komme.«

Ser Rodrik protestierte. »Mylady, lasst zumindest mich Euch

begleiten. Die Kingsroad kann für eine Frau allein gefährlich sein.«

»Ich werde nicht die Kingsroad nehmen«, erwiderte Catelyn. Sie dachte einen Moment lang nach, dann nickte sie. »Zwei Reiter sind so schnell wie einer und erheblich schneller als eine lange Kolonne mit Wagen und Kutschen. Ich würde mich freuen, wenn Ihr mich begleitet, Ser Rodrik. Wir folgen dem White Knife zum Meer und mieten in White Harbor ein Schiff. Kräftige Pferde und frische Winde sollten uns weit vor Ned und den Lannisters nach King's Landing bringen.« *Und dann,* dachte sie, *werden wir sehen, was es zu sehen gibt.*

SANSA

Eddard Stark war vor dem Morgengrauen ausgeritten, worüber Septa Mordane Sansa in Kenntnis setzte, als sie ihr Morgenbrot einnahmen. »Der König hat nach ihm gesandt. Wieder zur Jagd, wie ich vermute. Es gibt noch immer wilde Auerochsen in diesem Land, wie man mir berichtet.«

»Ich habe noch nie einen Auerochsen gesehen«, sagte Sansa, während sie Lady unter dem Tisch mit einem Stück Schinken fütterte. Der Schattenwolf fraß ihr aus der Hand, grazil wie eine Königin.

Missbilligend rümpfte Septa Mordane die Nase. »Eine Edle füttert keine Hunde an ihrem Tisch«, gemahnte sie, brach noch ein Stück Honigwabe und ließ den Honig auf ihr Brot tropfen.

»Sie ist kein Hund, sie ist ein Schattenwolf«, stellte Sansa richtig, während Lady ihre Finger mit rauer Zunge ableckte. »Außerdem hat Vater gesagt, wir könnten sie bei uns behalten, wenn wir wollen.«

Die Septa war keineswegs besänftigt. »Du bist ein gutes Mädchen, Sansa, aber ich muss sagen, wenn es um dieses Tier geht, bist du so halsstarrig wie deine Schwester Arya.« Sie zog ein finsteres Gesicht. »Und wo ist Arya heute Morgen?«

»Sie hatte keinen Hunger«, sagte Sansa, wohl wissend, dass ihre Schwester sich wahrscheinlich vor Stunden schon in die Küche gestohlen und irgendeinen Küchenjungen dazu beschwatzt hatte, ihr ein Frühstück zu bereiten.

»Erinnere sie bitte daran, sich heute hübsch zu kleiden. Das graue Samtene vielleicht. Wir sind alle eingeladen, mit der Königin und Prinzessin Myrcella in der königlichen Karosse zu fahren, und dafür müssen wir so hübsch wie möglich sein.«

Sansa sah bereits so hübsch wie möglich aus. Sie hatte ihr langes, kastanienbraunes Haar gebürstet, bis es glänzte, und ihre hübscheste, blaue Seide angelegt. Seit mehr als einer Woche hatte sie sich auf diesen Tag gefreut. Es war eine große Ehre, mit der Königin zu fahren, und außerdem war Prinz Joffrey vielleicht da. Ihr Verlobter. Beim bloßen Gedanken daran spürte sie ein merkwürdiges Flattern in sich, obwohl es bis zur Hochzeit noch Jahre dauern würde. Sansa *kannte* Joffrey noch nicht wirklich, doch schon war sie in ihn verliebt. Er war alles, was sie sich von ihrem Prinzen erträumt hatte, groß und hübsch und stark, mit Haar wie Gold. Sie schätzte jede Gelegenheit, Zeit mit ihm zu verbringen, so selten diese auch sein mochten. Nur Arya bereitete ihr heute Sorgen. Arya hatte so eine Art, alles zu verderben. Man wusste nie, was sie tun würde. »Ich werde es sie wissen lassen«, sagte Sansa unsicher, »nur wird sie sich kleiden, wie sie es immer tut.« Sie hoffte, es würde nicht allzu peinlich werden. »Darf ich mich jetzt entschuldigen?«

»Du darfst.« Septa Mordane nahm sich noch etwas Brot und Honig, und Sansa rutschte von der Bank. Lady folgte ihr auf dem Fuße, als sie aus dem Schankraum des Wirtshauses lief.

Draußen stand sie einen Moment lang zwischen dem Geschrei, den Flüchen und dem Knarren hölzerner Räder, derweil andere Männer die großen und kleinen Zelte abbrachen und die Wagen für einen weiteren Tagesmarsch beluden. Das Wirtshaus war ein weitläufiger, dreistöckiger Bau aus hellem Stein, der größte, den Sansa je gesehen hatte, dennoch bot er nur Unterkunft für kaum ein Drittel des königlichen Gefolges, das auf über vierhundert Menschen angewachsen war, nachdem der Haushalt ihres Vaters und die freien Ritter hinzugekommen waren, die sich ihnen auf der Straße angeschlossen hatten.

Sie fand Arya am Ufer des Trident, wo sie versuchte, Nymeria ruhig zu halten, während sie getrockneten Schlamm aus ihrem Fell bürstete. Dem Schattenwolf gefiel dies ganz und gar nicht. Arya trug dieselben ledernen Reitkleider, die sie schon gestern und am Tag davor getragen hatte.

»Du solltest lieber etwas Hübsches anziehen«, riet ihr Sansa.

»Septa Mordane hat es gesagt. Wir reisen heute in der Karosse der Königin zusammen mit Prinzessin Myrcella.«

»Ich nicht«, sagte Arya, während sie versuchte, eine Klette aus Nymerias verfilztem Fell zu bürsten. »Mycah und ich reiten stromaufwärts und suchen an der Furt nach Rubinen.«

»Nach Rubinen?«, wollte Sansa verdutzt wissen. »Wieso nach Rubinen?«

Arya schenkte ihr einen Blick, als wäre sie zu dumm. »*Rhaegars* Rubine. Dort hat König Robert ihn erschlagen und die Krone erstritten.«

Sansa betrachtete ihre dürre, kleine Schwester voller Unglauben. »Du kannst nicht nach Rubinen suchen. Die Prinzessin erwartet uns. Die Königin hat uns beide eingeladen.«

»Das ist mir egal«, sagte Arya. »Die Karosse hat nicht einmal *Fenster*, da kann man nicht mal was sehen.«

»Was könnte man auch sehen wollen?«, hielt Sansa ärgerlich dagegen. Sie war von dieser Einladung begeistert gewesen, und ihre dämliche Schwester würde alles verderben, ganz wie sie befürchtet hatte. »Sind doch alles nur Felder und Höfe und Herbergen.«

»Sind es *nicht*«, beharrte Arya stur. »Wenn du irgendwann mal mit uns kommen würdest, könntest du es sehen.«

»*Ich hasse* reiten«, sagte Sansa voller Inbrunst. »Man wird nur schmutzig und staubig und wund.«

Arya zuckte mit den Achseln. »Halt still«, fuhr sie Nymeria an. »Ich tu dir nicht weh.« Zu Sansa sagte sie: »Als wir über den Neck gekommen sind, habe ich sechsunddreißig Blumen gezählt, die ich noch nie gesehen hatte, und Mycah hat mir eine Löwenechse gezeigt.«

Sansa erschauerte. Zwölf Tage hatte die Überquerung des Neck gedauert; einen verschlungenen Damm waren sie durch endlosen, schwarzen Morast gerumpelt, und sie hatte jeden Augenblick gehasst. Die Luft war feucht und klamm gewesen, der Weg so schmal, dass sie am Abend kein richtiges Lager errichten konnten und mitten auf der Kingsroad halten mussten. Dichtes Unterholz von halb ersoffenen Bäumen drängte sich um sie mit Ästen, von denen Schleier aus fahlem Schwamm tropften. Mächtige Blumen blühten im Morast und trieben auf Tümpeln mit stehendem Wasser, doch wenn man dumm genug war, den Damm zu verlassen, um sie zu pflücken, wartete dort Treibsand, der einen in die Tiefe zog. Schlangen beobachteten einen von den Bäumen, und Löwenechsen trieben halb sichtbar im Wasser, wie schwarze Baumstämme mit Augen und Zähnen.

Natürlich konnte nichts von alledem Arya bremsen. Eines Tages kam sie zurück, grinste ihr Pferdegrinsen, das Haar zerzaust und ihre Kleider voller Schlamm, und hielt einen struppigen Strauß mit roten und grünen Blumen für ihren Vater im Arm. Sansa hoffte immer noch, er würde Arya sagen, sie solle sich wie das Mädchen von edler Geburt benehmen, das sie war, doch nie tat er es, umarmte sie nur und dankte ihr für die Blumen. Das machte alles noch schlimmer.

Dann stellte sich heraus, dass die roten Blumen *Giftküsse* hießen und Arya einen Ausschlag an den Armen bekam. Sansa hatte geglaubt, es wäre ihr eine Lektion gewesen, doch Arya lachte darüber, und am nächsten Tag rieb sie sich die Arme voller Schlamm, als wäre sie ein schlichtes Mädchen aus den Sümpfen, nur weil ihr Freund Mycah ihr gesagt hatte, dass es den Juckreiz hemmte. Überall an den Armen und auch an den Schultern hatte sie blaue Flecken, rote Striemen und verblassende grün-gelbe Flecken, Sansa hatte sie gesehen, als sich ihre Schwester zum Schlafengehen ausgezogen hatte. Woher sie *die* hatte, wussten nur die sieben Götter.

Arya machte immer weiter, bürstete Nymerias Kletten aus dem Fell und plapperte von Dingen, die sie auf dem Weg nach Süden gesehen hatte. »Letzte Woche haben wir diesen unheimlichen Wachturm gefunden, und am Tag vorher haben wir eine Herde von wilden Pferden gesehen. Du hättest sehen sollen, wie sie gelaufen sind, als sie Nymeria gewittert haben.« Die Wölfin wand sich in ihrem Griff, und Arya schimpfte mit ihr. »Hör auf damit, ich muss die andere Seite machen, du bist ganz schmutzig.«

»Du sollst die Kolonne nicht verlassen«, erinnerte Sansa sie. »Vater hat es gesagt.«

Arya zuckte mit den Achseln. »Ich war nicht weit. Außerdem war Nymeria die ganze Zeit bei mir. Und ich reite auch nicht immer weg. Manchmal macht es Spaß, einfach nur neben den Wagen zu reiten und sich mit den Leuten zu unterhalten.«

Sansa wusste alles von den Leuten, mit denen sich Arya gern unterhielt: Schildknappen und Stallburschen und Dienstmädchen, alte Männer und nackte Kinder, raubeinige fahrende Ritter von unbekannter Geburt. Arya freundete sich mit *jedem* an. Dieser Mycah war der Schlimmste, ein Schlachterjunge, dreizehn und wild, schlief im Fleischwagen und roch nach der Schlachtbank. Sein bloßer Anblick genügte, damit Sansa übel wurde, doch schien Arya seine Gesellschaft der ihren vorzuziehen.

Langsam ging Sansa die Geduld aus. »Du musst mitkommen«, erklärte sie ihrer Schwester entschieden. »Du kannst dich der Königin nicht verweigern. Septa Mordane wird dich erwarten.«

Arya überhörte sie. Sie riss fest an ihrer Bürste. Nymeria knurrte und machte sich beleidigt los. »Komm *her* zu mir!«

»Es gibt Zitronenkekse und Tee«, fuhr Sansa fort, ganz erwachsen und vernünftig. Lady strich an ihrem Bein entlang. Sansa kratzte ihr die Ohren, wie sie es mochte, und Lady hockte neben ihr und sah sich an, wie Arya Nymeria jagte. »Wieso willst du ein stinkendes, altes Pferd reiten und wund werden und schwitzen, wenn du dich auf Federkissen zurücklehnen und mit der Königin Zitronenkekse essen könntest?«

»Ich mag die Königin nicht«, sagte Arya beiläufig. Sansa hielt die Luft an, entsetzt, dass Arya so etwas von sich geben konnte, doch ihre Schwester plapperte achtlos weiter. »Nicht mal Nymeria darf ich mitbringen.« Sie schob die Bürste unter ihren Gürtel und lief ihrem Wolf nach. Argwöhnisch betrachtete Nymeria, wie sie näher kam.

»Eine königliche Karosse ist kein Ort für einen *Wolf*«, räumte Sansa ein. »Und Prinzessin Myrcella fürchtet sich vor ihnen, das weißt du doch.«

»Myrcella ist ein kleines Kind.« Arya packte Nymeria am Nacken, doch im selben Augenblick, als sie die Bürste hervorzog, machte sich die Wölfin wieder los und jagte davon. Ärgerlich warf Arya die Bürste zu Boden. *»Böser Wolf!«*, rief sie.

Unwillkürlich musste Sansa leise lächeln. Der Hundeführer hatte ihr einmal erklärt, dass ein Tier meist nach seinem Herrn schlägt. Sie schloss Lady kurz in die Arme. Lady leckte ihre Wange. Sansa kicherte. Arya hörte das und fuhr funkelnd herum. »Es ist mir egal, was du sagst, ich gehe reiten.« Ihr langes Pferdegesicht bekam diesen sturen Ausdruck, der besagte, dass sie etwas Halsstarriges tun würde.

»Bei allen Göttern, Arya, manchmal benimmst du dich wie ein kleines *Kind«*, sagte Sansa. »Dann gehe ich eben allein. So ist es sowieso viel schöner. Lady und ich essen alle Zitronenkekse auf und amüsieren uns bestens ohne dich.«

Sie drehte sich um und wollte gehen, doch Arya rief ihr nach: »Du darfst Lady auch nicht mitbringen.« Sie war fort, bevor Sansa auch nur eine Antwort einfallen wollte, und jagte Nymeria am Fluss entlang.

Allein und gedemütigt machte sich Sansa auf den langen Weg zum Wirtshaus, da sie wusste, dass Septa Mordane dort auf sie warten würde. Lady tapste still an ihrer Seite. Sie war den Tränen nah. Sie wollte doch nur, dass alles nett und hübsch wäre, so wie es in den Liedern war. Warum nur konnte Arya nicht süß und zart und lieb wie die Prinzessin Myrcella sein? Eine solche Schwester hätte sie gern gehabt.

Sansa konnte nie verstehen, wie zwei Schwestern, die nur zwei Jahre auseinander waren, derart verschieden waren. Es wäre leichter gewesen, wenn Arya ein Bastard wäre, wie ihr Halbbruder Jon. Sie sah sogar aus wie Jon, mit ihrem langen Gesicht und dem braunen Haar der Starks und nichts von ihrer Hohen Mutter im Gesicht. Und Jons Mutter war eine Gemeine gewesen, das zumindest flüsterten die Leute. Einmal, als sie kleiner gewesen war, hatte Sansa ihre Mutter sogar gefragt, ob nicht vielleicht ein Irrtum vorliege. Vielleicht hätten die *Grumkins* ihre richtige Schwester gestohlen. Doch Mutter hatte nur gelacht und gesagt, nein, Arya sei ihre Tochter und Sansas richtige Schwester, von ihrem eigenen Blut. Sansa konnte sich nicht vorstellen, warum Mutter in dieser Sache lügen sollte, also ging sie davon aus, dass es wohl stimmen müsse.

Als sie sich der Mitte des Lagers näherte, war ihre Sorge bald vergessen. Eine Menschenmenge hatte sich um die Karosse der Königin versammelt. Sansa hörte aufgeregte Stimmen, die wie ein Bienenkorb summten. Die Türen standen offen, wie sie sah, und die Königin stand auf der obersten Stufe und lächelte zu jemandem hinab. Sie hörte sie sagen: »Der Kronrat erweist uns große Ehre, meine Hohen Herren.«

»Was ist passiert?«, fragte sie einen Knappen, den sie kannte.

»Der Kronrat schickt Reiter aus King's Landing, die uns den Rest des Weges eskortieren sollen«, erklärte er. »Eine Ehrengarde für den König.«

Das wollte sie gern sehen, und so ließ Sansa Lady einen Weg durch die Menge bahnen. Eilig wichen die Menschen dem Schattenwolf aus. Als sie näher kam, sah sie zwei Ritter, die vor der Königin knieten, in Rüstungen, die so fein und prächtig waren, dass sie geblendet war.

Der eine Ritter trug eine verzierte Rüstung aus weißen, glasierten Schuppen, die wie ein Feld von frischem Schnee strahlten, mit silbernen Spangen und Schnallen, die in der Sonne glitzerten. Als er seinen Helm abnahm, kam darunter ein alter Mann zum Vorschein, dessen Haar so weiß wie seine Rüstung war, der bei alledem dennoch stark und anmutig wirkte. Von seinen Schultern hing der schneeweiße Umhang der Königsgarde.

Sein Gefährte war ein Mann von etwa zwanzig Jahren, dessen Rüstung aus Stahl von dunklem Waldgrün war. Er war der hübscheste Mann, den Sansa je gesehen hatte, groß und kräftig gebaut, mit pechschwarzem Haar, das ihm auf die Schultern fiel und sein glatt rasiertes Gesicht einrahmte. Seine fröhlichen, grünen Augen hatten die Farbe seiner Rüstung. Unter einem Arm hielt er einen Geweihhelm, dessen Sprossen goldfarben leuchteten.

Anfangs fiel Sansa der dritte Fremde gar nicht auf. Er kniete nicht bei den anderen. Er stand an der Seite, neben ihren Pferden, ein ausgezehrter, grimmiger Mann, der alles schweigend beobachtete. Sein Gesicht war pockennarbig und bartlos, hatte tief liegende Augen und eingefallene Wangen. Obwohl er kein alter Mann war, besaß er nur noch wenige Büschel von Haaren, die über seinen Ohren sprossen, doch diese hatte er wie eine Frau lang wachsen lassen. Seine Rüstung war ein eisengraues Kettenhemd über Schichten von hartem Leder, schlicht und schmucklos, und sie kündete von Jahren des Gebrauchs. Über seiner rechten Schulter war der fleckige Ledergriff der Klinge zu sehen, die er auf den Rücken geschnallt hatte, ein doppelhändiges Großschwert, das zu lang war, um es an der Seite zu tragen.

»Der König ist zur Jagd, doch weiß ich, dass er sich freuen wird, Euch zu sehen, wenn er wiederkommt«, sagte die Königin zu den beiden Rittern, die vor ihr knieten, doch Sansa konnte ihren Blick nicht von dem dritten Mann lösen. Er schien zu spüren, dass ihr Blick auf ihm lastete. Langsam drehte er seinen Kopf herum. Lady knurrte. Ein Entsetzen, das so überwältigend wie nichts war, was Sansa Stark jemals im Leben empfunden hatte, erfüllte sie urplötzlich. Sie trat zurück und stieß mit jemandem zusammen.

Starke Hände packten sie bei den Schultern, und einen Moment lang glaubte Sansa, es sei ihr Vater, doch als sie sich umwandte, war es das verbrannte Gesicht Sandor Cleganes, das auf sie herabsah, der Mund zu schrecklichem Hohngrinsen verzogen. »Du zitterst, Mädchen«, schnarrte er. »Mache ich dir solche Angst?«

Das tat er und hatte es schon getan, seit sie zum ersten Mal die Ruine gesehen hatte, zu der sein Gesicht im Feuer geworden war, obwohl es ihr jetzt schien, als wäre er nicht halb so erschreckend wie der andere. Dennoch riss sich Sansa von ihm los, der Bluthund lachte, und Lady ging zwischen sie und knurrte warnend.

Sansa fiel auf die Knie, um ihre Arme um den Wolf zu legen. Alle versammelten sich um sie und gafften. Sie konnte die Blicke spüren, und hier und da ein Murmeln von Bemerkungen und leisem Kichern.

»Ein Wolf«, sagte ein Mann, und jemand anders: »Bei allen sieben Höllen, das ist ein Schattenwolf«, und der erste Mann wieder: »Was macht der hier im Lager?« Die schnarrende Stimme des Bluthundes erwiderte: »Die Starks verwenden sie als Ammen«, und Sansa merkte, dass die beiden fremden Ritter auf sie und Lady herabsahen, mit Schwertern in Händen, und abermals fürchtete sie sich, schämte sich. Tränen traten ihr in die Augen.

Sie hörte die Königin sagen: »Joffrey, geh zu ihr.«

Und ihr Prinz war da.

»Lasst sie in Ruhe«, befahl Joffrey. Er beugte sich über sie, wunderschön in blauer Wolle und schwarzem Leder, die goldenen Locken wie eine Krone leuchtend in der Sonne. Er reichte ihr die Hand, zog sie auf die Beine. »Was ist, edles Fräulein? Was fürchtet Ihr Euch? Niemand wird Euch etwas tun. Steckt Eure Schwerter weg, Ihr alle. Der Wolf ist ihr kleiner Liebling, mehr nicht.« Er sah Sandor Clegane an. »Und Ihr, Hund, fort mit Euch, Ihr macht meiner Versprochenen Angst.«

Der Bluthund, stets loyal, verbeugte sich und verschwand wortlos in der Menge. Sansa rang um ihre Fassung. Sie fühlte sich wie eine Närrin. Sie war eine Stark von Winterfell, eine Edle, und eines Tages würde sie die Königin sein. »Er war es nicht, mein süßer Prinz«, versuchte sie ihm zu erklären. »Es war der andere.«

Die beiden fremden Ritter tauschten Blicke. »Payne?«, lachte der junge Mann in grüner Rüstung.

Der ältere Mann in Weiß sprach mit freundlicher Stimme zu Sansa. »Oftmals erschrickt Ser Ilyn auch mich, edles Fräulein. Er hat etwas Furchterregendes an sich.«

»Das sollte er auch.« Die Königin war der Karosse entstiegen. Die Zuschauer teilten sich, um ihr einen Weg zu bahnen. »Wenn die Schurken den Richter des Königs nicht fürchten, hat man dem falschen Mann das Amt gegeben.«

Endlich fand Sansa die Sprache wieder. »Dann habt Ihr ganz sicher den richtigen Mann gewählt, Majestät«, sagte sie, und ein Sturm des Gelächters brandete um sie herum auf.

»Gut gesprochen, Kind«, erwiderte der alte Mann in Weiß. »Wie es sich für die Tochter von Eddard Stark geziemt. Ich fühle mich geehrt, Euch kennenzulernen, so unbotmäßig die Art und Weise unseres Kennenlernens auch sein mag. Ich bin Ser Barristan Selmy von der Königsgarde.« Er verneigte sich.

Sansa kannte den Namen, und nun fielen ihr die Umgangsformen wieder ein, die Septa Mordane sie im Laufe der Jahre gelehrt hatte. »Der Kommandant der Königsgarde«, sagte sie, »und Ratsmann Roberts, unseres Königs, und vor ihm Aerys Targaryens. Die Ehre ist ganz auf meiner Seite, guter Ritter. Selbst im hohen Norden preisen Sänger die Taten Barristans des Kühnen.«

Wieder lachte der grüne Ritter. »Ihr meint wohl Barristan den Krummen. Schmeichelt ihm nicht zu sehr, Kind. Er hält ohnehin schon zu viel auf sich.« Er lächelte sie an. »Nun, Wolfsmädchen, wenn Ihr auch mich beim Namen nennen könntet, müsste ich einräumen, dass Ihr wahrlich die Tochter unserer Rechten Hand seid.«

Joffrey an ihrer Seite wurde starr. »Wie könnt Ihr es wagen, meine Verlobte auf diese Weise anzusprechen.«

»Ich kann es beantworten«, sagte Sansa eilig, um den Zorn ihres Prinzen zu besänftigen. Sie lächelte den grünen Ritter an. »Euer Helm trägt ein goldenes Geweih, Mylord. Der Hirsch ist das Siegel des Königshauses. König Robert hat zwei Brüder. Da Ihr so sehr jung seid, könnt Ihr nur Renly Baratheon, der Lord von Storm's End und Ratsmann des Königs sein, und so will ich Euch benennen.«

Ser Barristan gluckste. »Da er so sehr jung ist, kann er nur ein stolzierender Naseweis sein, und so will ich ihn benennen.«

Allgemeines Gelächter machte sich breit, angeführt von Lord Renly selbst. Die Anspannung, die noch vor wenigen Augenblicken geherrscht hatte, war verflogen, und Sansa begann, sich wohlzufühlen … bis Ser Ilyn Payne zwei Männer beiseiteschob und vor ihr stand, todernst. Er sagte kein Wort. Lady fletschte die Zähne und fing an zu knurren, ein leises, drohendes Grollen, doch diesmal beruhigte Sansa den Wolf, indem sie ihre Hand sanft auf seinen Kopf legte. »Es tut mir leid, falls ich Euch gekränkt haben sollte, Ser Ilyn«, sagte sie.

Sie wartete auf Antwort, doch keine kam. Als der Henker sie ansah, schienen seine blassen, farblosen Augen erst die Kleider von ihrem Leib zu schälen, und dann die Haut, und ihre Seele lag nackt und bloß vor ihm. Noch immer schweigend drehte er sich um und ging.

Sansa verstand es nicht. Sie sah ihren Prinzen an. »Habe ich etwas Falsches gesagt, Majestät? Warum will er nicht mit mir sprechen?«

»Ser Ilyn ist in den vergangenen vierzehn Jahren nie sehr gesprächig gewesen«, bemerkte Lord Renly mit verschmitztem Lächeln.

Joffrey warf seinem Onkel einen zutiefst hasserfüllten Blick zu, dann nahm er Sansas Hände in die seinen. »Aerys Targaryen hat seine Zunge mit einer heißen Zange herausreißen lassen.«

»Allerdings spricht er ganz beredt mit seinem Schwert«, warf die Königin ein, »und seine Ergebenheit dem Reich gegenüber steht außer Frage.« Dann lächelte sie dankbar. »Sansa, die guten Ratsmänner müssen mit mir sprechen, bevor der König mit deinem Vater wiederkommt. Ich fürchte, wir müssen deinen Besuch bei Myrcella verschieben. Bitte überbringe deiner reizenden Schwester meine Entschuldigung. Joffrey, vielleicht wärest du so freundlich, unsere Gäste heute zu unterhalten.«

»Es wäre mir ein Vergnügen, Mutter«, sagte Joffrey sehr förmlich. Er nahm sie beim Arm und führte sie von der Karosse fort, und Sansas Lebensgeister vollführten einen Luftsprung. Ein ganzer Tag mit ihrem Prinzen! Anbetungsvoll sah sie Joffrey an. Er war so galant, dachte sie. Wie er sie vor Ser Ilyn und dem Bluthund gerettet hatte, nun, fast war es wie in den Liedern, wie damals, als Serwyn mit dem Spiegelschild die Prinzessin Daeryssa vor den Riesen gerettet hatte oder Prinz Aemon, der Drachenritter, die Ehre von Königin Naerys gegen die Verleumdungen Ser Morgils verteidigte.

Joffreys Hand auf ihrem Ärmel ließ ihr Herz gleich schneller schlagen. »Was würdet Ihr gern tun?«

Bei Euch sein, dachte Sansa, doch sagte sie: »Was immer Ihr gern tun würdet, mein Prinz.«

Joffrey überlegte einen Augenblick. »Wir könnten reiten gehen.«

»Oh, ich *liebe* das Reiten«, flötete Sansa.

Joffrey warf einen Blick auf Lady, die ihr auf den Fersen folgte. »Euer Wolf dürfte die Pferde erschrecken, und mein Hund scheint Euch zu erschrecken. Lasst uns beide zurücklassen und allein ausreiten, was meint Ihr?«

Sansa zögerte. »Wenn Ihr es wünscht«, sagte sie verunsichert. »Ich denke, ich könnte Lady anbinden.« Doch verstand sie nicht so recht. »Ich wusste nicht, dass Ihr einen Hund habt …«

Joffrey lachte. »In Wahrheit ist er der Hund meiner Mutter. Sie hat ihn auf mich angesetzt, damit er mich bewacht, und das tut er auch.«

»Ihr meint den Bluthund?«, fragte sie. Sie hätte sich ohrfeigen können, weil sie so langsam war. Ihr Prinz würde sie niemals lieben, wenn sie ihm dumm erschiene. »Ist es denn sicher, ihn zurückzulassen?«

Prinz Joffrey wirkte verärgert, dass sie auch nur fragte. »Habt keine Angst, Lady. Ich bin bald erwachsen, und ich kämpfe nicht mit Holz wie Eure Brüder. Ich brauche nur das hier.« Er zog sein Schwert und zeigte es ihr, ein Langschwert, das geschickt verkleinert war, damit es einem Jungen von zwölf Jahren passte, aus schimmernd blauem Stahl, mit zweischneidiger Klinge, Ledergriff und einem goldenen Löwenkopf als Knauf. Vor Bewunderung stieß Sansa einen kleinen Schrei aus, und Joffrey schien zufrieden. »Ich nenne es Lion's Tooth«, erklärte er.

Und so ließen sie ihren Schattenwolf und seine Leibwache zurück und streiften östlich am Nordufer des Trident entlang, ohne Begleitung, bis auf Lion's Tooth.

Es war ein herrlicher Tag, ein magischer Tag. Die Luft war warm und duftete nach Blumen, und die Wälder dort besaßen eine sanfte Schönheit, die Sansa im Norden nie gesehen hatte. Prinz Joffreys Pferd war ein fuchsroter Renner, schnell wie der Wind, und er ritt es mit verwegener Ausgelassenheit, so schnell, dass Sansa es nicht leicht hatte, auf ihrer Stute mitzuhalten. Es war ein Tag für Abenteuer. Sie erkundeten die Höhlen am Ufer, folgten einer Schattenkatze zu ihrem Bau, und als sie hungrig wurden, fand Joffrey eine Herberge durch deren Rauch am Himmel und befahl den Leuten, Speisen und Wein für ihren Prinzen und seine Lady aufzutischen. Sie speisten Forelle, frisch aus dem Fluss, und Sansa trank mehr Wein als je zuvor. »Mein Vater lässt uns nur einen Becher trinken, und auch nur bei Festen«, gestand sie ihrem Prinzen.

»Meine Verlobte kann so viel trinken, wie sie will«, beteuerte Joffrey und schenkte ihr nach.

Nachdem sie gegessen hatten, ritten sie langsamer. Joffrey sang für sie, mit hoher, reiner, lieblicher Stimme. Sansa war etwas benommen vom Wein. »Sollten wir nicht umkehren?«, fragte sie.

»Bald«, sagte Joffrey. »Das Schlachtfeld liegt gleich da vorn bei der Flussbiegung. Dort hat mein Vater Rhaegar Targaryen erschlagen, müsst Ihr wissen. Er hat ihm die Brust zerschmettert, *knirsch*, geradewegs durch die Rüstung.« Joffrey schwang einen imaginären Streithammer, um ihr zu zeigen, wie man es machte. »Dann hat mein Onkel Jaime den alten Aerys getötet, und mein Vater wurde König. Hört Ihr das? Was ist das?«

Auch Sansa hörte es, wie es durch die Wälder hallte, eine Art hölzernes Klappern, *klapp, klapp, klapp*. »Ich weiß nicht«, sagte sie. Doch machte es sie nervös. »Joffrey, lasst uns umkehren.«

»Ich will sehen, was es ist.« Joffrey wendete sein Pferd in Richtung der Geräusche, und Sansa blieb nur, ihm zu folgen. Das Klappern wurde lauter und deutlicher, ein Schlagen von Holz auf Holz; als sie näher kamen, hörten sie auch schweres Atmen, und hin und wieder ein Stöhnen.

»Da ist jemand«, sagte Sansa ängstlich. Sie merkte, wie sehr sie an Lady dachte, sich wünschte, dass sie da wäre.

»Bei mir seid Ihr in Sicherheit.« Joffrey zog Lion's Tooth aus dessen Scheide. Der Klang von Stahl auf Leder ließ sie zittern. »Hier entlang«, wies er den Weg und ritt zwischen ein paar Bäumen hindurch.

Dahinter, auf einer Lichtung am Fluss, stießen sie auf einen Jungen und ein Mädchen, die Ritter spielten. Ihre Schwerter waren Holzstöcke, Besenstiele, wie es aussah, und sie stürmten übers Gras, schlugen heftig aufeinander ein. Der Junge war um Jahre älter, einen Kopf größer und viel stärker, und er griff an. Das Mädchen, ein dürres Ding in schmutzigem Leder, wich aus und schaffte es, mit ihrem Stock die meisten Hiebe des Jungen abzuwehren, doch nicht alle. Als sie versuchte, sich auf ihn zu stürzen, fing er ihren Stecken mit dem seinen ab, warf ihn beiseite und schlug ihr fest auf die Finger. Sie schrie auf und verlor ihre Waffe.

Prinz Joffrey lachte. Der Junge sah sich um, mit großen Augen und erschrocken, dann ließ er seinen Stock ins Gras fallen. Wütend sah das Mädchen sie an, nuckelte an ihren Knöcheln, um den Schmerz zu lindern, und Sansa war entsetzt. »Arya?«, rief sie ungläubig aus.

»Geht weg«, rief Arya ihnen zu, mit Tränen der Wut in den Augen. »Was tut ihr hier? Lasst uns allein.«

Joffrey sah von Arya zu Sansa und zurück. »Eure Schwester?« Sie nickte, errötete. Joffrey betrachtete den Jungen, einen linkischen Burschen mit grobem, sommersprossigem Gesicht und dickem, rotem Haar. »Und wer bist du, Junge?«, fragte er in einem Befehlston, der keine Rücksicht auf den Umstand nahm, dass der andere ein Jahr älter als er war.

»Mycah«, murmelte der Junge. Er erkannte den Prinzen und senkte seinen Blick. »M'lord.«

»Er ist der Schlachterjunge«, merkte Sansa an.

»Ein Schlachterjunge, der ein Ritter sein will, habe ich recht?« Joffrey schwang sich von seinem Pferd, mit dem Schwert in der Hand. »Nimm dein Schwert auf, Schlachterjunge«, verlangte er, und seine Augen leuchteten vor Freude. »Lass uns sehen, wie gut du bist.«

Mycah stand da, vor Angst erstarrt.

Joffrey ging ihm entgegen. »Mach schon, nimm es auf. Oder kämpfst du nur mit kleinen Mädchen?«

»Sie hat mich darum gebeten, M'lord«, verteidigte sich Mycah. »Sie hat mich darum *gebeten.*«

Sansa musste nur einen Blick auf Arya werfen und die Schamesröte auf dem Gesicht ihrer Schwester sehen, um zu erkennen, dass der Junge die Wahrheit sprach, doch Joffrey war nicht in der Stimmung, zuzuhören. Der Wein hatte ihn wild gemacht. »Nimmst du dein Schwert auf?«

Mycah schüttelte den Kopf. »Es ist nur ein Stecken, M'lord. Es ist kein Schwert, es ist nur ein Stecken.«

»Und du bist nur ein Schlachterjunge und kein Ritter.« Joffrey hob Lion's Tooth an und setzte dessen Spitze auf Mycahs Wange, während der Schlachterjunge zitternd dastand. »Du hast auf die Schwester meiner Verlobten eingeschlagen, weißt du das?« Eine helle Knospe von Blut erblühte dort, wo sein Schwert in Mycahs Haut schnitt, und langsam lief ein roter Tropfen über die Wange des Jungen.

»Hört auf«, schrie Arya. Sie hob ihren Stock auf.

Sansa fürchtete sich. »Arya, misch dich nicht ein!«

»Ich werde ihm nicht weh tun … nicht sehr«, erklärte Joffrey Arya, ohne seinen Blick von dem Schlachterjungen abzuwenden.

Arya stürzte sich auf ihn.

Sansa glitt von ihrer Stute, doch war sie zu langsam. Arya holte mit beiden Händen aus. Es gab ein lautes Knacken, als das Holz den Prinzen am Hinterkopf traf, und dann geschah vor Sansas entsetzten Augen alles mit einem Mal. Joffrey taumelte und fuhr herum, brüllte fluchend. Mycah rannte zu den Bäumen, so schnell seine Beine ihn trugen. Wieder holte Arya gegen den Prinzen aus, doch diesmal fing Joffrey den Hieb mit Lion's Tooth ab und schlug ihr den zerbrochenen Stecken aus der Hand. Sein Hinterkopf war blutig, und seine Augen sprühten Feuer. Sansa kreischte: »Nein, nein, hört auf, hört auf, alle beide, ihr verderbt alles«, doch niemand hörte auf sie. Arya griff sich einen Stein vom Boden und schleuderte ihn Joffreys Kopf entgegen. Stattdessen traf sie sein Pferd, und der Fuchs bäumte sich auf und galoppierte Mycah hinterher. *»Hört auf, nicht, hört auf!«*, schrie Sansa. Joffrey schlug mit seinem Schwert nach Arya, schrie Obszönitäten, schreckliche Worte, schmutzige Worte. Arya wich zurück, voller Angst, doch Joffrey folgte ihr, scheuchte sie zum Wald hin, drängte sie an einen Baum. Sansa wusste nicht, was sie tun sollte. Hilflos sah sie zu, fast blind vor Tränen.

Und dann blitzte vor ihr graues Fell auf, und plötzlich war Nymeria da, machte einen Satz, und Kiefer schlossen sich um Joffreys Schwertarm. Die Klinge fiel aus des Prinzen Hand, als der Wolf ihn von den Beinen stieß, und sie rollten durchs Gras, der Wolf knurrend und beißend, der Prinz kreischend vor Schmerz. »Nimm ihn weg«, schrie er. »Nimm ihn *weg!*«

Aryas Stimme knallte wie eine Peitsche, scharf und schneidend. »*Nymeria!*«

Der Schattenwolf ließ von Joffrey ab und lief an Aryas Seite. Der Prinz lag im Gras, wimmernd, hielt seinen zerfleischten Arm. Sein Hemd war blutdurchtränkt. Arya sagte: »Sie hat dich nicht verletzt … nicht sehr.« Sie sammelte Lion's Tooth auf und beugte sich über ihn, hielt das Schwert mit beiden Händen.

Joffrey gab ein ängstliches Wimmern von sich, als er zu ihr aufsah. »Nein«, flehte er, »tu mir nichts. Ich sag es meiner Mutter.«

»*Lass ihn in Ruhe!*«, schrie Sansa ihre Schwester an.

Arya fuhr herum und schwang das Schwert durch die Luft, legte ihren ganzen Körper in den Wurf. Der blaue Stahl blitzte in der Sonne, als das Schwert über den Fluss flog. Es landete im Wasser und verschwand mit einem Klatschen. Joffrey stöhnte. Arya lief zu ihrem Pferd, Nymeria sprang ihr hinterher.

Als sie fort waren, ging Sansa zu Prinz Joffrey. Er hatte die Augen vor Schmerz geschlossen, sein Atem ging unregelmäßig. Sansa kniete neben ihm. »Joffrey«, schluchzte sie. »Oh, sieh nur, was sie getan haben, sieh nur, was sie getan haben. Mein armer Prinz. Hab keine Angst. Ich reite zur Herberge und hole dir Hilfe.« Zärtlich streckte sie eine Hand aus und strich sein weiches, blondes Haar zurück.

Er schlug die Augen auf und sah sie an, und in diesen lag nichts als Abscheu, nichts als tiefste Verachtung. »Dann *geh*«, spuckte er ihr ins Gesicht. »Und *fass mich nicht an*.«

EDDARD

»Man hat sie gefunden, Mylord.«

Eilig stand Ned auf. »Unsere Männer oder Lannisters?«

»Es war Jory«, gab sein Haushofmeister Vayon Poole zurück. »Ihr ist nichts geschehen.«

»Den Göttern sei Dank«, seufzte Ned. Seit vier Tagen hatten seine Leute nun nach Arya gesucht, doch auch die Männer der Königin hatten sie gejagt. »Wo ist sie? Sagt Jory, er soll sie auf der Stelle hierher bringen.«

»Es tut mir leid, Mylord«, erklärte Poole. »Die Wachen am Tor waren Lannisters Leute, und sie haben die Königin informiert, als Jory sie hereinbrachte. Man hat sie direkt vor den König geführt …«

»*Verdammt* sei diese Frau!«, fluchte Ned auf dem Weg zur Tür. »Sucht Sansa und bringt sie ins Audienzzimmer. Vielleicht ist ihre Aussage vonnöten.« Wutentbrannt schritt er die Stufen des Turmes hinab. Er selbst hatte drei Tage lang die Suche geleitet und kaum eine Stunde geschlafen, seit Arya verschwunden war. Heute Morgen war er so verzweifelt und müde gewesen, dass er kaum mehr stehen konnte, doch nun war sein Zorn geweckt, erfüllte ihn mit Kraft.

Männer riefen nach ihm, als er den Burghof überquerte, doch Ned achtete in seiner Eile nicht auf sie. Er wäre gerannt, doch war er die Rechte Hand des Königs, und als solche musste er seine Würde wahren. Der Blicke, die ihm folgten, war er sich bewusst, und auch des Gemurmels, das sich fragte, was er tun würde.

Die Burg war ein bescheidener Besitz, eine halbe Tagesreise

südlich des Trident. Das königliche Gefolge hatte sich zu ungeladenen Gästen seines Herrn, Ser Raymun Darry, gemacht, während man zu beiden Seiten des Flusses nach Arya und dem Schlachterjungen jagte. Sie waren kein willkommener Besuch. Ser Raymun fügte sich dem König, doch seine Familie hatte unter Rhaegars Drachenbanner am Trident gekämpft, und seine drei älteren Brüder waren dort gefallen, ein Umstand, den weder Robert noch Ser Raymun vergessen hatten. Nachdem sich nun die Mannen des Königs, die Männer Darrys, Lannisters und Starks allesamt in einer Burg drängten, die zu klein war, traten die Spannungen offen zutage.

Der König hatte sich Ser Raymuns Audienzzimmer angeeignet, und dort fand Ned sie. Der Raum war voller Menschen, als er hereinplatzte. Zu voll, dachte er. Allein hätten Robert und er die Angelegenheit auf friedliche Weise bereinigen können.

Robert saß zusammengesunken auf Darrys Stuhl am anderen Ende des Raumes, mit verschlossenem und mürrischem Gesicht. Cersei Lannister und ihr Sohn standen neben ihm. Die Königin hatte ihre Hand auf Joffreys Schulter gelegt. Dicke Seidenbandagen bedeckten noch immer den Arm des Jungen.

Arya stand mitten im Raum, ganz allein, von Jory Cassel abgesehen, und alle Blicke waren auf sie gerichtet. »Arya«, rief Ned laut aus. Er ging zu ihr, und seine Stiefel dröhnten laut auf dem steinernen Boden. Als sie ihn sah, stieß sie einen Schrei aus und begann zu schluchzen.

Ned sank auf ein Knie und schloss sie in die Arme. Sie zitterte. »Es tut mir leid«, schluchzte sie. »Es tut mir leid, es tut mir leid.«

»Ich weiß«, sagte er. Sie fühlte sich in seinen Armen so winzig an, nur ein mageres, kleines Mädchen. Es war nicht zu begreifen, wie sie so große Schwierigkeiten hatte verursachen können. »Bist du verletzt?«

»Nein.« Ihr Gesicht war schmutzig, und die Tränen ließen rosafarbene Spuren auf ihren Wangen zurück. »Etwas hungrig. Ich habe ein paar Beeren gegessen, aber etwas anderes gab es nicht.«

»Zu essen bekommst du noch früh genug«, versprach Ned. Er

stand auf und stellte sich dem König. »Was hat das bitte nun zu bedeuten?«

Sein Blick ging durch den Raum, auf der Suche nach wohlgesonnenen Mienen. Doch abgesehen von seinen eigenen Leuten waren es nur wenige. Ser Raymun Darry beherrschte seine Miene gut. Lord Renly zeigte ein leises Lächeln, das alles bedeuten mochte, und der alte Ser Barristan war ernst. Alle anderen waren Mannen der Lannisters und feindlich gesinnt. Ihr einziges Glück war, dass sowohl Jaime Lannister als auch Sandor Clegane fehlten, da sie die Suche nördlich des Trident leiteten. »Warum hat man mich nicht wissen lassen, dass meine Tochter gefunden wurde?«, wollte Ned wissen, und seine Stimme hallte noch eine Weile nach. »Warum wurde sie nicht umgehend hierher gebracht?«

Er sprach mit Robert, doch war es Cersei Lannister, die antwortete: »Wie könnt Ihr es *wagen*, so mit Eurem König zu sprechen?«

Daraufhin rührte sich der König. »Still, Weib«, fuhr er sie zornig an. Er richtete sich gerade auf seinem Stuhl auf. »Verzeih mir, Ned. Ich wollte das Mädchen nicht erschrecken. Es schien mir das Beste, sie herzubringen und die Angelegenheit schnell zu klären.«

»Und welche Angelegenheit ist das?« Ned sprach mit eisiger Stimme.

Die Königin trat vor. »Das wisst Ihr ganz genau, Stark. Dieses Mädchen hat meinen Sohn angegriffen. Sie und dieser Schlachterjunge. Dieses Vieh, das sie stets bei sich hat, wollte ihm den Arm ausreißen.«

»Das ist nicht wahr«, widersprach Arya lauthals. »Sie hat ihn nur etwas gebissen. Er wollte Mycah etwas antun.«

»Joff hat uns erzählt, was vorgefallen ist«, sagte die Königin. »Du und dieser Schlachterjunge, ihr habt mit Knüppeln auf ihn eingeprügelt, und dann hast du den Wolf auf ihn gehetzt.«

»So war es nicht«, sagte Arya und war wieder den Tränen nah. Ned legte eine Hand auf ihre Schulter.

»So war es doch!«, beharrte Prinz Joffrey. »Sie haben mich alle angegriffen, und sie hat Lion's Tooth in den Fluss geworfen!« Ned fiel auf, dass er Arya nicht einmal ansah, während er sprach.

»Lügner!«, schrie Arya.

»Halt den Mund!«, schrie der Prinz zurück.

»*Genug!*«, donnerte der König, kam von seinem Sitz hoch, und seine Stimme grollte vor Zorn. Finster sah er Arya durch seinen dicken Bart an. »Nun, Kind, wirst du mir erzählen, was vorgefallen ist. Sag alles, und sag die Wahrheit. Es ist ein schweres Verbrechen, einen König zu belügen.« Dann sah er zu seinem Sohn hinüber. »Wenn sie fertig ist, bist du an der Reihe. Bis dahin hüte deine Zunge.«

Als Arya ihre Geschichte begann, hörte Ned, wie sich die Tür hinter ihm öffnete. Er drehte sich um und sah, dass Vayon Poole mit Sansa eintrat. Schweigend standen sie im hinteren Teil des Saales, während Arya sprach. Bei der Stelle, als sie Joffreys Schwert mitten in den Trident geworfen hatte, fing Renly Baratheon an zu lachen. Der König schäumte. »Ser Barristan, führt meinen Bruder aus dem Saal, bevor er mir erstickt.«

Lord Renly schluckte sein Lachen herunter. »Mein Bruder ist zu freundlich. Ich finde die Tür auch allein.« Er verneigte sich vor Joffrey. »Vielleicht erzählt Ihr mir später, wie ein neunjähriges Mädchen es geschafft hat, Euch mit einem Besenstiel zu entwaffnen und Euer Schwert in den Fluss zu werfen.« Als die Tür hinter ihm schon ins Schloss fiel, hörte Ned, wie er noch sagte: »Lion's Tooth« und wieder schallend lachte.

Prinz Joffrey war aschfahl, als er seine ganz eigene Version der Ereignisse begann. Nachdem sein Sohn zu Ende gesprochen hatte, erhob sich der König schwerfällig von seinem Platz und sah aus wie ein Mann, der überall sein wollte, nur nicht hier. »Was bei allen sieben Höllen soll ich davon halten? Er sagt das eine, sie sagt das andere.«

»Sie waren nicht allein dort«, sagte Ned. »Sansa, komm her.« Ned hatte ihre Version der Geschichte an dem Abend gehört, als Arya weggelaufen war. »Erzähl uns, was passiert ist.«

Zögerlich trat seine älteste Tochter vor. Sie trug blauen Samt, mit Weiß verziert, und eine Silberkette um den Hals. Ihr volles kastanienbraunes Haar war gebürstet worden, bis es glänzte. Sie blinzelte ihre Schwester an, dann den jungen Prinzen. »Ich weiß es nicht«, sagte sie unter Tränen und sah dabei aus, als wollte sie davonlaufen. »Ich erinnere mich nicht. Alles ging so schnell. Ich habe nicht gesehen …«

»Du Hundsgemeine!«, kreischte Arya. Wie ein Pfeil stürzte sie sich auf ihre Schwester, schlug Sansa zu Boden, trommelte mit den Fäusten auf sie ein. »Lügnerin, Lügnerin, Lügnerin, Lügnerin.«

»Arya, *hör auf!*«, rief Ned. Jory zog das um sich tretende Mädchen von seiner Schwester fort. Sansa war blass und zitterte, als Ned sie wieder auf die Beine hob. »Ist dir was passiert?«, fragte er, doch sie starrte nur Arya an und schien ihn nicht zu hören.

»Das Mädchen ist so wild wie ihr verfilztes Untier«, bemerkte Cersei Lannister. »Robert, ich will, dass sie bestraft wird.«

»Bei allen sieben Höllen«, fluchte Robert. »Cersei, sieh sie dir an. Sie ist ein Kind. Was soll ich mit ihr machen, sie auf der Straße peitschen lassen? Verdammt noch mal, Kinder streiten sich. Es ist vorbei. Bleibender Schaden ist nicht entstanden.«

Die Königin war außer sich. »Joff wird diese Narben für den Rest seines Lebens tragen.«

Robert Baratheon sah seinen ältesten Sohn an. »Das wird er wohl. Vielleicht sind sie ihm eine Lehre. Ned, trag du dafür Sorge, dass deine Tochter bestraft wird. Ich werde dasselbe mit meinem Sohn tun.«

»Mit Freuden, Majestät«, sagte Ned mit unendlicher Erleichterung.

Schon wollte Robert gehen, doch war die Königin noch nicht am Ende. »Und was ist mit dem Schattenwolf?«, rief sie ihm nach. »Was ist mit dem Biest, das deinen Sohn angefallen hat?«

Der König blieb stehen, drehte sich um, legte seine Stirn in Falten. »Den vermaledeiten Wolf hatte ich ganz vergessen.«

Ned konnte sehen, wie sich Arya in Jorys Armen spannte. Eilig meldete sich Jory zu Wort. »Wir haben keine Spur vom Schattenwolf gefunden, Majestät.«

Robert sah nicht eben unglücklich aus. »Nein? Dann eben nicht.«

Die Königin sprach mit lauter Stimme. »Einhundert Golddrachen für den Mann, der mir sein Fell bringt!«

»Ein teurer Pelz«, knurrte Robert. »Damit will ich nichts zu tun haben, Weib. Deine Pelze kannst du gern mit dem Gold der Lannisters bezahlen.«

Kühlen Blickes betrachtete ihn die Königin. »Für so schäbig hätte ich dich nicht gehalten. Der König, den ich zu heiraten geglaubt hatte, hätte mir noch vor Sonnenuntergang einen Wolfspelz auf mein Bett gelegt.«

Roberts Miene verfinsterte sich vor Zorn. »Ohne den Wolf wäre das keine schlechte Sache.«

»Wir haben einen Wolf«, sagte Cersei Lannister. Ihre Stimme war ganz leise, doch ihre grünen Augen leuchteten triumphierend.

Sie alle brauchten einen Augenblick, um ihre Worte zu verstehen, doch als sie es taten, zuckte der König gereizt mit den Schultern. »Wie Ihr wollt. Lasst Ser Ilyn sich darum kümmern.«

»Robert, das kann nicht dein Ernst sein«, protestierte Ned.

Der König war nicht in der Stimmung für weitere Debatten. »Genug, Ned. Ich will nichts mehr davon hören. Ein Schattenwolf ist ein wildes Tier. Früher oder später würde er dein kleines Mädchen genauso angehen, wie es meinem Sohn geschehen ist. Gib ihr einen Hund, das ist besser für sie.«

Das war der Moment, in dem Sansa endlich zu begreifen schien. Ihre Augen waren angsterfüllt, als sie zu ihrem Vater kam. »Er meint doch nicht Lady, oder?« Sie sah die Wahrheit in seinem Gesicht. »Nein«, sagte sie. »Nicht meine Lady. Lady hat niemanden gebissen, sie ist gut …«

»Lady war nicht dabei«, rief Arya wütend. »Lasst sie in Ruhe!«

»Halte sie auf«, flehte Sansa, »lass nicht zu, dass sie es tun, bitte, bitte, es war nicht Lady, es war Nymeria, Arya hat es getan, das dürft ihr nicht, es war nicht Lady, sie dürfen Lady nichts tun, ich passe auf, dass sie brav ist, ich verspreche, ich verspreche …« Sie fing an zu weinen.

Ned konnte sie nur noch in die Arme schließen und festhalten, während sie weinte. Er sah durch den Raum zu Robert hinüber. Sein alter Freund, vertrauter als ein Bruder. »Bitte, Robert. Bei aller Liebe, die du für mich empfindest. Bei aller Liebe, die du für meine Schwester empfunden hast. Bitte.«

Der König sah ihn lange an, dann wandte er sich seiner Frau zu. »Verflucht sollst du sein, Cersei«, sagte er voller Verachtung.

Ned stand auf, löste sich sanft aus Sansas Umarmung. Alle Müdigkeit der vergangenen vier Tage hatte sich nun über ihn gelegt. »Dann tu es selbst, Robert«, rief er mit einer Stimme, die kalt und scharf wie Stahl war. »Hab wenigstens den Mut, es selbst zu tun.«

Robert sah Ned mit leeren, toten Augen an und ging ohne ein Wort, mit Schritten schwer wie Blei, hinaus. Stille erfüllte den Saal.

»Wo ist der Schattenwolf?«, fragte Cersei Lannister, als ihr Mann gegangen war. An ihrer Seite lächelte Prinz Joffrey.

»Das Tier ist draußen vor dem Wachhaus angekettet, Majestät«, antwortete Ser Barristan Selmy zögerlich.

»Schickt nach Ilyn Payne.«

»Nein«, widersprach Ned. »Jory, geleitet die Mädchen auf ihre Zimmer und bringt mir Ice.« Die Worte schmeckten bitter in seiner Kehle, doch er zwang sie hervor. »Wenn es sein muss, werde ich es selbst tun.«

Misstrauisch musterte ihn Cersei Lannister. »Ihr, Stark? Ist das ein Trick? Warum solltet Ihr so etwas tun?«

Alle starrten ihn an, doch war es Sansas Blick, der schmerzte. »Sie ist aus dem Norden. Sie hat Besseres verdient.«

Als er hinausging, brannten ihm die Augen, das Klagen seiner Tochter hallte noch in seinen Ohren, und er fand die kleine Schattenwölfin, wo man sie angekettet hatte. Ned setzte sich einen Moment lang neben sie. »Lady«, sagte er und kostete den Namen. Nie hatte er den Namen, die die Kinder sich ausgesucht hatten, große Aufmerksamkeit gewidmet, doch wenn er sie so ansah, wusste er, dass Sansa eine gute Wahl getroffen hatte. Sie war die kleinste aus dem Wurf, die hübscheste, die sanfteste und gutgläubigste. Mit strahlend goldenen Augen sah sie ihn an, und er kraulte ihr dickes, graues Fell.

Kurz darauf kam Jory mit Ice.

Als es geschehen war, sagte er: »Wählt vier Mann aus, und lasst ihren Kadaver nach Norden bringen. Begrabt sie auf Winterfell.«

»Den ganzen Weg?«, sagte Jory erstaunt.

»Den ganzen Weg«, bekräftigte Ned. »*Dieses* Fell wird die Lannister nicht bekommen.«

Eben kehrte er zum Turm zurück, um endlich etwas Schlaf zu finden, als Sandor Clegane und seine Reiter durch das Burgtor stampften, zurück von ihrer Jagd.

Etwas lag auf dem Rücken des Streitrosses, ein schwerer Leib, in einen blutigen Umhang gewickelt. »Keine Spur von Eurer Tochter, Hand«, schnarrte der Bluthund, »aber der Tag war nicht völlig vergebens. Wir haben ihren kleinen Liebling.« Er griff hinter sich und stieß das Bündel herunter, dass es mit dumpfem Schlag direkt vor Ned liegen blieb.

Ned beugte sich vor, zog den Umhang zurück, fürchtete die Worte, die er für Arya würde finden müssen, doch lag dort nicht Nymeria. Es war Mycah, der Schlachterjunge, und seine Leiche war von trockenem Blut verkrustet. Er war fast in zwei Hälften zerteilt, von der Schulter bis zur Hüfte, durch einen schweren Hieb von oben.

»Ihr habt ihn gehetzt«, sagte Ned.

Die Augen des Bluthunds schienen durch den Stahl dieses schrecklichen, hundsköpfigen Helmes zu glitzern. »Er ist gerannt.« Er sah in Neds Gesicht und lachte. »Wenn auch nicht sehr schnell.«

BRAN

Es schien, als sei er jahrelang gefallen.

Flieg, flüsterte eine Stimme in der Dunkelheit, doch Bran wusste nicht, wie man flog, und daher konnte er nur fallen. Maester Luwin formte einen kleinen Jungen aus Lehm, buk ihn, bis er hart und zerbrechlich war, zog ihm Brans Kleider an und warf ihn vom Dach. Bran wusste noch, wie er zersprungen war. »Aber ich falle nicht«, sagte er, während er fiel.

Die Erde war so weit unter ihm, dass er sie durch den grauen Dunst, der ihn umschwirrte, kaum ausmachen konnte, doch spürte er, wie schnell er flog, und er wusste, was ihn dort unten erwartete. Selbst im Traum kann man nicht ewig fallen. Er würde in dem Moment aufwachen, bevor er am Boden aufschlug, das wusste er. Immer schreckte man in dem Moment hoch, kurz bevor man aufschlug.

Und wenn nicht? fragte die Stimme.

Die Erde war nun näher, doch noch immer in weiter, weiter Ferne, tausend Meilen weit, doch näher, als sie gewesen war. Es war kalt hier in der Finsternis. Es gab keine Sonne, keine Sterne, nur die Erde, die ihm entgegenkam, und den grauen Dunst und die flüsternden Stimmen. Er wollte weinen.

Flenne nicht. Flieg.

»Ich kann nicht fliegen«, greinte Bran. »Ich kann nicht, ich kann nicht …«

Woher weißt du das? Hast du es jemals versucht?

Die Stimme klang hoch und dünn. Bran drehte sich um, weil er sehen wollte, woher sie kam. Eine Krähe segelte in Kreisen mit ihm hinab, gerade außer Reichweite, folgte ihm auf seinem Sturz. »Hilf mir«, bat er.

Ich versuche es, erwiderte die Krähe rau. *Sag, hast du ein wenig feines Futter dabei?*

Bran griff in seine Tasche, während sich die Finsternis schwindelerregend um ihn drehte. Als er seine Hand hervornahm, glitten goldene Haferkörner durch seine Finger in die Luft. Sie fielen mit ihm in die Tiefe.

Die Krähe landete auf seiner Hand und fraß.

»Bist du wirklich eine Krähe?«, fragte Bran.

Fällst du wirklich? fragte die Krähe zurück.

»Es ist nur ein Traum«, stellte Bran fest.

Tatsächlich? fragte die Krähe.

»Ich werde wach werden, bevor ich unten aufschlage«, erklärte Bran dem Vogel.

Du wirst tot sein, wenn du unten aufschlägst, entgegnete die Krähe. Sie machte sich wieder an ihr Futter.

Bran sah hinab. Jetzt konnte er die Berge sehen, die weißen Gipfel schneebedeckt, und die silbernen Fäden von Flüssen in dunklen Wäldern. Er schloss die Augen und weinte.

Das wird dir nichts nützen, krächzte die Krähe. *Ich habe es dir gesagt, die Antwort lautet fliegen, nicht flennen. Kann es denn so schwierig sein. Ich mache es doch auch.* Die Krähe hob ab.

»Du hast Flügel«, erinnerte Bran sie.

Du vielleicht auch.

Bran betastete seine Schultern, suchte nach Flügeln.

Es gibt noch eine andere Art von Flügeln, sagte die Krähe.

Bran starrte seine Arme an, seine Beine. Er war so dünn, nur Haut, die sich stramm über die Knochen spannte. War er schon immer so dünn gewesen? Er versuchte, sich zu erinnern. Ein Gesicht tauchte aus dem grauen Nebel vor ihm auf, schimmerte von Licht, golden. »Was man nicht alles für die Liebe tut«, sagte es.

Bran schrie.

Die Krähe erhob sich krächzend in die Luft. *Nicht das*, kreischte sie ihn an. *Vergiss es, das brauchst du jetzt nicht, schaff es beiseite, schaff es aus dem Weg.* Sie landete auf Brans Schulter und hackte auf ihn ein, und das goldene Gesicht war fort.

Bran fiel schneller als zuvor. Die grauen Nebel heulten um

ihn, während er der Erde unter sich entgegenstürzte. »Was tust du mir an?«, fragte er die Krähe unter Tränen.

Ich lehre dich das Fliegen.

»Ich kann nicht fliegen!«

Du fliegst gerade.

»Ich *falle*!«

Jeder Flug beginnt mit einem Fall, erklärte die Krähe. *Sieh hinab.*

»Ich fürchte mich…«

SIEH HINAB!

Bran sah hinab und spürte, wie sich ihm der Magen umdrehte. Der Boden raste ihm entgegen. Die ganze Welt lag unter ihm ausgebreitet, ein Teppich von Weiß und Braun und Grün. Er konnte alles so deutlich sehen, dass er einen Augenblick seine Angst vergaß. Das ganze Reich konnte er sehen, und jeden darin.

Er sah Winterfell, wie die Adler es sehen, die hohen Türme, die von oben dick und geduckt aussahen, die Burgmauern nur Striche im Schmutz. Er sah Maester Luwin auf seinem Balkon, wie er den Himmel durch ein poliertes Bronzerohr studierte und seine Stirn runzelte, wenn er Notizen in ein Buch eintrug. Er sah seinen Bruder Robb, größer und stärker, als er ihn in Erinnerung hatte, wie er sich auf dem Hof im Schwertkampf übte, mit echtem Stahl in der Hand. Er sah Hodor, den tumben Riesen aus den Ställen, wie er einen Amboss in Mikkens Schmiede trug, indem er ihn sich ohne Mühen auf die Schulter schwang, wie andere einen Heuballen. Im Herzen des Götterhains brütete der große, weiße Wehrbaum über seinem Spiegelbild im schwarzen Teich, und seine Blätter raschelten im kühlen Wind. Als dieser merkte, dass Bran ihn ansah, hob er seinen Blick vom stillen Wasser und starrte ihn wissend an.

Er blickte gen Osten und sah eine Galeere, die durch die Fluten des Bite fegte. Er sah seine Mutter allein in einer Kabine sitzen, wie sie ein blutiges Messer auf dem Tisch vor sich betrachtete, während die Ruderer an ihren Riemen rissen und Ser Rodrik über der Reling hing, zitternd und würgend. Vor ihnen braute sich ein Sturm zusammen, ein mächtiges, düsteres

Brüllen, von peitschenden Blitzen durchzogen, doch irgendwie konnten sie es nicht sehen.

Er blickte gen Süden und sah den mächtigen, blaugrünen Strom des Trident. Er sah, wie sein Vater den König anflehte, die Trauer in sein Gesicht gemeißelt. Er sah, wie sich Sansa des Nachts in den Schlaf weinte, und er sah, wie Arya sie schweigend betrachtete und ihre Geheimnisse hart in ihrem Herzen behielt. Sie waren von Schatten umgeben. Ein Schatten war dunkel wie Asche, mit dem schrecklichen Gesicht eines Bluthunds. Ein anderer war gepanzert wie die Sonne, golden und wunderschön. Über beiden ragte ein Riese mit steinerner Rüstung auf, doch als er sein Visier öffnete, waren darin nichts als Finsternis und dickes, schwarzes Blut.

Er blickte auf und sah deutlich über die Meerenge hinweg zu den Freien Städten, der grünen dothrakischen See und darüber hinaus nach Vaes Dothrak unter dessen Berg, zu den sagenhaften Inseln der Jadesee, nach Asshai, wo jenseits der Morgenröte die Drachen erwachten.

Schließlich blickte er gen Norden. Er sah die Mauer wie blauen Kristall leuchten und seinen Halbbruder Jon allein in einem kalten Bett schlafen, und dessen Haut wurde fahl und hart, während ihm alle Erinnerung an Wärme entfloh. Und er blickte über die Mauer, über endlose, schneeverhüllte Wälder, jenseits des erstarrten Ufers und der großen blauweißen Flüsse aus Eis und der toten Steppen, auf denen nichts wuchs oder lebte. Gen Norden und Norden und Norden blickte er zum Vorhang aus Licht am Ende der Welt, und dann hinter diesen Vorhang. Tief ins Herz des Winters blickte er, und dann schrie er laut, aus Angst, und die Hitze seiner Tränen brannte auf seinen Wangen.

Jetzt weißt du es, flüsterte die Krähe, als sie auf seiner Schulter saß. *Jetzt weißt du, warum du leben musst.*

»Warum?«, fragte Bran, der nicht verstand, nur fiel und fiel.

Weil der Winter naht.

Bran sah die Krähe auf seiner Schulter an, und die Krähe erwiderte den Blick. Sie hatte drei Augen, und das dritte Auge war voll grausamer Erkenntnis. Bran schaute hinab. Unter ihm war nichts als Schnee und Kälte und Tod, eine erfrorene Einöde, in der gezackte, blauweiße Zapfen aus Eis darauf warteten, ihn zu empfangen. Wie Speere flogen sie ihm entgegen. Er sah die Knochen tausend anderer Träumer darauf aufgespießt. Er hatte entsetzliche Angst.

»Kann ein Mensch tapfer sein, auch wenn er sich fürchtet?«, hörte er seine eigene Stimme fragen, leise und in weiter Ferne.

Und die Stimme seines Vaters antwortete ihm. »Das ist der einzige Moment, in dem er tapfer sein kann.«

Jetzt, Bran, drängte die Krähe. *Du hast die Wahl. Flieg oder stirb.*

Kreischend griff der Tod nach ihm.

Bran breitete die Arme aus und flog.

Unsichtbare Flügel sogen den Wind in sich auf, füllten sich und zogen ihn aufwärts. Die schrecklichen Eisnadeln unter ihm rückten in die Ferne. Über ihm tat sich der Himmel auf. Bran schwang sich empor. Es war besser als Klettern. Es war besser als alles. Die Welt unter ihm wurde klein.

»Ich fliege!«, rief er freudig aus.

Ist mir schon aufgefallen, sagte die dreiäugige Krähe. Sie erhob sich in die Lüfte, flatterte vor seinem Gesicht, bremste ihn, blendete ihn. Er taumelte, als ihre Schwingen ihm an die Wangen schlugen. Ihr Schnabel hackte wütend auf ihn ein, und Bran spürte plötzlich einen blendenden Schmerz mitten auf der Stirn, zwischen den Augen.

»Was tust du?«, schrie er.

Die Krähe klappte ihren Schnabel auf und krächzte ihn an, ein schrilles, schmerzerfülltes Kreischen, und ein Schauer durchfuhr die grauen Nebel, die ihn umwirbelten und rissen wie ein Schleier, und er sah, dass die Krähe eigentlich eine Frau war, eine Dienerin mit langem, schwarzem Haar, und er kannte sie von irgendwo, aus Winterfell, ja, das war es, jetzt erkannte er sie, und dann wurde ihm klar, dass er in Winterfell war, in einem Bett, hoch oben in einem kühlen Turmzimmer, und die schwarzhaarige Frau ließ einen Wassertrog zu Boden fallen, wo er zersprang, und rannte die Treppe hinunter und schrie: »Er ist wach, er ist wach, er ist wach.«

Bran berührte seine Stirn zwischen den Augen. Die Stelle, auf welche die Krähe eingehackt hatte, brannte noch immer, doch war dort nichts, kein Blut, keine Wunde. Er fühlte sich schwach und benebelt. Er versuchte aufzustehen, doch nichts geschah.

Und dann gab es Bewegung neben seinem Bett, und etwas landete sanft auf seinen Beinen. Er spürte nichts. Gelbe Augen blickten in die seinen, strahlend wie die Sonne. Das Fenster stand offen, und es war kalt im Zimmer, doch die Wärme, die der Wolf ausstrahlte, umfing ihn wie ein heißes Bad. Sein Welpe, Bran erkannte ihn … oder doch nicht? Er war so *groß* geworden. Er streckte die Hand aus, um ihn zu streicheln, und sie zitterte wie Espenlaub.

Als sein Bruder Robb ins Zimmer platzte, atemlos von seinem Sturm die Stufen des Turmes hinauf, leckte der Schattenwolf Bran gerade das Gesicht ab. Ruhig sah Bran auf: »Er heißt Summer«, sagte er.

CATELYN

»In etwa einer Stunde legen wir in King's Landing an.« Catelyn wandte sich von der Reling ab und zwang ein Lächeln hervor. »Eure Ruderer haben uns gut gedient, Kapitän. Jeder von ihnen soll einen Silberhirschen bekommen, als Ausdruck meiner Dankbarkeit.«

Kapitän Moreo Tumitis deutete eine Verbeugung an. »Ihr seid zu großzügig, Lady Stark. Die Ehre, eine große Dame wie Euch zu befördern, ist aller Lohn, den sie nur brauchen.«

»Aber nehmen würden sie das Silber dennoch.«

Moreo lächelte. »Ganz wie es Euch beliebt.« Er sprach die Gemeine Zunge fließend, mit dem kaum erkennbaren Akzent eines Tyroshi. Seit dreißig Jahren durchpflügte er nun die Meerenge, so viel hatte er ihr erzählt, als Ruderer, als Steuermann und schließlich als Kapitän seiner eigenen Handelsgaleeren. Die *Storm Dancer* war sein viertes Schiff, und sein schnellstes dazu, eine zweimastige Galeere mit sechzig Ruderern.

Es war das schnellste Schiff in White Harbor gewesen, als Catelyn und Ser Rodrik Cassel nach ihrem stürmischen Galopp flussabwärts dort eintrafen. Die Tyroshi waren für ihre Habsucht berühmt, und Ser Rodrik hatte dafür plädiert, auf den Three Sisters von Fischern eine Schaluppe zu mieten, doch Catelyn hatte auf einer Galeere bestanden. Und daran hatte sie gut getan. Die Winde waren fast während der gesamten Reise gegen sie gewesen, und ohne die Ruderer wären sie noch nicht an den Fingers vorbei, während sie jetzt schon King's Landing und dem Ende ihrer Reise entgegensahen.

So nah, dachte sie. Unter dem Verband aus Leinen pochte es noch immer an den Stellen, wo der Dolch ihr ins Fleisch geschnitten hatte. Der Schmerz war ihre Geißel, so empfand es

Catelyn, damit sie nicht vergaß. Sie konnte die letzten beiden Finger ihrer linken Hand nicht mehr bewegen, und mit den anderen wäre sie nie mehr so geschickt wie früher. Dennoch war es nur ein geringer Preis, den sie für Brans Leben bezahlt hatte.

Diesen Augenblick wählte Ser Rodrik, um sich an Deck zu zeigen. »Mein guter Freund«, sagte Moreo durch seinen grünen Gabelbart. Die Tyroshi liebten grelle Farben, selbst in ihrer Gesichtsbehaarung. »Es tut gut zu sehen, dass es Euch besser geht.«

»Ja«, bestätigte Ser Rodrik. »Seit zwei Tagen wollte ich nun schon nicht mehr sterben.« Er verneigte sich vor Catelyn. »Mylady.«

Er sah wirklich besser aus. Einen Hauch dünner als bei ihrer Abreise von White Harbor, doch fast wieder er selbst. Die starken Winde im Bite und die raue See der Meerenge hatten ihm nicht gut getan, und beinah war er über Bord gegangen, als der Sturm sie unerwarteterweise vor Dragonstone packte, doch irgendwie hatte er sich an ein Tau geklammert, bis drei von Moreos Männern ihn retten und sicher unter Deck geleiten konnten.

»Der Kapitän teilt mir eben mit, dass unsere Reise bald zu Ende geht«, sagte sie.

Ser Rodrik brachte ein schiefes Lächeln zustande. »Schon?« Merkwürdig sah er ohne seinen großen, weißen Backenbart aus, kleiner irgendwie, weniger grimmig und zehn Jahre älter. Doch am Bite schien es vernünftig, sich dem Rasiermesser eines Seemannes zu fügen, nachdem sein Backenbart zum dritten Mal hoffnungslos besudelt worden war, als er über der Reling gehangen und in die wirbelnden Winde gereihert hatte.

»Ich überlasse Euch Euren Angelegenheiten«, sagte Kapitän Moreo. Er verneigte und empfahl sich.

Wie eine Libelle flog die Galeere übers Wasser, und ihre Ruder tauchten im perfekten Gleichklang ein und wieder auf. Ser Rodrik hielt sich an der Reling fest und sah zum vorüberziehenden Ufer hin. »Ich war nicht eben der heldenhafteste aller Beschützer.«

Catelyn legte ihm die Hand auf den Arm. »Wir sind da, Ser Rodrik, und zwar unbeschadet. Nur das allein zählt wirklich.«

Ihre Hand suchte etwas unter ihrem Umhang, mit steifen, unsteten Fingern. Der Dolch war noch an ihrer Seite. Hin and wieder musste sie ihn berühren, um sich zu beruhigen. »Nun müssen wir den Waffenmeister des Königs erreichen und beten, dass ihm zu trauen ist.«

»Ser Aron Santagar ist ein eitler Mann, doch auch ein ehrlicher.« Ser Rodrik hob eine Hand an sein Gesicht, um über den Backenbart zu streichen, und stellte einmal mehr fest, dass dieser nicht mehr vorhanden war. Er wirkte ratlos. »Er könnte den Dolch kennen, ja ... nur, Mylady, sobald wir an Land gehen, befinden wir uns in Gefahr. Und es gibt bei Hofe auch solche, die Euch vom Sehen her kennen.«

Catelyn kniff den Mund zusammen. »Littlefinger«, murmelte sie. Sie sah sein Gesicht vor Augen, ein jungenhaftes Gesicht, auch wenn er schon lange kein Junge mehr war. Sein Vater war vor Jahren gestorben, so dass er nun selbst Lord Baelish hieß, dennoch nannte man ihn Littlefinger. Ihr Bruder Edmure hatte ihm diesen Namen gegeben, vor langer Zeit in Riverrun. Die bescheidenen Besitztümer seiner Familie lagen auf dem kleinsten der Finger, und Petyr war für sein Alter schmal und klein gewesen.

Ser Rodrik räusperte sich. »Lord Baelish hat einmal, nun ...« Sein Gedanke verklang unsicher auf der Suche nach einem höflichen Ausdruck.

Catelyn setzte sich über etwaige Empfindlichkeiten hinweg. »Er war Mündel meines Vaters. Wir sind in Riverrun zusammen aufgewachsen. Für mich war er wie ein Bruder, doch seine Gefühle für mich waren ... mehr als brüderlich. Als verkündet wurde, dass ich Brandon Stark heiraten sollte, forderte Petyr ihn zum Kampf um das Recht auf meine Hand heraus. Es war Irrsinn. Brandon war zwanzig, Petyr kaum fünfzehn. Ich musste Brandon anflehen, Petyrs Leben zu schonen. Er ließ ihn mit einer Narbe entkommen. Danach schickte mein Vater ihn fort. Seither habe ich ihn nicht gesehen.« Sie hob ihr Gesicht der Gischt zu, als könne der frische Wind Erinnerungen verwehen. »Er hat mir nach Riverrun geschrieben, nachdem Brandon tot war, doch habe ich den Brief ungelesen verbrannt. Inzwischen wusste ich allerdings, dass Ned mich an seines Bruders Stelle heiraten würde.«

Erneut tasteten Ser Rodriks Finger nach dem nicht vorhandenen Backenbart. »Littlefinger sitzt mittlerweile im Kleinen Rat.«

»Ich wusste, er würde es weit bringen«, sagte Catelyn. »Er war schon immer findig, schon als Junge, nur ist es eine Sache, findig zu sein, und eine andere, weise zu sein. Ich frage mich, was die Jahre aus ihm gemacht haben.«

Hoch über ihnen rief der Ausguck etwas aus der Takelage. Kapitän Moreo hastete übers Deck, gab Befehle, und überall um sie breitete sich hektisches Treiben auf der *Storm Dancer* aus, als King's Landing auf seinen drei hohen Hügeln in Sicht kam.

Vor dreihundert Jahren, das wusste Catelyn, waren diese Hügel von Wald bedeckt gewesen, und nur eine Handvoll Fischer hatte an der Nordküste des Blackwater Rush gelebt, wo dieser tiefe, schnelle Fluss ins Meer mündete. Dann war Aegon der Eroberer von Dragonstone gekommen. Hier hatte er seine Armee zum ersten Mal an Land gebracht, und dort auf dem höchsten Hügel seine erste grobe Schanze aus Holz und Erde errichtet.

Jetzt überzog die Stadt das Ufer, soweit Catelyns Auge reichte. Wohnhäuser und Lauben und Kornkammern, steinerne Lagerhäuser und hölzerne Wirtshäuser und Händlerbuden, Tavernen und Friedhöfe und Bordelle, alles übereinandergestapelt. Sie konnte das Geschrei vom Fischmarkt selbst aus dieser Entfernung hören. Zwischen den Häusern führten breite, von Bäumen gesäumte Straßen, gewundene, bucklige Gassen, die so schmal waren, dass zwei Männer kaum aneinander vorübergehen konnten. Visenyas Hügel war von der Großen Septe von Baelor mit ihren sieben Kristalltürmen gekrönt. Auf der anderen Seite der Stadt, auf dem Hügel von Rhaenys, standen die schwarzen Mauern der Drachenhöhle, deren mächtige Kuppel in sich zusammengebrochen war und deren bronzene Türen nun seit einem Jahrhundert schon verschlossen waren. Dazwischen verlief die Straße der Schwestern, schnurgerade. In der Ferne ragten die Stadtmauern auf, hoch und fest.

Einhundert Kais reihten sich im Hafen aneinander, und an

ihnen drängten sich die Schiffe. Fischerboote und Kähne kamen und gingen, Fährmänner stakten über den Blackwater Rush hin und her, Handelsgaleeren entluden Lebensmittel aus Braavos und Pentos und Lys. Catelyn entdeckte die reich verzierte Barkasse der Königin, die neben einem dickbäuchigen Walfänger aus dem Hafen von Ibben vertäut lag, dessen Rumpf schwarz vom Teer war, während flussaufwärts ein Dutzend schlanker, goldener Kriegsschiffe auf Holzgerüsten ruhte, die Segel eingerollt, vorn mit schrecklichen Eisenrammen bestückt, an die das Wasser schlug.

Und über allem ragte der Red Keep auf, blickte finster von Aegons hohem Hügel herab: sieben mächtige Rundtürme, von eiserner Brustwehr gekrönt, ein riesenhaftes, grimmiges Vorwerk, große Gewölbe und überdachte Brücken, Kasernen und Verliese und Getreidespeicher, massive Zwischenmauern, besetzt mit Nestern für Bogenschützen, alles aus hellem, rotem Stein. Aegon der Eroberer hatte den Bau befohlen. Sein Sohn Maegor der Grausame hatte ihn fertiggestellt. Danach hatte er jeden einzelnen Steinmetz, Zimmermann und Maurer, der daran mitgearbeitet hatte, köpfen lassen. Nur das Blut des Drachen sollte je um die Geheimnisse dieser Festung wissen, welche die Drachenlords erbaut hatten, so lautete sein Schwur.

Doch inzwischen waren die Banner, die von ihren Zinnen flatterten, golden, nicht schwarz, und wo einst der dreiköpfige Drachen Feuer spie, stolzierte nun der gekrönte Hirsch des Hauses Baratheon.

Ein langmastiges Schwanenschiff von den Summer Isles kam gerade aus dem Hafen, die weißen Segel prall im Wind. Die *Storm Dancer* zog an ihm vorüber, steuerte langsam das Ufer an.

»Mylady«, sagte Ser Rodrik, »während ich bettlägerig war, habe ich darüber nachgedacht, wie wir am besten vorgehen. Ihr dürft die Burg in keinem Fall betreten. Ich werde an Eurer Stelle gehen und Ser Aron an einem sicheren Ort zu Euch bringen.«

Sie betrachtete den alten Ritter, als sich die Galeere einem Pier näherte. Moreo rief etwas im üblichen Valyrisch der Freien Städte. »Ihr würdet ein ebenso großes Risiko eingehen wie ich.«

Ser Rodrik lächelte. »Vorhin habe ich mein Spiegelbild im

Wasser gesehen und mich kaum erkannt. Meine Mutter war die Letzte, die mich ohne Bart gesehen hat, und die ist seit vierzig Jahren tot. Ich denke, ich setze mich keiner Gefahr aus, Mylady.«

Moreo bellte ein Kommando. Wie ein Mann hoben sechzig Ruderer ihre Riemen aus dem Wasser, drehten sie um und setzten zurück. Die Galeere wurde langsamer. Wieder ein Bellen. Die Riemen glitten in den Rumpf zurück. Als das Schiff an die Kaimauer stieß, sprangen einige Tyroshi herunter, um es zu vertäuen. Moreo kam eilig heran, strahlte. »King's Landing, Mylady, ganz wie Ihr befohlen, und kein Schiff hat je eine schnellere oder sicherere Reise hinter sich gebracht. Braucht Ihr Beistand, um Euer Gepäck zur Burg zu bringen?«

»Wir wollen nicht zur Burg. Vielleicht könntet Ihr uns ein Wirtshaus empfehlen, sauber, komfortabel und nicht zu weit vom Fluss entfernt.«

Der Tyroshi fingerte an seinem grünen Gabelbart herum. »Gut möglich. Ich kenne verschiedene Häuser, die Euren Wünschen entsprechen dürften. Doch erst, wenn ich so unhöflich sein dürfte, ist da noch die Sache mit der zweiten Hälfte der Zahlung, auf die wir uns geeinigt haben. Und natürlich das zusätzliche Silber, das Ihr freundlicherweise in Aussicht gestellt hattet. Sechzig Hirsche, glaube ich, waren es.«

»Für die Ruderer«, erinnerte Catelyn ihn.

»Oh, seid unbesorgt«, beteuerte Moreo. »Obwohl ich es für sie verwahren sollte, bis wir wieder in Tyrosh sind. Um ihrer Frauen und Kinder willen. Wenn man ihnen das Silber hier gibt, Mylady, verspielen sie es oder geben alles für die Freuden einer Nacht aus.«

»Es gibt schlimmere Dinge, für die man sein Geld ausgeben könnte«, warf Ser Rodrik ein. »Der Winter naht.«

»Die Männer müssen ihre eigene Wahl treffen«, sagte Catelyn. »Sie haben das Silber verdient. Wofür sie es ausgeben, ist nicht meine Angelegenheit.«

»Was immer Ihr sagt, Mylady«, erwiderte Moreo, verbeugte sich und lächelte.

Um sicherzugehen, bezahlte Catelyn die Ruderer persönlich,

einen Hirschen für jeden, und ein Kupferstück für die beiden Männer, die ihre Truhen halb auf Visenyas Hügel zu jenem Wirtshaus schleppten, das Moreo vorgeschlagen hatte. Es war ein verschachtelter, alter Schuppen an der Eel Alley. Die Frau, der es gehörte, war eine sauertöpfische Alte mit ruhelosem Blick, die sie argwöhnisch musterte und auf die Münze biss, die Catelyn ihr gab, um sich zu versichern, ob sie auch echt war. Ihre Zimmer jedoch waren groß und luftig, und Moreo schwor, ihr Fischeintopf sei der schmackhafteste in allen Sieben Königslanden. Das Beste allerdings war, dass sie sich nicht für ihre Namen interessierte.

»Ich halte es für das Beste, wenn Ihr den Schankraum meidet«, riet ihr Ser Rodrik, nachdem sie sich eingerichtet hatten. »Selbst in einem Haus wie diesem weiß man nie, von wem man gesehen wird.« Er trug ein Kettenhemd, seinen Dolch und ein Langschwert unter einem dunklen Umhang mit einer Kapuze, die er sich über den Kopf ziehen konnte. »Ich werde vor Einbruch der Dunkelheit zurück sein, mit Ser Aron«, versprach er. »Ruht ein wenig, Mylady.«

Catelyn war wirklich müde. Die Reise war lang und anstrengend gewesen, und sie war nicht mehr so jung wie einst. Ihre Fenster gingen auf Gasse und Dächer hinaus, mit Blick auf den Blackwater dahinter. Sie sah, wie sich Ser Rodrik auf den Weg machte, indem er stracks durch die geschäftigen Straßen schritt, bis er sich in der Menge verlor, dann beschloss sie, seinem Rat zu folgen. Das Bettzeug war mit Stroh statt mit Federn ausgestopft, doch hatte sie keine Mühe einzuschlafen.

Sie wurde vom Klopfen an der Tür geweckt.

Abrupt setzte sich Catelyn auf. Draußen vor dem Fenster leuchteten die Dächer von King's Landing rot im Licht der untergehenden Sonne. Sie hatte länger geschlafen, als es ihre Absicht gewesen war. Erneut hämmerte eine Faust an ihre Tür, und eine Stimme rief: »Öffnet, im Namen des Königs.«

»Einen Moment«, rief sie. Sie hüllte sich in einen Umhang. Der Dolch lag auf ihrem Nachtschrank. Sie nahm ihn, bevor sie die schwere Holztür öffnete.

Die Männer, die ins Zimmer drängten, trugen das schwarze

Kettenhemd und den goldenen Umhang der Stadtwache. Ihr Anführer lächelte angesichts des Dolches in ihrer Hand. »Den braucht Ihr nicht, Mylady. Wir begleiten Euch zur Burg.«

»Auf wessen Befehl?«, fragte sie.

Er zeigte ihr ein Siegel. Catelyn fühlte, wie ihr der Atem stockte. Das Siegel war eine Spottdrossel in grauem Wachs. »Petyr«, sagte sie. So bald. Irgendetwas musste mit Ser Rodrik geschehen sein. Sie sah den Führer der Gardisten an. »Wisst Ihr, wer ich bin?«

»Nein, Mylady«, sagte er. »M'lord Littlefinger sagte nur, wir sollten Euch zu ihm bringen und dafür sorgen, dass man Euch gut behandelt.«

Catelyn nickte. »Ihr dürft draußen warten, während ich mich ankleide.«

Sie wusch ihre Hände im Becken and umwickelte sie mit sauberen Leinentüchern. Ihre Finger waren dick und unbeholfen, als sie damit rang, ihr Mieder zu schnüren und sich einen groben, braunen Umhang um ihren Hals zu knoten. Wie konnte Littlefinger wissen, dass sie hier war? Ser Rodrik hätte es ihm nie gesagt. Alt mochte er sein, doch war er stur und fast schon allzu treu. Kamen sie zu spät? Hatten die Lannisters schon vor ihnen King's Landing erreicht? Nein, falls das stimmte, wäre auch Ned hier, und sicher wäre er zu ihr gekommen. Wie …?

Dann dachte sie: *Moreo*. Der Tyroshi wusste, wer sie waren und wo sie waren. Verdammt sollte er sein. Nun, hoffentlich hatte er einen guten Preis für die Information bekommen.

Sie führten ein Pferd für sie bei sich. Die Laternen entlang der Straßen wurden angezündet, als sie sich auf den Weg machten, und Catelyn spürte beim Reiten, dass die Blicke der Stadt auf ihr lasteten, wie sie umgeben von der Garde in ihren goldenen Umhängen dahinzog. Als sie zum Red Keep kamen, waren die Fallgitter unten und die großen Tore für die Nacht verriegelt, doch in den Burgfenstern flackerte Licht. Die Gardisten ließen die Pferde vor den Mauern und eskortierten sie durch eine schmale Seitentür, dann endlose Treppen in einem Turm hinauf.

Er war allein im Raum, saß an einem schweren Holztisch, neben sich eine Öllampe, da er schrieb. Als man sie hereinschob, legte er seine Feder beiseite und sah sie an. »Cat«, sagte er leise.

»Warum hat man mich auf diese Weise hergebracht?«

Er stand auf und winkte die Garde brüsk hinaus. »Lasst uns allein.« Die Männer verließen den Raum. »Ich hoffe, man hat Euch gut behandelt«, sagte er, nachdem sie gegangen waren. »Ich habe strenge Anweisung gegeben.« Er bemerkte ihre Bandagen. »Eure Hände …«

Catelyn überging die unterschwellige Frage. »Ich bin es nicht gewohnt, wie eine Dienstmagd herbeizitiert zu werden«, äußerte sie eisig. »Als Junge wusstet Ihr um die Bedeutung der Höflichkeit.«

»Ich habe Euch verärgert, Mylady. Das war nicht meine Absicht.« Er wirkte reumütig. Dieser Blick rief bei Catelyn lebhafte Erinnerungen wach. Er war ein verschlagenes Kind gewesen, doch nach seinen Missetaten wirkte er stets reumütig. Er hatte diese Gabe. Die Jahre hatten ihn kaum verändert. Petyr war als Junge klein gewesen, und er war zu einem kleinen Mann herangewachsen, eine bis zwei Daumenbreit kleiner als Catelyn, schlank und behände, mit scharfen Zügen, an die sie sich gut erinnerte, und dieselben fröhlichen grüngrauen Augen. Er hatte ein kleines, spitzes Kinn und silberne Strähnen im dunklen Haar, obwohl er noch keine dreißig war. Die Strähnen passten gut zu der silbernen Spottdrossel, die seinen Umhang zusammenhielt. Schon als Kind hatte er das Silber geliebt.

»Woher wusstest Ihr, dass ich in der Stadt bin?«

»Lord Varys weiß alles«, sagte Petyr mit hintergründigem Lächeln. »Er wird sich bald schon zu uns gesellen, doch wollte ich Euch vorher allein sprechen. Es ist so lange her, Cat. Wie viele Jahre?«

Catelyn überhörte seine Vertraulichkeit. Es gab wichtigere Fragen. »Dann war es also die Königsspinne, die mich gefunden hat.«

Littlefinger zuckte zusammen. »Ihr solltet ihn besser nicht so nennen. Er ist sehr empfindlich. Ich vermute, es rührt daher, dass er Eunuch ist. In dieser Stadt geschieht nichts ohne Varys' Wissen. Oftmals weiß er es, *bevor es* geschieht. Er hat seine Informanten überall. Seine kleinen Vögel, nennt er sie. Einer seiner kleinen Vögel hat von Eurem Besuch erfahren. Glücklicherweise kam Varys damit zuerst zu mir.«

»Warum zu Euch?«

Er zuckte mit den Achseln. »Warum nicht zu mir? Ich bin Meister der Münze, Berater des Königs. Selmy und Lord Renly sind nach Norden geritten, um sich mit Robert zu treffen, und Lord Stannis ist nach Dragonstone unterwegs, so bleiben nur Maester Pycelle und ich. Ich war die naheliegende Wahl. Ich war stets ein guter Freund Eurer Schwester Lysa, das weiß Varys.«

»Weiß Varys von ...«

»Lord Varys weiß alles ... nur nicht, warum Ihr hier seid.« Er zog eine Augenbraue in die Höhe. »Warum *seid* Ihr hier?«

»Eine Ehefrau darf Sehnsucht nach ihrem Mann verspüren, und wenn eine Mutter ihre Töchter bei sich haben will, wer kann es ihr verdenken?«

Littlefinger lachte. »Oh, sehr gut, Mylady, doch erwartet bitte nicht von mir, dass ich es glaube. Ich kenne Euch zu gut. Wie waren noch die Worte der Tullys?«

Ihre Kehle war trocken. *»Familie, Pflicht, Ehre«*, antwortete sie steif. Er kannte sie zu gut.

»Familie, Pflicht, Ehre«, wiederholte er. »Die allesamt von Euch verlangten, dass Ihr auf Winterfell bleibt, wo unsere Rechte Hand Euch zurückgelassen hat. Nein, Mylady, irgendetwas ist geschehen. Diese überstürzte Reise verrät eine gewisse Dringlichkeit. Ich bitte Euch, lasst mich helfen. Gute, alte Freunde sollten niemals zögern, sich aufeinander zu verlassen.« Es klopfte leise an der Tür. »Herein«, rief Littlefinger.

Der Mann, der durch die Tür trat, war plump, parfümiert, gepudert und haarlos wie ein Ei. Er trug eine Weste aus gewebtem Goldfaden über einer weiten Robe aus roter Seide, und an seinen Füßen steckten spitze Pantoffeln aus weichem Samt. »Lady Stark«, grüßte er und hielt ihre Hand mit beiden Händen, »Euch nach so vielen Jahren wiederzusehen, ist mir eine Freude.« Seine Haut war weich und feucht, und sein Atem roch nach Veilchen. »Oh, Eure armen Hände. Habt Ihr Euch verbrannt, Verehrteste? Die Hände sind so zart ... Unser guter

Maester Pycelle stellt eine großartige Salbe her. Soll ich einen Tiegel bringen lassen?«

Catelyn zog ihre Hand aus seinem Griff. »Ich danke Euch, Mylord, doch mein eigener Maester Luwin hat sich meiner Schmerzen bereits angenommen.«

Varys nickte ausgiebig. »Ich war zutiefst erschüttert, von Eurem Sohn zu hören. Und noch so jung. Die Götter sind grausam.«

»Darin sind wir einig, Lord Varys«, erwiderte sie. Der Titel war nur eine Gefälligkeit aufgrund seiner Tätigkeit als Ratsherr. Varys war nur Lord über sein Spinnennetz, Herr nur über seine Ohrenbläser.

Der Eunuch breitete seine weichen Arme aus. »In noch weit mehr, wie ich hoffe, Verehrteste. Ich habe große Achtung vor Eurem Mann, unserer neuen Rechten Hand, und ich weiß, dass wir beide König Robert lieben.«

»Ja«, sagte sie gezwungenermaßen. »Mit Gewissheit.«

»Nie zuvor war ein König so beliebt wie unser Robert«, spöttelte Littlefinger. Er lächelte verschlagen. »Zumindest nach allem, was Lord Varys hört.«

»Gute Frau«, sagte Varys mit übertriebenem Eifer. »Es gibt in den Freien Städten Männer mit wundersamen Heilkräften. Sagt nur ein Wort, und ich schicke Euch jemanden für Euren geliebten Bran.

»Maester Luwin tut alles, was für Bran zu tun ist«, erklärte sie ihm. Sie wollte nicht über Bran sprechen, nicht hier, nicht mit diesen Männern. Sie vertraute Littlefinger nur wenig und Varys überhaupt nicht. Diesen beiden wollte sie ihre Trauer nicht offenbaren. »Lord Baelish sagt, ich hätte es Euch zu verdanken, dass man mich hergebracht hat.«

Varys kicherte wie ein kleines Mädchen. »Oh, ja, ich vermute, dass es meine Schuld ist. Ich hoffe, Ihr verzeiht mir, freundliche Lady.« Er ließ sich auf einen Stuhl herab und legte die Hände ineinander. »Ich frage mich, ob wir Euch die Unannehmlichkeit zumuten dürfen, uns den Dolch zu zeigen?«

Catelyn Stark starrte den Eunuchen mit sprachlosem Unglauben an. Er war eine Spinne, dachte sie, ein Zauberer oder

Schlimmeres. Er wusste Dinge, die unmöglich jemand wissen konnte, es sei denn … »Was habt Ihr mit Ser Rodrik gemacht?« verlangte sie zu wissen.

Littlefinger war verdutzt. »Ich fühle mich etwas wie ein Ritter, der ohne seine Lanze zur Schlacht erscheint. Von welchem Dolch ist hier die Rede? Wer ist Ser Rodrik?«

»Ser Rodrik Cassel ist Waffenmeister auf Winterfell«, erklärte Varys. »Ich versichere Euch, Lady Stark, dem guten Ritter ist nicht das Mindeste geschehen. Er besuchte uns am frühen Nachmittag. Er war bei Ser Aron Santagar in der Waffenkammer, und sie haben sich über einen bestimmten Dolch unterhalten. Bei Sonnenuntergang verließen sie die Burg gemeinsam und liefen zu dieser entsetzlichen Bruchbude, in der Ihr wohnt. Sie sind noch dort, trinken im Schankraum, warten auf Eure Rückkehr. Ser Rodrik war sehr besorgt, als er feststellte, dass Ihr fort wart.«

»Wie könnt Ihr das alles wissen?«

»Das Geflüster kleiner Vögel«, antwortete Varys lächelnd. »Ich weiß manches, Verehrteste. Das ist der Sinn meiner Dienste.« Er zuckte mit den Achseln. »Ihr *habt* doch einen Dolch bei Euch, ja?«

Catelyn zog ihn unter ihrem Umhang hervor und warf ihn vor ihm auf den Tisch. »Hier. Vielleicht flüstern Euch die kleinen Vögel den Namen des Mannes zu, dem er gehört.«

Varys hob das Messer mit übertriebenem Zartgefühl an und strich mit dem Daumen an der Klinge entlang. Blut quoll hervor, und er stieß einen Schrei aus und ließ den Dolch auf die Tischplatte fallen.

»Vorsicht«, warnte Catelyn, »er ist scharf.«

»Nichts hat eine Schneide wie valyrischer Stahl«, sagte Littlefinger, während Varys an seinem blutenden Daumen sog und Catelyn mit stiller Drohung anblickte. Littlefinger hielt das Messer lose in der Hand, prüfte den Griff. Er warf es in die Luft, fing es mit der anderen Hand auf. »Welch wunderbare Balance. Ihr wollt den Besitzer finden, ist das der Grund für diesen Besuch? Dafür braucht Ihr Ser Aron nicht. Ihr hättet zu mir kommen sollen.«

»Und wenn ich es getan hätte«, sagte sie, »was hättet Ihr mir dann erklärt?«

»Ich hätte Euch erklärt, dass es nur *ein* solches Messer in King's Landing gibt.« Er hielt die Klinge zwischen Daumen und Zeigefinger, hob sie über seine Schulter und warf sie mit geübtem Dreh aus dem Handgelenk durchs Zimmer. Sie traf die Tür und bohrte sich zitternd tief in die Eiche. »Es gehört mir.«

»*Euch?*« Es ergab keinen Sinn. Petyr war nicht in Winterfell gewesen.

»Bis zum Turnier an Prinz Joffreys Namenstag«, sagte er und durchmaß das Zimmer, um den Dolch aus dem Holz zu ziehen. »Ich habe Ser Jaime beim Kampf unterstützt, gemeinsam mit dem halben Hofstaat.« Mit seinem schüchternen Lächeln sah Petyr halbwegs wieder wie ein Junge aus. »Als Loras Tyrell ihn aus dem Sattel hob, wurde mancher von uns um einiges ärmer. Ser Jaime verlor einhundert Golddrachen, die Königin verlor eine Smaragdkette, und ich verlor mein Messer. Ihre Majestät bekam den Smaragd zurück, doch den Rest hat der Gewinner einbehalten.«

»*Wer?*«, forderte Catelyn zu wissen, und ihr Mund war trocken vor Angst. Ihre Finger brannten vom Schmerz in ihrer Erinnerung.

»Der Gnom«, sagte Littlefinger, während Lord Varys ihr Gesicht im Auge behielt. »Tyrion Lannister.«

JON

Das Klirren von harten Schwertern erfüllte den Burghof.

Unter schwarzer Wolle, dickem Leder und Kettenhemd tropfte der Schweiß eisig an Jons Brust herab, als er zum Angriff überging. Grenn taumelte rückwärts, verteidigte sich unbeholfen. Als er sein Schwert anhob, ging Jon mit einem ausladenden Hieb darunter weg, mit dem er das Bein des anderen Jungen an der Rückseite traf und ihn ins Stolpern brachte. Grenns Abwärtshieb wurde mit einem hohen Schwinger beantwortet, der seinen Helm verbeulte. Als er einen Seitenhieb versuchte, schlug Jon seine Klinge beiseite und rammte ihm einen kettenbehängten Unterarm an die Brust. Grenn verlor den Halt und setzte sich hart in den Schnee. Mit einem Hieb aufs Handgelenk, der einen Schmerzensschrei auslöste, schlug er ihm das Schwert aus den Fingern.

»*Genug!*« Ser Alliser Thorne besaß eine Stimme von der Schärfe valyrischen Stahls.

Grenn hielt seine Hand. »Der Bastard hat mir das Handgelenk gebrochen.«

»Der Bastard hat deine Achillessehne durchtrennt, deinen leeren Schädel aufgeschlagen und dir die Hand abgehackt. Oder hätte es zumindest, wenn diese Schwerter scharfe Klingen wären. Dein Glück ist, dass die Wache Stalljungen ebenso benötigt wie Grenzposten.« Ser Alliser winkte Jeren und Toad. »Schafft den Auerochsen auf die Füße, er muss sich um seine Beerdigung kümmern.«

Jon nahm seinen Helm ab, während die anderen Jungen Grenn auf die Beine halfen. Die frostige Morgenluft fühlte sich gut im Gesicht an. Er stützte sich auf sein Schwert, holte tief Luft und genoss nur einen Augenblick lang seinen Sieg.

»Das ist ein Langschwert, kein Stock für einen alten Mann«, fuhr ihn Ser Alliser scharf an. »Schmerzen Eure Beine, Lord Snow?«

Jon hasste diesen Spottnamen, den Ser Alliser ihm am ersten Tag seiner Ausbildung gegeben hatte. Die Jungen hatten ihn übernommen, und nun hörte er ihn überall. Er schob das Langschwert wieder in die Scheide. »Nein«, gab er zurück.

Thorne schritt ihm entgegen, und sprödes, schwarzes Leder knirschte leise, wenn er ging. Er war ein gedrungener Mann von fünfzig Jahren, mager und hart, mit Grau im schwarzen Haar und Augen wie Splitter von Onyx. »Die Wahrheit«, befahl er.

»Ich bin müde«, räumte Jon ein. Sein Arm brannte vom Gewicht des Langschwerts, und jetzt, da der Kampf vorüber war, spürte er seine Prellungen.

»Schwach bist du, das ist es.«

»Ich habe gewonnen.«

»Nein. Der Auerochse hat verloren.«

Einer der anderen Jungen kicherte. Jon war klug genug, darauf nicht zu antworten. Er hatte jeden geschlagen, den Ser Alliser gegen ihn hatte antreten lassen, und dennoch brachte es ihm nichts ein. Der Waffenmeister zollte ihm nur Hohn und Spott. Thorne hasste ihn, dessen war Jon überzeugt. Natürlich hasste er die anderen Jungen noch mehr.

»Das wäre alles«, erklärte Thorne. »Mehr Unfähigkeit kann ich an einem Tag nicht ertragen. Falls uns die Anderen je holen wollen, bete ich darum, dass sie Bogenschützen haben, denn euer Haufen ist nur als Pfeilfutter zu gebrauchen.«

Jon folgte dem Rest zur Waffenkammer, ging allein. Er ging hier oft allein. Fast zwanzig Jungen waren in der Gruppe, mit der er übte, doch konnte er keinen davon seinen Freund nennen. Die meisten waren zwei oder drei Jahre älter als er, doch war keiner von ihnen auch nur ein halb so guter Kämpfer, wie Robb es mit vierzehn gewesen war. Dareon war schnell, fürchtete jedoch, getroffen zu werden. Pyp benutzte sein Schwert wie einen Dolch, Jeren war schwach wie ein Mädchen, Grenn langsam

und ungeschickt. Halders Hiebe waren brutal hart, doch lief er einem direkt in die Attacke. Je mehr Zeit er mit ihnen verbrachte, desto mehr verachtete Jon sie.

Drinnen hängte Jon Schwert und Scheide an einen Haken an der steinernen Wand, beachtete die anderen nicht. Systematisch begann er, Kettenhemd, Leder und schweißdurchtränkte Wollkleider abzulegen. Kohlebrocken brannten in eisernen Rosten an beiden Enden des langen Raumes, doch Jon merkte, dass er zitterte. Hier war die Kälte sein steter Begleiter geworden. In ein paar Jahren würde er vergessen haben, wie es sich anfühlte, wenn einem warm war.

Die Müdigkeit überkam ihn ganz plötzlich, als er die grobgewebten, schwarzen Sachen überzog, die ihre Alltagskleider waren. Er saß auf einer Bank, und seine Finger fummelten an den Verschlüssen seines Umhangs herum. So kalt, dachte er, erinnerte sich an die warmen Säle von Winterfell, wo die heißen Fluten wie Blut im Menschenleib durch die Wände strömten. Es gab kaum Wärme in Castle Black. Die Wände hier waren kalt, und die Menschen noch kälter.

Niemand hatte ihm gesagt, dass die Nachtwache so sein würde, niemand außer Tyrion Lannister. Der Zwerg hatte ihm auf der Straße in den Norden die Wahrheit gesagt, doch da war es bereits zu spät gewesen. Jon fragte sich, ob sein Vater gewusst hatte, wie die Mauer sein würde. Er musste es gewusst haben, dachte er. Das machte alles nur noch schlimmer.

Selbst sein Onkel hatte sich an diesem kalten Ort am Ende der Welt von ihm zurückgezogen. Hier oben war aus dem herzlichen Benjen Stark, den er kannte, ein anderer Mensch geworden. Er war Oberster Grenzwächter, und er verbrachte seine Tage und Nächte mit Lord Commander Mormont, Maester Aemon und den anderen hohen Offizieren, während man Jon der weniger zartfühlenden Fürsorge Ser Alliser Thornes überließ.

Drei Tage nach ihrer Ankunft hatte Jon gehört, dass Benjen Stark ein halbes Dutzend Männer auf eine Patrouille durch den Verwunschenen Wald führen sollte. An jenem Abend suchte er seinen Onkel in dem großen, holzgetäfelten Gemeinschaftssaal auf und flehte ihn an, ihn mitzunehmen. Benjen wies ihn barsch zurück. »Hier ist nicht Winterfell«, erklärte er, während er sein Fleisch mit Gabel und Dolch zerteilte. »Auf der Mauer bekommt ein Mann nur das, was er verdient. Du bist keine Grenzwache, Jon, nur ein grüner Junge, der noch den Duft des Sommers an sich hat.«

Dummerweise stritt Jon darum. »Ich werde fünfzehn an meinem Namenstag«, sagte er. »Fast schon ein erwachsener Mann.«

Benjen Stark runzelte die Stirn. »Ein Junge bist du, und ein Junge wirst du bleiben, bis Ser Alliser sagt, dass du bereit bist, ein Mann der Nachtwache zu werden. Falls du geglaubt hast, mit deinem Blut der Starks hättest du hier leichtes Spiel, so hast du dich getäuscht. Wir entsagen unseren alten Familien, wenn wir unseren Eid sprechen. Dein Vater wird stets seinen Platz in meinem Herzen haben, doch *diese* hier sind jetzt meine Brüder.« Er deutete mit seinem Dolch auf die Männer um ihn, allesamt harte, kalte Männer in Schwarz.

Am nächsten Tag stand Jon im Morgengrauen auf, um zu sehen, wie sein Onkel auszog. Einer seiner Grenzwächter, ein großer, hässlicher Mann, sang ein unflätiges Lied, als er seinen Klepper sattelte, und sein Atem dampfte in der kalten Morgenluft. Darüber lächelte Ben Stark, doch für seinen Neffen hatte er kein Lächeln übrig. »Wie oft soll ich es dir noch sagen, Jon? Wir sprechen darüber, wenn ich zurück bin.«

Als er sah, wie der Onkel sein Pferd in den Tunnel führte, waren Jon die Dinge eingefallen, die Tyrion Lannister ihm auf der Kingsroad erzählt hatte, und vor seinem inneren Auge sah er Ben Stark tot am Boden liegen, sein Blut rot im Schnee. Der Gedanke bereitete ihm Übelkeit. Was war mit ihm los? Später suchte er Ghost in der Einsamkeit seiner Zelle auf und vergrub sein Gesicht in dessen dickem, weißem Fell.

Wenn er allein sein musste, wollte er die Einsamkeit zu seinem Panzer machen. Castle Black besaß keinen Götterhain, nur eine kleine Septe und einen betrunkenen Septon, doch Jon stand nicht der Sinn danach, irgendwelche Götter anzubeten, weder alte noch neue. Wenn es sie wirklich gab, dachte er, waren sie grausam und unnachgiebig wie der Winter.

Ihm fehlten seine wahren Brüder: der kleine Rickon und seine strahlenden Augen, wenn er um Süßes bettelte; Robb, sein Rivale und bester Freund und ständiger Begleiter; Bran, halsstarrig und seltsam, der immer mitkommen und bei allem mitmachen wollte, was Jon und Robb taten. Auch die Mädchen fehlten ihm, selbst Sansa, die ihn nie anders als »mein Halbbruder« nannte, seit sie alt genug war, zu verstehen, was Bastard bedeutete. Und Arya ... sie fehlte ihm noch mehr als Robb, das magere, kleine Ding mit aufgeschlagenen Knien, zerzaustem Haar und zerrissenen Kleidern, so wild und so eigenwillig. Arya schien sich nirgends einzufügen, ganz wie er selbst ... doch stets brachte sie Jon zum Lächeln. Er hätte alles gegeben, um jetzt bei ihr sein zu können, um ihr Haar zu zerwühlen und zu sehen, wie sie dann eine Grimasse schnitt, um zu hören, wie sie mit ihm gemeinsam einen Satz zu Ende sprach.

»Du hast mir das Handgelenk gebrochen, Bastardbengel.«

Jon blickte zu der verdrossenen Stimme auf. Grenn stand über ihn gebeugt, mit dickem Hals und rot im Gesicht, drei seiner Freunde hinter sich. Er kannte Todder, einen kleinen, hässlichen Jungen mit unangenehmer Stimme. Die Rekruten nannten ihn alle Toad. Die anderen beiden hatte Yoren mit in den Norden gebracht, wie Jon sich erinnerte, Vergewaltiger, die auf den Fingers gefasst worden waren. Ihre Namen hatte er vergessen. Er sprach kaum jemals mit ihnen, wenn es sich vermeiden ließ. Sie waren brutale Maulhelden, ohne auch nur einen Fingerhut voll Ehrgefühl in sich.

Jon stand auf. »Ich brech dir auch das andere, wenn du mich nett bittest.« Grenn war sechzehn und einen Kopf größer als Jon. Alle vier waren größer als er, doch machten sie ihm keine Angst. Jeden einzelnen von ihnen hatte er auf dem Hof geschlagen.

»Vielleicht machen wir dich fertig«, sagte einer der Vergewaltiger.

»Versucht es.« Jon griff nach seinem Schwert, doch einer von ihnen packte seinen Arm und drehte ihn auf seinen Rücken.

»Du hast uns schlecht aussehen lassen«, beklagte sich Toad.

»Ihr habt schon vorher schlecht ausgesehen«, erklärte Jon.

Der Junge, der seinen Arm hielt, drückte ihn fest nach oben. Schmerz durchfuhr ihn, aber Jon wollte nicht schreien.

Toad trat heran. »Der kleine Lord hat ein großes Maul«, sagte er. Er hatte kleine, glänzende Schweinsaugen. »Ist es das Maul deiner Mutter, Bastard? Was war sie, irgendeine Hure? Sag uns ihren Namen. Vielleicht habe ich sie ein, zwei Mal gehabt.« Er lachte.

Jon wand sich wie ein Aal und trat mit dem Absatz auf den Spann des Jungen, der ihn hielt. Der stieß plötzlich einen Schrei aus, und er war frei. Er stürzte sich auf Toad, stieß ihn rückwärts über eine Bank, landete auf seiner Brust, mit beiden Händen an seiner Kehle, und schlug seinen Kopf auf die hartgefrorene Erde.

Die beiden von den Fingers rissen ihn herunter, warfen ihn grob zu Boden. Grenn fing an, auf ihn einzutreten. Jon wälzte sich zur Seite, als eine dröhnende Stimme das trübe Licht der Waffenkammer durchdrang. »HÖRT AUF! *SOFORT!*«

Jon sprang auf. Donal Noye stand da und sah sie finster an. »Der Hof ist zum Kämpfen da«, sagte der Waffenschmied. »Haltet eure Streits aus meiner Waffenkammer fern, sonst mache ich sie zu *meinen* Streits. Das würde euch nicht gefallen.«

Toad saß am Boden, tastete vorsichtig seinen Hinterkopf ab. An seinen Fingern klebte Blut. »Er hat versucht, mich umzubringen.«

»Stimmt. Ich hab's gesehen«, warf einer der Vergewaltiger ein.

»Er hat mir das Handgelenk gebrochen«, sagte Grenn erneut und hielt es Noye zur Begutachtung hin.

Der Waffenschmied widmete dem Handgelenk den denkbar kürzesten aller Blicke. »Eine Prellung. Vielleicht eine Stauchung. Maester Aemon wird dir eine Salbe geben. Geh mit ihm, Todder, jemand sollte sich um deinen Kopf kümmern. Alle anderen gehen wieder auf ihre Zellen. Du nicht, Snow. Du bleibst.«

Schwerfällig setzte sich Jon auf die lange Holzbank, als die anderen gingen, merkte die Blicke nicht, welche die anderen ihm zuwarfen, die leisen Versprechungen zukünftiger Vergeltung. In seinem Arm pochte Schmerz.

»Die Wache braucht jeden Mann, den sie bekommen kann«, begann Donal Noye, als sie allein waren. »Selbst Männer wie Toad. Du machst dir keine Ehre, wenn du ihn tötest.«

Jons Zorn flammte auf. »Er sagte, meine Mutter sei …«

»… eine Hure. Ich habe ihn gehört. Na und?«

»Lord Eddard Stark ist kein Mann, der sich mit Huren abgibt«, sagte Jon eisig. »Seine Ehre …«

»… hat ihn nicht daran gehindert, einen Bastard zu zeugen. Oder?«

Jon war von kalter Wut erfüllt. »Kann ich gehen?«

»Du kannst gehen, wenn ich es dir sage.«

Mürrisch starrte Jon in den Rauch, der vom Rost aufstieg, bis Noye ihn unters Kinn fasste und dicke Finger seinen Kopf drehten. »Sieh mich an, wenn ich mit dir rede, Junge.«

Jon sah ihn an. Der Waffenschmied hatte einen Brustkorb wie ein Bierfass und den entsprechenden Wanst dazu. Seine Nase war flach und breit, und ständig schien er unrasiert. Der linke Ärmel seines schwarzen, wollenen Waffenrocks war mit einer Silbernadel in Form eines Langschwerts an der Schulter befestigt. »Worte machen deine Mutter nicht zur Hure. Sie war, was sie war, und nichts von dem, was Toad sagt, kann das ändern. Weißt du, wir haben Männer auf der Mauer, deren Mütter Huren *waren*.«

Nicht meine Mutter, dachte Jon störrisch. Er wusste nichts von seiner Mutter. Eddard wollte nie über sie sprechen. Dennoch träumte er bisweilen von ihr, so oft, dass er beinah schon ihr Gesicht erkennen konnte. In seinen Träumen war sie schön und von edler Geburt, und ihre Augen leuchteten warm.

»Du glaubst, du hättest es schwer gehabt, als Bastard eines hohen Lords?«, fuhr der Waffenschmied fort. »Dieser Jeren ist der Nachkomme eines Septons, und Cotter Pyke ist der uneheliche Sohn einer Tavernenfrau. Jetzt befehligt er Eastwatch by the Sea.«

»Das ist mir egal«, sagte Jon. »Die sind mir egal, und Ihr und Thorne und Benjen Stark, Ihr alle seid mir egal. Ich hasse es hier. Es ist zu … es ist kalt.«

»Ja. Kalt und hart und schäbig, so ist die Mauer, und auch die

Männer, die auf ihr wandeln. Nicht wie die Geschichten, die deine Amme dir erzählt hat. Aber scheiß auf die Geschichten und scheiß auf deine Amme. So ist es nun mal, und du wirst dein Leben lang hier sein, wie wir alle.«

»Leben«, wiederholte Jon verbittert. Der Waffenschmied konnte vom Leben reden. Er hatte seines gehabt. Er hatte das Schwarz erst angelegt, nachdem er bei der Belagerung von Storm's End einen Arm verloren hatte. Vorher war er Schmied bei Stannis Baratheon, dem Bruder des Königs, gewesen. Er hatte die Sieben Königslande von einem Ende zum anderen bereist, er hatte gefeiert und gehurt und hundert Schlachten geschlagen. Man sagte, es sei Donal Noye gewesen, der König Roberts Streithammer geschmiedet hatte, mit welchem dieser Rhaegar Targaryen am Trident das Leben aus dem Leib gehämmert hatte. Er hatte alles getan, was Jon nie tun würde, und als er dann alt war, weit über dreißig, hatte ihn eine Streitaxt gestreift und die Wunde war verfault, bis ihm der ganze Arm abfiel. Dann erst, verkrüppelt, war Donal Noye zur Mauer gekommen, als sein Leben schon ein Ende hatte.

»Ja, das Leben«, sagte Noye. »Ein langes Leben oder ein kurzes, es liegt an dir, Snow. Wenn du weitermachst wie bisher, wird dir einer deiner Brüder eines Nachts die Kehle durchschneiden.«

»Das sind nicht meine Brüder«, fuhr Jon ihn an. »Sie hassen mich, weil ich besser bin als sie.«

»Nein. Sie hassen dich, weil du dich benimmst, als wärst du etwas Besseres als sie. Sie sehen dich an und sehen einen bei Hofe erzogenen Bastard, der sich für einen Lord hält.« Der Waffenschmied beugte sich vor. »Du bist kein Lord. Denk daran. Du bist ein Snow, kein Stark. Du bist ein Bastard und ein Raufbold.«

»Ein Raufbold?« Fast blieb Jon das Wort im Halse stecken. Die Anschuldigung war derart ungerecht, dass ihm der Atem stockte. »Die anderen haben sich über mich hergemacht. Zu viert.«

»Vier, die du auf dem Hof erniedrigt hast. Vier, die sich wahrscheinlich vor dir fürchten. Ich habe dich kämpfen sehen. Für dich ist es keine Übung. Mit einer guten Klinge an deinem Schwert wären sie mausetot. Du weißt es, ich weiß es, sie wissen es. Du lässt ihnen nichts. Du beschämst sie. Bist du stolz darauf?«

Jon zögerte. Er war tatsächlich stolz darauf, wenn er siegte. Warum auch nicht? Doch selbst das nahm ihm der Waffenschmied und ließ es klingen, als täte er etwas Böses. »Sie sind alle älter als ich«, sagte er zu seiner Verteidigung.

»Älter und größer und stärker, das stimmt. Ich wette, euer Waffenmeister hat dich auf Winterfell gelehrt, wie man gegen größere Männer kämpft. Wer war er, ein alter Ritter?«

»Ser Rodrik Cassel«, antwortete Jon argwöhnisch. Es war eine Falle. Er spürte, wie sie sich um ihn schloss.

Donal Noye beugte sich vor, bis an Jons Gesicht. »Und nun denk über Folgendes nach, Junge. Keiner der anderen hat jemals einen Waffenmeister gehabt, bis Ser Alliser kam. Ihre Väter waren Bauern und Kutscher und Wilderer, Schmiede und Bergarbeiter und Ruderer auf Handelsgaleeren. Was sie vom Kämpfen verstehen, haben sie zwischen den Decks gelernt, in den Gassen von Oldtown und Lannisport, in Bordellen am Straßenrand und Tavernen an der Kingsroad. Sie mögen vielleicht ein paar Holzstöcke aneinandergeschlagen haben, bevor sie hierher kamen, aber ich versichere dir, dass von zwanzig kein Einziger je reich genug war, ein echtes Schwert zu besitzen.« Er zog ein grimmiges Gesicht. »Und wie schmecken Euch Eure Siege nun, Lord Snow?«

»Nennt mich nicht so!«, entgegnete Jon scharf, doch sein Zorn hatte nicht mehr dieselbe Kraft. Plötzlich verspürte er Scham und Schuldgefühle. »Ich habe nie … ich dachte nicht …«

»Du solltest besser anfangen zu denken«, warnte ihn Noye. »Entweder das oder mit einem Dolch am Bett schlafen. Nun geh.«

Als Jon aus der Waffenkammer kam, war schon fast Mittag. Die Sonne war durch die Wolken gebrochen. Er wandte ihr den Rücken zu und sah zur Mauer hoch, die blau und kristallin im Sonnenlicht strahlte. Selbst nach all diesen Wochen lief ihm bei ihrem Anblick nach wie vor ein Schauer über den Rücken. Jahrhunderte von wehendem Schmutz hatten sie vernarbt und poliert, sie wie mit einem Schleier überzogen, und oftmals schien sie hellgrau, wie die Farbe eines bedeckten Himmels … doch wenn die Sonne an einem schönen Tag auf sie fiel, dann *leuchtete* sie, wurde lebendig, eine gigantische, blauweiße Klippe, die den halben Himmel ausfüllte.

Der größte Bau, den Menschenhände je errichtet hatten, wie Benjen Stark Jon auf der Kingsroad erklärt hatte, als die Mauer aus der Ferne zum ersten Mal zu sehen war. »Und zweifellos der nutzloseste«, hatte Tyrion Lannister mit einem Grinsen hinzugefügt, doch selbst der Gnom schwieg, als sie näher kamen. Man konnte sie meilenweit sehen, ein hellblauer Strich am nördlichen Horizont, der sich von Ost nach West erstreckte und in der Ferne verschwand, immens und lückenlos. *Das ist das Ende der Welt,* schien sie zu sagen.

Als sie schließlich Castle Black entdeckten, sahen dessen hölzerne Palisaden und steinerne Türme fast wie eine Handvoll Bauklötze aus, die dort im Schnee verstreut lagen, unter der endlosen Mauer aus Eis. Die alte Festung der schwarzen Brüder war kein Winterfell, eigentlich gar keine Burg. Ihr fehlten Mauern, sie war nicht zu verteidigen, nicht nach Süden hin, nach Osten oder Westen, doch war es nur der Norden, der die Nachtwache beschäftigte, und im Norden ragte die Mauer auf. Fast siebenhundert Fuß war sie hoch, dreimal so hoch wie der höchste Turm der Festung, die sie schützte. Sein Onkel sagte, oben sei sie so breit, dass ein ganzes Dutzend Ritter nebeneinander herreiten konnten. Die kahlen Umrisse mächtiger Katapulte und monströser Holzkräne standen dort oben Wache wie die Skelette großer Vögel, und unter ihnen liefen Männer in Schwarz, klein wie Ameisen.

Als er dort vor der Waffenkammer stand und aufblickte, war Jon fast so überwältigt wie an jenem Tag auf der Kingsroad, als er sie zum ersten Mal gesehen hatte. So war die Mauer. Manchmal konnte er fast vergessen, dass sie da war, wie man auch den Himmel oder die Erde unter seinen Füßen vergaß, doch dann wieder gab es Augenblicke, in denen es schien, als gäbe es nichts anderes auf der Welt. Sie war älter als die Sieben Königslande, und wenn er darunter stand und aufblickte, wurde

Jon ganz schwindlig. Er konnte das Gewicht des Eises spüren, das auf ihr lastete, als wollte sie umstürzen, und irgendwie wusste Jon, dass wenn sie fiele, die Welt mit ihr fallen musste.

»Man fragt sich, was dahinter liegt«, sagte eine vertraute Stimme.

Jon sah sich um. »Lannister. Ich habe Euch gar nicht gesehen … ich meine, ich dachte, ich wäre allein.«

Tyrion Lannister war derart dick in Felle gewickelt, dass er wie ein sehr kleiner Bär aussah. »Es hat viel Gutes an sich, Leute zu überraschen. Man weiß nie, was man erfährt.«

»Von mir erfahrt Ihr nichts«, erklärte Jon. Seit dem Ende der Reise hatte er den Zwerg nur selten getroffen. Als Bruder der Königin war Tyrion Lannister Ehrengast der Nachtwache. Der Lord Commander hatte ihm Räume im King's Tower gegeben – der so hieß, obwohl seit hundert Jahren kein König mehr hier gewesen war –, und Lannister speiste an Mormonts Tisch und verbrachte seine Tage mit Ritten auf der Mauer und seine Abende beim Würfeln und Trinken mit Ser Alliser und Bowen Marsh und den anderen hohen Offizieren.

»Oh, ich erfahre überall etwas, wohin ich auch gehe.« Der kleine Mann deutete mit einem knorrigen, schwarzen Gehstock zur Mauer hinauf. »Wie ich schon sagte … warum ist es so, dass wenn einer eine Mauer baut, der Nächste sofort wissen will, was sich auf der anderen Seite befindet?« Er neigte den Kopf und sah Jon mit seinen seltsam ungleichen Augen an. »Du *willst* doch wissen, was auf der anderen Seite ist, oder?«

»Da ist nichts Besonderes«, sagte Jon. Er wollte mit Benjen Stark auf dessen Streifzüge gehen, tief in die Geheimnisse des Verwunschenen Waldes, wollte Mance Rayders Wildlinge bekämpfen und das Reich gegen die Anderen schützen, doch war es besser, nicht davon zu sprechen, was man sich wünschte. »Die Grenzwachen sagen, dort gäbe es nur Wald und Berge und gefrorene Seen mit viel Schnee und Eis.«

»Und die Grumkins und die Snarks«, fügte Tyrion hinzu. »Die wollen wir doch nicht vergessen, Lord Snow, denn wozu ist dieses Ding sonst da?«

»Nennt mich nicht Lord Snow.«

Der Zwerg zog eine Augenbraue hoch. »Möchtest du lieber Gnom genannt werden? Zeig ihnen, dass ihre Worte dich treffen, und du wirst nie ohne ihren Spott sein. Wenn sie dir einen Namen geben wollen, nimm ihn an, mach ihn zu deinem eigenen. Dann können sie dich nicht mehr treffen.« Er wedelte mit seinem Stock. »Komm, geh ein Stück mit mir. Mittlerweile dürfte im Speisesaal irgendein abscheulicher Eintopf serviert werden, und ich könnte eine Schale mit irgendetwas Warmem gebrauchen.«

Auch Jon war hungrig, also blieb er an Lannisters Seite, ging langsam, um sich den unbeholfenen, watschelnden Schritten des Zwergs anzupassen. Wind kam auf, und sie konnten hören, wie die alten Holzbauten um sie herum zu knarren begannen, und in der Ferne schlug ein vergessener Fensterladen, immer und immer wieder. Einmal tat es einen dumpfen Schlag, als Schnee von einem Dach rutschte und neben ihnen landete.

»Ich sehe deinen Wolf nicht«, sagte Lannister im Gehen.

»Ich kette ihn in den alten Ställen an, wenn wir uns im Schwertkampf üben. Sie haben alle Pferde jetzt in den Ostställen untergebracht, und so stört ihn niemand. Den Rest der Zeit ist er bei mir. Meine Schlafzelle ist im Hardin's Tower.«

»Das ist der mit den geborstenen Zinnen, nicht? Zerschlagener Stein im Hof darunter und schief wie unser edler König Robert nach gut durchzechter Nacht? Ich dachte, diese Gebäude seien längst nicht mehr bewohnt.«

Jon zuckte mit den Achseln. »Niemand kümmert sich darum, wo man schläft. Die meisten alten Festungen stehen leer, und man kann sich irgendeine Zelle aussuchen.« Einst hatte Castle Black fünftausend kampfbereite Männer samt Pferden, Dienern und Waffen beherbergt. Inzwischen bot es etwa einem Zehntel davon eine Heimstatt, und Teile der Burg verfielen zu Ruinen.

Tyrion Lannisters Gelächter dampfte in der kalten Luft. »Ich werde deinem Vater sagen, er soll mehr Steinmetze verhaften, bevor dein Turm in sich zusammenfällt.«

Jon spürte den Spott, doch ließ sich die Wahrheit nicht verleugnen. Die Wache hatte neunzehn große Bollwerke entlang der Mauer errichtet, doch nur drei davon waren noch besetzt:

Eastwatch an seiner grauen, windgepeitschten Küste, der Shadow Tower direkt an den Bergen, wo die Mauer endete, und dazwischen Castle Black, am Ende der Kingsroad. Die anderen Festen waren lang schon verlassene, einsame, verwunschene Bauten, durch deren schwarze Fenster kalte Winde pfiffen und wo die Geister der Toten die Brustwehr bemannten.

»Es ist besser, wenn ich allein bin«, sagte Jon störrisch. »Die anderen fürchten sich vor Ghost.«

»Kluge Jungs«, befand Lannister. Dann wechselte er das Thema. »Es heißt, dein Onkel sei überfällig.«

Jon erinnerte sich an seinen Wunsch, der ihm im Zorn gekommen war, das Traumbild von Benjen Stark tot im Schnee, und eilig wandte er sich ab. Der Zwerg hatte so eine Art, Dinge zu erahnen, und Jon wollte ihm das Schuldgefühl in seinen Augen nicht zeigen. »Er sagte, er wäre zu meinem Namenstag zurück«, gab er zu. Sein Namenstag war gekommen und gegangen, unbemerkt, vor vierzehn Tagen. »Sie wollten nach Ser Waymar Royce suchen; sein Vater ist Lord Arryns Vasall. Onkel Benjen sagte, sie würden vielleicht bis hin zum Shadow Tower suchen müssen. Das ist ganz oben in den Bergen.«

»Wie ich höre, sind in letzter Zeit eine ganze Menge Grenzwachen verschwunden«, sagte Lannister, als sie die Stufen zum Speisesaal erklommen. Er grinste und zog die Tür auf. »Vielleicht sind die Grumkins in diesem Jahr besonders hungrig.«

Die Halle war gewaltig groß und zugig, selbst wenn ein Feuer in ihrem mächtigen Kamin prasselte. Krähen nisteten im Gebälk der hohen Decke. Jon hörte sie über sich schreien, als er eine Schale mit Eintopf und einen Brotkanten von den Köchen entgegennahm. Grenn und Toad und einige der anderen saßen auf der Bank, die dem Feuer am nächsten stand, lachten und verfluchten einander mit rauen Stimmen. Jon betrachtete sie nachdenklich für einen Augenblick. Dann suchte er sich einen Platz am anderen Ende der Halle, weit abseits der anderen.

Tyrion Lannister setzte sich ihm gegenüber, schnüffelte misstrauisch am Eintopf herum. »Gerste, Zwiebel, Karotte«, murmelte er. »Jemand sollte den Köchen sagen, dass eine Rübe kein Fleisch ist.«

»Es ist Hammeleintopf.« Jon zog die Handschuhe aus und wärmte seine Hände an dem Dampf, der von der Schale aufstieg. Bei diesem Duft lief ihm das Wasser im Mund zusammen.

»Snow.«

Jon kannte Alliser Thornes Stimme, doch lag ein seltsamer Unterton darin, den er noch nie gehört hatte. Er wandte sich um.

»Der Lord Commander will dich sehen. Sofort.«

Einen Moment lang konnte sich Jon vor Angst nicht rühren. Warum sollte der Lord Commander ihn sehen wollen? Sie hatten etwas von Benjen gehört, dachte er sofort, er war tot, das Traumbild war zur Wahrheit geworden. »Ist es mein Onkel?«, platzte er heraus. »Ist er sicher heimgekehrt?«

»Der Lord Commander ist es nicht gewohnt zu warten«, war Ser Allisers Erwiderung. »Und ich bin es nicht gewohnt, meine Befehle von Bastarden in Frage stellen zu lassen.«

Tyrion Lannister schwang sich von der Bank und stand auf. »Hört auf, Thorne. Ihr macht dem Jungen Angst.«

»Mischt Euch nicht in Angelegenheiten, die nicht die Euren sind, Lannister. Hier ist nicht der rechte Platz für Euch.«

»Allerdings habe ich meinen Platz bei Hofe«, entgegnete der Zwerg lächelnd. »Ein Wort ins richtige Ohr, und Ihr sterbt als trauriger, alter Mann, bevor Ihr noch einen weiteren Jungen ausbilden könnt. Jetzt verratet Snow, wieso der alte Bär ihn sehen will. Gibt es Neues von seinem Onkel?«

»Nein«, sagte Ser Alliser. »Es geht um eine ganz andere Sache. Heute Morgen ist ein Vogel aus Winterfell eingetroffen, mit einer Nachricht, die seinen Bruder betrifft.« Er korrigierte sich. »Seinen Halbbruder.«

»Bran«, flüsterte Jon, indem er aufsprang. »Etwas ist mit Bran geschehen.«

Tyrion Lannister legte ihm eine Hand auf den Arm. »Jon«, sagte er. »Es tut mir ehrlich leid.«

Jon hörte ihn kaum. Er streifte Tyrions Hand ab und durchquerte die Halle. Er rannte, als er zu den Türen kam. Er hastete zum Turm des Kommandanten, stürmte durch alte Schneewehen. Nachdem die Wachen ihn durchgelassen hatten, nahm er je zwei Stufen mit einem Satz. Als er vor dem Lord Commander stand, waren seine Stiefel aufgeweicht, und Jon keuchte mit wildem Blick. »Bran«, sagte er. »Was steht da über Bran?«

Jeor Mormont, Lord Commander der Nachtwache, war ein barscher, alter Mann mit mächtigem, kahlem Kopf und zottigem, grauem Bart. Er hielt einen Raben auf dem Arm und fütterte ihn mit Korn. »Man sagt mir, du könntest lesen.« Er schüttelte den Raben ab, und dieser flatterte mit den Flügeln und flog zum Fenster, wo er sitzen blieb und beobachtete, wie Mormont ein gerolltes Blatt Papier aus seinem Gürtel zog und es Jon reichte. *»Korn«*, krächzte der Rabe mit heiserer Stimme. *»Korn, Korn.«*

Jons Finger zeichnete die Umrisse des Schattenwolfes im weißen Wachs des aufgebrochenen Siegels nach. Er erkannte Robbs Schrift, doch schienen die Buchstaben zu verwischen und zu verlaufen, als er versuchte, sie zu lesen. Er merkte, dass er weinte. Und dann, durch seine Tränen, erkannte er den Sinn in den Worten und hob den Kopf. »Er ist aufgewacht«, sagte er. »Die Götter haben ihn zurückgegeben.«

»Verkrüppelt«, sagte Mormont. »Es tut mir leid, Junge. Lies den Rest des Briefes.«

Er sah die Worte an, doch hatten sie keine Bedeutung. Nichts hatte Bedeutung. Bran würde leben. »Mein Bruder wird leben«, erklärte er Mormont. Der Lord Commander schüttelte den Kopf, nahm eine Handvoll Körner und stieß einen Pfiff aus. Der Rabe flog auf seine Schulter und schrie: *»Leben! Leben!«*

Jon rannte die Treppe hinunter, mit einem Lächeln auf dem Gesicht und Robbs Brief in der Hand. »Mein Bruder wird leben«, erklärte er den Wachen. Die wechselten einen Blick. Er lief in den Speisesaal zurück, wo Tyrion Lannister eben seine Mahlzeit beendete. Er packte den kleinen Mann unter den Armen, hob ihn in die Luft und drehte ihn im Kreis herum. *»Bran wird leben!«*, jauchzte er. Lannister machte ein verdutztes Gesicht. Jon setzte ihn ab und warf ihm das Blatt Papier in die Hände. »Hier, lest selbst«, sagte er.

Die anderen versammelten sich um sie und sahen ihn neugierig an. Jon bemerkte Grenn ein wenig abseits. Ein dicker, wollener Verband war um seine Hand gewickelt. Er wirkte unsicher und betreten, ganz und gar nicht bedrohlich. Jon ging zu ihm. Grenn wich zurück und hob die Hände. »Halt dich von mir fern, du Bastard.«

Jon lächelte ihn an. »Das mit deinem Handgelenk tut mir leid. Robb hat mit mir einmal dasselbe gemacht, nur mit einem Holzschwert. Es hat höllisch weh getan, aber bei dir muss es noch schlimmer sein. Pass auf, wenn du willst, kann ich dir zeigen, wie man sich dagegen wehrt.«

Alliser Thorne hörte ihn. »Jetzt will Lord Snow meinen Posten übernehmen.« Er grinste höhnisch. »Ich könnte eher einem Wolf das Jonglieren beibringen, als dass du diesem Auerochsen etwas beibringst.«

»Die Wette nehme ich an, Ser Alliser«, sagte Jon. »Ich würde nur zu gern sehen, wie Ghost jongliert.«

Jon hörte, wie Grenn erschrocken Luft holte. Es wurde still.

Dann brach Tyrion Lannister in Gelächter aus. Drei der schwarzen Brüder stimmten vom Nachbartisch aus mit ein. Das Gelächter breitete sich über alle Bänke aus, bis sogar die Köche mit einstimmten. Die Vögel rührten sich auf den Dachbalken, und schließlich gluckste sogar Grenn.

Ser Alliser starrte Jon unverwandt an. Während sich das Gelächter um ihn herum ausbreitete, verfinsterte sich seine Miene, und seine Schwerthand ballte sich zur Faust. »Das war ein schwerer Fehler, Lord Snow«, verkündete er schließlich mit der beißenden Stimme eines Feindes.

EDDARD

Wund, müde, hungrig und gereizt ritt Eddard Stark durch die hoch aufragenden Bronzetore des Red Keep. Er war noch zu Pferd, träumte von einem langen, heißen Bad, gebratenem Geflügel und einem Federbett, als der königliche Haushofmeister ihm erklärte, dass der Grand Maester Pycelle ein dringendes Treffen des Kleinen Rates einberufen habe. Die Anwesenheit der Rechten Hand sei erwünscht, sobald es konveniere. »Konvenieren würde es morgen früh«, fuhr Ned ihn an, als er abstieg.

Der Haushofmeister verneigte sich sehr tief. »Ich werde den Ratsherren Euer Bedauern zum Ausdruck bringen, Mylord.«

»Nein, verdammt«, sagte Ned. Es wäre nicht gut, den Rat zu verprellen, bevor er seine Arbeit auch nur aufgenommen hatte. »Ich werde mich mit ihnen treffen. Gebt mir nur etwas Zeit, etwas Präsentableres überzuziehen.«

»Ja, Mylord«, sagte der Haushofmeister. »Wir haben Euch Lord Arryns ehemalige Gemächer im Turm der Rechten Hand gegeben, sofern es Euch beliebt. Ich werde Eure Sachen dorthin bringen lassen.«

»Meinen Dank«, sagte Ned, während er seine Reithandschuhe abstreifte. Der Rest seines Haushalts kam hinter ihm durchs Tor. Ned sah Vayon Poole, seinen eigenen Haushofmeister, und rief nach ihm. »Es scheint, als würde ich dringend im Rat gebraucht. Sorgt dafür, dass meine Töchter ihre Schlafgemächer finden, und sagt Jory, er soll darauf achten, dass sie dort bleiben. Arya wird nicht auf Erkundung gehen.« Poole verneigte sich. Ned wandte sich wieder dem königlichen Haushofmeister zu. »Meine Wagen kämpfen sich noch immer durch die Stadt. Ich werde angemessene Kleidung brauchen.«

»Es wird mir eine große Freude sein«, bot der Haushofmeister seine Hilfe an.

Und so hatte Ned die Ratskammer betreten, in geborgten Kleidern, und fand dort vier Herren des Kleinen Rates.

Die Kammer war reich möbliert. Anstelle von Binsen lagen myrische Teppiche am Boden, und in einer Ecke prangten hundert Fabeltiere in grellen Farben auf einem geschnitzten Schirm von den Summer Isles. Die Wände waren mit Teppichen von Norvos und Qohor und Lys behängt, und zwei valyrische Sphinxe flankierten die Tür; die Augen, die in schwarzen Marmorgesichtern glimmten, waren aus poliertem Granat.

Der Ratsherr, der Eunuch Varys, kam ihm sofort entgegen, als er eintrat. »Lord, ich bin untröstlich, von Euren Problemen auf der Kingsroad zu hören. Wir alle haben die Septe besucht, um eine Kerze für Prinz Joffrey zu entfachen. Ich bete für seine Genesung.« Seine Hand hinterließ Puderspuren an Neds Ärmel, und er roch so faulig wie Blumen auf einem Grab.

»Eure Götter haben Euch erhört«, erwiderte Ned kühl, wenn auch höflich. »Der Prinz erstarkt mit jedem Tag.« Er löste sich aus dem Griff des Eunuchen und durchmaß den Raum dorthin, wo Lord Renly bei dem Schirm stand und sich leise mit einem kleinen Mann unterhielt, bei dem es sich nur um Littlefinger handeln konnte. Renly war ein Junge von acht Jahren gewesen, als Robert den Thron eroberte, doch war er zu einem Mann herangewachsen, der seinem Bruder derart ähnlich war, dass es Ned fast aus der Fassung brachte. Wenn er ihn sah, schien es ihm stets, als seien die Jahre nicht vergangen und Robert stünde vor ihm, direkt nach dem Sieg am Trident.

»Ich sehe, Ihr seid sicher eingetroffen, Lord Stark«, begrüßte ihn Renly.

»Und Ihr seht gleichermaßen wohl aus«, erwiderte Ned. »Ihr müsst mir verzeihen, aber manchmal seid Ihr Eurem Bruder Robert wie aus dem Gesicht geschnitten.«

»Eine schlechte Kopie«, sagte Renly achselzuckend.

»Wenn auch weit besser gekleidet«, spottete Littlefinger.

»Lord Renly gibt für Kleidung mehr aus als die Hälfte aller Damen bei Hofe.«

Es entsprach der Wahrheit. Lord Renly trug dunkelgrünen Samt, sein Wams war mit einem Dutzend goldener Hirsche bestickt. Ein kurzer Umhang aus Goldtuch war lässig über eine Schulter geworfen und mit einer Smaragdbrosche befestigt. »Es gibt üblere Missetaten«, sagte Renly lachend. »Etwa die Art und Weise, wie *Ihr* Euch kleidet.«

Littlefinger überging die spöttische Bemerkung. Er beäugte Ned mit einem Lächeln auf den Lippen, das an Unverschämtheit grenzte. »Ich hoffe schon seit einigen Jahren, Euch einmal zu begegnen, Lord Stark. Zweifellos hat Lady Catelyn Euch von mir erzählt.«

»Das hat sie«, erwiderte Ned mit frostiger Stimme. Die hinterlistige Arroganz dieser Bemerkung nagte an ihm. »Soweit ich weiß, kanntet Ihr auch meinen Bruder Brandon.«

Renly Baratheon lachte. Varys schlurfte herüber, um zuzuhören.

»Zu gut vielleicht«, sagte Littlefinger. »Noch heute trage ich einen Beweis seiner Wertschätzung bei mir. Hat auch Brandon von mir gesprochen?«

»Oft und meist erhitzt«, sagte Ned in der Hoffnung, das würde es beenden.

Er hatte keine Geduld mit diesem Spielchen, das sie spielten, diesem Duell mit Worten.

»Ich hätte gedacht, dass Euch Starks die Hitze übel ansteht«, fuhr Littlefinger fort. »Hier im Süden sagt man, Ihr wäret aus Eis gemacht und müsstet schmelzen, sobald Ihr über den Neck reitet.«

»Ich habe nicht vor, bald zu schmelzen, Lord Baelish. Darauf könnt Ihr bauen.«

Ned trat an den Ratstisch. »Maester Pycelle, ich hoffe, es geht Euch gut.«

Der Grand Maester lächelte sanft von seinem Stuhl am Ende des Tisches herüber. »Gut genug für einen Mann meines Alters, Mylord«, erwiderte er, »doch ermüde ich schnell, wie ich befürchte.« Dünne Strähnen von weißem Haar säumten die breite, kahle Kuppel seiner Stirn über einem freundlichen Gesicht. Seine Ordenskette war kein schlichtes, enges Halsband wie jenes, das Luwin trug, sondern bestand aus zwei Dutzend schweren Ketten, die zu einem massigen, metallenen Halsschmuck geflochten waren, welcher ihn vom Hals bis auf die Brust bedeckte. Die Glieder waren aus allen Metallen geschmiedet, die den Menschen bekannt waren: schwarzes Eisen und rotes Gold, leuchtendes Kupfer und mattes Blei, Stahl und Blech und fahles Silber, Messing und Bronze und Platin. Granate und Amethyste und schwarze Perlen verzierten die Metallarbeiten, und hier und dort ein Smaragd oder Rubin. »Vielleicht sollten wir beginnen«, schlug der Grand Maester vor und faltete die Hände auf seinem mächtigen Bauch. »Ich fürchte, ich schlafe ein, wenn wir noch länger warten.«

»Wie Ihr wünscht.« Der Stuhl des Königs am Kopfende des Tisches blieb leer, der gekrönte Hirsch von Baratheon prangte mit goldenem Faden auf seinen Kissen. Ned nahm als Rechte Hand des Königs den Stuhl daneben. »Mylords«, sagte er förmlich, »es tut mir leid, dass ich Euch warten lassen musste.«

»Ihr seid die Rechte Hand des Königs«, sagte Varys. »Wir haben Euch zu dienen, Lord Stark.«

Während die anderen ihre angestammten Plätze einnahmen, wurde Eddard Stark klar, dass er nicht hierher gehörte, in diese Kammer, zu diesen Männern. Ihm fielen Roberts Worte in der Gruft unter Winterfell ein. *Ich bin von Schmeichlern und Narren umgeben*, hatte der König beteuert. Ned blickte in die Runde und fragte sich, wer die Schmeichler und wer die Narren waren. Er glaubte es schon zu wissen. »Wir sind nur fünf«, bemerkte er.

»Lord Stannis hat sich nach Dragonstone aufgemacht, kurz nachdem der König gen Norden gezogen ist«, sagte Varys, »und unser tapferer Ser Barristan reitet zweifellos an der Seite des Königs, während dieser sich einen Weg durch die Stadt bahnt, wie es einem Lord Commander der Königsgarde gebührt.«

»Vielleicht sollten wir besser warten, bis Ser Barristan und der König sich zu uns gesellen«, schlug Ned vor.

Renly Baratheon lachte laut auf. »Wenn wir darauf warten

wollen, dass mein Bruder uns mit seiner königlichen Gegenwart beehrt, könnte es eine lange Sitzung werden.«

»Unser guter König Robert hat zahlreiche Pflichten«, bemerkte Varys. »Er vertraut uns einige kleine Angelegenheiten an, um seine Last zu mindern.«

»Lord Varys will sagen, dass alles, was mit Münze und Ernte und Gesetzen zu tun hat, meinen Bruder zu Tode langweilt«, erklärte Lord Renly, »und somit fällt es uns zu, das Reich zu regieren. Von Zeit zu Zeit allerdings lässt er uns Befehle zukommen.« Er zog ein zusammengerolltes Blatt Papier aus seinem Ärmel und legte es auf den Tisch. »Heute Morgen hat er mir befohlen, in aller Eile vorauszureiten und Grand Maester Pycelle zu bitten, diesen Rat auf der Stelle einzuberufen. Er hat eine dringende Aufgabe für uns.«

Littlefinger lächelte und reichte das Blatt an Ned weiter. Es trug das königliche Siegel. Ned brach das Wachs mit dem Daumen und strich den Brief glatt, um den dringenden Befehl des Königs zu erfahren, und las die Worte mit wachsendem Unglauben. Wollten Roberts Torheiten denn kein Ende nehmen? Und es in *seinem* Namen zu tun, das war Salz in der Wunde. »Gnaden uns die Götter«, fluchte er.

»Was Lord Eddard sagen will«, verkündete Lord Renly, »ist, dass Seine Majestät uns Weisung gibt, ein großes Turnier zu Ehren seiner Ernennung als Rechte Hand des Königs zu geben.«

»Wie viel?«, fragte Littlefinger nachsichtig.

Ned las die Antwort aus dem Brief. »Vierzigtausend Golddrachen für den Sieger. Zwanzigtausend für den Mann, der Zweiter wird, weitere zwanzig für den Sieger im Handgemenge und zehntausend für den Sieger des Bogenschießens.«

»Neunzigtausend Goldstücke«, seufzte Littlefinger. »Und wir dürfen auch die anderen Kosten nicht vergessen. Robert wird ein gewaltiges Fest erwarten. Das bedeutet Köche, Zimmerleute, Kellnerinnen, Sänger, Jongleure, Narren …«

»Narren haben wir reichlich«, warf Lord Renly ein.

Grand Maester Pycelle sah Littlefinger an und fragte: »Kann die Schatzkammer diese Kosten tragen?«

»Welche Schatzkammer sollte das sein?«, erwiderte Littlefinger und verzog den Mund dabei. »Erspart mir die Narretei, Maester. Ihr wisst so gut wie ich, dass die Schatzkammer seit Jahren leer ist. Ich werde das Geld leihen müssen. Zweifellos werden die Lannisters uns gefällig sein. Wir schulden Lord Tywin momentan etwa drei Millionen Drachen, was machen da schon weitere hunderttausend?«

Ned war sprachlos. »Wollt Ihr damit behaupten, die Krone sei um *drei Millionen* Goldstücke verschuldet?«

»Die Krone ist um mehr als *sechs* Millionen Goldstücke verschuldet, Lord Stark. Den Lannisters gehört der größte Teil davon, aber wir haben auch bei Lord Tyrell geliehen, der Eisernen Bank von Braavos und verschiedenen Handelskartellen der Tyroshi. In letzter Zeit musste ich mich an den Glauben wenden. Der Hohe Septon feilscht schlimmer als ein dornischer Fischhändler.«

Ned war entgeistert. »Aerys Targaryen hat eine Schatzkammer hinterlassen, die vor Gold überquoll. Wie konntet Ihr das geschehen lassen?«

Littlefinger zuckte mit den Achseln. »Der Meister der Münze beschafft das Geld. Der König und die Rechte Hand geben es aus.«

»Ich kann nicht glauben, dass Jon Arryn Robert erlaubt hat, das Reich an den Bettelstab zu bringen«, entfuhr es Ned aufgebracht.

Grand Maester Pycelle schüttelte seinen großen, kahlen Kopf, und seine Ketten klirrten leise. »Lord Arryn war ein umsichtiger Mann, doch fürchte ich, dass Seine Majestät nicht immer auf weise Ratschläge umlenkt.«

»Mein königlicher Bruder liebt Turniere und Feste«, sagte Renly Baratheon, »und er hasst das, was er ›Linsenzählen‹ nennt.«

»Ich werde mit Seiner Majestät sprechen«, entschloss sich Ned. »Dieses Turnier ist eine Ausschweifung, die sich das Reich nicht leisten kann.«

»Sprecht mit ihm, wenn Ihr wollt«, sagte Lord Renly, »wir sollten dennoch besser unsere Pläne machen.«

»An einem anderen Tag«, sagte Ned. Vielleicht zu scharf, nach den Blicken zu urteilen, die sie ihm zuwarfen. Er würde daran denken müssen, dass er nicht mehr auf Winterfell war, wo nur der König über ihm stand. Hier war er nur Erster unter Gleichen. »Verzeiht mir, Mylords«, fügte er mit milderer Stimme hinzu. »Ich bin müde. Lasst uns für heute einen Schlussstrich ziehen und fortfahren, wenn wir wacher sind.« Er bat nicht um ihre Zustimmung, sondern stand abrupt auf, nickte allen zu und machte sich zur Tür auf.

Draußen strömten noch immer Wagen und Reiter durch die Burgtore herein, und der Hof war ein Tumult von Schlamm und Pferden und brüllenden Männern. Der König war noch nicht eingetroffen, wie man ihm erklärte. Seit den schändlichen Vorkommnissen am Trident waren die Starks mit ihrem Haushalt der Hauptkolonne weit vorausgeritten, um sich von den Lannisters und der wachsenden Spannung abzusetzen. Robert war kaum noch zu sehen gewesen. Man sagte, er reiste in der riesigen Karosse, die meiste Zeit betrunken. Falls dem so war, mochte er Stunden zurückliegen, doch käme er für Neds Geschmack noch immer viel zu früh. Er musste nur in Sansas Gesicht sehen, um zu spüren, wie der Zorn in ihm erneut aufflammte. Die letzten zwei Wochen ihrer Reise waren ein einziges Elend gewesen. Sansa gab Arya die Schuld und sagte ihr, dass eigentlich Nymeria hätte sterben sollen. Und Arya hatte allen Halt verloren, als sie hörte, was mit dem Schlachterjungen geschehen war. Sansa weinte sich in den Schlaf, Arya brütete den ganzen Tag schweigend vor sich hin, und Eddard Stark träumte von einer eisigen Hölle, die den Starks von Winterfell vorbehalten war.

Er überquerte den Außenhof, ging unter einem Fallgitter in den Innenhof und war gerade auf dem Weg zu dem, was er für den Turm der Rechten Hand hielt, als Littlefinger vor ihm erschien. »Ihr lauft in die falsche Richtung, Stark. Kommt mit mir.«

Zögernd folgte Ned. Littlefinger führte ihn in einen Turm, eine Treppe hinab, über einen kleinen, vertieften Burghof und einen verlassenen Korridor entlang, in welchem leere Rüstungen entlang der Wände Wache hielten. Es waren Relikte der Targaryen, schwarzer Stahl mit Drachenschuppen als Helmschmuck, jetzt staubig und vergessen. »Das ist nicht der Weg zu meinen Räumen«, sagte Ned.

»Hatte ich das behauptet? Ich führe Euch ins Verlies, um Euch die Kehle aufzuschlitzen und Eure Leiche einzumauern«, gab Littlefinger zurück, und seine Stimme quoll über vor Sarkasmus. »Wir haben dafür keine Zeit, Stark. Eure Frau erwartet Euch.«

»Was spielt ihr hier, Littlefinger? Catelyn ist in Winterfell, Hunderte von Meilen weit entfernt.«

»Ach?« Littlefingers grüngraue Augen glitzerten vor Vergnügen. »Dann, so scheint es mir, muss jemand eine erstaunliche Imitation beherrschen. Zum letzten Mal: Kommt! Oder kommt nicht, und ich behalte sie für mich.« Er hastete die Stufen hinab.

Ned folgte ihm müde, fragte sich, ob dieser Tag wohl jemals enden würde. Er fand keinen Geschmack an diesen Intrigen, doch wurde ihm langsam klar, dass sie für einen Mann wie Littlefinger die reine Wonne waren.

Am Fuße der Treppe war eine schwere Tür aus Eiche und Eisen. Petyr Baelish hob den Riegel an und winkte Ned hindurch. Sie traten in den rötlichen Glanz der Dämmerung hinaus, auf eine felsige Klippe hoch über dem Fluss. »Wir sind draußen vor der Burg«, stellte Ned fest.

»Ihr seid nur schwer zu täuschen, Stark«, höhnte Littlefinger und grinste. »War es die Sonne, die es Euch verraten hat, oder der Himmel? Folgt mir. Es sind Nischen in den Fels gehauen. Versucht, nicht zu Tode zu stürzen, Catelyn würde es mir nie glauben.« Mit diesen Worten war er hinter der Klippe verschwunden und stürmte schnell wie ein Äffchen hinab.

Ned betrachtete die Felswand der Klippe für einen Moment, dann folgte er ihm langsamer. Die Nischen waren da, ganz wie Littlefinger es angekündigt hatte, flache Mulden, die von unten nicht zu sehen waren, wenn man nicht genau wusste, wo man suchen sollte. Der Fluss lag in weiter, schwindelerregender Tiefe unter ihm. Ned hielt sein Gesicht fest an den Fels gepresst und gab sich Mühe, nicht öfter als notwendig hinunterzublicken.

Als er endlich unten ankam, an einem schmalen, schlammigen Pfad am Ufer, faulenzte Littlefinger auf einem Stein und aß einen Apfel. Er war schon fast beim Kerngehäuse. »Ihr werdet alt und langsam, Stark«, sagte er und schnippte den Apfel beiläufig ins rauschende Wasser. »Macht nichts, wir reiten den Rest des Weges.« Zwei Pferde warteten. Ned stieg auf und trabte ihm hinterher, den Pfad hinab zur Stadt.

Schließlich hielt Baelish vor einem baufälligen Haus, dreistöckig, aus Holz gebaut, die Fenster hell vom Lampenschein in der Abenddämmerung. Musik und heiseres Gelächter war zu hören und trieb übers Wasser hin. Neben der Tür hing eine verzierte Öllampe an einer schweren Kette, mit einer Kugel aus rotem Bleiglas.

Wutentbrannt stieg Ned Stark von seinem Pferd. »Ein Bordell«, sagte er, als er Littlefinger bei der Schulter nahm und ihn herumdrehte. »Ihr habt mich den ganzen Weg hierher gebracht, um mich in ein Bordell zu führen.«

»Eure Frau ist dort drinnen«, sagte Littlefinger.

Es war die endgültige Beleidigung. »Brandon war zu gut gegen Euch«, sagte Ned, als er den kleinen Mann gegen die Wand schlug und ihm seinen Dolch unter den spitzen Kinnbart hielt.

»Mylord, *nein*«, rief eine aufgebrachte Stimme. »Er spricht die Wahrheit.« Hinter ihm waren Schritte zu hören.

Ned fuhr herum, mit dem Messer in der Hand, als ein alter, weißhaariger Mann ihnen entgegenstürzte. Er trug grobes, braunes Tuch, und die weiche Haut unter seinem Kinn schwabbelte, wenn er rannte. »Das ist nicht Eure Sache«, setzte Ned an, dann plötzlich erkannte er ihn. Erstaunt ließ er den Dolch sinken. *»Ser Rodrik?«*

Rodrik Cassel nickte. »Eure Lady erwartet Euch oben.«

Ned wusste nicht mehr weiter. »Catelyn ist wirklich hier? Das Ganze ist kein schlechter Scherz von Littlefinger?« Er steckte seine Klinge ein.

»Wenn es nur so wäre, Stark«, sagte Littlefinger. »Folgt mir und versucht, einen Hauch lüsterner und etwas weniger wie die Rechte Hand des Königs zu wirken. Es wäre nicht von Vorteil, wenn man Euch erkennt. Vielleicht solltet Ihr die eine oder andere Brust tätscheln, nur so im Vorübergehen.«

Sie gingen hinein, durch einen überfüllten Schankraum, in dem eine dicke Frau zotige Lieder sang, während hübsche junge Mädchen in Leinenhemden und Fetzen aus farbiger Seide sich an ihre Freier drückten und an deren Schoß schmiegten. Niemand widmete Ned auch nur die leiseste Aufmerksamkeit. Ser Rodrik wartete unten, während Littlefinger ihn ins zweite Stockwerk führte, einen Korridor entlang und durch eine Tür.

Dahinter wartete Catelyn. Sie stieß einen Schrei aus, als sie ihn sah, lief ihm entgegen und umarmte ihn stürmisch.

»Mylady«, flüsterte Ned staunend.

»Oh, sehr gut«, seufzte Littlefinger. »Ihr habt sie erkannt.«

»Ich fürchtete, Ihr würdet nie mehr kommen, Mylord«, flüsterte sie an seiner Brust. »Petyr hat mir Nachricht gebracht. Er berichtete mir von Euren Problemen mit Arya und dem jungen Prinzen. Wie geht es meinem Mädchen?«

»Beide sind von Trauer und Wut erfüllt«, erklärte er. »Cat, ich verstehe nicht. Was macht Ihr in King's Landing? Was ist geschehen?«, fragte Ned seine Frau. »Geht es um Bran? Ist er ...« Tot war das Wort, das an seine Lippen kam, doch nicht darüber.

»Es geht um Bran, doch nicht so, wie Ihr glaubt«, erklärte Catelyn.

Ned war erstaunt. »Was dann? Weshalb seid Ihr hier, Liebste? Was ist dieses Haus?«

»Genau das, was es zu sein scheint«, sagte Littlefinger und ließ sich auf einen Stuhl am Fenster nieder. »Ein Bordell. Könnt Ihr Euch einen Ort vorstellen, an dem es unwahrscheinlicher wäre, Catelyn Tully zu finden?« Er lächelte. »Wie der Zufall es will, gehört mir dieses Etablissement, so dass die Unterbringung leicht zu arrangieren war. Ich bin sehr darauf bedacht, die Lannisters nicht erfahren zu lassen, dass Cat hier in King's Landing ist.«

»Warum?«, verlangte Ned zu wissen. Dann sah er ihre Hände, die unbeholfene Art und Weise, wie sie sie hielt, die groben, roten Narben, die beiden steifen Finger ihrer Linken. »Man hat dich verletzt.« Er nahm ihre Hände in die seinen, drehte sie um. »Bei den Göttern. Das sind tiefe Schnitte... ein Hieb von einem Schwert oder... wie ist das geschehen, Mylady?«

Catelyn zog einen Dolch unter ihrem Umhang hervor und legte ihn in seine Hand. »Mit dieser Klinge sollte Bran die Kehle durchschnitten werden, um ihn verbluten zu lassen.«

Neds Kopf zuckte hoch. »Aber... wer... warum sollte ...«

Sie legte einen Finger an seine Lippen. »Lasst mich alles berichten, Geliebter. So geht es schneller. Hört mich an.«

Und so hörte er sie an, und sie berichtete ihm alles, vom Brand im Bücherturm bis hin zu Varys und den Wachen und Littlefinger. Und als sie fertig war, saß Eddard Stark benommen neben dem Tisch, den Dolch in der Hand. Brans Wolf hatte dem Jungen das Leben gerettet, dachte er dumpf. Was hatte Jon gesagt, als sie die Welpen im Schnee gefunden hatten? *Diese Welpen sind für Eure Kinder gemacht, Mylord.* Und Sansas Wolf hatte er getötet, doch wozu? War es Schuld, was er empfand? Oder Angst? Falls die Götter diese Wölfe gesandt haben sollten, welche Dummheit hatte er begangen?

Qualvoll zwang Ned seine Gedanken zum Dolch und dem, was er bedeutete, zurück. »Der Dolch des Gnoms«, wiederholte er. Es machte keinen Sinn. Seine Hand legte sich um den glatten Griff aus Drachenknochen, und er schlug die Klinge auf den Tisch, spürte, wie sie sich ins Holz bohrte. Höhnend stand sie da. »Warum sollte Tyrion Lannister wollen, dass Bran stirbt? Der Junge hat ihm nie etwas getan.«

»Habt Ihr Starks nur Schnee zwischen den Ohren?«, fragte Littlefinger. »Der Gnom hätte nie auf eigene Faust gehandelt.«

Ned stand auf und durchmaß den Raum der Länge nach. »Falls die Königin oder, mögen uns die Götter gnädig sein, der König selbst in dieser Sache eine Rolle spielt … nein, das kann ich nicht glauben.« Doch als er ebendiese Worte sagte, fiel ihm jener kalte Morgen in der Steppe ein, und Roberts Worte davon, der Prinzessin der Targaryen gedungene Mörder zu schicken. Ihm fiel Rhaegars kleiner Sohn ein, die rote Ruine seines Schädels, und wie sich der König abgewandt hatte, in Darrys Audienzsaal vor nicht allzu langer Zeit. Noch jetzt hörte er Sansas Flehen, wie einst auch Lyanna gefleht hatte.

»Höchstwahrscheinlich wusste der König es *nicht*«, sagte Littlefinger. »Es wäre nicht das erste Mal. Unser guter Robert ist geübt darin, die Augen vor Dingen zu verschließen, die er nicht sehen möchte.«

Darauf wusste Ned keine Antwort. Das Gesicht des Schlachterjungen tauchte vor seinen Augen auf, wie er, fast in zwei

Hälften gehackt, dalag, und der König hatte kein Wort dazu gesagt. Es hämmerte in seinem Kopf.

Littlefinger schlenderte zum Tisch hinüber und drehte das Messer aus dem Holz. »Die Anschuldigung bedeutet in beiden Fällen Hochverrat. Beschuldigt den König, und Ihr tanzt mit Ilyn Payne, bevor die Worte noch aus Eurem Mund gekommen sind. Die Königin … *falls* Ihr Beweise finden könntet, falls Ihr es schafft, dass Robert Euch anhört, dann vielleicht …«

»Wir haben einen Beweis«, hielt Ned dagegen. »Wir haben den Dolch.«

»Das hier?« Littlefinger wirbelte das Messer lässig durch die Luft. »Ein hübsches Stückchen Stahl, doch hat es wohl zwei Schneiden, Mylord. Der Gnom wird ohne Zweifel schwören, dass es verloren oder gestohlen wurde, als er selbst auf Winterfell war, und nachdem sein gedungener Mörder tot ist, wer soll ihn nun als Lügner entlarven?« Er warf das Messer etwas mehr in Neds Richtung. »Mein Rat wäre, dieses Ding in den Fluss zu werfen und zu vergessen, dass es je geschmiedet wurde.«

Ned betrachtete ihn mit kaltem Blick. »Lord Baelish, ich bin ein Stark von Winterfell. Mein Sohn ist verkrüppelt, dem Tode nah. Er wäre bereits tot, und Catelyn mit ihm, wäre da nicht dieses Wolfsjunge gewesen, das wir im Schnee gefunden haben. Falls Ihr wirklich glauben solltet, dass ich das vergessen könnte, seid Ihr heute noch ein ebensolcher Narr wie damals, als Ihr Euer Schwert gegen meinen Bruder erhoben habt.«

»Ein Narr mag ich wohl sein, Stark … nur bin ich noch immer hier, während Euer Bruder schon seit vierzehn Jahren tot ist. Wenn Ihr so darauf bedacht seid, an seiner Seite zu verfaulen, so liegt es mir fern, Euch davon abzubringen, doch möchte ich an dieser Gesellschaft lieber nicht teilhaben, vielen Dank.«

»Ihr wäret der letzte Mensch, den ich freiwillig an einer Gesellschaft teilhaben ließe, Lord Baelish.«

»Ihr habt mich tief verwundet.« Littlefinger legte die Hand auf sein Herz. »Ich für mein Teil habe Euch Starks stets als ermüdenden Haufen erlebt, doch scheint Cat an Euch zu hängen, aus Gründen, die mir fern sind. Ich will versuchen, Euch um ihretwillen am Leben zu erhalten. Zugegebenermaßen ein durchaus närrisches Vorhaben, nur könnte ich Eurer Gattin nichts ausschlagen.«

»Ich habe Petyr von unserem Verdacht über Jon Arryns Tod erzählt«, sagte Catelyn. »Er hat versprochen, dass er Euch helfen will, die Wahrheit ans Licht zu bringen.«

Das war keine Neuigkeit, die Eddard Stark gern hörte, doch traf es sicher zu: Sie brauchten Hilfe. Und Littlefinger war für Cat einst fast ein Bruder gewesen. Es wäre nicht das erste Mal, dass Ned gezwungen war, mit einem Mann, den er verachtete, gemeinsame Sache zu machen. »Also gut«, sagte er und schob den Dolch in seinen Gürtel. »Ihr habt von Varys gesprochen. Weiß der Eunuch von alledem?«

»Nicht aus meinem Mund«, sagte Catelyn. »Ihr habt keine Närrin geheiratet, Eddard Stark. Nur besitzt Varys wie kein anderer Möglichkeiten, Dinge in Erfahrung zu bringen. Er beherrscht dunkle Künste, Ned, ich schwöre es.«

»Er hat Spione, das ist wohlbekannt«, sagte Ned mit wegwerfender Geste.

»Es ist mehr als das«, beharrte Catelyn. »Ser Rodrik traf sich mit Ser Aron Santagar in aller Heimlichkeit, und dennoch wusste die Spinne von ihrem Gespräch. Ich fürchte diesen Mann.«

Littlefinger lächelte. »Überlasst Lord Varys mir, meine Liebe. Wenn Ihr mir eine kleine Obszönität verzeihen wollt – und wo wäre sie angebrachter als hier: Ich halte die Eier dieses Mannes mit fester Hand.« Er machte lächelnd eine hohle Hand. »Oder ich würde es tun, wenn er ein Mann wäre oder Eier hätte. Seht Ihr, wird der Kuchen erst angeschnitten, fangen die Vögel an zu singen, und das würde Varys nicht gefallen. Wäre ich an Eurer Stelle, würde ich mich mehr um die Lannisters und weniger um den Eunuchen sorgen.«

Ned brauchte keinen Littlefinger, der ihm das erzählte. Er dachte an jenen Tag zurück, als Arya gefunden wurde, an den Ausdruck auf dem Gesicht der Königin, als sie sagte: *Wir haben einen Wolf*, so sanft und leise. Er dachte an den Jungen Mycah, an Jon Arryns plötzlichen Tod, an Brans Sturz, an den alten, irren Aerys Targaryen, der sterbend am Boden seines Thronsaals lag, während sein Herzblut an einer vergoldeten Klinge trocknete. »Mylady«, sagte er zu Catelyn gewandt, »hier gibt es nichts mehr, was Ihr tun könntet. Ich möchte, dass Ihr augenblicklich nach Winterfell zurückkehrt. Wo ein Attentäter ist, könnten noch weitere sein. Wer Brans Tod befohlen hat, wird bald schon in Erfahrung bringen, dass der Junge noch lebt.«

»Ich hatte gehofft, ich könnte die Mädchen sehen …«, sagte Catelyn.

»Das wäre in höchstem Maße unklug«, warf Littlefinger ein. »Der Red Keep ist voll neugieriger Augen, und Kinder reden.«

»Er sagt die Wahrheit, Liebste«, erklärte Ned. Er umarmte sie. »Nehmt Ser Rodrik und reitet nach Winterfell. Ich werde auf die Mädchen achten. Geht heim zu Euren Söhnen und schützt sie.«

»Wie Ihr meint, Mylord.« Catelyn hob ihr Gesicht, und Ned küsste sie. Ihre zerschnittenen Hände klammerten sich mit verzweifelter Kraft an seinen Rücken, als wollte sie ihn für immer im Schutz ihrer Umarmung halten.

»Würden der Lord und die Lady gern Gebrauch von einem Schlafgemach machen?«, fragte Littlefinger. »Ich sollte Euch warnen, Stark, für gewöhnlich nehmen wir hier dafür Geld.«

»Ein Augenblick allein ist alles, worum ich bitte«, antwortete Catelyn.

»Natürlich.« Littlefinger schlenderte zur Tür. »Lasst es nicht zu lang werden, es ist an der Zeit, dass die Hand und ich wieder in der Burg erscheinen, bevor man unsere Abwesenheit bemerkt.«

Catelyn ging zu ihm und nahm seine Hände in die ihren. »Ich werde nicht vergessen, wie du mir geholfen hast, Petyr. Als deine Männer mich holen wollten, wusste ich nicht, ob sie mich zu Freund oder Feind bringen. Ich habe mehr als einen Freund gefunden. Ich habe einen Bruder gefunden, den ich verloren glaubte.«

Petyr Baelish lächelte. »Ich bin schrecklich sentimental, meine Liebe. Sagt es besser niemandem. Ich habe Jahre gebraucht, bis ich den Hof von meiner Grausamkeit und Bosheit überzeugt hatte, und ich würde nur ungern erleben, dass all die harte Arbeit umsonst war.«

Ned glaubte kein Wort davon, doch sprach er mit höflicher Stimme, als er sagte: »Auch mein Dank soll Euch gelten, Lord Baelish.«

»Oh, nun, *das* ist ein wahrer Schatz«, sagte Littlefinger aufgeregt.

Als die Tür hinter ihm ins Schloss fiel, wandte sich Ned wieder seiner Frau zu. »Sobald Ihr zurück seid, gebt Helman Tallhart und Galbart Glover Nachricht unter meinem Siegel. Sie sollen jeder hundert Bogenschützen aufbringen und Moat Calin befestigen. Zweihundert entschlossene Schützen können den Neck gegen eine Armee verteidigen. Weist Lord Manderly an, sämtliche Verteidigungsanlagen in White Harbor zu verstärken und zu reparieren und dafür zu sorgen, dass sie ordentlich bemannt sind. Und von heute an soll gut auf Theon Greyjoy geachtet werden. Falls es zum Krieg kommt, werden wir die Flotte seines Vaters dringend brauchen.«

»*Krieg?*« Die Angst stand Catelyn offen ins Gesicht geschrieben.

»Es wird schon nicht geschehen«, versprach Ned und betete, dass es stimmte. Noch einmal schloss er sie in seine Arme. »Die Lannisters sind Schwäche gegenüber gnadenlos, wie Aerys Targaryen zu seinem Leidwesen erfahren musste, doch würden sie nicht wagen, den Norden ohne die gesamte Macht des Reiches im Rücken anzugreifen, und diese sollen sie nicht bekommen. Ich muss diesen Narrentanz mitspielen, als wäre nichts geschehen. Erinnere dich, wozu ich hergekommen bin, Geliebte. Falls ich Beweise finde, dass die Lannisters Jon Arryn ermordet haben sollten …«

Er spürte, wie Catelyn in seinen Armen zitterte. Ihre vernarbte Hand hielt ihn fest. »Falls«, sagte sie, »was dann, Liebster?«

Das war der gefährliche Teil, wie Ned wusste. »Alles Recht entspringt dem König«, erklärte er. »Wenn ich die Wahrheit kenne, muss ich damit zu Robert gehen.« *Und beten, dass er der Mann ist, für den ich ihn halte*, endete er im Stillen, *und nicht der Mann, der wohl aus ihm geworden ist.*

TYRION

Seid Ihr sicher, dass Ihr uns schon so bald verlassen müsst?«, fragte ihn der Lord Commander.

»Mehr als sicher, Lord Mormont«, erwiderte Tyrion. »Mein Bruder Jaime wird sich fragen, was aus mir geworden ist. Er könnte zu dem Schluss kommen, Ihr hättet mich überredet, das Schwarz zu tragen.«

»Würde ich, wenn ich könnte.« Mormont nahm eine Krebsschere und zerbrach sie in seiner Faust. So alt er sein mochte, der Lord Commander besaß doch noch immer Bärenkräfte. »Ihr seid ein kluger Mann, Tyrion. Für Männer wie Euch haben wir auf der Mauer Verwendung.«

Tyrion grinste. »Dann sollte ich die Sieben Königslande nach Zwergen durchforsten und sie allesamt zu Euch verfrachten, Lord Mormont.« Während sie darüber lachten, schlürfte er das Fleisch aus einem Krebsbein und griff sich das nächste. Die Krebse waren erst am Morgen von Eastwatch eingetroffen, in einem Fass voller Eis, und sie waren saftig.

Ser Alliser Thorne war der einzige Mann am Tisch, der nicht einmal den Anflug eines Lächelns zeigte. »Lannister verspottet uns.«

»Nur Euch allein, Ser Alliser«, beteuerte Tyrion. Diesmal hatte das Gelächter um den Tisch einen unsicheren, nervösen Unterton.

Thornes schwarze Augen richteten sich voller Verachtung auf Tyrion. »Ihr habt eine kühne Zunge für jemanden, der nicht einmal ein halber Mann ist. Vielleicht solltet Ihr mit mir dem Hof einen Besuch abstatten.«

»Wozu?«, fragte Tyrion. »Die Krebse sind hier.«

Diese Bemerkung rief weiteres Gelächter hervor. Ser Alliser stand auf, sein Mund ein schmaler Strich. »Kommt und reißt Eure Scherze mit Stahl in der Hand.«

Tyrion blickte auf seine rechte Hand. »Aber ich habe Stahl in meiner Hand, Ser Alliser, auch wenn es mir eine Krebsgabel zu sein scheint. Sollen wir uns duellieren?« Er sprang auf seinen Stuhl und begann, mit seiner winzigen Gabel an Thornes Brust herumzustechen. Brüllendes Gelächter erfüllte das Turmzimmer. Krebsstücke fielen dem Lord Commander aus dem Mund, während er hustete und würgte. Selbst sein Rabe stimmte mit ein und krächzte laut vom Fenster her.

»Duell! Duell! Duell!«

Ser Alliser Thorne stolzierte derart steif hinaus, als steckte ein Dolch in seinem Hintern.

Noch immer rang Mormont um Atem. Tyrion klopfte ihm auf den Rücken. »Dem Sieger gebührt die Beute«, rief er aus. »Ich verlange Thornes Anteil an den Krebsen.«

Endlich erholte sich der Lord Commander. »Ihr seid ein böser Mensch, unseren Ser Alliser derart zu provozieren«, schalt er Tyrion.

Dieser setzte sich und nahm einen Schluck Wein. »Wenn sich jemand eine Zielscheibe auf die Brust malt, sollte er davon ausgehen, dass früher oder später ein Pfeil auf ihn abgeschossen wird. Ich habe tote Männer gesehen, die mehr Humor als Euer Ser Alliser hatten.«

»Stimmt nicht«, wandte Bowen Marsh, der Lord Haushofmeister, ein, dessen Gesicht rund und rot wie ein Granatapfel war. »Ihr solltet die drolligen Namen hören, die er den Knaben gibt, wenn er sie ausbildet.«

Tyrion hatte einige dieser drolligen Namen gehört. »Ich wette, dass die Knaben auch für ihn den einen oder anderen Namen kennen«, sagte er. »Reibt Euch das Eis aus den Augen, edle Herren. Ser Alliser Thorne sollte Eure Ställe ausmisten, nicht Eure jungen Krieger ausbilden.«

»In der Wache herrscht kein Mangel an Stallburschen«, knurrte Lord Mormont. »Das scheint heutzutage alles zu sein, was man uns schickt. Stallburschen, Diebe und Vergewaltiger.

Ser Alliser ist ein gesalbter Ritter, einer der wenigen, die das Schwarz angelegt haben, seit ich Lord Commander bin. In King's Landing hat er tapfer gekämpft.«

»Auf der falschen Seite«, bemerkte Ser Jaremy Rykker trocken. »Ich muss es wissen, ich stand neben ihm auf den Zinnen. Tywin Lannister ließ uns die Wahl. Geht in Schwarz oder tragt Eure Köpfe noch vor Einbruch der Dunkelheit auf Spießen. Ohne Euch zu nahe treten zu wollen, Tyrion.«

»Das tut Ihr nicht, Ser Jaremy. Mein Vater ist ein großer Freund von aufgespießten Köpfen, besonders jener Leute, die ihn auf die eine oder andere Weise verärgert haben. Und ein edles Gesicht wie das Eure, nun, zweifelsohne sah er schon vor sich, wie Ihr die Stadtmauer über dem Königstor ziert. Ich glaube, Ihr hättet dort atemberaubend ausgesehen.«

»Danke sehr«, erwiderte Ser Jaremy sarkastisch.

Lord Commander Mormont räusperte sich. »Manchmal fürchte ich, Ser Alliser hätte Euch durchschaut, Tyrion. Ihr verspottet uns und unsere edle Aufgabe hier *tatsächlich*.«

Tyrion zuckte mit den Schultern. »Wir alle müssen von Zeit zu Zeit verspottet werden, damit wir uns nicht allzu ernst nehmen. Mehr Wein bitte.« Er hielt seinen Becher hin.

Während Rykker diesen für ihn füllte, sagte Bowen Marsh: »Ihr habt großen Durst für einen so kleinen Mann.«

»Oh, ich denke, dass Lord Tyrion ein ziemlich großer Mann ist«, sagte Maester Aemon vom anderen Ende des Tisches her. Er sprach leise, und die hohen Offiziere der Nachtwache schwiegen, um besser zu hören, was der Greis zu sagen hatte. »Ich denke, er ist ein Riese unter uns, hier am Ende der Welt.«

Tyrion antwortete freundlich: »Man hat mich schon vieles genannt, Mylord, doch *Riese* war nur selten darunter.«

»Nichtsdestoweniger«, sagte Maester Aemon, während sich seine trüben, milchweißen Augen Tyrion zuwandten: »Ich denke, es stimmt.«

Dieses eine Mal fehlten Tyrion Lannister die Worte. Er konnte sich nur höflich verneigen. »Ihr seid zu gütig, Maester Aemon.«

Der blinde Mann lächelte. Er war winzig, faltig und haarlos, eingesunken unter dem Gewicht von einhundert Jahren, so dass die Ordenskette aus den vielen Metallen lose um seinen Hals hing. »Man hat mich schon vieles genannt, Mylord«, sagte er, »doch gütig war nur selten darunter.« Diesmal lachte Tyrion selbst als Erster.

Viel später, als das ernste Geschäft des Essens beendet war und die anderen sie verlassen hatten, bot Mormont Tyrion einen Stuhl beim Feuer und einen Becher mit gewürztem Weingeist an, der so stark war, dass er ihm die Tränen in die Augen trieb. »Die Kingsroad kann so weit im Norden gefährlich sein«, erklärte ihm der Lord Commander, während sie tranken.

»Ich habe Jyck und Morrec«, sagte Tyrion, »und Yoren reitet wieder gen Süden.«

»Yoren ist nur ein einziger Mann. Die Wache wird Euch bis Winterfell begleiten«, verkündete Mormont mit einer Stimme, die keine Widerworte duldete. »Drei Mann sollten genügen.«

»Wenn Ihr darauf besteht, Mylord«, fügte sich Tyrion. »Ihr könntet den jungen Snow schicken. Er würde sich über die Gelegenheit freuen, seine Brüder wiederzusehen.«

Mormont sah ihn durch seinen dicken, grauen Bart fragend an. »Snow? Oh, der Stark-Bastard. Ich glaube nicht. Die Jungen müssen das Leben, das sie hinter sich gelassen haben, vergessen, die Brüder und Mütter und all das. Ein Besuch zu Hause würde nur Gefühle wecken, die man am besten unangetastet lässt. Ich kenne das. Meine eigene Blutsverwandtschaft … meine Schwester Maege regiert inzwischen über die Bäreninsel, seit mein Sohn uns Schande gemacht hat. Ich habe Nichten, die ich noch nie gesehen habe.« Er nahm einen Schluck. »Außerdem ist Jon Snow noch ein Junge. Ihr sollt drei kräftige Schwertkämpfer bekommen, damit Ihr sicher seid.«

»Eure Sorge rührt mich, Lord Mormont.« Der starke Trunk ließ Tyrion übermütig werden, wenn auch nicht zu berauscht, um zu merken, dass der alte Bär etwas von ihm wollte. »Ich hoffe, ich kann mich für Eure Freundlichkeit erkenntlich zeigen.«

»Das könnt Ihr«, sagte Mormont barsch. »Eure Schwester sitzt an der Seite des Königs. Euer Bruder ist ein großer Ritter und Euer Vater der mächtigste Lord in den Sieben Königslanden. Sprecht in unserem Namen mit ihnen. Berichtet ihnen von unseren Nöten. Ihr habt es selbst gesehen, Mylord. Die Nachtwache stirbt. Unsere Stärke liegt inzwischen unter tausend Mann. Sechshundert hier, zweihundert im Shadow Tower, weniger noch in Eastwatch, und nur ein knappes Drittel davon sind kämpfende Truppen. Die Mauer ist hundert Wegstunden lang. Überlegt nur. Sollte ein Angriff erfolgen, habe ich drei Mann für jede Meile Mauer.«

»Drei und ein Drittel«, berichtigte Tyrion gähnend.

Mormont schien ihn kaum zu hören. Der alte Mann wärmte seine Hände am Feuer. »Ich habe Benjen Stark auf die Suche nach Yohn Royce' Sohn geschickt, der seit seiner ersten Patrouille vermisst wird. Der junge Royce war grün hinter den Ohren wie eine Sommerwiese, dennoch bestand er auf der Ehre, sein eigenes Kommando zu führen, meinte, es sei seine Pflicht als Ritter. Ich wollte seinen Hohen Vater nicht beleidigen, daher habe ich ihm nachgegeben. Ich habe ihn mit zwei Mann losgeschickt, die ich zu den besten der Wache zählte. Ich Narr.«

»Narr«, gab der Rabe ihm recht. Tyrion blickte auf. Der Vogel starrte mit diesen winzigen, schwarzen Augen auf ihn herab und plusterte sich auf. »Narr«, rief er erneut. Zweifelsohne würde der alte Mormont es ihm übel nehmen, wenn er das Vieh erdrosselte. Eine Schande.

Der Lord Commander schenkte dem ärgerlichen Vogel keinerlei Beachtung. »Gared war fast so alt wie ich und länger auf der Mauer«, fuhr er fort, »dennoch scheint es, als hätte er uns abgeschworen und sei geflohen. Ich hätte es nie geglaubt, nicht von ihm, doch Lord Eddard hat mir seinen Kopf von Winterfell geschickt. Von Royce kein Wort. Ein Deserteur und zwei Mann verloren, und jetzt wird auch Benjen Stark vermisst.« Er seufzte schwer. »Wen soll ich auf die Suche nach ihm schicken? In zwei Jahren werde ich siebzig. Zu alt und zu müde für die Last, die ich trage, doch wenn ich sie absetze, wer wird sie aufnehmen? Alliser Thorne? Bowen Marsh? Ich müsste so blind wie Maester Aemon sein, wenn ich nicht sähe, was sie sind. Die Nachtwache ist zu einer Armee trübsinniger Burschen und müder, alter Männer verkommen. Sieht man von den Männern ab, die heute Abend hier an meinem Tisch saßen, habe ich vielleicht noch zwanzig, die lesen können, und sogar noch weniger, die denken oder planen oder *führen* können. Früher verbrachte die Wache die Sommer beim Bau, und jeder Lord Commander hinterließ die Mauer höher, als er sie übernommen hatte. Inzwischen versuchen wir nur noch, am Leben zu bleiben.«

Es war ihm todernst, wie Tyrion merkte. Es war ihm etwas peinlich für den alten Mann. Lord Mormont hatte einen Gutteil seines Lebens auf der Mauer zugebracht, und er brauchte den Glauben daran, dass diese Jahre von Bedeutung wären. »Ich verspreche Euch, der König wird von Euren Nöten erfahren«, gelobte Tyrion feierlich, »und ich werde außerdem mit meinem Vater und meinem Bruder Jaime sprechen.« Und das würde er auch. Tyrion stand für sein Wort ein. Den Rest ließ er ungesagt. Dass König Robert ihn ignorieren, Lord Tywin ihn fragen, ob er den Verstand verloren habe, und Jaime nur lachen würde.

»Ihr seid ein junger Mann, Tyrion«, setzte Mormont wieder an. »Wie viele Winter habt Ihr schon erlebt?«

Er zuckte mit den Schultern. »Acht, neun, ich weiß nicht.«

»Und alle davon kurz.«

»Wie Ihr es sagt, Mylord.« Er war mitten in einem Winter geboren, einem besonders schrecklichen Winter, von dem die Maester sagten, er habe fast drei Jahre gedauert, doch Tyrions früheste Erinnerungen galten dem Frühling.

»Als ich klein war, sagte man, ein langer Sommer bedeute stets, dass auch ein langer Winter folgte. Dieser Sommer dauerte *neun Jahre*, Tyrion, und ein zehntes wird sich bald anschließen. Denkt daran.«

»Als *ich* klein war«, erwiderte Tyrion, »erzählte meine Amme mir, dass eines Tages, sofern die Menschen gut seien, die Götter der Welt einen Sommer ohne Ende schenken würden. Vielleicht waren wir besser, als wir denken, und der Große Sommer ist endlich gekommen.« Er grinste.

Der Lord Commander schien darüber nicht lachen zu können. »Ihr seid nicht Narr genug, um das zu glauben, Mylord. Schon werden die Tage kürzer. Es kann kein Zweifel daran bestehen. Aemon hat Briefe von der *Citadel* bekommen, Erkenntnisse, die mit seinen eigenen übereinstimmen. Das Ende des Sommers steht uns kurz bevor.« Mormont streckte einen Arm aus und hielt Tyrion fest bei der Hand. »Ihr müsst es Ihnen begreiflich machen. Ich sage Euch, Mylord, die Finsternis kommt. Es gibt wilde Tiere in den Wäldern, Schattenwölfe und Mammuts und Schneebären von der Größe eines Auerochsen, und in meinen Träumen habe ich noch finsterere Gestalten gesehen.«

»In Euren Träumen«, wiederholte Tyrion und dachte daran, wie dringend er noch einen starken Trunk benötigte.

Mormont war dem scharfen Unterton in seiner Stimme gegenüber taub. »Die Fischer bei Eastwatch haben Weiße Wanderer am Ufer gesehen.«

Diesmal konnte Tyrion seine Zunge nicht hüten. »Die Fischer von Lannisport sehen oftmals Meerjungfrauen.«

»Denys Mallister schreibt, dass die Bergmenschen gen Süden ziehen und in größerer Zahl als je zuvor am Shadow Tower vorüberkommen. Sie fliehen, Mylord ... nur *wovor* fliehen sie?« Lord Mormont trat ans Fenster und starrte in die Nacht hinaus. »Meine Knochen sind alt, Lannister, doch haben sie nie zuvor eine Kälte wie diese gespürt. Berichtet dem König, was ich Euch sage, ich bitte Euch. Der Winter *naht,* und wenn die Lange Nacht kommt, wird nur die Nachtwache zwischen dem Reich und der Finsternis stehen, die von Norden her drängt. Die Götter mögen uns beistehen, wenn wir dafür nicht vorbereitet sind.«

»Die Götter mögen *mir* beistehen, wenn ich heute Nacht nicht etwas Schlaf bekomme. Yoren ist fest entschlossen, beim ersten Licht des Tages aufzubrechen.« Tyrion erhob sich, schläfrig vom Wein und des Untergangs müde. »Ich danke Euch für alle Freundlichkeit, die Ihr mir entgegengebracht habt, Lord Mormont.«

»Erzählt es ihnen, Tyrion. Erzählt es ihnen, damit sie es glauben. Das ist aller Dank, den ich brauche.« Er stieß einen Pfiff aus, und sein Rabe flog zu ihm und hockte sich auf seine Schulter. Mormont lächelte und gab dem Vogel ein paar Körner aus seiner Tasche, und so ließ Tyrion ihn zurück.

Draußen war es bitterkalt. In dicke Felle gewickelt zog Tyrion seine Handschuhe an und nickte den armen, erfrorenen Wichten zu, die vor dem Turm des Kommandanten Wache schoben. Er machte sich auf den Weg über den Hof zu seinen eigenen Gemächern im King's Tower, wobei er so schnell ging, wie seine kurzen Beine es zuließen. Schnee knirschte unter seinen Füßen, wenn seine Stiefel die nächtliche Kruste durchbrachen, und sein Atem dampfte vor ihm wie ein Banner. Er schob die Hände unter die Achseln und lief schneller, betete, dass Morrec daran gedacht hatte, sein Bett mit heißen Ziegeln aus dem Feuer vorzuwärmen.

Hinter dem King's Tower schimmerte die Mauer im Licht des Mondes unermesslich und geheimnisvoll. Einen Augenblick blieb Tyrion stehen, um hinaufzusehen. Seine Beine schmerzten vor Kälte und Eile.

Plötzlich ergriff ihn eine seltsame Tollheit, die Sehnsucht, einmal noch über das Ende der Welt hinauszublicken. Es wäre seine letzte Chance, dachte er, morgen würde er gen Süden reiten, und er konnte sich nicht vorstellen, wieso er jemals wieder in diese erfrorene Einsamkeit zurückkehren sollte. Vor ihm stand der King's Tower mit seinem Versprechen von Wärme und einem weichen Bett, doch merkte Tyrion, dass er an ihm vorüberging, hinüber zur ungeheuren, blassen Palisade der Mauer.

Eine Holztreppe führte an der Südseite hinauf, gestützt von riesigen, grob behauenen Stämmen, die tief im Eis verankert und dort festgefroren waren, gezackt wie ein Blitz. Die schwarzen Brüder hatten ihm versichert, dass sie erheblich stabiler war, als sie aussah, doch Tyrion hatte furchtbare Krämpfe in den Beinen und dachte gar nicht daran, hinaufzulaufen. Stattdessen ging er zum Eisenkäfig neben dem Schacht, kletterte hinein, riss hart am Glockenstrang, dreimal kurz.

Es schien, als musste er eine Ewigkeit warten, während er dort mit der Mauer im Rücken hinter den Gitterstäben stand. Lange genug, dass Tyrion sich zu fragen begann, weshalb er das alles tat. Gerade hatte er beschlossen, seinen wunderlichen Einfall zu vergessen und ins Bett zu gehen, als der Käfig einen Ruck tat und sich auf den Weg nach oben machte.

Langsam stieg er auf, ruckend und zuckend erst, dann gleichmäßiger. Die Erde blieb unter ihm zurück, der Käfig schaukelte, und Tyrion klammerte sich an die Eisenstäbe. Er konnte das kalte Metall selbst durch seine Handschuhe noch fühlen. Morrec hatte Feuer in seinem Zimmer gemacht, wie er anerkennend bemerkte, doch im Turm des Lord Commanders war alles dunkel. Der alte Bär hatte mehr Verstand als er, wie es schien.

Dann war er über den Türmen, noch immer langsam auf dem Weg nach oben. Castle Black lag unter ihm, scharf umrissen vom Licht des Mondes. Von hier sah man, wie kahl und leer es war, mit fensterlosen Türmen, bröckelnden Mauern, Höfen, die an geborstenen Steinen erstickten. Etwas abseits sah er die Lichter von Mole's Town, dem kleinen Dorf, das etwa eine halbe Wegstunde südlich an der Kingsroad lag, und hier und da das helle Glitzern von Mondlicht auf Wasser, wo eisige Bäche von den Bergen herabströmten, um sich durch die Steppe zu schneiden. Der Rest der Welt war leere Ödnis windgepeitschter Hügel und steiniger Felder voller Schneeflocken.

Schließlich sagte eine heisere Stimme hinter ihm: »Bei allen sieben Höllen, es ist der Zwerg«, und der Käfig kam ruckend zum Stehen und blieb dort hängen, schaukelte langsam hin und her, an knarrenden Seilen.

»Holt ihn rein, verdammt.« Ein Knarren war zu hören, ein lautes Knarren von Holz, als der Käfig seitwärts glitt, und dann war die Mauer unter ihm. Tyrion wartete, bis das Schaukeln ein Ende nahm, dann stieß er die Käfigtür auf und sprang aufs Eis hinab. Eine mächtige Gestalt in Schwarz stützte sich auf die Winde, während eine zweite den Käfig hielt. Ihre Gesichter waren von wollenen Schals verdeckt, so dass man nur ihre Augen sehen konnte, sie selbst waren dick und rund von schichtenweise Wolle und Leder, Schwarz auf Schwarz. »Und was könntet Ihr wollen, um diese nachtschlafende Zeit?«, fragte der Mann an der Winde.

»Einen letzten Blick.«

Die Männer sahen sich säuerlich an. »Blickt so viel Ihr wollt«, sagte der andere. »Passt nur auf, dass Ihr nicht hinunterfallt, kleiner Mann. Der alte Bär würde uns das Fell über die Ohren ziehen.« Eine kleine Holzhütte stand unter dem großen Kran, und Tyrion sah den trüben Schein von Kohlenpfannen und spürte einen kurzen Hauch von Wärme, als die Männer die Tür öffneten und wieder hineingingen. Und dann war er allein.

Schneidend kalt war es, und der Wind zerrte wie eine aufdringliche Geliebte an seinen Kleidern. Oben war die Mauer breiter als mancherorts die Kingsroad, daher fürchtete Tyrion nicht zu fallen, obwohl es glatter war, als ihm recht sein konnte. Die Brüder streuten zermahlene Steine über die Wege, doch das Gewicht zahlloser Schritte schmolz die Mauer darunter, wodurch das Eis um den Kies zu wachsen schien, ihn schluckte, bis der Weg wieder eben war und es Zeit wurde, neue Steine zu zermahlen.

Dennoch war es nichts, was Tyrion nicht meistern konnte. Er blickte in den Osten und den Westen der Mauer, die sich vor ihm erstreckte, eine endlose, weiße Straße ohne Anfang und ohne Ende, mit finsterem Abgrund zu beiden Seiten. Gen Westen, beschloss er aus keinem bestimmten Grund, und er begann, in diese Richtung zu laufen, folgte dem Weg, welcher dem Nordrand am nächsten war, wo der Kies am frischesten zu sein schien.

Seine nackten Wangen waren rot vor Kälte, und seine Beine beklagten sich mit jedem Schritt, doch Tyrion beachtete sie nicht. Der Wind umwehte ihn, Kies knirschte unter seinen Füßen, während vor ihm das weiße Band der Form der Hügel folgte, höher und immer höher anstieg, bis es sich jenseits des westlichen Horizontes verlor. Er kam an einem mächtigen Katapult vorüber, so hoch wie eine Stadtmauer, dessen Fuß tief in der Mauer versenkt war. Der Wurfarm war zur Reparatur entfernt und dann vergessen worden. Er lag dort wie ein zerbrochenes Spielzeug, halb von Eis umschlossen.

Von der anderen Seite des Katapultes war eine Stimme zu hören. »Wer geht da? Halt!«

Tyrion blieb stehen. »Wenn ich zu lange stehen bleibe, werde ich festfrieren, Jon«, rief er, als leise eine helle, zottige Gestalt angelaufen kam und an seinen Fellen schnüffelte. »Hallo, Ghost.«

Jon Snow trat näher. Mit seinen Schichten von Fell und Leder sah er größer und schwerer aus, und die Kapuze seines Mantels hatte er tief ins Gesicht gezogen. »Lannister«, sagte er und riss den Schal von seinem Mund. »Hier hätte ich Euch zuallerletzt erwartet.« Er trug einen schweren Speer mit Eisenspitze, größer als er selbst, und ein Schwert saß in der Lederscheide an seiner Seite. Vor seiner Brust hing ein schwarz schimmerndes Kriegshorn mit silbernem Gurt.

»Hier hätte ich zuallerletzt erwartet, dass mich jemand sieht«, gab Tyrion zu. »Ich bin einer plötzlichen Eingebung gefolgt. Wenn ich Ghost anfasse, wird er mir die Hand abreißen?«

»Nicht wenn ich dabei bin«, versicherte Jon.

Tyrion kraulte den weißen Wolf hinter den Ohren. Die roten Augen betrachteten ihn gleichmütig. Das Tier reichte ihm inzwischen bis zur Brust. Ein Jahr noch, so fürchtete Tyrion, dann würde er zu ihm aufblicken. »Was machst du heute Nacht hier oben?«, fragte er. »Abgesehen davon, dass du dir deine Männlichkeit abfrierst …«

»Ich bin zur Wache eingeteilt«, erklärte Jon. »Schon wieder. Ser Alliser hat freundlicherweise dafür gesorgt, dass der Wachhabende besonderes Interesse für mich hegt. Er scheint zu glauben, wenn sie mich die halbe Nacht wach halten, schlafe ich bei den morgendlichen Übungen ein. Bisher habe ich ihn enttäuscht.«

Tyrion grinste. »Und hat Ghost schon das Jonglieren gelernt?«

»Nein«, sagte Jon lächelnd, »aber Grenn hat sich heute Morgen gegen Halder behauptet, und Pyp verliert sein Schwert nicht mehr ganz so oft wie sonst.«

»Pyp?«

»Pypar ist sein richtiger Name. Der kleine Junge mit den großen Ohren. Er hat gesehen, wie ich mit Grenn arbeite, und mich dann um Hilfe gebeten. Thorne hatte ihm noch nie gezeigt, wie man ein Schwert richtig hält.« Er wandte sich um und sah nach Norden. »Ich habe eine Meile der Mauer zu bewachen. Wollt Ihr mit mir gehen?«

»Sofern du langsam gehst«, sagte Tyrion.

»Der Wachhabende sagt, dass ich in Bewegung bleiben muss, damit mein Blut nicht gefriert, aber er hat nicht gesagt wie schnell.«

Sie gingen, mit Ghost wie einem weißen Schatten an Jons Seite. »Ich reise am Morgen ab«, sagte Tyrion.

»Ich weiß.« Jon klang seltsam traurig.

»Ich habe vor, auf dem Weg in den Süden auf Winterfell Station zu machen. Falls es eine Nachricht gibt, die ich für dich überbringen kann…«

»Sagt Robb, dass ich die Nachtwache kommandieren und ihn sichern werde, so dass er ebenso gut mit den Mädchen stricken und Mikken bitten kann, sein Schwert zu Hufeisen einzuschmelzen.«

»Dein Bruder ist größer als ich.« Tyrion lachte. »Ich weigere mich, Botschaften zu überbringen, die mich das Leben kosten können.«

»Rickon wird fragen, wann ich heimkomme. Versucht zu erklären, wohin ich gegangen bin, falls Ihr es könnt. Sagt ihm, er kann alle meine Sachen haben, solange ich weg bin, das wird ihm gefallen.«

Die Leute schienen heute eine ganze Menge von ihm zu verlangen, dachte Tyrion Lannister. »Du könntest das alles in einem Brief festhalten, weißt du.«

»Rickon kann noch nicht lesen. Bran…« Plötzlich hielt er inne. »Ich weiß nicht, welche Nachricht ich Bran senden soll. Helft ihm, Tyrion.«

»Wie könnte ich ihm helfen? Ich bin kein Maester, der seine Schmerzen lindern kann. Ich kenne keinen Zauber, der ihm seine Beine wiedergeben könnte.«

»Ihr habt mir geholfen, als ich es brauchte«, erwiderte Jon Snow.

»Ich habe dir nichts gegeben«, sagte Tyrion. »Worte.«

»Dann gebt auch Bran Eure Worte.«

»Du bittest einen Lahmen, einen Krüppel das Tanzen zu lehren«, sagte Tyrion. »So ernsthaft die Lektion auch sein mag, dürfte das Ergebnis doch eher grotesk ausfallen. Nur weiß ich, was es heißt, einen Bruder zu lieben, Lord Snow. Ich will Bran alles an Hilfe geben, was in meiner Macht steht, so wenig es auch sein mag.«

»Ich danke Euch, Mylord von Lannister.« Er zog seinen Handschuh aus und reichte ihm die nackte Hand. »Freund.«

Tyrion war seltsam gerührt. »Die meisten aus meiner Verwandtschaft sind Bastarde«, sagte er mit schiefem Lächeln, »aber du bist der erste, den ich zum Freund habe.« Mit den Zähnen zog er seinen Handschuh aus und nahm Snows Hand, Haut auf Haut. Der Junge hatte einen festen, kräftigen Druck.

Als er den Handschuh wieder angezogen hatte, wandte sich Jon Snow abrupt um und trat an die niedrige, eisige Nordbrüstung. Vor ihm fiel die Mauer jäh ab. Vor ihm waren nur Dunkelheit und Wildnis. Tyrion folgte ihm, und Seite an Seite standen sie am Rand der Welt.

Die Nachtwache ließ den Wald nicht näher als eine halbe Meile an die Nordwand der Mauer kommen. Das Dickicht aus Eisenholz und Wachbäumen und Eichen, das einst dort gewachsen war, hatte man schon vor Jahrhunderten gerodet und einen breiten Streifen freier Fläche geschaffen, den kein Feind ungesehen überqueren konnte. Tyrion hatte gehört, dass an anderer Stelle der Mauer, zwischen den drei Festungen, der wilde Wald im Laufe der Jahrzehnte wieder zurückgekrochen war. An manchen Orten hatten graugrüne Wachbäume und fahlweiße Wehrbäume im Schatten der Mauer Wurzeln geschlagen, doch Castle Black hatte einen gewaltigen Bedarf an Feuerholz, und hier wurde der Wald noch immer von den Äxten der schwarzen Brüder in Schach gehalten.

Doch war er nie weit. Von hier oben konnte Tyrion sehen, wie die dunklen Bäume jenseits der freien Fläche aufragten wie eine zweite Mauer, die man parallel zur ersten errichtet hatte, eine Mauer der Nacht. Nur wenige Äxte waren je in *diesem* schrecklichen Wald geschwungen worden, wo nicht einmal das Mondlicht das uralte Gewirr von Wurzeln und Dornen und gierigen Ästen durchdringen konnte. Dort drüben wuchsen riesige Bäume, und die Grenzwachen sagten, sie schienen zu brüten und kannten keine Menschen. Es konnte nicht verwundern, dass die Nachtwache vom Verwunschenen Wald sprach.

Während er dort stand und diese Finsternis betrachtete, in der nirgendwo ein Feuer brannte, in welcher der Wind wehte und die Kälte wie ein Speer in seine Magengrube stach, schien es Tyrion Lannister, als konnte er fast das Geschwätz über die Anderen, die Feinde in der Nacht, für bare Münze nehmen. Seine Scherze von Grumkins und Snarks schienen nicht mehr ganz so spaßig.

»Mein Onkel ist da draußen«, flüstere Jon und stützte sich auf seinen Speer, derweil er in die Dunkelheit starrte. »In der ersten Nacht, die man mich hier oben Wache schieben ließ, dachte ich, heute kommt Onkel Benjen zurück, und ich bin der Erste, der ihn sieht, und dann stoße ich ins Horn. Nur ist er nie gekommen. Nicht in jener Nacht und nicht in irgendeiner Nacht seither.«

»Lass ihm Zeit«, sagte Tyrion.

Weit im Norden fing ein Wolf an zu heulen. Eine weitere Stimme nahm den Ruf auf, dann noch eine. Ghost neigte den Kopf und lauschte. »Wenn er nicht zurückkehrt«, versprach Jon, »werden Ghost und ich ihn suchen.« Er legte seine Hand auf den Kopf des Schattenwolfs.

»Das glaube ich dir«, sagte Tyrion, doch was er dachte, war: *Und wer sucht dann nach dir?* Ein Schauer lief ihm über den Rücken.

ARYA

Ihr Vater hatte wieder mit dem Rat gestritten. Arya konnte es an seinem Gesicht sehen, als er zu Tisch kam, wiederum zu spät, wie so oft schon. Der erste Gang, eine dicke, süße Suppe aus Kürbissen, war bereits abgedeckt, als Ned Stark den Kleinen Saal betrat. So nannte man ihn, um ihn von dem Großen Saal zu unterscheiden, in welchem der König tausend Gäste bewirten konnte, dennoch war der Kleine Saal ein langer Raum mit hohem Gewölbe, und auf den Bänken fand sich Platz für zweihundert Leute.

»Mylord«, sagte Jory, als Vater eintrat. Er stand auf, und der Rest der Garde mit ihm. Jeder dieser Männer trug einen neuen Umhang, schwere, graue Wolle mit weißer Borte. Eine Hand aus Blattsilber hielt die wollenen Falten der Umhänge zusammen und kennzeichnete die Träger als Männer der Leibgarde der Rechten Hand. Sie waren nur fünfzehn, so dass die meisten Bänke leer standen.

»Behaltet Platz«, sagte Eddard Stark. »Ich sehe, Ihr habt ohne mich begonnen. Zu meiner Freude gibt es in dieser Stadt noch Männer, die bei Verstand sind.« Er machte ein Zeichen, dass man mit dem Essen fortfahren solle. Die Diener brachten Teller mit Rippenspeer, mit einer Kruste von Knoblauch und Gewürzen.

»Auf dem Hof spricht man davon, dass es ein Turnier geben soll, Mylord«, berichtete Jory, als er sich wieder setzte. »Es heißt, dass Ritter aus dem ganzen Reich kommen, um zu Ehren Eurer Ernennung als Rechte Hand des Königs zu kämpfen und zu feiern.«

Arya konnte sehen, wie wenig glücklich ihr Vater darüber

war. »Sagt man auch, dass es das Letzte auf der Welt ist, das ich mir wünschen würde?«

Sansas Augen waren groß wie die Teller geworden. »Ein *Turnier*«, hauchte sie. Sie saß zwischen Septa Mordane und Jeyne Poole, so weit von Arya wie möglich, ohne von ihrem Vater dafür getadelt zu werden. »Wird man uns erlauben, es zu besuchen, Vater?«

»Du weißt, wie ich darüber denke, Sansa. Wie es scheint, muss ich Roberts Spiele in die Wege leiten und um seinetwillen vorgeben, mich geehrt zu fühlen. Doch deshalb werde ich nicht gleich meine Töchter seinen Torheiten aussetzen.«

»Oh, *bitte*«, drängte Sansa. »Ich möchte es sehen.«

Septa Mordane meldete sich zu Wort. »Prinzessin Myrcella wird anwesend sein, Mylord, und die ist jünger als Lady Sansa. Alle Hofdamen werden zu einem so großen Ereignis wie diesem erwartet, und da das Turnier zu Euren Ehren stattfindet, sähe es seltsam aus, wenn Eure Familie nicht teilnähme.«

Vater machte ein gequältes Gesicht. »Vermutlich. Also schön, ich werde dir einen Platz verschaffen, Sansa.« Er sah Arya. »Euch beiden.«

»Ich mache mir nichts aus dem blöden Turnier«, sagte Arya. Sie wusste, Prinz Joffrey würde dort sein, und sie hasste Prinz Joffrey.

Sansa hob den Kopf. »Es wird ein *prächtiges* Ereignis. Da bist du kaum erwünscht.«

Zorn blitzte über Vaters Miene. »*Genug*, Sansa. Noch mehr davon, und ich ändere meine Meinung. Ich bin diesen endlosen Krieg, den ihr beiden führt, leid. Ihr seid Schwestern. Und ich erwarte, dass ihr euch wie Schwestern aufführt, habt ihr das verstanden?«

Sansa biss sich auf die Lippe und nickte. Arya senkte den Blick und starrte trübsinnig auf ihren Teller. Sie spürte die Tränen, die in ihren Augen brannten. Wütend rieb sie diese fort, entschlossen, nicht zu weinen.

Nur das Klappern von Messern und Gabeln war zu hören. »Entschuldigt mich«, verkündete ihr Vater am Tisch. »Ich habe heute nur wenig Appetit.« Er verließ den Saal.

Nachdem er fort war, tuschelte Sansa aufgeregt mit Jeyne Poole. Unten am Tisch lachte Jory über einen Scherz, und Hullen fing von Pferden an. »Euer Streitross, nun, es mag nicht das beste für das Turnier sein. Nicht wieder dasselbe, oh, nein, ganz und gar nicht dasselbe.« Die Männer hatten das alles schon gehört. Desmond Jacks und Hullens Sohn Harwin schrien ihn gemeinsam nieder, und Porther rief nach mehr Wein.

Niemand sprach mit Arya. Es war ihr egal. Es gefiel ihr so. Sie hätte ihre Mahlzeiten allein in ihrer Schlafkammer eingenommen, wenn man sie nur gelassen hätte. Manchmal tat sie es, wenn Vater mit dem König oder irgendeinem Lord oder den Abgesandten von sonst wo speisen musste. Den Rest der Zeit aßen sie in seinem Solar, nur er und sie und Sansa. Dann vermisste Arya ihre Brüder am meisten. Sie wollte Bran ärgern und mit dem kleinen Rickon spielen und sich von Robb anlächeln lassen. Sie wollte, dass Jon ihr Haar zerzauste und sie »kleine Schwester« nannte. Doch waren sie alle fort. Sie hatte niemanden als Sansa, und Sansa wollte nicht einmal mehr mit ihr sprechen, es sei denn, ihr Vater zwang sie dazu.

In Winterfell hatten sie die Hälfte der Mahlzeiten in der Großen Halle eingenommen. Ihr Vater sagte immer, ein Lord müsse mit seinen Männern essen, falls er hoffte, dass sie bei ihm blieben. »Du musst die Männer kennen, die dir folgen«, hörte sie ihn einmal zu Robb sagen, »und sie dich. Dafür musst du sorgen. Verlange von deinen Leuten nicht, für einen Fremden zu sterben.« In Winterfell hatte er jeden Tag ein zusätzliches Gedeck auf seinem Tisch, und jeden Tag lud er einen anderen ein, sich zu ihm zu setzen. Am einen Abend wäre es Vayon Poole, und die Rede wäre von Kupfer, Brotvorräten und Dienerschaft. Beim nächsten Mal wäre es Mikken, und ihr Vater hörte ihm zu, was Rüstungen und Schwerter anging, wie heiß ein Schmiedeofen sein sollte und wie man Stahl am besten temperte. Am nächsten Tag mochte es Hullen mit seinem endlosen Gerede von Pferden sein, oder Septon Chayle aus der Bibliothek oder Jory oder Ser Rodrik oder sogar Old Nan mit ihren Geschichten.

Arya hatte nichts mehr geliebt, als am Tisch ihres Vaters zu sitzen und ihnen allen zuzuhören. Auch hatte sie es geliebt, den

Männern auf den Bänken zu lauschen, fahrenden Rittern, zäh wie Leder, höflichen Rittern und kühnen, jungen Knappen, ergrauten, alten Recken. Sie warf Schneebälle nach ihnen und half, Pasteten aus der Küche zu stehlen. Deren Frauen gaben ihr Kuchen, und sie erfand Namen für ihre Säuglinge und spielte Monster-und-Maid und Such-den-Schatz und Komm-auf-mein-Schloss mit deren Kindern. Fat Tom nannte sie oft »Arya im Wege«, denn er sagte, im Wege stehe sie stets. Es gefiel ihr weitaus besser als »Arya Pferdegesicht«.

Nur war das Winterfell, eine andere Welt, und jetzt hatte sich alles verändert. Heute aßen sie seit ihrer Ankunft in King's Landing zum ersten Mal mit den Männern. Arya hasste es. Sie hasste den Klang ihrer Stimmen, die Geschichten, die sie erzählten. Sie waren ihre Freunde gewesen, sie hatte sich bei ihnen sicher gefühlt, doch das war alles nur Lüge gewesen. Sie hatten zugelassen, dass die Königin Lady tötete, das war schlimm genug, doch dann hatte der Bluthund Mycah gefunden. Jeyne Poole hatte Arya erzählt, man habe ihn in so viele Teile gehackt, dass er dem Schlachter in einem Sack gebracht wurde, und anfangs hatte der arme Mann geglaubt, es sei ein geschlachtetes Schwein gewesen. Und niemand hatte etwas gesagt oder eine Klinge gezogen oder *irgendwas*, weder Harwin, der immer so kühn daherredete, noch Alyn, aus dem ein Ritter werden sollte, oder Jory, der Hauptmann der Garde war. Nicht einmal ihr Vater.

»Er war mein *Freund«*, flüsterte Arya ihrem Teller zu, ganz leise, damit niemand sie hörte. Unangetastet lag ihr Rippenspeer da, inzwischen kalt, und eine dünne Fettschicht sammelte sich darunter auf dem Teller. Arya betrachtete das Essen, und ihr wurde übel. Sie begann sich zu erheben.

»Was glaubst du, wohin du gehst, junge Dame?«, fragte Septa Mordane.

»Ich habe keinen Hunger.« Arya hatte große Mühe, sich der höfischen Umgangsform zu erinnern. »Dürfte ich mich bitte entschuldigen?«, rezitierte sie steif.

»Das darfst du nicht«, sagte die Septa. »Du hast dein Essen kaum angerührt. Du setzt dich hin und isst deinen Teller leer.«

»Esst es selbst!« Bevor noch irgendwer sie aufhalten konnte, stürmte Arya zur Tür, während die Männer lachten und Septa Mordane ihr laut etwas nachrief.

Fat Tom war auf seinem Posten und bewachte die Tür zum Turm der Hand. Er wunderte sich, als Arya ihm entgegenstürmte und er die Septa rufen hörte. »Moment mal, meine Kleine«, wollte er sagen und griff nach ihr, doch schob sich Arya an ihm vorbei und rannte die Wendeltreppe des Turmes hinauf, wobei ihre Füße auf dem Steinboden klapperten, während Fat Tom hinter ihr keuchte und schnaufte.

Ihre Schlafkammer war der einzige Ort, den Arya in ganz King's Landing mochte, und am besten gefiel ihr daran die Tür, ein massiver Brocken dunkler Eiche mit schwarzen, eisernen Beschlägen. Wenn sie diese Tür zuknallte und den schweren Riegel vorschob, konnte niemand in ihr Zimmer kommen, weder Septa Mordane oder Fat Tom noch Sansa oder Jory oder der Bluthund, *niemand!* Jetzt knallte sie sie zu.

Als der Riegel unten war, fühlte sich Arya endlich sicher genug, dass sie weinen konnte.

Sie lief zum Fenster und setzte sich hin, schniefte, hasste jeden und sich selbst am meisten. Es war alles ihre Schuld, alles Schlechte, was geschehen war. Sansa sagte es, und Jeyne auch.

Fat Tom klopfte an ihre Tür. »Arya, Mädchen, was ist los?«, rief er. »Bist du da drinnen?«

»Nein!«, rief sie. Das Klopfen verstummte. Einen Augenblick später hörte sie ihn gehen. Fat Tom war stets leicht zu narren.

Arya trat an die Truhe am Fußende ihres Bettes. Sie kniete nieder, klappte den Deckel auf und begann, ihre Kleider mit beiden Händen herauszuwühlen, nahm beide Hände voller Seide und Satin und Samt und Wolle und warf alles auf den Boden. Dort, am Boden der Truhe hatte sie es versteckt. Fast zärtlich nahm Arya es hervor und zog die schlanke Klinge aus der Scheide.

Needle.

Wieder dachte sie an Mycah, und Tränen traten in ihre Augen. Ihre Schuld, ihre Schuld, ihre Schuld. Wenn sie ihn nie gebeten hätte, Schwert mir ihr zu spielen…

Es klopfte an der Tür, lauter als vorher. *»Arya Stark, augenblicklich öffnest du diese Tür, hörst du mich?«*

Arya fuhr herum, mit Needle in der Hand. »Kommt lieber nicht herein!«, warnte sie. Wild hieb sie durch die Luft.

»Davon wird die Rechte Hand erfahren!«, tobte Septa Mordane.

»Das ist mir egal«, schrie Arya. »Geht weg.«

»Du wirst dieses ungehörige Betragen noch bereuen, junge Dame, das kann ich dir versprechen.« Arya lauschte an der Tür, bis sich die Schritte der Septa entfernten.

Sie kehrte zum Fenster zurück, mit Needle in der Hand, und sah in den Burghof hinab. Wenn sie nur hätte klettern können wie Bran, dachte sie. Sie wäre aus dem Fenster und den Turm hinabgestiegen und von diesem grässlichen Ort fortgelaufen, fort von Sansa und Septa Mordane und Prinz Joffrey, von ihnen allen. Hätte Verpflegung aus der Küche gestohlen, Needle und ihre guten Stiefel und einen warmen Mantel eingepackt. Sie konnte Nymeria in den wilden Wäldern südlich des Trident suchen, und gemeinsam würden sie nach Winterfell heimkehren oder sich zu Jon auf die Mauer flüchten. Sie wünschte sich, Jon hätte bei ihr sein können. Dann hätte sie sich vielleicht nicht so allein gefühlt.

Ein leises Klopfen an der Tür riss sie aus ihren Träumereien. »Arya«, rief die Stimme ihres Vaters. »Öffne die Tür. Wir müssen reden.«

Arya durchquerte das Zimmer und hob den Riegel an. Vater war allein. Er wirkte eher traurig als böse. Da fühlte sich Arya nur noch schlechter. »Darf ich hereinkommen?« Arya nickte, dann senkte sie den Blick voller Scham. Vater schloss die Tür. »Wem gehört das Schwert?«

»Mir.« Fast hatte Arya Needle in ihrer Hand schon vergessen.

»Gib es mir.«

Widerstrebend reichte sie ihm ihr Schwert und fragte sich, ob sie es je wieder in der Hand halten würde. Ihr Vater drehte und wendete es im Licht, untersuchte beide Seiten der Klinge. Er prüfte die Spitze mit dem Daumen. »Das Schwert eines Banditen«, befand er. »Doch scheint es mir, als würde ich die Machart kennen. Es ist Mikkens Werk.«

Arya konnte ihn nicht belügen. Sie sah zu Boden.

Lord Eddard Stark seufzte. »Meine neunjährige Tochter wird

von meinem eigenen Schmied bewaffnet, und ich weiß nichts davon. Die Rechte Hand des Königs soll die Sieben Königslande regieren, doch scheint es mir, als könnte ich nicht einmal über meinen eigenen Haushalt herrschen. Wie kommt es, dass du ein Schwert besitzt, Arya? Woher hast du es?«

Arya kaute auf ihrer Unterlippe und sagte nichts. Sie wollte Jon nicht verraten, nicht einmal ihrem Vater.

Nach einer Weile sagte Vater: »Ich vermute, es macht im Grunde keinen Unterschied.« Ernst blickte er auf das Schwert in seinen Händen. »Das ist kein Spielzeug für Kinder, schon gar nicht für ein Mädchen. Was würde Septa Mordane sagen, wenn sie wüsste, dass du mit Schwertern spielst?«

»Ich habe nicht *gespielt«*, betonte Arya. »Ich hasse Septa Mordane.«

»Es reicht.« Die Stimme ihres Vaters war schroff und hart. »Die Septa tut nicht mehr als ihre Pflicht, wenn auch die Götter wissen, wie schwer du es der armen Frau machst. Deine Mutter und ich haben ihr die unmögliche Aufgabe übertragen, aus dir eine Dame zu machen.«

»Ich will keine *Dame* sein!«, fuhr Arya ihn an.

»Ich sollte dieses Spielzeug hier und jetzt auf meinem Knie zerbrechen und diesem Unsinn ein Ende bereiten.«

»Needle würde nicht zerbrechen«, sagte Arya trotzig, doch ihre Stimme verriet sie.

»Es hat einen Namen, ja?« Ihr Vater seufzte. »Ach, Arya. Du hast eine Wildheit an dir, Kind. ›Das Wolfsblut‹ hat mein Vater es genannt. Lyanna hatte einen Hauch davon und mein Bruder Brandon mehr als nur einen Hauch. Es hat sie beide in ein frühes Grab geführt.« Arya hörte Trauer in seiner Stimme. Er sprach nicht oft von seinem Vater, und auch nicht oft von Bruder und Schwester, die schon tot gewesen waren, als sie zur Welt kam. »Lyanna hätte vielleicht ein Schwert getragen, wenn mein Hoher Vater es erlaubt hätte. Manchmal erinnerst du mich an sie. Du siehst sogar aus wie sie.«

»Lyanna war schön«, wunderte sich Arya. Alle sagten das. Es war nichts, was man je über Arya sagte.

»Das war sie«, gab Eddard Stark ihr recht, »schön und eigensinnig und viel zu früh im Grab.« Er hob das Schwert und hielt es zwischen sie und ihn. »Arya, was wolltest du mit … Needle tun? Wen wolltest du damit aufspießen? Deine Schwester? Septa Mordane? Weißt du das Wichtigste vom Schwertkampf?«

Das Einzige, was ihr einfallen wollte, war die Lektion, die Jon ihr erteilt hatte. »Durchbohr sie mit der Spitze«, platzte sie heraus.

Ihr Vater schnaubte ein Lachen hervor. »Das ist vermutlich der Kern der Sache.«

Arya wollte es ihm unbedingt erklären, damit er sie verstand. »Ich wollte es lernen, aber …« Tränen traten in ihre Augen. »Ich habe Mycah gebeten, mit mir zu üben.« Plötzlich kam die Trauer über sie. Bebend wandte sie sich ab. »Ich habe ihn darum *gebeten*«, weinte sie. »Es war mein Fehler, ich war es …«

Plötzlich lagen die Arme ihres Vaters um sie. Sanft hielt er sie, als sie sich zu ihm umdrehte und an seiner Brust schluchzte. »Nein, meine Süße«, murmelte er. »Trauere um deinen Freund, aber gib dir nicht die Schuld. Du hast den Schlachterjungen nicht getötet. Dieser Mord liegt vor der Tür des Bluthundes, bei ihm und dieser grausamen Frau, der er dient.«

»Ich hasse sie alle«, vertraute Arya ihm an, rot im Gesicht, schniefend. »Den Bluthund und die Königin und den König und Prinz Joffrey. Ich hasse sie alle. Joffrey hat *gelogen*, es war nicht, wie er sagte. Und Sansa hasse ich auch. Sie *konnte* sich erinnern, sie hat nur gelogen, um Joffrey zu gefallen.«

»Wir alle lügen«, sagte ihr Vater. »Oder dachtest du wirklich, ich würde glauben, Nymeria wäre weggelaufen?«

Arya errötete schuldbewusst. »Jory hat versprochen, es nicht zu verraten.«

»Jory hat sein Wort gehalten«, sagte ihr Vater mit einem Lächeln. »Es gibt Dinge, die man mir nicht erzählen muss. Dieser Wolf wäre dir nicht freiwillig von der Seite gewichen, das hätte selbst ein Blinder gesehen.«

»Wir mussten Steine werfen«, gestand sie bedrückt. »Ich habe ihr *gesagt*, dass sie weglaufen soll, dass sie frei sein soll, dass ich sie nicht mehr wollte. Da waren andere Wölfe, mit denen sie spielen konnte, wir haben ihr Heulen gehört, und Jory sagte, die Wälder seien voller Wild, so dass sie jagen konnte. Nur ist sie uns nachgelaufen, und schließlich mussten wir Steine werfen. Zweimal habe ich sie getroffen. Sie hat gejault und mich angesehen, und ich habe mich so geschämt, aber es war doch richtig, oder? Die Königin hätte sie getötet.«

»Es war richtig«, sagte ihr Vater. »Und selbst die Lüge war … nicht ohne Ehre.« Er hatte Needle beiseitegelegt, als er zu Arya gegangen war, um sie in seine Arme zu schließen. Nun nahm er die Klinge wieder auf und trat ans Fenster, wo er einen Moment lang stehen blieb und hinaus auf den Burghof blickte. Als er sich umdrehte, wirkte sein Blick nachdenklich. Er setzte sich auf den Fensterplatz, mit Needle auf dem Schoß. »Arya, setz dich. Ich muss versuchen, dir noch ein paar Dinge zu erklären.«

Ängstlich kauerte sie auf dem Rand ihres Bettes. »Du bist zu jung, als dass ich dich mit meinen Nöten belasten sollte«, erklärte er, »aber du bist auch eine Stark von Winterfell. Du kennst unseren Sinnspruch.«

»Der Winter naht«, flüsterte Arya.

»Die harten, schweren Zeiten«, erklärte ihr Vater. »Wir haben am Trident einen Vorgeschmack darauf bekommen, Kind, und bei Brans Sturz. Du bist im langen Sommer geboren, meine Süße, du kennst nichts anderes, doch nun kommt der Winter tatsächlich. Erinnere dich an unsere Familiensiegel, Arya.«

»Der Schattenwolf«, sagte sie und dachte an Nymeria. Sie umschlang ihre Knie vor der Brust, fürchtete sich plötzlich.

»Lass mich dir einiges über Wölfe erzählen, Kind. Wenn der Schnee fällt und die weißen Winde wehen, stirbt der einsame Wolf, doch das Rudel überlebt. Der Sommer ist die Zeit für Zank. Im Winter müssen wir einander schützen, einander wärmen, unsere Kräfte teilen. Wenn du also hassen musst, Arya, dann hasse jene, die uns wirklich schaden würden. Septa Mordane ist eine gute Frau, und Sansa … sie ist deine Schwester. Ihr mögt so verschieden wie Sonne und Mond sein, doch fließt das gleiche Blut durch eure Herzen. Du brauchst sie, wie sie dich braucht … und ich brauche euch beide, mögen mir die Götter beistehen.«

Er klang so müde, dass es Arya traurig stimmte. »Ich hasse

Sansa nicht«, erklärte sie ihm. »Nicht wirklich.« Es war nur eine halbe Lüge.

»Ich will dir keine Angst machen, aber ebenso wenig will ich dich belügen. Wir sind an einem finsteren, gefährlichen Ort, Kind. Hier ist nicht Winterfell. Wir haben Feinde, die uns Böses wollen. Wir dürfen untereinander keinen Krieg führen. Deine Halsstarrigkeit, dein Weglaufen, die bösen Worte, der Ungehorsam ... zu Hause war das alles nur das sommerliche Spiel eines Kindes. Hier und jetzt, da der Winter vor der Tür steht, ist das eine gänzlich andere Sache. Es wird Zeit, langsam erwachsen zu werden.«

»Das will ich«, schwor Arya. Niemals hatte sie ihn so sehr geliebt wie in diesem Augenblick. »Auch ich kann stark sein. Ich kann so stark wie Robb sein.«

Er hielt ihr Needle hin, mit dem Heft zuerst. »Hier.«

Mit Staunen im Blick sah sie das Schwert an. Einen Moment lang fürchtete sie, es zu berühren, fürchtete, wenn sie danach griff, würde er es wieder fortreißen, doch dann sagte ihr Vater: »Mach nur, es gehört dir«, und sie nahm es in die Hand.

»Ich darf es behalten?«, sagte sie. »Ehrlich?«

»Ehrlich.« Er lächelte. »Wenn ich es dir nähme, würde ich innerhalb der nächsten vierzehn Tage einen Morgenstern unter deinem Kopfkissen finden. Versuche, deine Schwester nicht zu erstechen, sosehr sie dich auch provozieren mag.«

»Tu ich nicht, ich verspreche es.« Arya drückte Needle fest an die Brust, als ihr Vater ging.

Am nächsten Morgen beim Morgenbrot entschuldigte sie sich bei Septa Mordane und bat sie um Verzeihung. Die Septa musterte sie argwöhnisch, doch Vater lächelte.

Drei Tage später, gegen Mittag, schickte Vayon Poole, der Haushofmeister ihres Vaters, Arya in den Kleinen Saal. Die aufgebockten Tische waren beiseite geräumt und die Bänke an die Wand geschoben. Der Saal schien menschenleer, bis eine ihr unbekannte Stimme sagte: »Du kommst spät, Junge.« Ein schmächtiger Mann mit kahlem Kopf und einer großen Hakennase trat aus dem Schatten, mit ein paar Holzschwertern in Händen. »Morgen wirst du zur Mittagsstunde hier sein.« Er hatte einen Akzent, die Melodie der Freien Städte, Braavos könnte es vielleicht sein oder Myr.

»Wer seid Ihr?«, fragte Arya.

»Ich bin dein Tanzlehrer.« Er warf ihr eines der Holzschwerter zu. Sie griff danach, verfehlte es und hörte, wie es klappernd zu Boden fiel. »Morgen wirst du es fangen. Nun heb es auf.«

Es war nicht nur ein Stecken, sondern ein echtes Holzschwert mit Griff und Stichblatt und Knauf. Arya hob es auf und hielt es unsicher mit beiden Händen, streckte es vor sich aus. Es war schwerer, als es aussah, viel schwerer als Needle.

Der kahle Mann klickte seine Zähne aufeinander. »So geht das nicht, Junge. Es ist kein Großschwert, das man mit beiden Händen schwingen muss. Du hältst die Klinge in einer Hand.«

»Sie ist zu schwer«, sagte Arya.

»Sie ist so schwer, wie sie sein muss, damit du stark wirst, und wegen der Balance. Deshalb ist ein Hohlraum im Inneren mit Blei gefüllt. Eine Hand ist alles, was du brauchst.«

Arya nahm ihre rechte Hand vom Griff und wischte die verschwitzte Handfläche an der Hose ab. Sie hielt das Schwert in ihrer Linken. Das schien ihm recht zu sein. »Die Linke ist gut. Alles ist umgekehrt, was deine Feinde ungeschickter machen wird. Nun stehst du aber falsch. Dreh deinen Körper seitwärts, ja, so. Du bist dürr wie der Schaft von einem Speer, weißt du. Das ist auch gut, du bietest ein kleineres Ziel. Jetzt dein Griff, lass mich mal sehen.« Er trat näher heran und betrachtete ihre Hand, drückte ihre Finger auseinander, arrangierte sie neu. »Genau so, ja. Drück nicht zu fest, nein, der Griff muss locker sein, zart.«

»Was ist, wenn ich es fallen lasse?«, sagte Arya.

»Der Stahl muss Teil deines Armes werden«, erklärte ihr der kahle Mann. »Kannst du einen Teil deines Armes fallen lassen? Nein. Neun Jahre war Syrio Forel Erster Krieger des Seelords von Braavos, der weiß so was. Hör auf ihn, Junge.«

Es war das dritte Mal, dass er sie »Junge« nannte. »Ich bin ein Mädchen«, protestierte Arya.

»Junge, Mädchen«, sagte Syrio Forel. »Du hältst ein Schwert in der Hand, das ist entscheidend.« Er klickte seine Zähne aufeinander. »Genau so, das ist der Griff. Du hältst keine Streitaxt, du hältst eine …«

»… *Nadel*«, beendete Arya grimmig seinen Satz.

»Genau das. Jetzt beginnen wir mit dem Tanz. Vergiss nicht, Kind, wir lernen hier nicht den eisernen Tanz von Westeros, den Königstanz, das Hacken und Hämmern, nein. Alle Menschen sind aus Wasser gemacht, wusstest du das? Wenn man sie ansticht, läuft das Wasser aus, und sie sterben.« Er trat einen Schritt zurück, hob seine eigene hölzerne Klinge an. »Jetzt wirst du versuchen, mich zu treffen.«

Arya versuchte, ihn zu treffen. Sie versuchte es vier Stunden lang, bis jeder Muskel in ihrem Leib müde war und schmerzte, während Syrio Forel mit den Zähnen klickte und ihr sagte, was sie tun sollte.

Am nächsten Tag begann die eigentliche Arbeit.

DAENERYS

Das Dothrakische Meer«, sagte Ser Jorah Mormont, als er neben ihr auf dem Kamm zum Stehen kam.

Unter ihnen erstreckte sich die endlose Leere, eine flache, unermessliche Weite, die bis zum Horizont und noch darüber hinaus reichte. Es war ein Meer, dachte Dany. Von hier an gab es keine Hügel, keine Berge, weder Bäume noch Städte oder Flüsse, nur die endlose, gräserne Steppe, und die hohen Halme wogten wie Wellen, wenn der Wind wehte. »Es ist so grün«, sagte sie.

»Hier und jetzt«, gab Ser Jorah ihr recht. »Ihr solltet es sehen, wenn alles blüht, die dunkelroten Blumen von einem Horizont zum anderen, wie ein Meer von Blut. Kommt die trockene Jahreszeit, nimmt die Welt die Farbe alter Bronze an. Und das hier ist nur *hranna*, Kind. Da draußen gibt es hundert Sorten von Gräsern, gelb wie Zitronen und dunkel wie Indigo, blaue Gräser und orangefarbene Gräser und Gräser wie Regenbogen. Es heißt, unten in den Schattenländern jenseits von Asshai gäbe es ganze Ozeane von Geistergräsern, höher als ein Mensch zu Pferd, mit Stängeln fahl wie Milchglas. Es tötet alle anderen Gräser, und bei Dunkelheit leuchten aus ihm die Geister der Verdammten. Die Dothraki behaupten, dass dieses Geistergras eines Tages die ganze Welt überziehen wird und dann alles Leben endet.«

Dieser Gedanke schickte Daenerys einen Schauer über den Rücken. »Darüber möchte ich jetzt nicht sprechen«, sagte sie. »Hier ist es so schön, ich möchte nicht daran denken, dass alles stirbt.«

»Wie Ihr wünscht, *Khaleesi*«, sagte Ser Jorah voller Respekt.

Sie hörte Stimmen und wandte sich um. Sie und Mormont hatten den Rest ihrer Gesellschaft weit hinter sich gelassen, und nun erklommen die anderen den Kamm. Ihre Dienerin Irri und die jungen Bogenschützen ihres *khas* waren wendig wie Kentauren, doch hatte Viserys nach wie vor mit den kurzen Steigbügeln und dem flachen Sattel zu kämpfen. Ihrem Bruder ging es hier draußen schlecht. Er hätte nicht mitkommen sollen. Magister Illyrio hatte ihn bedrängt, in Pentos zu warten, hatte ihm die Gastfreundschaft seiner Villa angeboten, doch Viserys wollte davon nichts hören. Er wollte bei Drogo bleiben, bis die Schuld beglichen war, bis er die Krone trug, die man ihm versprochen hatte. »Und wenn er mich betrügen will, wird er zu seinem Leidwesen erfahren, was es heißt, den Drachen zu wecken«, hatte Viserys geschworen, mit einer Hand auf dem geborgten Schwert. Illyrio hatte nur gezwinkert und ihm viel Glück dabei gewünscht.

Dany wollte im Augenblick keine Klagen ihres Bruders hören. Der Tag war zu perfekt. Der Himmel war von dunklem Blau, und hoch über ihnen kreiste ein Jagdfalke. Das gräserne Meer schwankte und seufzte mit jedem Windhauch, die Luft war warm auf ihrem Gesicht, und Dany fühlte so etwas wie Frieden in sich. Den wollte sie sich von Viserys nicht verderben lassen.

»Wartet hier«, erklärte Dany Ser Jorah. »Sagt den anderen, sie sollen hierbleiben. Sagt ihnen, ich befehle es.«

Der Ritter lächelte. Ser Jorah war kein hübscher Mann. Er hatte einen Hals und Schultern wie ein Bulle, und grobes, schwarzes Haar bedeckte seine Arme und die Brust so dick, dass nichts für seinen Kopf geblieben war. Doch sein Lächeln tröstete Dany. »Ihr lernt, wie eine Königin zu sprechen, Daenerys.«

»Nicht wie eine Königin«, widersprach Dany. »Wie eine *Khaleesi.*« Sie riss ihr Pferd herum und galoppierte allein den Hang hinab.

Der Abstieg war steil und steinig, doch Dany ritt furchtlos, und Freude und Gefahr waren wie ein Lied in ihrem Herzen. Ihr ganzes Leben hatte Viserys ihr erklärt, sie sei eine Prinzessin, doch erst seit sie ihren Silbernen ritt, fühlte sich Daenerys auch so.

Anfangs war es ihr nicht leichtgefallen. Das *khalasar* hatte sein Lager am Morgen nach der Hochzeit abgebrochen und war östlich gen Vaes Dothrak gezogen, und am dritten Tag dachte Dany, sie müsse sterben. Vom Sattel rissen wunde Stellen an ihrem Hinterteil auf, grässlich und blutig. Ihre Oberschenkel waren roh gescheuert, an ihren Händen waren Blasen von den Zügeln, die Muskeln an Beinen und Rücken derart von Schmerz zerrüttet, dass sie kaum noch sitzen konnte. Als der Abend dämmerte, brauchten ihre Mägde Hilfe, um sie von ihrem Pferd zu heben.

Selbst die Nächte brachten keine Erlösung. Khal Drogo beachtete sie nicht, wenn sie ritten, ganz wie er sie bei ihrer Hochzeit nicht beachtet hatte, und verbrachte die Abende trinkend mit seinen Kriegern und Blutreitern, ritt auf seinen besten Pferden um die Wette und sah sich an, wie Frauen tanzten und Männer starben. Für Dany war kein Platz in seinem Leben. Man ließ sie allein zu Abend essen, oder mit Ser Jorah und ihrem Bruder, und danach weinte sie sich in den Schlaf. Doch jede Nacht, kurz bevor der Morgen graute, kam Drogo in ihr Zelt und weckte sie im Dunkeln, um sie so unnachgiebig zu reiten, wie er seinen Hengst ritt. Stets nahm er sie von hinten, nach Sitte der Dothraki, wofür Dany dankbar war. So konnte ihr Herr und Gatte nicht die Tränen sehen, die feucht auf ihrem Gesicht glänzten, und sie konnte ihre Schmerzensschreie im Kissen ersticken. Wenn er fertig war, schloss er die Augen, begann leise zu schnarchen, und Dany lag dann neben ihm, ihr Leib wund und von blauen Flecken übersät, zu schmerzhaft, als dass sie hätte schlafen können.

Ein Tag folgte auf den anderen, ganz wie eine Nacht auf die andere folgte, bis Dany wusste, dass sie es keinen Augenblick länger ertragen konnte. Eher wollte sie sich umbringen, als so weiterzumachen, das beschloss sie eines Nachts …

Doch als sie in jener Nacht einschlief, träumte sie wieder diesen Drachentraum. Diesmal kam Viserys nicht darin vor. Nur sie und der Drache. Seine Schuppen waren schwarz wie die Nacht, schimmerten feucht vom Blut. *Ihrem* Blut, wie Dany spürte. Seine Augen waren Lachen von geschmolzenem Magma, und wenn er sein Maul öffnete, brüllte die Flamme mit heißem

Strahl hervor. Sie konnte hören, wie er für sie sang. Sie breitete die Arme aus, umarmte das Feuer, ließ sich von ihm umfangen, ließ sich putzen und härten und polieren. Sie fühlte, wie ihr Fleisch verbrannte und verkohlte und sich ablöste, fühlte, wie ihr Blut verkochte und verdampfte, und doch spürte sie keinen Schmerz. Sie fühlte sich stark und neu und wild.

Und am nächsten Tag schienen ihr die Schmerzen seltsamerweise nicht mehr ganz so schlimm. Es war, als hätten die Götter sie erhört und Erbarmen mit ihr gehabt. Selbst ihre Dienerinnen bemerkten die Wandlung. »*Khaleesi*«, sagte Jhiqui, »was ist los? Seid Ihr krank?«

»Ich war es«, antwortete sie und beugte sich über die Dracheneier, die Illyrio ihr zur Hochzeit geschenkt hatte. Eines davon berührte sie, das größte der drei, fuhr mit der Hand sanft über seine Schale. *Schwarz und rot*, dachte sie, *wie der Drache in meinem Traum*. Merkwürdig warm fühlte sich der Stein unter ihren Fingern an … oder träumte sie noch immer? Verunsichert zog sie die Hand zurück.

Von Stund an wurde jeder Tag leichter als der vorangegangene. Ihre Beine wurden kräftiger, die Blasen platzten, und ihre Hände bekamen Schwielen, ihre Schenkel wurden härter, geschmeidig wie Leder.

Der *khal* hatte der Dienerin Irri befohlen, Dany zu lehren, wie man auf dothrakische Weise ritt, doch war das Fohlen ihr eigentlicher Lehrmeister. Das Pferd schien ihre Stimmungen zu spüren, als wären sie beide eins. Mit jedem Tag fühlte sich Dany sicherer im Sattel. Die Dothraki waren ein hartes und unsentimentales Volk, und es war bei ihnen nicht Sitte, den Tieren Namen zu geben, so dass Dany an ihres nur als den Silbernen dachte. Nie hatte sie irgendetwas so geliebt.

Als das Reiten weniger qualvoll wurde, begann Dany, die Schönheit des Landes um sie herum wahrzunehmen. Sie ritt an der Spitze des *khalasar* bei Drogo und seinen Blutreitern, so dass sie stets in frisches und unberührtes Land kam. Hinter ihnen riss die große Horde den Boden auf, verschlammte die Flüsse und wirbelte Wolken von erstickendem Staub auf, doch die Felder vor ihnen waren stets satt und grün.

Sie überquerten die Hügel von Norvos, passierten terrassenförmig angelegte Bauernhöfe und kleine Dörfer, deren Bewohner sie ängstlich von weiß verputzten Mauern herab beobachteten. Sie durchquerten drei breite, ruhige Flüsse und einen vierten, der schnell und schmal und tückisch war, lagerten neben einem hohen, blauen Wasserfall, umrundeten die Ruinen einer mächtigen, toten Stadt, in welcher angeblich Geister zwischen den schwarzen Marmorsäulen seufzen sollten. Sie fegten valyrische Straßen entlang, die tausend Jahre alt und gerade wie ein dothrakischer Pfeil waren. Einen halben Mond lang ritten sie durch den Wald von Qohor, in dem das Laub hoch über ihnen ein goldenes Dach bildete, und die Baumstämme waren breit wie Stadttore. Große Elche gab es in diesem Wald, und gefleckte Tiger und Halbaffen mit silbernem Fell und riesigen roten Augen, doch alle flohen vor dem heranrückenden *khalasar,* und Dany bekam sie nicht zu sehen.

Mittlerweile waren ihre Qualen nur noch schwindende Erinnerung. Noch immer tat ihr nach einem Tagesritt so manches weh, doch inzwischen hatte der Schmerz etwas Liebliches an sich, und jeden Morgen stieg sie bereitwillig in den Sattel, begierig zu erfahren, welche Wunder in den vor ihr liegenden Ländern auf sie warteten. Selbst in den Nächten fand sie bisweilen Freude, und wenn sie nach wie vor aufschrie, wenn Drogo sie nahm, so doch nicht mehr nur vor Schmerz.

Am Fuße des Hügels wuchs das Gras hoch und biegsam. Danys Pferd fiel in den Trab, und sie ritt auf die Steppe hinaus, verlor sich im Grün, glücklich allein. Im *khalasar* war sie nie allein. Kahl Drogo kam erst zu ihr, wenn die Sonne untergegangen war, doch ihre Dienerinnen speisten und badeten sie und schliefen am Eingang zu ihrem Zelt, Drogos Blutreiter und die Männer ihres *khas* waren nie weit, und ihr Bruder blieb ein ungeliebter Schatten, Tag und Nacht. Dany konnte ihn oben auf dem Hügel hören, mit schriller Stimme schrie er Ser Jorah wütend an. Sie ritt vorwärts, ergab sich dem Dothrakischen Meer.

Das Grün verschlang sie. Die Luft war voller Düfte von Erde und Gras, vermischt mit dem Geruch des Pferdes und Danys Schweiß und dem Öl in ihrem Haar. Dothrakische Düfte. Plötzlich drängte es sie danach, den Boden unter ihren Füßen zu spüren, ihre Zehen in die dicke, schwarze Erde zu graben. Als sie sich aus ihrem Sattel schwang, ließ sie den Silbernen grasen, während sie ihre hohen Stiefel auszog.

Viserys kam wie ein Sommersturm über sie, und sein Pferd bäumte sich auf, als er zu fest an dessen Zügeln riss. »*Wag* es nicht!«, schrie er sie an. »Du gibst *mir* Befehle? *Mir?*« Er sprang von seinem Pferd und stolperte. Sein Gesicht war puterrot, als er auf die Beine kam. Er packte sie, schüttelte sie. »Hast du vergessen, wer du bist? Sieh dich an, sieh dich an!«

Dany musste nicht hinsehen. Sie war barfüßig, mit geöltem Haar, trug das dothrakische Reitleder und eine bemalte Weste, die eins ihrer Brautgeschenke gewesen war. Sie sah aus, als gehörte sie hierher. Viserys war schmutzig und verschwitzt in seiner Stadtkleidung aus Seide und Ketten.

Er schrie noch immer. »Du wirst dem Drachen *nichts* befehlen. Hast du mich verstanden? Ich bin der Lord der Sieben Königslande, ich werde keine Befehle von der Hure eines Reiterlords annehmen, hörst du, was ich sage?« Seine Hand fuhr unter ihre Weste, und seine Finger gruben sich schmerzhaft in ihre Brust. »Hörst du, was ich sage?«

Dany stieß ihn heftig von sich.

Viserys starrte sie an, und seine veilchenblauen Augen blickten ungläubig. Nie zuvor hatte sie sich ihm widersetzt. Zorn verzerrte seine Miene. Er würde ihr etwas antun, furchtbar weh tun, das wusste sie.

Krack.

Die Peitsche klang wie ein Blitzschlag. Sie rollte sich Viserys um den Hals und riss ihn rückwärts. Mit allen vieren von sich landete er im Gras, verdutzt und würgend. Die dothrakischen Reiter johlten, als er versuchte, sich zu befreien. Der mit der Peitsche, der junge Jhogo, schnarrte eine Frage hervor. Dany verstand seine Worte nicht, doch inzwischen war Irri da, und auch Ser Jorah mit dem Rest ihres *khas*. »Jhogo fragt, ob Ihr seinen Tod wünscht, *Khaleesi*«, sagte Irri.

»Nein«, erwiderte Dany. »Nein.«

Das verstand Jhogo. Einer der anderen bellte einen Kommentar, und die Dothraki lachten. Irri erklärte ihr: »Quara meint, Ihr solltet sein Ohr einfordern, um ihn Respekt zu lehren.«

Ihr Bruder lag auf den Knien, seine Finger krallten sich unter die Lederschlinge, er heulte unverständlich und rang um Luft.

»Sagt ihnen, ich wünsche nicht, dass man ihm etwas antut«, sagte Dany.

Irri wiederholte die Worte auf Dothrakisch. Jhogo zog an seiner Peitsche und riss Viserys wie eine Marionette herum. Wieder landete er der Länge nach am Boden, von der ledernen Umarmung befreit, eine dünne Blutspur unter seinem Kinn, wo die Peitsche tief eingeschnitten hatte.

»Ich habe ihn gewarnt, dass so etwas geschehen würde, Mylady«, rechtfertigte sich Ser Jorah Mormont. »Ich habe ihm gesagt, dass er auf dem Hügel bleiben soll, ganz wie Ihr befohlen hattet.«

»Das weiß ich«, erwiderte Dany mit einem Blick auf Viserys. Er lag am Boden, sog lautstark Luft in seine Lungen, rotgesichtig und schluchzend. Er war ein beklagenswertes Geschöpf. Schon immer war er ein beklagenswertes Geschöpf gewesen. Warum hatte sie das vorher nie gesehen? In ihrem Inneren war eine Leere, wo einst ihre Angst gewesen war.

»Nehmt sein Pferd«, befahl Dany Ser Jorah. Staunend sah Viserys sie an. Er konnte nicht glauben, was er hörte, und ebenso wenig konnte Dany fassen, was sie sagte. Dennoch kamen die Worte hervor. »Lasst meinen Bruder hinter uns zum *khalasar* zurücklaufen.« Für die Dothraki war der Mann, der nicht ritt, kein Mann, der niederste der Niederen, ohne Ehre oder Stolz. »Lasst jedermann ihn sehen, was er ist.«

»Nein!«, schrie Viserys. Er wandte sich Ser Jorah zu, flehte ihn in der Gemeinen Zunge mit Worten an, welche die Reiter nicht verstanden. »Schlagt sie, Mormont. Prügelt sie. Euer König befiehlt es. Tötet diese dothrakischen Hunde, dass es ihr eine Lehre ist.«

Der verbannte Ritter sah von Dany zu ihrem Bruder. Sie barfuß mit Schmutz zwischen den Zehen und Öl im Haar, er mit Seide und Stahl. Dany konnte den Entschluss von seinem Gesicht ablesen. »Er wird laufen, *Khaleesi*«, sagte er. Er nahm das Pferd ihres Bruders, während Dany ihren Silbernen bestieg.

Mit offenem Mund sah Viserys ihn an und setzte sich in den Dreck. Er hielt den Mund, doch wollte er sich nicht rühren, und seine Augen versprühten Gift, als sie weiterritten. Bald schon hatte er sich im hohen Gras verirrt. Als sie ihn nicht mehr sehen konnten, bekam Dany es mit der Angst zu tun. »Wird er den Weg finden?«, fragte sie Ser Jorah, während sie ritten.

»Selbst jemand, der wie Euer Bruder mit Blindheit geschlagen ist, sollte in der Lage sein, unserer Spur zu folgen«, erwiderte er.

»Er ist stolz. Vielleicht schämt er sich zu sehr, um zurückzukommen.«

Jorah lachte. »Wohin sollte er gehen. Wenn er das *khalasar* nicht findet, dürfte das *khalasar* mit großer Wahrscheinlichkeit ihn finden. Es ist schwer, im Dothrakischen Meer zu ertrinken, Kind.«

Dany erkannte, dass er recht hatte. Das *khalasar* war wie eine marschierende Stadt, doch marschierte sie nicht blindlings. Stets ritten Kundschafter weit vor der Hauptkolonne, wachsam auf der Suche nach Wild oder Beute oder Feinden, während Vorreiter das Heer flankierten. Ihnen entging nichts, nicht hier, in diesem Land, aus dem sie stammten. Diese Steppen waren ein Teil von ihnen … und jetzt auch von ihr.

»Ich habe ihn geschlagen«, wunderte sie sich. Da es nun vorüber war, erschien es ihr wie ein seltsamer Traum, den sie geträumt hatte. »Ser Jorah, glaubt Ihr … er wird so wütend sein, wenn er zurückkommt …« Ein Schauer durchfuhr sie. »Ich habe den Drachen geweckt, nicht?«

Ser Jorah schnaubte. »Kann man die Toten wecken, Mädchen? Euer Bruder Rhaegar war der letzte Drache, und der ist am Trident gefallen. Viserys ist kaum der Schatten einer Schlange.«

Seine schroffen Worte erstaunten sie. Es war, als sei alles, was sie je geglaubt hatte, in Frage gestellt. »Ihr … Ihr habt ihm Euer Schwert geweiht …«

»Das habe ich getan, Mädchen«, gestand Ser Jorah ein. »Und

wenn Euer Bruder der Schatten einer Schlange ist, wozu macht das seine Diener?« Seine Stimme klang verbittert.

»Er ist noch immer der wahre König. Er ist …«

Jorah hielt sein Pferd an und sah zu ihr herüber. »Sprecht die Wahrheit. Würdet Ihr Viserys auf einem Thron sehen wollen?«

Dany dachte darüber nach. »Er wäre kein sehr guter König, was?«

»Es haben schon Schlimmere geherrscht … wenn auch nicht viele.« Der Ritter gab seinem Pferd die Sporen und ritt voran.

Dany ritt nah an seiner Seite. »Dennoch«, beharrte sie. »Das gemeine Volk wartet auf ihn. Magister Illyrio sagt, sie nähen Drachenbanner und beteten um Viserys Rückkehr über die Meerenge, damit er sie befreien soll.«

»Das gemeine Volk betet um Regen, gesunde Kinder und einen Sommer, der nie endet«, erklärte ihr Ser Jorah. »Ihm ist es egal, ob die hohen Herren um den Thron würfeln, solange man es nur in Frieden lässt.« Er zuckte mit den Achseln. »So war es schon immer.«

Schweigend ritt Dany eine Weile, rang mit seinen Worten wie mit einem Vexierspiegel. Es widersprach allem, was Viserys ihr je gesagt hatte, wenn sie glauben sollte, dass es die Menschen so wenig interessierte, ob ein wahrer König oder ein Usurpator über sie regierte. Doch je länger sie über Jorahs Worte nachsann, desto wahrer klangen sie in ihren Ohren.

»Worum betet *Ihr*, Ser Jorah?«, fragte sie ihn.

»Heimat«, sagte er. Seine Stimme war von Sehnsucht erfüllt.

»Auch ich bete um eine Heimat«, erklärte sie ihm und glaubte daran.

Ser Jorah lachte. »Dann seht Euch um, *Khaleesi*.«

Doch war es nicht die Steppe, die Dany sah. Es waren King's Landing und der große Red Keep, den Aegon der Eroberer, errichtet hatte. Es war Dragonstone, wo sie geboren war. Vor ihrem inneren Auge brannten in ihnen tausend Lichter, ein Feuerschein in jedem Fenster. Vor ihrem inneren Auge waren alle Türen rot.

»Mein Bruder wird die Sieben Königslande nie zurückerobern«, stellte Dany fest. Sie merkte, dass sie es seit langem schon gewusst hatte. Ihr ganzes Leben hatte sie es gewusst. Nur hatte sie sich nie gestattet, die Worte auszusprechen, nicht einmal im Flüsterton, doch nun sagte sie diese, damit Ser Jorah und alle Welt sie hören sollten.

Ser Jorah warf ihr einen prüfenden Blick zu. »Ihr glaubt nicht daran.«

»Er könnte keine Armee führen, nicht einmal, wenn mein Herr und Hoher Gatte ihm eine gäbe«, sagte Dany. »Er hat kein Geld, und der einzige Ritter, der ihm folgt, schimpft ihn geringer als eine Schlange. Die Dothraki verhöhnen seine Schwäche. Er wird uns niemals in die Heimat führen.«

»Kluges Kind.« Der Ritter lächelte.

»Ich bin kein Kind«, fuhr sie ihn böse an. Ihre Fersen pressten sich in die Flanken ihres Pferdes, was den Silbernen zum Galopp trieb. Schneller und immer schneller raste sie voran, ließ Jorah und Irri und die anderen weit hinter sich, mit warmem Wind im Haar und der versunkenen Sonne rot im Gesicht. Als sie das *khalasar* erreichte, dämmerte der Abend.

Die Sklaven hatten ihr Zelt am Ufer eines Teiches aufgebaut. Sie hörte raue Stimmen aus dem geflochtenen Graspalast auf dem Hügel. Bald schon würde man Gelächter von dort hören, wenn die Männer ihres *khas* erzählten, was heute im Gras geschehen war. Wenn sich Viserys humpelnd wieder unter die anderen mischte, würde jeder Mann, jede Frau, jedes Kind im Lager wissen, dass er ein Fußgeher war. Es gab keine Geheimnisse im *khalasar*.

Dany überließ ihren Silbernen den Sklaven zum Striegeln und betrat ihr Zelt. Kühl und finster war es unter der Seide. Als sie die Zelttür hinter sich zufallen ließ, sah Dany, wie ein Finger von staubig rotem Licht durchs Zelt nach ihren Dracheneiern griff. Einen Augenblick lang verschwammen tausend Tropfen roter Flammen vor ihren Augen. Sie blinzelte, und dann waren sie fort.

Stein, sagte sie zu sich. *Sie sind nur aus Stein, selbst Illyrio hat es gesagt, die Drachen sind alle tot.* Sie legte ihre Handfläche an das schwarze Ei, die Finger sanft um die Rundung des Eis gespreizt. Der Stein war warm. Fast schon heiß. »Die Sonne«, flüsterte Dany. »Sie haben sich beim Reiten in der Sonne erwärmt.«

Sie befahl ihren Dienerinnen, ihr ein Bad zu bereiten. Doreah schichtete draußen vor dem Zelt Holz für ein Feuer auf, während Irri und Jhiqui die große Kupferwanne – ebenfalls ein Brautgeschenk – von den Lastpferden und Wasser vom Teich holten. Als das Bad dampfte, half Irri ihr hinein und stieg dann dazu.

»Habt ihr je einen Drachen gesehen?«, fragte sie, während Irri ihr den Rücken schrubbte und Jhiqui Sand aus ihrem Haar wusch. Sie hatte gehört, dass die ersten Drachen aus dem Osten gekommen seien, aus den Schattenländern jenseits von Asshai und den Inseln der Jadesee. Vielleicht lebten dort noch immer welche, in fremden und wilden Reichen.

»Drachen sind ausgestorben, *Khaleesi*«, sagte Irri.

»Tot«, gab Jhiqui ihr recht. »Lange, lange schon.«

Viserys hatte ihr erzählt, die letzten Drachen der Targaryen seien vor kaum mehr als anderthalb Jahrhunderten gestorben, während der Regentschaft Aegons III., den man Drachentod nannte. Das schien Dany nicht sehr lange her zu sein. »Überall?«, sagte sie enttäuscht. »Sogar im Osten?« Zauberkräfte waren im Westen verschwunden, als der Untergang über Valyria und die Länder des Langen Sommers kam, und weder mit Zauberkraft geschmiedeter Stahl noch Sturmsänger oder Drachen konnten ihn verdrängen, doch hatte Dany stets gehört, im Osten sei es anders gewesen. Es hieß, dass Sphinxen die Inseln des Jademeeres durchstreiften, dass Basilisken den Urwald von Yi Ti unsicher machten, dass Bannsänger, Hexenmeister und Wetterpropheten ihre Künste in Asshai offen ausübten, während Schattenfänger und Blutmagier im Schutze der Nacht schreckliche Zaubereien vollbrachten. Warum sollte es nicht auch Drachen geben?

»Keine Drachen«, sagte Irri. »Tapfere Männer sie getötet, denn Drachen schrecklich böse Tiere. Das ist bekannt.«

»Das ist bekannt«, gab Jhiqui ihr recht.

»Ein Händler aus Quarth hat mir einmal erzählt, Drachen kämen vom Mond«, steuerte die blonde Doreah bei, während sie ein Handtuch über dem Feuer wärmte. Jhiqui und Irri waren im selben Alter wie Dany, dothrakische Mädchen, die versklavt worden waren, als Drogo das *khalasar* ihres Vaters vernichtet hatte. Doreah war älter, fast zwanzig. Magister Illyrio hatte sie in einem Freudenhaus in Lys gefunden.

Silbrig feuchtes Haar fiel über ihr Gesicht, als Dany neugierig den Kopf umwandte. »Vom Mond?«

»Er hat mir erzählt, der Mond sei ein Ei, *Khaleesi«*, erklärte das Mädchen aus Lys. »Einst habe es zwei Monde am Himmel gegeben, doch einer sei der Sonne zu nah gekommen und von der Hitze geborsten. Tausend Tausende von Drachen strömten herbei und tranken die Flammen der Sonne. Deshalb speien Drachen Feuer. Eines Tages wird auch der andere Mond die Sonne küssen, dann wird auch er bersten, und die Drachen kehren zurück.«

Die beiden dothrakischen Mädchen kicherten und lachten. »Du bist dummer Strohkopf, Sklavin«, sagte Irri. »Mond ist kein Ei. Mond ist Gott, Gattinfrau von Sonne. Das ist bekannt.«

»Das ist bekannt«, stimmte Jhiqui ihr zu.

Danys Haut war rosa und gerötet, als sie aus der Wanne stieg. Jhiqui legte sie nieder, um ihren Leib zu ölen und den Schmutz aus ihren Poren zu reiben. Danach besprenkelte Irri sie mit trockenen Blumen und Zimt. Während Doreah ihr Haar bürstete, bis es wie Silbergespinst aussah, dachte sie an den Mond, an Eier und Drachen.

Ihr Abendessen war ein schlichtes Mahl aus Früchten und Käse und geröstetem Brot mit einem Krug voll Honigwein zum Spülen. »Doreah, bleib und iß mit mir«, befahl Dany, als sie ihre anderen Mägde fortschickte. Das Mädchen aus Lys hatte honigfarbenes Haar und Augen wie der Sommerhimmel.

Sie senkte die Augen, als sie allein waren. »Ihr ehrt mich, *Khaleesi«*, sagte sie, doch war es keine Ehre, nur ein Dienst. Noch lange, nachdem der Mond aufgegangen war, saßen sie beisammen und redeten.

Als Drogo in dieser Nacht kam, wartete Dany auf ihn. Er stand am Eingang ihres Zeltes und sah sie voller Überraschung an. Langsam erhob sie sich, öffnete ihr seidenes Schlafkleid und ließ es zu Boden gleiten. »Heute Nacht müssen wir hinausgehen, Mylord«, erklärte sie, denn die Dothraki glaubten, dass alles Wichtige im Leben eines Mannes unter freiem Himmel stattfinden müsse.

Khal Drogo folgte ihr ins Mondlicht, und die Glöckchen in seinem Haar klingelten sanft. Nur wenige Meter von ihrem Zelt entfernt war ein Bett aus weichem Gras, und dort zog Dany ihn zu Boden. Als er sie umdrehen wollte, legte sie ihm eine Hand auf die Brust. »Nein«, sagte sie. »Heute Nacht will ich in Euer Gesicht sehen.«

Im Herzen eines *khalasar* ist niemand ungestört. Dany spürte die Blicke, als sie ihn entkleidete, hörte die leisen Stimmen, als sie die Dinge mit ihm tat, die Doreah sie gelehrt hatte. Es bedeutete ihr nichts. War sie nicht *Khaleesi?* Allein seine Augen zählten, und als sie ihn bestieg, sah sie dort etwas, das sie nie zuvor gesehen hatte. Sie ritt ihn so wild wie ihren Silbernen, und im Augenblick seiner größten Lust rief Khal Drogo ihren Namen.

Sie waren schon auf der anderen Seite des Dothrakischen Meeres, als Jhiqui mit den Fingern über die sanfte Wölbung an Danys Bauch strich und sagte: »*Khaleesi*, Ihr erwartet ein Kind.«

»Ich weiß«, antwortete Dany.

Es war ihr vierzehnter Namenstag.

BRAN

Unten im Hof lief Rickon mit den Wölfen um die Wette.

Bran sah von seinem Fensterplatz aus zu. Wohin der Junge auch lief, stets war Grey Wind vor ihm da, sprang voraus, um ihm den Weg abzuschneiden, bis Rickon ihn sah, vor Freude juchzte und in eine andere Richtung hastete. Shaggydog blieb ihm auf den Fersen, wirbelte herum und schnappte nach den anderen Wölfen, wenn diese ihm zu nahe kamen. Sein Fell war nachgedunkelt, schimmerte nun schwarz, und seine Augen waren wie grünes Feuer. Brans Wolf »Summer« war der Letzte. Er war wie Silber und Rauch, mit Augen von gelbem Gold, die alles sahen, was es zu sehen gab. Kleiner als Grey Wind und wachsamer. Bran fand, dass er der Klügste aus dem Wurf war. Er hörte das atemlose Lachen seines Bruders, wenn er auf seinen kleinen Beinchen über die festgetretene Erde hastete.

Seine Augen brannten. Er wollte gern dort unten sein, lachen und rennen. Zornig über diesen Gedanken wischte Bran die Tränen fort, bevor sie über seine Wangen kullerten. Sein achter Namenstag war schon gewesen. Fast war er nun ein Mann, zu alt zum Weinen.

»Es war nur eine Lüge«, sagte er verbittert, als er an die Krähe in seinem Traum denken musste. »Ich kann nicht fliegen. Ich kann nicht mal gehen.«

»Krähen sind allesamt Lügner«, gab Old Nan ihm von ihrem Stuhl aus recht, auf dem sie mit ihren Handarbeiten saß. »Ich kenne eine Geschichte über eine Krähe.«

»Ich will keine Geschichten mehr hören«, fuhr Bran sie mit gereizter Stimme an. Früher hatte er Old Nan und ihre Geschichten gemocht. Doch jetzt war es etwas anderes. Jetzt ließ man sie den ganzen Tag bei ihm, damit sie auf ihn achtete und ihn säuberte und damit er nicht so allein war, doch machte sie alles nur noch schlimmer. »Ich hasse deine dummen Geschichten.«

Zahnlos lächelte die alte Frau ihn an. »Meine Geschichten? Nein, mein kleiner Lord, nicht meine. Die Geschichten sind einfach da, vor mir und nach mir, und auch vor dir.«

Sie war eine sehr hässliche, alte Frau, dachte Bran verächtlich, ausgezehrt und faltig, fast blind, zu schwach zum Treppensteigen, mit nur ein paar Büscheln von weißem Haar auf ihrem fleckig rosafarbenen Schädel. Niemand wusste, wie alt sie wirklich war, doch sein Vater sagte, man habe sie bereits Old Nan genannt, als er noch ein Junge war. Ganz sicher war sie der älteste Mensch auf Winterfell, vielleicht der älteste der Sieben Königslande. Nan war als Amme für einen Brandon Stark nach Winterfell gekommen, dessen Mutter bei seiner Geburt gestorben war. Er war der ältere Bruder von Lord Rickard, Brans Großvater, gewesen, oder vielleicht auch ein jüngerer Bruder, oder ein Bruder von Lord Rickards Vater. Manchmal erzählte Old Nan es auf die eine und manchmal auf die andere Weise. In allen Geschichten war der kleine Junge mit drei Jahren an einer Sommergrippe gestorben, doch Old Nan blieb hernach mit ihren eigenen Kindern auf Winterfell. Sie hatte beide Söhne im Krieg verloren, als König Robert den Thron bestieg, und ihr Enkel starb während Balon Greyjoys Rebellion auf den Mauern von Pyke. Ihre Töchter waren lange schon verheiratet und fortgezogen und gestorben. Geblieben war von ihren Blutsverwandten nur noch Hodor, der einfältige Riese, der im Stall arbeitete, doch Old Nan lebte immer noch, strickte und häkelte und erzählte ihre Geschichten.

»Es ist mir egal, wessen Geschichten es sind«, erklärte Bran. »Ich hasse sie.« Er wollte keine Geschichten mehr hören, und er wollte auch Old Nan nicht mehr ertragen. Er wollte seine Mutter und seinen Vater. Er wollte rennen, mit Summer an seiner Seite. Er wollte auf die Turmruine klettern und die Krähen füttern. Er wollte mit seinen Brüdern wieder Ponyreiten. Er wollte, dass es wieder wurde, wie es einmal gewesen war.

»Ich kenne eine Geschichte von einem Jungen, der Geschichten hasste«, sagte Old Nan mit ihrem dämlichen, leisen Lächeln, während ihre Nadeln ständig klapperten, *klick klick klick*, bis Bran sie hätte anschreien können.

Nie mehr würde es sein, wie es gewesen war, das wusste er. Die Krähe hatte ihn zum Fliegen verleitet, doch als er aufwachte, war er zerschmettert, und seine Welt hatte sich verändert. Alle hatten ihn verlassen, sein Vater und seine Mutter und seine Schwestern und selbst sein Bastardbruder Jon. Sein Vater hatte ihm versprochen, er würde auf einem echten Pferd nach King's Landing reiten, doch waren sie ohne ihn fort. Maester Luwin hatte Lord Eddard einen Vogel mit einer Botschaft nachgesandt, einen weiteren seiner Mutter und einen dritten Jon auf der Mauer, doch war bisher keine Antwort gekommen. »Oftmals verirren sich die Vögel, Kind«, hatte der Maester ihm erklärt. »Es gibt so manche Meile und so manchen Falken zwischen hier und King's Landing.« Doch kam es Bran so vor, als wären alle gestorben, während er geschlafen hatte … oder vielleicht war Bran gestorben, und alle hatten ihn vergessen. Auch Jory und Ser Rodrik und Vayon Poole waren fort, und Hullen und Harwin und Fat Tom und ein Viertel der Garde.

Nur Robb und der kleine Rickon waren noch da, und Robb hatte sich verändert. Jetzt war er Robb, der Lord, oder zumindest gab er sich alle Mühe, es zu sein. Er trug ein echtes Schwert und lächelte nie. Seine Tage verbrachte er damit, die Garde zu drillen und sich im Schwertkampf zu üben, wobei er den Hof vom Klang des Stahls erzittern ließ, während Bran von seinem Fenster aus unglücklich zusah. Abends zog er sich mit Maester Luwin zurück, zum Gespräch oder um die Rechnungsbücher durchzugehen. Manchmal ritt er mit Hallis Mollen aus und war tagelang fort, besuchte ferne Festungsanlagen. Immer wenn er länger als einen Tag fort war, weinte Rickon und fragte Bran, ob Robb je wiederkommen würde. Selbst wenn er zu Hause war, schien Robb, der Lord, stets mehr Zeit für Hallis Mollen und Theon Greyjoy als für seine Brüder zu haben.

»Ich könnte dir die Geschichte von Brandon dem Erbauer erzählen«, sagte Old Nan. »Das war immer deine liebste.«

Vor Tausenden und Abertausenden von Jahren hatte Brandon der Erbauer Winterfell errichtet, und wie manche sagten, auch die Mauer. Manchmal sprach Old Nan von ihm, als wäre er *ihr* Brandon, der Säugling, den sie vor so vielen Jahren gepflegt hatte, und manchmal verwechselte sie ihn mit seinem Onkel Brandon, den der Irre König erschlagen hatte, bevor Bran auch nur geboren war. Sie lebte schon so lange, Mutter hatte ihm einmal erzählt, dass alle Brandon Starks in ihrem Kopf zu ein und derselben Person geworden seien.

»Das ist nicht meine Lieblingsgeschichte«, sagte er. »Am liebsten sind mir die unheimlichen.« Er hörte eine Art Tumult vor dem Fenster und wandte sich nach draußen. Rickon rannte über den Hof zum Wachhaus, und die Wölfe folgten ihm, doch das Turmzimmer lag in der falschen Richtung, deshalb konnte Bran nicht sehen, was vor sich ging. Vor Enttäuschung schlug er sich mit der Faust auf den Oberschenkel und spürte nichts.

»Oh, mein süßes Sommerkind«, sagte Old Nan leise, »was weißt du schon von der Angst? Die Angst gehört dem Winter, mein kleiner Lord, wenn der Schnee hundert Fuß hoch liegt und der Eiswind aus dem Norden heult. Angst gehört der langen Nacht, wenn die Sonne über Jahre ihr Gesicht verbirgt und kleine Kinder in Finsternis geboren werden und leben und sterben, während die Schattenwölfe ausgezehrt und hungrig werden und die Weißen Wanderer durch die Wälder streifen.«

»Du meinst die Anderen«, sagte Bran nörgelnd.

»Die Anderen«, stimmte Old Nan ihm zu. »Vor Tausenden und Abertausenden von Jahren gab es einen Winter, der kälter und härter und länger war als alles, was es seit Menschengedenken gegeben hat. Es kam eine Nacht, die eine Generation lang dauerte, und Könige zitterten und starben auf ihren Burgen ebenso wie die Schweinehirten in ihren Ställen. Mütter erstickten ihre Kinder lieber, als dass sie diese verhungern ließen, und sie weinten und fühlten, wie die Tränen auf ihren Wangen gefroren.« Ihre Stimme und die Nadeln schwiegen, und mit blassen, glänzenden Augen sah sie zu Bran auf und fragte: »Nun, Kind. Ist das die Art von Geschichte, die dir gefällt?«

»Nun«, sagte Bran zögerlich, »ja, nur ...«

Old Nan nickte. »In dieser Finsternis kamen die Anderen zum ersten Mal«, erzählte sie, während ihre Nadeln *klick klick klick* machten. »Sie waren kalte Dinger, tote Dinger, die Eisen und Feuer und die Sonne hassten, und außerdem jedes Wesen mit warmem Blut in den Adern. Sie fielen über Burgen und Städte und Königreiche her, erschlugen zahllose Helden und Armeen, ritten ihre blassen, toten Pferde und führten Heerscharen von Erschlagenen an. Alle Schwerter der Menschen konnten ihrem Ansturm nicht standhalten, und selbst mit Jungfern und Säuglingen hatten sie kein Mitleid. Sie jagten die Jungfern durch erfrorene Wälder und fütterten ihre toten Diener mit dem Fleisch von toten Kindern.«

Ihre Stimme war ganz leise geworden, fast schon ein Flüstern, und Bran merkte, wie er sich vorbeugte, um sie verstehen zu können.

»Nun waren es die Zeiten, bevor die Andalen kamen, und lange bevor die Frauen aus den Städten der Rhoyne über die Meerenge flohen, und die hundert Königreiche jener Zeit waren die Königreiche der Ersten Menschen, die den Kindern des Waldes das Land genommen hatten. Doch hier und da lebten die Kinder noch immer im Wald, verborgen in ihren hölzernen Städten und den hohlen Hügeln, und die Gesichter der Bäume hielten Wacht. Als nun Kälte und Tod die Erde erfüllten, beschloss der letzte Held, die Kinder aufzusuchen, in der Hoffnung, dass ihre uralten Zauberkünste zurückgewinnen könnten, was die Armeen der Menschen verloren hatten. Er machte sich auf ins tote Land, mit einem Schwert, einem Pferd, einem Hund und einem Dutzend Gefährten. Jahrelang suchte er, bis er daran zweifelte, die Kinder des Waldes in ihren geheimen Städten je zu finden. Einer nach dem anderen starben seine Freunde, dann sein Pferd, und schließlich selbst sein Hund, und sein Schwert fror so hart, dass die Klinge brach, als er es benutzen wollte. Und die Anderen witterten sein warmes Blut und folgten schweigend seiner Spur, pirschten sich mit Meuten blasser, weißer Spinnen, groß wie Jagdhunde, an ihn heran …«

Mit einem Schlag flog die Tür auf, und Brans Herz machte einen Satz vor Schreck, doch war es nur Maester Luwin, und Hodor ragte auf der Treppe hinter ihm auf. »Hodor!«, verkündete der Stalljunge, wie es seine Gewohnheit war, und grinste jedermann breit an.

Maester Luwin lächelte nicht. »Wir haben Besuch«, erklärte er, »und Eure Anwesenheit wird gewünscht, Bran.«

»Ich höre gerade eine Geschichte«, klagte Bran.

»Geschichten können warten, mein kleiner Lord, und wenn du zu ihnen zurückkommst, sind sie schon wieder da«, versprach Old Nan. »Besucher sind nicht so geduldig, und oftmals bringen sie selbst Geschichten mit.«

»Wer ist es?«, fragte Bran Maester Luwin.

»Tyrion Lannister und einige Männer der Nachtwache mit Nachricht von Eurem Bruder Jon. Robb trifft sich gerade mit ihnen. Hodor, würdest du Bran hinunter in die Halle helfen?«

»Hodor!«, willigte Hodor selig ein. Er duckte sich, um seinen struppigen Kopf unter der Tür hindurchzubekommen. Fast sieben Fuß war Hodor groß. Es war schwer zu glauben, dass er vom selben Blut wie Old Nan sein sollte. Bran überlegte, ob er, wenn er alt wäre, ebenso schrumpfen würde wie seine Urgroßmutter. Es schien unwahrscheinlich, selbst wenn Hodor tausend Jahre alt werden sollte.

Hodor hob Bran mit Leichtigkeit hoch, als wäre dieser ein Heuballen, und drückte ihn an seine mächtige Brust. Stets roch er nach Pferden, doch war es kein unangenehmer Geruch. Seine Arme waren mit Muskeln bepackt und von braunem Haar bedeckt. »Hodor«, sagte er erneut. Theon Greyjoy hatte einmal bemerkt, dass Hodor nicht viel wisse, doch zweifelsohne seinen Namen kenne. Old Nan hatte wie eine Henne gegackert, als Bran ihr das erzählte, und ihm anvertraut, dass Hodor in Wahrheit Walder hieße. Niemand wusste, woher »Hodor« kam, sagte sie, doch als er damit anfing, es zu sagen, fingen alle an, ihn so zu rufen. Es war das einzige Wort, das er kannte.

Sie ließen Old Nan im Turmzimmer mit ihren Handarbeiten und Erinnerungen zurück. Hodor summte wahllos vor sich hin, als er Bran die Treppe hinunter und über den Korridor trug, wobei Maester Luwin hinter ihnen blieb und sich beeilen musste, wenn er mit den langen Schritten des Stalljungen mithalten wollte.

Robb saß auf dem Platz seines Vaters, trug ein Kettenhemd, hartes Leder und das ernste Gesicht von Robb, dem Lord. Theon Greyjoy und Hallis Mollen standen hinter ihm. Ein Dutzend Gardisten reihte sich vor den grauen Steinmauern unter hohen, schmalen Fenstern aneinander. In der Mitte des Raumes stand der Zwerg mit seinen Dienern und vier Fremden im Schwarz der Nachtwache. Bran spürte sofort den Zorn im Saal, als Hodor ihn durch die Tür trug.

»Ein jeder Mann der Nachtwache ist hier auf Winterfell so lange willkommen, wie er bleiben möchte«, verkündete Robb gerade mit der Stimme von Robb, dem Lord. Sein Schwert lag auf seinen Knien, die nackte Klinge für jedermann zu sehen. Selbst Bran wusste, was es bedeutete, einen Gast mit gezücktem Schwert zu empfangen.

»Ein jeder Mann der Nachtwache«, wiederholte der Zwerg, »doch nicht ich, wenn ich dich recht verstehe, Junge?«

Robb stand auf und deutete mit seinem Schwert auf den kleinen Mann. »Ich bin hier der Lord, solange meine Mutter und mein Vater fort sind, Lannister. Ich bin nicht Euer Junge.«

»Wenn Ihr ein Lord sein wollt, solltet Ihr vielleicht die Höflichkeitsgebote eines Lords beachten«, gab der kleine Mann zurück, ohne das Schwert zu beachten, das auf sein Gesicht zeigte. »Euer Bastard von einem Bruder besitzt allen Anstand Eures Vaters, wie mir scheint.«

»Jon«, stöhnte Bran in Hodors Armen auf.

Der Zwerg fuhr herum und sah ihn an. »So stimmt es also, dass der Junge lebt. Ich konnte es kaum glauben. Ihr Starks seid schwer zu töten.«

»Das solltet Ihr Lannisters nie vergessen«, sagte Robb und ließ sein Schwert sinken. »Hodor, bring meinen Bruder her.«

»Hodor«, sagte Hodor, trottete lächelnd voran und setzte Bran auf den hohen Stuhl der Starks, auf dem die Lords von Winterfell seit jenen Tagen saßen, als sie sich noch Könige des Nordens nannten. Der Stuhl war aus kaltem Stein, von zahllosen Hintern blank poliert, und geschnitzte Köpfe von Schattenwölfen knurrten an den Enden seiner massiven Lehnen. Bran hielt sich an ihnen fest, als er sich setzte, und seine nutzlosen

Beine baumelten herab. Der große Stuhl gab ihm das Gefühl, halb noch ein Säugling zu sein.

Robb legte eine Hand auf seine Schulter. »Ihr sagtet, Ihr hättet etwas mit Bran zu besprechen. Nun, hier ist er, Lannister.«

Bran wurde unbehaglich zumute, als er Tyrion Lannisters Augen sah. Eines war schwarz, und eines war grün, und beide sahen ihn an, musterten ihn, schätzten ihn ein. »Wie ich höre, warst du ein begabter Kletterer, Bran«, begann der kleine Mann schließlich. »Sag, wie kam es, dass du an jenem Tag gestürzt bist?«

»Bin *ich nicht«*, betonte Bran. Er war nie gestürzt, nie nie *nie*.

»Bran erinnert sich nicht an den Sturz, und auch nicht daran, dass er geklettert ist«, erläuterte Maester Luwin milde.

»Seltsam«, wunderte sich Tyrion Lannister.

»Mein Bruder ist nicht hier, um Fragen zu beantworten«, sagte Robb barsch. »Tut, was Ihr zu tun habt, und dann macht Euch auf den Weg.«

»Ich habe ein Geschenk für dich«, wandte sich der Zwerg an Bran. »Reitest du gern, Junge?«

Maester Luwin trat vor. »Mylord, das Kind kann seine Beine nicht benutzen. Er kann auf keinem Pferd sitzen.«

»Unsinn«, sagte Lannister. »Mit dem richtigen Pferd und dem richtigen Sattel kann selbst ein Krüppel reiten.«

Das Wort traf Bran ins Herz wie eine Klinge. Er spürte, wie ihm die Tränen in die Augen stiegen. »Ich *bin* kein Krüppel!«

»Dann bin ich kein Zwerg«, entgegnete der Zwerg und verzog den Mund dabei. »Mein Vater wird sich freuen, das zu hören.« Greyjoy lachte.

»Welche Art von Pferd und Sattel schlagt Ihr vor?«, fragte Maester Luwin.

»Ein kluges Pferd«, erwiderte Lannister. »Der Junge kann das Pferd nicht mit seinen Beinen lenken, also muss man das Pferd dem Reiter anpassen, es lehren, auf die Zügel zu reagieren, auf die Stimme. Ich würde mit einem nicht zugerittenen Einjährigen beginnen, dem man noch nichts wieder abgewöhnen muss.« Er zog ein aufgerolltes Papier aus seinem Gürtel. »Gebt das hier Eurem Sattler. Er wird den Rest beschaffen.«

Maester Luwin nahm dem Zwerg das Blatt aus der Hand, neugierig wie ein kleines, graues Eichhörnchen. Er entrollte es, studierte es. »Ich verstehe. Ihr zeichnet gut, Mylord. Ja, das müsste gehen. Ich hätte selbst darauf kommen können.«

»Mir fiel es leichter, Maester. Er unterscheidet sich nicht sonderlich von meinen eigenen Satteln.«

»Werde ich wirklich wieder reiten können?«, fragte Bran. Er wollte ihnen gern glauben, doch fürchtete er sich. Vielleicht war es nur wieder eine Lüge. Die Krähe hatte versprochen, dass er würde fliegen können.

»Das wirst du«, erklärte ihm der Zwerg. »Und ich schwöre dir, Junge, auf dem Rücken eines Pferdes wirst du so groß wie alle anderen sein.«

Robb schien verblüfft. »Ist das eine Falle, Lannister? Was bedeutet Euch Bran? Warum solltet Ihr ihm helfen wollen?«

»Euer Bruder Jon hat mich darum gebeten. Und ich habe ein weiches Herz für Krüppel und Bastarde und Zerbrochenes.« Tyrion Lannister legte eine Hand auf sein Herz und grinste.

Die Tür zum Hof flog auf. Sonnenlicht fiel in den Saal, als Rickon atemlos hereinplatzte. Die Schattenwölfe waren bei ihm. Der Junge blieb an der Tür stehen, mit großen Augen, doch die Wölfe liefen weiter. Ihre Augen fanden Lannister, oder vielleicht witterten sie seinen Geruch. Summer knurrte zuerst. Grey Wind stimmte mit ein. Sie tappten zu dem kleinen Mann, einer von rechts und einer von links.

»Den Wölfen gefällt nicht, wie Ihr riecht, Lannister«, bemerkte Theon Greyjoy.

»Vielleicht wird es Zeit, dass ich mich auf den Weg mache«, sagte Tyrion. Er trat einen Schritt zurück … und Shaggydog trat knurrend aus dem Schatten hinter ihm. Lannister wich zurück, und Summer sprang ihn von der Seite an. Tyrion wankte von ihm, unsicher auf den Beinen, und Grey Wind schnappte nach seinem Arm, die Zähne gruben sich in seinen Ärmel und rissen ein Stück Stoff heraus.

»Nein!«, rief Bran von seinem Stuhl aus, als Lannisters Männer nach ihrem Stahl griffen. »Summer, *hier*, Summer, zu mir!«

Der Schattenwolf hörte die Stimme, sah zu Bran hinüber,

dann wieder Lannister an. Er schlich rückwärts fort von dem kleinen Mann und legte sich unter Brans baumelnde Beine.

Robb hatte die Luft angehalten. Mit einem Seufzen ließ er sie heraus und rief: »Grey Wind.« Sein Schattenwolf kam zu ihm, flink und leise. Nun war es nur noch Shaggydog, der den kleinen Mann anknurrte, und seine Augen brannten wie grünes Feuer.

»Rickon, ruf ihn«, rief Bran seinem kleinen Bruder zu, und Rickon kam zu sich und schrie: »Hierher, Shaggy, komm hierher.« Der schwarze Wolf knurrte Lannister ein letztes Mal an und sprang zu Rickon hinüber, der ihn fest in seine Arme schloss.

Tyrion Lannister löste seinen Schal, tupfte sich die Stirn und sagte mit tonloser Stimme: »Wie interessant.«

»Geht es Euch gut, Mylord?«, fragte einer seiner Männer mit dem Schwert in der Hand. Unruhig sah er zu den Schattenwölfen, während er sprach.

»Mein Ärmel ist zerrissen, und meine Hosen sind unerklärlicherweise feucht, aber außer meiner Würde wurde nichts verletzt.«

Selbst Robb wirkte erschüttert. »Die Wölfe ... ich weiß nicht, warum sie das getan haben ...«

»Zweifelsohne haben sie mich für ihre nächste Mahlzeit gehalten.« Lannister verneigte sich steif vor Bran. »Ich danke Euch, dass Ihr sie zurückgerufen habt, junger Herr. Ich verspreche Euch, sie hätten mich eher unverdaulich gefunden. Und nun *werde* ich gehen, wahrlich.«

»Einen Moment, Mylord«, sagte Maester Luwin. Er trat zu Robb, und sie standen nah beieinander und flüsterten. Bran versuchte zu verstehen, was sie sagten, doch waren ihre Stimmen zu leise.

Schließlich schob Robb Stark sein Schwert wieder in die Scheide zurück. »Ich ... ich mag etwas vorschnell mit Euch gewesen sein«, sagte er. »Ihr habt Bran eine Gefälligkeit erwiesen, und, nun ...« Robb beherrschte sich mit einiger Mühe. »Die Gastlichkeit von Winterfell soll Euer sein, wenn Ihr es wünscht, Lannister.«

»Erspar mir deine falsche Höflichkeit, Junge. Du liebst mich nicht, und du willst mich hier nicht haben. Ich habe ein Gasthaus draußen vor euren Mauern gesehen, im Winterdorf. Dort werde ich ein Bett finden, und wir werden beide besser schlafen. Für ein paar Kupferstücke könnte ich sogar ein williges Weib finden, das mir die Laken wärmt.« Er wandte sich einem der schwarzen Brüder zu, einem alten Mann mit krummem Rücken und verfilztem Bart. »Yoren, bei Tagesanbruch ziehen wir gen Süden. Zweifelsohne werdet Ihr mich auf der Straße finden.« Mit diesen Worten ging er, kämpfte sich auf seinen kurzen Beinen durch den Saal, an Rickon vorüber und zur Tür hinaus. Seine Männer folgten ihm.

Die vier der Nachtwache blieben. Robb wandte sich unsicher zu ihnen um. »Ich habe die Zimmer vorbereiten lassen, und ich hoffe, Ihr findet keinen Mangel an heißem Wasser, mit dem Ihr Euch den Staub der Straße vom Leib waschen könnt. Ich hoffe, Ihr beehrt uns heute Abend bei Tisch.« Er sprach die Worte derart unbeholfen, dass selbst Bran es auffiel. Es war eine Rede, die er auswendig gelernt hatte, keine Worte, die von Herzen kamen, doch die schwarzen Brüder dankten ihm.

Summer folgte ihnen die Turmtreppe hinauf, als Hodor Bran wieder zu seinem Bett trug. Old Nan schlief auf ihrem Stuhl.

Hodor sagte: »Hodor«, hob seine Urgroßmutter, die leise schnarchte, hoch und trug sie fort, während Bran dalag und nachdachte. Robb hatte versprochen, dass er gemeinsam mit der Nachtwache in der Großen Halle speisen durfte. »Summer«, rief er. Der Wolf sprang auf das Bett. Bran umarmte ihn fest und spürte den heißen Atem an seiner Wange. »Ich kann wieder reiten«, flüsterte er seinem Freund zu. »Bald können wir in den Wäldern jagen, warte nur, du wirst es sehen.« Nach einer Weile schlief er ein.

In seinem Traum kletterte er wieder, zog sich an einem alten, fensterlosen Turm hoch, seine Finger zwangen sich zwischen schwarz gewordene Steine, seine Füße suchten Halt. Höher und immer höher stieg er, durch die Wolken in den Nachthimmel hinauf. Als er anhielt, um hinabzusehen, wurde ihm schwindlig, und er fühlte, wie seine Finger abrutschten. Bran schrie auf und klammerte sich an sein Leben. Die Erde lag tausend Mei-

len unter ihm, und er konnte nicht fliegen. *Er konnte nicht fliegen.* Er wartete, bis sein Herz nicht mehr so sehr hämmerte, bis er wieder atmen konnte, und dann kletterte er weiter. Es ging nur nach oben. Weit über ihm, vor dem Hintergrund eines riesigen, blassen Mondes, sah er die Umrisse von Wasserspeiern. Seine Arme schmerzten, doch wagte er nicht, sich auszuruhen. Er zwang sich, schneller zu klettern. Die Wasserspeier beobachteten seinen Aufstieg. Ihre Augen glühten rot wie heiße Kohlen auf einem Rost. Vielleicht waren sie einst Löwen gewesen, doch nun waren sie entstellt und grotesk. Bran konnte hören, wie sie mit grässlichen, steinernen Stimmen flüsterten. Er durfte nicht darauf hören, sagte er sich, er durfte nicht darauf hören, solange er nicht darauf hörte, war er in Sicherheit. Doch als die Wasserspeier sich vom Stein lösten und zur Turmseite tappten, an die Bran sich klammerte, wusste er, dass er doch nicht in Sicherheit war. »Ich habe nichts gehört«, weinte er, als sie immer näher kamen, »hab ich nicht, hab ich nicht.«

Keuchend erwachte er, verloren in der Dunkelheit, und er sah einen mächtigen Schatten über sich. »Ich habe nichts gehört«, flüsterte er, zitternd vor Angst, doch dann sagte der Schatten: »Hodor«, und zündete eine Kerze am Bett an, und Bran seufzte vor Erleichterung.

Hodor wusch ihm den Schweiß mit einem warmen, feuchten Lappen ab und kleidete ihn mit flinken und sanften Händen an. Als es Zeit wurde, trug er ihn in die Große Halle hinunter, wo man nahe des Feuers einen großen Tisch aufgestellt hatte. Den Platz des Lords am Kopfende des Tisches hatte man leer gelassen, doch Robb saß rechts davon, und Bran ihm gegenüber. An jenem Abend aßen sie Ferkel und Taubenpastete und weiße Rüben in Butter, und danach hatte der Koch Honigwaben versprochen. Summer fraß Tafelreste aus Brans Hand, während Grey Wind und Shaggydog in der Ecke um einen Knochen stritten. Winterfells Hunde wagten sich jetzt nicht mal in die Nähe der Großen Halle. Anfangs hatte Bran es noch seltsam gefunden, doch gewöhnte er sich daran.

Yoren war der älteste unter den schwarzen Brüdern, daher hatte der Haushofmeister ihn zwischen Robb und Maester Luwin gesetzt. Dem alten Mann war ein säuerlicher Geruch zu eigen, als hätte er sich seit langem nicht gewaschen. Er riss mit den Zähnen am Fleisch herum, brach die Rippen auf, um das Mark aus den Knochen zu saugen, und zuckte auf die Frage nach Jon Snow nur mit den Schultern. »Ser Allisers Fluch«, brummte er, und zwei seiner Gefährten lachten laut, was Bran nicht verstand. Doch als Robb nach Neuigkeiten über ihren Onkel Benjen fragte, wurden die schwarzen Brüder seltsam still.

»Was ist mit ihm?«, fragte Bran.

Yoren wischte seine Hände an der Weste ab. »Das sind traurige Neuigkeiten, Mylords, und eine grausame Art und Weise, für Euer Fleisch und Euren Met zu zahlen, doch wer die Fragen stellt, muss auch die Antworten ertragen können. Stark ist verschwunden.«

Einer der anderen Männer sagte: »Der alte Bär hat ihn auf die Suche nach Ser Waymar Royce geschickt, und nun ist er lange schon überfällig, Mylord.«

»Zu lange«, fügte Yoren hinzu. »Höchstwahrscheinlich ist er tot.«

»Mein Onkel ist nicht tot«, erhob Robb Stark die Stimme laut und voller Zorn dagegen. Er stand von der Bank auf und legte die Hand an das Heft seines Schwertes. »Hört Ihr mich? *Mein Onkel ist nicht tot!*« Seine Stimme hallte von den steinernen Mauern zurück, und plötzlich fürchtete sich Bran.

Der alte, säuerlich riechende Yoren sah zu Robb auf, unbeeindruckt. »Was immer Ihr sagt, Mylord«, erwiderte er. Er lutschte an einem Stück Fleisch zwischen seinen Zähnen herum.

Der jüngste der schwarzen Brüder rutschte unbehaglich auf seinem Stuhl herum. »Es gibt niemanden auf der Mauer, der den Verwunschenen Wald besser kennt als Benjen Stark. Er wird den Weg zurück schon finden.«

»Na ja«, sagte Yoren, »vielleicht findet er ihn, vielleicht aber auch nicht. Schon früher sind gute Männer in diese Wälder gegangen und nie zurückgekehrt.«

Bran konnte nur noch an Old Nans Geschichte von den Anderen und dem letzten Helden denken, der von Toten und Spinnen, die groß wie Hunde waren, durch die weißen Wälder gejagt wurde. Einen Moment lang fürchtete er sich, bis ihm einfiel, wie die Geschichte endete. »Die Kinder werden ihm helfen«, platzte er heraus, »die Kinder des Waldes!«

Theon Greyjoy kicherte, und Maester Luwin sagte: »Bran, die Kinder des Waldes sind seit Tausenden von Jahren tot und begraben. Geblieben sind von ihnen nur die Gesichter an den Bäumen.«

»Hier unten mag das stimmen, Maester«, warf Yoren ein, »aber jenseits der Mauer, wer kann es da schon wissen? Da oben kann man nie so recht sagen, was lebt und was tot ist.«

An diesem Abend, als alle Teller abgeräumt waren, trug Robb selbst Bran ins Bett. Grey Wind ging voraus, und Summer blieb dicht hinter ihnen. Sein Bruder war kräftig für sein Alter und Bran leicht wie ein Lumpenbündel, doch die Treppe war steil und dunkel, und Robb atmete schwer, als sie oben ankamen.

Er brachte Bran ins Bett, wickelte ihn in Decken und blies die Kerze aus. Eine Zeitlang saß Robb neben ihm im Dunkeln. Bran wollte gern mit ihm sprechen, doch wusste er nicht, was er sagen sollte. »Wir werden ein Pferd für dich finden, das verspreche ich dir«, flüsterte Robb schließlich.

»Werden sie je wiederkommen?«, fragte Bran.

»Ja«, antwortete Robb mit solcher Hoffnung in der Stimme, dass Bran wusste, er hörte seinen Bruder und nicht nur Robb, den Lord. »Mutter wird bald wieder hier sein. Vielleicht können wir ihr entgegenreiten. Ob es sie wohl überraschen würde, dich auf einem Pferd zu sehen?« Selbst im dunklen Zimmer konnte Bran das Lächeln seines Bruders spüren. »Und danach reiten wir gen Norden, um uns die Mauer anzusehen. Wir erzählen Jon gar nicht, dass wir kommen, eines Tages sind wir einfach da, du und ich. Das wird ein Abenteuer.«

»Ein Abenteuer«, wiederholte Bran wehmütig. Er hörte, wie sein Bruder schluchzte. Das Zimmer war so dunkel, dass er die Tränen auf Robbs Gesicht nicht sehen konnte, also tastete er nach seiner Hand. Ihre Finger schlangen sich ineinander.

EDDARD

Lord Arryns Tod brachte große Trauer über uns, Mylord«, sagte Grand Maester Pycelle. »Ich wäre mehr als glücklich, Euch alles sagen zu können, was ich über die Art und Weise seines Dahinscheidens weiß. Nehmt doch Platz. Ist Euch nach Erfrischungen zumute? Ein paar Datteln vielleicht? Ich hätte auch Persimonen. Wein bekommt meiner Verdauung nicht mehr, wie ich fürchte, aber ich kann Euch ein Glas Milch anbieten, mit Honig gesüßt. Das finde ich bei dieser Hitze sehr erfrischend.«

Die Hitze war nicht zu leugnen. Ned spürte, wie das seidene Gewand an seiner Brust klebte. Dicke, feuchte Luft lag über der Stadt wie eine nasse Wolldecke, und am Ufer war es unruhig geworden, nachdem die Armen dem heißen, drückenden Straßengewirr entflohen waren und sich um Schlafplätze in der Nähe des Wassers drängten, wo noch ein leichter Wind wehte. »Das wäre sehr aufmerksam«, sagte Ned und setzte sich.

Mit Daumen und Zeigefinger hob Pycelle ein winziges Silberglöckchen und läutete leise. Eine schlanke, junge Dienstmagd eilte ins Solar. »Kalte Milch für die Rechte Hand des Königs und mich, wenn du so freundlich wärst, Kind. Gut gesüßt.«

Als das Mädchen ging, um ihre Getränke zu holen, faltete der Grand Maester seine Finger ineinander und ließ die Hände auf dem Bauch ruhen. »Das gemeine Volk sagt, das letzte Jahr des Sommers sei stets das heißeste. So ist es nicht, doch manchmal fühlt es sich so an, nicht wahr? An Tagen wie diesem beneide ich Euch Nordländer um Euren Sommerschnee.« Die schwere, juwelenbesetzte Kette um den Hals des alten Mannes klirrte leise, als er auf seinem Stuhl herumrutschte. »Ganz sicher war

König Maekars Sommer heißer als dieser, und beinah so lang. Es gab Narren, selbst in der Citadel, die es als Zeichen dafür nahmen, dass der Große Sommer endlich gekommen sei, der Sommer ohne Ende, doch im siebten Jahr brach er plötzlich ab, und wir hatten einen kurzen Herbst und einen schrecklich langen Winter. Dennoch war die Hitze furchtbar, solange sie anhielt. Oldtown dampfte, war bei Tage in der Hitze wie ausgestorben und wurde erst am Abend lebendig. Wir spazierten durch die Gärten am Fluss und stritten über die Götter. Ich erinnere mich an die *Gerüche* dieser Nächte, Mylord … duftend und süß, Melonen zum Platzen reif, Pfirsiche und Granatäpfel, Nachtschatten und Mondblüter. Damals war ich ein junger Mann und schmiedete noch an meiner Kette. Die Hitze hat mich damals nicht so sehr erschöpft wie heute.« Pycelles Augenlider waren so schwer, dass es aussah, als schliefe er halb. »Verzeiht mir, Lord Eddard. Ihr seid nicht gekommen, um den verschlungenen Pfaden meiner närrischen Gedanken zu einem Sommer zu folgen, der schon vergessen war, bevor Euer Vater geboren wurde. Seid so gut und verzeiht einem alten Mann seine Abschweifungen. Der Verstand ist wie ein Schwert, so fürchte ich. Die alten rosten. Ah, und hier kommt unsere Milch.« Das Mädchen stellte das Tablett zwischen die beiden Männer, und Pycelle warf ihr ein Lächeln zu. »Süßes Kind.« Er hob einen Becher, kostete, nickte. »Danke sehr. Du darfst gehen.«

Als das Mädchen fort war, spähte Pycelle Ned aus fahlen, feuchten Augen an. »Nun, wo waren wir? Oh, ja. Ihr fragtet nach Lord Arryn …«

»Das stimmt.« Höflich nippte Ned an der gekühlten Milch. Sie war angenehm kalt, für seinen Geschmack jedoch übersüßt.

»Wenn ich die Wahrheit sagen soll, schien der Lord schon seit einiger Zeit nicht mehr er selbst zu sein«, begann Pycelle. »So manches Jahr saßen wir gemeinsam zu Rate, er und ich, und die Anzeichen waren sehr wohl zu erkennen, doch schrieb ich sie der schweren Last zu, die er treu so lange Zeit getragen hatte. Die breiten Schultern waren unter der Sorge um das Reich und noch manch anderes schon eingesunken. Sein Sohn war stets kränklich und seine Frau so ängstlich, dass sie den Jungen kaum aus den Augen lassen wollte. Das kann selbst einen starken Mann aufreiben, und Lord Jon war nicht mehr jung. Da kann es nicht verwundern, dass er melancholisch und müde wirkte. Oder zumindest hielt ich es damals dafür. Doch nun bin ich mir nicht mehr so sicher.« Gewichtig schüttelte er den Kopf.

»Was könnt Ihr mir von seiner tödlichen Erkrankung berichten?«

Der Grand Maester breitete seine Arme zu einer Geste hilfloser Trauer aus. »Eines Tages kam er zu mir und erkundigte sich nach einem bestimmten Buch, gesund und munter wie eh und je, doch schien es mir, als bereitete ihm etwas große Sorge. Am nächsten Morgen wand er sich vor Schmerzen, war zu krank, um aufzustehen. Maester Colemon hielt es für eine Magengrippe. Es war heiß gewesen, und Lord Jon kühlte oft seinen Wein, was die Verdauung beeinträchtigen kann. Als er immer schwächer wurde, habe ich ihn persönlich aufgesucht, doch die Götter gewährten mir nicht die Macht, ihn zu retten.«

»Ich habe gehört, Ihr hättet Maester Colemon fortgeschickt.«

Das Nicken des Grand Maesters war langsam und bedächtig wie ein Gletscher. »Das habe ich, und ich fürchte, Lady Lysa wird es mir nie verzeihen. Vielleicht irrte ich, doch damals schien es mir das Beste. Maester Colemon ist mir wie ein Sohn, und ich stehe niemandem in der Achtung für seine Fähigkeiten nach, doch ist er jung, und die Jugend versteht die Gebrechlichkeit eines älteren Körpers oft nicht. Er entschlackte Lord Arryn mit zehrenden Tränken und Pfeffersaft, und ich fürchtete, es könne ihn umbringen.«

»Hat Lord Arryn Euch während seiner letzten Stunden noch etwas gesagt?«

Pycelle legte seine Stirn in Falten. »Im letzten Stadium seines Fiebers rief die Rechte Hand des Königs mehrmals den Namen Robert aus, doch ob er seinen Sohn oder den König meinte, kann ich nicht sagen. Lady Lysa wollte dem Jungen nicht erlauben, die Krankenstube zu betreten, aus Angst, er könne sich anstecken. Der König kam und saß einige Stunden an seinem Bett, redete und scherzte über alte Zeiten, in der Hoffnung, Lord Jons Lebensgeister zu wecken. Seine Liebe war nicht zu übersehen.«

»Sonst war da nichts? Keine letzten Worte?«

»Als ich sah, dass alle Hoffnung vergebens war, gab ich Lord Jon den Mohnblumensaft, damit er nicht leiden musste. Kurz bevor er die Augen zum letzen Mal schloss, flüsterte er dem König und seiner Hohen Gattin etwas zu, einen Segen für seinen Sohn. *Die Saat ist stark,* sagte er. Am Ende war nicht mehr zu verstehen, was er von sich gab. Der Tod trat erst am nächsten Morgen ein, doch danach ruhte Lord Jon in Frieden. Und sagte nie mehr ein Wort.«

Ned nahm noch einen Schluck Milch und bemühte sich, an der Süße nicht zu ersticken. »Macht es auf Euch den Eindruck, als wäre etwas Unnatürliches an Lord Arryns Tod?«

»Etwas Unnatürliches?« Die Stimme des alten Maesters war dünn wie ein Flüstern. »Nein, das könnte ich nicht sagen. Traurig, so viel ist sicher. Doch auf seine eigene Art und Weise ist der Tod die natürlichste Sache von allen, Lord Eddard. Jon Arryn kann nun ruhen, seine Last ist ihm am Ende abgenommen.«

»Die Krankheit, die ihn befiel«, sagte Ned. »Habt Ihr so etwas schon einmal gesehen, bei anderen?«

»Fast vierzig Jahre bin ich nun Grand Maester der Sieben Königslande«, erwiderte Pycelle. »Unter unserem guten König Robert, und vor ihm Aerys Targaryen, vorher unter dessen Vater Jaehaerys dem Zweiten, und sogar einige kurze Monate unter Jaehaerys' Vater Aegon, dem Glücklichen, dem Fünften seines Namens. Ich habe mehr Krankheiten gesehen, als ich heute noch erinnern möchte, Mylord. Eines will ich Euch sagen: Jeder Fall ist anders, und jeder Fall ist gleich. Lord Jons Tod war nicht ungewöhnlicher als jeder andere.«

»Seine Frau ist anderer Ansicht.«

Der Grand Maester nickte. »Ich erinnere mich, dass die Witwe eine Schwester Eurer hochverehrten Gattin ist. Wenn man einem alten Mann solch schroffe Worte verzeiht, will ich sagen, dass Trauer selbst den stärksten und diszipliniertesten

Verstand verwirren kann, und ein solcher war Lady Lysa nie. Seit ihrer letzten Fehlgeburt sah sie in jedem Schatten Feinde, und nach dem Tod ihres Hohen Gatten war sie erschüttert und verwirrt.«

»So seid Ihr Euch sicher, dass Jon Arryn einer plötzlichen Krankheit erlegen ist?«

»Das bin ich«, antwortete Pycelle feierlich. »Wenn nicht eine Krankheit, mein guter Lord, was sonst könnte es sein?«

»Gift«, flüstere Ned.

Pycelles schläfrige Augen blitzten auf. Unbehaglich rutschte der alte Maester auf seinem Stuhl herum. »Ein verstörender Gedanke. Wir sind nicht in den Freien Städten, wo so etwas an der Tagesordnung ist. Grand Maester Aethelmure schrieb, dass alle Menschen den Mord im Herzen tragen, und dennoch steht der Giftmischer unter aller Kritik.« Einen Moment lang schwieg er mit gedankenverlorenem Blick. »Was Ihr andeutet, ist möglich, Mylord, doch halte ich es nicht eben für wahrscheinlich. Jeder drittklassige Maester kennt die üblichen Gifte, und bei Lord Arryn fanden sich keinerlei Anzeichen davon. Unsere Rechte Hand war bei allen sehr beliebt. Welches Monstrum in Menschengestalt würde einen solch edlen Lord ermorden?«

»Man sagt, das Gift sei die Waffe einer Frau.«

Nachdenklich strich Pycelle über seinen Bart. »So sagt man. Frauen, Memmen ... und Eunuchen.« Er räusperte sich und spuckte einen dicken Klumpen Rotz in die Binsen. Über ihnen krächzte ein Rabe laut im Gebälk. »Lord Varys wurde als Sklave in Lys geboren, wusstet Ihr das? Vertraut nicht auf Spinnen, Mylord.«

Das war keineswegs etwas, das man Ned erst sagen musste. Varys hatte etwas an sich, das ihm eine Gänsehaut bereitete. »Ich werde daran denken, Maester. Und danke für Eure Hilfe. Ich habe genug von Eurer Zeit in Anspruch genommen.« Er stand auf.

Grand Maester Pycelle erhob sich langsam von seinem Stuhl und geleitete Ned zur Tür. »Ich kann nur hoffen, dass ich zu Eurer Beruhigung beigetragen habe. Falls es noch etwas gibt, mit dem ich Euch zu Diensten sein kann, müsst Ihr nur fragen.«

»Eins noch«, sagte Ned. »Ich wäre sehr daran interessiert, mir das Buch anzusehen, das Ihr Jon an jenem Tag entliehen habt, bevor er krank wurde.«

»Ich fürchte, Ihr würdet es von nur geringem Interesse finden«, sagte Pycelle. »Es war ein langatmiger Wälzer von Grand Maester Malleon zu den Stammbäumen der großen Geschlechter.«

»Dennoch würde ich es gern sehen.«

Der alte Mann öffnete die Tür. »Wie Ihr wünscht. Ich habe es hier irgendwo. Wenn ich es finde, werde ich es umgehend in Eure Gemächer bringen lassen.«

»Ihr seid sehr freundlich«, erklärte Ned. Dann, fast als nachträglicher Einfall, sagte er: »Eine letzte Frage, wenn Ihr so geduldig mit mir wäret. Ihr erwähntet, dass der König an Lord Arryns Krankenbett war, als dieser starb. Ich frage mich, ob auch die Königin bei ihm war?«

»Aber nein«, sagte Pycelle. »Sie und die Kinder waren auf Reisen nach Casterly Rock, in Begleitung ihres Vaters. Lord Tywin hatte zum Turnier an Prinz Joffreys Namenstag ein ganzes Gefolge mitgebracht, zweifellos in der Hoffnung, zu sehen, wie sein Sohn Jaime die Krone des Siegers erringt. Darin wurde er traurigerweise enttäuscht. Mir fiel die Aufgabe zu, der Königin die Nachricht von Lord Arryns plötzlichem Tod zu überbringen. Nie habe ich schwereren Herzens einen Vogel auf die Reise geschickt.«

»Dunkle Schwingen, dunkle Worte«, murmelte Ned. Es war ein Sprichwort, das Old Nan ihn als Junge gelehrt hatte.

»So sagen die Fischweiber«, stimmte Grand Maester Pycelle ihm zu, »doch wissen wir, dass dem nicht immer so ist. Als Maester Luwins Vogel die Nachricht von Eurem Bran brachte, bewegte diese Nachricht alle, die auf der Burg reinen Herzens sind, war es nicht so?«

»Ganz wie Ihr sagt, Maester.«

»Die Götter sind gnadenreich.« Pycelle verneigte sich. »Kommt zu mir, sooft Ihr wollt, Lord Eddard. Ich bin da, um zu dienen.«

Ja, dachte Ned, als die Tür ins Schloss fiel, *nur wem?*

Auf dem Weg zurück in seine Gemächer traf er auf der Wendeltreppe zum Turm der Hand seine Tochter Arya, die mit den Armen ruderte und um ihr Gleichgewicht rang, da sie auf einem Bein stand. Die nackten Füße waren am rauen Stein aufgeschrammt. Ned stand da und sah sie an. »Arya, was tust du?«

»Syrio sagt, eine Wassertänzerin kann stundenlang auf einem Zeh stehen.« Wild fuchtelte sie mit den Armen durch die Luft.

Ned musste lächeln. »Auf welchem Zeh?«, neckte er sie.

»Auf irgendeinem«, sagte Arya, ärgerlich wegen der Frage. Sie hüpfte vom rechten Bein aufs linke, schwankte gefährlich, bis sie ihr Gleichgewicht wiederfand.

»Musst du deine Übungen ausgerechnet hier machen?«, fragte er. »Es wird ein langer, harter Sturz, wenn du diese Treppe hinunterfällst.«

»Syrio sagt, eine Wassertänzerin stürzt *niemals*.« Sie ließ ihr Bein sinken und stand auf beiden Füßen. »Vater, wird Bran jetzt herkommen und bei uns wohnen?«

»Noch lange nicht, meine Süße«, erklärte er ihr. »Er muss erst wieder zu Kräften kommen.«

Arya biss auf ihrer Lippe herum. »Was soll Bran tun, wenn er mündig wird?«

Ned kniete neben ihr. »Ihm bleiben noch Jahre, um die Antwort darauf zu finden, Arya. Im Augenblick genügt es, zu wissen, dass er leben wird.« An jenem Abend, als der Vogel von Winterfell gekommen war, hatte Eddard Stark die Mädchen mit in den Götterhain der Burg genommen, einen Acker mit Ulmen und Schwarzpappeln und Blick über den Fluss. Der Herzbaum dort war eine große Eiche, deren uralte Äste von Rauchbeerranken überwuchert waren. Sie knieten davor nieder, um ihren Dank zu überbringen, als sei er ein Wehrbaum. Sansa sank in Schlaf, als der Mond aufging, Arya einige Stunden später, und sie rollte sich unter Neds Umhang zusammen. Während der dunklen Stunde hielt er allein die Wacht. Als der Morgen über der Stadt graute, waren die Mädchen von dunkelroten Blüten des Drachenodems umgeben. »Ich habe von Bran geträumt«, hatte Sansa ihm zugeflüstert. »Ich habe gesehen, wie er lächelt.«

»Er sollte Ritter werden«, sagte Arya nun. »Ein Ritter der Königsgarde. Kann er noch immer Ritter sein?«

»Nein«, entgegnete Ned. Er sah keinen Grund, sie anzulügen. »Doch eines Tages könnte er Lord einer großen Festung werden und im Rat des Königs sitzen. Er könnte Burgen wie Brandon der Erbauer aus dem Boden stampfen oder mit einem Schiff übers Meer der Abenddämmerung segeln oder sich dem Glauben deiner Mutter anschließen und der Hohe Septon werden.« *Nur wird er nie mehr an der Seite seines Wolfes laufen*, dachte er mit einer Trauer, die zu tief für Worte war, *oder bei einer Frau liegen oder seinen eigenen Sohn in Armen halten.*

Arya neigte ihren Kopf zur Seite. »Kann ich im Rat des Königs sitzen und Burgen bauen und der Hohe Septon werden?«

»Du«, sagte Ned und küsste sie sanft auf die Stirn, »wirst einen König heiraten und über seine Burg herrschen, und deine Söhne werden Ritter und Prinzen und Lords sein und, ja, vielleicht sogar ein Hoher Septon.«

Arya verzog ihr Gesicht. »Nein«, widersprach sie, »das macht *Sansa*.« Sie knickte ihr rechtes Bein ein und übte wieder ihr Gleichgewicht. Ned seufzte und ließ sie dort stehen.

In seinen Gemächern zog er die schweißdurchnässten Seidenkleider aus und goss sich kaltes Wasser aus dem Becken neben seinem Bett über den Kopf. Alyn trat ein, als er eben sein Gesicht abtrocknete. »Mylord«, sagte er. »Lord Baelish ist draußen und bittet um eine Audienz.«

»Geleitet ihn in mein Solar«, sagte Ned und nahm sich ein frisches Gewand aus dem leichtesten Leinen, das er finden konnte. »Ich komme gleich zu ihm.«

Littlefinger kauerte auf dem Fenstersitz, als Ned eintrat, und beobachtete, wie die Ritter der Königsgarde unten auf dem Hof mit ihren Schwertern übten. »Wenn nur der Verstand des alten Selmy so beweglich wie seine Klinge wäre«, sagte er versonnen, »würden unsere Ratsversammlungen erheblich lebendiger ausfallen.«

»Ser Barristan ist ein so tapferer und ehrenhafter Mann wie jeder andere aus der Königsgarde.« Ned hatte mittlerweile tiefen Respekt vor dem alten, weißhaarigen Lord Commander der Königsgarde entwickelt.

»Und ebenso ermüdend«, fügte Littlefinger hinzu, »obwohl ich vermute, dass er sich im Turnier gut machen müsste. Im letzten Jahr hat er den Bluthund aus dem Sattel gehoben, und erst vier Jahre ist es her, seit er Sieger wurde.«

Die Frage, wer das Turnier gewinnen mochte, interessierte Eddard Stark nicht im Geringsten. »Gibt es einen Anlass für diesen Besuch, Lord Petyr, oder seid Ihr nur gekommen, um den Blick aus meinem Fenster zu genießen?«

Littlefinger lächelte. »Ich habe Cat versprochen, Euch bei Euren Nachforschungen zu helfen, und das habe ich getan.«

Dies verblüffte Ned. Versprochen oder nicht, fiel es ihm dennoch schwer, Lord Petyr Baelish zu vertrauen, der ihm erheblich zu verschlagen schien. »Habt Ihr etwas für mich?«

»Jemanden«, gab Littlefinger zurück. »Vier Jemande, um genau zu sein. Hattet Ihr daran gedacht, die Diener der Rechten Hand zu befragen?«

Ned legte die Stirn in Falten. »Wenn es möglich wäre. Lady Arryn hat ihren Haushalt zurück mit auf die Eyrie genommen.« In dieser Hinsicht hatte Lysa ihm keinen Gefallen getan. All jene, die ihrem Mann am nächsten gestanden hatten, waren mit ihr gegangen, als sie floh: Jons Maester, sein Haushofmeister, der Hauptmann seiner Garde, seine Ritter und Gefolgsmänner.

»Den *Großteil* ihres Haushaltes«, sagte Littlefinger, »nicht alle. Einige sind geblieben. Eine schwangere Küchenmagd, die eilig einen von Lord Renlys Pferdepflegern geheiratet hat, ein Stallknecht, der sich der Stadtwache angeschlossen hat, ein Schankkellner, der wegen Diebstahls seines Dienstes enthoben war, und Lord Arryns Knappe.«

»Sein Knappe?« Ned war angenehm überrascht. Ein Knappe wusste oftmals eine ganze Menge von dem, was bei seinem Herrn vor sich ging.

»Ser Hugh aus dem Grünen Tale«, nannte Littlefinger ihn beim Namen. »Der König hat ihn nach Lord Arryns Tod zum Ritter geschlagen.«

»Ich werde ihn rufen lassen«, sagte Ned. »Und auch die anderen.«

Littlefinger zuckte zusammen. »Mylord, tretet nur einmal hier ans Fenster, wenn Ihr so gut sein wollt.«

»Wozu?«

»Kommt, und ich werde es Euch zeigen, Mylord.«

Mit fragender Miene trat Ned ans Fenster. Petyr Baelish machte eine beiläufige Geste. »Dort auf der anderen Seite des Hofes, an der Tür zur Waffenkammer, seht Ihr den Jungen, der dort hockt und ein Schwert mit einem Ölstein schleift?«

»Was ist mit ihm?«

»Er berichtet Varys. Die Spinne hat großes Interesse an Euch und Eurem Vorgehen entwickelt.« Er rutschte auf seinem Fensterplatz herum. »Nun seht zur Mauer hin. Weiter westlich, über den Ställen. Der Wachmann, der dort an der Brüstung lehnt?«

Ned sah den Mann. »Ein weiterer Ohrenbläser des Eunuchen?«

»Nein, der gehört zur Königin. Beachtet, welch guten Blick er auf die Tür dieses Turmes hat, um besser sehen zu können, wer Euch besucht. Es gibt noch andere, die selbst mir nicht bekannt sind. Der Red Keep ist voller Augen. Was glaubt Ihr, wieso ich Cat in einem Bordell versteckt hatte?«

Eddard Stark fand keinen Geschmack an diesen Intrigen. »Bei allen sieben Höllen«, fluchte er. Es schien *tatsächlich*, als beobachtete ihn der Mann auf der Mauer. Beklommen trat Ned vom Fenster zurück. »Ist jedermann in dieser verfluchten Stadt ein Informant?«

»Kaum«, sagte Littlefinger. Er zählte an den Fingern seiner Hand. »Nun, da bin ich, Ihr, der König … obwohl, wenn ich es genau bedenke, erzählt der König der Königin viel zu viel, und ich bin mir keineswegs sicher, was Euch angeht.« Er stand auf. »Gibt es einen Mann in Euren Diensten, dem Ihr vollkommen und rückhaltlos vertraut?«

»Ja«, sagte Ned.

»In diesem Falle habe ich einen herrlichen Palast in Valyria, den ich Euch liebend gern verkaufen würde«, sagte Littlefinger mit höhnischem Grinsen. »Die klügere Antwort wäre *nein*, Mylord. Schickt diesen Ausbund an Tugenden zu Ser Hugh und den anderen. Wer bei Euch ein und aus geht, wird man bemerken, doch selbst die Spinne Varys kann nicht jeden Mann in Euren Diensten zu jeder Stunde des Tages beobachten.« Er machte sich zur Tür auf.

»Lord Petyr«, rief Ned ihm nach. »Ich … danke von Herzen Euch für Eure Hilfe. Vielleicht war es ein Fehler, Euch derart zu misstrauen.«

Littlefinger fingerte an seinem kleinen, spitzen Bart herum. »Ihr lernt langsam, Lord Eddard. Mir zu misstrauen war das Klügste, was Ihr getan habt, seid Ihr von Eurem Pferd gestiegen seid.«

JON

Jon machte eben Daeron vor, wie man am besten einen Seitenhieb ausführte, als der neue Rekrut den Übungshof betrat. »Deine Füße sollten weiter auseinander stehen«, drängte er. »Du willst doch nicht dein Gleichgewicht verlieren. So ist es gut. Nun dreh dich um dich selbst, und wenn du den Hieb ausführst, leg dein ganzes Gewicht hinter die Klinge.«

Daeron hielt inne und hob sein Visier. »Bei allen sieben Göttern«, murmelte er. »Sieh dir das mal an, Jon.«

Jon fuhr herum. Durch den Augenschlitz seines Helmes wurde er des fettesten Jungen gewahr, den er je in der Tür der Waffenkammer hatte stehen sehen. Er sah aus, als wöge er so viel wie zwanzig große Steine. Der Pelzkragen seines bestickten Wappenrocks verlor sich unter seinen Kinnen. Matte Augen zuckten unruhig hin und her, in einem großen, runden Mond von einem Gesicht, und plumpe, schwitzige Finger wischten am Samt seines Wamses herum. »Man … man hat mir gesagt, ich solle mich wegen der … der Übungen hier melden«, sagte er, an niemand Bestimmtes gerichtet.

»Ein kleiner Lord«, sagte Pyp zu Jon. »Südländer, wohl aus der Gegend um Highgarden.« Pyp hatte die Sieben Königslande mit einer Komödiantentruppe bereist und prahlte stets, er könne allein am Klang der Stimme erkennen, was jemand war und woher er kam.

Ein schreitender Jägersmann war mit rotem Faden auf den pelzbesetzten Wappenrock des Jungen gestickt. Jon kannte dieses Wappen nicht. Ser Alliser Thorne sah zu seinem neuen Schützling hinüber. »Es scheint, als wären denen im Süden die Wilderer und Diebe ausgegangen. Jetzt schicken sie uns schon

Schweine von der Mauer. Sind Pelz und Samt Eure Vorstellung von einer Rüstung, edler Lord von Schweinebacke?«

Bald stellte sich heraus, dass der neue Rekrut seine eigene Rüstung mitgebracht hatte: gepolstertes Wams, Leder, Kettenhemd und Plattenpanzer und Helm, sogar einen großen Schild aus Holz und Leder, verziert mit dem gleichen schreitenden Jäger, den er auf seinem Wappenrock trug. Da jedoch nichts von alledem schwarz war, bestand Ser Alliser darauf, dass er sich in der Waffenkammer neu ausrüstete. Damit verging der halbe Morgen. Sein Körperumfang machte nötig, dass Donal Noye die Ketten einer Halsberge auseinandernahm und an den Seiten Lederstücke einsetzte. Um einen Helm über seinen Kopf zu bekommen, musste der Waffenschmied das Visier entfernen. Seine Lederkleider waren um die Beine und unter den Armen derart eng, dass er sich kaum rühren konnte. Zur Schlacht bereit sah der neue Junge wie eine zu lange gekochte Wurst aus, die ihre Pelle zu sprengen drohte. »Hoffen wir, dass du nicht so unfähig bist, wie du aussiehst«, sagte Ser Alliser. »Halder, sieh dir mal an, was Ser Piggy kann.«

Jon Snow zuckte zusammen. Halder war in einem Steinbruch geboren und gelernter Steinmetz. Er war sechzehn, groß und muskulös, und seine Hiebe waren härter als alle, die Jon bis dahin erlebt hatte. »Das wird hässlicher als ein Hurenarsch«, murmelte Pyp, und das war es auch.

Der Kampf dauerte keine Minute, bis der dicke Junge am Boden lag und am ganzen Leib zitterte, während das Blut aus seinem geborstenen Helm und zwischen den dicken Fingern hervorlief. »Ich gebe auf«, kreischte er. »Nicht mehr, ich gebe auf, nicht mehr schlagen.« Rast und einige der anderen Jungen lachten.

Selbst da wollte Ser Alliser dem Spiel kein Ende bereiten. »Auf die Beine, Ser Piggy«, rief er. »Nehmt Euer Schwert auf.« Als der Junge auch weiterhin am Boden liegen blieb, gab Thorne Halder ein Zeichen. »Gib es ihm mit der flachen Seite deiner Klinge, bis er auf die Beine kommt.« Halder versetzte den aufragenden Hinterbacken seines Gegners einen zögerlichen Klaps. »Du kannst härter schlagen«, höhnte Thorne. Halder nahm sein Langschwert in beide Hände und schlug so fest zu, dass der Hieb das Leder spaltete, selbst mit der flachen Seite. Der neue Junge schrie vor Schmerz.

Lord Snow tat einen Schritt nach vorn. Pyp legte ihm die Hand auf den Arm. »Jon, *nicht*«, flüsterte der kleine Junge mit ängstlichem Blick auf Ser Alliser Thorne.

»Auf die Beine«, wiederholte Thorne. Der dicke Junge rappelte sich auf, rutschte aus und plumpste schwerfällig zu Boden. »Langsam ahnt Ser Piggy, was ich meine«, bemerkte Ser Alliser. »Noch einmal.«

Halder hob sein Schwert zum nächsten Hieb. »Schneid uns was vom Schinken ab!«, rief Rast lachend.

Jon schüttelte Pyps Hand. »Halder, *genug*.«

Halder sah Ser Alliser an.

»Der Bastard spricht, und die Bauern zittern«, dröhnte der Waffenmeister mit seiner scharfen, kalten Stimme. »Ich erinnere daran, dass ich hier der Waffenmeister bin, Lord Snow.«

»Sieh ihn dir an, Halder«, rief Jon und beachtete Thorne so wenig wie möglich. »Es liegt keine Ehre darin, einen gefallenen Feind zu schlagen. Er hat aufgegeben.« Er kniete neben dem dicken Jungen.

Halder ließ sein Schwert sinken. »Er hat aufgegeben«, wiederholte er.

Ser Allisers onyxfarbene Augen waren auf Jon Snow gerichtet. »Anscheinend hat unser Bastard sich verliebt«, sagte er, als Jon dem dicken Jungen auf die Beine half. »Zeigt mir Euren Stahl, Lord Snow.«

Jon zog sein Langschwert. Er wagte nur bis zu einem bestimmten Punkt, sich Ser Alliser zu widersetzen, und er fürchtete, dieser sei längst schon überschritten.

Thorne lächelte. »Der Bastard möchte seine Herzensdame verteidigen, also werden wir eine Übung daraus machen. Rast, Pimple, helft unserem Steinschädel.« Rast und Albett gingen zu Halder hinüber. »Drei von Euch sollten genügen, die kleine Schweinedame zum Quieken zu bringen. Ihr müsst nur den Bastard überwinden.«

»Bleib hinter mir«, wies Jon den dicken Jungen an. Oft schon hatte Ser Alliser ihm zwei Gegner gegeben, doch niemals drei.

Er wusste, dass er heute Abend höchstwahrscheinlich blutig und blaugeprügelt schlafen gehen würde. Er machte sich für den Angriff bereit.

Plötzlich war Pyp an seiner Seite. »Drei gegen zwei macht sicher viel mehr Spaß«, sagte der kleine Junge gut gelaunt. Er klappte sein Visier herunter und zückte sein Schwert. Bevor Jon auch nur etwas dagegen einwenden konnte, war Grenn vorgetreten und machte sich zum dritten Mann.

Todesstille herrschte auf dem Hof. Jon spürte Ser Allisers Blicke. »Worauf wartet Ihr?«, fragte er Rast und die anderen mit einer Stimme, die trügerisch sanft geworden war, doch war es Jon, der den ersten Angriff wagte. Halder bekam sein Schwert kaum rechtzeitig hoch.

Jon trieb ihn zurück, griff mit jedem Hieb an, hielt den älteren Jungen auf den Fersen. *Kenne deinen Feind,* hatte Ser Rodrik ihn einst gelehrt. Jon kannte Halder, von brutaler Kraft, doch von nur geringer Geduld, ohne Freude an der Verteidigung. Entmutigte man ihn, vernachlässigte er seine Deckung, so sicher, wie die Sonne unterging.

Das Klirren von Stahl hallte über den Hof, und die anderen stürzten sich mit in die Schlacht. Jon wehrte einen wilden Hieb auf seinen Kopf ab, und die heftige Erschütterung durchfuhr seinen Arm, als die Schwerter aneinanderprallten. Er schlug Halder einen Seitenhieb in die Rippen, was ihn mit einem dumpfen Grunzen von Schmerz belohnte. Der Gegenschlag traf Jon an der Schulter. Ketten knirschten, und Schmerz flammte an seinem Hals hinauf, doch für einen Augenblick war Halder aus dem Gleichgewicht. Jon riss das linke Bein unter ihm weg, und er stürzte unter Fluchen und Krachen.

Grenn wollte nicht weichen, ganz wie Jon es ihn gelehrt hatte, und er gab Albett mehr, als diesem lieb war, doch Pyp stand unter Druck. Rast hatte ihm zwei Jahre und vierzig Pfund voraus. Jon trat hinter ihn und schlug den Helm des Vergewaltigers wie eine Glocke. Als Rast ins Taumeln kam, schob sich Pyp unter dessen Deckung, schlug ihn nieder und hielt ihm die Klinge an den Hals. Als er sich zwei Schwertern gegenübersah, wich Albett zurück. »Ich gebe auf«, rief er.

Angewidert betrachtete Ser Alliser das Geschehen. »Dieser Mummenschanz ist für heute lang genug gegangen.« Er verließ sie. Der Unterricht war beendet.

Daeron half Halder auf die Beine. Der Steinmetzsohn riss seinen Helm vom Kopf und warf ihn über den Hof. »Einen Moment lang dachte ich, ich hätte dich endlich, Snow.«

»Einen Moment lang vielleicht«, erwiderte Jon. Seine Schulter pochte. Er schob sein Schwert in die Scheide und versuchte, sich den Helm abzunehmen, doch als er seinen Arm anhob, ließ der Schmerz ihn die Zähne zusammenbeißen.

»Lasst mich«, sagte eine Stimme. Dickfingrige Hände lösten den Helm von der Halsberge und hoben ihn sanft an. »Hat man Euch wehgetan?«

»Es ist nicht das erste Mal, dass ich blaue Flecken habe.« Er betastete seine Schulter und zuckte zusammen. Der Hof leerte sich um sie herum.

Das Haar des dicken Jungen war von Blut verfilzt, wo Halder seinen Helm in Stücke gehauen hatte. »Ich heiße Samwell Tarly und bin aus Horn…« Er hielt inne und leckte seine Lippen. »Ich meine, ich war aus Horn Hill, bis ich… fort bin. Ich bin hier, um das Schwarz zu tragen. Mein Vater ist Lord Randyll, ein Vasall der Tyrells von Highgarden. Ich war einmal sein Erbe, nur…« Seine Stimme erstarb.

»Ich bin Jon Snow, Ned Starks Bastard, von Winterfell.«

Samwell Tarly nickte. »Ich… wenn ihr wollt, könnt ihr mich Sam nennen. Meine Mutter nennt mich Sam.«

»*Ihn* kannst du Lord Snow nennen«, sagte Pyp, als er sich zu ihnen gesellte. »Frag lieber nicht, wie seine Mutter ihn nennt.«

»Die beiden heißen Grenn und Pypar«, sagte Jon.

»Grenn ist der Hässliche«, sagte Pyp.

Grenn zog ein finsteres Gesicht. »Du bist hässlicher als ich. Wenigstens habe ich keine Ohren wie eine Fledermaus.«

»Vielen Dank euch allen«, wandte sich der dicke Junge feierlich an die Runde.

»Warum bist du nicht aufgestanden und hast gekämpft?«, wollte Grenn wissen.

»Ich wollte es, ehrlich. Aber ich… ich konnte nicht. Ich

wollte nicht, dass er mich weiter schlägt.« Er sah zu Boden. »Ich … ich fürchte, ich bin ein Feigling. Das sagt mein Hoher Vater immer.«

Grenn war wie vom Donner gerührt. Selbst Pyp wusste dazu nichts zu sagen, und Pyp mangelte es sonst nie an Worten. Welcher Mann würde sich selbst einen Feigling nennen?

Samwell Tarly schien ihnen anzusehen, was sie dachten. Er sah, dass Jon ihn musterte, und sein Blick wich ihm aus, schnell wie ein verschrecktes Tier. »Es … es tut mir leid«, sagte er. »Ich will nicht … sein, wie ich bin.« Schwerfällig ging er zur Waffenkammer.

Jon rief ihm nach. »Du warst verletzt«, sagte er. »Morgen bist du besser.«

Traurig blickte Sam über seine Schulter. »Nein, bin ich nicht«, erwiderte er und zwinkerte eine Träne fort. »Ich werde nie besser.«

Als er gegangen war, sah Grenn sich fragend um. »Niemand mag Memmen«, sagte er beklommen. »Ich wünschte, wir hätten ihm nicht geholfen. Was ist, wenn sie uns auch für Memmen halten?«

»Du bist zu dumm, um eine Memme zu sein«, erklärte Pyp.

»Bin ich nicht«, widersprach Grenn.

»Bist du doch. Wenn dich im Wald ein Bär angreifen würde, wärst du zu dumm, um wegzulaufen.«

»Wäre ich nicht«, beharrte Grenn. »Ich würde schneller weglaufen als du.« Plötzlich hielt er inne, zog ein finsteres Gesicht, als er Pyps Grinsen sah und merkte, was er eben gesagt hatte.

Sein dicker Hals wurde gleich puterrot. Jon ließ sie im Streit zurück und ging in die Waffenkammer, hängte sein Schwert auf und legte seine arg mitgenommene Rüstung ab.

Das Leben auf Castle Rock folgte einem strengen Plan. Die Vormittage gehörten dem Schwertkampf, die Nachmittage der Arbeit. Die schwarzen Brüder teilten neue Rekruten vielen verschiedenen Aufgaben zu, um herauszufinden, wo ihre Talente lagen. Jon genoss die seltenen Nachmittage, an denen man ihn mit Ghost an seiner Seite aussandte, Wild für den Tisch des

Lord Commander zu erlegen, doch für jeden Tag, den er mit der Jagd zubrachte, gab es ein Dutzend bei Donal Noye in der Waffenkammer, wo er den Wetzstein drehte, während der einarmige Schmied Äxte schärfte, die vom Gebrauch stumpf geworden waren, oder den Blasebalg pumpte, wenn Noye ein neues Schwert hämmerte. Dann wieder überbrachte er Nachrichten, ging Wache, mistete die Ställe aus, befiederte Pfeile, half Maester Aemon mit seinen Vögeln oder Bowen Marsh mit seinen Rechnungen und Inventuren.

An diesem Nachmittag schickte ihn der Wachhabende mit vier Fässern von frisch zerkleinertem Stein zum Windenkäfig, damit er den Kies auf den eisigen Wegen oben auf der Mauer verstreute. Es war eine einsame und langweilige Arbeit, selbst mit Ghost an seiner Seite, doch machte es Jon nichts aus. An klaren Tagen konnte man von der Mauer aus die halbe Welt sehen, und die Luft war stets kalt und erfrischend. Hier konnte er nachdenken, und er merkte, dass er über Samwell Tarly nachdachte … und seltsamerweise über Tyrion Lannister. Er überlegte, welchen Reim sich Tyrion auf diesen dicken Jungen gemacht hätte. *Die meisten Menschen würden eine schwere Wahrheit eher leugnen, als sich ihr zu stellen*, hatte der Zwerg ihm grinsend erklärt. Die Welt war voller Memmen, die vorgaben, Helden zu sein. Es war schon eine verquere Art des Mutes nötig, um seine Feigheit einzugestehen, so wie Samwell Tarly es getan hatte.

Mit seiner verletzten Schulter ging die Arbeit nur langsam voran. Es war schon spät am Nachmittag, als Jon allen Kies auf den Wegen verstreut hatte. Er blieb noch oben, um sich anzusehen, wie die Sonne unterging und den Himmel im Westen blutfarben werden ließ. Schließlich, als die Dämmerung über dem Norden niedersank, rollte Jon die leeren Fässer wieder zum Käfig und gab den Männern an der Winde das Zeichen, ihn hinunterzulassen.

Das abendliche Mahl war fast schon vorüber, als er mit Ghost den Speisesaal betrat. Eine Gruppe von schwarzen Brüdern würfelte beim Glühwein am Feuer. Seine Freunde saßen auf einer Bank nahe der westlichen Mauer und lachten. Pyp war mitten in einer Geschichte. Der Komödiantensohn mit den großen

Ohren war ein geborener Lügner mit hundert verschiedenen Stimmen, und er lebte seine Geschichten mehr, als dass er sie erzählte, spielte, wenn nötig, alle Rollen, den König im einen Moment und einen Schweinehirten im nächsten. Wenn er sich in ein Mädchen aus einer Bierschenke oder eine jungfräuliche Prinzessin verwandelte, sprach er mit hoher Falsettstimme, die jedermann Tränen lachen ließ, und seine Eunuchen waren stets gespenstisch treffende Karikaturen von Ser Alliser. Jon amüsierte sich wie alle über Pyps Mätzchen … doch wandte er sich an diesem Abend ab und ging stattdessen zum Ende der Bank, wo Samwell Tarly allein saß, so weit wie möglich abseits der anderen.

Gerade wollte er die letzte Schweinefleischpastete essen, welche die Köche zum Abendbrot aufgetischt hatten, da setzte Jon sich ihm gegenüber. Der dicke Junge riss die Augen auf, als er Ghost sah. »Ist das ein Wolf?«

»Ein Schattenwolf«, sagte Jon. »Er heißt Ghost. Der Schattenwolf ist das Siegel der Familie meines Vaters.«

»Unseres ist ein schreitender Jägersmann«, sagte Samwell Tarly.

»Jagst du gern?«

Ein Schauer durchfuhr den Jungen. »Ich hasse es.« Er sah aus, als würde er gleich wieder weinen.

»Was ist denn los?«, fragte Jon. »Warum fürchtest du dich dauernd so sehr?«

Sam starrte den Rest seiner Schweinefleischpastete an und schüttelte kraftlos den Kopf, fürchtete sich sogar zu sehr, um zu sprechen. Brüllendes Gelächter erfüllte die Halle. Jon hörte, wie Pyp mit hoher Stimme quiekte. Er stand auf. »Gehen wir hinaus.«

Argwöhnisch blickte das runde, feiste Gesicht zu ihm hoch. »Wieso? Was wollen wir draußen tun?«

»Reden«, sagte Jon. »Hast du die Mauer schon gesehen?«

»Ich bin dick, nicht blind«, gab Samwell Tarly zurück. »Natürlich habe ich sie gesehen. Sie ist siebenhundert Fuß hoch.« Dennoch stand er auf, legte einen pelzbesetzten Umhang um seine Schultern und folgte Jon aus dem Speisesaal hinaus, noch immer wachsam, als fürchtete er, draußen in der Nacht könne ihm ein grausamer Scherz erwarten. Ghost tappte neben ihnen her. »Ich hätte nie gedacht, dass es so wäre«, sagte Sam, während sie gingen, und seine Worte dampften in der kalten Luft. Schon jetzt ächzte und keuchte er bei dem Versuch, Schritt zu halten. »Alle Gebäude stürzen ein, und es ist so ... so ...«

»Kalt?« Harter Frost ließ sich auf die Burg hernieder, und Jon konnte das leise Knirschen grauer Gräser unter seinen Stiefeln hören.

Sam nickte betrübt. »Ich hasse die Kälte«, sagte er. »Gestern Nacht bin ich im Dunkeln aufgewacht, und das Feuer war ausgegangen, und ich war mir sicher, dass ich bis zum Morgen erfroren sein würde.«

»Dort, woher du kommst, muss es wärmer sein.«

»Erst letzten Monat habe ich zum ersten Mal Schnee gesehen. Wir kamen durch diese Hügellandschaft, ich und die Männer, die mein Vater ausgesandt hat, mich in den Norden zu bringen, und plötzlich fiel dieses weiße Zeug vom Himmel, wie weicher Regen. Anfangs fand ich es nur wunderschön, wie Federn, die vom Himmel schwebten, doch hörte es nicht auf, bis ich bis auf die Knochen durchgefroren war. Die Männer hatten Schnee in den Bärten und auf den Schultern, und noch immer fiel mehr und mehr davon. Ich fürchtete schon, es würde nie aufhören.«

Jon lächelte.

Die Mauer ragte vor ihnen auf, schimmerte fahl im Licht des halben Mondes. Am Himmel darüber leuchteten die Sterne klar und hell. »Wird man mich zwingen, dort hinaufzusteigen?«, fragte Sam. Sein Gesicht erstarrte wie alte Milch, als er die großen, hölzernen Stufen erklomm. »Ich würde sterben, wenn ich hinaufklettern sollte.«

»Es gibt eine Winde«, sagte Jon. »Sie können dich in einem Käfig nach oben ziehen.«

Samwell Tarly zog die Nase hoch. »Es gefällt mir nicht in der Höhe.«

Das war zu viel. Jon sah ihn fragend an, ungläubig. »Fürchtest du dich vor *allem*?«, fragte er. »Das verstehe ich nicht. Wenn du wirklich so eine Memme bist, wieso bist du dann hier? Warum sollte ein Feigling zur Nachtwache gehen?«

Samwell Tarly sah ihn lange an, und sein rundes Gesicht schien in sich zusammenzufallen. Er setzte sich auf den eisbedeckten Boden und fing an zu weinen, mit tiefen, erstickenden Schluchzern, die seinen ganzen Leib zum Beben brachten. Jon Snow konnte nur dastehen und zusehen. Wie der Schneefall auf den Hügeln schien es, als würden die Tränen kein Ende nehmen.

Es war Ghost, der wusste, was zu tun war. Still wie ein Schatten schlich der helle Schattenwolf heran und begann, die warmen Tränen von Samwell Tarlys Gesicht zu lecken. Der dicke Junge schrie auf, erschrocken … und irgendwie, von einem Augenblick zum anderen, wandelte sich sein Schluchzen zu Gelächter.

Jon Snow lachte mit ihm. Danach saßen sie auf der gefrorenen Erde, in ihre Umhänge gewickelt und Ghost zwischen sich. Jon erzählte die Geschichte, wie Robb und er die neu geborenen Welpen im spätsommerlichen Schnee gefunden hatten. Es schien schon tausend Jahre her zu sein. Es dauerte nicht lange, bis er sich von Winterfell erzählen hörte.

»Manchmal träume ich davon«, sagte er. »Ich laufe durch diesen langen, leeren Saal. Meine Stimme hallt von überall, doch niemand antwortet, und so laufe ich schneller, öffne Türen, rufe Namen. Ich weiß nicht einmal, wen ich suche. In den meisten Nächten ist es mein Vater, doch manchmal ist es stattdessen Robb, oder meine kleine Schwester Arya, oder mein Onkel.« Der Gedanke an Benjen Stark stimmte ihn traurig. Sein Onkel wurde noch vermisst. Der alte Bär hatte einen Suchtrupp ausgesandt. Ser Jaremy Rykker hatte zwei solche angeführt, und Quorin Halfhand war vom Shadow Tower aus losgegangen, doch hatten sie, abgesehen von einigen Markierungen an Bäumen, mit denen sein Onkel seinen Weg gezeichnet hatte, nichts gefunden. Im steinigen Hochland des Nordwestens hatten die Markierungen plötzlich aufgehört, und es hatte sich keine Spur von Ben Stark mehr gefunden.

»Findest du jemals jemanden in deinen Träumen?«, fragte Sam.

Jon schüttelte den Kopf. »Niemanden. Die Burg ist immer leer.« Niemals hatte er irgendwem von diesem Traum erzählt, und er begriff auch nicht, warum er jetzt Sam davon erzählte, doch irgendwie war ihm wohl dabei, darüber zu reden. »Selbst die Raben sind aus ihrem Horst verschwunden, und die Ställe sind voller Knochen. Das macht mir immer Angst. Da fange ich an zu laufen, werfe Türen auf, stürme den Turm hinauf, immer drei Stufen auf einmal, rufe nach jemandem, irgendjemandem. Dann finde ich mich vor der Tür zur Gruft wieder. Drinnen ist es schwarz, und ich kann die Wendeltreppe sehen, die in die Tiefe führt. Irgendwie weiß ich, dass ich hinuntergehen muss, doch ich will nicht. Ich fürchte mich vor dem, was mich dort erwarten könnte. Die alten Könige des Winters sind dort unten, sitzen auf ihren Thronen, mit steinernen Wölfen zu ihren Füßen und eisernen Schwertern auf dem Schoß, doch nicht vor denen fürchte ich mich. Ich schrei heraus, dass ich kein Stark bin, dass ich dort nicht hingehöre, aber es nützt nichts. Ich muss dennoch gehen, also steige ich hinab, betaste dabei die Wände, ohne Fackel, mit der ich mir den Weg leuchten könnte. Immer dunkler wird es, bis ich schreien möchte.« Er hielt inne, fragend, verlegen. »Da wache ich dann immer auf.« Mit kalter und klammer Haut, zitternd im Dunkel seiner Zelle. Ghost sprang dann neben ihm aufs Bett, und dessen Wärme war so tröstend wie der Sonnenaufgang. Stets schlief er dann mit dem Gesicht im zottigen weißen Haar des Schattenwolfes ein. »Träumst du von Horn Hill?«, fragte Jon.

»Nein.« Sams Mund wurde schmal und hart. »Ich habe es dort gehasst.« Brütend kraulte er Ghost hinter einem Ohr, und Jon ließ dem Schweigen Raum. Nach einer langen Weile begann Samwell Tarly zu erzählen, und Jon Snow lauschte wortlos und erfuhr, wie es sein konnte, dass ein erklärter Feigling zur Mauer kam.

Die Tarlys waren eine Familie von alten Ehren, Vasallen des Mace Tyrell, dem Lord von Highgarden und Wächter des Südens. Als ältester Sohn von Lord Randyll Tarly sollte Samwell reiches Land, eine starke Festung und ein sagenumwobenes, doppelhändiges Schwert mit Namen Heartsbane erben, geschmiedet aus valyrischem Stahl und seit fast fünfhundert Jahren vom Vater an den Sohn vererbt.

Aller Stolz, den sein Vater bei Samwells Geburt empfunden haben mochte, verflog, als der Junge zu einem tumben, weichen und ungeschickten Kind heranwuchs. Sam hörte gern Musik und spielte seine eigenen Lieder, trug weichen Samt, spielte in der Küche bei den Köchen und sog die saftigen Düfte in sich auf, während er Zitronenkuchen und Blaubeertörtchen stibitzte. Seine Leidenschaft gehörte den Büchern, kleinen Katzen und dem Tanzen, so ungeschickt er auch sein mochte. Doch wurde ihm übel, wenn er Blut sah, und er weinte schon, wenn auch nur ein Huhn geschlachtet wurde. Ein Dutzend Waffenmeister kam und ging auf Horn Hill und versuchte, aus Samwell den Ritter zu machen, den sein Vater sich wünschte. Der Junge wurde verflucht und gezüchtigt, geprügelt und ausgehungert. Ein Mann ließ ihn in seinem Kettenhemd schlafen, um ihn soldatischer zu machen. Ein anderer zog ihm die Kleider seiner Mutter an und stellte ihn auf dem Burghof zur Schau, um ihn durch Scham zur Tapferkeit zu zwingen. Er wurde nur immer dicker und ängstlicher, bis Lord Randylls Enttäuschung in Zorn und später in Verachtung umschlug. »Einmal«, gestand Sam, und seine Stimme wurde zu einem Flüstern, »kamen zwei Männer in die Burg, Hexenmeister aus Qarth, mit weißer Haut und blauen Lippen. Sie haben einen Auerochsbullen geschlachtet und mich im warmen Blut baden lassen, nur machte es mich nicht so mutig, wie sie versprochen hatten. Mir wurde schlecht, und ich habe mich übergeben. Vater ließ sie züchtigen.«

Schließlich, nach drei Mädchen in ebenso vielen Jahren, schenkte Lady Tarly ihrem Hohen Gatten einen zweiten Sohn. Von diesem Tag an beachtete Lord Randyll Sam nicht mehr, widmete seine gesamte Zeit dem kleineren Jungen, einem wilden, kraftstrotzenden Kind, das mehr nach seinem Geschmack war. Samwell hatte mehrere Jahre in Frieden mit seiner Musik und seinen Büchern verbracht.

Bis zum Morgen seines fünfzehnten Namenstages, als man ihn weckte und er sein Pferd gesattelt und bereit vorfand. Drei Soldaten hatten ihn in einen Wald bei Horn Hill eskortiert, wo sein Vater einen Hirsch häutete. »Nun bist du fast ein erwachsener Mann und mein Erbe«, hatte Lord Randyll Tarly seinem ältesten Sohn erklärt und mit seinem langen Messer dem Kadaver das Fell abgezogen, während er sprach. »Du hast mir keinen Anlass gegeben, dich zu enterben, doch werde ich auch nicht zulassen, dass du das Land und den Titel erbst, die Dickon zustehen sollten. Heartsbane muss an einen Mann gehen, der stark genug ist, es zu schwingen, und du bist es nicht einmal wert, sein Heft zu berühren. Aus diesem Grunde wirst du heute erklären, dass du das Schwarz anlegen willst. Du wirst jeden Anspruch auf das Erbe deines Bruders aufgeben und noch vor dem Abend in den Norden aufbrechen.

Falls du es nicht tust, werden wir am Morgen auf die Jagd gehen, und irgendwo in diesen Wäldern wird dein Pferd ins Stolpern kommen, und du wirst vom Sattel fallen und sterben ... das zumindest werde ich deiner Mutter erzählen. Sie hat das Herz einer Frau und trägt es in sich, selbst dir noch zugetan zu sein, und ich möchte sie nicht verletzen. Denke nicht, dass es für dich einfacher würde, falls du dich mir widersetztest. Nichts würde mir mehr Freude bereiten, als dich zu jagen wie das Schwein, das du bist.« Seine Arme waren bis zum Ellenbogen rot, als er das Messer zur Seite legte. »Also. Du hast die Wahl. Die Nachtwache«, er griff in den Hirsch hinein, riss dessen Herz heraus und hielt es in seiner Faust, rot und tropfend, »oder das.«

Sam erzählte die Geschichte mit ruhiger, toter Stimme, als wäre das alles jemand anderem zugestoßen, nur nicht ihm. Und seltsamerweise, so dachte Jon, weinte er nicht, kein einziges Mal. Als er fertig war, saßen sie beisammen und lauschten eine Weile lang dem Wind. Es war das einzige Geräusch auf der ganzen Welt.

Jon sagte: »Wir sollten zurück in den Speisesaal gehen.«

»Warum?«, fragte Sam.

Jon zuckte mit den Schultern. »Da gibt es heißen Apfelwein oder Glühwein, falls der dir lieber ist. An manchen Abenden singt Daeron für uns, wenn er in Stimmung ist. Er war Sänger, bevor ... na ja, nicht wirklich, aber fast, ein Gesangsschüler.«

»Wie ist er hierher gekommen?«, fragte Sam.

»Lord Rowan von Goldengrove hat ihn mit seiner Tochter im Bett erwischt. Das Mädchen war zwei Jahre älter, und Daeron schwört, sie habe ihm durch ihr Fenster geholfen, nur hat sie unter den Augen ihres Vaters von Vergewaltigung gesprochen, und deshalb ist er hier. Als Maester Aemon ihn singen hörte, sagte er, seine Stimme sei Honig, den man über Donner gießt.« Jon lächelte. »Auch Toad singt manchmal, wenn man es denn Singen nennen will. Trinklieder, die er in der Weinschänke seines Vaters gelernt hat. Pyp sagt, seine Stimme ist Pisse, die man über einen Furz gießt.« Darüber lachten sie gemeinsam.

»Ich würde beide gern hören«, gab Sam zu, »nur werden sie mich dort nicht wollen.« Seine Miene war voller Sorge. »Morgen früh wird er mich wieder kämpfen lassen, nicht?«

»Das wird er«, musste Jon zugeben.

Unbeholfen kam Sam auf die Beine. »Ich sollte besser versuchen, etwas zu schlafen.« Er wickelte sich in seinen Umhang und stapfte davon.

Die anderen waren noch im Speisesaal, als Jon zurückkam, nur mit Ghost an seiner Seite. »Wo warst *du* denn bitteschön?«, fragte Pyp.

»Ich habe mit Sam geredet«, sagte er.

»Er ist wirklich eine Memme«, sagte Grenn. »Beim Abendessen waren auf der Bank noch Plätze frei, als er seine Pastete bekam, aber er hatte Angst, sich zu uns zu setzen.«

»Lord Schweinebacke hält sich für was Besseres, dass er nicht mit unseresgleichen speist«, warf Jeren ein.

»Ich habe gesehen, wie er Schweinefleischpastete gegessen hat«, sagte Toad mit höhnischem Grinsen. »Meint Ihr, es war sein Bruder?« Er begann, eine Art Grunzen von sich zu geben.

»Hört auf!«, fuhr Jon sie an.

Die anderen Jungen schwiegen, verblüfft von seiner plötzlichen Wut. »Hört mir zu«, sagte Jon in die Stille hinein, und er erklärte ihnen, wie es sein würde. Pyp unterstützte ihn, was er schon erwartet hatte, doch als Halder sich meldete, war das eine angenehme Überraschung. Grenn war anfangs unsicher, doch Jon wusste, mit welchen Worten er zu rühren war. Einer nach dem anderen ließ sich darauf ein. Manchen beschwatzte Jon, anderen redete er gut zu, wieder andere beschämte er und sprach Drohungen aus, wo Drohungen vonnöten waren. Am Ende willigten alle ein… nur nicht Rast.

»Macht ihr Mädels nur, wie ihr wollt«, sagte Rast, »aber wenn Thorne mich gegen Lady Piggy schickt, werde ich mir eine Scheibe vom Schinken abschneiden.« Er lachte Jon ins Gesicht und ließ sie dort sitzen.

Stunden später, als die ganze Burg schon schlief, statteten drei von ihnen seiner Zelle einen Besuch ab. Grenn hielt seine Arme, während Pyp auf seinen Beinen saß. Jon konnte Rasts schnellen Atem hören, als Ghost auf dessen Brust sprang. Die Augen des Schattenwolfes brannten rot wie glühende Kohlen, während seine Zähne zart die weiche Haut an der Kehle des Jungen zwickten, gerade so viel, dass Blut zutage kam. »Denk immer daran, dass wir wissen, wo du schläfst«, sagte Jon ganz leise.

Am nächsten Morgen hörte Jon, wie Rast vor Albett und Toad erzählte, ihm sei am Morgen beim Rasieren das Messer ausgerutscht.

Von diesem Tag an wollten weder Rast noch irgendeiner der anderen Samwell Tarly noch einmal etwas antun. Wenn Ser Alliser sie gegen ihn antreten ließ, rührten sie sich nicht von der Stelle und wehrten seine langsamen, unbeholfenen Hiebe ab. Wenn der Waffenmeister zum Angriff rief, tänzelten sie vor und tippten Sam leicht an den Brustharnisch, an Helm oder Bein. Ser Alliser tobte und drohte und schimpfte sie alle Memmen und Frauen und Schlimmeres, doch Sam blieb unverletzt. Einige Abende später gesellte er sich auf Jons Drängen hin zu den anderen und nahm auf der Bank neben Halder Platz. Es dauerte noch zwei Wochen, bis er den Mut fand, sich an ihrem Gespräch zu beteiligen, doch bald schon lachte er über Pyps Fratzen und neckte Grenn nicht schlechter als die anderen.

Fett und ungeschickt und furchtsam mochte er wohl sein, doch Samwell Tarly war kein Narr. Eines Abends besuchte er Jon in dessen Zelle. »Ich weiß nicht, was du getan hast«, sagte er, »aber ich weiß, dass du es getan hast.« Scheu wandte er sich ab. »Ich hatte noch nie im Leben einen Freund.«

»Wir sind keine Freunde«, sagte Jon. Er legte Sam die Hand auf die breite Schulter. »Wir sind Brüder.«

Und das waren sie tatsächlich, so dachte er bei sich, nachdem Sam gegangen war. Robb und Bran und Rickon waren die Söhne seines Vaters, und er liebte sie noch immer, doch wusste Jon, nie war er wirklich einer der Ihren gewesen. Dafür hatte Catelyn Stark gesorgt. Die grauen Mauern von Winterfell mochten ihn noch in seinen Träumen verfolgen, jetzt war jedoch Castle Black sein Leben, und seine Brüder waren Sam und Grenn und Halder und Pyp und die anderen Ausgestoßenen, die das Schwarz der Nachtwache trugen.

»Mein Onkel hat die Wahrheit gesagt«, flüsterte er Ghost zu. Er fragte sich, ob er Benjen Stark wohl jemals wieder sehen würde, um ihm das zu sagen.

EDDARD

»Es ist das Turnier der Hand, das all diese Probleme verursacht, Mylords«, klagte der Kommandeur der Stadtwache vor dem Rat des Königs.

»Das Turnier des Königs«, verbesserte Ned. »Ich versichere Euch, dass die Hand daran nicht Anteil haben will.«

»Nennt es, wie Ihr wollt, Mylord. Ritter aus dem ganzen Reich kommen her, und auf jeden Ritter kommen zwei Edelfreie, drei Handwerker, sechs Soldaten, ein Dutzend Händler, zwei Dutzend Huren und mehr Diebe, als ich zu schätzen wage. Bei dieser verfluchten Hitze war die halbe Stadt wie im Fieber, und jetzt mit all diesen Besuchern … gestern Nacht gab es einen Tod durch Ertrinken, eine Massenschlägerei in einer Taverne, drei Messerstechereien, eine Vergewaltigung, zwei Brände, Räubereien ohne Ende und ein alkoholisiertes Pferderennen auf der Straße der Schwestern. In der Nacht davor wurde der Kopf einer Frau in der Großen Septe gefunden, der dort im Regenbogenteich schwamm. Niemand scheint zu wissen, wie er dorthin gekommen ist oder wem er gehört.«

»Wie schrecklich«, sagte Varys erschauernd.

Lord Renly Baratheon zeigte weniger Mitgefühl. »Wenn Ihr den Frieden des Königs nicht erhalten könnt, Janos, sollte vielleicht ein anderer die Stadtwache führen, der dazu in der Lage ist.«

Der beleibte Janos blies seine Hängebacken auf wie ein wütender Frosch, und sein kahler Schädel rötete sich. »Aegon persönlich könnte den Frieden nicht erhalten, Lord Renly. Ich brauche mehr Männer.«

»Wie viele?«, fragte Ned und beugte sich vor. Wie immer

hatte sich Robert nicht die Mühe gemacht, der Ratssitzung beizuwohnen, und somit fiel es der Rechten Hand zu, in seinem Namen zu sprechen.

»So viele wie möglich, Lord Hand.«

»Stellt fünfzig neue Männer ein«, erklärte Ned. »Lord Baelish wird dafür sorgen, dass Ihr das Geld bekommt.«

»Werde ich?«, fragte Littlefinger.

»Das werdet Ihr. Wenn Ihr vierzigtausend Golddrachen für die Siegerbörse auftreibt, werdet Ihr doch sicher ein paar Kupferstücke zusammenkratzen können, um den königlichen Frieden zu erhalten.« Ned wandte sich wieder Janos Slynt zu. »Darüber hinaus werde ich Euch zwanzig gute Schwertkämpfer aus meiner eigenen Hausgarde zuweisen, die bei der Wache dienen, bis die Menge wieder fort ist.«

»Vielen Dank, Lord Stark«, sagte Slynt und verneigte sich. »Ich verspreche Euch, dass es zu unser aller Nutzen sein wird.«

Als der Kommandeur gegangen war, wandte sich Eddard Stark dem Rest des Rates zu. »Je eher dieses Narrenspiel ein Ende hat, desto besser wird es mir gefallen.« Als wären die Kosten und Unbill nicht ärgerlich genug, beharrten alle miteinander darauf, vom »Turnier der Hand« zu sprechen, als wäre er der Anlass all dessen. Und Robert schien allen Ernstes zu glauben, er müsse sich geehrt fühlen!

»Das Reich gedeiht durch solcherart Ereignisse, Mylord«, sagte Grand Maester Pycelle. »Sie bieten den Großen eine Chance auf Ehre und den Kleinen eine Pause von ihren Kümmernissen.«

»Und bringen Geld in manche Tasche«, fügte Littlefinger hinzu. »Alle Gasthäuser der Stadt sind voll, und die Huren gehen o-beinig und klingeln bei jedem Schritt.«

Lord Renly lachte. »Wir können uns glücklich schätzen, dass mein Bruder Stannis nicht unter uns ist. Erinnert Ihr Euch, wie er einst versuchte, die Bordelle zu ächten? Der König fragte ihn, ob er vielleicht gern auch das Essen, Scheißen und Atmen ächten wollte, wo er doch schon dabei wäre. Um die Wahrheit zu sagen, frage ich mich manchmal, wie Stannis je diese seine hässliche Tochter zustande gebracht hat. Er geht ins Ehebett wie ein

Mann auf dem Weg ins Schlachtfeld, mit grimmigem Blick und wild entschlossen, seine Pflicht zu tun.«

Ned hatte in das Gelächter nicht eingestimmt. »Auch ich mache mir Gedanken um Euren Bruder Stannis. Ich frage mich, wann er beabsichtigt, seinen Besuch auf Dragonstone zu beenden und seinen Sitz im Rat wieder einzunehmen.«

»Zweifelsohne sobald wir alle Huren im Meer versenkt haben«, erwiderte Littlefinger und rief damit weiteres Gelächter hervor.

»Ich habe für heute sicher genug von Huren gehört«, sagte Ned, als er sich erhob. »Bis morgen früh.«

Harwin wachte an der Tür, als Ned zum Turm der Hand kam. »Ruft Jory in meine Gemächer, und sagt Eurem Vater, er soll mein Pferd satteln«, wies Ned ihn allzu brüsk an.

»Wie Ihr wünscht, Mylord.«

Der Red Keep und das »Turnier der Hand« rieben ihn auf, dachte Ned, als er hinaufstieg. Er sehnte sich nach Trost in Catelyns Armen, nach dem Klirren der Schwerter, wenn Robb und Jon sich auf dem Hof miteinander maßen, nach den kühlen Tagen und den kalten Nächten des Nordens.

In seinen Gemächern legte er seine seidene Ratsherrenrobe ab und saß einen Augenblick mit dem Buch da, während er auf Jory wartete. *Stammbaum und Historie der Großen Geschlechter aus den Sieben Königslanden. Mit Beschreibungen zahlreicher Hoher Lords und Edler Ladies samt deren Kindern* von Grand Maester Malleon. Pycelle hatte die Wahrheit gesagt, es war langweilige Lektüre. Dennoch hatte Jon Arryn darum gebeten, und Ned war sicher, dass er dafür seine Gründe gehabt hatte. Es war etwas daran, irgendeine Wahrheit stand in diesen mürben, vergilbten Seiten. Kaum einer, der heute noch lebte, war geboren, als Malleon seine staubige Liste von Ehen, Geburten und Todesfällen aufgestellt hatte.

Ein weiteres Mal schlug er den Teil über das Haus Lannister auf und blätterte langsam in der Hoffnung darin, dass ihm etwas ins Auge springen würde. Die Lannisters waren eine alte Familie, die ihren Ursprung bis zu Lann dem Listigen, einem Schwindler aus dem Zeitalter der Helden, zurückverfolgen konnten, der zweifellos nicht minder legendär als Bran der Erbauer war, wenn auch bei Sängern und Geschichtenerzählern weitaus beliebter. In den Liedern war Lann der Mann, der die Casterlys ohne Waffen und nur mit seinem Verstand aus Casterly Rock lockte und der Sonne Gold stahl, um seinen Lockenkopf aufzuhellen. Ned wünschte, er hätte jetzt hier sein können, um diesem verdammten Buch die Wahrheit zu entlocken.

Lautes Klopfen an der Tür kündigte Jory Cassel an. Ned schloss Malleons Wälzer und bat ihn, einzutreten. »Ich habe der Stadtwache zwanzig meiner Gardisten versprochen, bis das Turnier vorüber ist«, erklärte er ihm. »Bei der Auswahl verlasse ich mich auf Euch. Gebt Alyn das Kommando und sorgt dafür, dass sich die Männer darüber im Klaren sind, dass sie Streit beenden, nicht anzetteln sollen.« Ned erhob sich, öffnete eine Zederntruhe und nahm ein leichtes Unterhemd aus Leinen heraus. »Habt Ihr den Stalljungen gefunden?«

»Den Wachmann, Mylord«, sagte Jory. »Er schwört, dass er nie mehr ein Pferd anrührt.«

»Was hatte er zu sagen?«

»Er behauptet, Lord Arryn gut gekannt zu haben. Dicke Freunde seien sie gewesen«, schnaubte Jory. »Die Hand habe den Burschen an ihren Namenstagen stets ein Kupferstück gegeben, sagt er. Konnte mit Pferden umgehen. Hat sie nie zu hart geritten und ihnen Karotten und Äpfel gebracht, so dass sie sich stets freuten, ihn zu sehen.«

»Karotten und Äpfel«, wiederholte Ned. Es klang, als wäre dieser Junge noch zu weniger nutze als die anderen. Und er war der Letzte der vier, die Littlefinger aufgetrieben hatte. Jory hatte nacheinander mit jedem von ihnen gesprochen. Ser Hugh war schroff und wenig mitteilsam gewesen, arrogant wie nur ein frisch geschlagener Ritter sein konnte. Sollte Lord Eddard ihn sprechen wollen, würde er sich freuen, ihn zu empfangen, doch wolle er sich von einem einfachen Hauptmann der Garde nicht befragen lassen … selbst wenn besagter Hauptmann zehn Jahre älter und ein hundertmal besserer Schwertkämpfer war als er. Das Dienstmädchen war zumindest freundlich gewesen. Sie sagte, Lord Jon habe mehr gelesen, als gut für ihn war, und sei wegen der Anfälligkeit seines Sohnes voll Sorge und Schwermut und barsch gegenüber seiner Hohen Gattin gewesen. Der Schankkellner, inzwischen Schuhmacher, hatte nie ein Wort mit Lord Jon gewechselt, doch war er ein Füllhorn von Küchentratsch: Der Lord hatte Streit mit dem König, der Lord rührte sein Essen kaum an, der Lord schickte seinen Jungen als Mündel nach Dragonstone, der Lord entwickelte großes Interesse an der Zucht von Jagdhunden, der Lord hatte einen meisterlichen Waffenschmied aufgesucht, bei dem er eine neue Rüstung in Auftrag gab, aus mattem Silber gearbeitet, mit einem Falken aus blauem Jaspis und perlmuttenem Mond auf der Brust. Der Bruder des Königs war höchstpersönlich mitgegangen und hatte bei der Auswahl geholfen, so sagte der Kellner. Nein, nicht Lord Renly, der andere, Lord Stannis.

»Erinnerte sich unser Wachmann noch an etwas von Bedeutung?«

»Der Bursche schwört, Lord Jon sei so stark wie jemand gewesen, der nur halb so alt wie er war. Oft sei er mit Lord Stannis ausgeritten, sagte er.«

Wieder Stannis, dachte Ned. Es war seltsam. Jon Arryn und er waren stets herzlich, doch nie freundschaftlich miteinander umgegangen. Und während Robert gen Norden nach Winterfell geritten war, hatte sich Stannis nach Dragonstone zurückgezogen, der Inselfeste der Targaryen, die er im Namen seines Bruders erobert hatte. Er hatte niemandem Nachricht hinterlassen, wann er zurückkommen wollte. »Wohin sind sie bei diesen Anlässen geritten?«

»Der Junge sagte, sie hätten ein Bordell besucht.«

»Ein Bordell?«, sagte Ned. »Der Lord von der Eyrie, die Rechte Hand des Königs, hat mit *Stannis Baratheon* ein Bordell besucht?«

Ungläubig schüttelte er den Kopf, fragte sich, was Lord Renly aus diesem Leckerbissen machen würde. Roberts Gelüste waren Gegenstand derber Trinklieder überall im Reich, doch Stannis war ein gänzlich anderer Mensch, nur ein Jahr jünger als der König, ihm jedoch gänzlich unähnlich, ernst, humorlos, unversöhnlich, grimmig in der Erfüllung seiner Pflichten.

»Der Junge beteuert, dass es wahr ist. Die Hand hat drei Gardisten mitgenommen, und der Junge sagt, sie hätten Scherze darüber gemacht, als er später ihre Pferde übernahm.«

»Welches Bordell?«, fragte Ned.

»Das wusste der Junge nicht. Aber die Gardisten.«

»Eine Schande, dass Lysa sie mit ins Grüne Tal genommen hat«, sagte Ned trocken. »Die Götter geben sich alle Mühe, uns die Sache schwer zu machen. Lady Lysa, Maester Colemon, Lord Stannis … alle, die vielleicht die Wahrheit dessen, was Jon Arryn wirklich zugestoßen ist, kennen könnten, sind tausend Wegstunden weit fort.«

»Wollt Ihr Lord Stannis von Dragonstone zurückberufen?«

»Noch nicht«, sagte Ned. »Erst wenn ich eine klarere Vorstellung davon habe, was hier vor sich geht und wo er dabei steht.« Die Angelegenheit nagte an ihm. Warum war Stannis abgereist? Hatte er bei dem Mord an Lord Arryn eine Rolle gespielt? Oder fürchtete er sich? Ned konnte sich nicht vorstellen, was Stannis Baratheon das Fürchten lehren sollte, nachdem dieser in Storm's End ein Jahr lang der Belagerung getrotzt und sich von Ratten und Schuhleder ernährt hatte, während die Lords Tyrell und Redwyne mit ihren Gästen in Sichtweite seiner Mauern schlemmten.

»Seid so nett und bringt mir mein Wams. Das graue mit dem Siegel des Schattenwolfes. Ich möchte, dass dieser Waffenschmied weiß, wer ich bin. Es könnte ihn zuvorkommender stimmen.«

Jory trat an den Schrank. »Lord Renly ist ebenso Bruder des Königs wie Lord Stannis.«

»Dennoch scheint es, als hätte man ihn zu diesen Ausritten nicht eingeladen.« Ned war nicht sicher, was er von Renly halten sollte, mit seiner freundlichen Art und dem steten Lächeln. Vor einigen Tagen hatte er Ned beiseite genommen, um ihm ein exquisites, goldenes Rosenmedaillon zu zeigen. Darin befand sich eine gemalte Miniatur im lebhaften, myrischen Stil, von einem hübschen, jungen Mädchen mit Rehaugen und wallendem, weichem, braunem Haar. Renly schien eifrig darauf bedacht, herauszufinden, ob das Mädchen ihn an jemanden erinnere, und als Ned zur Antwort nur ein Schulterzucken hatte, wirkte er enttäuscht. Die Jungfer war Loras Tyrells Schwester Margaery, das hatte er ihm anvertraut, doch gäbe es welche, die sagten, sie sähe wie Lyanna aus. »Nein«, hatte Ned ihm amüsiert erklärt. Konnte es sein, dass Lord Renly, der so sehr wie ein junger Robert aussah, seine Leidenschaft für ein Mädchen entdeckt hatte, das er für eine junge Lyanna hielt? Das erschien ihm mehr als nur ein wenig kurios.

Jory hielt ihm das Wams hin, und Ned schob seine Hände durch die Armlöcher. »Vielleicht kommt Lord Stannis zu Roberts Turnier zurück«, überlegte er, während Jory es am Rücken schnürte.

»Das wollte ein Glücksfall sein, Mylord«, erwiderte Jory.

Ned schnallte ein Langschwert um. »Mit anderen Worten: verdammt unwahrscheinlich.« Sein Lächeln war bitter.

Jory legte Neds Umhang um dessen Schultern und befestigte ihn am Hals mit dem Amtsabzeichen der Rechten Hand. »Der Waffenschmied wohnt über seiner Werkstatt in einem großen Haus am oberen Ende der Stählernen Gasse. Alyn kennt den Weg, Mylord.«

Ned nickte. »Die Götter mögen diesem Kellner gnädig sein, wenn er mich auf die Hatz nach Schatten geschickt hat.« Es war nur ein dünner Stecken, auf den er sich stützte, doch der Lord Arryn, den Ned gekannt hatte, war niemand, der juwelenbesetzte und versilberte Rüstungen trug. Stahl war Stahl. Er war zum Schutz gedacht, nicht zur Verzierung. Sicher mochte er seine Ansichten überdacht haben. Er wäre nicht der erste Mensch, der nach ein paar Jahren bei Hofe die Dinge etwas anders sah … doch dieser Wandel war derart markant, dass er Ned nachdenklich stimmte.

»Gibt es sonst noch einen Dienst, den ich Euch erweisen könnte?«

»Ich denke, Ihr solltet damit beginnen, Hurenhäuser aufzusuchen.«

»Eine schwere Pflicht, Mylord.« Jory grinste. »Die Männer werden mir gern helfen. Porther hat bereits einen Anfang gemacht.«

Neds liebstes Pferd war gesattelt und wartete auf dem Hof. Varly und Jacks schlossen sich ihm an, als er über den Hof ritt. Ihre stählernen Hauben und Kettenhemden mussten vor Hitze glühen, doch äußerten sie keine Klage. Als Lord Eddard durch das Königstor kam, sah er überall Augen und brachte sein Pferd zum Trab. Seine Garde folgte ihm.

Immer wieder sah er sich um, während sie sich einen Weg durch die übervölkerten Straßen bahnten. Tomard und Desmond hatten die Burg früh am Morgen verlassen, um sich entlang der Route aufzustellen, die sie nehmen mussten, und achteten darauf, wer ihnen folgte, und dennoch war sich Ned seiner Sache nicht sicher. Der Schatten der Königsspinne und seiner kleinen Vögel machte ihn unruhig wie eine Jungfer in der Hochzeitsnacht.

Die Stählerne Gasse begann am Marktplatz neben dem Flusstor, wie es auf Karten genannt wurde, oder dem Schlammtor, wie man es gemeinhin kannte. Ein Komödiant auf Stelzen schritt wie ein großes Insekt durch die Menge, mit einer Horde barfüßiger, johlender Kinder im Schlepptau. An anderer Stelle duellierten sich zwei zerlumpte Jungen, die nicht älter als Robb waren, mit Stecken, unter lauten Anfeuerungen einiger und den wilden Flüchen anderer. Eine alte Frau beendete den Wettstreit, indem sie sich aus dem Fenster lehnte und einen Eimer mit Waschwasser über den Köpfen der Streithähne ausschüttete. Im Schatten der Mauer standen Bauern bei ihren Wagen und bellten: »Äpfel, die besten Äpfel, so gut, als würden sie doppelt so viel kosten« und »Blutmelonen, süß wie Honig« und »Rüben, Zwiebeln, Wurzeln, kauft gleich hier bei mir, hier bei mir, Rüben, Zwiebeln, Wurzeln, kauft gleich hier bei mir.«

Das Schlammtor war offen, und ein Trupp von städtischen Wachmännern stand in goldenen Umhängen unter den Fallgittern und stützte sich auf Speere. Als sich eine Kolonne von Reitern von Westen her näherte, kam Bewegung in die Gardisten, und sie riefen Befehle und trieben die Karren und das Fußvolk beiseite, um den Ritter mit seiner Eskorte hereinzulassen. Der erste Reiter, der durchs Tor kam, trug ein langes, schwarzes Banner. Die Seide flatterte im Wind, als lebte sie. Auf dem Stoff war ein nächtlicher Himmel zu sehen, durch den ein roter Blitz zuckte. »*Macht Platz für Lord Beric!*«, rief der Reiter. »*Macht Platz für Lord Beric!*« Und gleich hinter ihm kam der junge Lord persönlich, ein fescher Mann auf einem schwarzen Renner, mit rotgoldenem Haar und einem schwarzen, sternenübersäten Umhang. »Hier, um beim Turnier der Hand zu kämpfen, Mylord?«, rief ein Gardist ihm zu. »Hier, um das Turnier der Hand zu *gewinnen*«, rief Lord Beric zurück, als die Menge jubelte.

Ned bog dort, wo die Straße begann, vom Platz ab und folgte ihrem verschlungenen Lauf einen langen Hügel hinauf, vorbei an Hufschmieden, die an offenen Öfen arbeiteten, fahrenden Rittern, die um Kettenhemden feilschten, und ergrauten Eisenwarenhändlern, die alte Klingen und Rasiermesser von ihren Wagen aus verkauften. Je weiter sie hügelan ritten, desto größer wurden die Gebäude. Der Mann, zu dem sie wollten, wohnte ganz oben auf dem Hügel, in einem riesigen Haus aus Holz und Mörtel, dessen obere Geschosse über die schmale Gasse ragten. Auf der Doppeltür prangte eine Jagdszene, aus Ebenholz und Wehrholz geschnitzt. Ein paar steinerne Ritter standen am Eingang Wache, in schmucken Rüstungen aus poliertem, rotem Stahl, die sie in Greif und Einhorn verwandelten. Ned ließ sein Pferd bei Jacks und drängte sich hinein.

Die schlanke, junge Dienstmagd bemerkte Neds Amtsabzeichen und das Wappen auf dem Wams sogleich, und der Meister kam eilig hervor, lächelte und verneigte sich tief. »Wein für die Rechte Hand des Königs«, ließ er das Mädchen wissen und winkte Ned zu einer Liege. »Ich bin Tobho Mott, Mylord, bitte, bitte, macht es Euch bequem.« Er trug einen schwarzen Samtmantel, auf dessen Ärmel mit silbernem Faden Hämmer gestickt waren. Um seinen Hals hing eine schwere Silberkette mit einem Saphir, der so groß war wie ein Taubenei. »Wenn Ihr neue Waffen für das Turnier der Hand benötigt, seid Ihr zum rechten Haus gekommen.« Ned machte sich nicht die Mühe, ihn zu berichtigen. »Meine Arbeit ist kostspielig, und dafür will ich mich nicht entschuldigen, Mylord«, sagte er, während er zwei gleiche Silberkelche füllte. »Nirgendwo in den Sieben Königslanden werdet Ihr Arbeiten wie die meine finden, das kann ich Euch versprechen. Besucht jede Schmiede in King's Landing, wenn Ihr wollt, und vergleicht selbst. Jeder Dorfschmied kann ein Kettenhemd anfertigen. Meine Arbeiten sind Kunstwerke.«

Ned nahm einen Schluck vom Wein und ließ den Mann erzählen. Der Ritter der Blumen kaufte alle seine Rüstungen hier, so prahlte Tobho, und viele hohe Herren, die sich mit feinem Stahl auskannten, selbst Lord Renly, der Bruder der Königin. Vielleicht hatte die Hand Lord Renlys neue Rüstung gesehen, die grüne mit dem goldenen Geweih? Kein anderer Waffenschmied in dieser Stadt bekam ein so dunkles Grün hin. Er kannte das Geheimnis, wie man die Tönung in den Stahl selbst einbrachte, Farbe oder Lack waren die Stützen eines guten Handwerkers. Oder vielleicht wünschte die Hand eine Klinge? Tobho hatte schon als Junge in den Schmieden von Qohor gelernt, valyrischen Stahl zu bearbeiten. Nur jemand, der den alten Zauber kannte, konnte alte Waffen nehmen und sie neu schmieden. »Der Schattenwolf war das Siegel der Familie Stark, nicht wahr? Ich könnte einen Helm in Form des Schattenwolfes herstellen, der so wirklich aussieht, dass die Kinder auf der Straße vor Euch weglaufen«, schwor er.

Ned lächelte. »Habt Ihr einen Falkenhelm für Lord Arryn hergestellt?«

Tobho Mott hielt einen Moment lang inne und stellte seinen Wein ab. »Die Hand hat mich besucht, gemeinsam mit Lord Stannis, dem Bruder der Königin. Leider muss ich sagen, hat sie mir nicht die Ehre eines Auftrags erwiesen.«

Ruhig sah Ned den Mann an, sagte nichts, wartete. Im Laufe der Jahre hatte er gelernt, dass Schweigen manchmal mehr erreichte als Fragen. Und so war es auch diesmal.

»Sie baten, den Jungen sehen zu dürfen«, sagte der Schmied, »also habe ich sie nach hinten in die Schmiede geführt.«

»Den Jungen«, wiederholte Ned. Er hatte keine Ahnung, wer dieser Junge sein mochte. »Auch ich würde den Jungen gern sehen.«

Tobho Mott betrachtete ihn mit kühlem, misstrauischem Blick an. »Wie Ihr wünscht, Mylord«, sagte er und war keineswegs mehr so freundlich wie gerade noch. Er führte Ned durch eine Hintertür und über einen schmalen Hof nach hinten in den grottenartigen Steinschuppen, wo die Arbeiten ausgeführt wurden. Als der Waffenschmied die Tür öffnete, schien es Ned, als käme er in einen Drachenschlund. Drinnen glühte in jeder Ecke ein Ofen, und die Luft stank nach Rauch und Schwefel. Schmiede blickten gerade so lange von ihren Hämmern und Zangen auf, dass sie sich den Schweiß von der Stirn wischen konnten, während barbrüstige Lehrlinge die Blasebalge betätigten.

Der Meister rief einen hochgewachsenen Burschen in Robbs Alter herüber, dessen Arme und Brust muskelbepackt waren. »Das ist Lord Stark, die neue Rechte Hand des Königs«, erklärte er ihm, während der Junge Ned aus trüben, blauen Augen ansah und schweißnasses Haar mit den Fingern zurückstrich. Volles Haar, zottig und zerzaust und schwarz wie Tinte. Der Schatten eines Bartes verdunkelte sein Kinn. »Das ist Gendry. Kräftig für sein Alter, und er arbeitet hart. Zeig der Hand den Helm, den du gemacht hast, Junge.« Fast scheu führte der Junge sie zu seiner Werkbank und einem stählernen Helm in der Form eines Bullenschädels mit zwei großen, gebogenen Hörnern.

Ned drehte den Helm mit seinen Händen herum. Er war aus grobem Stahl, unpoliert, doch ausgezeichnet geformt. »Das ist hervorragende Arbeit. Ich würde mich freuen, wenn ich ihn kaufen dürfte.«

Der Junge riss ihm den Helm aus der Hand. »Er ist nicht verkäuflich.«

Tobho Mott war vor Entsetzen starr. »Junge, das ist die Rechte Hand des Königs. Wenn Seine Lordschaft diesen Helm möchte, wirst du ihn verschenken. Er macht dir die Ehre, dich zu fragen.«

»Ich habe ihn für mich gemacht«, beharrte der Junge stur.

»Ich bitte hundertmal um Verzeihung, Mylord«, wandte sich der Meister eilig an Ned. »Der Junge ist ungeschlacht wie neuer Stahl, und wie neuer Stahl würden auch ihm einige Schläge gut tun. Dieser Helm ist bestenfalls Handwerkskunst. Verzeiht ihm, und ich verspreche, dass ich Euch einen Helm schmiede, wie Ihr ihn noch nie gesehen habt.«

»Er hat nichts getan, wofür ich ihm verzeihen müsste. Gendry, als Lord Arryn bei dir war, worüber habt ihr gesprochen?«

»Er hat mir nur ein paar Fragen gestellt, M'lord.«

»Fragen welcher Art?«

Der Junge zuckte mit den Achseln. »Wie es mir ginge und ob ich gut behandelt würde und ob mir die Arbeit gefiele und Dinge über meine Mutter. Wer sie war und wie sie aussah und so was.«

»Was hast du ihnen erzählt?«

Der Junge schob eine Locke von schwarzem Haar aus seiner Stirn. »Sie starb, als ich klein war. Sie hatte gelbes Haar, und manchmal hat sie mir etwas vorgesungen, daran erinnere ich mich noch. Sie hat in einer Bierschenke gearbeitet.«

»Hat auch Lord Stannis dir Fragen gestellt?«

»Der Kahle? Nein, der nicht. Der hat die ganze Zeit kein Wort gesagt, hat mich nur finster angesehen, als wäre ich ein Vergewaltiger, der sich an seiner Tochter vergangen hätte.«

»Achte auf deine unflätigen Worte«, sagte der Meister. »Vor dir steht die Hand des Königs.« Der Junge senkte den Blick. »Ein kluger Junge, aber halsstarrig. Dieser Helm ... die anderen nennen ihn stur wie ein Ochse, also hat er ihnen das Ding vor den Wanst geknallt.«

Ned legte dem Jungen die Hand auf den Kopf und fühlte das dicke, schwarze Haar. »Sieh mich an, Gendry.« Der Lehrling blickte auf. Ned betrachtete die Form seines Unterkiefers, die Augen wie blaues Eis. *Ja,* dachte er, *ich sehe es.* »Geh wieder an deine Arbeit, Junge. Es tut mir leid, wenn ich dich gestört habe.« Er kehrte mit dem Meister zum Haus zurück. »Wer hat das Lehrgeld für den Jungen bezahlt?«, fragte er beiläufig.

Mott machte ein ärgerliches Gesicht. »Ihr habt den Jungen gesehen. Ein so kräftiger Junge. Diese Hände, seine Hände sind für den Hammer wie geschaffen. Er war so vielversprechend, dass ich ihn ohne Lehrgeld genommen habe.«

»Sagt die Wahrheit«, drängte Ned. »Die Straßen sind voll kräftiger Jungen. Der Tag, an dem Ihr einen Lehrling ohne Lehrgeld annehmt, wird der Tag sein, an dem die Mauer einstürzt. Wer hat für ihn bezahlt?«

»Ein Lord«, sagte der Meister zögerlich. »Er hat keinen Namen genannt und trug kein Siegel an seinem Mantel. Er hat in Gold gezahlt, das Doppelte der üblichen Summe, und er sagte, er zahlte einmal für den Jungen und einmal für mein Schweigen.«

»Beschreibt ihn.«

»Er war stämmig, mit runden Schultern, nicht so groß wie Ihr. Brauner Bart, doch mit etwas Rot darin, das würde ich beschwören. Er trug einen teuren Umhang, daran erinnere ich mich noch, schwerer, roter Samt mit silbernem Faden, aber die Kapuze verdeckte sein Gesicht, und ich konnte es nicht richtig sehen.« Einen Moment lang zögerte er. »Mylord, ich möchte keine Schwierigkeiten.«

»Keiner von uns möchte Schwierigkeiten, nur fürchte ich, dass wir in schwierigen Zeiten leben, Meister Mott«, sagte Ned. »Ihr wisst, wer der Junge ist.«

»Ich bin nur ein Waffenschmied, Mylord. Ich weiß nur, was man mir sagt.«

»Ihr wisst, wer der Junge ist«, wiederholte Ned geduldig. »Das ist keine Frage.«

»Der Junge ist mein Lehrling«, sagte der Meister. Er sah Ned in die Augen, unbeugsam wie altes Eisen. »Wer er war, bevor er zu mir kam, geht mich nichts an.«

Ned nickte. Er kam zu dem Schluss, dass ihm Tobho Mott, der meisterliche Waffenschmied, gefiel. »Sollte je der Tag kommen, an dem Gendry ein Schwert lieber schwingen als schmieden möchte, schickt ihn zu mir. Er sieht wie ein Krieger aus. Bis dahin seid Euch meines Dankes gewiss, Meister Mott, und meines Versprechens: Sollte ich je mit einem Helm Kinder erschrecken wollen, komme ich zuallererst zu Euch.«

Seine Garde wartete draußen bei den Pferden. »Habt Ihr etwas herausgebracht, Mylord?«, fragte Jacks, als Ned aufstieg.

»Allerdings«, erklärte Ned und überlegte. Was hatte Jon Arryn von einem Bastard des Königs gewollt, und wieso war dies sein Leben wert gewesen?

CATELYN

»Mylady, Ihr solltet Euren Kopf bedecken«, erklärte Ser Rodrik, während sich ihre Pferde gen Norden schleppten. »Ihr werdet Euch erkälten.«

»Es ist nur Wasser, Ser Rodrik«, erwiderte Catelyn. Ihr Haar hing nass und schwer herab, eine lose Strähne klebte an ihrer Stirn, und sie konnte sich vorstellen, wie abgerissen und wild sie aussehen musste, doch diesmal war es ihr egal. Der Regen im Süden war weich und warm. Catelyn gefiel es, wie er sich auf ihrem Gesicht anfühlte, sanft wie die Küsse einer Mutter. Es führte sie zurück in ihre Kindheit, zu langen, grauen Tagen in Riverrun. Sie erinnerte sich an den Götterhain, herabhängende Äste, schwer von der Feuchtigkeit, und an das Lachen ihres Bruders, wenn er sie durch Haufen feuchter Blätter jagte. Sie erinnerte sich daran, wie sie mit Lysa Matschkuchen gebacken hatte, wie schwer diese waren, und an den glitschigen, braunen Schlamm zwischen den Fingern. Sie hatten sie Littlefinger serviert, kichernd, und er hatte so viel Matsch gegessen, dass er eine Woche krank war. Wie jung sie alle gewesen waren.

Fast hatte Catelyn es schon vergessen. Im Norden fiel der Regen kalt und hart, und manchmal wurde er bei Nacht zu Eis. Er konnte das Korn ebenso leicht vernichten wie nähren, und ausgewachsene Männer flüchteten in den nächstbesten Schutz. Das war kein Regen, in dem kleine Mädchen spielten.

»Ich bin triefnass«, beklagte sich Ser Rodrik. »Bis auf die Knochen.« Die Bäume um sie standen immer dichter, und das stete Prasseln von Regen auf den Blättern wurde begleitet vom leise schmatzenden Geräusch, das ihre Pferde machten, wenn sie ihre Hufe aus dem Schlamm zogen. »Wir werden heute Abend ein Feuer brauchen, Mylady, und eine warme Mahlzeit würde uns beiden gut tun.«

»Es gibt einen Gasthof an der Kreuzung dort hinten«, erklärte ihm Catelyn. So manche Nacht hatte sie in ihrer Jugend dort geschlafen, wenn sie mit ihrem Vater reiste. Lord Hoster Tully war in der Blüte seiner Jahre ein rastloser Mann gewesen, der stets irgendwohin ritt. Noch heute erinnerte sie sich an die Wirtin, eine dicke Frau namens Masha Heddle, die bei Tag und Nacht Bitterblatt kaute und einen nie enden wollenden Vorrat an Freundlichkeit und süßen Kuchen für die Kinder bereitzuhalten schien. Die Kuchen waren von Honig durchtränkt, mächtig und schwer auf der Zunge, doch ihr Lächeln hatte Catelyn gefürchtet. Das Bitterblatt hatte Mashas Zähne dunkelrot gefärbt, was ihr Lächeln zum blanken Schrecken machte.

»Einen Gasthof«, wiederholte Ser Rodrik versonnen. »Wenn nur … aber wir dürfen es nicht riskieren. Wenn wir unerkannt bleiben wollen, halte ich es für das Beste, wenn wir uns einen kleinen Unterstand suchen …« Er hielt inne, als sie vor sich auf der Straße etwas hörten, platschendes Wasser, das Klirren von Ketten, das Wiehern eines Pferdes. »Reiter«, warnte er, und seine Hand ging zum Heft seines Schwertes. Selbst auf der Kingsroad schadete es nie, wachsam zu sein.

Sie folgten den Geräuschen um eine leichte Biegung und sahen sie: eine Kolonne bewaffneter Männer, die lärmend einen reißenden Bach durchquerten. Catelyn hielt ihr Pferd an, um sie passieren zu lassen. Das Banner in der Hand des vordersten Reiters hing schlaff und durchweicht herab, doch die Garde trug indigoblaue Umhänge, und auf ihren Schultern flog der silberne Adler von Seagard. »Mallisters«, flüsterte Ser Rodrik ihr zu, als wüsste sie es nicht. »Mylady, Ihr solltet lieber Eure Kapuze aufsetzen.«

Catelyn rührte sich nicht. Lord Jason Mallister höchstselbst ritt mit ihnen, umgeben von seinen Rittern, sein Sohn Patrek an seiner Seite und ihre Knappen gleich dahinter. Sie ritten nach King's Landing zum Turnier der Hand, das war ihr klar. Seit Wochen drängten sich die Reisenden wie die Fliegen auf der Kingsroad. Ritter und Edelfreie, Sänger mit ihren Harfen und Trommeln, schwere Wagen, beladen mit Hopfen oder Getreide oder Honigwaben, Händler und Handwerker und Huren, und sie alle waren auf dem Weg nach Süden.

Offen betrachtete sie Lord Jason. Sie war ihm zuletzt begegnet, als er mit ihrem Onkel bei ihrer Hochzeit gescherzt hatte. Die Mallisters waren Vasallen der Tullys, und seine Geschenke waren verschwenderisch gewesen. Inzwischen war sein braunes Haar von Weiß durchzogen, sein Gesicht im Laufe der Jahre wie gemeißelt, doch hatte die Zeit seinem Stolz nichts anhaben können. Er ritt wie ein Mann, der nichts fürchtete. Darum beneidete ihn Catelyn. Sie selbst fürchtete mittlerweile so vieles. Als die Reiter passierten, nickte Lord Jason kurz zum Gruße, doch war es nur die Höflichkeit eines hohen Herrn einer Fremden gegenüber. In seinen grimmigen Augen lag kein Erkennen, und sein Sohn verschwendete nicht einmal einen Blick an sie.

»Er hat Euch nicht erkannt«, sagte Ser Rodrik später staunend.

»Er hat ein paar schlammverdreckte Reisende am Straßenrand gesehen, nass und müde. Ihm käme nicht in den Sinn, dass einer davon die Tochter seines Lehnsherrn sein könnte. Ich denke, wir dürften im Gasthof sicher sein, Ser Rodrik.«

Es war fast dunkel, als sie ihn erreichten, am Kreuzweg nördlich des großen Zusammenflusses zum Trident. Masha Heddle war dicker und grauer, als Catelyn sie in Erinnerung hatte, kaute noch immer Bitterblatt, doch widmete sie ihnen nur einen höchst flüchtigen Blick, ohne auch nur die Andeutung ihres grässlich roten Lächelns. »Zwei Zimmer ganz oben am Ende der Treppe, mehr ist nicht mehr da«, sagte sie und kaute dabei. »Sie liegen unter dem Glockenturm, so dass Ihr die Mahlzeiten nicht versäumen könnt, doch gibt es einige, denen es dort zu laut ist. Kann es nicht ändern. Wir sind voll bis unters Dach, oder zumindest so gut wie. Ihr habt die Wahl: diese Zimmer oder die Straße.«

Sie wählten die Zimmer, staubige Mansarden am obersten Ende einer engen, schmalen Treppe. »Lasst Eure Stiefel hier unten«, erklärte ihnen Masha, nachdem sie ihr Geld bekommen hatte. »Der Junge wird sie putzen. Ich möchte nicht, dass ihr den Schlamm meine Treppe hinauftragt. Achtet auf die Glocke. Wer sich bei den Mahlzeiten verspätet, bekommt nichts zu essen.« Sie widmete ihnen weder ein Lächeln noch ein Wort von süßen Kuchen.

Als die Glocke zum Abendessen rief, war das Läuten ohrenbetäubend. Catelyn hatte sich trockene Kleider angezogen. Sie saß am Fenster und sah sich an, wie der Regen über die Scheibe lief. Das Glas war milchig und voller Blasen, und draußen sank die feuchte Dämmerung herab. Catelyn konnte die schlammige Kreuzung kaum erkennen, wo sich die beiden großen Straßen trafen.

Der Kreuzweg gab ihr zu denken. Wenn sie sich von hier aus gen Westen wandten, war es ein leichter Ritt nach Riverrun. Ihr Vater hatte stets einen weisen Rat für sie bereit, wenn sie ihn am dringendsten brauchte, und sie sehnte sich danach, mit ihm zu sprechen, ihn vor dem aufkommenden Sturm zu warnen. Wenn sich Winterfell für einen Krieg bereit machen musste, um wie vieles mehr galt das dann für Riverrun, welches King's Landing so viel näher lag und in dessen Westen die Macht von Casterly Rock wie ein Schatten aufragte. Wäre ihr Vater nur mehr bei Kräften gewesen, hätte sie es vielleicht gewagt, doch Hoster Tully hütete seit zwei Jahren das Bett, und Catelyn wollte ihn ungern belasten.

Die Straße nach Osten hin war wilder und gefährlicher, führte durch felsiges Vorgebirge und dichte Wälder in die Mondberge hinauf, über hochgelegene Pässe und tiefe Schluchten ins Grüne Tal von Arryn und zu den steinernen Fingern jenseits davon. Über dem Tal ragte hoch und uneinnehmbar die Eyrie auf, deren Türme nach dem Himmel griffen. Dort würde er ihre Schwester finden… und vielleicht einige der Antworten, nach denen Ned suchte. Sicher wusste Lysa mehr, als sie in ihrem Brief zu erwähnen gewagt hatte. Vielleicht hatte sie genau den Beweis, den Ned brauchte, um die Lannisters zu ruinieren, und falls es zum Krieg käme, würden sie die Arryns und die Lords des Ostens, die ihnen ihre Dienste schuldeten, brauchen.

Doch war die Bergstraße voller Gefahren. Schattenkatzen lauerten auf diesen Pässen, Erdrutsche waren alltäglich, und die Bergstämme waren gesetzlose Banditen, die von den Hochlagen herunterstiegen, um zu rauben und zu töten, und sich wie Schnee verflüchtigten, sobald sich die Ritter aus dem Tal auf die Suche nach ihnen machten. Selbst Jon Arryn, der größte Lord, den die Eyrie je gesehen hatte, war stets mit Truppenstärke gereist, wenn er die Berge überquerte. Catelyns ganzer Trupp war ein ältlicher Ritter, und dessen Rüstung war die Treue.

Nein, dachte sie, Riverrun und die Eyrie würden warten müssen. Ihr Weg führte gen Norden nach Winterfell, wo ihre Söhne und ihre Pflicht schon auf sie warteten. Sobald sie jenseits des Necks in Sicherheit waren, würde sie sich einem von Neds Vasallen erklären und Reiter mit dem Befehl vorausschicken, dass sie eine Wache auf der Kingsroad aufstellten.

Der Regen verhüllte die Felder jenseits des Kreuzwegs, doch sah Catelyn das Land in ihrer Erinnerung ganz klar. Der Marktplatz lag gleich auf der anderen Seite und das Dorf noch eine Meile weiter, ein halbes Hundert weißer Katen um eine kleine, steinerne Septe herum. Mittlerweile wären es mehr, denn der Sommer war lang und friedlich gewesen. Nördlich von hier führte die Kingsroad am Grünen Arm des Trident entlang, durch fruchtbare Täler und grüne Wälder, an blühenden Dörfern, stabilen Fluchtburgen und den Festungen der Flusslords vorüber.

Catelyn kannte sie alle: die Blackwoods und die Brackens, von jeher Feinde, deren Streitigkeiten ihr Vater stets beilegen musste; Lady Whent, die letzte ihres Geschlechts, die mit ihren Geistern in den Gewölben von Harrnhal lebte; der jähzornige Lord Frey, der sieben Frauen überlebt hatte und seine Zwillingsburgen mit Kindern, Enkeln und Großenkeln füllte, dazu Bastarde und Bastardenkel. Sie alle waren Vasallen der Tullys, deren Schwerter auf den Dienst für Riverrun eingeschworen waren. Catelyn fragte sich, ob das wohl genügte, falls es zum Krieg käme. Ihr Vater war der zuverlässigste Mensch, der je gelebt hatte, und sie hegte keinerlei Zweifel daran, dass er seine Vasallen rufen würde … doch würden seine Vasallen auch kommen?

Auch die Darrys und Rygers und Mootons hatten den Eid auf Riverrun abgelegt, und dennoch hatten sie am Trident an der Seite von Rhaegar Targaryen gekämpft, während Lord Frey mit seinem Aufgebot erst eintraf, als die Schlacht schon längst vorüber war, wobei er einigen Zweifel daran ließ, welcher Armee er sich hatte anschließen wollen (ihrer, so hatte er den Siegern im Nachhinein feierlich erklärt, doch seither hatte ihr Vater ihn stets den Späten Lord Frey genannt). Es *durfte* nicht zum Krieg kommen, dachte Catelyn leidenschaftlich. Sie durften es nicht zulassen.

Ser Rodrik erschien, als das Schmettern der Glocke nachließ. »Wir sollten uns besser sputen, wenn wir heute Abend speisen wollen, Mylady.«

»Es dürfte sicherer sein, wenn wir bis hinter dem Neck nicht Ritter und Lady sind«, erklärte sie ihm. »Gewöhnliche Reisende erregen weniger Aufmerksamkeit. Sagen wir: ein Vater mit seiner Tochter, die wegen einer Familienangelegenheit unterwegs sind.«

»Wie Ihr wünscht, Mylady«, stimmte Ser Rodrik ihr zu. Erst als sie lachte, merkte er, was er getan hatte. »Die alten Umgangsformen sterben nur schwerlich, meine … meine Tochter.« Er wollte an seinem fehlenden Backenbart zupfen und seufzte ärgerlich.

Catelyn nahm ihn beim Arm. »Kommt, Vater«, sagte sie. »Ihr werdet sehen: Masha Heddle versteht es, einen Tisch zu decken, wie ich finde, doch versucht, sie nicht allzu sehr zu loben. Ihr Lächeln werdet Ihr nicht ernstlich sehen wollen.«

Der Schankraum war lang und zugig, mit einer Reihe mächtiger Holzfässer an einem Ende und einem Kamin an der anderen. Ein Servierjunge lief mit Fleischspießen hin und her, während Masha Bier aus den Fässern zapfte und dabei ihr Bitterblatt kaute.

Die Bänke waren voll besetzt, Dörfler und Bauern mischten sich mit allerlei Reisenden. Der Kreuzweg schuf seltsame Bekanntschaften. Färber mit schwarzen und roten Händen teilten die Bank mit nach Fisch stinkenden Flussbewohnern, ein muskulöser Schmied quetschte sich neben einen verhutzelten, alten

Septon, zähe Söldner und weiche, feiste Kaufleute tauschten Neuigkeiten wie alte, lustige Kumpane.

Unter den Anwesenden fanden sich mehr Recken, als es Catelyn recht sein konnte. Drei am Feuer trugen das Abzeichen mit dem roten Hengst der Brackens, und es gab auch eine große Gruppe in blauen Kettenhemden mit Hauben von silbrigem Grau. Auf deren Schultern fand sich ein weiteres, vertrautes Wappen; die Zwillingstürme des Hauses Frey. Sie betrachtete ihre Gesichter, doch sie alle waren zu jung, um sie kennen zu können. Der älteste von ihnen konnte nicht älter als Bran gewesen sein, als sie in den Norden gegangen war.

Ser Rodrik suchte ihnen einen freien Platz auf der Bank nahe der Küche. Ihnen gegenüber spielte ein hübscher Jüngling auf seiner Holzharfe. »Sieben Grüße an Euch, liebe Leute«, sagte er, als sie sich setzten. Ein leerer Weinbecher stand vor ihm auf dem Tisch.

»Und auch Euch, Sänger«, erwiderte Catelyn. Ser Rodrik rief nach Brot und Fleisch und Bier in einem Ton, der *sofort* bedeutete. Der Sänger, ein Jüngling von wohl achtzehn Jahren, musterte sie unverhohlen und fragte, wohin sie reisten und woher sie kämen und was sie Neues zu berichten hätten, wobei er die Fragen schnell wie Pfeile fliegen ließ und nie auf eine Antwort wartete. »Wir haben King's Landing vor zwei Wochen verlassen«, gab Catelyn zurück und beantwortete die sicherste seiner Fragen.

»Dorthin bin ich unterwegs«, erklärte sich der Jüngling. Wie sie vermutet hatte, war er mehr daran interessiert, seine eigene Geschichte zu erzählen, als sich die ihre anzuhören. Sänger lieben nichts so sehr wie den Klang ihrer eigenen Stimmen. »Das Turnier der Hand bedeutet reiche Herren mit dicken Geldbeuteln. Beim letzten Mal blieb mir mehr Silber, als ich tragen konnte ... oder getragen hatte, wenn ich nicht alles verloren hätte, als ich auf den Sieg des Königsmörders gewettet habe.«

»Den Göttern missfällt der Spieler«, sagte Ser Rodrik streng. Er kam aus dem Norden und teilte die Ansichten der Starks, was Turniere betraf.

»Ganz sicher habe ich ihnen missfallen«, stimmte der Sänger

zu. »Eure grausamen Götter und der Ritter der Blumen haben mich gemeinsam in die Knie gezwungen.«

»Zweifellos war es Euch eine Lehre«, sagte Ser Rodrik.

»Das war es. Diesmal werde ich mein Geld auf Ser Loras setzen.«

Ser Rodrik versuchte, an einem Backenbart zu zupfen, der nicht da war, doch bevor er einen Rüffel formulieren konnte, eilte der Servierjunge heran. Er stellte Bretter mit Brot vor ihnen ab und legte Stücke von gebräuntem Fleisch vom Spieß ab, das vor heißer Soße troff. Auf einem weiteren Spieß steckten winzige Zwiebeln, Feuerschoten und dicke Pilze. Ser Rodrik machte sich tatkräftig ans Werk, während der Junge lief, um ihnen Eier zu holen.

»Mein Name ist Marillion«, sagte der Sänger und zupfte eine Saite seiner Holzharfe. »Sicher habt Ihr mich schon einmal irgendwo spielen gehört?«

Sein Auftreten ließ Catelyn lächeln. Nur wenige wandernde Sänger gelangten je so weit nördlich wie Winterfell, doch kannte sie seinesgleichen aus ihren Mädchenjahren in Riverrun. »Ich fürchte, nicht.«

Er schlug einen wehmütigen Akkord auf seiner Harfe an. »Dann ist Euch etwas entgangen«, sagte er. »Wer war der beste Sänger, den Ihr je gehört habt?«

»Alia von Braavos«, antwortete Ser Rodrik sofort.

»Oh, ich bin *viel* besser als der alte Stockfisch«, sagte Marillion. »Wenn Ihr das Silber für ein Lied habt, würde ich es Euch gern zeigen.«

»Vielleicht hätte ich das eine oder andere Kupferstück, nur würde ich es eher in einen Brunnen werfen, als für Euer Geheul bezahlen«, nörgelte Ser Rodrik. Seine Ansichten zu Sängern waren wohlbekannt. Musik war etwas Hübsches für Mädchen, nur konnte er nicht verstehen, warum ein gesunder Junge eine Harfe zur Hand nehmen sollte, wenn er ein Schwert halten konnte.

»Euer Großvater ist von sauertöpfischem Wesen«, sagte Marillion zu Catelyn. »Ich wollte Euch die Ehre erweisen. Ein Loblied auf Eure Schönheit. In Wahrheit bin ich dafür geschaffen, für Könige und hohe Herren zu singen.«

»Oh, das sieht man Euch an«, sagte Catelyn. »Lord Tully ist ein Freund von Liedern, wie ich höre. Zweifellos wart Ihr schon in Riverrun.«

»Hundert Mal«, sagte der Sänger unbekümmert. »Dort hält man mir ein Zimmer frei, und der junge Lord ist mir wie ein Bruder.«

Catelyn lächelte und fragte sich, was Edmure wohl dazu sagen würde. Ein anderer Sänger war einst mit einem Mädchen ins Bett gegangen, das ihrem Bruder gefiel. Seither hatte er die ganze Brut gehasst. »Und Winterfell?«, fragte sie ihn. »Seid Ihr je in den Norden gezogen?«

»Warum sollte ich?«, fragte Marillion. »Da oben gibt es nur Schneestürme und Bärenfelle, und die Starks kennen keine andere Musik als Wolfsgeheul.« Am Rande nahm sie wahr, dass am anderen Ende des Raumes eine Tür aufgeworfen wurde.

»Wirtin«, rief die Stimme eines Dieners hinter ihr, »wir haben Pferde, die einen Stall brauchen, und mein Lord von Lannister benötigt ein Zimmer und ein heißes Bad.«

»Oh, bei allen Göttern«, stöhnte Ser Rodrik, bevor Catelyn eine Hand ausstreckte, um ihn zum Schweigen zu bringen, und ihre Finger griffen fest nach seinem Unterarm.

Masha Heddle verneigte sich und lächelte ihr schreckliches, rotes Lächeln. »Es tut mir leid, M'lord, wahrlich, wir sind voll, alle Zimmer voll.«

Sie waren zu viert, wie Catelyn sah. Ein alter Mann im Schwarz der Nachtwache, zwei Diener... und er, klein und dreist wie das Leben. »Meine Männer werden im Stall schlafen, und was mich angeht, ich brauche kein *großes* Zimmer, wie Ihr unschwer erkennen könnt.« Er ließ ein höhnisches Grinsen aufblitzen. »Solange das Feuer warm ist und das Stroh einigermaßen frei von Flöhen, bin ich ein glücklicher Mensch.«

Masha Heddle war außer sich. »M'lord, wir haben nichts, es ist das Turnier, ich kann nichts tun, oh...«

Tyrion Lannister nahm eine Münze aus seinem Geldbeutel und schnippte sie in die Luft, fing sie, warf sie erneut. Selbst auf der anderen Seite des Raumes, wo Catelyn saß, war das Blinken von Gold nicht zu übersehen.

Ein fahrender Ritter mit verblasstem, blauem Mantel kam auf die Beine. »Seid willkommen in meiner Kammer, M'lord.«

»Das ist mal ein kluger Mann«, lobte Lannister, als er die Münze durch den ganzen Raum fliegen ließ. Der fahrende Ritter fing sie aus der Luft. »Und ein flinker dazu.« Der Zwerg wandte sich wieder Masha Heddle zu. »Seid Ihr wenigstens in der Lage, uns mit Speisen zu versorgen?«

»Alles, was Ihr wünscht, M'lord, alles, was Ihr wollt«, versprach die Wirtin. *Und möge er daran ersticken*, dachte Catelyn, doch war es Bran, den sie ersticken sah, ertrinkend in seinem eigenen Blut.

Lannister warf einen Blick auf die vordersten Tische. »Meine Männer bekommen, was immer Ihr diesen Leuten serviert. Doppelte Portionen, wir hatten einen langen, harten Ritt. Ich nehme gebratenes Geflügel... Huhn, Ente, Taube, das ist mir ganz egal. Und schickt einen Krug mit Eurem besten Wein. Yoren, wollt Ihr mit mir speisen?«

»Aye, M'lord, das will ich«, erwiderte der schwarze Bruder.

Der Zwerg hatte das andere Ende des Raumes noch keines Blickes gewürdigt, und Catelyn wollte es den überfüllten Bänken zwischen ihnen schon danken, als plötzlich Marillion aufsprang. *»Mylord von Lannister!«*, rief er aus. »Ich würde mich freuen, wenn ich Euch bei Eurer Mahlzeit unterhalten dürfte. Lasst mich Euch die Weisen vom großen Sieg Eures Vaters in King's Landing singen!«

»Nichts könnte mir mein Essen besser verderben«, entgegnete der Zwerg trocken. Seine ungleichen Augen betrachteten den Sänger kurz, wollten sich schon abwenden... und fanden Catelyn. Einen Moment lang sah er sie an, verdutzt. Sie wandte sich ab, doch zu spät. Der Zwerg lächelte. »Lady Stark, welch unerwartete Freude«, rief er. »Es tat mir schon leid, dass wir uns auf Winterfell nicht begegnet sind.«

Marillion gaffte sie offenen Mundes an, und Verblüffung wich Verdruss, als Catelyn langsam aufstand. Sie hörte Ser Rodrik fluchen. Wäre der Mann doch nur auf der Mauer geblieben, dachte sie, wäre er doch nur...

»Lady... Stark?«, fragte Masha Heddle mit belegter Stimme.

»Ich war noch Catelyn Tully, als ich zuletzt hier unterkam«, erklärte sie der Wirtin. Sie konnte das Gemurmel hören, spürte die Blicke auf sich ruhen. Catelyn sah sich im Raum um, sah die Gesichter der Ritter und der anderen Recken, und holte tief Luft, um das irrwitzige Hämmern ihres Herzens zu verlangsamen. Sollte sie das Risiko eingehen? Es blieb keine Zeit, es zu durchdenken, nur dieser Augenblick. »Ihr dort in der Ecke«, sagte sie zu einem älteren Mann, den sie bisher noch nicht bemerkt hatte. »Ist das die schwarze Fledermaus von Harrenhal, die ich dort auf Eurem Wappenrock sehe, Ser?«

Der Mann kam auf die Beine. »So ist es, Mylady.«

»Und ist Lady Whent eine wahre und treue Freundin meines Vaters, des Lord Hoster Tully von Riverrun?«

»Das ist sie«, erklärte der Mann beherzt.

Schweigend erhob sich Ser Rodrik und löste sein Schwert in dessen Scheide. Der Zwerg blinzelte sie an, mit leerer Miene und Erstaunen in seinen ungleichen Augen.

»Der rote Hengst war in Riverrun stets willkommen«, wandte sie sich langsam dem Trio am Kamin zu. »Mein Vater zählt Jonos Bracken mit zu seinen ältesten und treuesten Vasallen.«

Die drei Soldaten wechselten unsichere Blicke. »Er macht unserm Herrn mit seinem Vertrauen Ehre«, sagte einer von ihnen zögerlich.

»Ich beneide Euren Vater um diese feinen Freunde«, spöttelte Lannister, »doch kann ich den Sinn in alledem nicht sehen, Lady Stark.«

Sie ignorierte ihn, wandte sich der großen Gruppe in Blau und Grau zu. Sie waren der Kern der Gesellschaft und mehr als zwanzig Mann. »Auch Euer Wappen kenne ich gut: die Zwillingstürme von Frey. Wie ist das Befinden Eures guten Lords, edle Herren?«

Ihr Hauptmann stand auf. »Lord Walder geht es gut, Mylady. Er beabsichtigt, an seinem neunzigsten Namenstag eine neue Frau zu ehelichen, und hat Euren Hohen Vater gebeten, der Hochzeit die Ehre seines Besuches zu gewähren.«

Tyrion Lannister kicherte. Da wusste Catelyn, dass er ihr gehörte. »Dieser Mann kam als Gast in mein Haus und schmiedete dort ein Komplott, meinen Sohn zu ermorden, einen Jungen von sieben Jahren«, erklärte sie dem ganzen Raum und deutete auf ihn.

Ser Rodrik trat an ihre Seite, das Schwert in der Hand. »Im Namen König Roberts und der guten Lords, denen Ihr dient, fordere ich Euch auf, ihn zu ergreifen und mir zu helfen, dass er nach Winterfell gebracht wird, wo er auf das Recht des Königs warten soll.«

Sie wusste nicht, was für sie befriedigender war: das Klirren von einem Dutzend Schwerter, als diese gezogen wurden, oder der Ausdruck von Tyrion Lannisters Gesicht.

SANSA

Sansa machte sich mit Septa Mordane und Jeyne Poole zum Turnier der Hand auf, in einer Sänfte mit Vorhängen von gelber Seide, die so fein war, dass man durch sie hindurchsehen konnte. Die ganze Welt war wie in Gold verwandelt. Jenseits der Stadtmauern waren einhundert Zelte am Ufer des Flusses errichtet worden, und das einfache Volk kam zu Tausenden, um sich die Spiele anzusehen. Der ganze Prunk raubte Sansa förmlich den Atem, die schimmernden Rüstungen, die mächtigen Schlachtrosse, herausgeputzt in Gold und Silber, der Jubel der Menge, die flatternden Banner im Wind … und die Ritter selbst, vor allem anderen die Ritter.

»Es ist besser als in den Liedern«, flüsterte sie, als sie die Plätze fanden, die ihr Vater ihr versprochen hatte, zwischen den hohen Herren und Damen. Sansa war an diesem Tag ganz wunderschön gekleidet, mit einem grünen Kleid, welches das Kastanienbraun ihres Haars hervorhob, und sie spürte, wie man sie ansah und lächelte.

Sie sahen die Helden aus Hunderten von Liedern herbeireiten, jeder noch glorreicher als der Vorangegangene. Die sieben Ritter der Königsgarde kamen auf den Platz, bis auf Jaime Lannister allesamt in Rüstungen von milchiger Farbe, die Umhänge weiß wie frisch gefallener Schnee. Auch Ser Jaime trug den weißen Umhang, doch darunter war er von Kopf bis Fuß aus glänzendem Gold, mit einem Löwenkopf als Helm und einem goldenen Schwert. Ser Gregor Clegane, der Reitende Berg, donnerte wie eine Lawine an ihnen vorüber. Sansa erinnerte sich an Lord Yohn Royce, der vor zwei Jahren zu Gast auf Winterfell gewesen war. »Seine Rüstung ist aus Bronze, Tausende und Abertausende von Jahren alt, mit eingravierten Zauberrunen, die ihn schützen«, flüsterte sie Jeyne zu. Septa Mordane deutete auf Lord Jason Mallister, Indigo mit Silber durchwirkt, die Schwingen eines Adlers auf dem Helm. Drei von Rhaegars Vasallen hatte er am Trident niedergemacht. Die Mädchen kicherten über den Kriegerpriester Thoros von Myr, mit seinen flatternden, roten Roben und dem rasierten Schädel, bis die Septa ihnen erzählte, dass er einst die Mauern von Pyke mit flammendem Schwert in der Hand erklommen hatte.

Andere Reiter kannte Sansa nicht. Unbedeutende Ritter von den Vier Fingern, aus Highgarden und den Bergen von Dorne, unbesungene Reiter und frisch ernannte Knappen, die jüngeren Söhne von hohen Herren und die Erben geringerer Familien. Junge Männer, die meisten hatten bisher noch nichts Größeres vollbracht, doch Sansa und Jeyne waren sich darin einig, dass sie eines Tages in aller Munde sein würden, überall in den Sieben Königslanden. Der Erbe des Bronzenen Yohn, Ser Andar Royce, und sein jüngerer Bruder Ser Robar, deren versilberte Rüstungen in Bronze mit denselben alten Runen filigran verziert waren, die ihren Vater schützten. Die Zwillinge Ser Horas und Ser Hobber, auf deren Schilden das Traubensiegel der Redwynes zu sehen war, Burgunderrot auf Blau. Patrek Mallister, Lord Jasons Sohn. Sechs Freys vom Kreuzweg: Ser Jared, Ser Hosteen, Ser Danwell, Ser Emmon, Ser Theo, Ser Perwyn, Söhne und Enkel von Lord Walder Frey, und außerdem sein Bastardsohn Martyn Rivers.

Jeyne Poole gestand, dass Jalabhar Xho ihr Angst machte, ein verbannter Prinz von den Summer Isles, der seinen grünen Umhang und rote Federn auf einer Haut trug, die dunkel wie die Nacht war, doch als sie den jungen Lord Beric Dondarrion erblickte, mit seinem Haar wie rotes Gold und seinem schwarzen Schild, von einem Blitz durchzogen, erklärte sie sich auf der Stelle bereit, diesen zu heiraten.

Auch der Bluthund ritt auf den Kampfplatz, ebenso wie der Bruder des Königs, der gut aussehende Lord Renly von Storm's End. Jory, Alyn und Harwin ritten für Winterfell und den Norden. »Zwischen den anderen sieht Jory wie ein Bettler aus«, sagte Septa Mordane naserümpfend, als er erschien. Sansa konnte ihr nur zustimmen. Jorys Rüstung war blaugrau, ohne Sinnbild oder Verzierung, und ein dünner, grauer Umhang hing wie ein schmutziger Lumpen von seinen Schultern. Doch machte er seine Sache gut, hob Horas Redwyne beim ersten Durchgang aus dem Sattel, und einen der Freys beim zweiten. Im dritten Kampf ritt er drei Attacken gegen einen freien Ritter namens Lothor Brune, dessen Rüstung so trist wie die seine war. Keiner der beiden Männer verlor den Halt, doch Brunes Lanze blieb ruhiger, und seine Stöße waren besser platziert, und daher sprach der König ihm den Sieg zu. Alyn und Harwin erging es weniger gut. Harwin wurde bei seinem ersten Durchgang gegen Ser Meryn von der Königsgarde aus dem Sattel gehoben, während Alyn Ser Balon Swann zum Opfer fiel.

Die Kämpfe dauerten den ganzen Tag bis in die Dämmerung, und die Hufe der großen Streitrösser stampften die Bahnen entlang, bis der Platz eine zerklüftete Ödnis von aufgerissener Erde war. Ein Dutzend Mal hatten Jeyne und Sansa gemeinsam aufgeschrien, als Reiter zusammenprallten, die Lanzen splitterten, während das gemeine Volk seinen Favoriten bejubelte. Jeyne hielt sich stets die Augen zu, wenn ein Mann stürzte, wie ein ängstliches, kleines Mädchen, doch Sansa war aus anderem Holz geschnitzt. Eine große Dame wusste, wie man sich bei Turnieren verhielt. Selbst Septa Mordane bemerkte ihre Haltung und nickte zufrieden.

Der Königsmörder ritt hervorragend. Er besiegte Ser Andar Royce und den Marschländer Lord Bryce Caron derart mühelos, als wäre er beim Ringreiten, und dann entschied er einen schweren Kampf gegen den weißhaarigen Barristan Selmy für sich, der seine ersten beiden Durchgänge gegen Männer gewonnen hatte, die dreißig und vierzig Jahre jünger waren als er.

Auch Sandor Clegane und sein Riese von einem Bruder, Ser Gregor der Berg, schienen unaufhaltsam und ritten einen Gegner nach dem anderen auf grimmige Weise nieder. Der grausigste Anblick des Tages ergab sich während Ser Gregors zweitem Kampf, als dessen Lanze abrutschte und einen jungen Ritter aus dem Grünen Tal mit solcher Wucht unter der Halsbeuge traf, dass sie seinen Hals durchbohrte und ihn auf der Stelle tötete. Der Jüngling stürzte keine zehn Fuß von dort, wo Sansa saß. Die Spitze von Ser Gregors Lanze war in seinem Hals gebrochen, und langsam pulste das Blut aus ihm hervor, schwächer und immer schwächer. Seine Rüstung war poliert und neu, und wie Feuer blitzte es an seinem ausgestreckten Arm auf, als die Sonne sich im Stahl brach. Dann verschwand die Sonne hinter einer Wolke, und das Feuer war erloschen. Sein Umhang war blau, von der Farbe des Himmels an einem klaren Sommertag, besetzt mit einer Borte von Halbmonden, doch als sein Blut einsickerte, verdunkelte sich der Stoff, und die Monde wurden rot, einer nach dem anderen.

Jeyne Poole weinte derart hysterisch, dass Septa Mordane sie schließlich fortbrachte, damit sie ihre Fassung wiederfand, doch Sansa saß mit gefalteten Händen auf ihrem Schoß da und sah wie gebannt zu. Nie zuvor hatte sie gesehen, wie ein Mensch starb. Auch sie hätte weinen sollen, so dachte sie, doch wollten die Tränen nicht kommen. Vielleicht hatte sie alle Tränen für Lady und Bran verbraucht. Es wäre anders gewesen, wenn es sich um Jory oder Ser Rodrik oder Vater gehandelt hätte, sagte sie sich. Der junge Ritter mit dem blauen Umhang bedeutete ihr nichts, irgendein Fremder aus dem Tal von Arryn, dessen Name ihr entfallen war, sobald sie ihn gehört hatte. Und nun würde auch die Welt seinen Namen vergessen, so viel war Sansa klar, man würde keine Lieder von ihm singen. Das war traurig.

Nachdem man die Leiche fortgeschafft hatte, rannte ein Junge mit einem Spaten über den Platz und schaufelte Erde auf die Stelle, wo er gestürzt war, um das Blut zu verdecken. Dann wurde das Turnier wieder aufgenommen.

Auch Ser Balon Swann unterlag Gregor, und Lord Renly unterlag dem Bluthund. Renly wurde derart heftig aus dem Sattel gerissen, dass er rückwärts von seinem Streitross zu fliegen schien, mit beiden Händen in der Luft. Sein Kopf schlug mit hörbarem Knacken auf, das die Menge aufstöhnen ließ, doch brach nur das goldene Geweih an seinem Helm. Eine Sprosse war gebrochen. Als Lord Renly wieder auf die Beine kam, jubelte das Volk ihm zu, denn König Roberts ansehnlicher, junger Bruder war einer der Favoriten. Er reichte seinem Bezwinger die gebrochene Sprosse mit anmutiger Verbeugung. Der Bluthund schnaubte und warf das Geweihstück in die Menge, wo sich das gemeine Volk um das kleine Stückchen Gold stritt und schlug, bis Lord Renly dazwischentrat und den Frieden wiederherstellte. Mittlerweile war Septa Mordane allein zurückgekehrt. Jeyne fühlte sich nicht wohl, wie sie erklärte. Sie hatte sie in die Burg zurückgebracht. Sansa hatte Jeyne schon fast vergessen.

Später fiel ein unbekannter Ritter mit kariertem Umhang in Ungnade, als er Beric Dondarrions Pferd tötete, woraufhin er aus dem Turnier genommen wurde. Lord Beric hob seinen Sattel auf ein neues Pferd, nur um sofort von Thoros von Myr herabgestoßen zu werden. Ser Aron Santagar und Lothor Brune ritten dreimal ergebnislos gegeneinander. Danach fiel Ser Aron durch Lord Jason Mallister, und Brune fiel durch Yohn Royce' jüngeren Sohn Robar.

Am Ende blieben noch vier: der Bluthund und sein monströser Bruder Gregor, Jaime Lannister der Königsmörder, und Ser Loras Tyrell, der Jüngling, den man den Ritter der Blumen nannte.

Ser Loras war der jüngste Sohn von Mace Tyrell, dem Lord von Highgarden und Wächter des Südens. Mit sechzehn war er der jüngste Reiter auf dem Platz, doch hatte er am Morgen bei seinen ersten Kämpfen drei Ritter der Königsgarde aus dem Sattel gehoben. Nie zuvor hatte Sansa einen so schönen Mann gesehen. Seine Rüstung war kunstvoll verziert und als Strauß von tausend verschiedenen Blumen bemalt, und sein schneeweißer Hengst war mit einer Decke aus roten und weißen Rosen behängt. Nach jedem Sieg nahm Ser Loras seinen Helm ab, ritt langsam am Zaun entlang, zupfte eine einzelne weiße Rose aus der Decke und warf sie einer schönen Maid in der Menge zu.

Sein letzter Kampf des Tages ging gegen den jüngeren Royce. Die Runen von Ser Robars Vorvätern boten nur wenig Schutz, als Ser Loras seinen Schild spaltete und ihn aus dem Sattel trieb, dass er mit schrecklichem Krachen zu Boden stürzte. Stöhnend lag Robar da, als der Sieger seine Runde um den Platz drehte. Schließlich rief man nach einer Trage und trug ihn, benommen und reglos, in sein Zelt. Nichts von alledem sah Sansa. Sie hatte nur Augen für Ser Loras. Als das weiße Pferd vor ihr stehen blieb, glaubte sie, das Herz solle ihr übergehen.

Den anderen Jungfern hatte er weiße Rosen gegeben, doch für sie pflückte er eine rote. »Holde Jungfer«, sagte er, »kein Sieg ist auch nur halb so schön wie Ihr.« Schüchtern nahm Sansa die Blume entgegen, sprachlos ob seiner Galanterie. Sein Haar war eine Pracht fließender, brauner Locken, die Augen waren flüssiges Gold. Sie atmete den süßen Duft der Rose ein, saß da und drückte sie noch an sich, nachdem Ser Loras schon lange fortgeritten war.

Als Sansa endlich aufblickte, beugte sich ein Mann über sie und starrte sie an. Er war klein, mit spitzem Bart und einer Silbersträhne im Haar, fast so alt wie ihr Vater. »Ihr müsst eine ihrer Töchter sein«, sagte er zu ihr. Er hatte graugrüne Augen, die nicht lächelten, wenn sein Mund es tat. »Ihr seht aus wie eine Tully.«

»Ich bin Sansa Stark«, erwiderte sie beklommen. Der Mann trug einen schweren Umhang mit pelzbesetztem Kragen, befestigt mit einer silbernen Nachtigall, er hatte die unangestrengte Art und Weise eines hohen Herrn an sich, und doch kannte sie ihn nicht. »Ich hatte noch nicht die Ehre, Mylord.«

Eilig mischte sich Septa Mordane ein. »Liebes Kind, das ist Lord Petyr Baelish aus dem Kleinen Rat des Königs.«

»Eure Mutter war einst *meine* Schönheitskönigin«, gestand der Mann leise. Sein Atem roch nach Minze. »Ihr habt ihr Haar.« Seine Finger berührten ihre Wange, als er über eine kastanienbraune Locke strich. Jäh wandte er sich ab und ging davon.

Inzwischen stand der Mond hoch am Himmel, und die Menge war müde, so dass der König erklärte, die drei letzten Kämpfe sollten am Morgen ausgetragen werden, vor dem Buhurt, einem ritterlichen Spiel, bei dem die Edlen sich in Gruppen miteinander maßen, einem regelrechten Handgemenge. Während das gemeine Volk nach Hause ging, von den Kämpfen des Tages sprach und dem Rest des Turniers, das am Morgen stattfinden sollte, zog sich der Hof ans Ufer zurück und begann das Festmahl. Drei mächtige Auerochsen wurden seit Stunden gegrillt und drehten sich langsam auf Holzspießen, während Küchenjungen sie mit Butter und Kräutern begossen, bis das Fleisch knisterte und spritzte. Vor den Zelten standen Bänke und Tische mit Bergen von Erdbeeren und frisch gebackenem Brot.

Sansa und Septa Mordane bekamen Plätze von hohen Ehren, zur Linken des erhöhten Podiums, auf dem der König neben seiner Königin saß. Als Prinz Joffrey sich zu ihrer Rechten setzte, spürte Sansa, wie sich ihr die Kehle zuschnürte. Kein Wort hatte er zu ihr gesagt, seit diese schreckliche Sache geschehen war, und sie hatte nicht gewagt, ihn anzusprechen. Anfangs glaubte sie, ihn für das, was sie Lady angetan hatten, zu hassen, doch nachdem die Tränen getrocknet waren, dachte sie bei sich, es sei nicht Joffreys Werk gewesen, nicht wirklich. Die Königin hatte es getan, sie war die Hassenswerte, sie und Arya. Wäre Arya nicht gewesen, wäre auch nichts Schlimmes geschehen.

Sie konnte Joffrey heute Abend nicht hassen. Dafür war er zu hübsch. Er trug ein dunkelblaues Wams, besetzt mit einer Doppelreihe von goldenen Löwenköpfen, und um seine Stirn eine schmale, kleine Krone aus Gold, mit Saphiren besetzt. Sein Haar war so hell wie das Metall. Sansa sah ihn an und zitterte, fürchtete, er könne sie missachten, wieder so abscheulich werden, dass sie weinend vom Tisch liefe.

Statt dessen lächelte Joffrey und küsste ihre Hand, edel und galant wie die Prinzen in den Liedern. »Ser Loras hat ein scharfes Auge für Schönheit, holde Jungfer.«

»Er war allzu freundlich«, wandte sie ein, um bescheiden zu bleiben und die Ruhe zu bewahren, obwohl ihr Herz vor Freude sang. »Ser Loras ist ein wahrer Ritter. Glaubt Ihr, dass er morgen gewinnen wird, Mylord?«

»Nein«, sagte Joffrey. »Mein Hund wird ihn erledigen, oder vielleicht mein Onkel Jaime. Und in ein paar Jahren, wenn ich alt genug bin, auf dem Platz zu stehen, werde ich sie allesamt erledigen.« Er hob eine Hand, um einen Diener mit einer Flasche gekühltem Sommerwein zu rufen, und schenkte ihr einen Becher voll. Ängstlich blickte sie zu Septa Mordane hinüber, bis Joffrey sich vorbeugte und auch den Becher der Septa füllte, so dass sie nickte, ihm anmutig dankte und kein Wort mehr sagte.

Die Diener sorgten dafür, dass die Becher den ganzen Abend über voll waren, doch konnte sich Sansa später nicht erinnern, den Wein auch nur gekostet zu haben. Sie brauchte keinen Wein. Sie war trunken von den Bildern dieser Nacht, benommen vom Zauber, mitgerissen von Schönheit, die sie sich stets erträumt, doch nie gehofft hatte, je zu erleben. Sänger saßen vor dem Zelt des Königs, erfüllten die Dämmerung mit Musik. Ein Jongleur sorgte für eine Kaskade brennender Keulen, die durch die Luft wirbelten. Der Narr des Königs, ein pfannkuchengesichtiger Einfaltspinsel namens Moon Boy, tanzte im Narrenkleid auf Stelzen und verhöhnte jedermann mit derart gewandter Grausamkeit, dass Sansa sich schon fragte, ob er tatsächlich einfältig war. Selbst Septa Mordane konnte sich seiner nicht erwehren, und als er sein kleines Lied über den Hohen Septon sang, musste sie so sehr lachen, dass sie Wein über sich vergoss.

Und Joffrey war die Höflichkeit in Person. Den ganzen Abend über unterhielt er sich mit Sansa, überhäufte sie mit Komplimenten, brachte sie zum Lachen, verriet ihr manches vom Klatsch und Tratsch bei Hofe, erklärte Moon Boys Scherze. Sansa war davon so bezaubert, dass sie allen Anstand vergaß und Septa Mordane, die zu ihrer Linken saß, gar nicht beachtete.

Währenddessen kamen und gingen die Gänge. Eine dicke Suppe aus Gerste und Wildbret. Salate aus süßem Gras und Spinat und Pflaumen, mit geraspelten Nüssen bestreut. Schnecken in Honig und Knoblauch. Sansa hatte noch nie vorher Schnecken gegessen. Joffrey zeigte ihr, wie man die Schnecke aus ihrem Haus bekam, und fütterte sie höchstpersönlich mit dem ersten süßen Bissen. Dann gab es Forelle, frisch aus dem Fluss, in Tonerde gebacken. Der Prinz half ihr, die harte Hülle aufzubrechen, um an das flockige, weiße Fleisch darunter zu kommen. Und als der Fleischgang gebracht wurde, bediente er sie selbst, schnitt eine königliche Portion vom Braten und lächelte, als er diese auf ihren Teller legte. An seinen Bewegungen konnte sie sehen, dass sein rechter Arm ihm noch immer Schwierigkeiten bereitete, doch beklagte er sich nicht.

Später gab es Bries und Taubenpastete und Bratäpfel mit Zimt und Zitronenkuchen mit Zuckerguss, doch da war Sansa mittlerweile so satt, dass sie nicht mehr als zwei kleine Zitronenkuchen schaffte, sosehr sie diese auch liebte. Schon überlegte sie, ob sie es noch mit einem dritten versuchen sollte, als der König zu schreien begann.

Mit jedem Gang war König Robert lauter geworden. Von Zeit zu Zeit hatte Sansa gehört, wie er lachte oder einen Befehl über die Musik und das Klappern von Tellern und Besteck hinweg brüllte, doch waren sie zu weit von ihm entfernt, als dass sie seine Worte hätte verstehen können.

Nun konnte jedermann ihn hören. »*Nein*«, donnerte er mit einer Stimme, die alle anderen Gespräche erstickte. Erschrocken sah Sansa, dass der König auf den Beinen war, rot im Gesicht und wankend. Er hielt einen Weinkelch in der Hand und war so betrunken, wie man es nur sein konnte. »Du sagst mir nicht, was ich zu tun habe, Frau«, schrie er Königin Cersei an. »Ich bin hier der König, hast du mich verstanden? Hier herrsche ich, und wenn ich sage, dass ich morgen kämpfe, *dann kämpfe ich morgen!*«

Alle starrten zu ihm hinauf. Sansa sah Ser Barristan und Renly, den Bruder des Königs, und den kleinen Mann, der so seltsam zu ihr gesprochen und ihr Haar berührt hatte, doch niemand rührte sich, um einzugreifen. Das Gesicht der Königin war eine Maske, so blutleer, dass sie eine Skulptur aus Schnee hätte sein können. Sie erhob sich vom Tisch, sammelte ihre Röcke um sich und stürmte wortlos davon, mit ihrer Dienerschaft im Schlepptau.

Jaime Lannister legte dem König eine Hand auf die Schulter, doch der König stieß ihn harsch von sich. Lannister stolperte und fiel. Der König brach in schallendes Gelächter aus. »Der große Ritter. Ich kann Euch noch immer in den Dreck stoßen. Vergesst das nicht, Königsmörder.« Er schlug sich mit dem juwelenbesetzten Kelch an die Brust und verspritzte den Wein auf seinem seidenen Gewand. »Gebt mir meinen Hammer, und kein Mann im ganzen Reich kann gegen mich bestehen!«

Jaime Lannister stand auf und bürstete den Schmutz von seinen Kleidern. »Ganz wie Ihr meint, Majestät.« Seine Stimme klang gepresst.

Lord Renly trat lächelnd vor. »Du hast deinen Wein verschüttet, Robert. Lass mich dir einen neuen Kelch bringen.«

Sansa zuckte zusammen, als Joffrey seine Hand auf ihren Arm legte. »Es wird spät«, sagte der Prinz. Er hatte einen sonderbaren Ausdruck im Gesicht, als sähe er sie gar nicht. »Braucht Ihr Begleitung zurück zur Burg?«

»Nein«, setzte Sansa an. Sie sah nach Septa Mordane und fand sie zu ihrem Erstaunen mit dem Kopf auf der Tischplatte, leise und damenhaft schnarchend. »Ich wollte sagen ... ja, vielen Dank, das wäre sehr freundlich. Ich *bin* müde, und der Weg ist so dunkel. Für etwas Schutz wäre ich dankbar.«

Joffrey rief: *»Hund!«*

Sandor Clegane schien geradewegs aus dem Dunkel der Nacht zu erstehen, so schnell war er da. Er hatte seine Rüstung gegen ein rotes Wollgewand mit ledernem Hundekopf vorn auf der Brust getauscht. Das Licht der Fackeln ließ sein verbranntes Gesicht in trübem Rot aufleuchten. »Ja, Majestät?«, sagte er.

»Bringt meine Verlobte auf die Burg zurück und sorgt dafür, dass ihr kein Leid getan wird«, erklärte der Prinz ihm barsch. Und ohne jedes Abschiedswort schritt Joffrey davon und ließ sie stehen.

Sansa *fühlte*, dass der Bluthund sie beobachtete. »Dachtet Ihr, Joff würde Euch persönlich geleiten?« Er lachte. Es klang, als knurrten Hunde im Zwinger. »Die Chancen stehen schlecht.« Er zog sie widerstandslos auf die Beine. »Kommt, Ihr seid nicht die Einzige, die Schlaf braucht. Ich habe zu viel getrunken, und morgen werde ich wohl meinen Bruder töten müssen.« Wieder lachte er.

Von plötzlicher Angst ergriffen, stieß Sansa Septa Mordane an die Schulter, in der Hoffnung, sie damit zu wecken, doch die schnarchte nur noch lauter. König Robert war davongewankt, und plötzlich stand die Hälfte aller Bänke leer. Das Festmahl war beendet, und mit ihm hatte auch der schöne Traum sein Ende gefunden.

Der Bluthund nahm sich eine Fackel, um ihnen damit den Weg zu leuchten. Sansa folgte ihm auf dem Fuße. Der Boden war felsig und uneben. Im flackernden Licht schien er sich unter ihren Füßen zu bewegen und zu verschieben. Sie hielt ihren Blick gesenkt, achtete darauf, wohin sie trat. Sie gingen zwischen den Zelten, jedes davon mit seinem eigenen Banner, die Rüstung davor aufgehängt, und die Stille wog mit jedem Schritt nur schwerer. Sansa konnte seinen Anblick nicht ertragen, so sehr machte er ihr Angst, doch war sie in aller Form zur Höflichkeit erzogen. Eine wahre Lady würde sein Gesicht nicht bemerken, so sagte sie sich selbst. »Ihr seid heute stattlich geritten, Ser Sandor«, brachte sie hervor.

Sandor Clegane knurrte sie an: »Erspare mir deine leeren Komplimente, Mädchen ... und dein *Ser*. Ich bin kein Ritter. Ich spucke auf die und deren Schwüre. Mein Bruder ist ein Ritter. Hast du den heute reiten gesehen?«

»Ja«, flüsterte Sansa zitternd. »Er war ...«

»Stattlich?«, beendete der Bluthund ihren Satz.

Er spottete, das merkte sie. »Niemand war ihm gewachsen«, brachte sie endlich hervor, stolz auf sich. Es war nicht gelogen.

Urplötzlich machte Sandor Clegane mitten auf einem dunklen und leeren Feld Halt. Sie konnte nur neben ihm stehen bleiben. »Irgendeine Septa hat dich gut abgerichtet. Du bist wie einer von diesen Vögeln von den Summer Isles, was? Ein hübscher, kleiner, sprechender Vogel, der all die hübschen, kleinen Worte wiederholt, die man ihm beigebracht hat.«

»Das ist nicht nett.« Sansa spürte, wie das Herz in ihrer Brust zu flattern begann. »Ihr macht mir Angst. Ich möchte gehen.«

»Niemand war ihm gewachsen«, schnarrte der Bluthund. »Das ist wohl wahr. Niemand war Gregor je gewachsen. Dieser Junge heute, sein zweiter Gegner, oh, das war eine hübsche Angelegenheit. Das hast du doch gesehen, nicht? Der dumme Junge hatte hier nichts zu suchen. Kein Geld, kein Knappe, keiner, der ihm in die Rüstung half. Diese Halsberge war nicht ordent-

lich befestigt. Meinst du, Gregor hätte das nicht bemerkt? Du meinst, Ser Gregors Lanze sei versehentlich hochgerutscht, nicht? Hübsches, kleines, sprechendes Mädchen, wenn du das glaubst, dann bist du wahrlich hirnlos wie ein Vogel. Gregors Lanze trifft dort, wo Gregor treffen will. Sieh mich an. *Sieh mich an!*« Sandor Clegane setzte seine riesige Hand unter ihr Kinn und zwang ihr Gesicht nach oben. Er kauerte vor ihr und brachte die Fackel näher heran. »Hier ist was Hübsches für dich. Sieh es dir gut und lange an. Du weißt, dass du es möchtest. Ich habe gesehen, wie du dich auf dem ganzen Weg die Kingsroad hinunter abgewandt hast. Sieh es dir nur an.«

Seine Finger hielten ihr Kinn so fest wie eine Eisenfalle. Seine Augen beobachteten die ihren. Trunkene Augen, düster vor Zorn. Sie musste hinsehen.

Die rechte Seite seines Gesichts war ausgemergelt, mit scharfen Wangenknochen und einem grauen Auge unter schwerer Braue. Seine Nase war groß und krumm, sein Haar dünn und dunkel. Er trug es lang und kämmte es seitwärts, denn auf der *anderen* Seite dieses Gesichts wuchs kein Haar.

Die linke Gesichtshälfte war eine Ruine. Sein Ohr war weggebrannt, dort war nur mehr ein Loch. Sein Auge war noch gut, doch drumherum fand sich nur ein entstellender Wust von Narben, glattem, schwarzem Fleisch, so hart wie Leder, von Kratern übersät und durchzogen von tiefen Rissen, die rot und feucht glänzten, wenn er sich bewegte. Unten an seinem Kinn sah man eine Andeutung von Knochen, wo das Fleisch versengt war.

Sansa fing zu weinen an. Da ließ er sie los und drückte die Fackel im Dreck aus. »Keine hübschen Worte dafür, Mädchen? Keine kleinen Komplimente, die dich die Septa gelehrt hat?« Als keine Antwort kam, fuhr er fort. »Die meisten glauben, es wäre eine Schlacht gewesen. Eine Belagerung, ein brennender Turm, ein Feind mit einer Fackel. Ein Narr fragte, ob ein Drache Feuer gespien hätte.« Diesmal klang sein Lachen weicher, doch nicht minder bitter. »Ich will dir sagen, was es war, Mädchen«, sagte er, eine Stimme aus der Nacht, ein Schatten, der so nah herankam, dass sie den säuerlichen Gestank von Wein in seinem Atem riechen konnte. »Ich war jünger als du, sechs, vielleicht sieben. Ein Holzschnitzer richtete seine Werkstatt unter der Burg meines Vaters ein, und um ihn wohlwollend zu stimmen, schickte er uns Gaben. Der alte Mann baute wundervolles Spielzeug. Ich weiß nicht mehr, was ich bekam, doch wollte ich Gregors Geschenk. Ein hölzerner Ritter, bemalt, und alle Gelenke einzeln aufgehängt und mit Bändern befestigt, damit man ihn kämpfen lassen konnte. Gregor ist fünf Jahre älter als ich, das Geschenk bedeutete ihm nichts, er war bereits ein Knappe, fast sechs Fuß groß, mit Muskeln wie ein Ochse. Also nahm ich seinen Ritter, doch hatte ich keine Freude daran, das kann ich dir sagen. Ich fürchtete mich dauernd, und schließlich fand er mich. Es war eine Kohlenpfanne im Raum. Gregor sagte kein Wort, klemmte mich nur unter seinen Arm und drückte mein Gesicht in die brennenden Kohlen und hielt mich dort fest, während ich schrie und schrie. Du hast gesehen, wie stark er ist. Damals schon mussten drei ausgewachsene Männer mich von ihm befreien. Die Septonen predigen von den sieben Höllen. Was wissen die schon? Nur jemand, der verbrannt wurde, weiß, wie die Hölle wirklich ist.

Mein Vater erzählte jedermann, mein Lager habe Feuer gefangen, und unser Maester gab mir Salben. *Salben!* Auch Gregor bekam seine Salben. Vier Jahre später hat man ihn mit den sieben Ölen gesalbt, und er hat seinen ritterlichen Eid abgelegt, und Rhaegar Targaryen hat ihm das Schwert auf die Schulter gelegt und gesagt: ›Erhebt Euch, Ser Gregor.‹«

Die schnarrende Stimme erstarb. Schweigend kauerte er vor ihr, ein ungeschlachter, schwarzer Schatten, von der Nacht umhüllt, vor ihrem Blick verborgen. Sansa konnte seinen rauen Atem hören. Sie empfand Trauer für ihn, das merkte sie. Irgendwie war die Angst verflogen.

Das Schweigen dauerte an, so lange, dass sie sich schon wieder fürchtete, doch fürchtete sie um ihn, nicht um sich selbst. »Er war kein wahrer Ritter«, flüsterte sie ihm zu.

Der Bluthund warf seinen Kopf in den Nacken und brüllte. Sansa taumelte zurück, fort von ihm, doch nahm er sie beim Arm. »Nein«, knurrte er sie an, »nein, kleiner Vogel, er war kein wahrer Ritter.«

Den Rest des Weges in die Stadt sagte Sandor Clegane kein Wort mehr. Er führte sie dorthin, wo die Wagen warteten, sagte einem Kutscher, er solle sie zum Red Keep bringen, und stieg nach ihr ein. Schweigend fuhren sie durchs Königstor und die fackelbeschienenen Straßen hinauf. Er öffnete die Seitentür und führte sie in die Burg, wobei sein verbranntes Gesicht zuckte und die Augen brüteten, und er blieb einen Schritt hinter ihr, als sie die Stufen zum Turm erklommen. Er brachte sie sicher den ganzen Weg zum Korridor vor ihrem Schlafgemach hinauf.

»Ich danke Euch, Mylord«, sagte Sansa demütig.

Der Bluthund packte sie beim Arm und beugte sich über sie. »Was ich dir heute Abend erzählt habe«, sagte er, und seine Stimme klang noch rauer als gewöhnlich. »Falls du es je Joffrey erzählst … deiner Schwester, deinem Vater … irgendwem …«

»Das tue ich nicht», flüsterte Sansa. »Ich verspreche es.«

Es genügte nicht. »Falls du es *irgendjemandem* erzählst«, endete er, »werde ich dich töten.«

EDDARD

»Ich habe selbst die letzte Wache bei ihm gehalten«, sagte Ser Barristan Selmy, als sie die Leiche auf dem Karren betrachteten. »Er hatte sonst niemanden. Eine Mutter im Grünen Tal, wie man mir sagte.«

Im fahlen Licht des Morgengrauens sah der junge Ritter aus, als schliefe er. Er war nicht hübsch gewesen, doch der Tod hatte seine grob gehauenen Züge geglättet, und die Schweigenden Schwestern hatten ihm sein bestes, samtenes Gewand angelegt, mit hohem Kragen, um die Wunde zu bedecken, die die Lanze an seinem Hals hinterlassen hatte. Eddard Stark sah in sein Gesicht und fragte sich, ob der Junge seinetwegen gestorben war. Von einem Vasallen der Lannisters erschlagen, bevor Ned mit ihm hatte sprechen können. Konnte das bloßer Zufall sein? Er nahm an, dass er es nie erfahren würde.

»Hugh war vier Jahre lang Jon Arryns Knappe«, fuhr Selmy fort. »Der König hat ihn zum Ritter geschlagen, bevor er gen Norden ritt, zum Gedenken an Jon. Der Junge wollte es unbedingt, nur fürchte ich, dass er dafür noch nicht bereit war.«

Ned hatte in der letzten Nacht schlecht geschlafen, und er fühlte sich müder, als er dem Alter nach sein sollte. »Keiner von uns ist je bereit«, sagte er.

»Für die Ritterwürde?«

»Für den Tod.« Sanft bedeckte Ned den Jungen mit dessen Umhang, einem blutigen, blauen Tuch, das mit Halbmonden gesäumt war. Wenn seine Mutter fragte, warum er tot sei, so dachte er verbittert, würde man ihr erklären, er habe zu Ehren Eddard Starks, der Rechten Hand des Königs, gefochten. »Es war sinnlos. Krieg sollte kein Spiel sein.« Ned wandte sich der Frau neben dem Karren zu, die in Grau gewandet war, das Gesicht bis auf die Augen verhüllt. Die Schweigenden Schwestern bereiteten die Menschen für das Grab vor, und es brachte Unglück, dem Tod ins Gesicht zu schauen. »Schickt seine Rüstung in seine Heimat, ins Tal von Arryn. Die Mutter wird sie haben wollen.«

»Die ist ein schönes Stück Silber wert«, sagte Ser Barristan. »Der Junge hat sie speziell für das Turnier schmieden lassen. Schlichte Arbeit, aber gut. Ich weiß nicht, ob er den Schmied schon ausgezahlt hat.«

»Er hat gestern bezahlt, Mylord, und er hat teuer bezahlt«, erwiderte Ned. Und zu der Schweigenden Schwester sagte er: »Schickt der Mutter die Rüstung. Ich kümmere mich um seinen Schmied.« Sie verneigte sich.

Später ging Ser Barristan mit Ned zum Zelt des Königs. Langsam rührte sich das Lager. Fette Würste brutzelten und spritzten über Feuerstellen, würzten die Luft mit den Düften von Knoblauch und Pfeffer. Junge Knappen eilten auf Botengängen umher, während ihre Herren erwachten, gähnten und sich reckten, um den Tag zu begrüßen. Ein Dienstmann mit einer Gans unter dem Arm kniete vor ihnen nieder, als er sie sah. »M'lord«, murmelte er, während die Gans schrie und nach seinen Fingern schnappte. Die Schilde, die vor den Zelten aufgestellt waren, kündeten von ihren Bewohnern: der silberne Adler von Seagard, Bryce Carons Feld von Nachtigallen, Weintrauben für die Redwynes, gestreifter Keiler, roter Ochse, brennender Baum, weißer Widder, Dreifachspirale, rotes Einhorn, tanzende Maid, schwarze Natter, Zwillingstürme, Ohreule, und zuletzt die reinen, weißen Wappen der Königsgarde, schimmernd wie die Morgendämmerung.

»Der König will heute im Buhurt kämpfen«, sagte Ser Barristan, als sie an Ser Meryns Schild vorüberkamen, der von einem tiefen Spalt verunstaltet war, wo Loras Tyrells Lanze das Holz durchschlagen hatte, als er ihn aus seinem Sattel hob.

»Ja«, sagte Ned grimmig. Jory hatte ihn in der letzten Nacht geweckt, um ihm diese Nachricht zu überbringen. Was Wunder, dass er so schlecht geschlafen hatte.

Ser Barristans Blick war besorgt. »Es heißt, die Schönheit der

Nacht verginge am Morgen, und die Kinder des Weines würden oft bei Tageslicht verstoßen.«

»So sagt man«, gab Ned ihm recht, »doch nicht von Robert.« Andere Männer mochten Worte, die sie in trunkenem Übermut gesprochen hatten, überdenken, doch Robert Baratheon würde sich erinnern, und da er sich erinnerte, würde er zu seinem Wort stehen.

Das Zelt des Königs stand nah am Wasser, und der morgendliche Dunst vom Fluss umschmückte es mit grauen Fetzen. Es war ganz aus goldener Seide, das größte und prächtigste im ganzen Lager. Vor dem Eingang stand Roberts Streithammer neben einem mächtigen Eisenschild, auf dem der gekrönte Hirsch des Hauses Baratheon prangte.

Ned hatte gehofft, er würde den König noch in weinseligem Schlaf vorfinden, doch war das Glück nicht auf seiner Seite. Robert trank Bier aus einem polierten Horn und röhrte sein Missfallen über zwei junge Knappen heraus, die versuchten, ihm seine Rüstung anzulegen. »Majestät«, sagte der eine beinah unter Tränen, »sie ist zu klein, es wird nicht gehen.« Kurz gab er nicht acht, und die Halsberge, die er um Roberts dicken Hals legen wollte, fiel zu Boden.

»Bei allen sieben Höllen!«, fluchte Robert. »Muss ich es denn selbst tun? Auf euch gepisst! Heb sie auf! Steh nicht nur da und glotz, Lansel, *heb sie auf*!« Der Bursche sprang, und der König bemerkte seinen Besuch. »Sieh dir diese Esel an, Ned. Meine Frau hat darauf bestanden, dass ich die beiden als Knappen für mich nehme, und sie sind schlimmer als nutzlos. Können einem Mann nicht mal seine Rüstung richtig anlegen. Schildknappen, sagen sie. *Ich sage*, es sind Schweinehirten in Seidenkleidern.«

Ned brauchte nur einen Blick, um das Problem zu verstehen. »Die Jungen trifft keine Schuld«, erklärte er dem König. »Du bist zu fett für deine Rüstung, Robert.« Nach dem Eintreffen am Hof war Ned dazu übergegangen, seinen alten Freund, heute König, auf dessen Wunsch wieder zu duzen.

Robert Baratheon nahm einen ordentlichen Schluck Bier, warf das leere Horn auf die Felle seiner Bettstatt, wischte sich den Mund mit dem Handrücken ab und sagte düster: »Fett?

Fett? Spricht man so mit seinem König?« Er stieß ein Lachen aus, urplötzlich wie ein Sturm. »Ach, verflucht sollst du sein, Ned, warum hast du immer recht?«

Die Knappen lächelten unsicher, bis der König sich ihnen zuwandte. »Ihr da. Ja, alle beide. Ihr habt die Hand gehört. Der König ist zu fett für seine Rüstung. Geht und sucht Ser Aron Santagar. Sagt ihm, ich bräuchte einen Einsatz für meinen Brustharnisch. *Also! Worauf wartet ihr?*«

Die Jungen stolperten übereinander, in ihrer Eile, das Zelt zu verlassen. Robert schaffte es, ein ernstes Gesicht zu machen, bis sie draußen waren. Dann ließ er sich auf einen Stuhl fallen und bebte vor Lachen.

Ser Barristan Selmy gluckste mit ihm. Selbst Eddard Stark brachte ein Lächeln zustande. Stets jedoch schlichen sich die ernsteren Gedanken ein. Er musste an die beiden Knappen denken: hübsche Jungen, blond und wohlgestalt. Einer war in Sansas Alter, mit langen, goldenen Locken, der andere vielleicht fünfzehn, rotblond, mit dem Hauch eines Bärtchens und den smaragdgrünen Augen der Königin.

»Ach, ich wünschte, ich könnte dabei sein und Santagars Gesicht sehen«, sagte Robert. »Ich hoffe, er ist schlau genug, sie zu jemand anderem zu schicken. Wir sollten sie den ganzen Tag lang laufen lassen.«

»Diese Jungen«, fragte Ned. »Lannisters?«

Robert nickte, wischte sich die Tränen aus den Augen. »Vettern. Söhne von Lord Tywins Bruder. Einer von den Toten. Oder vielleicht auch vom Lebenden, wenn ich näher darüber nachdenke. Ich erinnere mich nicht. Meine Frau kommt aus einer sehr großen Familie, Ned.«

Aus einer sehr ehrgeizigen Familie, dachte Ned. Er hatte nichts gegen die Knappen, doch bereitete es ihm Sorgen, wenn er Robert bei Tag und Nacht von Verwandten der Königin umgeben sah. Der Hunger der Lannisters nach Ämtern und Ehren schien keine Grenzen zu kennen. »Es heißt, zwischen dir und der Königin seien gestern Abend böse Worte gefallen.«

Der Frohsinn auf Roberts Gesicht erstarrte. »Die Frau wollte mir verbieten, im Buhurt mitzukämpfen. Verdammt soll sie sein, jetzt schmollt sie in der Burg. Deine Schwester hätte mir nie solche Schande gemacht.«

»Du kanntest Lyanna nicht so, wie ich sie kannte, Robert«, erklärte Ned. »Du hast ihre Schönheit gesehen, doch nicht das Eisen darunter. Sie hätte dir erklärt, dass du in einem Buhurt, einem solchen Handgemenge, nichts zu suchen hast.«

»Auch du?« Der König legte seine Stirn in Falten. »Du bist ein sauertöpfischer Mann, Stark. Zu lange schon im Norden, alle Körpersäfte sind in dir erfroren. Aber *meine* fließen noch.« Zum Beweis schlug er sich auf die Brust.

»Du bist der König«, rief Ned ihm in Erinnerung.

»Ich sitze auf dem verdammten Eisenstuhl. Soll das heißen, dass ich nicht dieselben Bedürfnisse wie andere Männer habe? Hin und wieder etwas Wein, ein Mädchen, das im Bette quiekt, ein Pferd zwischen den Beinen spüren? Bei allen sieben Höllen, Ned, ich möchte jemanden *prügeln*.«

Ser Barristan Selmy meldete sich zu Wort. »Eure Majestät«, sagte er. »Es ist nicht schicklich, dass ein König im Buhurt reitet. Es wäre kein ehrlicher Wettbewerb. Wer würde es wagen, Euch zu schlagen?«

Robert schien ehrlich verblüfft. »Wieso denn, sie alle, verdammt. Falls sie es können. Und der Letzte, der noch steht ...

»... wirst du sein«, endete Ned an seiner Stelle. Ihm war sofort klar, dass Selmy den Nagel auf den Kopf getroffen hatte. Die Gefahren eines Buhurts waren für Robert nur die Würze, doch war sein Stolz gekränkt. »Ser Barristan hat recht. Es gibt niemanden in den Sieben Königslanden, der es wagen würde, deinen Missmut zu erregen, indem er dich verletzt.«

Der König kam auf die Beine, mit puterroter Miene. »Wollt ihr mir erzählen, diese gockelnden Memmen *lassen mich gewinnen?*«

»Mit Sicherheit«, sagte Ned, und Ser Barristan Selmy verneigte sich in stillem Einverständnis.

Einen Moment lang war Robert so wütend, dass ihm die Worte fehlten. Er stampfte durch das Zelt, fuhr herum, stampfte zurück, mit finsterem und zornigem Gesicht. Er riss seinen Brustharnisch vom Boden hoch und warf ihn in stummer Wut nach Barristan Selmy. Selmy wich aus. »Hinaus«, sagte der König mit kalter Stimme. »Geht, bevor ich Euch erschlage.«

Eilig zog Ser Barristan sich zurück. Schon wollte Ned ihm folgen, als der König rief: »Du nicht, Ned.«

Ned wandte sich um. Wieder nahm Robert sein Horn auf, füllte es mit Bier aus einem Fass in der Ecke und hielt es Ned hin. »Trink«, sagte er barsch.

»Ich habe keinen Durst …«

»*Trink*. Dein König befiehlt es.«

Ned nahm das Horn und trank. Das Bier war schwarz und dick, so stark, dass es in den Augen brannte.

Robert setzte sich wieder. »Verdammt seist du, Ned Stark. Du und Jon Arryn, ich habe euch beide geliebt. Was habt ihr mir angetan. Ihr wart es, die Könige hättet werden sollen, du oder Jon.«

»Du hattest den berechtigteren Anspruch darauf, *Majestät*.«

»Ich habe gesagt, du sollst trinken, nicht streiten. Du hast mich zum König gemacht, also könntest du wenigstens die Höflichkeit besitzen, mir zuzuhören, wenn ich rede, verdammt. Sieh mich an, Ned. Sieh dir an, was das Königsamt aus mir gemacht hat. Bei allen Göttern, zu fett für meine Rüstung, wie konnte es jemals dazu kommen?«

»Robert …«

»Trink und schweig, der König spricht. Ich schwöre dir. Nie war ich so lebendig wie damals, als ich den Thron erstritten habe, und nie so tot wie jetzt, da ich darauf sitze. Und Cersei … ich kann mich bei Jon Arryn für sie bedanken. Mir war nicht nach Heiraten zumute, nachdem mir Lyanna genommen war, nur sagte Jon, das Reich bräuchte einen Erben. Cersei Lannister sei eine gute Partie, so hat er mir erklärt, sie würde Lord Tywin an mich binden, falls Viserys Targaryen je versuchen sollte, den Thron seines Vaters zurückzugewinnen.« Der König schüttelte den Kopf. »Ich habe diesen alten Mann geliebt, das schwöre ich, aber inzwischen glaube ich, er war ein noch größerer Narr als Moon Boy. Oh, Cersei ist hübsch anzusehen, wahrlich, aber *kalt*… so wie sie ihre Fotze hütet, sollte man meinen, sie hielte alles Gold von Casterly Rock zwischen ihren Beinen.

Hier, gib mir das Bier, wenn du es nicht trinken willst.« Er nahm das Horn, hob es an, rülpste, wischte sich den Mund. »Das mit deinem Mädchen tut mir leid, Ned. Ehrlich. Das mit dem Wolf, meine ich. Mein Sohn hat gelogen, darauf würde ich meine Seele verwetten. Mein Sohn... Du liebst deine Kinder, nicht?«

»Von ganzem Herzen«, sagte Ned.

»Ich will dir ein Geheimnis verraten, Ned. Mehr als einmal habe ich davon geträumt, die Krone abzugeben. Mich mit meinem Pferd und meinem Hammer nach den Freien Städten einzuschiffen und meine Zeit mit Kriegerei und Hurerei zu verbringen, denn dafür bin ich gemacht. Der Söldnerkönig, wie die Sänger mich lieben würden. Weißt du, was mich davon abhält? Der Gedanke an Joffrey auf dem Thron, während Cersei hinter ihm steht und in sein Ohr flüstert. Mein Sohn. Wie konnte ich einen solchen Sohn in die Welt setzen, Ned?«

»Er ist noch ein Junge«, sagte Ned unbeholfen. Er hatte für Prinz Joffrey nur wenig übrig, doch hörte er den Schmerz in Roberts Stimme. »Hast du vergessen, wie wild du in seinem Alter warst?«

»Es würde mir nichts ausmachen, wenn der Junge wild wäre, Ned. Du kennst ihn nicht, wie ich ihn kenne.« Er seufzte und schüttelte den Kopf. »Ach, vielleicht hast du recht. Jon hat mich oft genug zur Verzweiflung gebracht, und dennoch ist aus mir ein guter König geworden.« Robert sah Ned an und bedachte dessen Schweigen mit finsterem Blick. »Du könntest jetzt etwas sagen und mir zustimmen, weißt du.«

»Majestät...«, begann Ned vorsichtig.

Robert schlug Ned auf den Rücken. »Ach, sag nur, dass ich ein besserer König als Aerys bin, und lass es gut sein. Du konntest weder für die Liebe noch die Ehre jemals lügen, Ned Stark. Ich bin noch jung, und da du nun bei mir bist, wird alles anders werden. Wir machen es zu einer Herrschaft, von der man noch singen wird, und sollen die Lannisters in allen sieben Höllen schmoren. Ich rieche Schinken. Was glaubst du, wer heute unser Meister sein wird? Hast du Mace Tyrells Sohn gesehen? Den Ritter der Blumen nennen sie ihn. Das ist mal ein Sohn, auf den jeder Mann stolz wäre. Beim letzten Turnier, als der dem Königsmörder den goldenen Rumpf geprügelt hat, hättest du Cerseis Gesicht sehen sollen. Ich musste lachen, bis ich Seitenstechen hatte. Renly sagt, er hätte diese Schwester, eine Jungfer von vierzehn Jahren, lieblich wie der neue Morgen …«

Sie frühstückten schwarzes Brot, gekochte Gänseeier und Fisch, der mit Zwiebeln und Schinken gebraten war, an einem aufgebockten Tisch am Ufer des Flusses. Die Schwermut des Königs verflog mit dem Morgendunst, und bald schon aß Robert eine Orange, palaverte freudig über einen Morgen auf der Eyrie, als sie noch Jungen gewesen waren. »… hatte Jon ein Fass voller Orangen gegeben, weißt du noch? Nur waren die Dinger verdorben, also habe ich meine über den Tisch und Dacks direkt in die Nase geworfen. Weißt du noch, Redforts pockennarbiger Knappe? Er hat dann eine nach mir geworfen, und bevor Jon auch nur furzen konnte, flogen Orangen in allen Richtungen durch die Hohe Halle.« Er lachte donnernd, und selbst Ned lächelte, da er sich erinnerte.

Das war der Junge, mit dem er aufgewachsen war, dachte er. Das war Robert Baratheon, wie er ihn kannte und liebte. Wenn er beweisen konnte, dass die Lannisters hinter dem Mordversuch auf Bran standen, wenn er beweisen konnte, dass sie Jon Arryn ermordet hatten, würde dieser Mann auf ihn hören. Dann würde Cersei stürzen, und der Königsmörder mit ihr, und falls Tywin es wagte, den Westen aufzuwiegeln, würde Robert ihn vernichten, wie er Rhaegar Targaryen am Trident vernichtet hatte. Das alles sah er klar und deutlich.

Dieses Frühstück schmeckte besser als alles, was Eddard Stark seit langer Zeit gegessen hatte, und danach fiel ihm das Lächeln leichter, bis es Zeit wurde, das Turnier wieder aufzunehmen.

Ned ging mit dem König zum Kampfplatz. Er hatte versprochen, sich die entscheidenden Durchgänge mit Sansa anzusehen. Septa Mordane war heute krank, und seine Tochter war entschlossen, sich das Ende des Turniers nicht entgehen zu lassen. Als er Robert zu dessen Platz geleitete, fiel ihm auf, dass Cersei Lannister es vorgezogen hatte, nicht zu erscheinen. Der Platz neben dem König war leer. Auch das gab Ned Grund zur Hoffnung.

Er bahnte sich einen Weg dorthin, wo seine Tochter saß, und fand sie, als die Hörner den ersten Kampf des Tages ankündigten. Sansa war derart versunken, dass sie seine Ankunft kaum bemerkte.

Sandor Clegane war der erste Reiter, der sich zeigte. Er trug einen olivgrünen Umhang über seiner aschgrauen Rüstung. Das und sein Helm in Form eines Bluthundkopfes waren sein einziges Zugeständnis an Verzierungen.

»Einhundert Golddrachen auf den Königsmörder«, verkündete Littlefinger laut, als Jaime Lannister auf den Platz kam, auf einem eleganten, roten Streitross. Das Pferd trug eine Decke aus vergoldeten Ketten, und Jaime glitzerte von Kopf bis Fuß. Selbst seine Lanze war aus dem goldenen Holz von den Summer Isles gearbeitet.

»Abgemacht«, rief Lord Renly zurück. »Der Bluthund hat heute Morgen etwas Hungriges an sich.«

»Selbst hungrige Hunde sind klug genug, nicht die Hand zu beißen, die sie füttert«, rief Littlefinger trocken zurück.

Sandor Clegane klappte sein Visier hörbar herunter und ging in Position. Ser Jaime warf einer Frau aus dem gemeinen Volk eine Kusshand zu, ließ sein Visier sanft herab und ritt zum Ende des Platzes. Beide Männer senkten ihre Lanze.

Ned Stark wäre nichts lieber gewesen, als zu sehen, wie sie beide unterlagen, Sansa hingegen beobachtete alles eifrig und mit feuchten Augen. Die eilig errichtete Empore erbebte, als die Pferde den Galopp aufnahmen. Der Bluthund beugte sich beim Reiten vor, die Lanze starr und unbeweglich, doch Jaime veränderte seine Sitzposition im Augenblick vor dem Aufprall. Cleganes Lanze wurde wirkungslos vom goldenen Schild mit dem Löwenwappen abgelenkt, während seine eigene voll traf. Holz splitterte, und der Bluthund wankte, kämpfte darum, im Sattel zu bleiben. Sansa stöhnte auf. Heiserer Jubel kam vom gemeinen Volk.

»Ich überlege schon, wofür ich Euer Geld ausgebe«, rief Littlefinger zu Lord Renly hinab.

Der Bluthund hielt sich gerade noch im Sattel. Hart riss er sein Pferd herum und ritt für den zweiten Versuch auf die Bahn zurück. Jaime Lannister warf seine gebrochene Lanze fort und nahm sich eine neue, scherzte dabei mit seinem Knappen. Der Bluthund gab seinem Pferd die Sporen zu hartem Galopp, und Lannister ritt ihm entgegen. Diesmal, als Jaime sich im Sattel drehte, drehte sich Sandor Clegane mit ihm. Beide Lanzen explodierten, und als sich die Splitter gelegt hatten, trabte ein reiterloser Fuchs auf der Suche nach Gras davon, während Ser Jaime Lannister durch den Dreck rollte, golden und verbeult.

Sansa sagte: »Ich wusste, dass der Bluthund siegen würde.«

Littlefinger hörte sie. »Falls Ihr auch wisst, wer den zweiten Kampf gewinnt, sagt es mir schnell, bevor Lord Renly mich noch weiter rupft«, rief er ihr zu. Ned lächelte.

»Schade, dass der Gnom nicht bei uns ist«, sagte Lord Renly. »Da hätte ich schon das Doppelte gewonnen.«

Jaime Lannister stand wieder auf den Beinen, doch sein verzierter Löwenhelm war bei dem Sturz herumgedreht und eingebeult worden, und nun konnte er ihn nicht mehr abnehmen. Das Volk jubelte und deutete auf ihn, die Lords und Ladies versuchten, ihr leises Lachen zu unterdrücken, was ihnen nicht gelang, und über allem hörte Ned das Grölen König Roberts, lauter als alles andere. Schließlich musste man den Löwen von Lannister zu einem Schmied führen, blind und stolpernd.

Mittlerweile war Ser Gregor Clegane am Ende der Kampfbahn in Stellung gegangen. Er war ein Hüne, der größte Mann, den Eddard Stark je gesehen hatte. Robert Baratheon und seine Brüder waren allesamt große Männer, wie auch der Bluthund, und auf Winterfell gab es einen einfältigen Stalljungen namens Hodor, neben dem sie alle Zwerge waren, doch dieser Ritter, den man den Reitenden Berg nannte, hätte selbst noch Hodor überragt. Er war weit über sieben Fuß groß, fast schon acht, mit mächtigen Schultern und Armen, so dick wie die Stämme kleiner Bäume. Sein Streitross wirkte unter den gepanzerten Beinen wie ein Pony, und die Lanze, die er trug, sah bei ihm aus wie ein Besenstiel.

Im Gegensatz zu seinem Bruder lebte Ser Gregor nicht bei Hofe. Er war ein Einzelgänger, der sein eigenes Land nur selten verließ, es sei denn für den Krieg oder ein Turnier. Er war bei

Lord Tywin, als King's Landing fiel, ein frisch gesalbter Ritter von siebzehn Jahren, selbst damals schon berühmt für seine Größe und seine unnachgiebige Grausamkeit. Manch einer sagte, Gregor sei es gewesen, der den Schädel des kleinen Prinzen Aegon Targaryen an einer Wand zerschmettert habe, und man flüsterte, danach habe er dessen Mutter, die Prinzessin Elia aus Dorne, vergewaltigt, bevor er sie mit seinem Schwert aufspießte. In Gregors Gegenwart schwieg man über diese Dinge.

Ned Stark konnte sich nicht erinnern, jemals mit dem Mann gesprochen zu haben, obwohl Gregor während Balon Greyjoys Rebellion mit ihnen geritten war, ein Ritter unter Tausenden. Er beobachtete ihn voller Sorge. Nur selten gab Ned etwas auf das Gerede, was man jedoch über Ser Gregor sagte, war mehr als bedenklich. Bald sollte er zum dritten Mal heiraten, und man hörte finstere Gerüchte über den Tod seiner ersten beiden Frauen. Es hieß, seine Burg sei ein grausamer Bau, in dem Diener auf unerklärliche Weise verschwanden und selbst die Hunde sich fürchteten, die Halle zu betreten. Und es hatte eine Schwester gegeben, die jung und unter seltsamen Umständen gestorben war, dazu das Feuer, das seinen Bruder entstellt hatte, und der Jagdunfall, der ihren Vater das Leben gekostet hatte. Gregor hatte die Burg geerbt, das Gold und den Besitz der Familie. Sein jüngerer Bruder Sandor war am selben Tag noch fortgegangen, um sich bei den Lannisters als Krieger zu verdingen, und es hieß, er sei nie zurückgekehrt, nicht einmal für einen Besuch.

Als der Ritter der Blumen auftrat, ging ein Raunen durch die Menge, und Ned hörte Sansa voller Inbrunst flüstern: »Oh, er ist *so schön.*« Ser Loras Tyrell war schlank wie eine Gerte und trug eine märchenhafte Rüstung aus Silber, die poliert war, dass sie blendete, verziert mit verschlungenen schwarzen Reben und winzigen Vergissmeinnicht. Das Volk bemerkte im selben Augenblick wie Ned, dass das Blau der Blumen von Saphiren herrührte. Ein Stöhnen drang aus tausend Kehlen. Über der Schulter des Jungen hing ein schwerer Umhang. Er war aus Vergissmeinnicht geflochten, echten, Hunderten von frischen Blüten, die zu einem Tuch verwoben waren.

Sein Renner war so schlank wie der Reiter, eine schöne, graue Stute, für Schnelligkeit geschaffen. Ser Gregors riesiger Hengst wieherte, als er sie witterte. Der Junge aus Highgarden ließ sie seine Schenkel spüren, und sein Pferd paradierte seitwärts, behände wie eine Tänzerin. Sansa griff nach Neds Arm. »Vater, lass nicht zu, dass Ser Gregor ihm etwas antut«, bat sie. Wie Ned sah, trug sie die Rose, die Ser Loras ihr tags zuvor geschenkt hatte. Auch davon hatte Jory ihm erzählt.

»Es sind Turnierlanzen«, erklärte er seiner Tochter. »Man baut sie so, dass sie beim Aufprall splittern, damit niemand verletzt wird.« Doch erinnerte er sich an den toten Jungen auf dem Karren, mit dem Umhang voller Halbmonde, und die Worte kamen heiser aus seiner Kehle.

Ser Gregor hatte Schwierigkeiten, sein Pferd unter Kontrolle zu halten. Der Hengst wieherte und stampfte, schüttelte den Kopf. Der Berg trat das Tier heftig mit eisernem Stiefel. Das Pferd bäumte sich auf und warf ihn beinah ab.

Der Ritter der Blumen entbot dem König seinen Gruß, ritt zum gegenüberliegenden Ende der Bahn und hob seine Lanze, zum Kampf bereit. Ser Gregor brachte sein Tier zur Linie, rang mit den Zügeln. Und plötzlich begann es. Der Hengst des Berges galoppierte schwer, stürmte wild voran, während die Stute angriff. Ser Gregor hob sein Schild in Position, jonglierte mit der Lanze und kämpfte die ganze Zeit herum, sein widerspenstiges Pferd zu bändigen, und plötzlich war Loras Tyrell bei ihm, platzierte seine Lanze genau recht, und einen Augenblick später fiel der Berg. Er war so groß, dass er sein Pferd in einem Knäuel aus Stahl und Fleisch mit sich zu Boden riss.

Ned hörte Applaus, Jubel, Pfiffe, erschrockenes Stöhnen, aufgeregtes Murmeln, und über allem das raue, schnarrende Lachen des Bluthundes. Der Ritter der Blumen blieb am Ende des Platzes stehen. Seine Lanze war nicht einmal gebrochen. Seine Saphire blitzten in der Sonne, als er lächelnd sein Visier anhob. Das gemeine Volk war verrückt nach ihm.

Mitten auf dem Feld befreite sich Ser Gregor und kam wütend auf die Beine. Er riss sich seinen Helm vom Kopf und schleuderte ihn zu Boden. Sein Gesicht war finster vor Zorn, und das Haar fiel über seine Augen. »Mein Schwert«, rief er seinem Knappen zu, und der Junge rannte zu ihm herüber. Inzwischen war auch sein Hengst wieder auf den Beinen.

Gregor Clegane schlug das Pferd mit einem einzigen Hieb von solcher Heftigkeit, dass er den Hals des Pferdes halb durchtrennte. Von einem Herzschlag zum nächsten wandelte sich der Jubel zu Geschrei. Der Hengst ging in die Knie, wieherte noch im Sterben. Mittlerweile stampfte Gregor die Bahn hinunter Ser Loras Tyrell entgegen, das blutige Schwert in seiner Faust. *»Haltet ihn auf!«*, rief Ned, doch seine Worte gingen im Tosen unter. Auch alle anderen schrien, und Sansa weinte.

Alles ging so schnell. Der Ritter der Blumen rief nach seinem eigenen Schwert, als Ser Gregor seinen Knappen zur Seite stieß und sich die Zügel des Pferdes griff. Die Stute witterte Blut und scheute. Loras Tyrell blieb im Sattel, wenn auch nur gerade eben. Ser Gregor schwang sein Schwert zu einem wütenden, doppelhändigen Hieb, der den Jungen an der Brust traf und aus dem Sattel schlug. Die Stute schoss entsetzt davon, während Ser Loras benommen im Staub lag. Doch als Gregor mit seinem Schwert zum tödlichen Hieb ausholte, warnte eine heisere Stimme: *»Lass ihn leben«*, und eine stählerne Hand riss ihn von den Jungen fort.

Mit wortlosem Zorn fuhr der Berg herum, schwang sein Langschwert in todbringendem Bogen mit aller Kraft, doch fing der Bluthund den Hieb ab, und es schien fast eine Ewigkeit zu dauern, in der die beiden Brüder aufeinander einhieben, während man dem benommenen Loras Tyrell in Sicherheit half. Dreimal sah Ned, wie Ser Gregor grimmige Hiebe auf den hundsköpfigen Helm ansetzte, doch kein einziges Mal versuchte Sandor einen Schnitt durch das ungeschützte Gesicht seines Bruders.

Es war die Stimme des Königs, die dem *ein* Ende machte ... des Königs Stimme und zwanzig Schwerter. Jon Arryn hatte sie gelehrt, dass man als Kommandeur auf dem Schlachtfeld eine laute Stimme brauchte, und Robert hatte am Trident bewiesen, wie viel Wahres daran war. *»SCHLUSS MIT DEM UNSINN«*, donnerte er, *»IM NAMEN EURES KÖNIGS!«*

Der Bluthund fiel auf ein Knie. Ser Gregors Hieb schnitt

durch die Luft, und endlich kam er wieder zu Sinnen. Er ließ sein Schwert sinken und funkelte Robert an, umzingelt von der Königsgarde und einem Dutzend weiterer Ritter und Gardisten. Wortlos wandte er sich ab und stapfte davon, stieß Barristan Selmy beiseite. »Lass ihn gehen«, sagte Robert, und schon war alles vorüber.

»Ist der Bluthund jetzt der Sieger?«, fragte Sansa Ned.

»Nein«, erklärte er. »Es wird noch einen letzten Kampf geben, zwischen dem Bluthund und dem Ritter der Blumen.«

Doch sollte Sansa recht behalten. Einige Augenblicke später kam Loras Tyrell wieder auf den Platz, in einem schlichten Leinenwams, und sprach zu Sandor Clegane: »Ich schulde Euch mein Leben. Der Tag ist Euer, Ser.«

»Ich bin kein *Ser*«, erwiderte der Bluthund, doch nahm er den Sieg an, ebenso die Siegerbörse und, vielleicht zum ersten Mal in seinem Leben, die Liebe des gemeinen Volkes. Sie jubelten ihm zu, als er vom Platz ging, um sich in sein Zelt zurückzuziehen.

Als Ned mit Sansa zum Feld der Bogenschützen ging, schlossen sich Littlefinger, Lord Renly und einige andere ihnen an. »Tyrell muss gewusst haben, dass die Stute rossig war«, vermutete Littlefinger. »Ich wette, dass der Junge die ganze Sache geplant hat. Gregor hatte von jeher eine Vorliebe für große, übellaunige Hengste mit mehr Mut als Verstand.« Die Vorstellung schien ihn zu amüsieren.

Sie amüsierte Ser Barristan Selmy keineswegs. »Es liegt nur wenig Ehre in solchen Tricks«, sagte der alte Mann steif.

»Wenig Ehre und zwanzigtausend Goldstücke«, lächelte Lord Renly.

Am Nachmittag gewann ein Knabe namens Anguy, ein unbekannter Jüngling aus den Dornischen Marschen, das Bogenschießen, indem er auf hundert Schritte besser als Ser Balon Swann und Jalabhar Xho traf, nachdem alle anderen Schützen auf geringeren Distanzen ausgeschieden waren. Ned schickte Alyn, der ihn suchen und ihm eine Stellung in der Garde der Hand anbieten sollte, doch war der Junge so übervoll von Wein und Sieg und nie gekanntem Reichtum, dass er ablehnte.

Der Buhurt dauerte drei Stunden. Fast vierzig Männer nahmen teil, Edelfreie, unbedeutende Ritter und frisch ernannte Knappen, die sich ihren Ruf erwerben wollten. Sie fochten mit stumpfen Waffen in einem Tumult von Schlamm und Blut, kleine Trupps kämpften gemeinsam und wandten sich dann gegeneinander, während sich Bündnisse bildeten und zerbrachen, bis nur noch ein Mann stand. Sieger war der rote Priester Thoros von Myr, ein Wahnsinniger, der sich den Kopf rasiert hatte und mit einem flammenden Schwert kämpfte. Schon früher hatte er Buhurts gewonnen, da das Feuerschwert die Pferde der anderen erschreckte, und Thoros selbst war durch nichts zu schrecken. Am Ende gab es drei gebrochene Gliedmaßen, ein zertrümmertes Schlüsselbein, ein Dutzend gequetschte Finger, zwei Pferde, die eingeschläfert werden mussten, und mehr Schnitte, Stauchungen und Prellungen, als irgendwer zu zählen bereit war. Ned war hochzufrieden, dass Robert nicht teilgenommen hatte.

Am Abend beim Festmahl war Eddard Stark hoffnungsfroher, als er es seit langer Zeit gewesen war. Robert war bester Laune, die Lannisters nirgendwo zu sehen, und selbst seine Töchter wussten sich zu benehmen. Jory brachte Arya mit, und Sansa sprach mit ihr auf freundliche Weise. »Das Turnier war *herrlich*«, seufzte sie. »Du hättest kommen sollen. Wie war deine Tanzstunde?«

»Mir tut alles weh«, vermeldete Arya glücklich und führte stolz einen riesigen blauen Fleck am Bein vor.

»Du musst eine schreckliche Tänzerin sein«, sagte Sansa zweifelnd.

Später, als Sansa fort war, um einer Gruppe von Sängern zu lauschen, welche den komplexen Rundgesang von ineinander verwobenen Balladen mit dem Titel »Drachentanz« aufführten, untersuchte Ned die Prellung selbst. »Ich hoffe, Forel ist nicht allzu hart mit dir«, sagte er.

Arya stand auf einem Bein. Das beherrschte sie in letzter Zeit immer besser. »Syrio sagt, jeder Schmerz sei eine Lektion, und jede Lektion mache einen nur besser.«

Ned runzelte die Stirn. Dieser Syrio Forel war mit einem ausgezeichneten Ruf gekommen, und sein auffälliger Stil aus Braavos entsprach sehr gut Aryas schlanker Klinge, aber dennoch … vor einigen Tagen war sie herumgelaufen und hatte sich die Augen mit einem Fetzen schwarzer Seide verbunden. Syrio lehrte sie, mit den Ohren und der Nase und der Haut zu sehen, wie sie ihm erläuterte. Davor ließ er sie Pirouetten und Rückwärtssalto üben. »Arya, bist du dir sicher, dass du damit weitermachen willst?«

Sie nickte. »Morgen gehen wir Katzen fangen.«

»Katzen.« Ned seufzte. »Vielleicht war es ein Fehler, diesen Braavosi einzustellen. Wenn du möchtest, will ich Jory bitten, deinen Unterricht zu übernehmen. Oder vielleicht spreche ich ein stilles Wort mit Ser Barristan. In seiner Jugend war er der beste Krieger in den Sieben Königslanden.«

»Die will ich nicht«, erwiderte Arya. »Ich will Syrio.«

Ned fuhr mit den Fingern durch sein Haar. Jeder mittelmäßige Soldat konnte Arya die Grundlagen des Stechens und Hauens vermitteln, und zwar ohne diesen Unsinn mit Augenbinden, Radschlagen und Hüpfen auf einem Bein, doch kannte er seine jüngste Tochter gut genug, um zu wissen, dass mit diesem sturen, hervorspringenden Kinn nicht zu reden war. »Wie du möchtest«, sagte er. Sicher würde sie dessen bald müde sein. »Nur eins: Sei vorsichtig.«

»Das will ich«, versprach sie feierlich, während sie mit fließenden Bewegungen von einem Bein aufs andere hüpfte.

Viel später, nachdem er die Mädchen durch die Stadt zurückgeleitet und beide sicher ins Bett gebracht hatte, Sansa mit ihren Träumen und Arya mit ihren blauen Flecken, stieg Ned zu seinen eigenen Gemächern oben im Turm der Hand hinauf. Der Tag war warm gewesen, und im Zimmer war es stickig. Ned trat ans Fenster und öffnete die schweren Läden, um die kühle Nachtluft einzulassen. Auf der anderen Seite des Großen Hofes fiel ihm der flackernde Schein von Kerzenlicht in Littlefingers Fenster auf. Es war schon weit nach Mitternacht. Unten am Fluss klangen die Festlichkeiten und der Lärm erst langsam aus.

Er nahm den Dolch hervor und betrachtete ihn. Littlefingers

Klinge, von Tyrion Lannister bei einer Turnierwette gewonnen, ausgesandt, um Bran im Schlaf zu töten. *Warum?* Warum sollte sich der Zwerg Brans Tod wünschen? Warum sollte sich *irgendwer* Brans Tod wünschen?

Der Dolch, Brans Sturz, das alles war irgendwie mit dem Mord an Jon Arryn verbunden, das fühlte er in seiner Magengrube, doch die Wahrheit über Jons Tod war ihm noch ebenso schleierhaft wie zu Beginn seiner Nachforschungen. Lord Stannis war nicht zum Turnier nach King's Landing zurückgekehrt. Lysa Arryn schwieg hinter den hohen Mauern der Eyrie. Der Knappe war tot, und Jory suchte nach wie vor die Hurenhäuser ab. Was hatte er – abgesehen vom Bastard des Königs – denn schon in der Hand?

Dass der mürrische Lehrling des Waffenschmieds ein Sohn des Königs war, daran zweifelte Ned nicht. Das Aussehen der Baratheons war ihm ins Gesicht gestanzt, sein Kinn, seine Augen, das schwarze Haar. Renly war zu jung, um einen Sohn in diesem Alter zu haben, Stannis zu kalt und zu stolz auf seine Ehrbarkeit. Gendry musste Roberts Sohn sein.

Doch da er das alles wusste, was sagte es ihm? Der König hatte noch andere Kinder von niedriger Geburt, überall in den Sieben Königslanden. Einen seiner Bastarde hatte er öffentlich anerkannt, einen Jungen in Brans Alter, dessen Mutter von edler Geburt war. Der Knabe war bei Lord Renlys Kastellan in Storm's End in Obhut.

Auch an Roberts erstes Kind erinnerte sich Ned, eine Tochter, die im Grünen Tal geboren wurde, als Robert selbst kaum mehr als ein kleiner Junge war. Ein süßes Mädchen, in das der junge Lord von Storm's End sich vernarrt hatte. Einst stattete er dem Mädchen täglich seinen Besuch ab, lange noch, nachdem er das Interesse an der Mutter verloren hatte. Oft wurde Ned zur Gesellschaft mitgeschleift, ob er nun wollte oder nicht. Das Mädchen musste inzwischen siebzehn oder achtzehn sein, älter als Robert, als der sie gezeugt hatte. Ein seltsamer Gedanke.

Cersei war von den unehelichen Kindern ihres Mannes sicher nicht eben begeistert, doch am Ende machte es nur wenig, ob der König einen Bastard oder hundert hatte. Gesetz und Sitte gaben denen von niedriger Geburt nur wenig Rechte. Gendry, das Mädchen aus dem Grünen Tal, der Junge in Storm's End, keiner konnte Roberts ehelichen Kindern eine Bedrohung sein...

Seine Überlegungen endeten mit einem leisen Klopfen an der Tür. »Ein Mann will Euch sprechen, Mylord«, rief Harwin. »Er will seinen Namen nicht nennen.«

»Schickt ihn herein«, antwortete Ned überrascht.

Der Besucher war ein untersetzter Mann mit rissigen, schlammverklebten Stiefeln und einem braunen Umhang von gröbstem Tuch, sein Gesicht war von einer Kapuze verborgen, die Hände in bauschigen Ärmeln zurückgezogen.

»Wer seid Ihr?«, fragte Ned.

»Ein Freund«, sagte der Kapuzenmann mit eigentümlicher, leiser Stimme. »Wir müssen unter vier Augen sprechen, Lord Stark.«

Neugier war stärker als Vorsicht. »Harwin, geht bitte«, befahl er. Erst als sie hinter verschlossener Tür allein waren, schob der Besucher seine Kapuze zurück.

»Lord Varys?«, sagte Ned erstaunt.

»Lord Stark«, sagte Varys höflich und setzte sich. »Ob ich Euch wohl um einen Trunk bitten dürfte?«

Ned schenkte zwei Becher voll Sommerwein und reichte einen davon Varys. »Ich hätte einen Schritt neben Euch gehen können und hätte Euch doch nicht erkannt«, sagte er ungläubig. Nie zuvor hatte er den Eunuchen in anderer Kleidung als Seide und Samt und prunkvollstem Damast gesehen, und dieser Mann roch nach Schweiß an Stelle von Veilchen.

»Das hatte ich inständig gehofft«, sagte Varys. »Es wäre nicht gut, wenn gewisse Leute erführen, dass wir miteinander gesprochen haben. Die Königin beobachtet Euch aufmerksam. Dieser Wein ist erlesen. Seid bedankt.«

»Wie seid Ihr am Rest meiner Garde vorbeigekommen?«, fragte Ned. Porther und Cayn standen draußen vor dem Turm und Alyn auf der Treppe.

»Der Red Keep war stets nur den Geistern und Spinnen bekannt.« Varys lächelte entschuldigend. »Ich werde Euch nicht lange aufhalten, Mylord. Es gibt Dinge, die Ihr wissen solltet. Ihr seid die Rechte Hand des Königs, und der König ist ein Narr.« Das Unangenehme in der Stimme des Eunuchen war fort. Jetzt war seine Stimme dünn und scharf wie eine Peitsche. »Euer Freund, ich weiß, und dennoch ein Narr … und dem Untergang geweiht, wenn Ihr ihn nicht rettet. Heute war er nah dran. Sie hatten gehofft, ihn im Handgemenge töten zu können.«

Einen Moment lang war Ned sprachlos vor Schreck. »*Wer?*«

Varys nippte an seinem Wein. »Wenn ich es Euch wirklich sagen muss, dann seid Ihr ein noch größerer Narr als Robert, und ich stehe auf der falschen Seite.«

»Die Lannisters«, sagte Ned. »Die Königin … nein, das will ich nicht glauben, nicht einmal von Cersei. Sie hat ihn gebeten, nicht zu kämpfen!«

»Sie hat ihm *verboten* zu kämpfen, vor seinem Bruder, seinen Rittern und dem halben Hof. Sagt ehrlich, wüsstet Ihr eine bessere Möglichkeit, Robert zum Handgemenge zu bewegen? Ich frage Euch.«

Ned wurde flau im Magen. Der Eunuch hatte den Nagel auf den Kopf getroffen. Sag Robert, er kann nicht, soll nicht oder darf etwas nicht tun, und es ist so gut wie getan. »Selbst wenn er gekämpft hätte … wer würde es wagen, den König zu schlagen?«

Varys zuckte mit den Schultern. »Vierzig Reiter waren im Handgemenge. Die Lannisters haben viele Freunde. Inmitten dieses Durcheinanders von wiehernden Pferden und splitternden Knochen und Thoros von Myr, der sein albernes Feuerschwert schwingt, wer wollte es da Mord nennen, wenn ein Hieb Seine Majestät zufällig töten würde?« Er ging zum Weinkrug und schenkte sich nach. »Wenn es geschehen wäre, würde sich der Mörder neben ihn hocken und trauern. Fast kann ich ihn weinen hören. Wie traurig. Doch ohne jeden Zweifel würde die hochherzige und mitfühlende Witwe Mitleid zeigen, den armen Unglückseligen auf die Beine heben und ihm einen sanften Kuss der Vergebung auf die Wange hauchen. Der Gute König Joffrey hätte keine andere Wahl, als ihn zu begnadigen.« Der Eunuch strich mit der Hand über seine Wange. »Oder vielleicht würde Cersei ihm den Kopf von Ser Ilyn abschlagen lassen. So wäre für die Lannisters das Risiko geringer, wenn auch eine unangenehme Überraschung für ihren kleinen Freund.«

Ned spürte, wie Wut in ihm aufstieg. »Ihr wusstet von dieser Verschwörung, und doch habt Ihr nichts getan.«

»Ich befehlige Ohrenbläser, keine Krieger.«

»Ihr hättet früher zu mir kommen können.«

»Oh, ja, ich gestehe. Und Ihr wäret auf direktem Wege zum König gelaufen, ja? Und wenn Robert von der Gefahr erfahren hätte, was hätte er dann getan? Das frage ich mich.«

Ned dachte darüber nach. »Er hätte sie allesamt zum Teufel gewünscht und dennoch gekämpft, um zu zeigen, dass er sich nicht fürchtet.«

Varys breitete die Arme aus. »Ich werde Euch ein weiteres Geständnis machen, Lord Eddard. Ich war neugierig zu sehen, was Ihr tun würdet. *Warum seid Ihr nicht zu mir gekommen?* fragt Ihr, und ich muss antworten: *Weil ich Euch nicht vertraut habe, Mylord.*«

»Ihr habt *mir* nicht vertraut?« Ned war nun erst recht erstaunt.

»Im Red Keep leben zwei Sorten von Menschen, Lord Eddard«, erklärte Varys. »Jene, die dem Reich gegenüber loyal sind, und jene, die nur sich selbst gegenüber Loyalität empfinden. Bis zum heutigen Morgen konnte ich nicht sagen, was Ihr wäret ... also habe ich gewartet ... und nun weiß ich es ganz sicher.« Er lächelte ein unverblümtes, schmales, kleines Lächeln, und einen Moment lang waren sein privates Gesicht und seine öffentliche Maske eins. »Langsam verstehe ich, warum die Königin Euch so fürchtet. Oh ja, ich verstehe es.«

»Ihr seid es, den sie fürchten sollte«, sagte Ned.

»Nein. Ich bin, was ich bin. Der König nutzt meine Dienste, doch schämt er sich dessen. Ein wirklich machtvoller Krieger ist unser Robert, und ein derart mannhafter Mann empfindet nur wenig Liebe für Leisetreter und Spione und Eunuchen. Sollte der Tag kommen, an dem Cersei flüstert: ›Töte diesen

Mann‹, schneidet mir Ilyn Payne im Handumdrehen den Kopf ab, und wer wird schon um den armen Varys trauern? Weder im Norden noch im Süden singt man den Spinnen Lieder.« Er berührte Ned mit seiner weichen Hand. »Doch Ihr, Lord Stark … ich glaube … nein, ich *weiß* … Euch würde er nicht töten, nicht einmal für seine Königin, und darin könnte unsere Rettung liegen.«

Das alles war zu viel. Einen Moment lang wünschte sich Eddard Stark nichts so sehr wie eine baldige Rückkehr nach Winterfell, in den schlichten Norden, wo der Feind der Winter war und die Wildlinge jenseits der Mauer blieben. »Sicher hat Robert noch andere loyale Freunde«, wandte er ein. »Seine Brüder, seine …«

»… Frau?«, beendete Varys die Frage mit schneidendem Lächeln. »Seine Brüder hassen die Lannisters, das stimmt, doch ist es nicht ganz dasselbe, die Königin zu hassen und den König zu lieben, nicht wahr? Ser Barristan liebt seine Ehre, Grand Maester Pycelle liebt sein Amt, und Littlefinger liebt Littlefinger.«

»Die Königsgarde …«

»Ein papierner Schild«, sagte der Eunuch. »*Versucht*, nicht so erschrocken auszusehen, Lord Stark. Jaime Lannister ist selbst ein Waffenbruder der Weißen Schwerter, und wir wissen alle, was *sein* Eid wert ist. Die Zeiten, in denen Männer wie Ryam Redwyne und Prinz Aemon der Drachenritter, den weißen Umhang trugen, sind zu Staub und Liedern geworden, nur noch Ser Barristan Selmy ist aus echtem Stahl gemacht, und Selmy ist *alt*. Ser Boros und Ser Meryn sind bis ins Mark Kreaturen der Königin, und den anderen gegenüber hege ich tiefes Misstrauen. Nein, Mylord, wenn die Schwerter im Ernst gezogen werden, seid Ihr der einzig wahre Freund, den Robert Baratheon noch hat.«

»Man muss es Robert sagen«, meinte Ned. »Falls, was Ihr sagt, der Wahrheit entspricht, muss der König selbst es hören.«

»Und welchen Beweis könnten wir ihm liefern? Mein Wort gegen das der anderen? Meine kleinen Vögel gegen die Königin und den Königsmörder, gegen seine Brüder und seinen Rat, gegen die Wächter des Ostens und Westens, gegen die Macht von Casterly Rock? Seid so gut und lasst Ser Ilyn lieber gleich rufen, das spart uns viel Zeit. Ich weiß, wo diese Straße endet.«

»Doch wenn das, was Ihr sagt, wahr ist, werden sie nur den rechten Augenblick abwarten und den nächsten Versuch wagen.«

»Das werden sie allerdings«, sagte Varys, »und eher früher als später, wie ich fürchte. Ihr macht denen große Angst, Lord Eddard. Doch meine kleinen Vögel werden lauschen, und gemeinsam könnten wir ihnen zuvorkommen, Ihr und ich.« Er erhob sich und setzte seine Kapuze auf, dass sein Gesicht erneut verborgen war. »Danke für den Wein. Wir sprechen später weiter. Wenn Ihr mich beim nächsten Mal im Rat seht, achtet darauf, dass Ihr mich mit Eurer üblichen Verachtung straft. Das sollte Euch nicht schwerfallen.«

Er war schon an der Tür, als Ned rief: *»Varys.«* Der Eunuch drehte sich um. »Woran ist Jon Arryn gestorben?«

»Ich habe mich schon gefragt, wann Ihr wohl darauf kommen würdet.«

»Sagt es mir.«

»Die Tränen von Lys, so nennt man es. Eine seltene und kostspielige Sache, klar und süß wie Wasser, und es hinterlässt keinerlei Spuren. Ich habe Jon Arryn bekniet, einen Vorkoster zu benutzen, in ebendiesem Zimmer habe ich ihn bekniet, doch davon wollte er nichts hören. Nur jemand, der kein echter Mann sei, würde so etwas auch nur in Erwägung ziehen, erklärte er.«

Ned musste auch den Rest wissen. »Wer hat ihm das Gift verabreicht?«

»Zweifellos ein guter, lieber Freund, der oft Met und Speisen mit ihm teilte. Oh, aber welcher? Davon gibt es so viele. Lord Arryn war ein herzlicher, vertrauensvoller Mann.« Der Eunuch seufzte. »Da war ein Junge. Alles, was er war, verdankte er Jon Arryn, doch als die Witwe mit ihrem Haushalt auf die Eyrie floh, blieb er in King's Landing und gedieh. Stets freut es mein Herz, wenn ich sehe, dass die Jungen in der Welt zu Ehren kommen.« Der schneidende Unterton war wieder in seiner Stimme, jedes Wort ein Hieb. »Er muss im Turnier eine stattliche Figur abgegeben haben, mit seiner schimmernden, neuen Rüstung und diesen Halbmonden auf seinem Umhang. Schade, dass er so frühzeitig sterben musste, bevor Ihr mit ihm sprechen konntet …«

Ned fühlte sich selbst schon halb vergiftet. »Der Knappe«, sagte er. »Ser Hugh.« Rädchen im Rädchen im Rädchen. In Neds Kopf hämmerte es. »*Warum?* Warum jetzt? Seit vierzehn Jahren war Jon Arryn die Rechte Hand. Was hat er getan, dass man ihn vergiften musste?«

»Er hat Fragen gestellt«, erwiderte Varys und schob sich zur Tür hinaus.

TYRION

Während er kurz vor dem Morgengrauen dort in der Kälte stand und sah, wie Chiggen sein Pferd schlachtete, dachte Tyrion Lannister an die Schuld, die er eines Tages bei den Starks einklagen würde. Dampf stieg aus dem Inneren des Kadavers auf, als der stämmige Söldner den Bauch mit seinem Messer öffnete. Er arbeitete mit flinken Händen, vergeudete keinen Schnitt. Die Arbeit musste schnell getan sein, bevor der Blutgestank die Schattenkatzen aus den Bergen lockte.

»Heute Abend muss keiner von uns hungern«, sagte Bronn. Er war selbst fast nur ein Schatten, knochendürr und knochenhart, mit schwarzen Augen und schwarzem Haar und einem Stoppelbart.

»Ein paar von uns vielleicht doch«, erklärte Tyrion. »Ich esse nicht gern Pferdefleisch. Besonders nicht von *meinem* Pferd.«

»Fleisch ist Fleisch«, sagte Bronn achselzuckend. »Die Dothraki mögen Pferd lieber als Rind oder Schwein.«

»Haltet Ihr mich für einen Dothraki?«, fragte Tyrion mürrisch. Die Dothraki aßen Pferde, das stimmte. Außerdem überließen sie missgebildete Kinder den wilden Hunden, die ihren *khalasars* folgten. Für die Sitten der Dothraki konnte er sich nicht eben begeistern.

Chiggen schnitt einen schmalen Streifen blutigen Fleisches von dem Kadaver und hielt ihn prüfend in die Luft. »Willst du kosten, Zwerg?«

»Mein Bruder Jaime hat mir die Stute zu meinem dreiundzwanzigsten Geburtstag geschenkt«, erwiderte Tyrion mit ausdrucksloser Stimme.

»Dann danke ihm in unser aller Namen. Falls du ihn je wieder siehst.« Chiggen grinste, zeigte seine gelben Zähne und schluckte das rohe Fleisch mit zwei Bissen. »Schmeckt reinrassig.«

»Besser noch, wenn man es mit Zwiebeln brät«, warf Bronn ein.

Wortlos hinkte Tyrion davon. Die Kälte saß ihm tief in den Knochen, und seine Beine waren so wund, dass er kaum laufen konnte. Vielleicht hatte seine tote Stute im Grunde Glück. Er hatte noch Stunden zu reiten, worauf es einige Mundvoll Essen und einen kurzen Schlaf auf hartem, kaltem Boden gäbe, und dann noch eine ebensolche Nacht, und noch eine und noch eine, und allein die Götter wussten, wie es enden sollte. »Verdammt soll sie sein«, murmelte er, während er sich die Straße hinaufschleppte, um sich seinen Häschern anzuschließen, als ihm alles wieder einfiel, »verdammt soll sie sein, und alle Starks dazu.«

Die Erinnerung war schmerzlich. In einem Moment hatte er noch Abendbrot bestellt, und einen Augenblick später sah er sich einem ganzen Raum voll bewaffneter Männer gegenüber, wobei Jyck nach seinem Schwert griff und die fette Wirtin kreischte: »Keine Schwerter, nicht *hier*, bitte, M'lords!«

Eilig riss Tyrion Jycks Arm herunter, bevor sie beide seinetwegen in Stücke gehackt wurden. »Wo sind deine Manieren, Jyck? Unsere gute Wirtin sagte, keine Schwerter. Tu, worum sie dich bittet.« Er zwang sich zu lächeln, doch musste es so übertrieben gewirkt haben, wie es sich anfühlte. »Ihr macht einen Fehler, Lady Stark. Mit dem Mordversuch an Eurem Sohn hatte ich nichts zu tun. Bei meiner Ehre …«

»Die Ehre eines Lannisters«, war alles, was sie sagte. Sie hielt ihre Hände hoch, damit alle im Raum sie sehen konnten. »Sein Dolch hat diese Narben hinterlassen. Das Messer, das er gesandt hat, damit es meinem Sohn die Kehle durchschneidet.«

Tyrion spürte den Zorn um sich herum, dicht und rauchig, gefüttert von den tiefen Schnitten in den Händen dieser Stark. »Tötet ihn«, zischte eine betrunkene Hure von weiter hinten, und andere Stimmen nahmen die Forderung auf, schneller, als er es für möglich gehalten hätte. Allesamt Fremde, deren Gerede eben eigentlich noch wohlgesonnen war, und schon wollten sie Blut sehen, wie Hunde auf der Jagd.

Tyrion sprach mit lauter Stimme, versuchte, das Beben seiner Stimme zu unterdrücken. »Wenn Lady Stark glaubt, ich hätte mich eines Verbrechens zu verantworten, werde ich mit ihr gehen und Rede und Antwort stehen.«

Es war die einzige Möglichkeit. Ein Versuch, sich den Weg aus dieser Sache freizuhauen, war eine sichere Einladung in ein frühes Grab. Ein gutes Dutzend Krieger hatten auf die Bitte der Stark um Hilfe reagiert: die Männer von Harrenhal, die drei Brackens, ein paar unangenehme Söldner, die aussahen, als wollten sie ihn töten, sobald er auch nur ausspuckte, und einige einfältige Landarbeiter, die zweifelsohne keine Ahnung hatten, worauf sie sich einließen. Was hatte Tyrion Lannister dagegen aufzubieten? Einen Dolch in seinem Gürtel und zwei Mann. Jyck schwang sein Schwert ganz ordentlich, doch Morrec zählte kaum. Er war teils Stallbursche, teils Koch, teils Kammerdiener und keineswegs Soldat. Was Yoren anging, wie auch immer seine Empfindungen sein mochten, so hatten die schwarzen Brüder den Eid abgelegt, sich an keinem Streit im Reiche zu beteiligen. Yoren würde gar nichts tun.

Und tatsächlich trat der schwarze Bruder schweigend beiseite, als der alte Ritter an Catelyn Starks Seite sagte: »Nehmt ihre Waffen«, und der Söldner Bronn trat vor, um das Schwert aus Jycks Händen zu winden und sie alle um ihre Dolche zu erleichtern. »Gut«, sagte der alte Mann, als die Spannung im Schankraum spürbar nachließ, »ausgezeichnet.« Tyrion erkannte die raue Stimme. Winterfells Waffenmeister mit rasiertem Backenbart.

Rotgefärbte Spucke flog aus dem Mund der dicken Wirtin, als sie Catelyn Stark anflehte: »Tötet ihn nicht hier drinnen!«

»Tötet ihn nirgendwo«, drängte Tyrion.

»Bringt ihn an einen anderen Ort, kein Blut hier drinnen, M'lady, ich will hier keinen Streit von hohen Herren.«

»Wir bringen ihn nach Winterfell zurück«, sagte sie, und Tyrion dachte: *Nun, vielleicht* … Inzwischen hatte er einen Augenblick Zeit gehabt, einen Blick in die Runde zu werfen und sich einen besseren Überblick über die Lage zu verschaffen. Er war nicht gänzlich unglücklich über das, was er sah. Oh, diese Stark war schlau gewesen, daran konnte kein Zweifel bestehen. Die Männer zu zwingen, öffentlich den Eid zu bestätigen, welchen die Lords, denen sie dienten, ihrem Vater geleistet hatten, und sie um Beistand zu ersuchen, und sie war eine Frau, ja, das war hübsch. Doch war ihr Erfolg damit nicht so vollkommen, wie es ihr vielleicht lieb gewesen wäre. Etwa fünfzig Gäste waren seiner groben Schätzung nach im Schankraum. Catelyn Starks Bitte hatte kaum ein Dutzend aufgebracht. Die anderen sahen verwirrt aus, oder ängstlich oder verdrossen. Nur zwei der Freys hatten sich gerührt, wie Tyrion aufgefallen war, und die hatten sich schnell wieder gesetzt, als ihr Hauptmann sich nicht rührte. Er hätte gelächelt, wenn ihm nicht der Mut dazu gefehlt hätte.

»Dann also Winterfell«, sagte er stattdessen. Es war ein langer Ritt, wie er bereits wusste, nachdem er gerade erst von dort gekommen war. So manches konnte auf dem Weg geschehen. »Mein Vater wird sich fragen, was aus mir geworden ist«, fügte er hinzu und fing den Blick des Ritters auf, der angeboten hatte, sein Zimmer zu räumen. »Er wird jedem eine erkleckliche Belohnung zahlen, der ihm berichtet, was heute hier geschehen ist.« Natürlich würde Lord Tywin nichts dergleichen tun, doch Tyrion wollte es dann wiedergutmachen, sobald er frei wäre.

Ser Rodrik warf einen Blick auf seine Herrin, besorgt, wie es der Lage angemessen war. »Seine Männer kommen mit«, erklärte der alte Ritter. »Und wir danken Euch allen, wenn Ihr Schweigen über das bewahrt, was Ihr hier gesehen habt.«

Tyrion konnte sein Lachen gerade noch herunterschlucken. *Schweigen?* Der alte Narr. Wenn er nicht das ganze Wirtshaus mitnahm, würde sich die Nachricht im selben Moment ausbreiten, in dem sie fort waren. Wie ein Pfeil würde der freie Ritter mit der Goldmünze in der Tasche nach Casterly Rock fliegen. Wenn nicht er, dann ein anderer. Yoren würde die Geschichte gen Süden tragen. Der einfältige Sänger würde ein Lied daraus machen. Die Freys würden es ihrem Herrn melden, und allein die Götter wussten, was er tun würde. Lord Walder Frey mochte eidlich an Riverrun gebunden sein, doch war er ein vorsichtiger Mann, der schon lange lebte, indem er stets dafür sorgte, dass er auf der Siegerseite stand. Zumindest würde er seine Vögel gen Süden nach King's Landing schicken, doch vielleicht wagte er auch weit mehr.

Catelyn Stark verschenkte keine Zeit. »Wir müssen sofort aufbrechen. Wir werden frische Pferde brauchen, und Proviant für unterwegs. Ihr Männer, seid versichert, dass Euch der ewige Dank des Hauses Stark gewiss ist. Sollte sich einer von Euch dazu entschließen, uns bei der Bewachung unserer Gefangenen zu helfen und sie sicher nach Winterfell zu bringen, so verspreche ich ihm eine ordentliche Belohnung.« Mehr war nicht nötig. Die Narren stürmten vor. Tyrion sah sich ihre Gesichter an. Ganz sicher sollten sie ihren Lohn bekommen, das schwor er sich, wenn auch vielleicht nicht ganz so, wie sie es sich vorstellten.

Doch selbst noch, als man ihn nach draußen schaffte, die Pferde im Regen sattelte und seine Hände mit einem Stück Seil fesselte, verspürte Tyrion Lannister eigentlich noch keine Furcht. Sie würden ihn niemals bis nach Winterfell bringen, darauf wollte er wetten. Nach einem Tag schon wären ihnen Reiter auf den Fersen, Vögel würden sich in die Lüfte schwingen, und sicher würde sich einer der Flusslords bei seinem Vater lieb Kind machen wollen und zu Hilfe eilen. Tyrion gratulierte sich eben zu seiner Scharfsinnigkeit, als ihm jemand eine Kapuze über die Augen zog und ihn in einen Sattel hob.

Im scharfen Galopp ging es durch den Regen, und es dauerte nicht lange, bis Tyrion Krämpfe in den Oberschenkeln bekam und sein Hinterteil vor Schmerzen brannte. Selbst nachdem sie das Wirtshaus weit hinter sich gelassen hatten und Catelyn Stark einen raschen Trab angeschlagen hatte, war es eine elende, unbequeme Reise über unebene Erde, was durch seine Blindheit noch verschlimmert wurde. Jedes Schwanken, jede Biegung drohte ihn vom Pferd zu werfen. Die Kapuze dämpfte die Geräusche, so dass er nicht verstehen konnte, was man um ihn herum sprach, und der Regen durchweichte den Stoff, der an seinem Gesicht klebte, bis selbst das Atmen zum Kampf wurde. Das Seil scheuerte seine Handgelenke wund und schien im Verlauf der Nacht immer enger zu werden. *Gerade will ich mich mit gebratenem Geflügel an ein warmes Feuer setzen, da muss dieser jämmerliche Sänger den Mund aufmachen*, dachte er traurig. Der jämmerliche Sänger war mit ihnen gekommen. »Daraus lässt sich ein großartiges Lied machen, und ich werde es sein, der es tut«, hatte er Catelyn Stark erklärt, als er seine Absicht verkündete, mit ihnen zu reiten, um zu sehen, wie das »glorreiche Abenteuer« ausginge. Tyrion fragte sich, ob der Junge das Abenteuer noch immer so »glorreich« fände, wenn die Reiter der Lannisters sie erst eingeholt hatten.

Schließlich nahm der Regen ein Ende, und das Licht des frühen Morgens sickerte durch den nassen Stoff über seinen Augen, als Catelyn Stark den Befehl zum Absteigen gab. Grobe Hände zogen ihn von seinem Pferd, befreiten seine Handgelenke und rissen ihm die Kapuze vom Kopf. Als er die schmale, steinige Straße sah, das Vorgebirge, das hoch und wild um sie aufragte, und die zerklüfteten, schneebedeckten Gipfel am fernen Horizont, verließ ihn alle Hoffnung noch im selben Augenblick. »Das ist die Bergstraße«, stöhnte er und sah Lady Stark vorwurfsvoll an. »Die *östliche* Straße. *Ihr* sagtet, Ihr wolltet nach Winterfell!«

Catelyn Stark schenkte ihm den Anflug eines Lächelns. »Oft und laut«, gab sie ihm recht. »Zweifellos werden Eure Freunde dorthin reiten, wenn sie uns verfolgen. Ich wünsche ihnen eine gute Reise.«

Noch lange, lange Tage danach erfüllte ihn die Erinnerung mit bitterem Zorn. Sein Leben lang hatte sich Tyrion seiner Gerissenheit gerühmt, der einzigen Gabe, welche die Götter ihm gegeben hatten, und doch hatte diese siebenmal verdammte Wölfin Catelyn Stark ihn in jeder Hinsicht übertölpelt. Diese Erkenntnis war ihm ein größeres Ärgernis als der bloße Umstand seiner Entführung.

Sie machten nur so lange Halt, wie es nötig war, die Pferde zu füttern und zu tränken, und schon waren sie wieder unterwegs. Diesmal ersparte man Tyrion die Kapuze. Nach der zweiten Nacht fesselten sie auch seine Hände nicht mehr, und als sie das Hochland erreicht hatten, machten sie sich kaum noch die Mühe, ihn überhaupt zu bewachen. Es schien, als fürchteten sie seine Flucht nicht. Und wieso sollten sie auch? Hier oben war das Land rau und wild, und die kleine Bergstraße war kaum mehr als ein steiniger Pfad. Falls er fortliefe, wie weit konnte er kommen, allein und ohne Proviant? Den Schattenkatzen wäre er ein Leckerbissen, und die Stämme, die in den Bergfestungen wohnten, waren Räuber und Mörder, die sich nur dem Gesetz des Schwertes unterwarfen.

Und dennoch trieb diese Stark sie gnadenlos an. Er wusste, welches Ziel sie hatte. Es war im selben Augenblick klar geworden, als man ihm die Kapuze vom Kopf zog. Diese Berge waren das Reich des Hauses Arryn, und die Witwe der verstorbenen Rechten Hand war eine Tully, Catelyn Starks Schwester … und keine Freundin der Lannisters. Tyrion hatte die Lady Lysa während ihrer Jahre in King's Landing flüchtig kennengelernt und sah der Erneuerung dieser Bekanntschaft nicht eben freudig entgegen.

Seine Häscher drängten sich um einen Bach, ein kurzes Stück die Straße hinauf. Die Pferde hatten ihren Durst mit eisig kaltem Wasser gelöscht und kauten an braunen Grasbüscheln herum, die aus Felsspalten wuchsen. Jyck und Morrec kauerten beieinander, kläglich und trübsinnig. Mohor ragte über ihnen auf, stützte sich auf seinen Speer und trug eine runde Eisenhaube, mit der er aussah, als hätte er eine Schüssel auf dem Kopf. Nicht weit davon saß Marillion, der Sänger, ölte seine Holzharfe und klagte darüber, was die Feuchtigkeit seinen Saiten antat.

»Wir bräuchten eine Rast«, sagte der unbedeutende Ritter Ser Willis Wode gerade zu Catelyn Stark, als Tyrion sich ihnen näherte. Er war einer von Lady Whents Mannen, halsstarrig und unerschütterlich, und der Erste, der sich im Wirtshaus erhoben hatte, um Catelyn Stark beizustehen.

»Ser Willis spricht Wahres aus, Mylady«, sagte Ser Rodrik. »Das ist schon das dritte Pferd, das wir verloren haben …«

»Wir werden mehr als nur Pferde verlieren, wenn uns die Lannisters einholen«, erinnerte sie ihn. Ihr Gesicht war vom scharfen Wind gerötet und ausgezehrt, doch hatte es nichts von seiner Entschlossenheit eingebüßt.

»Die Chancen dafür stehen schlecht«, warf Tyrion ein.

»Die Lady hat dich nicht nach deiner Meinung gefragt«, fuhr Kurleket ihn an, ein großer, dicker Esel mit kurzgeschorenem Haar und einem Schweinsgesicht. Er gehörte zu den Brackens und stand im Dienste von Lord Jonos. Tyrion hatte sich besondere Mühe gegeben, sich alle Namen einzuprägen, damit er ihnen später für ihre zartfühlende Behandlung danken konnte. Ein Lannister beglich stets seine Rechnungen. Das würde Kurleket eines Tages erfahren, wie auch seine Freunde Lharys und Mohor, und der gute Ser Willis und die Söldner Bronn und Chiggen. Eine besonders harsche Lektion plante er für Marillion, jenen mit der Holzharfe und dem lieblichen Tenor, der sich so mannhaft mühte, Gnom auf Hohn und Flötenton zu reimen, damit er ein Lied über seine Entrüstung schreiben konnte.

»Lasst ihn sprechen«, befahl Lady Stark.

Tyrion Lannister setzte sich auf einen Stein. »Mittlerweile dürften unsere Verfolger über den Neck jagen und Eurer Lüge über die Kingsroad nachhetzen … vorausgesetzt, es gibt Verfolger, was keineswegs sicher ist. Oh, zweifellos hat die Nachricht meinen Vater erreicht … doch liebt mein Vater mich nicht über alle Maßen.« Es war nur eine halbe Lüge. Lord Tywin Lannister kümmerte sich keinen Deut um seinen verkrüppelten Sohn, doch ließ er keine Kränkung der Ehre seiner Familie zu. »Dies ist ein grausames Land, Lady Stark. Beistand werdet Ihr erst finden, wenn Ihr das Grüne Tal erreicht, und jedes Pferd, das Ihr verliert, erschwert die Last der anderen umso mehr. Schlimmer noch, Ihr geht das Risiko ein, *mich* zu verlieren. Ich bin klein, und wenn ich sterbe, welchen Sinn ergibt das alles dann?« Das war absolut keine Lüge. Tyrion wusste nicht, wie lange er diese Geschwindigkeit noch durchhalten konnte.

»Man könnte sagen, dass Euer Tod der Sinn ist, Lannister«, erwiderte Catelyn Stark.

»Ich glaube nicht«, sagte Tyrion. »Wenn Ihr meinen Tod wünschtet, hättet Ihr nur ein Wort sagen müssen, und einer Eurer standhaften Freunde hier hätte mir gern sein rotes Lächeln gewidmet.« Er sah Kurleket an, doch war der Mann zu schwer von Begriff, um den Spott zu verstehen.

»Die Starks ermorden Männer nicht in ihren Betten.«

»Ebenso wenig wie ich«, sagte er. »Ich sage es Euch noch einmal: Ich hatte mit dem Mordversuch an Eurem Sohn nichts zu tun.«

»Der Attentäter war mit Eurem Dolch bewaffnet.«

Tyrion fühlte, wie Hitze in ihm aufstieg. »Es war nicht mein Dolch«, beharrte er. »Wie oft muss ich es noch beschwören? Lady Stark, was immer Ihr von mir halten mögt ... ich bin kein dummer Mensch. Nur ein Narr würde einem gemeinen Wegelagerer seinen eigenen Dolch geben.«

Einen Moment nur glaubte er, den Anflug eines Zweifels in ihren Augen zu erkennen, doch was sie sagte, war: »Warum sollte Petyr mich belügen?«

»Warum scheißt ein Bär in die Wälder?«, rief er. »Weil es seine Art ist. Das Lügen fällt einem Mann wie Littlefinger so leicht wie das Atmen. *Ihr* solltet es doch wissen, Ihr vor allen anderen.«

Sie trat einen Schritt auf ihn zu, mit angespannter Miene. »Und was soll das heißen, Lannister?«

Tyrion neigte seinen Kopf. »Nun, jedermann bei Hofe hat ihn prahlen gehört, er hätte Euch entjungfert, Mylady.«

»Das ist eine Lüge!«, entfuhr es Catelyn Stark.

»Oh, böser, kleiner Gnom«, sagte Marillion erschrocken.

Kurleket zog seinen Dolch, ein tückisches Stück schwarzen Eisens. »Auf Euer Wort, Mylady, werfe ich Euch seine lügnerische Zunge zu Füßen.« Seine Schweinsaugen wurden aus Vorfreude ganz feucht.

Catelyn Stark starrte Tyrion mit einer Kälte im Gesicht an, wie er sie nie zuvor gesehen hatte. »Petyr Baelish hat mich einmal geliebt. Er war noch ein kleiner Junge. Seine Leidenschaft war für uns alle eine Tragödie, doch war sie wirklich und rein und nichts, worüber man spotten sollte. Er wollte meine Hand. Das ist die ganze Wahrheit. Ihr seid wahrlich ein böser Mann, Lannister.«

»Und Ihr seid wahrlich eine Närrin, Lady Stark. Littlefinger hat nie jemand anderen als Littlefinger geliebt, und ich versichere Euch, dass er nicht mit Eurer Hand prahlt, sondern mit Euren prallen Brüsten und dem süßen Mund und der Hitze zwischen Euren Beinen.«

Kurleket fasste ihm ins Haar, riss seinen Kopf mit hartem Ruck nach hinten und legte seine Kehle frei. Tyrion spürte den kalten Kuss von Stahl unter seinem Kinn. »Soll ich ihn bluten lassen, Mylady?«

»Töte mich, und die Wahrheit stirbt mit mir«, keuchte Tyrion.

»Lass ihn reden«, befahl Catelyn Stark.

Widerstrebend ließ Kurleket Tyrions Haar los.

Tyrion holte tief Luft. »Was hat Littlefinger Euch erzählt, wie ich zu seinem Dolch gekommen bin? Das beantwortet mir.«

»Ihr habt ihn bei einer Wette gewonnen, während des Turniers an Prinz Joffreys Namenstag.«

»Als mein Bruder Jaime vom Ritter der Blumen aus dem Sattel geworfen wurde, das war seine Geschichte, nicht?«

»Das war sie«, bestätigte sie. Ihre Stirn legte sich in Falten.

»Reiter!«

Der Schrei kam vom windgeformten Kamm hoch über ihnen. Ser Rodrik hatte Lharys die Felswand hinaufklettern lassen, damit er die Straße im Auge behielt, während sie rasteten.

Eine lange Sekunde etwa rührte sich niemand. Catelyn Stark reagierte als Erste. »Ser Rodrik, Ser Willis, zu Pferd«, rief sie. »Schafft die anderen Tiere hinter uns. Mohor, bewache die Gefangenen ...«

»Bewaffnet uns!«, Tyrion sprang auf und packte sie beim Arm. »Ihr werdet jedes Schwert brauchen.«

Sie wusste, dass er recht hatte, Tyrion konnte es sehen. Die Bergstämme kümmerten sich nur wenig um Feindseligkeiten zwischen den großen Familien. Sie würden Starks und Lannisters mit gleicher Inbrunst niedermetzeln, ganz wie sie sich gegenseitig schlachteten. Catelyn selbst mochten sie schonen. Sie war noch jung genug, um Söhne zu gebären. Dennoch zögerte sie.

»Ich höre sie!«, rief Ser Rodrik. Tyrion wandte seinen Kopf, um zu lauschen, und da war es: Hufgetrappel, ein Dutzend Pferde oder mehr kamen näher. Plötzlich waren alle in Bewegung, griffen nach ihren Waffen, rannten zu ihren Pferden.

Kieselsteine regneten um sie herum, als Lharys springend und rutschend vom Kamm herunterkam. Atemlos landete er vor Catelyn Stark, ein linkisch wirkender Mann mit wilden Büscheln von rostfarbenem Haar, das unter einer kegelförmigen Stahlhaube hervorlugte. »Zwanzig Mann, vielleicht fünfundzwanzig«, sagte er keuchend. »Milk Snakes oder Moon Brothers, würde ich vermuten. Sie müssen Späher draußen haben, M'Lady … versteckte Wachen … sie wissen, dass wir hier sind.«

Ser Rodrik Cassel war bereits zu Pferd, ein Langschwert in der Hand. Mohor kauerte hinter einem Felsen, beide Hände an seinem Speer mit Eisenspitze, einen Dolch zwischen den Zähnen. »Du, Sänger«, rief Ser Willis Wode. »Hilf mir mit diesem Brustharnisch.« Wie erstarrt saß Marillion da, klammerte sich an seine Harfe, sein Gesicht so blass wie Milch, doch Tyrions Mann Morrec sprang eilig auf und half dem Ritter mit dessen Rüstung.

Tyrion hielt Catelyn Stark noch immer fest. »Ihr habt keine Wahl«, erklärte er ihr. »Drei von uns und ein vierter Mann vergeudet, der uns bewachen muss … vier Mann können hier oben über Leben und Tod entscheiden.«

»Gebt mir Euer Wort, dass Ihr Eure Schwerter niederlegt, sobald der Kampf vorüber ist.«

»Mein Wort?« Schon wurde das Hufgetrappel lauter. Tyrion grinste schief. »Oh, das habt Ihr, Mylady … auf meine Ehre als ein Lannister.«

Einen Moment lang dachte er, sie würde ihn anspucken, doch stattdessen rief sie: »Bewaffnet sie«, und schon machte sie sich davon. Ser Rodrik warf Jyck sein Schwert und Messer zu und fuhr herum, um sich dem Feind zu stellen. Morrec bekam Bogen und Köcher und kniete neben der Straße. Mit dem Bogen war er besser als mit dem Schwert. Und Bronn ritt heran und bot Tyrion eine Doppelaxt an.

»Ich habe noch nie mit einer Axt gekämpft.« Die Waffe fühlte sich in seinen Händen unhandlich und fremd an. Sie hatte einen kurzen Stiel, einen schweren Kopf, einen bösen Stachel am Ende.

»Tut, als würdet Ihr Holz hacken«, erklärte ihm Bronn, während er sein Langschwert aus der Scheide auf seinem Rücken zog. Er spuckte aus und trabte davon, um sich neben Chiggen und Ser Rodrik aufzubauen. Ser Willis stieg auf, um sich ihnen anzuschließen, fingerte an seinem Helm herum, einem metallenen Topf mit schmalen Schlitzen für die Augen und einem langen, schwarzen, seidenen Federbusch.

»Holz blutet nicht«, sagte Tyrion, an niemand im Besonderen gerichtet. Ohne Rüstung fühlte er sich nackt. Er sah sich nach einem Felsen um und lief dorthin, wo sich Marillion versteckte. »Rutsch ein Stück zur Seite.«

»Geh weg!«, schrie der Junge ihn an. »Ich bin Sänger, ich will mit diesem Kampf nichts zu schaffen haben!«

»Was, hast du deinen Geschmack am Abenteuer schon verloren?« Tyrion trat nach dem Jüngling, bis dieser Platz machte, und das keinen Augenblick zu früh. Einen Herzschlag später fielen die Reiter über sie her.

Es gab keine Herolde, keine Banner, weder Hörner noch Trommeln, nur das Singen der Sehnen, als Morrec und Lharys losließen, und plötzlich donnerten die Stammesbrüder aus dem Morgengrauen hervor, schlanke, dunkle Männer in Leder und ungleichen Rüstungen, die Gesichter hinter vergitterten Halbhelmen verborgen. Die behandschuhten Hände hielten die verschiedensten Waffen: Langschwerter und Lanzen und geschliffene Sicheln, dornbesetzte Keulen und Dolche und schwere Holzhämmer. An ihrer Spitze ritt ein großer Mann in einem gestreiften Umhang aus Schattenfell, mit einem beidhändigen Großschwert bewaffnet.

Ser Rodrik rief: *»Winterfell!«*, und ritt ihnen entgegen, mit Bronn und Chiggen an seiner Seite, die irgendeinen wortlosen Schlachtruf von sich gaben. Ser Willis Wode folgte ihnen, schwang einen mit Eisenspitzen besetzten Morgenstern über seinem Kopf. »Harrenhal! Harrenhal!«, rief er. Tyrion verspürte den plötzlichen Drang aufzuspringen, seine Axt zu schwingen und zu brüllen: »Casterly Rock!«, doch der Irrsinn verflog schnell, und er duckte sich noch tiefer.

Er hörte die Schreie ängstlicher Pferde und das Krachen von Metall auf Metall. Chiggens Schwert harkte durch das nackte Gesicht eines Reiters im Kettenhemd, und Bronn pflügte durch die Stammesbrüder wie ein Wirbelwind, schlug links und rechts von sich die Feinde nieder. Ser Rodrik hämmerte auf den großen Mann im Schattenfellumhang ein, und ihre Pferde umtanzten einander, während sie einen Hieb nach dem anderen tauschten. Jyck sprang auf ein Pferd und galoppierte ohne Sattel in den Kampf. Tyrion sah, dass ein Pfeil aus dem Hals des Mannes mit dem Umhang aus Schattenfell ragte. Als der den Mund aufmachte, um zu schreien, kam nur Blut heraus. Als er dann fiel, rang Ser Rodrik schon mit einem anderen.

Plötzlich schrie Marillion auf, schützte seinen Kopf mit der Harfe, als ein Pferd über ihren Felsen sprang. Tyrion kam auf die Beine, als der Reiter wendete, um sie anzugreifen, wobei er einen dornbesetzten Hammer in der Hand wog. Tyrion schwang seine Axt mit beiden Händen. Die Klinge traf das Pferd mit fleischigem Geräusch im Hals, nach oben abgewinkelt, und fast glitt sie Tyrion aus der Hand, als das Pferd schrie und zusammenbrach. Er schaffte es, die Axt freizubekommen und unbeholfen aus dem Weg zu taumeln. Marillion hatte weniger Glück. Pferd und Reiter gingen gemeinsam über dem Sänger zu Boden. Tyrion sprang wieder heran, während das Bein des Räubers noch unter dem Pferd eingeklemmt war, und schlug dem Mann die Axt in den Hals, kurz oberhalb der Schulterblätter.

Als er darum rang, die Axt zu befreien, hörte er Marillion unter den beiden Leichen stöhnen. »Hilf mir doch jemand«, ächzte der Sänger. »Bei allen Göttern, ich *blute*.«

»Ich glaube, es ist Pferdeblut«, widersprach Tyrion. Die Hand des Sängers kam unter dem toten Tier hervor, krabbelte wie eine fünfbeinige Spinne durch den Dreck. Tyrion stellte seinen Absatz auf die tastenden Finger und spürte zufrieden deren Knirschen. »Schließ die Augen und stell dich tot«, riet er dem Sänger, bevor er die Axt nahm und sich abwandte.

Danach kam eines zum anderen. Die Morgendämmerung war voll Gebrüll und Geschrei und dem Gestank von Blut, und die Welt versank im Chaos. Pfeile pfiffen an seinem Ohr vorbei und prallten von den Steinen ab. Er sah, wie Bronn vom Pferd stieg und mit dem Schwert in einer Hand kämpfte. Tyrion hielt sich

am Rande der Schlacht, schlich von Fels zu Fels und schoss aus dem Schatten hervor, um auf die Beine vorüberdonnernder Pferde einzuhauen. Er fand einen verwundeten Banditen, half ihm sterben und bediente sich bei dessen Halbhelm. Dieser saß zu eng, doch war Tyrion froh um jede Art von Schutz. Jyck wurde von hinten niedergemacht, als er einen Mann vor sich aufschlitzte, und später stolperte Tyrion über Kurlekets Leiche. Das Schweinsgesicht war mit einer Keule eingeschlagen worden. Tyrion erkannte den Dolch, als er ihn den Fingern des toten Mannes entwand. Eben schob er ihn in seinen Gürtel, als er eine Frau schreien hörte.

Catelyn saß an der steinernen Wand des Berges in der Falle, umgeben von drei Männern, einer noch zu Pferd, die beiden anderen zu Fuß. Sie hielt ein Messer unbeholfen in ihren zerschnittenen Händen und stand mit dem Rücken an der Wand, und sie war von drei Seiten umzingelt. *Sollen sie sich die Hexe holen*, dachte Tyrion, *und sie bei sich willkommen heißen*, doch irgendwie griff er trotzdem ein. Den ersten Mann traf er von hinten ins Knie, bevor sie überhaupt merkten, dass er da war, und das schwere Eisen der Axt spaltete Fleisch und Knochen wie morsches Holz. *Holz, das blutet*, dachte Tyrion geistlos, als sich der zweite Mann über ihn hermachte. Tyrion duckte sich unter dessen Schwert hindurch, schwang die Axt, der Mann taumelte rückwärts… und Catelyn Stark trat von hinten an ihn heran und schnitt ihm die Kehle auf. Dem Reiter fiel ein, dass er andernorts dringend gebraucht wurde, er galoppierte urplötzlich davon.

Tyrion sah sich um. Der Feind war bezwungen oder geflohen. Irgendwie hatten die Kämpfe aufgehört, als er gerade nicht hinsah. Verendende Pferde und verwundete Männer lagen überall, schrien und stöhnten. Zu seinem unendlichen Erstaunen war er nicht einer von ihnen. Er entspannte seine Finger und ließ die Axt mit dumpfem Schlag zu Boden fallen. Seine Hände waren ganz klebrig vom Blut. Er hätte schwören können, dass er einen halben Tag lang gekämpft hatte, die Sonne hingegen schien sich kaum bewegt zu haben.

»Deine erste Schlacht?«, fragte Bronn später, während er sich über Jycks Leiche beugte und ihr die Stiefel auszog. Es waren gute Stiefel, wie es sich für einen von Lord Tywins Männern gehörte, schweres Leder, weich und eingefettet, weit besser als das, was Bronn trug.

Tyrion nickte. »Mein Vater wird wirklich stolz auf mich sein«, sagte er. Die Krämpfe in seinen Beinen waren so heftig, dass er kaum stehen konnte. Seltsam nur, während des Kampfes hatte er die Schmerzen nicht gespürt.

»Jetzt bräuchte man eine Frau«, sagte Bronn mit einem Funkeln in den schwarzen Augen. Er schob die Stiefel in seine Satteltasche. »Nichts geht über eine Frau, wenn ein Mann seine blutige Feuertaufe erlebt hat, das kannst du mir glauben.«

Chiggen unterbrach seine Leichenfledderei gerade so lange, dass er prusten und sich die Lippen lecken konnte.

Tyrion sah zu Lady Stark hinüber, die Ser Rodriks Wunden verband. »Ich wäre bereit, wenn sie es wäre«, sagte er. Die Reiter brachen in Gelächter aus, und Tyrion grinste und dachte: *Das ist doch mal ein Anfang.*

Später kniete er am Bach und wusch mit eiskaltem Wasser das Blut von seinem Gesicht. Als er wieder zu den anderen humpelte, sah er sich die Toten noch einmal an. Die erschlagenen Stammesbrüder waren magere, zerlumpte Männer, ihre Pferde knochig und von kleinem Wuchs, bei denen man jede Rippe erkennen konnte.

Was Bronn und Chiggen ihnen an Waffen gelassen hatten, war nicht allzu eindrucksvoll. Schlegel, Keulen, eine *Sichel* … Er dachte an den großen Mann mit seinem Umhang aus Schattenfell, der mit einem zweihändigen Großschwert gegen Ser Rodrik gekämpft hatte, doch als er die Leiche auf dem steinigen Boden liegend fand, war dieser Mann gar nicht so groß, der Umhang fort, und Tyrion sah, dass die Klinge tiefe Kerben hatte und der billige Stahl von Rostflecken überzogen war. Kein Wunder, dass der Stamm neun Leichen am Boden zurückgelassen hatte.

Sie selbst hatten nur drei Tote zu beklagen, zwei von Lord Brackens Soldaten, Kurleket und Mohor, und dazu Jyck, einen seiner Mannen, der mit seiner Attacke ohne Sattel einen solch verwegenen Auftritt hingelegt hatte. *Ein Narr bis in den Tod,* dachte Tyrion.

»Lady Stark, ich rate Euch, weiterzuziehen, in aller Eile«, sagte Ser Willis Wode, und seine Augen suchten wachsam durch den Spalt in seinem Helm die Klippen ab. »Für den Augenblick haben wir sie vertrieben, aber sie werden nicht weit sein.«

»Wir müssen unsere Toten begraben, Ser Willis«, gab sie zurück. »Es waren tapfere Männer. Ich werde sie nicht den Krähen und Schattenkatzen überlassen.«

»Diese Erde ist zu steinig zum Graben«, sagte Ser Willis.

»Dann sammeln wir Steine, um sie damit zu bedecken.«

»Sammelt alle Steine, die Ihr sammeln wollt«, erklärte Bronn, »aber tut es ohne Chiggen und mich. Ich weiß Besseres zu tun, als Steine auf toten Männern aufzuhäufen … atmen zum Beispiel.« Er sah den Rest der Überlebenden an. »Jeder von Euch, der hofft, bei Einbruch der Dunkelheit noch am Leben zu sein, reitet mit uns.«

»Mylady, ich fürchte, er spricht wahr«, sagte Ser Rodrik müde. Der alte Ritter schien in der Schlacht verwundet worden zu sein, beklagte einen tiefen Schnitt im linken Arm, und ein Speer hatte seinen Nacken gestreift. Er klang so alt, wie er tatsächlich war. »Wenn wir hierbleiben, fallen sie mit Sicherheit wieder über uns her, und einen zweiten Angriff überleben wir vielleicht nicht.«

Tyrion konnte den Zorn in Catelyns Gesicht sehen, doch hatte sie keine Wahl. »Dann mögen uns die Götter vergeben. Wir reiten gleich.«

Nun herrschte kein Mangel an Pferden mehr. Tyrion hob seinen Sattel auf Jycks gescheckten Wallach, der kräftig genug aussah, noch mindestens drei oder vier Tage durchzuhalten. Eben wollte er aufsteigen, als Lharys an ihn herantrat. »Gib mir diesen Dolch zurück, Zwerg.«

»Lasst ihn den Dolch behalten.« Catelyn Stark sah von ihrem Pferd herab. »Und sorgt dafür, dass er auch seine Axt wiederbekommt. Wir könnten sie gebrauchen, falls wir noch einmal angegriffen werden.«

»Seid meines Dankes gewiss, Lady«, sagte Tyrion und stieg auf.

»Spart ihn Euch«, sagte sie schroff. »Ich traue Euch nicht mehr als vorher.« Sie war fort, bevor ihm eine Antwort einfallen wollte.

Tyrion richtete seinen gestohlenen Helm und nahm die Axt von Bronn entgegen. Er dachte daran, wie er die Reise begonnen hatte, mit gefesselten Händen und einer Kapuze über dem Kopf, und kam zu dem Schluss, dass er sich enorm verbessert hatte. Lady Stark konnte ihr Vertrauen für sich behalten. Solange er die Axt behalten durfte, hatte er ihr etwas voraus.

Ser Willis Wode führte sie an. Bronn übernahm die Nachhut, Lady Stark blieb zu ihrer Sicherheit in der Mitte, Ser Rodrik wie ein Schatten neben ihr. Marillion warf Tyrion ständig mürrische Blicke zu, während sie so ritten. Dem Sänger waren ein paar Rippen gebrochen, seine Holzharfe und alle vier Finger seiner Spielhand, doch war der Tag für ihn kein gänzlicher Verlust gewesen. Irgendwo hatte er einen Umhang aus Schattenfell gefunden, einen dicken, schwarzen Pelz, von weißen Streifen durchzogen. Schweigend hüllte er sich hinein, und dieses eine Mal mangelte es ihm an Worten.

Sie hörten das tiefe Knurren von Schattenkatzen hinter sich, bevor sie auch nur eine halbe Meile geritten waren, und später das wilde Fauchen, als die Tiere um die Leichen stritten, die sie zurückgelassen hatten. Marillion wurde sichtlich blasser. Tyrion ritt neben ihm. *»Memme«*, sagte er, »reimt sich hübsch auf Gemme.« Er gab seinem Pferd einen Tritt und ritt an dem Sänger vorbei zu Ser Rodrik und Catelyn Stark.

Sie sah ihn an, die Lippen fest zusammengepresst.

»Wie ich bereits sagte, als wir so rüde unterbrochen wurden«, begann Tyrion, »es gibt einen schweren Fehler in Littlefingers Fabel. Was immer Ihr von mir glauben mögt, Lady Stark, eines kann ich Euch versichern: Ich wette *niemals* gegen meine Familie.«

ARYA

Der einohrige, schwarze Kater machte einen Buckel und fauchte sie an.

Arya tappte die Gasse entlang, balancierte auf den Ballen ihrer nackten Füße, lauschte dem Flattern ihres Herzens, atmete tief und langsam. *Leise wie ein Schatten*, sagte sie zu sich, *leicht wie eine Feder*. Der Kater sah sie kommen, mit Argwohn in den Augen.

Katzen zu fangen war schwer. Ihre Hände waren von halb verheilten Narben übersät, und beide Knie waren verschorft, denn sie hatte sie sich übel aufgeschlagen. Anfangs hatte ihr selbst die dicke, fette Katze des Kochs entfliehen können, doch Syrio trieb sie bei Tag und Nacht an. Als sie mit blutenden Händen zu ihm gelaufen kam, hatte er gesagt: »So langsam? Sei schneller, Mädchen. Deine Feinde werden dir mehr als nur Kratzer verpassen.« Sie hatte Wunden mit myrischem Feuer abgetupft, welches so schlimm brannte, dass sie sich auf die Lippen beißen musste, um nicht zu schreien. Dann sandte er sie aus, weitere Katzen zu fangen.

Der Red Keep war *voller* Katzen: Faule, alte Katzen schlummerten in der Sonne, kaltäugige Mauser zuckten mit den Schwänzen, schnelle, kleine Kätzchen mit Krallen wie Nadeln, Katzen der Hofdamen, gekämmt und zutraulich, struppige Schatten, welche die Abfallhaufen durchstöberten. Eine nach der anderen hatte Arya gejagt und gefangen und stolz Syrio Forel gebracht … alle, bis auf diese eine, diesen einohrigen schwarzen Teufel von einem Kater. »Das da drüben ist der wahre König dieser Burg«, hatte einer der Goldröcke ihr erklärt. »Älter als die Sünde und doppelt so böse. Einmal, als der König ein Festmahl für den Vater der Königin gab, sprang der schwarze Mistkerl auf den Tisch und hat sich eine gebratene Wachtel direkt aus Lord Tywins Hand geschnappt. Robert musste lachen, dass er fast geplatzt wäre. Von dem da halte dich lieber fern, Kindchen.«

Sie hatte ihn durch die halbe Burg gehetzt. Zweimal um den Turm der Hand, über den Innenhof, durch die Ställe, die Wendeltreppe hinunter, an der kleinen Küche und dem Schweinestall und den Kasernen der Goldröcke vorbei, am Fuße der Flussmauer entlang und wieder die Treppen hinauf und am Verrätergang vor und zurück und wieder hinunter und durch ein Tor und um einen Brunnen und in seltsame Gebäude hinein und wieder aus ihnen hervor, bis Arya nicht mehr wusste, wo sie war.

Jetzt endlich hatte sie ihn. Hohe Mauern ragten zu beiden Seiten auf, und vor sich sah sie eine kahle, fensterlose Wand. *Leise wie ein Schatten*, wiederholte sie, während sie voranschlich, *leicht wie eine Feder*.

Als sie drei Schritte vor ihm war, machte der Kater einen Satz. Links, dann rechts wollte er, und rechts, dann links war Arya, schnitt ihm den Weg ab. Wieder fauchte er und versuchte, zwischen ihren Beinen hindurchzukommen. *Schnell wie eine Schlange*, dachte sie. Ihre Hände schlossen sich um ihn. Sie drückte ihn an ihre Brust, fuhr herum und lachte laut, während seine Krallen über ihr Lederwams kratzten. Blitzschnell küsste sie ihn zwischen die Augen und riss den Kopf gleich wieder zurück, bevor die Krallen ihr Gesicht gefunden hatten. Der Kater heulte und fauchte.

»Was machst du mit der Katze, Junge?«

Erschrocken ließ Arya die Katze fallen und drehte sich zu der Stimme um. Der Kater machte sich augenblicklich davon. Am Ende der Gasse stand ein Mädchen mit einem Wust von goldenen Locken, gekleidet wie eine Puppe in blauen Satin. Neben ihr stand ein pausbackiger, kleiner, blonder Junge, auf dessen Wams mit Perlen ein stolzierender Hirsch gestickt war, und an seiner Seite trug er ein kleines Schwert. *Prinzessin Myrcella und Prinz Tommen*, dachte Arya. Eine Septa, die so groß war wie ein Zugpferd, ragte über ihnen auf, und hinter ihr standen zwei große Männer in roten Mänteln, die Leibgarde der Lannisters.

»Was hast du mit der Katze gemacht, Junge?«, fragte Myrcella erneut mit ernster Stimme. Zu ihrem Bruder sagte sie: »Was für ein zerlumpter Junge, nicht? Sieh ihn dir an.« Sie kicherte.

»Ein lumpiger, dreckiger, stinkiger Junge«, gab Tommen ihr recht.

Sie erkennen mich nicht, dachte Arya. *Sie merken nicht mal, dass ich ein Mädchen bin.* Was nicht verwundern konnte. Sie war barfuß und schmutzig, ihr Haar vom langen Rennen durch die Burg zerzaust, und bekleidet war sie mit einem von Katzenkrallen zerfetzten Lederwams und groben, braunen Hosen, die über ihren verschorften Knien abgeschnitten waren. Man trägt nicht Samt und Seide, wenn man Katzen jagt. Eilig senkte sie den Blick und fiel auf ein Knie. Vielleicht *würden* sie sie nicht erkennen. Falls sie es täten, würde sie es auf ewig zu hören bekommen. Septa Mordane wäre zu Tode gekränkt, und Sansa würde wegen der Schande nie mehr mit ihr sprechen.

Die alte, fette Septa trat vor. »Junge, wie bist du hier hereingekommen? In diesem Teil der Burg hast du nichts verloren.«

»Seinesgleichen kann man nicht draußen halten«, sagte einer der roten Mäntel. »Das ist, als wollte man die Ratten fernhalten.«

»Zu wem gehörst du, Junge?«, forderte die Septa zu wissen. »Antworte mir. Was ist los mit dir? Bist du stumm?«

Aryas Stimme blieb in ihrer Kehle stecken. Wenn sie antwortete, würden Tommen und Myrcella sie ganz sicher erkennen.

»Godwyn, bring ihn her«, verlangte die Septa. Der größere der beiden Gardisten kam die Gasse herunter.

Panik packte ihre Kehle wie die Hand eines Riesen. Arya hätte nicht sprechen können und wenn ihr Leben davon abgehangen hätte. *Ruhig wie stilles Wasser*, formte sie tonlos mit ihrem Mund.

Als Godwyn nach ihr griff, wich Arya ihm aus. *Schnell wie eine Schlange.* Sie beugte sich nach links, ließ seine Finger von ihrem Arm abgleiten, tänzelte um ihn herum. *Sanft wie Sommer-*

seide. Bis er sich umgedreht hatte, rannte sie schon die Gasse hinunter.

Flink wie ein Reh. Die Septa kreischte ihr hinterher. Arya kroch zwischen Beinen hindurch, die dick und weiß wie Marmorsäulen waren, sprang auf, stieß mit Prinz Tommen zusammen und hüpfte über ihn, als der auf den Allerwertesten plumpste und »*Uff*« sagte, wich der zweiten Wache aus, und schon hatte sie alle hinter sich und rannte ihnen davon.

Sie hörte Rufen, dann stampfende Schritte, die immer näher kamen. Sie ließ sich fallen und rollte ab. Der rote Mantel stürmte an ihr vorüber, stolperte. Arya sprang wieder auf die Beine. Sie sah ein Fenster über sich, hoch und schmal, kaum mehr als eine Schießscharte. Arya sprang, bekam den Sims zu fassen, zog sich nach oben. Sie hielt die Luft an, als sie sich hindurchschob. *Glatt wie ein Aal.* Als sie vor einer erschrockenen Putzfrau auf den Boden sprang, hüpfte sie auf, bürstete die Binsen von ihren Kleidern und war schon wieder unterwegs, zur Tür hinaus durch einen langen Korridor, eine Treppe hinunter, über einen verborgenen Hof, um eine Ecke und über eine Mauer und durch ein niedriges, schmales Fenster in einen stockfinsteren Keller. Die Geräusche hinter ihr wurden immer leiser.

Arya war außer Atem und hatte sich verirrt. Jetzt wäre sie dran, falls man sie erkannt hätte, doch glaubte sie nicht daran. Sie war zu schnell gewesen. *Flink wie ein Reh.*

Sie kauerte sich in der Dunkelheit an eine feuchte Mauer und lauschte ihren Verfolgern, doch hörte sie nur ihren Herzschlag und das ferne Tropfen von Wasser. *Still wie ein Schatten,* sagte sie zu sich. Sie fragte sich, wo sie war. Als sie nach King's Landing gekommen waren, hatte sie oft Alpträume gehabt, in denen sie sich in der Burg verirrte. Vater sagte, der Red Keep sei eigentlich kleiner als Winterfell, doch in ihren Träumen war er riesig, ein endloser, steinerner Irrgarten mit Mauern, die sich zu verschieben und hinter ihr zu bewegen schienen. Dort fand sie sich wieder, wie sie durch düstere Hallen wanderte, an verblassten Wandteppichen vorüber, endlose Wendeltreppen hinab, über Höfe und Brücken hetzend, und niemand antwortete auf ihr Rufen. In einigen der Räume schien Blut aus den roten Steinwänden zu tropfen, und nirgends konnte sie ein Fenster finden. Manchmal hörte sie dann die Stimme ihres Vaters, doch stets aus weiter Ferne, und so schnell sie ihr auch nachlief, wurde seine Stimme doch stets leiser und immer leiser, bis sie ganz verklungen und Arya in der Dunkelheit nun ganz allein war.

Hier war es sehr dunkel, wie Arya auffiel. Sie legte die Arme um ihre nackten Knie, drückte sie fest an ihre Brust und zitterte. Leise wollte sie warten und bis zehntausend zählen. Dann konnte sie sicher hinausklettern und den Weg nach Hause suchen.

Als sie bei siebenundachtzig war, hatten sich ihre Augen langsam an die Dunkelheit gewöhnt. Nun nahm manches im Raum Formen an. Riesenhafte, leere Augen starrten sie hungrig aus der Finsternis an, und undeutlich sah sie die gezackten Schatten langer Zähne. Sie verzählte sich. Sie schloss die Augen, biss sich auf die Lippen und verscheuchte ihre Angst. Wenn sie wieder hinsähe, wären die Ungeheuer fort. Wären nie dagewesen. Sie tat, als wäre Syrio dort neben ihr und flüsterte ihr ins Ohr. *Ruhig wie stilles Wasser*, sagte sie sich. *Stark wie ein Bär. Wild wie eine Wölfin.* Erneut schlug sie die Augen auf.

Die Ungeheuer waren noch da, doch die Angst war verschwunden.

Ayra stand auf, bewegte sich ganz vorsichtig. Überall um sie herum sah sie diese Köpfe. Einen davon berührte sie, neugierig, fragte sich, ob sie wohl echt waren. Ihre Fingerspitzen strichen über einen mächtigen Unterkiefer, der sich kalt und hart anfühlte. Mit einem Finger betastete sie einen Zahn, schwarz und scharf, wie ein Dolch aus Finsternis. Ein Schauer lief ihr über den Rücken.

»Es ist tot«, sagte sie laut. »Es ist nur ein Schädel, es kann mir nichts tun.« Dennoch schien das Ungeheuer zu wissen, dass sie da war. Sie spürte, wie seine leeren Augen sie in der Dunkelheit beobachteten, und in diesem trüben, höhlenartigen Raum war etwas, dem sie nicht gefiel. Sie wich vor dem Schädel zurück und stieß gegen einen zweiten, der noch größer als der erste war. Einen Moment lang fühlte sie, wie sich seine Zähne in ihre Schulter bohrten, als wollte er ein Stück aus ihr herausbeißen.

Arya fuhr herum und merkte, wie Leder zerriss, als ein mächtiger Zahn an ihrem Wams nagte, und dann rannte sie. Ein weiterer Schädel ragte vor ihr auf, das größte Ungeheuer von allen, doch Arya hielt sich keinen Augenblick auf. Sie sprang über einen Grat aus schwarzen Zähnen, groß wie Schwerter, stürzte durch hungrige Mäuler und warf sich gegen die Tür.

Ihre Hände fanden einen schweren Eisenring im Holz, und sie zog mit Leibeskräften daran. Die Tür widersetzte sich ihr kurz, bis sie langsam nach innen schwang, mit lautem Knarren, von dem Arya sicher war, dass man es in der ganzen Stadt hören konnte. Sie öffnete die Tür gerade weit genug, um in den Korridor dahinter zu schlüpfen.

War der Raum mit den Ungeheuern schon dunkel gewesen, dann war der Korridor die schwärzeste Grube in allen sieben Höllen. *Ruhig wie stilles Wasser*, redete Arya sich ein, doch selbst nachdem sie ihren Augen etwas Zeit gelassen hatte, sich daran zu gewöhnen, war dort nichts weiter zu sehen als der schwache, graue Umriss der Tür, durch die sie gekommen war. Sie bewegte ihre Finger vor dem Gesicht, fühlte ihre Bewegung in der Luft, sah jedoch nichts. Sie war blind. *Eine Wassertänzerin sieht mit allen Sinnen*, erinnerte sie sich. Sie schloss die Augen und bemühte sich, ruhig zu atmen, eins, zwei, drei, sog die Dunkelheit in sich auf, streckte die Hände aus.

Ihre Finger strichen über groben, unfertigen Stein zu ihrer Linken. Sie folgte der Mauer, eine Hand daran gelegt, mit kleinen vorsichtigen Schritten durch die Dunkelheit. *Alle Korridore führen irgendwohin. Wo es einen Weg hinein gibt, gibt es auch einen Weg hinaus. Angst schneidet tiefer als Schwerter.* Arya wollte sich nicht fürchten. Es schien, als hätte sie schon einen weiten Weg hinter sich, als die Mauer plötzlich endete und kalte Luft an ihre Wange wehte. Loses Haar strich leicht über ihre Haut.

Von irgendwo weit unten hörte sie Geräusche. Das Scharren von Stiefeln, ferne Stimmen. Ein Hauch von flackerndem Licht strich über die Mauer, und sie sah, dass sie oben an einem großen, schwarzen Brunnen stand, einem Schacht, der zwanzig Fuß tief in die Erde ging. Mächtige Steine waren als Stufen in die runden Mauern gesetzt und führten wendelnd in die Tiefe, finster wie die Stufen zur Hölle, von der Old Nan ihnen erzählt hatte. Und *etwas* kam aus der Dunkelheit herauf, aus dem Bauch der Erde …

Arya lugte über den Rand und spürte den kalten, schwarzen Atem auf ihrem Gesicht. Weit unten sah sie das Licht einer einzelnen Fackel, klein wie die Flamme einer Kerze. Zwei Männer konnte sie erkennen. Ihre Schatten krümmten sich an den Seiten des Brunnens, ragten auf wie Riesen. Sie konnte ihre Stimmen hören, die den Schacht heraufhallten.

»… einen Bastard gefunden«, sagte einer. »Der Rest wird bald kommen. Ein Tag, zwei Tage, zwei Wochen …«

»Und wenn er die Wahrheit erfährt, was wird er tun?«, fragte eine zweite Stimme mit dem schwungvollen Akzent der Freien Städte.

»Das wissen nur die Götter«, sagte die erste Stimme. Arya sah einen Fetzen von grauem Qualm, der von der Fackel in die Höhe trieb und sich dabei wie eine Schlange wand. »Die Narren haben versucht, seinen Sohn zu töten, und was das Schlimmste ist: Sie haben einen Mummenschanz daraus gemacht. Er ist kein Mann, den man abschieben kann. Ich warne Euch, der Wolf und der Löwe werden einander bald an die Kehle gehen, ob wir es nun wollen oder nicht.«

»Zu früh, zu früh«, klagte die Stimme mit dem Akzent. »Was nützt uns ein Krieg *jetzt?* Wir sind noch nicht bereit. Wartet noch.«

»Ebenso könnte man die Zeit anhalten. Haltet Ihr mich für einen Zauberer?«

Der andere kicherte. »Mindestens.« Flammen leckten an der kalten Luft. Die langen Schatten reichten fast bis zu ihr hinauf. Einen Augenblick später tauchte der Mann mit der Fackel in ihrem Blickfeld auf, sein Begleiter neben ihm. Arya kroch vom Brunnen zurück, ließ sich auf den Bauch fallen und presste sich an die Wand. Sie hielt die Luft an, als die Männer zum oberen Ende der Treppe kamen.

»Was soll ich für Euch tun?«, fragte der Fackelträger, ein beleibter Mann mit kurzem, ledernem Umhang. Selbst in schweren Stiefeln schien er geräuschlos über den Boden zu schweben.

Ein rundes, vernarbtes Gesicht und dunkle Bartstoppeln waren unter seiner Stahlhaube auszumachen, und er trug ein Kettenhemd über hartem Leder, und einen Dolch und ein Kurzschwert am Gürtel. Es schien Arya, als hätte er etwas seltsam Vertrautes an sich.

»Wenn eine Hand sterben kann, warum nicht auch eine zweite?«, erwiderte der Mann mit dem Akzent und dem gelben Gabelbart. »Ihr habt den Tanz früher schon getanzt, mein Freund.« Ihn hatte Arya noch nie zuvor gesehen, dessen war sie sicher. Grässlich fett, und dennoch schien er leichten Fußes zu wandeln, trug sein ganzes Gewicht auf den Fußballen, wie es ein Wassertänzer getan hätte. Seine Ringe glitzerten im Fackelschein, rotgolden und mattsilbern, mit Rubinen besetzt, Saphiren, geschlitzten, gelben Tigeraugen. An jedem Finger steckte ein Ring, an manchen zwei.

»Früher ist nicht jetzt, und diese Hand ist nicht die andere«, sagte der vernarbte Mann, als sie den Korridor betraten. *Starr wie Stein*, sagte Arya sich, *leise wie ein Schatten*. Geblendet vom Licht ihrer eigenen Fackel, sahen sie Arya nicht, wie sie dort flach am Boden lag, kaum ein paar Schritte neben ihnen.

»Mag sein«, erwiderte der Gabelbart und hielt inne, um nach dem langen Anstieg zu Atem zu kommen. »Nichtsdestoweniger brauchen wir Zeit. Die Prinzessin erwartet ein Kind. Der *khal* wird sich nicht rühren, bis sein Sohn geboren ist. Ihr wisst, wie sie sind, diese Wilden.«

Der Mann mit der Fackel schob etwas. Arya hörte ein tiefes Rumpeln. Ein mächtiger Felsbrocken, rot im Fackelschein, glitt mit gewaltigem Rumpeln von der Decke herab, was sie fast aufschreien ließ. Wo der Eingang zum Brunnen gewesen war, fand sich jetzt nur noch Stein, fest und undurchdringlich.

»Wenn er sich nicht bald rührt, könnte es zu spät sein«, sagte der beleibte Mann mit der Stahlhaube. »Mittlerweile hat dieses Spiel nicht mehr nur zwei Spieler, falls dem jemals so gewesen sein sollte. Stannis Baratheon und Lysa Arryn haben sich meines Einflussbereiches entzogen, und die Flüsterer melden, sie sammelten Krieger um sich. Der Ritter der Blumen schreibt nach Highgarden, drängt seinen Hohen Vater, seine Schwester an den Hof zu schicken. Das Mädchen ist eine Jungfer von vierzehn Jahren, süß und hübsch und fügsam, und Lord Renly und Ser Loras wollen, dass Robert sie bettet, sie heiratet und zur neuen Königin macht. Littlefinger … allein die Götter wissen, welches Spiel Littlefinger spielt. Doch Lord Stark ist derjenige, der mir den Schlaf raubt. Er kennt den Bastard, er kennt das Buch, und bald schon wird er die Wahrheit erfahren. Und jetzt hat seine Frau Tyrion Lannister entführt, dank Littlefingers Einmischung. Lord Tywin wird es als Frevel aufnehmen, und Jaime Lannister ist von seltsamer Zuneigung für den Gnom getrieben. Falls die Lannisters gen Norden ziehen, wird das auch die Tullys auf den Plan rufen. *Wartet*, sagt Ihr. *Beeilt Euch*, gebe ich zurück. Nicht einmal der beste aller Jongleure kann hundert Bälle endlos in der Luft halten.«

»Ihr seid mehr als ein Jongleur, alter Freund. Ihr seid ein wahrer Magier. Ich bitte Euch nur, Eure Magie noch etwas länger arbeiten zu lassen.« Sie gingen den Korridor hinunter in die Richtung, aus der Arya gekommen war, an dem Raum mit den Ungeheuern vorüber.

»Was ich tun kann, will ich tun«, sagte der mit der Fackel leise. »Ich brauche Gold und noch einmal fünfzig Vögel.«

Sie ließ sie weit vorausgehen, dann schlich sie ihnen nach. *Leise wie ein Schatten.*

»So viele?« Die Stimmen wurden schwächer, je dunkler das Licht vor ihr wurde. »Die Ihr braucht, sind schwer zu finden … so jung, ihre Briefe zu kennen … vielleicht ältere … sterben nicht so leicht.«

»Nein. Die Jüngeren sind sicherer … behandelt sie gut …«

»… falls sie ihre Zungen hüten …«

»… das Risiko …«

Lange nachdem ihre Stimmen verklungen waren, konnte Arya noch das Licht der Fackel sehen, einen qualmenden Stern, der sie aufforderte, ihm zu folgen. Zweimal schien er zu verschwinden, doch ging sie weiter geradeaus, und beide Male fand sie sich am oberen Ende einer steilen, schmalen Treppe wieder, und die Fackel leuchtete weit unter ihr. Sie eilte ihr nach, tiefer und immer tiefer. Einmal stolperte sie über einen

Stein, fiel gegen die Wand, und ihre Hand fand raue Erde, von Holz gestützt, während der Tunnel mit Stein verkleidet gewesen war.

Es schien ihr, als wäre sie ihnen meilenweit nachgeschlichen. Schließlich waren sie verschwunden, doch konnte sie nur weiter vorangehen. Sie fand die Mauer wieder und folgte ihr, blindlings und ohne Orientierung, stellte sich vor, Nymeria tappte neben ihr durch die Finsternis. Am Ende stand sie knietief in faulig stinkendem Wasser, wünschte, sie hätte darauf tanzen können, wie Syrio es wohl vermochte, und fragte sich, ob sie wohl jemals wieder Licht sehen würde. Es war vollkommen dunkel, als Ayra schließlich in die Nachtluft hinaustrat.

Sie fand sich am Schlund eines Abwasserrohres wieder, wo sich dieses in den Fluss ergoss. Sie stank so furchtbar, dass sie sich auf der Stelle auszog und ihre schmutzigen Kleider am Ufer ablegte, um in die tiefen, schwarzen Fluten zu tauchen. Sie schwamm, bis sie sich sauber fühlte, und stieg zitternd heraus. Ein paar Reiter kamen vorüber, als Arya ihre Kleider wusch, doch falls sie das dürre, nackte Mädchen gesehen haben sollten, das dort im Mondlicht ihre Lumpen reinigte, dann schenkten sie ihr keine Beachtung.

Sie war meilenweit von der Burg entfernt, doch wo man in King's Landing auch sein mochte, musste man nur aufblicken, wenn man den Red Keep auf Aegons Hügel suchte, so dass sie sich nicht verlaufen konnte. Ihre Kleider waren fast trocken, als sie zum Burgtor kam. Die Fallgitter waren unten und das Tor verriegelt, daher trat sie an eine Seitentür. Die Goldröcke, die dort Wache hielten, lachten höhnisch, als sie ihnen sagte, sie sollten sie einlassen. »Fort mit dir«, befahl ihr einer. »Die Küchenabfälle sind weg, und nach Einbruch der Dunkelheit wird hier nicht mehr gebettelt.«

»Ich will nicht betteln«, sagte sie. »Ich wohne hier.«

»Ich sagte: *Fort mit dir!* Brauchst du einen Knüppel ans Ohr, damit du besser hörst?«

»Ich will zu meinem Vater.«

Die Wachen wechselten Blicke. »Ich würde die Königin gern selber ficken, wenn es irgend möglich wäre«, sagte der Jüngere.

Der Ältere zog ein finsteres Gesicht. »Wer soll denn dein Vater sein, Junge, der Rattenfänger?«

»Die Rechte Hand des Königs«, erklärte Arya.

Beide Männer lachten, dann schlug der Ältere mit der Faust nach ihr, beiläufig, wie man nach einem Hund schlagen würde. Arya sah den Hieb kommen, tänzelte zurück, wich aus, blieb unberührt. »Ich bin kein Junge«, zischte sie die Männer an. »Ich bin Arya Stark von Winterfell, und wenn Ihr mich anrührt, wird mein Vater Eure Köpfe auf Spieße stecken lassen. Wenn Ihr mir nicht glaubt, ruft Jory Cassel oder Vayon Poole vom Turm der Hand.« Sie stemmte ihre Fäuste in die Hüften. »Macht Ihr jetzt das Tor auf, oder braucht Ihr einen Knüppel ans Ohr, damit Ihr besser hört?«

Ihr Vater war allein im Solar, als Harwin und Fat Tom sie hereinführten, und eine Öllampe leuchtete matt an seinem Ellbogen. Er saß über das dickste Buch gebeugt, das Arya je gesehen hatte, einen mächtigen Wälzer mit eingerissenen, vergilbten Seiten von unleserlicher Schrift, gebunden zwischen zwei verwitterte Lederdeckel, doch schloss er es, um Harwins Meldung anzuhören. Seine Miene war ernst, als er die Männer mit Dank entließ.

»Bist du dir darüber im Klaren, dass ich meine halbe Leibgarde auf die Suche nach dir geschickt habe?«, erklärte Eddard Stark, als sie allein waren. »Septa Mordane ist außer sich vor Sorge. Sie ist in der Septe und betet für deine sichere Heimkehr. Arya, du weißt, dass du ohne meine Erlaubnis nicht jenseits der Burgmauern gehen darfst.«

»Ich bin nicht durchs Tor gegangen«, platzte sie heraus. »Na ja, ich hatte es nicht vor. Ich war unten im Verlies, aber das wurde zu einem Tunnel. Alles war dunkel, und ich hatte keine Fackel und keine Kerze, um sehen zu können, also musste ich hinterher. Ich konnte nicht da zurück, wie ich reingekommen war, wegen der Ungeheuer. Vater, sie haben davon gesprochen, dass sie dich *ermorden* wollen! Nicht die Ungeheuer, die beiden Männer. Sie haben mich nicht gesehen, ich war still wie ein Stein und leise wie ein Schatten, aber ich habe sie gehört. Sie haben gesagt, du kennst das Buch und den Bastard, und wenn eine Hand sterben kann, wieso nicht auch die andere? Ist das dieses Buch? Ich wette, Jon ist der Bastard.«

»Jon? Arya, was redest du da? Wer hat das gesagt?«

»*Die* haben es gesagt«, erklärte sie. »Da war ein Dicker mit Ringen und gelbem Gabelbart und ein anderer mit Kettenhemd und Stahlhelm, und der Dicke hat gesagt, sie müssten es verschieben, aber der andere sagte, er könnte nicht mehr jonglieren, und der Wolf und der Löwe würden einander fressen, und das alles wäre ein Mummenschanz.« Sie versuchte, sich an den Rest zu erinnern. Sie hatte nicht alles verstanden, was sie gehört hatte, und jetzt ging in ihrem Kopf alles durcheinander. »Der Dicke hat gesagt, die Prinzessin erwarte ein Kind. Der mit dem Stahlhelm, er hatte die Fackel, der hat gesagt, sie müssten sich beeilen. Ich glaube, er war ein Zauberer.«

»Ein Zauberer«, sagte Ned, ohne zu lächeln. »Hatte er einen langen, weißen Bart und einen hohen, spitzen Hut voller Sternchen?«

»Nein! Es war nicht wie in Old Nans Geschichten. Er *sah* nicht aus wie ein Zauberer, aber der Dicke hat gesagt, er wäre einer.«

»Ich warne dich, Arya, falls du dir das alles ausdenken solltest …«

»Nein, ich sag dir doch, es war im Verlies, da, wo die geheime Mauer ist. Ich habe Katzen gejagt und, na ja …« Sie verzog das Gesicht. Wenn sie zugäbe, dass sie Prinz Tommen umgerannt hatte, wäre er *wirklich* böse auf sie. »… na ja, ich bin durch dieses Fenster gestiegen. Da habe ich die Ungeheuer gefunden.«

»Ungeheuer *und* Zauberer«, sagte ihr Vater. »Mir scheint, das alles war ein ziemliches Abenteuer. Diese Männer, die du belauscht hast, du sagtest, sie hätten vom Jonglieren und Mummenschanz gesprochen?«

»Ja«, räumte Arya ein, »nur …«

»Arya, es waren Mimen«, erklärte ihr Vater. »Im Moment gibt es sicher ein ganzes Dutzend von Truppen in King's Landing, die sich beim Turniervolk eine schnelle Münze verdienen wollen. Ich bin mir nicht ganz sicher, was diese beiden in der Burg getrieben haben, aber vielleicht hatte der König um eine Aufführung gebeten.«

»Nein, sicher nicht.« Halsstarrig und trotzig schüttelte sie den Kopf. »Sie waren keine.«

»In keinem Fall solltest du den Leuten nachlaufen und sie belauschen. Ebenso wenig gefällt mir die Vorstellung, dass meine Tochter streunenden Katzen durch fremde Fenster nachsteigt. Sieh dich an, meine Süße. Deine Arme sind voller Kratzer. Sag Syrio Forel, dass ich mit ihm sprechen will.«

Er wurde von kurzem, plötzlichem Klopfen unterbrochen. »Lord Eddard, ich bitte um Verzeihung«, rief Desmond und öffnete die Tür einen Spalt weit, »aber hier ist ein schwarzer Bruder, der um eine Audienz bittet. Er sagt, die Angelegenheit sei dringend. Ich dachte, es würde Euch interessieren.«

»Der Nachtwache steht meine Tür stets offen«, sagte Vater.

Desmond ließ den Mann herein. Er hatte einen krummen Rücken und war hässlich, sein Bart ungekämmt und seine Kleider ungewaschen, doch begrüßte Vater ihn freundlich und fragte nach seinem Namen.

»Yoren, wenn's beliebt, M'lord. Verzeiht die späte Stunde.« Er verbeugte sich vor Arya. »Und das muss Euer Sohn sein. Er sieht Euch ähnlich.«

»Ich bin ein *Mädchen*«, sagte Arya ärgerlich. Wenn der alte Mann von der Mauer kam, musste er Winterfell passiert haben. »Kennt Ihr meine Brüder?«, fragte sie aufgeregt. »Robb und Bran sind auf Winterfell, und Jon ist auf der Mauer. Jon Snow, auch er ist bei der Nachtwache, Ihr müsst ihn kennen, er hat einen Schattenwolf, einen weißen mit roten Augen. Ist Jon inzwischen Grenzwächter? Ich bin Arya Stark.« Der alte Mann sah sie seltsam an, doch schien es, als könnte Arya nicht aufhören zu reden. »Wenn Ihr wieder zur Mauer reitet, würdet Ihr Jon einen Brief mitnehmen, wenn ich einen schriebe?« Sie wünschte, Jon wäre in *diesem* Augenblick bei ihr. *Er* würde ihr glauben, das mit dem Verlies und dem dicken Mann mit seinem Gabelbart und dem Zauberer mit dem Stahlhelm.

»Meine Tochter vernachlässigt nur allzu oft ihre höfischen Umgangsformen«, sagte Eddard Stark mit einem milden Lächeln. »Ich bitte um Verzeihung, Yoren. Hat mein Bruder Benjen Euch geschickt?«

»Niemand hat mich *geschickt,* M'lord, abgesehen vom alten Mormont. Ich bin hier, um neue Männer für die Mauer aufzutreiben, und wenn Robert das nächste Mal Hof hält, will ich auf die Knie fallen, unsere Not herausschreien und sehen, ob der König und seine Hand vielleicht noch etwas Abschaum in den Verliesen haben, den sie am liebsten loswerden wollen. Allerdings könnte man sagen, dass wir hier wegen Benjen Stark reden. Sein Blut war schwarz. Dadurch wurde er mein Bruder, ebenso wie Eurer. Um seinetwillen bin ich gekommen. Bin hart geritten, habe fast mein Pferd gemordet, so habe ich es angetrieben, aber die anderen habe ich hinter mir gelassen.«

»Die anderen?«

Yoren spuckte aus. »Söldner und freie Ritter und ähnlicher Abschaum. Und nicht alle haben sich nach King's Landing aufgemacht. Einige sind nach Casterly Rock galoppiert, und das liegt näher. Lord Tywin dürfte die Nachricht inzwischen erhalten haben, darauf könnt Ihr bauen.«

Vater legte seine Stirn in Falten. »Welche Nachricht wäre das?«

Yoren warf Arya einen Blick zu. »Wir sollten lieber unter vier Augen sprechen, wenn Ihr mir den Vorschlag verzeihen wollt.«

»Wie Ihr meint. Desmond, geleite meine Tochter in ihre Gemächer.« Er küsste sie auf die Stirn. »Wir sprechen morgen früh.«

Arya stand wie angewurzelt da. »Jon ist doch nichts Schlimmes geschehen, oder?«, fragte sie Yoren. »Oder Onkel Benjen?«

»Nun, was Stark angeht, kann ich es nicht sagen. Dem jungen Snow ging es recht gut, als ich die Mauer hinter mir gelassen habe. Die sind es nicht, um die ich mich sorge.«

Desmond nahm ihre Hand. »Kommt mit, Mylady. Ihr habt Euren Hohen Vater gehört.«

Arya blieb nur, mit ihm zu gehen, und wünschte, es wäre Fat Tom gewesen. Mit Tom hätte sie vielleicht mit irgendeiner Ausrede noch an der Tür bleiben und hören können, was Yoren sagte, doch Desmond war zu unbeirrbar, als dass man ihn hereinlegen konnte. »Wie viele Gardisten hat mein Vater?«, fragte sie, als sie zu ihrer Schlafkammer hinunterstiegen.

»Hier in King's Landing? Fünfzig.«

»Ihr würdet doch nicht zulassen, dass jemand ihn ermordet, oder?«, fragte sie.

Desmond lachte. »Darum braucht Ihr Euch keine Sorgen zu machen, kleine Lady. Lord Eddard wird bei Tag und Nacht bewacht. Ihm wird nichts geschehen.«

»Die Lannisters haben mehr als fünfzig Mann«, hielt Arya dagegen.

»Das mag schon sein, aber jeder Nordmann ist zehn dieser südländischen Streiter wert, also könnt Ihr ruhig schlafen.«

»Was wäre, wenn ein Zauberer geschickt würde, der ihn töten soll?«

»Nun, was das angeht«, erwiderte Desmond und zog sein Langschwert, »so sterben Zauberer wie alle anderen Menschen auch, wenn man ihnen erst den Kopf abschlägt.«

EDDARD

Robert, ich bitte dich«, flehte Ned, »hör dich selbst reden. Du sprichst davon, ein Kind zu morden.«

»Die Hure ist schwanger!« Laut wie ein Donnerschlag landete die Faust des Königs auf dem Ratstisch. »Ich habe dich gewarnt, dass etwas in der Art passieren würde, aber du wolltest es nicht hören. Nun, dann hörst du es jetzt. Ich will sie tot sehen, Mutter und Kind, und diesen Dummkopf Viserys dazu. Ist das klar genug für dich? *Ich will ihren Tod.*«

Die anderen Ratsherren taten allesamt, als wären sie nicht anwesend. Zweifelsohne waren sie klüger als er. Selten zuvor hatte sich Eddard Stark derart allein gefühlt. »Du wirst dich selbst für alle Zeiten entehren, wenn du das tust.«

»Dann lass es mich auf meine Kappe nehmen, solange es geschieht. Ich bin nicht so blind, dass ich den Schatten der Axt nicht sehe, wenn er über meinem Nacken schwebt.«

»Da ist keine Axt«, erklärte Ned dem König. »Nur der Schatten eines Schattens, um zwanzig Jahre verspätet … falls er überhaupt existiert.«

»Falls?«, fragte Varys leise und rang seine gepuderten Hände. »Mylord, Ihr tut mir Unrecht. Würde ich dem König und dem Rat Lügen unterbreiten?«

Kalt sah Ned den Eunuchen an. »Ihr würdet uns das Geflüster eines Verräters bringen, der eine halbe Welt entfernt ist, Mylord. Vielleicht irrt Mormont. Vielleicht lügt er.«

»Ser Jorah würde es nicht wagen, mich zu hintergehen«, sagte Varys mit verschlagenem Lächeln. »Verlasst Euch auf mich, Mylord. Die Prinzessin erwartet ein Kind.«

»Das behauptet Ihr. Wenn Ihr Euch irrt, haben wir nichts zu befürchten. Wenn das Mädchen eine Fehlgeburt hat, haben wir nichts zu befürchten. Wenn das Mädchen an Stelle eines Sohnes eine Tochter bekommt, haben wir nichts zu befürchten. Wenn das Kind früh stirbt, haben wir nichts zu befürchten.«

»Aber wenn es ein Junge *wird?*«, beharrte Robert. »Wenn er überlebt?«

»Dann läge noch immer die Meerenge zwischen uns. Ich fürchte die Dothraki von dem Tag an, an dem sie ihren Pferden beibringen, übers Wasser zu wandeln.«

Der König nahm einen Schluck Wein und sah Ned über den Ratstisch hinweg finster an. »Also würdest du mir raten, nichts zu tun, bis diese Drachenbrut ihre Armee an meinen Ufern angelandet hat, habe ich das richtig verstanden?«

»Diese ›Drachenbrut‹ ist noch im Bauch der Mutter. Selbst Aegon hat seine Eroberungen erst begonnen, nachdem er entwöhnt war.«

»*Bei allen Göttern!* Du bist stur wie ein Auerochse, Stark.« Der König sah sich am Ratstisch um. »Habt Ihr anderen Eure Zungen verlegt? Will denn niemand diesem eisgesichtigen Narren Weisheit beibringen?«

Varys widmete dem König ein salbungsvolles Lächeln und legte eine weiche Hand auf Neds Ärmel. »Ich verstehe Eure Skrupel, Lord Eddard, ich verstehe sie sehr gut. Es hat mir keine Freude bereitet, dem Rat diese traurige Nachricht zu bringen. Es ist eine schreckliche Sache, die wir da ins Auge fassen, eine abscheuliche Sache. Doch wir, die wir uns zu herrschen erdreisten, müssen abscheuliche Dinge für das Wohl des Reiches tun, so schmerzlich sie auch sein mögen.«

Lord Renly zuckte mit den Achseln. »Die Sache scheint mir doch ganz einfach zu sein. Wir hätten Viserys und seine Schwester schon vor Jahren töten sollen, nur hat Seine Majestät, mein Bruder, den Fehler begangen, auf Jon Arryn zu hören.«

»Gnade ist nie ein Fehler, Lord Renly«, erwiderte Ned. »Am Trident hat Ser Barristan ein Dutzend guter Männer niedergemacht, Roberts Freunde und meine. Als man ihn zu uns brachte, schwer verwundet und dem Tode nah, drängte Roose

Bolton uns, ihm die Kehle durchzuschneiden, doch Euer Bruder sagte: ›Ich werde keinen Mann für seine Treue töten, und auch nicht, weil er gut gekämpft hat‹, und ließ seinen eigenen Maester rufen, damit er Ser Barristans Wunden pflegte.« Er bedachte den König mit einem langen, kühlen Blick. »Sonst wäre der Mann heute nicht hier.«

Robert besaß genügend Schamgefühl, um zu erröten. »Das war nicht dasselbe«, beschwerte sich Robert. »Ser Barristan war ein Ritter der Königsgarde.«

»Wohingegen Daenerys ein vierzehnjähriges Mädchen ist.« Ned wusste, dass er diese Sache weiter trieb, als es klug sein mochte, doch konnte er nicht schweigen. »Robert, ich frage dich: Wozu haben wir uns gegen Aerys Targaryen erhoben, wenn nicht, um dem Kindermorden ein Ende zu bereiten?«

»Um den *Targaryens* ein Ende zu bereiten!«, knurrte der König.

»Majestät, ich habe nie erlebt, dass du Rhaegar gefürchtet hättest.« Ned gab sich alle Mühe, nicht verächtlich zu klingen, und scheiterte damit. »Haben die Jahre dich so geschwächt, dass du den Schatten eines ungeborenen Kindes fürchtest?«

Robert wurde puterrot. »Es reicht, Ned«, warnte er und deutete auf ihn. »Kein Wort mehr. Hast du vergessen, wer hier der König ist?«

»Nein, Majestät«, erwiderte Ned. »Und du?«

»*Genug!*«, bellte der König. »Ich will kein Gerede mehr hören. Ich will es hinter mich bringen oder verdammt sein. Was sagt Ihr?«

»Sie muss sterben«, erklärte Lord Renly.

»Wir haben keine Wahl«, murmelte Varys. »Traurig, traurig …«

Ser Barristan Selmy blickte mit seinen blassblauen Augen vom Tisch auf. »Majestät, es ist ehrenwert, sich einem Feind auf dem Schlachtfeld zu stellen, doch nicht, ihn im Mutterbauch zu töten. Verzeiht mir, aber ich muss mich auf Lord Eddards Seite stellen.«

Grand Maester Pycelle räusperte sich, ein Vorgang, der einige Augenblicke in Anspruch nahm. »Mein Orden dient dem

Reich, nicht dem Herrscher. Einst habe ich König Aerys so treu beraten, wie ich heute König Robert berate, daher trage ich dieser seiner Tochter nichts nach. Doch will ich Euch eines fragen … sollte es wieder zum Krieg kommen, wie viele Soldaten werden sterben? Wie viele Städte werden brennen? Wie viele Kinder werden ihren Müttern entrissen, um an einem Spieß zu enden?« Er strich über seinen üppigen, weißen Bart, unendlich traurig, unendlich müde. »Ist es nicht weiser, sogar *gütiger*, wenn Daenerys Targaryen jetzt stirbt, damit Zehntausende leben können?«

»Gütiger«, sagte Varys. »Ach, wie gut und wahr gesprochen, Grand Maester. Es ist so wahr. Sollten die Götter in ihrer Launenhaftigkeit Daenerys Targaryen einen Sohn schenken, muss das Reich bluten.«

Littlefinger war der Letzte. Als Ned ihn ansah, unterdrückte Lord Petyr ein Gähnen. »Wenn man sich mit einer hässlichen Frau im Bett wiederfindet, schließt man am besten die Augen und bringt es hinter sich«, erklärte er. »Abzuwarten macht die Maid nicht hübscher. Küsst sie und bringt es hinter Euch.«

»Küsst sie?«, wiederholte Ser Barristan entgeistert.

»Mit stählernem Kuss«, erklärte Littlefinger.

Robert wandte sich seiner Rechten Hand zu. »Nun, da haben wir es, Ned. Du und Selmy, ihr steht in dieser Sache allein. Dann bleibt nur die Frage, wen wir dafür finden, sie zu töten.«

»Mormont ist sehnlichst an einer königlichen Begnadigung gelegen«, rief Lord Renly ihnen in Erinnerung.

»Verzweifelt«, sagte Varys, »doch ist ihm noch mehr an seinem Leben gelegen. Inzwischen nähert sich die Prinzessin Vaes Dothrak, wo es den Tod bedeutet, eine Klinge zu ziehen. Wenn ich Euch erzählte, was die Dothraki mit dem armen Mann anstellen, der eine Waffe gegen die *khaleesi* richtet, würde keiner von Euch heute Nacht schlafen.« Er strich sich über die gepuderte Wange. »Also, Gift … sagen wir, die Tränen von Lys. Khal Drogo würde nie erfahren, dass es kein natürlicher Tod wäre.«

Grand Maester Pycelles Augen blitzten auf. Misstrauisch blinzelte er den Eunuchen an.

»Gift ist die Waffe eines Feiglings«, beklagte sich der König. Ned hatte genug gehört. »Ihr schickt gedungene Mörder, ein vierzehnjähriges Mädchen zu ermorden, und streitet noch immer um Ehre?« Er schob seinen Stuhl zurück und stand auf. »Tu es selbst, Robert. Der Mann, der das Urteil spricht, sollte auch das Schwert führen. Sieh ihr in die Augen, bevor du sie tötest. Sieh ihre Tränen, hör ihre letzten Worte. Das zumindest bist du ihr schuldig.«

»*Gütige Götter*«, fluchte der König, und das Wort explodierte aus ihm hervor, als konnte er seinen Zorn kaum bändigen. »Du meinst es wirklich ernst, verdammt.« Er griff nach dem Weinkrug an seinem Ellbogen, fand ihn leer und schleuderte ihn von sich, dass er an der Wand zerschellte. »Ich habe keinen Wein mehr und auch keine Geduld. Genug davon. Sorg dafür, dass es geschieht.«

»Ich werde mich nicht an einem Mord beteiligen, Robert. Mach, was du willst, nur bitte mich nicht, mein Siegel darunterzusetzen.«

Einen Moment lang schien Robert nicht zu verstehen, was Ned sagte. Missachtung war keine Speise, die er oft kostete. Langsam wandelte sich sein Gesicht, als er begriff. Seine Augen wurden schmal, und sein Hals rötete sich über den samtenen Kragen hinaus. Wütend zeigte er mit dem Finger auf Ned. »Ihr seid die Rechte Hand des Königs, Lord Stark. Ihr werdet tun, was ich Euch befehle, oder ich suche mir eine Hand, die es tut«, sagte er so förmlich, wie er seit ihrem Wiedersehen nicht mehr mit ihm gesprochen hatte.

»Ich wünsche Dir allen Erfolg.« Ned löste die schwere Spange, die seinen Umhang zusammenhielt, die verzierte Silberhand, die seine Amtsbrosche darstellte. Er legte sie vor dem König auf den Tisch, traurig über die Erinnerung an den Mann, der sie ihm angesteckt hatte, den Freund, den er geliebt hatte. »Ich hatte dich für einen besseren Mann gehalten, Robert. Ich dachte, wir hätten einen edleren König.«

Roberts Gesicht war dunkelrot. »*Hinaus*«, krächzte er, erstickte fast an seinem Zorn. »Hinaus, verdammt, ich bin fertig mit dir. Worauf wartest du. Geh, lauf zurück nach Winterfell.

Und sorg dafür, dass ich dich nie wieder zu Gesicht bekomme, oder ich schwöre, ich lasse deinen Kopf auf einen Spieß stecken!«

Ned verneigte sich und machte wortlos auf dem Absatz kehrt. Er spürte Roberts Blick in seinem Rücken. Als er die Ratskammer verließ, wurde das Gespräch fast ohne Pause fortgeführt. »Auf Braavos gibt es eine Gesellschaft, die sich die Männer ohne Gesicht nennt«, erklärte Grand Maester Pycelle.

»Habt Ihr eine Ahnung davon, wie *kostspielig* die sind?«, klagte Littlefinger. »Für die Hälfte des Preises könnte man eine ganze Armee gewöhnlicher Söldner mieten, und das gilt für einen Kaufmann. Ich wage nicht, mir vorzustellen, was sie für eine Prinzessin fordern.«

Als die Tür hinter ihm geschlossen wurde, wurden die Stimmen abgeschnitten. Ser Boros Blount stand im langen, weißen Umhang und der Rüstung der Königsgarde draußen vor der Kammer. Er warf Ned einen kurzen, neugierigen Blick aus dem Augenwinkel zu, doch stellte er keine Fragen.

Der Tag fühlte sich schwül und drückend an, als er über den Burghof zum Turm der Hand ging. Er spürte den drohenden Regen in der Luft. Der wäre Ned nur recht gewesen. Vielleicht hätte er sich dann weniger unrein gefühlt. Als er in sein Solar kam, rief er Vayon Poole zu sich. Der Haushofmeister kam sofort. »Ihr habt mich rufen lassen, Mylord Hand?«

»Keine Hand mehr«, erklärte Ned. »Der König und ich haben gestritten. Wir kehren nach Winterfell zurück.«

»Ich werde sofort die nötigen Vorbereitungen treffen, Mylord. Wir werden zwei Wochen brauchen, um alles für die Reise bereitzuhaben.«

»Vielleicht bleiben uns keine zwei Wochen. Vielleicht bleibt uns nicht mal ein Tag. Der König erwähnte etwas davon, er wolle meinen Kopf auf einem Spieß sehen.« Ned runzelte die Stirn. Er glaubte nicht wirklich, dass der König ihm etwas antun würde, nicht Robert. Er war jetzt wütend, doch wenn Ned erst aus seinem Blickfeld war, würde sein Zorn abkühlen, wie er es immer tat.

Immer? Plötzlich und unangenehmerweise fiel ihm Rhaegar

Targaryen ein. *Fünfzehn Jahre tot, doch Robert hasst ihn wie eh und je*. Das war eine beunruhigende Erkenntnis … und dann war da diese andere Sache, die Angelegenheit mit Catelyn und dem Zwerg, vor der Yoren ihn am Abend zuvor gewarnt hatte. Das würde bald ans Licht kommen, so sicher wie der Sonnenaufgang, und wenn der König von derart schwarzem Zorn ergriffen war … Robert mochte sich einen feuchten Kehricht für Tyrion Lannister interessieren, doch würde es ihm an den Stolz gehen, und man konnte nicht sagen, was die Königin tun würde.

»Es könnte das Sicherste sein, wenn ich vorausreite«, erklärte er Poole. »Ich nehme meine Töchter und ein paar Gardisten. Ihr anderen könnt nachkommen, wenn Ihr so weit seid. Informiert Jory, aber sagt es niemandem sonst, und unternehmt nichts, bis ich mit den Mädchen fort bin. Die Burg hat Augen und Ohren, und es wäre mir lieber, wenn mein Plan unbekannt bliebe.«

»Wie Ihr befehlt, Mylord.«

Als er gegangen war, trat Eddard Stark ans Fenster und stand brütend da. Robert hatte ihm keine Wahl gelassen. Er hätte ihm danken sollen. Es wäre gut, nach Winterfell heimzukehren. Er hätte es nie verlassen dürfen. Dort warteten seine Söhne. Vielleicht würden Catelyn und er einen neuen Sohn zeugen, wenn sie wiederkäme, noch waren sie nicht zu alt. Und in letzter Zeit hatte er oft vom Schnee geträumt, von der tiefen Stille des Wolfswaldes bei Nacht.

Und doch ärgerte ihn der Gedanke an die Abreise auch. So vieles war noch ungetan. Wenn niemand sie in die Schranken wies, würden Robert und sein Rat von Memmen und Schmeichlern das Reich an den Bettelstab bringen … oder schlimmer noch, das Reich als Zahlung für ihre Kredite an die Lannisters verkaufen. Und die Wahrheit über Jon Arryns Tod blieb ihm nach wie vor verschlossen. Oh, er hatte ein paar Hinweise gefunden, die reichten, um ihn davon zu überzeugen, dass Jon tatsächlich ermordet worden war, doch war das nicht mehr als eine Spur von Tieren auf dem Waldboden. Das Tier selbst hatte er noch nicht gesehen, auch wenn er ahnte, dass es da war und lauerte, verborgen, hinterhältig.

Plötzlich fiel ihm ein, dass er per Schiff nach Winterfell heimkehren konnte. Ned war kein Seemann, und normalerweise hätte er die Kingsroad vorgezogen, doch wenn er ein Schiff nahm, konnte er in Dragonstone Halt machen und mit Stannis Baratheon sprechen. Pycelle hatte einen Raben übers Meer geschickt, mit einem freundlichen Brief von Ned, in dem Lord Stannis gebeten wurde, seinen Sitz im Kleinen Rat wieder einzunehmen. Bisher war keine Antwort gekommen, doch schürte das Schweigen nur seinen Argwohn. Lord Stannis kannte das Geheimnis, weshalb Jon Arryn hatte sterben müssen, dessen war er sicher. Die Wahrheit, die er suchte, mochte sehr wohl in der alten Inselfestung des Hauses Targaryen auf ihn warten.

Und wenn du es weißt, was dann? Manche Geheimnisse sollten lieber im Verborgenen bleiben. Manche Geheimnisse sind zu gefährlich, um sie jemandem anzuvertrauen, selbst jenen, die man liebt und denen man vertraut. Ned zog den Dolch, den Catelyn ihm gebracht hatte, aus seiner Scheide am Gürtel. Das Messer des Gnoms. Warum sollte der Zwerg Brans Tod wollen? Sicher, um ihn zum Schweigen zu bringen. Ein weiteres Geheimnis oder nur ein anderer Faden derselben Spinnweben?

Konnte *Robert* daran beteiligt sein? Das wollte er nicht glauben, doch früher hätte er auch nicht gedacht, dass Robert den Mord an Frauen und Kindern befehlen würde. Catelyn hatte ihn gewarnt. *Ihr kanntet den Mann,* hatte sie gesagt. *Der König ist Euch ein Fremder.* Je eher er King's Landing hinter sich ließ, desto besser. Falls am Morgen ein Schiff gen Norden fuhr, wäre es gut, an Bord zu sein.

Noch einmal rief er Vayon Poole zu sich und schickte ihn zum Hafen, um Erkundigungen einzuholen, still, aber eilig. »Sucht mir ein Schiff mit einem erfahrenen Kapitän«, erklärte er dem Haushofmeister. »Die Größe der Kabinen oder die Güte seiner Ausstattung interessiert mich nicht, sofern es schnell und sicher ist. Ich möchte umgehend reisen.«

Kaum war Poole gegangen, als Tomard einen Besucher ankündigte. »Lord Baelish möchte Euch sprechen, M'lord.«

Ned fühlte sich versucht, ihn abzuweisen, doch überlegte er

es sich noch einmal. Er war noch nicht frei. Bis er es wäre, musste er ihre Spielchen spielen. »Er mag eintreten, Tom.«

Lord Petyr schlenderte in das Solar, als sei an jenem Morgen nichts vorgefallen. Er trug ein samtenes Schlitzwams, silber- und cremefarben, einen grauen Seidenumhang, mit schwarzem Fuchs besetzt, und sein übliches Hohngrinsen.

Ned begrüßte ihn kalt. »Darf ich nach dem Grund Eures Besuches fragen, Lord Baelish?«

»Ich will Euch nicht lange aufhalten, ich bin auf dem Weg zum Essen bei Lady Tanda. Neunaugenpastete und geröstetes Ferkel. Sie würde mich gern mit ihrer jüngeren Tochter verheiraten, daher ist ihr Tisch stets auf erstaunliche Weise gedeckt. Wenn ich die Wahrheit sagen sollte, würde ich lieber das Ferkel heiraten, aber sagt es ihr nicht. Ich liebe Neunaugenpastete.«

»Ich will Euch nicht von Euren Aalen abhalten, Mylord«, erwiderte Ned mit eisiger Verachtung. »Im Moment würde mir niemand einfallen, dessen Gesellschaft ich weniger suche als Eure.«

»Oh, ich bin mir sicher, wenn Ihr diesem Gedanken etwas Raum ließet, würden Euch so einige Namen einfallen. Varys zum Beispiel. Cersei. Oder Robert. Seine Majestät ist sehr erzürnt. Er hat noch einige Zeit von Euch gesprochen, nachdem Ihr heute Morgen gegangen wart. Die Worte *Dreistigkeit* und *Undankbarkeit* scheinen mir in Erinnerung geblieben zu sein.«

Ned machte sich nicht die Mühe, darauf etwas zu antworten. Ebenso wenig bot er seinem Gast einen Stuhl an, doch nahm Littlefinger dennoch Platz. »Nachdem Ihr hinausgestürmt wart, war es an mir, ihn davon zu überzeugen, dass er nicht die Männer ohne Gesicht engagiert«, fuhr er munter fort. »Stattdessen will er denjenigen, der die Targaryen erwischt, zum Lord ernennen.«

Ned war angewidert. »Also verleihen wir die Titel schon an Meuchelmörder.«

Littlefinger zuckte mit den Achseln. »Titel sind billig. Die Männer ohne Gesicht sind teuer. Wenn ich die Wahrheit sagen soll, habe ich dieser Targaryen mehr Gutes getan als Ihr mit Eurem Gerede von Ehre. Lasst doch irgendeinen Söldner, benommen vom Traum, ein Lord zu werden, den Versuch wagen, sie zu töten. Wahrscheinlich wird er es verderben, und danach werden die Dothraki auf der Hut sein. Wenn wir ihr die Männer ohne Gesicht schicken, ist sie so gut wie begraben.«

Ned legte seine Stirn in Falten. »Ihr sitzt im Rat und redet von hässlichen Frauen und stählernen Küssen, und jetzt erwartet Ihr von mir, dass ich Euch glaube, Ihr hättet versucht, das Mädchen zu schützen? Für wie dumm haltet Ihr mich eigentlich?«

»Nun, für ziemlich dumm, ehrlich gesagt«, antwortete Littlefinger lachend darauf.

»Findet Ihr Mord immer so amüsant, Lord Baelish?«

»Nicht den Mord finde ich amüsant, Lord Stark, sondern Euch. Ihr herrscht wie ein Mann, der auf brüchigem Eis tanzt. Ihr gebt sicher ein edles Klatschen ab. Ich meine, heute Morgen das erste Knacken gehört zu haben.«

»Das erste und letzte«, sagte Ned. »Ich habe genug.«

»Wann gedenkt Ihr, nach Winterfell zurückzukehren, Mylord?«

»Sobald ich kann. Was geht es Euch an?«

»Nichts ... doch falls Ihr zufällig bei Einbruch der Dunkelheit noch hier sein solltet, würde ich Euch gern zu diesem Bordell führen, das Euer Jory so erfolglos besucht hat.« Littlefinger lächelte. »Und ich würde auch Lady Catelyn nichts davon erzählen.«

CATELYN

Mylady, Ihr hättet uns Nachricht über Euer Kommen senden sollen«, erklärte Ser Donnel Waynwood, als ihre Pferde den Pass erklommen. »Wir hätten Euch eine Eskorte gesandt. Die Bergstraße ist nicht mehr so sicher, wie sie einmal war, für eine kleine Gesellschaft wie die Eure.«

»Das mussten wir zu unserem Bedauern feststellen, Ser Donnel«, sagte Catelyn. Manchmal fühlte sie sich, als sei ihr Herz zu Stein geworden. Sechs tapfere Männer waren gefallen, um sie so weit zu bringen, und sie fand in sich nicht einmal Tränen. Selbst ihre Namen verblassten. »Dieser Stamm hat uns bei Tag und Nacht zugesetzt. Drei Mann haben wir beim ersten Angriff verloren, zwei weitere beim zweiten, und Lannisters Diener starb am Fieber, als seine Wunden eiterten. Als wir Eure Männer hörten, dachte ich, unser Schicksal sei endgültig besiegelt.« Sie hatten sich auf eine letzte Schlacht vorbereitet, mit den Klingen in Händen und den Rücken am Fels. Der Zwerg hatte die Schneide seiner Axt gewetzt und einen bösen Scherz gemacht, als Bronn das Banner entdeckte, das die Reiter trugen, Mond und Falke des Hauses Arryn, himmelblau und weiß. Nie war Catelyn dieser Anblick willkommener gewesen.

»Die Stämme sind dreister geworden, seit Ser Jon tot ist«, sagte Ser Donnel. Er war ein stämmiger Mann von zwanzig Jahren, ernst und unscheinbar, mit breiter Nase und einem dicken Schopf von braunem Haar. »Wenn es nach mir ginge, würde ich hundert Mann in die Berge führen, sie aus ihren Befestigungen holen und ihnen ein paar scharfe Lektionen erteilen, aber Eure Schwester hat es verboten. Sie wollte ihren Rittern nicht einmal erlauben, im Turnier der Hand zu kämpfen. Sie will alle Schwerter nah ans Haus binden, um das Tal zu verteidigen… wogegen, dessen ist sich niemand sicher. Schatten, sagen manche.« Unsicher sah er sie an, als erinnerte er sich plötzlich daran, wer ihm gegenüberstand. »Ich hoffe, es stand mir zu, so zu sprechen, Mylady, ich wollte Euch nicht kränken.«

»Offene Wort kränken mich nicht, Ser Donnel.« Catelyn wusste, was ihre Schwester fürchtete. *Nicht Schatten, sondern Lannisters*, dachte sie bei sich und blickte dorthin zurück, wo der Zwerg an Bronns Seite ritt. Die beiden waren dicke Freunde geworden, seit Chiggen tot war. Der kleine Mann war durchtriebener, als ihr recht sein konnte. Als sie in die Berge aufstiegen, war er ihr Gefangener gewesen, gefesselt und hilflos. Was war er jetzt? Noch immer ihr Gefangener, doch ritt er mit einem Dolch am Gürtel und einer Axt am Sattel, trug den Umhang aus Schattenfell, den er beim Würfeln vom Sänger gewonnen hatte, und die Halsberge aus Ketten, die er Chiggens Leiche abgenommen hatte. Jeweils zwanzig Männer flankierten den Zwerg und den Rest ihrer zerlumpten Bande, Ritter und Soldaten in Diensten ihrer Schwester Lysa und Jon Arryns kleinem Sohn, und bisher zeigte Tyrion nicht den Anflug von Furcht. *Könnte ich mich täuschen?* fragte sich Catelyn nicht zum ersten Mal. Sollte er am Ende unschuldig sein, was Bran anging, und Jon und alles andere? Und falls er es wäre, was dann? Sechs Männer waren gefallen, um ihn hierher zu bringen.

Entschlossen schob sie ihre Zweifel beiseite. »Wenn wir Eure Burg erreichen, wäre ich Euch dankbar, wenn Ihr umgehend Maester Colemon rufen lassen würdet. Ser Rodrik fiebert von seinen Wunden.« Mehr als einmal hatte sie gefürchtet, dass der tapfere, alte Ritter die Reise nicht überleben würde. Zum Ende hin konnte er kaum noch auf seinem Pferd sitzen, und Bronn hatte sie gedrängt, ihn seinem Schicksal zu überlassen, doch davon wollte Catelyn nichts hören. Stattdessen hatte man ihn an seinem Sattel festgebunden, und sie hatte Marillion, dem Sänger, befohlen, auf ihn achtzugeben.

Ser Donnel zögerte, bevor er antwortete. »Lady Lysa hat dem Maester befohlen, allzeit auf der Eyrie zu bleiben, um für Lord

Robert zu sorgen«, sagte er. »Wir haben einen Septon am Tor, der sich um unsere Verwundeten kümmert. Er kann sich mit den Nöten Eures Ritters beschäftigen.«

Catelyn hatte mehr Vertrauen in die Gelehrtheit eines Maesters als in die Gebete eines Septons. Das wollte sie eben sagen, als sie die Zinnen vor sich sah, lange Brüstungen, die direkt in den Stein des Berges gehauen waren, welcher zu beiden Seiten aufragte. Dort, wo der Pass zu einem engen Hohlweg wurde, der kaum breit genug war, dass vier Männer nebeneinander reiten konnten, klammerten sich zwei Wachtürme an den Felshang, dazu eine überdachte Brücke aus verwittertem, grauem Stein, die sich über der Straße wölbte. Stille Mienen beobachteten sie von Turm, Zinnen und Brücke aus. Als sie fast ganz hinaufgestiegen waren, ritt ihnen ein Ritter entgegen. Sein Pferd und seine Rüstung waren grau, doch sein Umhang trug das gewellte Blaurot von Riverrun, und ein schwarz schimmernder Fisch, umrahmt von Gold und Obsidian, war an seine Schulter geheftet. »Wer will das Bluttor passierten?«, rief er.

»Ser Donnel Waynwood mit Lady Catelyn Stark und ihren Begleitern«, antwortete der junge Ritter.

Der Ritter der Pforte hob sein Visier. »Ich dachte schon, die Dame sähe vertraut aus. Du bist fern der Heimat, kleine Cat.«

»Ihr auch, Onkel«, antwortete sie und lächelte allem zum Trotz, was sie durchgemacht hatte. Diese heisere, rauchige Stimme zu hören, führte sie zwanzig Jahre zurück, in die Tage ihrer Kindheit.

»Meine Heimat siehst du in meinem Rücken«, sagte er barsch.

»Eure Heimat ist in meinem Herzen«, erklärte Catelyn ihm. »Nehmt Euren Helm ab, ich will in Euer Gesicht sehen.«

»Die Jahre haben es nicht verschönert, wie ich fürchte«, sagte Brynden Tully, doch als er seinen Helm abnahm, sah Catelyn, dass er gelogen hatte. Seine Züge waren faltig und wettergegerbt, und die Zeit hatte das Kastanienbraun aus seinem Haar gewaschen und nur Grau zurückgelassen, doch das Lächeln war dasselbe, und die buschigen Augenbrauen, fett wie Raupen, und das Lachen in seinen tiefblauen Augen. »Wusste Lysa, dass du kommen würdest?«

»Es blieb keine Zeit, die Nachricht vorauszuschicken«, erklärte Catelyn. Die anderen kamen hinter ihr heran. »Ich fürchte, wir reiten dem Sturm voraus, Onkel.«

»Dürfen wir das Grüne Tal betreten?«, fragte Ser Donnel. Die Waynwoods waren von jeher Freunde der Zeremonie gewesen.

»Im Namen Robert Arryns, Lord über die Eyrie, Verteidiger des Grünen Tales und Wahrer Wächter des Ostens, heiße ich Euch einzutreten und fordere Euch auf, den Frieden zu achten«, erwiderte Ser Brynden. »Kommt.«

Und so ritt sie hinter ihm, unter dem Schatten des Bluttores hindurch, an dem sich ein Dutzend Armeen im Zeitalter der Helden aufgerieben hatten. Auf der anderen Seite der Steine öffneten sich die Berge plötzlich zu einer Aussicht auf grüne Felder, blauen Himmel und schneebedeckte Gipfel, die ihr den Atem nahm. Das Grüne Tal von Arryn nahm ein Bad im Morgenlicht.

Es breitete sich vor ihnen zum dunstigen Osten hin aus, einem friedlichen Land von reichem, schwarzem Boden, breiten, langsam fließenden Flüssen und Hunderten kleiner Seen, die wie Spiegel in der Sonne glitzerten, von allen Seiten durch Gipfel geschützt. Weizen und Mais und Gerste wuchsen hoch auf den Feldern, und selbst in Highgarden waren die Kürbisse nicht größer und die Früchte nicht süßer als hier. Sie standen am westlichen Ende des Tales, wo die Bergstraße über den letzten Pass führte und ihren kurvigen Abstieg in das Tiefland zwei Meilen darunter nahm. Hier war das Tal schmal, nicht breiter als einen halben Tagesritt, und die Berge im Norden schienen so nah, dass Catelyn nach ihnen greifen zu können glaubte. Über allem ragte der zerklüftete Gipfel namens Giant's Lance auf, ein Berg, zu dem selbst Berge aufblickten, dessen Gipfel sich im eisigen Nebel dreieinhalb Meilen über dem Erdboden verloren. Über seine massive Westschulter floss der gespenstische Sturzbach von Alyssas Tränen. Selbst noch aus der Ferne konnte Catelyn den glitzernden Silberfaden vor dem dunklen Stein ausmachen.

Als ihr Onkel sah, dass sie angehalten hatte, brachte er sein Pferd näher heran. »Dort ist es, neben Alyssas Tränen. Von hier aus sieht man nur hin und wieder etwas Weiß aufblitzen, wenn man genau hinsieht und die Sonne die Mauer genau richtig trifft.«

Sieben Türme, hatte Ned ihr erklärt, *wie weiße Dolche im Bauch des Himmels, so hoch*, dass *man auf den Zinnen stehen und auf die Wolken herabsehen kann.* »Wie lang ist der Ritt?«, fragte sie.

»Bei Dunkelheit können wir am Berg sein«, sagte Onkel Bryden, »nur der Aufstieg wird uns noch einen Tag kosten.«

Ser Rodrik Cassel meldete sich von weiter hinten. »Mylady«, sagte er, »ich fürchte, ich kann heute nicht mehr reiten.« Sein Gesicht hing herab, eingerahmt vom zottigen, nachgewachsenen Backenbart, und er sah so erschöpft aus, dass Catelyn schon fürchtete, er könne gleich vom Pferd fallen.

»Und das solltet Ihr auch nicht«, sagte sie. »Ihr habt alles getan, worum ich Euch hätte bitten können, und hundertmal noch mehr. Mein Onkel wird mich den Rest des Weges zur Eyrie geleiten. Lannister muss mit mir kommen, doch gibt es keinen Grund, dass Ihr und die anderen nicht hier ausruhen und zu neuen Kräften kommen solltet.«

»Wir würden uns geehrt fühlen, sie als Gäste aufzunehmen«, sagte Ser Donnel mit der feierlichen Höflichkeit der Jugend. Neben Ser Rodrik waren nur Bronn, Ser Willis Wode und Marillion, der Sänger, von der Gesellschaft geblieben, die mit ihr vom Wirtshaus am Kreuzweg ausgeritten waren.

»Mylady«, sagte Marillion und ritt vor. »Ich bitte Euch, erlaubt mir, Euch zur Eyrie begleiten zu dürfen, um das Ende der Geschichte zu erleben, nachdem ich den Beginn gesehen habe.« Der Junge klang verhärmt, und dennoch seltsam entschlossen. Fiebriger Glanz lag in seinen Augen.

Catelyn hatte den Sänger nicht gebeten, mit ihnen zu reiten. Diese Wahl hatte er selbst getroffen, und wie es kam, dass er die Reise überlebte, während so viele tapfere Männer tot und unbestattet hinter ihnen lagen, das konnte sie nicht sagen. Doch war er da, mit struppigem Bart, der ihn fast wie einen Mann aussehen ließ. Vielleicht schuldete sie ihm etwas dafür, dass er so weit gekommen war. »Also gut«, erklärte sie.

»Auch ich begleite Euch«, verkündete Bronn.

Das gefiel ihr weit weniger. Ohne Bronn hätte sie das Tal nie erreichen können, das wusste sie. Der Söldner war der wildeste Streiter, den sie je gesehen hatte, und sein Schwert hatte ihr gute Dienste geleistet. Aber trotz alledem missfiel Catelyn dieser Mann. Mut hatte er, und Kraft, doch war keine Güte in ihm, und nur wenig Treue. Und allzu oft hatte sie ihn an Lannisters Seite reiten sehen, flüsternd und lachend über irgendeinen vertraulichen Scherz. Es wäre ihr lieber gewesen, ihn hier und jetzt vom Zwerg zu trennen, aber nun, da sie eingewilligt hatte, dass Marillion mit zur Eyrie kommen durfte, sah sie keine kultivierte Möglichkeit, dasselbe Recht Bronn zu verwehren. »Wie Ihr wollt«, sagte sie, wobei ihr auffiel, dass er sie nicht eigentlich um Erlaubnis gebeten hatte.

Ser Willis blieb bei Ser Rodrik und einem Septon mit sanfter Stimme, der sich ihrer Wunden annahm. Auch ihre Pferde blieben zurück, arme, zerzauste Viecher. Ser Donnel versprach, Vögel zur Eyrie und den Toren des Mondes mit der Ankündigung ihres Besuches vorauszuschicken.

Frische Tiere wurden aus den Ställen geholt, eine standfeste Bergrasse mit struppigem Fell, und nach einer Stunde schon machten sie sich wieder auf den Weg. Catelyn ritt neben ihrem Onkel, als sie den Abstieg ins Tal begannen. Dahinter kamen Bronn, Tyrion Lannister, Marillion und sechs von Bryndens Männern.

Erst als sie ein Drittel des Bergpfades hinabgestiegen waren, weit außer Hörweite der anderen, wandte sich Brynden Tully ihr zu und sagte: »Nun, Kind. Erzähl mir von deinem Sturm.«

»Ich bin schon viele Jahre kein Kind mehr, Onkel«, sagte Catelyn, doch erzählte sie es ihm nichtsdestotrotz. Es dauerte länger, als sie geglaubt hätte, das alles zu berichten, von Lysas Brief und Brans Sturz, dem Dolch des Attentäters und Littlefinger und ihrem zufälligen Zusammentreffen mit Tyrion Lannister im Wirtshaus am Kreuzweg.

Ihr Onkel lauschte schweigend, und schwere Brauen warfen ihre Schatten, während seine Miene immer düsterer wurde. Schon immer hatte Brynden Tully zuhören können … jedem, nur nicht ihrem Vater. Er war Lord Hosters Bruder, fünf Jahre jünger, doch die beiden bekriegten einander schon, solange sich Catelyn erinnern konnte. Während eines lauten Streites, als Catelyn acht Jahre war, hatte Lord Hoster Brynden »das schwarze Schaf der Tully-Herde« genannt. Lachend hatte Brynden darauf hingewiesen, dass das Familiensiegel eine springende Forelle zeige, so dass er eher ein schwarzer *Fisch* als ein schwarzes Schaf sein sollte, und von jenem Tag an hatte er das als sein persönliches Wappen angenommen.

Der Streit endete erst an dem Tag, als sie und Lysa heirateten. Während der Hochzeitsfeier hatte Brynden seinem Bruder erklärt, er ginge nach Riverrun, um Lysa und ihrem neuen Ehemann, dem Lord über die Eyrie, zu dienen. Seither hatte Lord Hoster den Namen seines Bruders nie mehr ausgesprochen, nach allem, was Edmure ihr in seinen unregelmäßigen Briefen berichtete.

Dennoch war es während Catelyns Kindheit stets Brynden Blackfish gewesen, zu dem Lord Hosters Kinder mit ihren Tränen und Geschichten liefen, wenn Vater zu beschäftigt und Mutter zu krank war. Catelyn, Lysa, Edmure ... und, ja, sogar Petyr Baelish, das Mündel ihres Vaters ... ihnen allen hatte er geduldig zugehört, wie er auch jetzt zuhörte, hatte über ihre Triumphe gelacht und bei ihren kindlichen Missgeschicken mitgelitten.

Als sie fertig war, blieb ihr Onkel lange Zeit still, während sein Pferd den steilen, steinigen Pfad hinabstieg. »Dein Vater muss Nachricht erhalten«, sagte er schließlich. »Falls die Lannisters marschieren sollten, ist Winterfell fern und das Grüne Tal hinter seinen Bergen abgeschottet, doch Riverrun liegt auf ihrem Weg.«

»Ich hatte dieselbe Sorge«, räumte Catelyn ein. »Ich werde Maester Colemon bitten, einen Vogel zu schicken, sobald wir auf der Eyrie sind.« Sie hatte noch andere Nachrichten zu senden. Die Befehle, die Ned ihr für seine Vasallen gegeben hatte, um die Befestigungen des Nordens bereitzumachen. »Wie ist die Stimmung im Tal?«

»Verbittert«, gab Brynden Tully zu. »Lord Jon war sehr beliebt, und man empfand es als tiefe Kränkung, dass der König Jaime Lannister ein Amt übertrug, das die Arryns fast dreihundert Jahre ausgeübt haben. Lysa hat uns befohlen, ihren Sohn den *Wahren* Wächter des Ostens zu nennen, doch davon lässt sich niemand täuschen. Ebenso fragt sich deine Schwester nicht allein, wie die Hand zu Tode gekommen ist. Niemand wagt zu behaupten, dass Jon ermordet wurde, nicht offen, doch der Verdacht wirft einen langen Schatten.« Er sah Catelyn an, mit schmalem Mund. »Und dann ist da der Junge.«

»Der Junge? Was ist mit ihm?« Sie zog den Kopf ein, als sie unter einem niedrigen Felsüberhang hindurch und um eine scharfe Biegung ritt.

Die Stimme ihres Onkels klang sorgenvoll. »Lord Robert«, seufzte er. »Sechs Jahre alt, kränklich, und er neigt zum Weinen, wenn man ihm seine Puppen nimmt. Jon Arryns rechtmäßiger Erbe, bei allen Göttern, doch gibt es manchen, der sagt, er wäre zu schwach, um den Platz seines Vaters einzunehmen. Nestor Royce war in den vergangenen vierzehn Jahren Haushofmeister, während Lord Jon in King's Landing diente, und viele flüstern, er solle weiterregieren, bis der Junge volljährig wird. Andere meinen, Lysa solle wieder heiraten, und zwar bald. Schon jetzt sammeln sich die Freier wie Krähen auf einem Schlachtfeld. Die Eyrie ist voll von ihnen.«

»Das hätte ich mir denken können«, sagte Catelyn. Es konnte nicht verwundern. Lysa war noch jung, und das Königreich von Berg und Grünem Tal war eine hübsche Mitgift. »Will Lysa sich neu vermählen?«

»Sie ist nicht abgeneigt, vorausgesetzt, sie fände einen Mann, der ihr gefällt«, sagte Brynden Tully, »nur hat sie Lord Nestor und ein Dutzend geeigneter Männer bereits abgewiesen. Sie schwört, dass diesmal sie selbst ihren Hohen Gatten wählt.«

»Das kann man ihr kaum zum Vorwurf machen.«

Ser Brynden schnaubte. »Und das will ich auch nicht, aber … mir scheint, Lysa spielt die Brautwerbung nur. Ihr gefällt es, aber ich glaube, deine Schwester beabsichtigt, selbst zu herrschen, bis der Junge alt genug ist, um nicht nur dem Namen nach Lord über die Eyrie zu sein.«

»Eine Frau kann ebenso weise regieren wie ein Mann«, sagte Catelyn.

»Die *richtige* Frau kann es«, erwiderte ihr Onkel mit einem Seitenblick. »Täusche dich nicht, Cat. Lysa ist nicht wie du.« Er zögerte einen Augenblick. »Wenn ich die Wahrheit sagen soll, so fürchte ich, wirst du deine Schwester nicht als so … hilfreich erleben, wie du es gern hättest.«

Sie war verblüfft. »Was meint Ihr damit?«

»Die Lysa, die aus King's Landing heimkehrte, ist nicht dieselbe Lysa, die in den Süden zog, als ihr Mann die Rechte Hand des Königs wurde. Jene Jahre waren hart für sie. Das musst du wissen. Jon Arryn war ein pflichtbewusster Ehemann, doch fußte ihre Ehe auf Politik, nicht auf Leidenschaft.«

»Ganz wie die meine.«

»Sie begannen gleich, doch deine Ehe endete glücklicher als die deiner Schwester. Zwei Kinder tot geboren, doppelt so viele Fehlgeburten, Lord Arryns Tod … Catelyn, die Götter haben Lysa nur dieses eine Kind geschenkt, und der Junge ist alles, wofür deine Schwester nun lebt, der Ärmste. Kein Wunder, dass sie lieber geflohen ist, als zuzusehen, wie er den Lannisters übergeben wird. Deine Schwester *fürchtet* sich, Kind, und am meisten fürchtet sie die Lannisters. Sie floh ins Grüne Tal, stahl sich wie ein Dieb in der Nacht aus dem Red Keep fort, und alles nur, um ihren Sohn dem Maul des Löwen zu entreißen … und nun bringst du den Löwen direkt vor ihre Tür.«

»In Ketten«, wandte Catelyn ein. Ein tiefer Bergspalt gähnte zu ihrer Rechten, stürzte in die Finsternis hinab. Sie hielt ihr Pferd und suchte sich vorsichtig Schritt für Schritt den Weg.

»Ach?« Ihr Onkel warf einen Blick dorthin zurück, wo Tyrion Lannister ihnen langsam folgte. »Ich sehe eine Axt an seinem Sattel, einen Dolch an seinem Gürtel und einen Söldner, der ihm wie ein hungriger Schatten folgt. Wo sind seine Ketten, süßes Kind?«

Unruhig rutschte Catelyn auf ihrem Sattel herum. »Der Zwerg ist hier, und nicht aus freien Stücken. Ketten oder nicht, er ist mein Gefangener. Lysa wird ihn für seine Verbrechen ebenso dringend verhören wollen wie ich. Es war ihr eigener Mann, den die Lannisters ermordet haben, und ihr eigener Brief, der uns vor ihnen gewarnt hat.«

Brynden Blackfish schenkte ihr ein müdes Lächeln. »Ich hoffe, du hast recht, Kind«, seufzte er mit einem Unterton, der sagte, dass sie unrecht hatte.

Die Sonne stand schon weit im Westen, als die Steigung unter den Hufen ihrer Pferde flacher wurde. Die Straße wurde breiter und gerade, und die ersten wilden Blumen und Gräser fielen Catelyn auf. Als sie die Talsohle erreichten, kamen sie schneller voran und machten Zeit gut, galoppierten durch grüne Wälder und verschlafene, kleine Weiler, an Obstgärten und goldenen Weizenfeldern vorüber, spritzten durch ein Dutzend sonnenbeschienener Bäche. Ihr Onkel schickte ihnen einen Standartenträger voraus, an dessen Stock ein Doppelbanner flatterte, oben Mond und Falke des Hauses Arryn, und darunter sein eigener schwarzer Fisch. Karren von Bauern und Händlern und Reiter von niederer Geburt machten Platz, um sie passieren zu lassen.

Dennoch war es dunkel, bis sie die stämmige Burg am Fuß des Giant's Lance erreichten. Fackeln flackerten auf ihren Zinnen, und der gehörnte Mond tanzte in den dunklen Fluten des Burggrabens. Die Zugbrücke war oben und die Fallgitter waren unten, doch Catelyn sah Licht im Wachhaus und in den Fenstern der eckigen Türme dahinter.

»Die Tore des Mondes«, sagte ihr Onkel, als die ganze Gesellschaft zum Halten kam. Sein Bannerträger ritt an den Burggraben heran, um die Männer im Wachhaus zu begrüßen. »Lord Nestors Sitz. Er dürfte uns erwarten. Sieh hinauf.«

Catelyn hob ihren Blick weiter und immer weiter. Anfangs sah sie nur Steine und Bäume, die drohende Masse großer Berge, von Nacht umhüllt, schwarz wie ein sternenloser Himmel. Dann bemerkte sie den Schimmer ferner Feuer weit über ihnen, einen Wehrturm, in die steile Seite des Berges gehauen, und die Lichter starrten wie orangefarbene Augen von oben herab. Darüber war noch ein anderer, höher und ferner, und ein dritter noch umso weiter oben, kaum mehr als ein glimmender Funke am Himmel. Und schließlich, dort oben, wo die Falken flogen, blitzte etwas Weißes auf. Schwindel überkam sie, als sie zu den fahlen Türmen aufblickte, so weit in der Höhe.

»Die Eyrie«, hörte sie Marillion staunend murmeln.

Die scharfe Stimme Tyrion Lannisters mischte sich ein. »Die Arryns dürften über Besuch nicht sonderlich erfreut sein. Falls Ihr vorhabt, uns in der Dunkelheit diesen Berg erklimmen zu lassen, wäre es mir lieber, wenn Ihr mich gleich hier unten töten würdet.«

»Wir bleiben über Nacht hier und beginnen den Aufstieg am Morgen«, erklärte ihm Brynden.

»Ich kann es kaum erwarten«, erwiderte der Zwerg. »Wie kommen wir dort hinauf? Ich habe keine Erfahrung im Ziegenreiten.«

»Maultiere«, sagte Brynden lächelnd.

»Es sind Stufen in den Berg gehauen«, sagte Catelyn. Ned hatte davon gesprochen, als er von seiner Jugendzeit erzählte, die er mit Robert Baratheon und Jon Arryn hier verbracht hatte.

Ihr Onkel nickte. »Es ist zu dunkel, um sie zu sehen, aber es gibt Stufen. Zu steil und schmal für Pferde, aber Maulesel sind ihnen auf dem größten Teil des Weges gewachsen. Am Weg wachen drei kleine Burgen, Stone und Snow und Sky. Die Maultiere bringen uns bis zu Sky hinauf.«

Zweifelnd und ein wenig nervös blickte Tyrion Lannister auf. »Und danach?«

Brynden lächelte. »Danach ist der Weg selbst für Maulesel zu steil. Wir klettern den Rest des Weges zu Fuß. Oder vielleicht wäre es Euch lieber, in einem Korb hinaufzufahren. Die Eyrie klammert sich über Sky an den Berg, und in ihren Kellern gibt es sechs große Winden mit langen Eisenketten, an denen man Vorräte von unten heraufzieht. Falls es Euch lieber wäre, Mylord von Lannister, könnte ich es für Euch einrichten, dass Ihr mit Brot und Bier und Äpfeln hinauffahrt.«

Der Zwerg stieß bellendes Gelächter aus. »Wenn ich ein Kürbis wäre«, sagte er. »Nur wäre mein Vater zweifellos höchst ungehalten, wenn seinen Sohn, einen Lannister, das Schicksal einer Ladung Rüben ereilte. Wenn Ihr zu Fuß hinaufgeht, so fürchte ich, werde auch ich es tun müssen. Wir Lannisters haben einen gewissen Stolz.«

»Stolz?«, fuhr Catelyn ihn an. Sein spöttischer Unterton und der lässige Gestus erbosten sie. »Mancher würde es Arroganz nennen. Arroganz und Habsucht und Machtgier.«

»Mein Bruder ist ohne Zweifel arrogant«, erwiderte Tyrion Lannister. »Mein Vater ist die Seele der Habsucht, und meine liebreizende Schwester giert mit jedem Atemzug nach Macht. Ich hingegen bin unschuldig wie ein kleines Lamm. Soll ich für Euch blöken?« Er grinste.

Knarrend kam die Zugbrücke herunter, bevor sie etwas erwidern konnte, und sie hörten das Klirren geölter Ketten, als das Fallgitter hochgezogen wurde. Soldaten trugen brennende Fackeln heraus, um ihnen zu leuchten, und ihr Onkel führte sie über den Burggraben. Lord Nestor Royce, Haushofmeister im Grünen Tale und Hüter der Tore des Mondes, wartete auf dem Hof, um sie zu begrüßen, inmitten seiner Ritter. »Lady Stark«, sagte er und verneigte sich. Er war ein massiger Mann mit fassförmigem Oberkörper, und seine Verbeugung wirkte unbeholfen.

Catelyn stieg ab und stellte sich vor ihn. »Lord Nestor«, grüßte sie zurück. Sie kannte den Mann nur seinem Ruf nach. Er war Bronze Johns Vetter, aus einem unbedeutenderen Zweig des Hauses Royce, doch dennoch ein ernst zu nehmender, selbstständiger Lord. »Wir hatten eine lange und ermüdende Reise. Ich würde Euch gern um Gastlichkeit unter Eurem Dach ersuchen, wenn ich darf.«

»Mein Dach ist Euer, Mylady«, antwortete Lord Nestor barsch, »nur hat Eure Schwester, die Lady Lysa, Nachricht von der Eyrie herabgesandt. Sie wünscht Euch umgehend zu sehen. Eure Begleiter werden hier untergebracht und am frühen Morgen hinaufgeschickt.«

Ihr Onkel schwang sich von seinem Pferd. »Wozu der Irrsinn?«, sagte er schroff. Brynden Tully war nie dafür bekannt gewesen, seine Zunge im Zaum zu halten. »Ein Nachtaufstieg, wobei der Mond nicht einmal voll am Himmel steht? Selbst Lysa sollte wissen, dass es eine Einladung zum Genickbruch ist.«

»Die Maultiere kennen den Weg, Ser Brynden.« Ein drahtiges Mädchen von siebzehn oder achtzehn Jahren trat neben Lord Nestor. Ihr dunkles Haar war kurz und gerade geschnitten, und sie trug lederne Reitkleider und ein leichtes Hemd aus versilberten Ketten. Sie verneigte sich vor Catelyn, anmutiger als ihr Lord. »Ich verspreche Euch, Mylady, es wird Euch nichts geschehen. Es wäre mir eine Ehre, Euch hinaufzugeleiten. Ich habe den dunklen Aufstieg schon oft hinter mich gebracht. Mychel sagt, mein Vater muss ein Ziegenbock gewesen sein.«

Sie klang so großspurig, dass Catelyn lächeln musste. »Hast du einen Namen, Kind?«

»Mya Stone, wenn es Euch beliebt, Mylady«, sagte das Mädchen.

Es beliebte ihr nicht. Catelyn hatte alle Mühe, ihr Lächeln auf dem Gesicht zu halten. *Stone* war im Grünen Tal der Name für Bastarde, wie es Snow im Norden und *Flowers* in Highgarden war. Jedes der Sieben Königslande hatte der Sitte nach einen eigenen Nachnamen für Kinder, die ohne Namen geboren waren. Catelyn hatte nichts gegen dieses Mädchen, doch plötzlich musste sie an Neds Bastard auf der Mauer denken, und dieser Gedanke stimmte sie gleichzeitig böse und schuldbewusst. Sie rang um Worte für eine Erwiderung.

Lord Nestor füllte die Stille. »Mya ist ein kluges Mädchen, und wenn sie verspricht, Euch sicher zur Lady Lysa zu bringen, dann glaube ich ihr. Bisher hat sie mich noch nie enttäuscht.«

»Dann gebe ich mich in deine Hände, Mya Stone«, befand Catelyn. »Lord Nestor, ich übertrage Euch die Aufgabe, gut über meinen Gefangenen zu wachen.«

»Und ich übertrage Euch die Aufgabe, dem Gefangenen einen Becher Wein und einen knusprigen Kapaun zu bringen, bevor er Hungers stirbt«, sagte Lannister. »Auch ein Mädchen wäre angenehm, aber ich vermute, das dürfte wohl zu viel von Euch verlangt sein.« Der Söldner Bronn lachte laut auf.

Lord Nestor überhörte das Geplänkel. »Ganz wie Ihr sagt, Mylady, so soll es sein.« Dann erst sah er den Zwerg an. »Führt unseren Herrn von Lannister in eine Turmzelle und bringt ihm Speis und Trank.«

Catelyn verließ ihren Onkel und die andern, als man Tyrion Lannister fortführte, dann folgte sie dem Bastardmädchen durch die Burg. Zwei Maultiere warteten im oberen Hof, gesattelt und bereit. Mya half ihr auf eines von beiden, während ein Wachmann im himmelblauen Mantel das schmale Seitentor öffnete. Dahinter lagen dichter Wald aus Kiefern und Fichten und der Berg, wie eine schwarze Wand, doch gab es Stufen, tief in den Stein gemeißelt, die in den Himmel hineinführten. »Manchem fällt es leichter, wenn man die Augen schließt«, erklärte Mya, als sie die Maultiere durch das Tor in den dunklen Wald führte. »Wer sich fürchtet und wem schwindlig wird, der hält sein Maultier gelegentlich zu fest. Das mögen sie nicht.«

»Ich bin eine geborene Tully und mit einem Stark verheiratet«, sagte Catelyn. »Ich fürchte mich nicht so leicht. Willst du eine Fackel anzünden?« Die Stufen waren pechschwarz.

Das Mädchen zog ein Gesicht. »Fackeln blenden nur. In einer klaren Nacht wie heute genügen Mond und Sterne. Mychel sagt, ich hätte die Augen einer Eule.« Sie stieg auf und drängte ihr Maultier zur ersten Stufe. Catelyns Tier folgte aus eigenem Antrieb.

»Du hast schon einmal von Mychel gesprochen«, sagte Catelyn. Die Maultiere gaben den Schritt vor, langsam und gleichmäßig. Damit war sie vollkommen zufrieden.

»Mychel ist mein Liebster«, erzählte Mya. »Mychel Redfort. Er ist Knappe bei Ser Lyn Corbray. Wir wollen heiraten, sobald er Ritter wird, im nächsten Jahr oder in dem danach.«

Sie klang so sehr wie Sansa, so glücklich und unschuldig mit ihren Träumen. Catelyn lächelte, doch das Lächeln war von Trauer gefärbt. Die Redforts waren ein großer Name im Grünen Tal, in deren Adern noch das Blut der Ersten Menschen floss. Seine Liebste mochte sie sein, aber kein Redfort würde je ein Bastardmädchen heiraten. Seine Familie würde eine angemessenere Partie für ihn finden, eine Corbray oder eine Waynwood oder eine Royce oder vielleicht die Tochter einer höherstehenderen Familie außerhalb des Tales. Falls Mychel mit diesem Mädchen überhaupt zu Bette ging, dann sicher auf der falschen Seite des Lakens.

Der Aufstieg war leichter, als Catelyn zu hoffen gewagt hatte. Die Bäume standen eng, beugten sich über den Pfad und bildeten ein raschelndes, grünes Dach, das selbst den Mond aussperrte, so dass es schien, als kämen sie durch einen langen, schwarzen Tunnel. Doch die Maulesel gingen sicher und unermüdlich voran, und Mya Stone schien tatsächlich mit Nachtaugen gesegnet. Sie schleppten sich bergan, bahnten sich auf der Felswand einen Weg hinauf, folgten den Stufen, die sich drehten und wendeten. Eine dicke Schicht herabgefallener Nadeln bedeckte den Pfad, so dass die Hufe ihrer Maulesel nur leise auf dem Stein zu hören waren. Die Stille beruhigte sie, und das sanfte Wiegen ließ sie auf ihrem Sattel schwanken. Bald schon rang sie mit dem Schlaf.

Vielleicht war sie tatsächlich für einen Augenblick eingenickt, denn plötzlich ragte ein massives, eisenbeschlagenes Tor vor ihr auf. »Stone«, verkündete Mya fröhlich beim Absteigen. Die furchteinflößenden Steinmauern waren mit Eisendornen besetzt, und zwei dicke, runde Türme überragten die Anlage. Auf Myas Ruf hin schwang das Tor auf. Drinnen begrüßte der wohlbeleibte Ritter, der den Befehl über die Burg hatte, Mya mit dem Namen und bot ihnen Spieße mit gebratenem Fleisch und Zwiebeln, noch heiß vom Feuer, an. Catelyn hatte nicht gemerkt, wie hungrig sie war. Sie aß stehend auf dem Hof, während Stalljungen ihre Sättel auf frische Maultiere schnallten. Der heiße Saft lief ihr übers Kinn, doch sie war zu ausgehungert, um sich darum zu kümmern.

Dann hieß es aufsitzen und wieder hinaus ins Licht der Sterne. Der zweite Teil des Aufstiegs schien Catelyn gefährlicher als der erste zu sein. Der Pfad war steiler, die Stufen abgewetzter und hier und da mit Kiesel und Steinbruch übersät. Mya musste ein halbes Dutzend Mal absteigen, um herabgefallene Steine aus dem Weg zu räumen. »Wir wollen nicht, dass sich unsere Maulesel hier oben ein Bein brechen«, sagte sie. Catelyn sah sich gezwungen, ihr zuzustimmen. Mittlerweile konnte sie die Höhe spüren. Hier oben wurden die Bäume spärlicher, und der Wind wehte kräftiger. Scharfe Böen rissen an ihren Kleidern und peitschten ihr das Haar ins Gesicht. Von Zeit zu Zeit machten die Stufen kehrt, und sie konnte Stone unter sich liegen sehen, und die Tore des Mondes weiter unten, und die Fackeln waren nicht heller als Kerzen.

Snow war kleiner als Stone, ein einziger, befestigter Turm, eine hölzerne Umfriedung und ein Stall, der sich hinter einer niedrigen Mauer von ungemörtelten Steinen verbarg. Doch schmiegte es sich auf eine Art und Weise an den Giant's Lance, dass es die gesamte Steintreppe oberhalb der kleinen Burg beherrschte. Ein Feind, der die Eyrie einnehmen wollte, würde sich von Stone aus Stufe für Stufe hinaufkämpfen, während Steine und Pfeile von Snow herabregneten. Der Kommandant, ein besorgter, junger Ritter mit pockennarbigem Gesicht, bot ihnen Brot und Käse und die Gelegenheit, sich vor seinem Feuer aufzuwärmen, doch Mya lehnte ab. »Wir sollten weiterziehen, Mylady«, sagte sie. »Wenn es Euch beliebt.« Catelyn nickte.

Wiederum gab man ihnen frische Maultiere. Ihres war weiß. Mya lächelte, als sie es sah. »Whitey ist ein Guter, Mylady. Trittfest, selbst auf Eis, nur müsst Ihr vorsichtig sein. Er tritt, wenn er Euch nicht mag.«

Der weiße Maulesel schien Catelyn zu mögen. Es gab keine Tritte, den Göttern sei Dank. Es gab auch kein Eis, und auch dafür war sie dankbar. »Meine Mutter sagt, dass vor Hunderten von Jahren hier der Schnee begann«, erklärte Mya ihr, »von hier an war es immer weiß, und das Eis schmolz nie.« Sie zuckte mit den Achseln. »Ich kann mich nicht erinnern, überhaupt jemals so weit unten Schnee gesehen zu haben, aber vielleicht war es einmal so, in alten Zeiten.«

So jung, dachte Catelyn und versuchte, sich zu erinnern, ob sie je so gewesen war. Das Mädchen hatte ihr halbes Leben im Sommer gelebt, und nur den kannte sie. *Der Winter naht, mein Kind*, wollte sie ihr sagen. Die Worte lagen ihr auf der Zunge, fast sprach sie diese aus. Vielleicht wurde sie am Ende doch noch eine Stark.

Oberhalb von Snow war der Wind wie ein Lebewesen, heulte um sie wie ein Wolf in der Wüste, dann wurde er zu einem Nichts, als wollte er sie zur Selbstzufriedenheit verleiten. Die Sterne wirkten hier oben heller, so nah, dass sie sie fast berühren konnte, und der gehörnte Mond stand riesengroß am klaren, schwarzen Himmel. Beim Klettern stellte Catelyn fest, dass es besser war, nach oben als nach unten zu sehen. Die Stufen waren in Jahrhunderten von Frost und Tau und den Hufen unzähliger Maultiere geborsten und gebrochen, und selbst in der Dunkelheit klopfte ihr wegen der Höhe das Herz bis zum Hals. Als sie zu einem hohen Rücken zwischen zwei Felsspitzen kamen, stieg Mya ab. »Das Beste ist, die Maultiere darüber hinwegzuführen«, sagte sie. »Der Wind kann hier etwas ängstigend wirken, Mylady.«

Steif kletterte Catelyn aus dem Dunkel hervor und sah den Pfad voraus an, zwanzig Fuß lang und fast drei Fuß breit, doch mit jäh abfallenden Klippen zu beiden Seiten. Sie konnte hören, wie der Wind heulte. Leichtfüßig trat Mya vor, und ihr Maultier folgte, als gingen sie über einen Burghof. Dann war sie an der Reihe. Doch kaum hatte sie den ersten Schritt getan, als die Angst Catelyn zwischen die Zähne nahm. Sie konnte die Leere *fühlen*, die endlosen Abgründe schwarzer Luft, die um sie herum gähnten. Sie hielt inne, bebend, fürchtete, sich von der Stelle zu rühren. Der Wind heulte sie an und riss an ihrem Umhang, versuchte, sie über den Rand zu zerren. Catelyn schob ihren Fuß nach hinten, tat einen furchtsamen Schritt, doch stand das Maultier hinter ihr, und sie konnte nicht zurück. *Hier werde ich sterben*, dachte sie. Sie spürte, wie der Schweiß über ihren Rücken rann.

»Lady Stark«, rief Mya von jenseits des Abgrundes. Das Mädchen klang, als wäre sie Tausende von Meilen entfernt. »Geht es Euch gut?«

Catelyn Tully Stark schluckte den letzten Rest von Stolz herunter. »Ich … ich kann es nicht, Kind«, rief sie laut.

»Doch, das könnt Ihr«, rief das Bastardmädchen. »Ich weiß, dass Ihr es könnt. Seht doch, wie breit der Weg ist.«

»Ich will nicht hinsehen.« Die Welt schien sich um sie zu drehen, Berg und Himmel und Maultiere wirbelten um sie herum wie der Kreisel eines Kindes. Catelyn schloss die Augen, um ihren hechelnden Atem zu beruhigen.

»Ich komme zurück und hole Euch«, sagte Mya. »Rührt Euch nicht, Mylady.«

Sich zu rühren war das Letzte, was Catelyn wollte. Sie lauschte dem Pfeifen des Windes und dem Scharren von Leder auf Stein.

Dann war Mya da, nahm sie sanft beim Arm. »Haltet die Augen geschlossen, wenn Ihr wollt. Lasst die Zügel los, Whitey findet den Weg allein. Sehr gut, Mylady. Ich führe Euch hinüber, es ist ganz einfach, Ihr werdet sehen. Jetzt macht einen Schritt nach vorn. So ist es gut, bewegt Euren Fuß, schiebt ihn einfach vor. Genau. Jetzt den anderen. Ganz einfach. Ihr könntet hinüberrennen. Noch einen, macht nur. Ja.« Und so führte das Bastardmädchen die blinde, zitternde Catelyn hinüber, während ihnen das weiße Maultier in aller Seelenruhe folgte.

Die kleine Burg mit Namen Sky war nicht mehr als eine hohe, halbmondförmige, lose Mauer an der Felswand, doch nicht einmal die dachlosen Türme von Valyria hätten in Catelyn Starks Augen schöner aussehen können. Hier nun begann der Schnee. Skys Steine waren von Frost überzogen, und lange, eisige Speere hingen von den Schrägen über ihnen.

Im Osten dämmerte der Morgen, als Mya Stone nach den Wachen rief und sich die Tore vor ihnen öffneten. Hinter den Mauern gab es nur eine Reihe von Rampen und einen großen Haufen von Steinen und Felsbrocken aller Größe. Ohne Zweifel wäre es die einfachste Sache auf der Welt, von hier aus eine Lawine loszutreten. Eine Öffnung gähnte in der Bergwand vor ihnen. »Die Ställe und Kasernen sind dort drinnen«, sagte Mya. »Der letzte Teil führt durch den Berg. Es kann etwas dunkel sein, aber zumindest seid Ihr aus dem Wind. Bis hierher können die Maultiere gehen. Von jetzt an ist es ein Kamin, eher eine steinerne Leiter als richtige Stufen, aber das ist nicht so schlimm. Eine Stunde noch, und wir sind da.«

Catelyn blickte auf. Direkt über sich, undeutlich nur im Licht des Morgengrauens, sah sie das Fundament der Eyrie. Es konnte nicht mehr als sechshundert Fuß über ihnen liegen. Von unten sah es wie eine kleine Honigwabe aus. Sie dachte daran, was ihr Onkel über Körbe und Winden gesagt hatte. »Die Lannisters haben ihren Stolz«, erklärte sie Mya, »aber die Tullys sind mit mehr Verstand geboren. Ich bin den ganzen Tag und den größten Teil der Nacht geritten. Sag ihnen, sie sollen einen Korb herunterlassen. Ich werde mit den Rüben reisen.«

Die Sonne stand schon hoch über den Bergen, als Catelyn

Stark endlich die Eyrie erreichte. Ein untersetzter, silberhaariger Mann mit himmelblauem Umhang und gehämmertem Brustharnisch mit Mond und Falke darauf half ihr aus dem Korb. Ser Vardis Egen, Hauptmann der Leibgarde Jon Arryns. Neben ihm stand Maester Colemon, dünn und nervös, mit zu wenig Haar und zu viel Hals. »Lady Stark«, sagte Ser Vardis, »die Freude ist so groß wie unerwartet.« Maester Colemon wackelte zustimmend mit dem Kopf. »Das ist sie in der Tat, Mylady, das ist sie in der Tat. Ich habe Eurer Schwester Nachricht gegeben. Sie hat die Anweisung hinterlassen, man solle sie wecken, sobald Ihr einträfet.«

»Ich hoffe, sie hat heute Nacht gut geschlafen«, sagte Catelyn mit bissigem Unterton, der unbemerkt zu bleiben schien.

Die Männer eskortierten sie vom Windenraum eine Wendeltreppe hinauf. Die Eyrie war, verglichen mit den Ansprüchen der großen Häuser, eine kleine Burg. Sieben schlanke Türme standen eng wie Pfeile im Köcher auf einer Schulter des großen Berges. Man brauchte weder Ställe noch Schmieden oder Hundezwinger, doch Ned sagte, die Kornkammer sei so groß wie die auf Winterfell, und in den Türmen ließen sich fünfhundert Menschen unterbringen. Doch wirkte die Burg auf Catelyn seltsam verlassen, als sie hindurchging und die steinernen Hallen vor Leere widerhallten.

Lysa erwartete sie allein in ihrem Solar, noch im Schlafkleid. Das lange, kastanienbraune Haar fiel ungebändigt über nackte, weiße Schultern und über ihren Rücken. Eine Magd stand hinter ihr und bürstete die Verwirrungen der Nacht heraus, doch als Catelyn eintrat, stand ihre Schwester auf und lächelte. »Cat«, sagte sie. »Oh, wie gut es tut, dich zu sehen. Meine süße Schwester.« Sie kam durch die Kammer gelaufen und schloss ihre Schwester in die Arme. »Wie lange es schon her ist«, murmelte Lysa an sie gepresst. »Oh, wie sehr, sehr lange schon.«

Tatsächlich waren es fünf Jahre … fünf grausame Jahre für Lysa. Sie hatten ihren Tribut gefordert. Ihre Schwester war zwei Jahre jünger, doch sah sie inzwischen älter aus als Catelyn. Lysa war kleiner, und im Lauf der Jahre war sie rund geworden, und blass und aufgedunsen im Gesicht. Sie hatte die blauen Augen der Tullys, doch waren sie trübe und wässrig und standen nie still. Ihr kleiner Mund zeigte einen verdrießlichen Zug. Als Catelyn sie in den Armen hielt, erinnerte sie sich an das schlanke Mädchen mit den hohen Brüsten, die an jenem Tag in der Septe von Riverrun an ihrer Seite gewartet hatte. Wie lieblich und voller Hoffnung sie gewesen war. Geblieben war ihrer Schwester nur das volle, dunkelbraune Haar, das ihr bis zur Hüfte reichte.

»Du siehst gut aus«, log Catelyn, »aber … müde.«

Ihre Schwester löste die Umarmung. »Müde, ja. Oh, ja.« Dann schien sie die anderen zu bemerken, ihre Magd, Maester Colemon, Ser Vardis. »Geht«, sagte sie. »Ich möchte mit meiner Schwester allein sprechen.« Sie hielt Catelyns Hand, als die anderen sich zurückzogen …

… und ließ sie los, sobald die Tür ins Schloss fiel. Catelyn sah, wie sich ihr Gesicht veränderte. Es war, als wäre die Sonne hinter einer Wolke verschwunden. »Hast du denn vollkommen den *Verstand* verloren?«, herrschte Lysa sie an. »Ihn *hierherzubringen*, ohne meine Zustimmung, ohne auch nur eine Warnung, uns in deinen Streit mit den Lannisters hineinzuziehen …«

»*Meinen* Streit?« Catelyn konnte kaum glauben, was sie hörte. Ein großes Feuer brannte im Kamin, doch in Lysas Stimme war von Wärme nichts zu spüren. »Erst war es dein Streit, Schwester. Du hast mir diesen verfluchten Brief geschrieben, du hast geschrieben, die Lannisters hätten deinen Mann ermordet!«

»Um dich zu warnen, damit du dich von ihnen fern hältst! Ich wollte sie nie *bekämpfen!* Bei allen Göttern, Cat, weißt du, was du getan hast?«

»Mutter?«, fragte eine leise Stimme. Lysa fuhr herum, und ihre schwere Robe wogte auf. Robert Arryn, Lord über die Eyrie, stand in der Tür, drückte eine abgewetzte Stoffpuppe an seine Brust und sah sie mit großen Augen an. Er war ein schmerzlich dünnes Kind, klein für sein Alter, stets kränklich, und von Zeit zu Zeit schüttelte es ihn. Zitterkrankheit nannten es die Maester. »Ich habe Stimmen gehört.«

Kein Wunder, dachte Catelyn. Lysa hatte fast geschrien. Noch immer durchbohrte ihre Schwester sie mit ihren Blicken.

»Das ist deine Tante Catelyn, mein Kleiner. Meine Schwester, Lady Stark. Erinnerst du dich an sie?«

Der Junge sah sie leeren Blickes an. »Ich glaube schon«, sagte er blinzelnd, obwohl er kaum ein Jahr alt gewesen war, als Catelyn ihn zuletzt gesehen hatte.

Lysa setzte sich ans Feuer. »Komm zu Mutter, mein Liebling.« Sie strich seine Schlafkleider glatt und ordnete sein feines, braunes Haar. »Ist er nicht hübsch? Und stark ist er auch, glaub nicht, was du hörst. Jon wusste es. *Die Saat ist stark*, hat er zu mir gesagt. Seine letzten Worte. Immer wieder hat er Roberts Namen gesagt und meinen Arm so fest gepackt, dass es Spuren hinterließ. *Sag ihnen, die Saat ist stark.* Seine Saat. Er wollte, dass alle wussten, was für ein guter, kräftiger Junge mein Liebling werden würde.«

»Lysa«, sagte Catelyn, »wenn du recht hast, was die Lannisters angeht, haben wir noch weit mehr Grund, schnell zu handeln. Wir …«

»Nicht vor dem *Kleinen*«, unterbrach Lysa sie. »Er ist von zartem Wesen, nicht wahr, mein Liebling?«

»Der Junge ist Lord über die Eyrie und Hüter des Grünen Tales«, erinnerte Catelyn sie, »und jetzt ist nicht die Zeit für Zartgefühl. Ned glaubt, es könnte zum Krieg kommen.«

»Still!«, fuhr Lysa sie an. »Du ängstigst den Jungen.« Der kleine Robert warf einen hastigen Blick über seine Schulter auf Catelyn und begann zu zittern. Seine Puppe fiel zu Boden, und er presste sich an seine Mutter. »Hab keine Angst, mein süßer Liebling«, flüsterte Lysa. »Mutter ist da, dir wird nichts geschehen.« Sie öffnete ihre Robe und nahm eine blasse, schwere Brust hervor. Eifrig griff der Junge danach, vergrub sein Gesicht an ihrem Busen und begann zu nuckeln. Lysa streichelte sein Haar.

Catelyn fehlten die Worte. *Jon Arryns Sohn,* dachte sie ungläubig. Ihr eigener Säugling fiel ihr ein, der dreijährige Rickon, halb so alt und fünfmal so wild wie dieser Junge. Kein Wunder, dass die Lords im Tal ratlos waren. Zum ersten Mal verstand sie, wieso der König versucht hatte, der Mutter das Kind zu nehmen, um es bei den Lannisters aufziehen zu lassen …

»Hier sind wir sicher«, sagte Lysa. Ob zu ihr oder zu dem Jungen, konnte Catelyn nicht entscheiden.

»Sei nicht dumm«, sagte Catelyn, denn in ihr stieg die Wut hoch. »Niemand ist sicher. Falls du glauben solltest, dass die Lannisters dich vergessen, weil du dich hier versteckst, bist du einem traurigen Irrtum aufgesessen.«

Lysa hielt ihrem Jungen mit der Hand das Ohr zu. »Selbst wenn man eine Armee durch die Berge und das Bluttor bringen könnte, bleibt die Eyrie uneinnehmbar. Du hast es selbst gesehen. Kein Feind kann uns hier oben erreichen.«

Catelyn hätte sie am liebsten geohrfeigt. Onkel Brynden hatte sie zu warnen versucht, das fiel ihr ein. »Keine Burg ist uneinnehmbar.«

»Diese ist es«, beharrte Lysa. »Alle sagen es. Nur bleibt die Frage: Was soll ich mit dem Gnom tun, den du mir gebracht hast?«

»Ist er ein böser Mann?«, fragte der Lord über die Eyrie, und die Brust seiner Mutter glitt aus seinem Mund, der Nippel feucht und rot.

»Ein sehr böser Mann«, erklärte Lysa ihm, während sie sich bedeckte, »aber Mutter lässt nicht zu, dass er ihrem kleinen Liebling etwas antut.«

»Lass ihn fliegen«, schlug Robert eifrig vor.

Lysa streichelte ihrem Sohn das Haar. »Vielleicht tun wir das«, murmelte sie. »Vielleicht tun wir genau das.«

EDDARD

Er fand Littlefinger im Schankraum des Bordells, wo er liebenswürdig mit einer großen, eleganten Frau plauderte, die ein Federkleid auf ihrer Haut trug und schwarz wie Tinte war. Am Kamin amüsierte sich Heward mit einer prallbrüstigen Hure beim Pfänderspiel. Es machte den Eindruck, als hätte er bislang seinen Gürtel, den Umhang, das Kettenhemd und seinen rechten Stiefel verloren, während das Mädchen das Unterhemd bis zur Hüfte aufgeknöpft hatte. Jory Cassel stand mit schiefem Lächeln auf dem Gesicht neben einem regenverschleierten Fenster, beobachtete Heward und genoss den Anblick.

Ned blieb am Fuß der Treppe stehen und zog seine Handschuhe über. »Es wird Zeit zu gehen. Ich habe meine Angelegenheiten hier erledigt.«

Heward sprang auf und sammelte eilig seine Sachen zusammen. »Wie Ihr wünscht, Mylord«, sagte Jory. »Ich werde Wyl helfen, die Pferde zu holen.« Er machte sich zur Tür auf.

Littlefinger ließ sich Zeit beim Abschiednehmen. Er küsste die Hand der schwarzen Frau, flüsterte einen Scherz, worauf sie laut lachte, und schlenderte zu Ned herüber. »Eure Angelegenheiten«, sagte er leichthin, »oder Roberts? Es heißt, die Hand träume des Königs Träume, spräche mit des Königs Stimme und herrsche mit des Königs Schwert. Bedeutet das, Ihr fickt auch mit des Königs …«

»Lord Baelish«, unterbrach ihn Ned, »Ihr nehmt Euch zu viel heraus. Ich bin nicht undankbar für Eure Hilfe. Ohne Euch hätten wir vielleicht Jahre gebraucht, um dieses Bordell zu finden. Es bedeutet aber mit Sicherheit nicht, dass ich die Absicht habe, Euren Spott zu erdulden. Und ich bin nicht mehr die Rechte Hand des Königs.«

»Der Schattenwolf muss ein reizbares Tier sein«, erwiderte Littlefinger mit scharfem Zug um den Mund.

Warmer Regen prasselte vom sternenlosen, schwarzen Himmel herunter, als sie zu den Ställen gingen. Ned zog die Kapuze seines Umhangs hoch. Jory führte sein Pferd heraus. Der junge Wyl folgte ihm mit Littlefingers Stute an der Hand, während er mit der anderen an seinem Gürtel und den Schnüren seiner Hose herumnestelte. Eine barbusige Hure beugte sich aus der Stalltür hervor und kicherte ihn an.

»Reiten wir jetzt zur Burg zurück, Mylord?«, fragte Jory. Ned nickte und schwang sich in den Sattel. Littlefinger stieg neben ihm auf. Jory und die anderen folgten.

»Chatava führt ein auserlesenes Etablissement«, meinte Littlefinger, während sie ritten. »Ich habe schon halb im Sinn, es zu kaufen. Bordelle sind als Investition um vieles sicherer als Schiffe, wie ich feststellen musste. Huren gehen selten unter, und wenn sie von Piraten geentert werden, nun, dann zahlen die Piraten wie alle anderen in guter Münze.« Lord Petyr gluckste über seinen eigenen Witz.

Ned ließ ihn plappern. Nach einer Weile wurde er stiller, und schließlich ritten sie schweigend. Die Straßen von King's Landing waren dunkel und verlassen. Der Regen hatte alles unter die Dächer getrieben. Er prasselte auf Neds Kopf ein, warm wie Blut und gnadenlos wie alte Sünden. Dicke Wassertropfen liefen über sein Gesicht.

»Robert wird sich nie auf ein Bett beschränken«, hatte Lyanna ihm auf Winterfell gesagt, eines Nachts vor langer Zeit, als ihr Vater ihre Hand dem jungen Lord von Storm's End versprochen hatte. »Wie ich höre, hat er einem Mädchen im Grünen Tal ein Kind gemacht.« Ned hatte den Säugling im Arm gehalten. Er konnte ihr schwerlich widersprechen, und auch wollte er seine Schwester nicht belügen, doch versicherte er ihr, dass nichts von alledem, was Robert vor ihrer Verlobung getan habe, von Bedeutung sei, dass er ihr ein guter und ehrlicher Mann wäre, der sie von ganzem Herzen liebte. Lyanna hatte nur gelächelt. »Liebe ist süß, liebster Ned, doch kann sie das Wesen eines Menschen nicht verändern.«

Das Mädchen war so jung gewesen, dass Ned nicht gewagt hatte, nach ihrem Alter zu fragen. Zweifellos war sie noch Jungfrau gewesen. Die besseren Bordelle konnten immer eine Jungfrau finden, sofern die Börse dick genug war. Sie hatte hellrotes Haar und die Nase mit Sommersprossen gesprenkelt, und als sie eine Brust freilegte, um sie ihrem Kind zu geben, sah er, dass auch diese von Sommersprossen übersät war. »Ich habe sie Barra genannt«, sagte sie, während sie das Kind stillte. »Sie sieht ihm so ähnlich, hab ich nicht recht, Mylord? Sie hat seine Nase und sein Haar ...«

»Das hat sie.« Eddard Stark hatte das feine, dunkle Haar des Kindes berührt. Wie schwarze Seide floss es durch seine Finger. Roberts Erstgeborener hatte das gleiche feine Haar, so schien es ihm zumindest.

»Sagt es ihm, wenn Ihr ihn seht, Mylord, wenn es ... wenn es Euch beliebt. Sagt ihm, wie schön sie ist.«

»Das will ich tun«, versprach Ned ihr. Es war sein Fluch. Robert schwor ihnen ewige Liebe und hatte sie noch vor Einbruch der Dunkelheit vergessen, doch Ned Stark stand für seine Schwüre ein. Er dachte an die Versprechen, die er Lyanna gemacht hatte, als sie im Sterben lag, und an den Preis, den er gezahlt hatte, um sie einzulösen.

»Und sagt ihm, dass ich bei niemand anderem war. Ich schwöre es, Mylord, bei den alten und den neuen Göttern. Chataya sagte, ich könnte ein halbes Jahr bekommen, für das Kind und für die Hoffnung, dass er wiederkommt. Sagt ihm also, ich würde warten, wollt Ihr das tun? Ich will keine Juwelen oder irgendwas, nur ihn. Er war immer gut zu mir, wahrlich.«

Gut zu dir, dachte Ned mit schalem Geschmack. »Ich werde es ihm sagen, Kind, und ich verspreche dir, Barra soll es an nichts mangeln.«

Da hatte sie gelächelt, ein Lächeln so ängstlich und süß, dass es ihm das Herz aus der Brust schnitt. Während er nun durch die Nacht ritt, sah Ned Jon Snows Gesicht vor sich, so sehr eine jüngere Ausgabe seiner selbst. Wenn die Götter den Bastarden so wenig wohlwollend gesonnen waren, dachte er trübsinnig, wieso waren die Männer so sehr von Lust getrieben? »Lord Baelish, was wisst Ihr über Roberts Bastarde?«

»Nun, er hat mehr als Ihr, so viel ist klar.«

»Wie viele?«

Littlefinger zuckte mit den Achseln. Kleine Rinnsale liefen über den Rücken seines Umhangs. »Was macht es schon? Wenn man mit genügend Frauen ins Bett geht, geben manche einem Geschenke, und Seine Majestät war in dieser Hinsicht nie schüchtern. Ich weiß, dass er diesen Jungen in Storm's End anerkannt hat, den er an dem Abend gezeugt hat, als Lord Stannis getraut wurde. Es blieb ihm kaum etwas anderes übrig. Die Mutter war eine Florent, eine Nichte von Lady Selyse. Renly sagte, Robert habe das Mädchen während des Festmahls nach oben getragen und sei mit dem Ehebett der Frischvermählten zusammengebrochen, derweil Stannis und seine Braut noch tanzten. Lord Stannis schien zu glauben, damit sei die Ehre der Familie seiner Frau besudelt, denn als der Junge geboren war, schickte man ihn zu Renly.« Er warf Ned einen Seitenblick zu. »Außerdem habe ich gehört, Robert hätte Zwillinge mit einer Kellnerin in Casterly Rock, vor drei Jahren, als er zu Lord Tywins Turnier im Westen war; Cersei ließ die Kinder töten und die Mutter an einen durchreisenden Sklavenhändler verkaufen. Eine allzu große Beleidigung der Ehre einer Lannister, so nah an ihrer Heimat.«

Ned Stark verzog das Gesicht. Hässliche Geschichten wie die erzählte man sich von jedem großen Herrn im Reich. Von Cersei Lannister jedoch wollte er es wohl glauben … doch würde der König dabeistehen und es geschehen lassen? Der Robert, den er gekannt hatte, hätte es nicht getan, nur war der Robert, den er gekannt hatte, auch nie so geübt darin gewesen, die Augen vor Dingen zu verschließen, die er nicht sehen wollte. »Warum sollte Jon Arryn so plötzlich Interesse an den unehelichen Kindern des Königs entwickeln?«

Der kleine Mann zuckte mit den nassen Schultern. »Er war die Rechte Hand des Königs. Zweifellos hat Robert ihn gebeten, sich darum zu kümmern, ob sie gut versorgt sind.«

Ned war nass bis auf die Knochen, und seine Seele fror. »Es muss mehr als das gewesen sein, denn warum sollte man ihn töten?«

Littlefinger schüttelte den Regen aus seinem Haar und lachte. »Jetzt verstehe ich. Lord Arryn erfuhr, dass Seine Majestät die Bäuche einiger Huren und Fischweiber gefüllt hatte, und dafür musste man ihn zum Schweigen bringen. Kein Wunder. Gestattet einem solchen Mann zu leben, und als Nächstes platzt er heraus, dass die Sonne im Osten aufgeht.«

Die einzige Antwort, die Ned darauf einfallen wollte, war ein Stirnrunzeln. Zum ersten Mal seit Jahren musste er an Rhaegar Targaryen denken. Er fragte sich, ob Rhaegar Bordelle besucht hatte. Irgendwie konnte er sich das nicht vorstellen.

Der Regen wurde immer heftiger, brannte in den Augen und trommelte auf die Erde. Bäche von schwarzem Wasser rannen den Hügel hinab, als Jory rief: *»Mylord«*, und seine Stimme war heiser vor Sorge. Und einen Augenblick später war die Straße voller Soldaten.

Ned sah Ketten auf Leder, Panzerhandschuhe und Beinschienen, Stahlhelme mit goldenen Löwen als Helmschmuck. Ihre Umhänge klebten an den Rücken, nass vom Regen. Ihm blieb keine Zeit, zu zählen, doch waren es mindestens zehn, eine Reihe von ihnen – zu Fuß – sperrte die Straße mit Langschwertern und eisenbesetzten Speeren. *»Zurück!«*, hörte er Wyl aufschreien, und als er sein Pferd wendete, waren dort noch mehr Soldaten, schnitten ihnen den Weg ab. Singend kam Jorys Schwert aus der Scheide: »Macht den Weg frei oder sterbt!«

»Die Wölfe heulen«, sagte ihr Anführer. Ned sah, wie ihm der Regen übers Gesicht lief. »Aber nur ein kleines Rudel.«

Littlefinger führte sein Pferd voran, vorsichtig Schritt für Schritt. »Was hat das zu bedeuten? Das ist die Rechte Hand des Königs.«

»Er *war* die Rechte Hand des Königs.« Der Schlamm dämpfte die Hufe des blutroten Hengstes. Die Reihe teilte sich vor ihm. Auf einem goldenen Brustharnisch brüllte der Löwe von Lannister seine Verachtung heraus. »Nun, wenn ich die Wahrheit sagen soll, bin ich mir nicht sicher, was er eigentlich ist.«

»Lannister, das ist Wahnsinn«, sagte Littlefinger. »Lasst uns passieren. Wir werden auf der Burg erwartet. Was glaubt Ihr, was Ihr hier tut?«

»Er weiß, was er tut«, sagte Ned ruhig.

Jaime Lannister lächelte. »Das stimmt. Ich suche meinen Bruder. Ihr erinnert Euch doch an meinen Bruder, nicht wahr, Lord Stark? Er war mit uns auf Winterfell. Blond, ungleiche Augen, scharfe Zunge. Ein kleiner Mann.«

»Ich erinnere mich gut«, antwortete Ned.

»Anscheinend hatte er unterwegs Probleme. Mein Hoher Vater ist ausgesprochen irritiert. Ihr habt nicht zufällig eine Ahnung, wer meinem Bruder vielleicht übel mitspielen möchte, oder?«

»Euer Bruder wurde auf meinen Befehl hin festgenommen, damit er sich für seine Verbrechen verantwortet«, gab Ned Stark zurück.

Littlefinger stöhnte vor Entsetzen auf. »Mylord…«

Ser Jaime riss sein Langschwert aus der Scheide und trieb seinen Hengst voran. »Zeigt mir Euren Stahl, Lord Eddard. Ich schlachte Euch wie Aerys, wenn es sein muss, aber es wäre mir lieber, wenn Ihr mit einer Klinge in der Hand sterbt.« Er warf Littlefinger einen kühlen, verächtlichen Blick zu. »Lord Baelish, ich würde eilig das Weite suchen, wenn ich keine Blutflecken auf meine kostspieligen Kleider bekommen wollte.«

Littlefinger musste nicht gedrängt werden. »Ich werde die Stadtwache holen«, versprach er Ned. Die Reihe der Lannisters teilte sich, um ihn durchzulassen, und schloss sich dann hinter ihm. Littlefinger gab seiner Stute die Fersen und verschwand um eine Ecke.

Neds Mannen hatten ihre Schwerter gezückt, doch standen sie drei Mann gegen zwanzig. Augenpaare stierten aus Fenstern und Türen, aber niemand wollte eingreifen. Seine Leute waren zu Pferd, die Lannisters zu Fuß, abgesehen von Jaime selbst. Ein Angriff mochte ihnen die Freiheit bringen, nur schien es Eddard Stark, als müsse es eine sicherere Taktik geben. »Tötet mich«, warnte er den Königsmörder, »und Catelyn wird ganz sicher Tyrion erschlagen.«

Jaime Lannister bohrte mit dem vergoldeten Schwert, welches schon das Blut des letzten Drachenkönigs gekostet hatte, an Neds Brust herum. »Würde sie? Die edle Catelyn Tully von Riverrun eine Geisel töten? Ich glaube … kaum.« Er seufzte. »Nur bin ich nicht gewillt, das Leben meines Bruders auf die Ehre einer Frau zu bauen.« Jaime schob das goldene Schwert in seine Scheide. »Daher werde ich Euch wohl zu Robert laufen lassen, damit Ihr ihm erzählt, dass ich Euch geängstigt habe. Ich frage mich, ob es ihn kümmert.« Jaime strich mit den Fingern durch sein nasses Haar und riss sein Pferd herum. Als er jenseits der Reihe von Kriegern war, sah er seinen Hauptmann an. »Tregar, sorgt dafür, dass Lord Stark nicht zu Schaden kommt.«

»Wie Ihr wünscht, M'lord.«

»Dennoch … wir würden nicht wollen, dass er *gänzlich* unbeschadet davonkommt, also«, durch Nacht und Regen sah Ned das Weiß in Jaimes Lächeln, »tötet seine Männer.«

»*Nein!*«, schrie Ned Stark und griff nach seinem Schwert. Jaime galoppierte bereits die Straße hinab, als er Wyl rufen hörte. Männer kamen von allen Seiten. Ned ritt einen davon nieder, schlug auf Phantome in roten Umhängen ein, die vor ihm auseinanderwichen. Jory Cassel gab seinem Pferd die Sporen und griff an. Ein eisenbeschlagener Huf traf einen Gardisten der Lannisters mit ekelhaftem Knirschen im Gesicht. Ein zweiter Mann sprang zurück, und für einen Augenblick war Jory frei. Wyl fluchte, als sie ihn von seinem sterbenden Pferd zerrten, und Schwerter blitzten im Regen. Ned ritt eilig zu ihm, hieb sein Langschwert auf Tregars Helm. Der Schlag ließ seine Zähne knirschen. Taumelnd kam Tregar auf die Beine, sein löwenförmiger Helmschmuck war in zwei Teile gehauen, und Blut lief über sein Gesicht. Heward hackte auf die Hände ein, die an seinen Zügeln rissen, als ihn ein Speer im Bauch traf. Plötzlich war Jory unter ihnen, und roter Regen flog von seinem Schwert. »Nein!«, rief Ned. »Jory, *fort!*« Neds Pferd glitt unter ihm aus und landete krachend im Schlamm. Es folgte ein Moment von blendendem Schmerz und dem Geschmack von Blut im Mund.

Er sah, wie sie auf die Beine von Jorys Pferd einschlugen und ihn zu Boden rissen, und Schwerter hoben sich und stießen herab, als sie sich um ihn drängten. Neds Pferd kam wieder auf die

Beine, und er selbst versuchte aufzustehen, doch fiel er gleich wieder hin, erstickte einen Schrei. Er sah den gesplitterten Knochen, der aus seiner Wade ragte. Es war das Letzte, was er für lange Zeit sah. Der Regen fiel und fiel und fiel.

Als er die Augen wieder aufschlug, war Lord Eddard Stark allein mit seinen Toten. Sein Pferd kam heran, witterte den üblen Gestank von Blut und galoppierte davon. Ned begann, sich durch den Schlamm zu schleppen, und musste die Zähne zusammenbeißen, so stark war der Schmerz in seinem Bein. Es schien Jahre zu dauern. Gesichter begafften ihn aus kerzenbeschienenen Fenstern, und Leute kamen aus Gassen und Türen, doch niemand wollte helfen.

Littlefinger und die Stadtwache fanden ihn dort auf der Straße, wie er Jory Cassels Leiche in Armen hielt.

Irgendwo fanden die Goldröcke eine Trage, doch der Weg zurück zur Burg war ein Nebel von Qualen, und mehr als einmal verlor Ned das Bewusstsein. Er erinnerte sich daran, den Red Keep im ersten grauen Licht des Morgens erblickt zu haben. Der Regen hatte den dunklen, rosenfarbenen Stein der massiven Mauern mit der Farbe von Blut überzogen.

Dann ragte Grand Maester Pycelle über ihm auf, hielt einen Becher und flüsterte: »Trinkt, Mylord. Hier. Mohnblumensaft, gegen den Schmerz.« Er erinnerte sich daran, geschluckt zu haben, und Pycelle sagte jemandem, er solle Wein zum Kochen bringen und ihm saubere Seide holen, und das war das Letzte, woran er sich erinnerte.

DAENERYS

Das Pferdetor von Vaes Dothrak bestand aus zwei gigantischen, bronzenen Hengsten, die sich aufbäumten und deren Hufe hundert Fuß hoch über der Durchfahrt einen Bogen bildeten.

Dany hätte nicht sagen können, wozu die Stadt ein Tor brauchte, wenn sie doch keine Mauern besaß… und keinerlei *Gebäude*, die sie hätte sehen können. Doch stand es dort, imposant und schön, und die großen Pferde umrahmten die fernen, roten Berge dahinter. Die bronzenen Hengste warfen lange Schatten über das wehende Gras, als Khal Drago das *khalasar* den Götterpfad hinunterführte, seine Blutreiter neben sich.

Dany folgte auf ihrem Silbernen, eskortiert von Ser Jorah Mormont und ihrem Bruder Viserys, der wieder zu Pferde saß. Nach dem Tag im Gras, als sie ihn dem *khalasar* hatte hinterherlaufen lassen, hatten die Dothraki ihn lachend *Khal Rhae Mhar* genannt, König mit den Wunden Füßen. Am nächsten Tag hatte Khal Drogo ihm einen Platz auf einem Karren angeboten, und Viserys hatte angenommen. In seiner starrsinnigen Beschränktheit hatte er nicht einmal gemerkt, dass man ihn verspottete. Die Karren waren für Eunuchen, Krüppel, schwangere Frauen, die sehr Jungen und sehr Alten. Das brachte ihm einen weiteren Namen ein: *Khal Rhaggat*, der Karrenkönig. Ihr Bruder hatte geglaubt, der *khal* wolle sich auf diese Weise für das entschuldigen, was Dany ihm angetan hatte. Sie hatte Ser Jorah angefleht, ihm die Wahrheit nicht zu sagen, um ihm die Scham zu ersparen. Der Ritter hatte erwidert, dass der König sehr wohl einiges an Scham gebrauchen könne… doch hatte er getan, worum sie ihn bat. Es war einiges Bitten vonnöten gewesen, und alle weiblichen Tricks, die Doreah sie gelehrt hatte, bis Dany Drogo nachgiebig stimmte und er erlaubte, dass Viserys sich ihnen an der Spitze der Kolonne wieder anschloss.

»Wo ist die *Stadt?*«, fragte sie, als sie unter dem bronzenen Bogen hindurchkamen. Es waren keine Häuser zu sehen, keine Menschen, nur das Gras und die Straße, gesäumt von uralten Monumenten aus allen Ländern, welche die Dothraki im Laufe der Jahrhunderte erobert hatten.

»Voraus«, antwortete Ser Jorah. »Unterhalb der Berge.«

Jenseits des Pferdetores ragten geplünderte Götter und geraubte Helden zu beiden Seiten auf. Die vergessenen Gottheiten toter Städte warfen ihre gebrochenen Blitze zum Himmel, während Dany auf ihrem Silbernen zu ihren Füßen vorüberritt. Steinerne Könige blickten von ihren Thronen auf sie herab, die Gesichter fleckig und angeschlagen, selbst die Namen im Dunst der Zeit verloren. Junge Mädchen tanzten auf marmornen Sockeln, nur mit Blumen behängt, und gossen Luft aus geborstenen Krügen. Ungeheuer standen im Gras neben der Straße, schwarze Eisendrachen mit Juwelen als Augen, brüllende Greife, Sphinxe, die Schwänze zum Schlag bereit, und andere Tiere, die sie nicht kannte. Manche dieser Statuen waren so anmutig, dass es ihr den Atem raubte, andere so missgestaltet und schrecklich, dass Dany sie kaum ansehen konnte. Letztere, so sagte Ser Jorah, stammten wahrscheinlich aus den Schattenländern jenseits von Asshai.

»So viele«, staunte sie, während ihr Silberner langsam voranschritt, »und aus so vielen Ländern.«

Viserys war weniger beeindruckt. »Der Unrat toter Städte«, höhnte er. Sorgsamerweise sprach er in der Gemeinen Zunge, die nur wenige Dothraki verstanden, und dennoch sah sich Dany zu den Männern ihres *khas* um, weil sie sehen wollte, ob man sie belauscht hatte. Unbekümmert fuhr Viserys fort: »Diese Wilden können nur Dinge stehlen, die bessere Menschen geschaffen haben … und töten.« Er lachte. »Sie *wissen*, wie man tötet. Sonst hätte ich auch keine Verwendung für sie.«

»Sie sind jetzt mein Volk«, sagte Dany. »Du solltest sie nicht Wilde schimpfen, Bruder.«

»Der Drache sagt, was er will«, meinte Viserys … in der Gemeinen Zunge. Er warf einen Blick über die Schulter zu Aggo und Rakharo, die hinter ihnen ritten, und schenkte ihnen ein spöttisches Lächeln. »Siehst du, den Wilden fehlt der Geist, die Sprache zivilisierter Menschen zu verstehen.« Ein mooszerfressener, steinerner Monolith ragte über der Straße auf, fünfzig Fuß hoch. Viserys betrachtete ihn mit gelangweiltem Blick. »Wie lange müssen wir uns zwischen diesen Ruinen herumtreiben, bis Drogo mir eine Armee gibt? Ich habe lange genug gewartet.«

»Die Prinzessin muss den *dosh khaleen* vorgestellt werden …«

»Den alten Weibern, ja«, unterbrach ihn ihr Bruder, »und es soll irgendeinen prophetischen Mummenschanz für den Balg in ihrem Bauch geben, das habt Ihr mir erzählt. Was habe ich damit zu tun? Ich habe genug davon, Pferdefleisch zu essen, und ich bin endgültig bedient vom Gestank dieser Wilden.« Er schnüffelte am weiten, hängenden Ärmel seines Kasacks, wo er üblicherweise ein Duftkissen verwahrte. Es half nicht viel. Der Kasack war schmutzig. Alle Seide und auch die schwere Wolle, die Viserys aus Pentos mitgebracht hatte, war von der beschwerlichen Reise fleckig und stank vom Schweiß.

Ser Jorah tröstete ihn. »Der Westliche Markt dürfte mehr Speisen nach Eurem Geschmack zu bieten haben, Majestät. Die Händler aus den Freien Städten kommen hierher, um ihre Waren zu verkaufen. Der *khal* wird sein Versprechen einlösen, wenn es für ihn an der Zeit ist.«

»Das will ich hoffen«, sagte Viserys grimmig. »Man hat mir eine Krone versprochen, und ich bin entschlossen, sie zu bekommen. Den Drachen verspottet man nicht.« Als er ein obszönes Abbild einer Frau mit sechs Brüsten und einem Frettchenkopf entdeckte, ritt er hinüber, um es sich genauer anzusehen.

Dany war erleichtert, wenn auch nicht weniger unruhig. »Ich bete darum, dass meine Sonne, mein Stern, ihn nicht allzu lange warten lässt«, erklärte sie Ser Jorah, als ihr Bruder außer Hörweite war.

Zweifelnd blickte der Ritter Viserys nach. »Euer Bruder hätte in Pentos warten sollen. Er gehört nicht in ein *khalasar*. Illyrio hat versucht, ihn zu warnen.«

»Er wird gehen, sobald er seine Zehntausend hat. Mein Hoher Gatte hat ihm eine goldene Krone versprochen.«

Ser Jorah brummte. »Ja, *Khaleesi,* aber die Dothraki betrachten diese Dinge anders, als wir es im Westen tun. Ich habe ihm das alles erzählt, ganz wie Illyrio es ihm erzählt hat, nur will Euer Bruder es nicht hören. Die Reiterlords sind keine Händler. Viserys denkt, er hätte Euch verkauft, und nun will er seinen Preis. Doch Khal Drogo würde sagen, er hätte Euch zum Geschenk bekommen. Er wird im Gegenzug auch Viserys ein Geschenk machen … wenn die Zeit für ihn gekommen ist. Man *fordert* ein Geschenk nicht, nicht von einem *khal.* Von einem *khal* fordert man überhaupt nichts.«

»Es ist nicht recht, ihn warten zu lassen.« Dany wusste nicht, warum sie ihren Bruder verteidigte, und dennoch tat sie es. »Viserys sagt, er könnte die Sieben Königslande mit zehntausend dothrakischen Reitern überrennen.«

Ser Jorah schnaubte. »Viserys könnte mit zehntausend Besen keinen Stall ausfegen.«

Dany konnte nicht so tun, als überraschte sie seine Geringschätzung. »Was … was, wenn es nicht Viserys wäre?«, fragte sie. »Wenn ein anderer sie führen würde? Jemand Stärkeres? Könnten die Dothraki die Sieben Königslande tatsächlich erobern?«

Ser Jorahs Miene wurde nachdenklich, während ihre Pferde nebeneinander den Götterpfad hinuntertrabten. »Als ich in die Verbannung ging, betrachtete ich die Dothraki und sah halbnackte Barbaren in ihnen, so wild wie ihre Pferde. Hättet Ihr mich damals gefragt, Prinzessin, hätte ich Euch gesagt, dass tausend gute Ritter ohne Schwierigkeiten fünfhundert Mal so viele Dothraki in die Flucht schlagen konnten.«

»Doch wenn ich Euch heute fragte?«

»Jetzt«, sagte der Ritter, »bin ich nicht mehr sicher. Sie reiten besser als jeder Ritter, sind zutiefst furchtlos, und ihre Bogen schießen weiter als unsere. In den Sieben Königslanden kämpfen die meisten Schützen zu Fuß, stehen hinter einem Schutzwall oder einer Barrikade aus gespitzten Pfählen. Die Dothraki schießen vom Pferd aus, im Angriff oder beim Rückzug, es macht keinen Unterschied, in beiden Fällen sind sie tödlich … und es sind so *viele*, Mylady. Euer Hoher Gatte zählt allein vierzigtausend berittene Krieger in seinem *khalasar.*«

»Sind es wirklich so viele?«

»Euer Bruder Rhaegar brachte ebenso viele Männer an den Trident«, räumte Ser Jorah ein, »doch davon waren nicht mehr als ein Zehntel Ritter. Der Rest waren Bogenschützen, freie Ritter und Fußvolk mit Speeren und Spießen. Als Rhaegar fiel, warfen viele ihre Waffen fort und flohen vom Schlachtfeld. Was glaubt Ihr, wie lange ein solcher Pöbel dem Angriff von vierzigtausend Reitern standhalten könnte, die Blut sehen wollen? Wie gut würden Lederwesten sie schützen, wenn es Pfeile regnet?«

»Nicht lange«, sagte sie, »nicht gut.«

Er nickte. »Wohlgemerkt, Prinzessin, wenn die Lords der Sieben Königslande auch nur den Verstand besitzen, den die Götter einer Gans gegeben haben, wird es dazu nie kommen. Die Reiter finden keinen Gefallen an Belagerungen. Ich bezweifle, ob sie auch nur die schwächste Burg der Sieben Königslande nehmen könnten, doch wenn Robert Baratheon dumm genug wäre, sich ihnen in der Schlacht zu stellen …«

»Ist er das?«, fragte Dany. »Ein Dummkopf, meine ich?«

Darüber dachte Ser Jorah einen Moment lang nach. »Robert hätte als Dothraki auf die Welt kommen sollen«, sagte er schließlich. »Euer *khal* würde Euch erklären, dass sich nur ein Feigling hinter steinernen Mauern versteckt, statt sich seinem Feind mit einer Klinge in der Hand zu stellen. Der Usurpator würde dem zustimmen. Er ist ein starker Mann, kühn … und aufbrausend genug, dass er sich einer dothrakischen Horde auf dem Feld stellen würde. Doch die Männer um ihn, nun, deren Pfeifer spielen ein anderes Lied. Sein Bruder Stannis, Lord Tywin Lannister, Eddard Stark …« Er spuckte aus.

»Ihr hasst diesen Lord Stark«, sagte Dany.

»Er hat mir alles genommen, was ich liebte, wegen ein paar verlauster Wilderer und seiner kostbaren Ehre«, sagte Ser Jorah verbittert. An seiner Stimme hörte sie, dass der Verlust ihn nach wie vor quälte. Eilig wechselte er das Thema. »Dort«, verkündete er und deutete auf etwas. »Vaes Dothrak. Die Stadt der Reiterlords.«

Khal Drogo und seine Blutreiter führten sie über den großen Basar des Westlichen Marktes und die breiten Straßen jenseits davon. Dany hielt sich auf ihrem Silbernen in seiner Nähe und starrte die seltsamen Dinge um sich an. Vaes Dothrak war gleichzeitig die größte und die kleinste Stadt, die sie je gesehen hatte. Sie glaubte, sie müsse zehn Mal so groß wie Pentos sein, eine Weite ohne Mauern oder Grenzen, die breiten winddurchwehten Straßen mit Gras und Schlamm gepflastert und von wilden Blumen wie ein Teppich überzogen. In den Freien Städten des Westens drängten sich Türme und Häuser und Schuppen und Brücken und Läden und Burgen aneinander, doch Vaes Dothrak breitete sich gleichförmig aus, briet in der warmen Sonne, uralt, hochfahrend und leer.

Selbst die Bauten waren in ihren Augen seltsam. Sie sah gehauene Steinzelte, aus Gras geflochtene Herrenhäuser, groß wie Burgen, wacklige Holztürme, gestufte Pyramiden, mit Marmor verblendet, Baumhallen, die zum Himmel hin offen waren. An Stelle von Mauern waren manche Paläste von dornigen Hecken umgeben. »Kein Gebäude gleicht dem anderen«, stellte sie fest.

»Euer Bruder hatte zum Teil recht«, gab Ser Jorah zu. »Die Dothraki bauen nicht. Vor tausend Jahren, wenn sie ein Haus bauen wollten, gruben sie ein Loch in die Erde und bedeckten es mit einem Dach aus geflochtenem Gras. Die Bauten, die Ihr hier seht, wurden von Sklaven errichtet, die aus geplünderten Ländern hierher gebracht wurden, und jedes wurde nach der Sitte ihres eigenen Volkes errichtet.«

Die meisten Bauten, selbst die größten, wirkten menschenleer. »Wo sind die Menschen, die hier leben?«, fragte Dany. Auf dem Basar hatte sie herumlaufende Kinder und schreiende Männer gesehen, doch ansonsten hatte sie nur ein paar Eunuchen entdeckt, die ihren Geschäften nachgingen.

»Nur die alten Weiber der *dosh khaleen* wohnen ständig in der heiligen Stadt, sie und ihre Sklaven und Diener«, erwiderte Ser Jorah, »hingegen ist Vaes Dothrak groß genug, jeden Mann aus jedem *khalasar* unterzubringen, falls alle *khals* eines Tages zur Mutter heimkehren sollten. Die alten Weiber haben prophezeit, dass dieser Tag irgendwann kommen würde, und daher muss Vaes Dothrak bereit sein, all seine Kinder in die Arme zu schließen.«

Schließlich ließ Khal Drogo in der Nähe des Östlichen Marktes halten, zu dem die Karawanen von Yi Ti und Asshai und den Schattenländern zum Handel kamen, während die Mutter aller Berge über ihnen aufragte. Dany lächelte, als sie an Illyrios Sklavenmädchen und ihr Gerede von einem Palast mit zweihundert Räumen und Türen aus reinem Silber denken musste. Der »Palast« war eine höhlenartige, hölzerne Festhalle, deren grob gehauene Holzwände vierzig Fuß hoch aufragten, das Dach aus genähter Seide, ein mächtiges, sich aufblähendes Zelt, das man errichten konnte, um sich vor den seltenen Regenfällen zu schützen, oder einholen, um den endlosen Himmel hereinzulassen. Um die Halle gab es weite, grasbewachsene Pferdekoppeln, die von hohen Hecken eingefasst waren, dazu Feuergruben und Hunderte von runden, irdenen Häusern, die sich vom Gras bedeckt wie winzige Hügel aus dem Boden wölbten.

Eine kleine Armee von Sklaven war vorausgeeilt, um Khal Drogos Ankunft vorzubereiten. Jeder Reiter, der sich aus seinem Sattel schwang, löste seinen *arakh* aus dem Gürtel und reichte ihn einem wartenden Sklaven, und alle anderen Waffen, die er trug, ebenso. Nicht einmal Khal Drogo selbst bildete eine Ausnahme. Ser Jorah hatte erklärt, es sei verboten, in Vaes Dothrak eine Waffe zu tragen oder das Blut eines freien Mannes zu vergießen. Selbst Krieg führende *khalasars* vergaßen ihre Fehden, solange sie in Sichtweite der Mutter aller Berge waren. An diesem Ort, das hatten die alten Weiber der *dosh khaleen* bestimmt, waren alle Dothraki vom selben Blut, ein *khalasar,* eine Herde.

Cohollo kam zu Dany, als Irri und Jhiqui ihr vom Silbernen halfen. Er war der älteste von Drogos drei Blutreitern, ein vierschrötiger, kahler Mann mit einer Hakennase und dem Mund voll zerbrochener Zähne, die zwanzig Jahre zuvor eine Keule zertrümmert hatte, als er den jungen *khalakka* vor Söldnern rettete, die hofften, ihn an die Feinde seines Vaters verkaufen zu können. Seit dem Tag, an dem ihr Hoher Gatte das Licht der Welt erblickt hatte, war sein Leben mit dem Drogos verbunden.

Jeder *khal* hatte seine Blutreiter. Anfangs hatte Dany sie für eine Art Dothrakischer Königsgarde gehalten, darauf eingeschworen, ihren Herrn zu schützen, doch war das noch nicht alles. Jhiqui hatte ihr erklärt, Blutreiter seien mehr als nur Gardisten. Sie seien die Brüder des *khal*, seine Schatten, seine wildesten Freunde. »Blut von meinem Blut«, nannte Drogo sie, und das waren sie auch. Sie teilten dasselbe Leben. Die uralten Traditionen der Reiterlords verlangten, dass wenn ein *khal* starb, auch seine Blutreiter mit ihm starben, um an seiner Seite in die Länder der Nacht zu reiten. Starb der *khal* von Feindeshand, lebten sie nur so lange, bis sie ihn gerächt hatten, und dann folgten sie ihm freudig ins Grab. In manchen *khalasars*, so sagte Jhiqui, teilten die Blutreiter mit ihrem *khal* den Wein, sein Zelt und sogar die Frauen, wenn auch nie seine Pferde. Das Pferd eines Mannes war sein eigen.

Daenerys war froh, dass sich Khal Drogo nicht an diese alten Sitten hielt. Es hätte ihr nicht gefallen, wenn er sie mit anderen teilte. Zwar behandelte sie der alte Cohollo freundlich, doch die Übrigen machten ihr Angst. Haggo war groß wie ein Riese, schwieg stets und sah sie oft so finster an, als hätte er vergessen, wer sie war, und Qotho besaß grausame Augen und flinke Hände, die gern Schmerz zufügten. Stets ließ er dunkelblaue Flecken an Doreahs weicher, weißer Haut zurück, wenn er sie berührte, und manchmal brachte er Irri des Nachts zum Schluchzen. Sogar seine Pferde schienen ihn zu fürchten.

Doch waren sie auf Leben und Tod mit Drogo verbunden, so dass Dany sie hinnehmen musste. Und manchmal wünschte sie, ihr Vater wäre von solchen Männern beschützt worden. In den Liedern waren die Weißen Ritter der Königsgarde edle Männer, tapfer und aufrichtig, und doch hatte einer von ihnen den König Aerys ermordet, dieser hübsche Junge, den man den Königsmörder nannte, und ein anderer, Ser Barristan der Kühne, war zum Usurpator übergelaufen. Sie fragte sich, ob alle Männer in den Sieben Königslanden derart falsch seien. Wenn ihr Sohn erst auf dem Eisernen Thron säße, wollte sie dafür sorgen, dass er eigene Blutreiter hatte, die ihn gegen den Verrat in seiner Königsgarde schützten.

»*Khaleesi*«, sagte Cohollo zu ihr auf Dothrakisch. »Drogo, der das Blut von meinem Blut ist, befiehlt mir, Euch zu sagen, dass er heute Abend die Mutter aller Berge ersteigen muss, um den Göttern für seine sichere Heimkehr zu opfern.«

Nur Männern war es gestattet, die Mutter zu betreten, das wusste Dany. Die Blutreiter des *khal* würden ihn begleiten und im Morgengrauen heimkehren. »Sagt meiner Sonne, meinem Stern, dass ich von ihm träume und begierig seine Heimkehr erwarte«, erwiderte sie dankbar. Dany ermüdete leichter, je größer das Kind in ihr wurde. In Wahrheit wäre ihr eine ruhige Nacht höchst willkommen. Ihre Schwangerschaft schien Drogos Verlangen nach ihr nur noch entflammt zu haben, und in letzter Zeit erschöpften seine Umarmungen sie sehr.

Doreah führte sie zu einem hohlen Hügel, der für sie und ihren *khal* bereitet worden war. Darinnen war es kühl und dunkel, wie ein Zelt aus Erde. »Jhiqui, ein Bad, bitte«, befahl sie, um den Staub der Reise von ihrer Haut zu waschen und ihre müden Knochen aufzuweichen. Es war angenehm zu wissen, dass sie eine Weile bleiben würden, dass sie am Morgen nicht wieder auf ihren Silbernen steigen musste.

Das Wasser war siedend heiß, ganz nach ihrem Geschmack. »Ich werde meinem Bruder heute Abend seine Geschenke geben«, beschloss sie, während Jhiqui ihr das Haar wusch. »Er sollte in der heiligen Stadt wie ein König aussehen. Doreah, lauf und such ihn und bitte ihn, heute Abend mit mir zu speisen.« Zu dem Mädchen aus Lysene war Viserys freundlicher als zu ihren dothrakischen Dienerinnen, vielleicht weil Magister Illyrio ihn in Pentos in ihr Bett gelassen hatte. »Irry, geh zum Basar und kaufe Früchte und Fleisch. Egal was, nur kein Pferdefleisch.«

»Pferd ist das Beste«, sagte Irri. »Pferd macht Männer stark.«

»Viserys hasst Pferdefleisch.«

»Wie Ihr wünscht, *Khaleesi*.«

Sie brachte eine Ziegenlende und einen Korb mit Früchten und Gemüse. Jhiqui briet das Fleisch mit süßem Gras und Feuerschoten, begoss es beim Braten mit Honig, und es gab Melonen und Granatäpfel und Pflaumen und einige merkwürdige Früchte, die Dany nicht kannte. Während ihre Dienerinnen das Mahl bereiteten, breitete Dany die Kleider aus, die sie nach den Maßen ihres Bruders hatte anfertigen lassen: einen Kasack und Hosen aus schneeweißem Leinen, Ledersandalen, die bis zum Knie geschnürt wurden, einen Gürtel aus bronzenen Medaillons, eine Lederweste, mit Feuer speienden Drachen bemalt. Die Dothraki würden ihm mehr Respekt zollen, wenn er nicht so sehr wie ein Bettler aussähe, so hoffte sie, und vielleicht würde er ihr verzeihen, dass sie ihn an jenem Tag im Gras so sehr beschämt hatte. Schließlich war er nach wie vor ihr König und ihr Bruder. Beide waren sie vom Blut des Drachen.

Eben ordnete sie noch die letzten seiner Geschenke – einen Umhang aus Rohseide, grün wie Gras, und eine hellgraue Bordüre, die das Silber in seinem Haar hervorheben würde –, als Viserys erschien und Doreah am Arm mit sich zerrte. Ihr Auge war rot, wo er sie geschlagen hatte. »Wie kannst du es *wagen*, mir diese Hure zu schicken, damit sie mir Befehle gibt?«, rief er. Grob stieß er die Dienerin auf den Teppich.

Sein Zorn überraschte Dany zutiefst. »Ich wollte nur … Doreah, was hast du gesagt?«

»*Khaleesi*, verzeiht, ich bitte um Vergebung. Ich bin zu ihm gegangen, ganz wie Ihr wolltet, und habe ihm Euren Befehl überbracht, mit Euch zu Abend zu essen.«

»Niemand befiehlt dem Drachen«, knurrte Viserys. *»Ich bin dein König!* Ich hätte dir ihren Kopf schicken sollen!«

Das Mädchen aus Lysene zitterte vor Angst, doch Dany beruhigte sie mit einer Hand. »Fürchte dich nicht, er wird dir nichts tun. Lieber Bruder, bitte, verzeih ihr, das Mädchen hat sich versprochen, ich hatte ihr gesagt, sie solle dich bitten, mit mir zu speisen, falls es Euer Majestät beliebt.« Sie nahm ihn bei der Hand und zog ihn durch den Raum. »Sieh nur. Das alles ist für dich.«

Argwöhnisch runzelte Viserys die Stirn. »Was ist das alles?«

»Neue Gewänder. Ich habe sie für dich anfertigen lassen.« Dany lächelte scheu.

Er sah sie an und lachte höhnisch. »Dothrakische Lumpen. Willst du mich verkleiden?«

»Bitte … die Kleider sind kühler und bequemer, und ich dachte … wenn du dich vielleicht kleidest wie sie, die Dothraki …« Dany wusste nicht, wie sie es sagen sollte, ohne den Drachen zu wecken.

»Als Nächstes soll ich mir Zöpfe flechten.«

»Nie würde ich …« Wieso war er nur immer so grausam? Sie hatte doch nur helfen wollen. »Du hast kein Recht auf einen Zopf. Du hast noch keine Siege errungen.«

Das hätte sie nicht sagen sollen. Zorn erglühte in seinen veilchenblauen Augen, doch wagte er nicht, sie zu schlagen, nicht wenn die Dienerinnen zusahen und draußen die Krieger ihres *khas* standen. Viserys nahm den Umhang auf und roch daran. »Der stinkt nach Dung. Vielleicht sollte ich ihn als Pferdedecke benutzen.«

»Ich habe ihn speziell für dich von Doreah nähen lassen«, erklärte sie ihm verletzt. »Es sind Gewänder, wie sie einem *khal* gebühren.«

»Ich bin der Herr über die Sieben Königslande, kein Wilder mit Glöckchen im Haar und Grasflecken an der Hose«, spuckte Viserys ihr ins Gesicht. Er packte sie am Arm. »Du vergisst dich, Hure. Glaubst du, dass dein dicker Bauch dich schützen kann, wenn du den Drachen weckst?«

Schmerzhaft drückten seine Finger in ihren Arm, und einen Augenblick lang fühlte sich Dany wieder wie ein Kind, das angesichts seines Zornes erzitterte. Sie ergriff das Erstbeste, dessen sie habhaft wurde, den Gürtel, den sie ihm hatte schenken wollen, eine schwere Kette aus verzierten Bronzemedaillons. Mit aller Kraft schlug sie nach ihm.

Sie traf ihn mitten ins Gesicht. Viserys ließ sie los. Blut lief über seine Wange, wo die scharfe Kante eines der Medaillons einen Schnitt hinterlassen hatte. »Du bist es, der sich vergisst«, fuhr Dany ihn an. »Hast du an jenem Tag im Gras denn *nichts* gelernt? Geh jetzt, bevor ich dich von meinen *khas* hinauswerfen lasse. Und bete, das Thal Drogo nichts davon erfährt, sonst reißt er dir den Bauch auf und füttert dich mit deinen Eingeweiden.«

Schwankend kam Viserys auf die Beine. »Wenn ich in mein

Königreich komme, wirst du diesen Tag bereuen, Hure.« Er ging, hielt sich das verletzte Gesicht, ließ ihre Geschenke zurück.

Blutstropfen waren auf den schönen Umhang aus Rohseide gespritzt. Dany nahm den weichen Stoff an ihre Wange und saß mit gekreuzten Beinen auf ihren Schlafmatten.

»Eure Speisen sind bereitet, *Khaleesi*«, verkündete Jhiqui.

»Ich habe keinen Hunger«, sagte Dany traurig. Plötzlich war sie sehr müde. »Teilt die Speisen unter Euch, und schickt etwas davon Ser Jorah, seid so gut.« Einen Moment später fügte sie hinzu: »Bitte, bring mir eins von diesen Dracheneiern.«

Irri nahm das Ei mit der dunkelgrünen Schale, und bronzene Flecken schimmerten inmitten der Schuppen, als sie es in ihren kleinen Händen wendete. Dany rollte sich auf der Seite zusammen, zog den Umhang aus Rohseide über sich und legte das Ei in die Grube zwischen ihrem prallen Bauch und den kleinen, zarten Brüsten. Es gefiel ihr, es zu halten. Es war so wunderschön, und manchmal gab die bloße Nähe ihr das Gefühl, als zöge sie Kraft aus den steinernen Drachen, die darin gefangen waren.

Sie lag da und hielt das Ei, als sie spürte, wie sich das Kind in ihrem Bauch bewegte... als wollte es zu ihm, der Bruder zum Bruder, das Blut zum Blut. »*Du* bist der Drache«, flüsterte Dany ihm zu, »der *wahre* Drache. Ich weiß es. Ich weiß es.« Und sie lächelte, schlief ein und träumte von der Heimat.

BRAN

Leichter Schnee fiel. Bran konnte spüren, wie er schmolz, wenn er sein Gesicht wie sanfter Regen berührte. Aufrecht saß er auf seinem Pferd und sah zu, wie das eiserne Fallgitter hochgezogen wurde. Sosehr er sich auch darum mühte, ruhig zu bleiben, flatterte doch sein Herz in der Brust.

»Bist du bereit?«, fragte Robb.

Bran nickte, gab sich Mühe, seine Angst nicht zu zeigen. Seit seinem Sturz hatte er Winterfell nicht mehr verlassen, doch war er entschlossen, stolz wie ein Ritter auszureiten.

»Nun, dann lass uns reiten.« Robb gab seinem großen, grauweißen Wallach die Fersen und führte das Pferd unter dem Fallgitter hindurch.

»Geh«, flüsterte Bran seinem eigenen Pferd zu. Sanft berührte er dessen Hals, und das kleine, braune Fohlen kam in Bewegung. Bran hatte der jungen Stute den Namen Dancer gegeben. Sie war zwei Jahre alt, und Joseth sagte, sie sei klüger als ein Pferd sein dürfe. Man hatte sie speziell abgerichtet, damit sie auf Zügel, Stimme und Berührung reagierte. Bisher hatte Bran sie nur auf dem Burghof geritten. Anfangs führten Joseth oder Hodor sie noch, während Bran auf ihrem Rücken in dem übergroßen Sattel festgeschnallt saß, den der Gnom für ihn entworfen hatte, doch seit zwei Wochen ritt er sie allein, trabte Runde auf Runde und wurde mit jedem Mal mutiger.

Sie kamen unter dem Wachhaus hindurch, über die Zugbrücke, durch die äußere Mauer. Summer und Grey Wind sprangen neben ihnen herum, schnüffelten im Wind. Gleich nach ihnen kam Theon Greyjoy mit seinem Langbogen und einem Köcher voller Pfeile mit breiten Spitzen. Er wollte einen

Hirsch erlegen, so hatte er gesagt. Ihm folgten vier Gardisten mit Kettenhemden und Hauben, und Joseth, ein dürrer Besenstiel von einem Stallknecht, den Robb zum Stallmeister ernannt hatte, solange Hullen fort war. Maester Luwin bildete die Nachhut, ritt auf einem Esel. Es hätte Bran besser gefallen, wenn Robb und er allein ausgeritten wären, doch davon wollte Hal Mollen nichts hören, und Maester Luwin gab ihm recht. Für den Fall, dass Bran von seinem Pferd fiel oder sich verletzte, war der Maester fest entschlossen, bei ihm zu sein.

Außerhalb der Burg lag der Marktplatz, dessen hölzerne Buden jetzt leer waren. Sie ritten durch die schlammigen Straßen des Dorfes, an hübschen, kleinen Häusern aus Holz und unverputztem Stein vorüber. Nicht einmal eines unter fünfen war bewohnt. Von diesen jedoch stiegen dünne Ranken Rauch kräuselnd aus den Schornsteinen auf. Die restlichen Häuser würden sich eines nach dem anderen füllen, je kälter es würde. Wenn der Schnee fiel und die eisigen Winde aus dem Norden heulten, so sagte Old Nan, verließen die Bauern ihre gefrorenen Felder und fernen Gehöfte, beluden ihre Wagen, und dann kam Leben ins Winterdorf. Bran hatte dies noch nie gesehen, doch Maester Luwin sagte, der Winter käme immer näher. Das Ende des langen Sommers stünde bald bevor. *Der Winter naht.*

Einige Dörfler beäugten die Schattenwölfe voller Sorge, als die Reiter vorüberkamen, und ein Mann ließ das Holz, das er trug, fallen und schreckte vor Angst zurück, die meisten Bewohner hatten sich hingegen an den Anblick gewöhnt. Sie fielen auf die Knie, wenn sie die Jungen sahen, und Robb grüßte jeden von ihnen mit einem hochherrschaftlichen Nicken.

Da seine Beine nicht zupacken konnten, verunsicherte das Schaukeln des Pferdes Bran anfangs, doch der riesige Sattel mit dem dicken Horn und hohem Rücken umfasste ihn bequem, und die Riemen um Brust und Beine verhinderten, dass er herausfiel. Nach einiger Zeit fühlte sich der Rhythmus fast natürlich an. Seine Angst verflog, und ein vorsichtiges Lächeln zeigte sich auf seinen Lippen.

Zwei Kellnerinnen standen unter dem Schild des »Smoking Log«, der hiesigen Bierschenke. Als Theon Greyjoy sie rief, errötete das jüngere der beiden Mädchen und versteckte ihr Gesicht. Theon gab seinem Pferd die Sporen, um an Robbs Seite zu gelangen. »Die süße Kyra«, sagte er lachend. »Im Bett windet sie sich wie ein Wiesel, doch sagt man auf der Straße auch nur ein Wort zu ihr, errötet sie wie eine Jungfer. Habe ich dir je von der Nacht erzählt, als sie und Bessa ...«

»Nicht, solange mein Bruder dich hören kann, Theon«, warnte Robb mit einem Blick auf Bran.

Bran wandte sich ab und tat, als hätte er nichts mitbekommen, doch spürte er Greyjoys Blicke. Ohne Zweifel lächelte er. Er lächelte oft, als wäre die Welt ein heimlicher Witz, den nur er verstehen konnte. Robb schien Theon zu bewundern und seine Gesellschaft zu genießen, Bran war allerdings mit dem Mündel seines Vaters nie recht warm geworden.

Robb ritt näher heran. »Du machst dich gut, Bran.«

»Ich möchte schneller reiten«, erwiderte Bran.

Robb lächelte. »Wie du willst.« Er brachte seinen Wallach in Trab. Die Wölfe hetzten ihm nach. Bran schlug scharf mit den Zügeln, und Dancer nahm den Schritt auf. Er hörte Theon Greyjoy rufen und das Hufgetrappel der anderen Pferde hinter ihm.

Brans Umhang blähte sich auf, flatterte im Wind, und der Schnee peitschte ihm ins Gesicht. Robb war weit voraus, sah von Zeit zu Zeit über seine Schulter, um sicherzugehen, dass Bran und die anderen ihm folgten. Wieder schlug er mit den Zügeln. Sanft wie Seide ging Dancer in einen Galopp über. Der Abstand wurde kleiner. Als er Robb am Rande des Wolfswaldes einholte, zwei Meilen hinter dem Winterdorf, hatten sie die anderen weit hinter sich gelassen. »Ich kann *reiten!*«, rief Bran grinsend. Fast fühlte es sich so gut an, wie zu fliegen.

»Ich würde mit dir um die Wette reiten, aber ich fürchte, du würdest gewinnen.« Robbs Stimme klang gelöst und scherzend, dennoch merkte Bran, dass sein Bruder hinter dem Lächeln Sorgen verbarg.

»Ich will nicht um die Wette reiten.« Bran sah sich nach den Schattenwölfen um. Beide waren im Wald verschwunden. »Hast du gehört, wie Summer gestern Nacht geheult hat?«

»Grey Wind war ebenso unruhig«, sagte Robb. Sein kastanienbraunes Haar war struppig und ungekämmt, und rötliche Stoppeln überzogen sein Kinn, wodurch er älter aussah als die fünfzehn Jahre, die er war. »Manchmal denke ich, sie wissen Dinge… spüren Dinge…« Robb seufzte. »Ich wünschte, du wärst älter.«

»Ich bin schon acht!«, sagte Bran. »Acht ist nicht mehr so viel jünger wie fünfzehn, und ich bin der Erbe von Winterfell, gleich nach dir.«

»Das bist du.« Robb klang traurig und sogar etwas ängstlich. »Bran, ich muss dir etwas sagen. Gestern Nacht kam ein Vogel. Aus King's Landing. Maester Luwin hat mich geweckt.«

Plötzlich stieg Furcht in Bran auf. *Dunkle Schwingen, dunkle Worte*, sagte Old Nan immer, und in letzter Zeit hatten die Briefraben den Wahrheitsgehalt dieses Sprichwortes bewiesen. Als Robb dem Lord Commander der Nachtwache schrieb, brachte der Vogel, der zurückkam, die Nachricht, dass Onkel Benjen nach wie vor vermisst würde. Dann kam ein Brief von der Eyrie, von Mutter, doch auch dieser brachte keine guten Nachrichten. Sie sagte nicht, wann sie zurückkommen wollte, nur dass sie den Gnom gefangen genommen habe. Bran hatte den kleinen Mann eigentlich gemocht, doch schickte ihm der Name *Lannister* kalte Finger über den Rücken. Diese Lannisters hatten etwas an sich, woran er sich erinnern sollte, aber als er daran zu denken versuchte, was es war, wurde ihm schwindlig und sein Magen krampfte sich hart wie ein Stein zusammen. Robb verbrachte fast den ganzen Tag hinter verschlossenen Türen mit Maester Luwin, Theon Greyjoy und Hallis Mollen. Danach wurden Reiter ausgesandt, die Robbs Befehle im Norden verbreiteten. Bran hörte von Moat Cailin, der uralten Festung, welche die Ersten Menschen oben am Neck errichtet hatten. Niemand sagte ihm, was vor sich ging, doch wusste er, es war nichts Gutes.

Und nun der nächste Rabe, die nächste Nachricht. Bran fragte: »Kam der Vogel von Mutter? Kommt sie heim?«

»Die Nachricht kam von Alyn in King's Landing. Jory Cassel ist tot. Und Wyl und Heward ebenso. Vom Königsmörder erschlagen.« Robb hob das Gesicht dem Schnee entgegen, und die Flocken schmolzen auf seinen Wangen. »Mögen die Götter ihnen Frieden geben.« Bran wusste nicht, was er sagen sollte. Er fühlte sich, als hätte man ihn geschlagen. Jory war schon Hauptmann der Hausgarde gewesen, als Bran noch nicht geboren war. »Jory ist tot?« Er dachte an die vielen Male, die Jory ihn über die Dächer gejagt hatte. Er sah ihn vor sich, wie er in Kettenhemd und Panzer über den Hof marschierte oder an seinem Stammplatz auf der Bank in der Großen Halle saß und beim Essen scherzte. »Warum sollte jemand Jory töten?«

Wortlos schüttelte Robb den Kopf, der Schmerz deutlich in seinen Augen. »Ich weiß nicht, und ... Bran, das ist noch nicht das Schlimmste. Vater wurde beim Kampf unter einem stürzenden Pferd eingeklemmt. Alyn sagt, das Bein sei gesplittert und ... Maester Pycelle hat ihm Mohnblumensaft gegeben, aber sie sind nicht sicher, wann ... wann er ...« Hufgetrappel ließ ihn die Straße hinunterblicken, wo Theon und die anderen kamen. »Wann er wieder aufwacht«, endete Robb. Dann legte er seine Hand auf den Knauf seines Schwertes und fuhr mit der feierlichen Stimme von Robb, dem Lord, fort. »Bran, ich verspreche dir, was immer auch geschieht: Ich werde dafür sorgen, dass es nicht in Vergessenheit gerät.«

Etwas in seiner Stimme weckte Brans Angst nur umso mehr. »Was willst du tun?«, fragte er, als Theon Greyjoy neben ihnen zum Stehen kam.

»Theon meint, ich sollte zu den Fahnen rufen«, sagte Robb.

»Blut für Blut.« Diesmal lächelte Greyjoy nicht. Sein schmales, dunkles Gesicht hatte einen hungrigen Ausdruck, und schwarzes Haar fiel über seine Augen.

»Nur der Lord kann zu den Fahnen rufen«, sagte Bran, während Schnee sie umwehte.

»Wenn euer Vater stirbt«, sagte Theon, »ist Robb der Lord von Winterfell.«

»Er wird nicht sterben!«, schrie Bran ihn an.

Robb nahm seine Hand. »Er wird nicht sterben, nicht Vater«, sagte er ruhig. »Dennoch ... die Ehre des Nordens liegt nun in meinen Händen. Als unser Hoher Vater uns verließ, hat er zu mir gesagt, ich solle stark sein, für dich und für Rickon. Ich bin fast ein erwachsener Mann, Bran.«

Ein Schauer durchfuhr Bran. »Ich wünschte, Mutter wäre zurück«, sagte er niedergeschlagen. Er sah sich nach Maester Luwin um. Sein Esel war in weiter Ferne zu sehen, wo er über eine Anhöhe trottete. »Sagt auch Maester Luwin, dass du zu den Fahnen rufen solltest?«

»Der Maester ist furchtsam wie ein altes Weib«, erwiderte Theon.

»Vater hat stets auf seinen Rat gehört«, erinnerte Bran seinen Bruder. »Mutter auch.«

»Ich höre auf ihn«, beharrte Robb. »Ich höre auf alle.«

Die Freude, die Bran über seinen Ritt empfunden hatte, schmolz dahin wie der Schnee auf seinem Gesicht. Vor nicht allzu langer Zeit hätte er den Gedanken daran, dass Robb zu den Fahnen rief und in den Krieg zog, aufregend gefunden, doch nun empfand er nur Angst. »Können wir jetzt zurückreiten?«, fragte er. »Mir ist kalt.«

Robb sah in die Runde. »Wir müssen die Wölfe finden. Kannst du es noch etwas aushalten?«

»Ich kann so lange, wie du kannst.« Maester Luwin hatte gewarnt, sie sollten den Ritt kurzhalten, aus Angst vor wunden Stellen durch den Sattel, doch wollte Bran vor seinem Bruder keine Schwäche eingestehen. Er hatte genug davon, dass sich jedermann um ihn sorgte und ihn fragte, wie es ihm ging.

»Dann lasst uns die Jäger jagen«, sagte Robb. Seite an Seite führten sie ihre Pferde von der Kingsroad und brachen in den Wolfswald auf. Theon blieb zurück, folgte ihnen in einigem Abstand und redete und scherzte mit den Gardisten.

Es war schön unter den Bäumen. Bran ließ Dancer langsam gehen, hielt die Zügel locker und sah sich dabei um. Er kannte diesen Wald, doch war er so lange auf Winterfell eingesperrt gewesen, dass er sich fühlte, als sähe er ihn zum ersten Mal. Die Gerüche stiegen ihm in die Nase, der scharfe, frische Duft von Kiefernnadeln, der erdige Geruch feuchter, modernder Blätter, der Hauch von Tierduft und von fernen Lagerfeuern. Kurz sah er, wie ein schwarzes Eichhörnchen über die schneebedeckten

Äste einer Eiche lief, und blieb stehen, um sich das silbrige Netz einer Kaiserspinne anzusehen.

Immer weiter fielen Theon und die anderen zurück, bis Bran ihre Stimmen nicht mehr hören konnte. Voraus hörte er das leise Rauschen von Wasser. Tränen brannten in seinen Augen.

»Bran?«, fragte Robb. »Was ist los?«

Bran schüttelte den Kopf. »Ich musste nur gerade an etwas denken«, sagte er. »Jory hat uns einmal hierher gebracht, zum Forellenangeln. Dich und mich und Jon. Weißt du noch?«

»Das weiß ich noch«, sagte Robb mit leiser, trauriger Stimme.

»Ich habe nichts gefangen«, erinnerte sich Bran, »aber Jon hat mir seinen Fisch auf dem Heimweg nach Winterfell geschenkt. Werden wir Jon je wiedersehen?«

»Onkel Benjen haben wir gesehen, als der König zu Besuch kam«, erinnerte Robb. »Jon wird uns auch besuchen, ganz bestimmt.«

Das Wasser im Bach stand hoch und floss schnell. Robb stieg ab und führte seinen Wallach über die Furt. An der tiefsten Stelle reichte das Wasser halb den Oberschenkel hinauf. Drüben band er sein Pferd an einen Baum und watete zurück, um Bran und Dancer zu holen. Die Strömung schäumte um Fels und Wurzel, und Bran spürte die Gischt auf seinem Gesicht, als Robb ihn hinüberführte. Er musste lächeln. Einen Moment lang fühlte er sich wieder stark und ganz. Er blickte zu den Bäumen auf, nach oben zu den Wipfeln, und der ganze Wald breitete sich unter ihm aus.

Sie waren auf der anderen Seite, als sie ein Heulen hörten, ein langes, lauter werdendes Heulen, das wie kalter Wind durch die Bäume wehte. Bran hob den Kopf und lauschte. »Summer«, sagte er. Kaum hatte er das gesagt, als eine zweite Stimme in das Geheul der ersten einfiel.

»Sie haben etwas gerissen«, sagte Robb beim Aufsteigen. »Ich sollte besser hinreiten und sie zurückholen. Warte hier. Theon und die anderen müssten bald da sein.«

»Ich will mitkommen«, sagte Bran.

»Allein finde ich sie schneller.« Robb gab seinem Wallach die Sporen und verschwand zwischen den Bäumen.

Kaum war er fort, da schienen die Bäume um Bran näher zu

kommen. Mittlerweile schneite es heftiger. Wenn der Schnee auf die Erde fiel, schmolz er, doch Steine und Äste trugen schon eine dünne, weiße Decke. Während er dort wartete, wurde ihm bewusst, wie unwohl er sich fühlte. Er spürte seine Beine nicht, die nutzlos in den Steigbügeln hingen, doch der Riemen um seine Brust war stramm und scheuerte, und der schmelzende Schnee hatte seine Handschuhe durchweicht, und seine Hände waren kalt. Er fragte sich, was Theon und Maester Luwin und Joseth und die anderen aufhalten mochte.

Als er das Rascheln von Blättern hörte, drehte er Dancer um und erwartete, seine Freunde zu sehen, doch die zerlumpten Gestalten, die ans Ufer des Baches traten, waren Fremde.

»Einen guten Tag wünsche ich Euch«, sagte er unsicher. Mit einem Blick erkannte Bran, dass sie weder Waldbewohner noch Bauern waren. Plötzlich wurde ihm bewusst, wie reich er gekleidet war. Sein Wappenrock war neu, dunkelgraue Wolle mit silbernen Knöpfen, und eine schwere Silbernadel hielt seinen pelzbesetzten Umhang an den Schultern. Auch seine Stiefel und Handschuhe waren mit Pelz besetzt.

»Ganz allein, was?«, sagte der Größte von ihnen, ein kahler Mann mit grobem, vom Wind gerötetem Gesicht. »Im Wolfswald verirrt, armer Kerl.«

»Ich habe mich nicht verirrt.« Es gefiel Bran nicht, wie die Fremden ihn ansahen. Er zählte vier, doch als er sich umdrehte, sah er zwei weitere hinter sich. »Mein Bruder ist eben erst fortgeritten, und meine Wache wird gleich hier sein.«

»Deine Wache, ja?«, sagte ein zweiter Mann. Graue Stoppeln überzogen sein ausgezehrtes Gesicht. »Und was sollten sie bewachen, mein kleiner Lord? Ist das eine Silbernadel, die ich da an deinem Umhang sehe?«

»Hübsch«, sagte eine Frauenstimme. Doch ihre Besitzerin war kaum als Frau auszumachen. Groß und schlank, mit dem gleichen harten Gesicht wie die anderen, das Haar unter einem tellerförmigen Halbhelm verborgen. Der Speer in ihrer Hand war acht Fuß lang und aus schwarzer Eiche, mit rostigem Stahl an der Spitze.

»Sehen wir mal nach«, sagte der große, kahle Mann.

Ängstlich musterte Bran ihn. Die Kleider des Mannes waren verdreckt, fielen fast auseinander, waren hier mit Braun und Blau und dort mit dunklem Grün geflickt, und überall zu Grau verblasst, doch früher einmal mochte dieser Umhang schwarz gewesen sein.

Auch der graue, stoppelbärtige Mann trug schwarze Lumpen, wie er mit jähem Schrecken erkannte. Plötzlich fiel Bran der Eidbrüchige ein, den sein Vater geköpft hatte, an jenem Tag, als sie die Wolfsjungen gefunden hatten. Auch dieser Mann hatte Schwarz getragen, und sein Vater hatte gesagt, er sei ein Deserteur aus der Nachtwache. *Niemand ist gefährlicher,* so hatte er Lord Eddards Worte in Erinnerung. *Der Deserteur weiß, dass sein Leben verwirkt ist, wenn er gefasst wird, daher wird er vor keinem Verbrechen zurückschrecken, so schändlich oder grausam es auch sein mag.*

»Die Nadel, Kleiner«, sagte der große Mann. Er streckte seine Hand aus.

»Das Pferd nehmen wir auch«, sagte jemand anders, eine Frau, die kleiner als Robb war, mit breitem, flachem Gesicht und glattem, gelbem Haar. »Steig ab, und spute dich dabei.« Ein Messer glitt ihr aus dem Ärmel in die Hand, die Klinge gezackt wie eine Säge.

»Nein«, platzte Bran heraus. »Ich kann nicht …«

Der große Mann packte seine Zügel, bevor Bran darauf kam, Dancer herumzureißen und davonzugaloppieren. »Du kannst, kleiner Lord … und das wirst du auch, wenn du weißt, was gut für dich ist.«

»Stiv, sieh dir an, wie er festgeschnallt ist.« Die große Frau deutete mit ihrem Speer auf die Riemen. »Vielleicht sagt er die Wahrheit.«

»Riemen, ja?«, sagte Stiv. Er zog einen Dolch aus der Scheide an seinem Gürtel. »Die Riemen bekommen wir schon auf!«

»Bist du so was wie ein Krüppel?«, fragte die kleine Frau.

Bran fuhr aus der Haut. »Ich bin Brandon Stark von Winterfell, und Ihr solltet besser mein Pferd loslassen, sonst lasse ich Euch alle töten.«

Der ausgezehrte Mann mit dem grauen Stoppelgesicht lachte.

»Der Junge ist ein Stark, das wird wohl stimmen. Nur ein Stark ist dumm genug zu drohen, wo klügere Männer betteln würden.«

»Schneid ihm seinen kleinen Schwanz ab, und stopf ihm das Ding ins Maul«, schlug die kleine Frau vor. »Das sollte ihn zum Schweigen bringen.«

»Du bist so dumm, wie du hässlich bist, Hali«, sagte die große Frau. »Tot ist der Junge nichts wert, aber lebendig … verdammt sollen die Götter sein, überlegt mal, was Mance geben würde, wenn er Benjen Starks Fleisch und Blut als Geisel hätte!«

»Verdammt soll Mance sein«, fluchte der große Mann. »Willst du wieder dahin zurück, Osha? Eine Närrin bist du. Glaubst du, es interessiert die weißen Wanderer, ob du eine Geisel hast?« Wieder wandte er sich Bran zu und durchschnitt den Riemen um seinen Oberschenkel. Das Leder riss mit einem Seufzer.

Der Schnitt war schnell und beiläufig gewesen und tief gegangen. Als er an sich hinunterblickte, sah Bran weiße Haut, wo die Wolle seiner Hosen aufgeschnitten war. Dann floss das Blut. Er sah, wie sich der rote Fleck ausbreitete, fühlte sich benommen, merkwürdig abwesend. Er hatte keinen Schmerz gespürt, nicht den Hauch von Gefühl. Der große Mann stöhnte vor Überraschung auf.

»Legt auf der Stelle Eure Klinge weg, und ich verspreche, Euer Tod soll schnell und schmerzlos sein«, rief Robb.

Mit verzweifelter Hoffnung sah Bran auf, und da war er. Die Kraft der Worte wurde noch von der Art und Weise unterstrichen, wie sich seine Stimme vor Anspannung überschlug. Er war zu Pferd, der blutige Kadaver eines Elchs auf dem Rücken seines Pferdes, das Schwert in der Hand.

»Der Bruder«, sagte der Mann mit dem grauen Stoppelbart.

»Ein wilder Bursche ist er«, höhnte die kleine Frau. Hali wurde sie genannt. »Willst du gegen uns kämpfen, Junge?

»Sei kein Narr, Freund. Du bist allein gegen sechs.« Die große Frau, Osha, senkte ihren Spieß. »Runter vom Pferd, und wirf dein Schwert weg. Wir danken dir ganz herzlich für das Tier und für das Wildbret, und du kannst dich mit deinem Bruder trollen.«

Robb pfiff. Sie hörten das leise Tappen von weichen Pfoten auf feuchten Blättern. Das Unterholz teilte sich, tief hängende Zweige verstreuten den Schnee, der sich auf ihnen gesammelt hatte, und Grey Wind und Summer traten aus dem Grün hervor. Summer schnüffelte und knurrte.

»Wölfe«, stöhnte Hali auf.

»Schattenwölfe«, sagte Bran. Obwohl erst halb ausgewachsen, waren sie doch größer als alle Wölfe, die er bisher gesehen hatte, doch die Unterschiede waren leicht zu erkennen, wenn man wusste, wonach man suchen musste. Maester Luwin und Farlen, der Hundeführer, hatten es sie gelehrt. Ein Schattenwolf besaß einen größeren Kopf, im Verhältnis zu seinem Körper längere Beine, und seine Schnauze und der Unterkiefer waren merklich schlanker und traten weiter hervor. Sie wirkten ausgehungert und grässlich, als sie dort inmitten des sanft rieselnden Schnees standen. Flecken von frischem Blut waren um Grey Winds Maul zu sehen.

»Hunde«, äußerte der große, kahle Mann verächtlich. »Doch sagt man, es gäbe nichts, was einen Mann bei Nacht besser wärmen könnte, als ein Wolfsfellmantel.« Er machte eine harsche Geste. »Fangt sie.«

Robb rief: *»Winterfell!«*, und trieb sein Pferd an. Der Wallach stürmte die Böschung hinab, als die Zerlumpten näher kamen. Ein Mann mit einer Axt stürmte vor, schreiend und achtlos. Robbs Schwert traf ihn voll im Gesicht, mit ekelhaftem Knirschen und einem Sprühregen von Blut. Der Mann mit dem ausgezehrten Bartgesicht griff nach den Zügeln, und eine halbe Sekunde lang hatte er sie … und dann war Grey Wind bei ihm und riss ihn zu Boden. Schreiend stürzte er rückwärts in den Bach und wedelte noch wild mit seinem Messer herum, als sein Kopf schon unterging. Der Schattenwolf sprang ihm nach, und das weiße Wasser färbte sich rot, wo sie verschwunden waren.

Robb und Osha tauschten mitten im Bach Hiebe. Ihr langer Speer war eine stahlköpfige Schlange, die nach seiner Brust schnappte, einmal, zweimal, dreimal, doch Robb parierte jeden Stoß mit seinem Langschwert und schlug die Spitze beiseite. Beim vierten oder fünften Stoß übernahm sich die große Frau und verlor das Gleichgewicht, nur eine Sekunde lang. Robb griff an und ritt sie nieder.

Nur wenige Schritte entfernt schoss Summer heran und schnappte nach Hali. Das Messer schnitt in seine Flanke. Summer wich zurück, knurrte, und griff dann wieder an. Diesmal schlossen sich seine Zähne um ihre Wade. Mit beiden Händen hielt die kleine Frau ihr Messer und stach zu, doch der Schattenwolf schien die kommende Klinge zu spüren. Einen Moment lang ließ er los, sein Maul voll Leder und Stoff und blutigem Fleisch. Als Hali stolperte und fiel, machte er sich wieder über sie her, stieß sie zurück, und seine Zähne rissen an ihrem Bauch.

Der sechste Mann entfloh dem Blutbad… wenn auch nicht weit. Als er die Böschung auf der anderen Seite erklomm, tauchte Grey Wind aus dem Bach auf, triefend nass. Er schüttelte das Wasser ab und hetzte dem rennenden Mann hinterher, hielt ihn mit einem einzigen Biss auf und ging ihm an die Kehle, während dieser schreiend wieder zum Wasser hinunterrutschte.

Und dann war nur noch der große Mann, Stiv, übrig. Er durchschnitt Brans Brustriemen, packte ihn beim Arm und riss daran. Plötzlich stürzte Bran. Er lag am Boden, die Beine unter sich verknotet, ein Fuß im Bach. Er konnte die Kälte des Wassers nicht fühlen, doch fühlte er den Stahl, als Stiv ihm seinen Dolch an den Hals drückte. »Zurück«, warnte der Mann, »oder ich schneide dem Jungen die Kehle durch. Ich schwöre es.«

Robb hielt sein Pferd zurück, atmete schwer. Der Zorn in seinen Augen verblasste, und sein Schwertarm sank herab.

In diesem Augenblick sah Bran alles. Summer fiel Hali an, riss glänzende blaue Schlangen aus ihrem Bauch. Ihre Augen waren groß und starr. Bran konnte nicht sagen, ob sie lebte oder nicht. Der graue Mann mit dem Stoppelbart und der andere mit der Axt lagen da und rührten sich nicht, doch Osha war auf den Knien und kroch zu ihrem Speer hinüber. Grey Wind tappte zu ihr, triefend nass. »Ruft ihn zurück!«, rief der große Mann. »Ruft sie beide zurück, oder das Krüppelkind muss sterben!«

»Grey Wind, Summer, zu mir«, sagte Robb.

Die Schattenwölfe hielten inne, wandten sich um. Grey

Wind kam mit großen Sprüngen zu Robb. Summer blieb, wo er war, sein Blick auf Bran und den Mann an dessen Seite gerichtet. Er knurrte. Seine Schnauze war feucht und rot, doch seine Augen glühten.

Osha stützte sich auf das stumpfe Ende ihres Speeres, um wieder auf die Beine zu kommen. Blut lief aus einer Wunde am Oberarm, wo Robb sie getroffen hatte. Bran sah, wie Schweiß vom Gesicht des großen Mannes tropfte. Stiv hatte ebenso große Angst wie er, das spürte er. »Starks«, murmelte der Mann, »verfluchte Starks.« Dann sprach er mit lauter Stimme. »Osha, töte die Wölfe, und nimm sein Schwert.«

»Töte sie selbst«, gab sie zurück. »Ich gehe nicht mehr in die Nähe dieser Ungeheuer.«

Einen Moment lang wusste Stiv nicht, was er tun sollte. Seine Hand zitterte. Bran spürte einen Tropfen Blut, wo das Messer an seinen Hals drückte. Der Gestank des Mannes stieg ihm in die Nase. Es roch nach Angst. »Du«, rief er zu Robb hinüber. »Hast du einen Namen?«

»Ich bin Robb Stark, der Erbe von Winterfell.«

»Das hier ist dein Bruder?«

»Ja.«

»Wenn du willst, dass er lebt, tust du, was ich sage. Runter vom Pferd.«

Robb zögerte einen Moment. Dann, langsam und mit Bedacht, stieg er ab und stand mit dem Schwert in der Hand da.

»Jetzt töte die Wölfe.«

Robb rührte sich nicht.

»Tu es. Die Wölfe oder der Junge.«

»Nein!«, schrie Bran. Wenn Robb täte, was sie forderten, würde Stiv die Jungen in jedem Fall töten, sobald die Schattenwölfe tot waren.

Der kahle Mann packte mit der freien Hand Brans Haar und verdrehte es brutal, bis der Junge vor Schmerzen schluchzte. »Du hältst den Mund, Krüppel, hörst du mich?« Er drehte fester. *»Hörst du mich?«*

Ein leises *wumm* kam aus dem Wald in ihrem Rücken. Stiv stieß ein ersticktes Ächzen aus, als ein halber Fuß eines rasiermesserscharfen Pfeiles plötzlich aus seiner Brust explodierte. Der Pfeil war hellrot, als wäre er mit Blut bemalt.

Der Dolch fiel von Brans Kehle. Der große Mann taumelte und sank vornüber im Bach zusammen. Der Pfeil brach unter ihm. Bran sah, wie sein Leben im Wasser zerfloss.

Osha sah sich um, als Vaters Gardisten unter den Bäumen hervortraten, mit Stahl in Händen. Sie warf ihren Speer zu Boden. »Gnade, M'lord«, rief sie Robb zu.

Die Gardisten waren seltsam bleich im Gesicht, als sie den Ort des Gemetzels betrachteten. Unsicher musterten sie die Wölfe, und als Summer zum Fressen wieder zu Halis Leiche lief, ließ Joseth sein Messer sinken und hastete in die Büsche, um sich zu übergeben. Selbst Maester Luwin schien erschrocken, als er hinter einem Baum hervortrat, wenn auch nur für einen Augenblick.

Dann schüttelte er den Kopf und watete durch den Bach zu Bran. »Bist du verletzt?«

»Er hat mir ins Bein gestochen«, sagte Bran, »aber ich habe es nicht gespürt.«

Als der Maester niederkniete, um sich die Wunde anzusehen, drehte Bran seinen Kopf herum. Theon Greyjoy stand neben einem Wachbaum, mit dem Bogen in der Hand. Er lächelte. Immer lächelte er. Ein halbes Dutzend Pfeile steckten im Boden zu seinen Füßen, doch hatte es nur eines einzigen bedurft. »Ein toter Feind ist eine Schönheit«, verkündete er.

»Jon hat schon immer gesagt, dass du ein Esel bist, Greyjoy«, sagte Robb laut. »Ich sollte dich auf dem Burghof anketten und Bran ein paar Übungsschüsse auf *dich* abgeben lassen.«

»Du solltest mir danken, dass ich deinem Bruder das Leben gerettet habe.«

»Was wäre gewesen, wenn du danebengeschossen hättest?«, sagte Robb. »Was, wenn du den Mann nur verletzt hättest? Was, wenn du seine Hand getroffen hättest, oder stattdessen Bran? Schließlich hätte es auch sein können, dass der Mann einen Brustharnisch trug, denn du konntest ja nur den Rücken seines Umhangs sehen. Was wäre dann mit meinem Bruder geschehen? Hast du *daran* je gedacht, Greyoy?«

Theons Lächeln war verflogen. Düster zuckte er mit den Schultern und begann, seine Pfeile aus dem Boden zu ziehen, einen nach dem anderen.

Finster sah Robb seine Gardisten an. »Wo wart Ihr?«, verlangte er zu wissen. »Ich war sicher, dass Ihr gleich hinter uns wäret.«

Die Männer wechselten betretene Blicke. »Wir waren gleich hinter Euch, M'lord«, sagte Quent, der Jüngste von ihnen, dessen Bart ein weicher Flaum war. »Nur haben wir erst auf Maester Luwin und seinen Esel gewartet, verzeiht, und dann, nun, dann …« Er warf Theon Greyjoy einen Blick zu und wandte sich eilig und verlegen wieder ab.

»Ich hatte einen Truthahn entdeckt«, sagte Theon, ärgerlich über die Frage. »Woher sollte ich wissen, dass du den Jungen allein lassen würdest?«

Robb drehte sich und sah Theon erneut an. Nie zuvor hatte Bran ihn so böse erlebt, doch sagte er nichts. Schließlich kniete er neben Maester Luwin. »Wie schwer ist mein Bruder verwundet?«

»Kaum mehr als ein Kratzer«, sagte der Maester. Er befeuchtete ein Tuch im Bach, um den Schnitt zu reinigen. »Zwei von ihnen tragen Schwarz«, erklärte er Robb, während er die Wunde wusch.

Robb sah hinüber, wo Stiv am Boden ausgestreckt lag und sich sein zerlumpter, schwarzer Umhang unstet bewegte, wenn die Strömung daran riss. »Deserteure der Nachtwache«, sagte er grimmig. »Sie müssen Dummköpfe gewesen sein, sich Winterfell so weit zu nähern.«

»Dummheit und Verzweiflung sind oft schwer zu unterscheiden«, meinte Maester Luwin dazu.

»Sollen wir sie begraben, M'lord?«, fragte Quent.

»Die hätten uns auch nicht begraben«, sagte Robb. »Hackt ihnen die Köpfe ab, die schicken wir zur Mauer. Den Rest überlasst den Aaskrähen.«

»Und die hier?« Quent deutete mit einem Daumen auf Osha.

Robb ging zu ihr hinüber. Sie war einen Kopf größer als er, doch fiel sie auf die Knie, als er sich ihr näherte.

»Bitte schenkt mir das Leben, M'lord von Stark, und ich gehöre Euch.«

»Mir? Was soll ich mit einer Eidbrüchigen?«

»Ich habe keinen Eid gebrochen. Stiv und Wallen sind von der Mauer geflohen, nicht ich. Die schwarzen Krähen haben keinen Platz für Frauen.«

Theon Greyjoy kam näher. »Überlass sie den Wölfen«, drängte er Robb. Die Augen der Frau wanderten zu dem, was von Hali übrig war, und ebenso schnell wieder davon fort. Sie zitterte. Selbst den Gardisten war nicht wohl dabei.

»Sie ist eine Frau«, sagte Robb.

»Eine Wilde«, erklärte Bran. »Sie hat gesagt, die anderen sollten mich leben lassen, damit sie mich zu Mance Rayder bringen konnten.«

»Hast du einen Namen?«, fragte Robb sie.

»Osha, wenn es den Herrn beliebt«, murmelte sie verdrießlich.

Maester Luwin erhob sich. »Es könnte uns nützen, sie zu verhören.«

Bran sah die Erleichterung auf dem Gesicht des Bruders. »Wie Ihr meint, Maester. Wayn, fessle ihre Hände. Sie kommt mit uns nach Winterfell … und lebt oder stirbt, je nach den Wahrheiten, die sie uns verrät.«

TYRION

Willst du essen?«, fragte Mord mit düsterem Blick. Er hielt einen Teller mit gekochten Bohnen in den Stummelfingern seiner dicken Hand.

Tyrion Lannister war dem Verhungern nah, doch ließ er nicht zu, dass dieser Rohling ihn winseln sah. »Eine Lammkeule wäre angemessen«, sagte er von dem Haufen modernden Strohs in der Ecke seiner Zelle aus. »Vielleicht ein Teller Erbsen und Zwiebeln, etwas frisch gebackenes Brot mit Butter und einen Krug gewürzten Wein, um das alles herunterzuspülen. Oder Bier, falls das einfacher ist. Ich will nicht allzu viele Umstände machen.«

»Sind Bohnen«, sagte Mord. »Hier.« Er hielt ihm den Teller hin.

Tyrion seufzte. Der Kerkermeister war ein zweieinhalb Zentner schwerer Klotz von abstoßender Dummheit, mit braunen, fauligen Zähnen und kleinen, dunklen Augen. Auf der linken Seite seines Gesichts glänzte eine Narbe, wo ihm eine Axt sein Ohr und einen Teil der Wange abgeschnitten hatte. Er war so berechenbar wie hässlich, doch Tyrion hatte Hunger und griff nach dem Teller. Mord riss ihn zurück, grinste. »Ist hier«, sagte er und hielt ihn dorthin, wo Tyrion ihn nicht erreichen konnte.

Steif kam der Zwerg auf die Beine, und alle Gelenke schmerzten. »Müssen wir dasselbe Narrenspiel bei jeder Mahlzeit wiederholen?« Noch einmal griff er nach den Bohnen.

Mord schlurfte rückwärts, grinste durch seine verfaulten Zähne. »Ist hier, Zwergmann.« Er hielt den Teller auf Armeslänge, über den Rand, wo die Zelle endete und der Himmel begann. »Na, essen? Hier. Komm, nimm.«

Tyrions Arme waren zu kurz, als dass er den Teller hätte erreichen können, und er wollte nicht so nah an den Rand treten. Es wäre nur ein kurzer Stoß von Mords schwerem, weißem Wanst vonnöten, und er würde als ekelerregender, roter Fleck auf den Steinen von Sky enden, wie so viele andere Gefangene der Eyrie im Laufe der Jahrhunderte. »Wenn ich es recht bedenke, habe ich gar nicht solchen Hunger«, erklärte er und zog sich in die Ecke seiner Zelle zurück.

Mord grunzte und öffnete seine dicken Finger. Der Wind packte den Teller und kippte ihn im Fallen um. Eine Handvoll Bohnen wehte ihnen entgegen, als das Essen außer Sicht fiel. Der Kerkermeister lachte, und sein Wanst zitterte wie eine Schüssel Pudding.

Tyrion spürte, wie der Zorn in ihm hochkam. »Du beschissener Sohn einer pockenkranken Eselin«, schrie er ihn an. »Ich hoffe, du stirbst an der roten Ruhr.«

Dafür versetzte Mord ihm einen Tritt. »Ich nehme es zurück!«, stöhnte er, als er auf dem Stroh zusammensank. »Ich werde dich eigenhändig erschlagen, das schwöre ich!« Die schwere, eisenbeschlagene Tür fiel krachend ins Schloss. Tyrion hörte das Klappern von Schlüsseln.

Für einen kleinen Mann war er mit einem gefährlich großen Mundwerk verflucht, so dachte er, als er wieder in seine Ecke dessen kroch, was die Arryns lächerlicherweise ihren Kerker schimpften. Er kauerte sich unter die dünne Decke, die sein einziges Bettzeug war, und starrte in den leeren, blauen Himmel und zu den fernen Bergen, die kein Ende zu nehmen schienen, und wünschte, er hätte noch immer den Umhang aus Schattenfell, den er beim Würfeln von Marillion gewonnen hatte, nachdem der Sänger ihn der Leiche dieses Räuberhauptmannes gestohlen hatte. Das Fell hatte nach Blut und Schimmel gerochen, doch war es warm und dick gewesen. Mord hatte ihn an sich genommen, sobald er ihn gesehen hatte.

Mit Böen, die scharf wie Krallen waren, zerrte der Wind an seiner Decke. Die Zelle war entsetzlich klein, selbst für einen Zwerg. Keine fünf Fuß entfernt, wo eine Mauer hätte sein sollen, wo in einem ordentlichen Kerker eine Mauer *gewesen* wäre, endete der Boden, und der Himmel begann. Er hatte reichlich frische Luft und Sonnenschein, und bei Nacht Mond und Sterne, doch hätte Tyrion das alles noch im selben Augenblick gegen das feuchteste, finsterste Loch von Casterly Rock getauscht.

»Du fliegst«, hatte Mord ihm versprochen, als er ihn in die Zelle stieß. »Zwanzig Tage, dreißig, fünfzig vielleicht. Dann fliegst du.«

Die Arryns besaßen den einzigen Kerker im ganzen Reich, der die Gefangenen zur Flucht anhielt. Am ersten Tag, nachdem er stundenlang all seinen Mut zusammengenommen hatte, lag Tyrion flach auf dem Bauch und kroch zum Rand, schob seinen Kopf darüber hinaus und sah hinab. Wenn er den Hals so weit reckte, wie es ging, konnte er rechts und links und über sich weitere Zellen erkennen. Er war eine Biene in einer steinernen Honigwabe, und jemand hatte ihm die Flügel ausgerissen.

Es war kalt in der Zelle, der Wind heulte bei Tag und Nacht, und das Schlimmste: Der Boden war *abschüssig*. Nur ganz leicht, und doch reichte es. Er fürchtete, die Augen zu schließen, fürchtete, dass er im Schlaf über die Kante rollen, plötzlich entsetzt aufwachen und feststellen mochte, dass er abrutschte. Kein Wunder, dass die Himmelszellen Menschen um den Verstand brachten.

Mögen mich die Götter retten, hatte ein früherer Bewohner mit etwas an die Wand geschrieben, das verdächtig nach Blut aussah. *Das Blau ruft*. Anfangs überlegte Tyrion noch, wer das gewesen sein mochte und was aus ihm geworden war. Später kam er zu dem Schluss, dass er es lieber nicht wissen wollte.

Wenn er doch nur den Mund gehalten hätte …

Der verfluchte Junge hatte damit angefangen, als er von einem Thron aus geschnitztem Wehrholz unter den Mond-und-Falken-Bannern des Hauses Arryn auf ihn herabsah. Sein Leben lang hatte alle Welt auf Tyrion Lannister herabgesehen, doch nur selten Sechsjährige mit feuchten Augen, die sich dicke Kissen unter den Hinten schieben mussten, damit sie groß wie ein Mann wurden. »Ist das ein böser Mann?«, hatte der Junge gefragt und seine Puppe an sich gedrückt.

»Das ist er«, hatte die Lady Lysa vom niedrigeren Thron daneben gesagt. Sie war ganz in Blau, gepudert und parfümiert für die Bittsteller, die ihren Hof bevölkerten.

»Er ist so *klein*«, hatte der Lord über die Eyrie kichernd gesagt.

»Das ist Tyrion, der Gnom, aus dem Hause Lannister, der deinen Vater ermordet hat.« Sie hatte mit lauter Stimme gesprochen, damit diese die Hohe Halle auf der Eyrie erfüllte, von den milchweißen Mauern und schlanken Säulen hallte und von jedermann zu hören war. *»Er hat die Rechte Hand des Königs ermordet!«*

»Ach, den habe ich auch getötet?«, hatte Tyrion gesagt, wie ein Narr.

Es wäre ein sehr guter Augenblick gewesen, den Mund zu halten und in der Verbeugung zu verharren. Das sah er nun ein. Bei allen sieben Höllen, er hatte es auch da schon gewusst. Die Hohe Halle der Arryns war lang, schmucklos und derart abstoßend kalt mit diesen Mauern aus blauädrigem, weißem Marmor, doch die Gesichter um ihn waren bei weitem noch kälter gewesen. Die Macht von Casterly Rock war hier in weiter Ferne, und es gab keine Freunde der Lannisters im Grünen Tal von Arryn. Unterwürfigkeit und Schweigen wären seine beste Verteidigung gewesen.

Doch für Vernunft war Tyrion zu übellaunig gewesen. Zu seiner Schande hatte er auf der letzten Etappe ihres Aufstiegs zur Eyrie, der den ganzen Tag in Anspruch nahm, versagt, da seine verkümmerten Beine unterwegs aufgaben. Bronn hatte ihn den Rest des Weges getragen, und die Erniedrigung hatte Öl in die Flammen seines Zornes gegossen. »Anscheinend bin ich ja ein eifriger, kleiner Kerl«, hatte er mit bitterem Sarkasmus gesagt. »Ich frage mich, wann ich die Zeit hatte, all diese Morde zu begehen.«

Er hätte bedenken sollen, mit wem er es zu tun hatte. Lysa Arryn und ihr halbirrer Schwächling von einem Sohn waren bei Hofe nicht eben für ihre Liebe zum Scherzen bekannt, besonders nicht, wenn diese sich gegen sie selbst richteten.

»Gnom«, hatte Lysa kalt geantwortet, »Ihr werdet Eure spöttische Zunge hüten und höflich zu meinem Sohn sprechen, oder ich verspreche Euch, dass Ihr es bereuen werdet. Erinnert Euch, wo Ihr seid. Hier ist die Eyrie, und das sind die Ritter aus dem Grünen Tal, die Ihr um Euch stehen seht, ehrliche Männer, die Jon Arryn liebten. Jeder Einzelne von ihnen würde für mich sterben.«

»Lady Arryn, sollte mir etwas geschehen, würde mein Bruder Jaime mit Freude erwarten, was sie tun.« Schon als er die Worte ausgespuckt hatte, war ihm bewusst gewesen, dass sie eine Dummheit waren.

»Könnt Ihr fliegen, Mylord von Lannister?«, hatte Lady Lysa gefragt. »Haben Zwerge Flügel? Falls nicht, solltet Ihr klug genug sein, die nächste Drohung, die Euch in den Sinn kommt, herunterzuschlucken.«

»Ich habe keine Drohung ausgesprochen«, hatte Tyrion geantwortet. »Es war ein Versprechen.«

Der kleine Lord Robert war aufgesprungen, derart beunruhigt, dass er seine Puppe hatte fallen lassen. »Ihr könnt uns nichts tun«, hatte er geschrien. »Keiner kann uns hier was tun. Sag es ihm, Mutter, sag, dass uns hier keiner was tun kann.« Der Junge hatte zu zucken begonnen.

»Die Eyrie ist uneinnehmbar«, hatte Lysa Arryn ihm gelassen erklärt, ihren Sohn nah an sich herangezogen und ihn in ihren fleischigen, weißen Armen gehalten. »Der Gnom versucht, uns Angst zu machen, mein kleiner Liebling. Die Lannisters sind allesamt Lügner. Niemand wird uns etwas tun, mein süßer Junge.«

Teufel noch eins, damit hatte sie ohne Zweifel recht. Nachdem er gesehen hatte, welchen Weg man nehmen musste, konnte sich Tyrion gut vorstellen, wie es einem Ritter erginge, der in seiner Rüstung versuchte, sich den Weg freizukämpfen, während es von oben Steine und Pfeile regnete und sich ihm bei jedem Schritt ein neuer Feind entgegenstellte. *Alptraum* beschrieb es nicht mal im Ansatz. Kein Wunder, dass die Eyrie niemals eingenommen worden war.

Dennoch hatte sich Tyrion nicht zum Schweigen bringen können. »Nicht uneinnehmbar«, hatte er gefrotzelt, »nur unbequem.«

Der junge Robert hatte mit zitternder Hand auf ihn gezeigt. »Ihr seid ein *Lügner*. Mutter, ich will ihn fliegen sehen.« Zwei

Gardisten in himmelblauen Umhängen hatten Tyrion bei den Armen gepackt und ihn vom Boden aufgehoben.

Allein die Götter wussten, was man mit ihm gemacht hätte, wäre da nicht Catelyn Stark gewesen. »Schwester«, hatte sie von unterhalb der beiden Throne aus gerufen, »ich bitte dich zu bedenken, dass dieser Mann *mein* Gefangener ist. Ich will nicht, dass ihm etwas geschieht.«

Einen Moment lang hatte ihre Schwester sie kühl angesehen, dann war sie aufgestanden und majestätisch zu ihm herabgeschritten, wobei sie ihre langen Röcke hinter sich hergezogen hatte. Einen Augenblick lang hatte er gefürchtet, sie wolle ihn schlagen, doch stattdessen hatte sie Befehl gegeben, ihn loszulassen. Ihre Männer hatten ihn zu Boden gestoßen, die Beine hatten unter ihm nachgegeben, und Tyrion war gestürzt.

Er musste wirklich sehenswert gewesen sein, als er darum kämpfte, wieder auf die Beine zu kommen, und sich dann sein rechtes Bein verkrampft hatte, was ihn erneut zu Boden schickte. Gelächter hatte durch die Hohe Halle der Arryns gedonnert.

»Der kleine Gast meiner Schwester ist zu müde zum Stehen«, hatte Lady Lysa verkündet. »Ser Vardis, führt ihn hinunter in den Kerker. Etwas Ruhe in einer unserer Himmelszellen wird ihm gut tun.«

Der Gardist hatte ihn hochgerissen. Tyrion Lannister hatte an seinen Armen gebaumelt, das Gesicht rot vor Scham. »Das werde ich nicht vergessen«, hatte er allen versprochen, als man ihn fortgetragen hatte.

Und das tat er auch nicht, ob es ihm nun etwas nützte oder nicht.

Anfangs hatte er sich damit getröstet, dass diese Gefangenschaft nicht lange dauern konnte. Lysa Arryn hatte ihn erniedrigen wollen, das war alles. Sie würde ihn wieder holen lassen, und das bald. Wenn nicht sie, dann würde doch Catelyn Stark ihn verhören wollen. Diesmal würde er seine Zunge besser hüten. Sie wagten nicht, ihn kurzerhand zu töten. Er war noch immer ein Lannister von Casterly Rock, und wenn sie sein Blut vergossen, bedeutete das Krieg. Das zumindest redete er sich ein.

Nun war er nicht mehr so sicher.

Vielleicht wollten sie ihn hier nur verfaulen lassen, doch fürchtete er, dass ihm die Kraft fehlte, lange Zeit zu faulen. Mit jedem Tag wurde er schwächer, und es war nur eine Frage der Zeit, bis Mords Tritte und Hiebe ihn ernstlich verletzten, vorausgesetzt, dass der Kerkermeister ihn nicht vorher schon verhungern ließ. Noch ein paar Nächte Kälte und Hunger, und das Blau riefe auch nach ihm.

Er fragte sich, was jenseits der Mauern seiner Zelle geschah. Lord Tywin hatte sicher Reiter ausgesandt, als ihn die Nachricht erreicht hatte. Vielleicht führte Jaime schon jetzt ein Heer durch die Berge des Mondes… falls er nicht stattdessen gegen Winterfell ritt. Wusste eigentlich irgendwer außerhalb des Tales, wohin Catelyn Stark ihn gebracht hatte? Er überlegte, was Cersei tun würde, wenn sie es hörte. Der König konnte befehlen, ihn freizulassen, doch würde Robert auf seine Frau oder seine Rechte Hand hören? Tyrion machte sich keine Illusionen hinsichtlich der Liebe des Königs zu seiner Schwester.

Falls Cersei ihren Verstand gebrauchte, würde sie darauf bestehen, dass der König selbst über Tyrion zu Gericht säße. Dagegen konnte nicht einmal Ned Stark etwas einzuwenden haben, nicht ohne die Ehre des Königs in Zweifel zu ziehen. Und Tyrion wäre nur allzu glücklich, vor Gericht sein Glück zu versuchen. Welche Morde sie ihm auch immer vorwerfen sollten, hatten die Starks doch, soweit er sehen konnte, keinerlei Beweis für irgendwas. Sollten sie ihren Fall vor den Eisernen Thron und die Lords des Landes bringen. Es würde ihr Ende sein. Wenn nur Cersei klug genug wäre, das zu erkennen…

Tyrion Lannister seufzte. Seine Schwester war sicher nicht ohne eine gewisse Niedertracht, doch war sie von ihrem Stolz geblendet. Sie würde die in der Anklage liegende Beleidigung erkennen, aber nicht die Gelegenheit. Und Jaime war noch schlimmer, unbesonnen und stur und leicht aufzubringen. Sein Bruder löste keinen Knoten, solange er diesen mit seinem Schwert in Stücke schlagen konnte.

Er fragte sich, wer von ihnen den Attentäter geschickt hatte, der den kleinen Stark zum Schweigen bringen sollte, und ob sie sich tatsächlich zum Tod Lord Arryns verschworen hatten.

Wenn die alte Hand des Königs ermordet worden war, dann war es geschickt und voller Heimtücke vor sich gegangen. Männer seines Alters erlagen dauernd plötzlichen Erkrankungen. Dagegen irgendeinen Esel mit gestohlenem Messer auf Brandon Stark zu hetzen, erschien ihm unfassbar plump. Und das war nicht so absonderlich, wenn man es recht bedachte …

Ein Schauer lief Tyrion über den Rücken. Das war nun aber ein bösartiger Verdacht. Der Schattenwolf und der Löwe waren nicht die einzigen wilden Tiere im Wald, und falls es zutraf, benutzte ihn jemand als Werkzeug. Tyrion Lannister hasste es, benutzt zu werden.

Er musste hier raus, und zwar bald. Seine Chancen, diesen Kerkermeister Mord zu überwältigen, waren bestenfalls gering, und niemand würde ihm ein sechshundert Fuß langes Seil hereinschmuggeln, daher würde er sich im wahrsten Sinne des Wortes herausreden müssen. Sein Mundwerk hatte ihn in diese Zelle gebracht, da konnte es ihn, verdammt noch mal, auch wieder herausholen.

Tyrion kam auf die Beine, gab sein Bestes, den abschüssigen Boden zu ignorieren. Mit der Faust hämmerte er an die Tür. »*Mord!*«, rief er, »*Kerkermeister! Mord, ich brauche Euch!*« Gut zehn Minuten musste er rufen, bis er Schritte hörte. Nur einen Augenblick, bevor die Tür mit einem Krachen aufflog, trat Tyrion zurück.

»Macht Lärm«, knurrte Mord mit Blut in den Augen. Von seiner fleischigen Hand baumelte ein Lederband, breit und dick, doppelt um die Faust gewickelt.

Zeig ihnen niemals, dass du dich fürchtest, sagte sich Tyrion. »Wie würde es dir gefallen, reich zu sein?«, fragte er.

Mord schlug ihn. Er schwang den Riemen mit der Rückhand, träge nur, doch traf das Leder Tyrion oben am Arm. Die Wucht ließ ihn taumeln, und der Schmerz ließ ihn die Zähne zusammenbeißen. »Kein Mund, Zwergmann«, warnte Mord.

»Gold«, sagte Tyrion mit gespieltem Lächeln. »Casterly Rock ist voller Gold … *ahhhh* …« Diesmal war der Hieb eine Vorhand, und Mord legte mehr von seinem Arm in den Schwung, ließ das Leder knallen und springen. Er traf Tyrion in die Rippen, dass dieser wimmernd auf die Knie fiel. Tyrion zwang sich, zum Kerkermeister aufzusehen. »Reich wie die Lannisters«, keuchte er. »So sagt man, Mord …«

Mord grunzte. Der Riemen pfiff durch die Luft und traf Tyrion mit voller Wucht ins Gesicht. Der Schmerz war so schlimm, dass er sich nicht erinnern konnte, gefallen zu sein, doch als er die Augen wieder aufschlug, lag er am Boden seiner Zelle. In seinem Ohr klingelte es, und sein Mund war voller Blut. Er suchte Halt, um sich hochzuziehen, und seine Finger strichen über … nichts. Tyrion riss seine Hand so schnell zurück, als hätte er sich verbrüht, und gab sich alle Mühe, nicht zu atmen. Er war direkt auf die Kante gefallen, nur einen Daumenbreit vom Blau.

»Noch was?« Mord hielt den Riemen in seiner Faust und riss daran. Das Knallen ließ Tyrion zusammenzucken. Der Kerkermeister lachte.

Er wird mich nicht hinunterstoßen, betete sich Tyrion verzweifelt vor, als er vor dem Rand zurückwich. *Catelyn Stark will mich lebend, er wird nicht wagen, mich zu töten*. Mit dem Handrücken wischte er sich das Blut von den Lippen und grinste. »Das war nicht übel, Mord.« Der Kerkermeister blinzelte ihn an, versuchte herauszufinden, ob er verspottet wurde. »Ich hätte Verwendung für einen starken Mann wie Euch.« Der Riemen flog ihm entgegen, doch diesmal gelang es Tyrion, ihm auszuweichen. Er bekam einen Streifschlag an die Schulter, mehr nicht. »Gold«, wiederholte er und kroch rückwärts wie ein Krebs, »mehr Gold, als du je im Leben gesehen hast. Genug, um Land zu kaufen, Frauen, Pferde … Du könntest Lord werden. Lord Mord.« Tyrion hustete Blut und Speichel hervor und spuckte beides in den Himmel.

»Ist kein Gold«, sagte Mord.

Er hört mir zu! dachte Tyrion. »Man hat mir meinen Geldbeutel genommen, als ich gefangen wurde, doch das Gold gehört noch immer mir. Catelyn Stark mag einen Mann gefangen nehmen, aber sie wird sich nicht so weit erniedrigen, ihn zu berauben. Hilf mir, und das ganze Gold gehört dir.« Mords Riemen schnalzte vor, doch nur mit einem halbherzigen, flüchtigen Hieb, langsam und verächtlich. Tyrion fing das Leder mit der Hand und hielt es fest. »Es gibt für dich kein Risiko. Du bräuchtest nur eine Nachricht zu übermitteln.«

Der Kerkermeister riss den Lederriemen aus Tyrions Griff. »Nachricht«, sagte er, als hätte er das Wort nie zuvor gehört. Sein fragender Blick zog tiefe Falten über seine Stirn.

»Ihr habt mich gehört, Mylord. Überbringt nur meine Worte Eurer Lady. Sagt ihr...« *Was? Was mochte Lady Arryn einlenken lassen?* Die Eingebung kam Tyrion Lannister ganz plötzlich. »...sagt ihr, ich möchte meine Verbrechen gestehen.«

Mord hob seinen Arm, und Tyrion machte sich für den nächsten Hieb bereit, doch zögerte der Kerkermeister. Misstrauen und Gier rangen in seinem Blick miteinander. Er wollte dieses Gold, nur fürchtete er eine List. Er sah aus wie jemand, der oft überlistet worden war. »Ist Lüge«, murmelte er finster. »Zwergmann betrügt mich.«

»Ich werde mein Versprechen schriftlich festhalten«, schwor Tyrion.

Manche Analphabeten verachteten alles Schriftliche. Andere schienen eine abergläubische Ehrfurcht vor dem geschriebenen Wort zu haben, als wäre es eine Art Zauber. Glücklicherweise gehörte Mord zu Letzteren. Der Kerkermeister ließ den Riemen sinken. »Schreib auf Gold. Viel Gold.«

»Oh, *viel* Gold«, versicherte ihm Tyrion. »Die Börse ist nur ein Vorgeschmack, mein Freund. Mein Bruder trägt eine Rüstung aus reinem Gold.« In Wahrheit war Jaimes Rüstung aus vergoldetem Stahl, das hingegen würde dieser Esel nie merken.

Mord fingerte nachdenklich an seinem Lederriemen herum, am Ende gab er nach und ging Papier und Tinte holen. Als der Brief geschrieben war, sah ihn der Kerkermeister argwöhnisch an. »Jetzt überbring meine Nachricht«, drängte Tyrion.

Er zitterte im Schlaf, als man ihn holte, mitten in jener Nacht. Mord öffnete die Tür, doch schwieg er still. Ser Vardis Egen weckte Tyrion mit seiner Stiefelspitze. »Auf die Beine, Gnom. Meine Herrin will dich sehen.«

Tyrion rieb den Schlaf aus seinen Augen und setzte eine Miene auf, die kaum seinen Empfindungen entsprach. »Das will sie sicherlich, aber was lässt Euch glauben, ich wollte *sie* sehen?«

Ser Vardis runzelte die Stirn. Tyrion erinnerte sich gut an ihn, von den Jahren her, die er in King's Landing als Hauptmann in der Leibgarde der Hand gedient hatte. Ein eckiges, schlichtes Gesicht, silbernes Haar, von schwerer Gestalt und ohne nennenswerten Humor. »Eure Wünsche sind nicht meine Sache. Auf die Beine, sonst lasse ich Euch tragen.«

Unbeholfen erhob sich Tyrion. »Eine kalte Nacht«, sagte er beiläufig, »und es ist so zugig in der Hohen Halle. Ich möchte mich nicht erkälten. Mord, wenn du so gut wärst, mir meinen Umhang zu holen.«

Der Kerkermeister blinzelte ihn an, seine Miene stumpf vor Argwohn.

»Meinen *Umhang«*, wiederholte Tyrion. »Das Schattenfell, das du für mich verwahrt hast. Du erinnerst dich.«

»Hol ihm den verdammten Umhang«, sagte Ser Vardis.

Mord wagte nicht zu murren. Er warf Tyrion einen Blick zu, der ihm zukünftige Vergeltung versprach, doch ging er den Umhang holen. Als er ihn seinem Gefangenen um den Hals legte, lächelte Tyrion. »Meinen Dank. Ich werde stets an dich denken, wenn ich ihn trage.« Er warf das am Boden schleifende Ende des langen Fells über seine rechte Schulter, und zum ersten Mal seit Tagen wurde ihm warm. »Geht voran, Ser Vardis.«

Die Hohe Halle der Arryns erstrahlte im Licht von fünfzig Fackeln, die in den Haltern an den Wänden leuchteten. Lady Lysa trug schwarze Seide, und auf ihrer Brust waren mit Perlen Mond und Falke aufgenäht. Da sie nicht so aussah, als wollte sie sich der Nachtwache anschließen, konnte sich Tyrion nur vorstellen, dass sie zu dem Schluss gekommen war, Trauerkleider wären die angemessene Kleidung, um ein Geständnis entgegenzunehmen. Ihr langes, dunkelbraunes Haar, das zu einem feinen Zopf geflochten war, fiel über ihre linke Schulter. Der höhere Thron neben ihr stand leer. Zweifelsohne zitterte der kleine Lord über die Eyrie sich eben durch den Schlaf. Dafür zumindest war Tyrion dankbar.

Er verneigte sich tief und sah sich einen Moment lang im Saal um. Lady Arryn hatte ihre Ritter und Gefolgsleute zusammengerufen, damit sie sich sein Geständnis anhörten, ganz wie er gehofft hatte. Er sah Ser Brynden Tullys runzliges Gesicht und das derbe, gutmütige von Lord Nestor Royce. Neben Nestor stand ein jüngerer Mann mit wildem, schwarzem Backenbart, bei dem es sich nur um seinen Erben Ser Albar handeln konnte. Die meisten der führenden Familien des Tales waren vertreten. Tyrion bemerkte Ser Lyn Corbray, schlank wie ein Schwert, Lord Hunter mit seinen gichtkranken Beinen, die verwitwete Lady Waynwood, umgeben von ihren Söhnen. Andere trugen Embleme, die er nicht kannte. Gebrochene Lanze, grüne Natter, brennender Turm, der geflügelte Becher.

Unter den Herren aus dem Tal fanden sich mehrere seiner Gefährten von der Bergstraße. Ser Rodrik Cassel, blass von halb verheilten Wunden, stand neben Ser Willis Wode. Marillion, der Sänger, hatte eine neue Holzharfe gefunden. Tyrion lächelte. Was auch immer heute Abend hier geschehen mochte ... er wollte es nicht im Geheimen geschehen lassen, und wenn man eine Geschichte landauf, landab verbreiten wollte, dann ging nichts über einen Troubadour.

Im hinteren Teil der Halle lümmelte sich Bronn unter einem Pfeiler. Die schwarzen Augen des freien Ritters waren starr auf Tyrion gerichtet, und seine Hand lag auf dem Knauf seines Schwertes. Tyrion warf ihm einen langen Blick zu, fragte sich ...

Catelyn Stark sprach als Erste. »Ihr wünscht, Eure Verbrechen zu gestehen, so hat man uns gesagt.«

»Das will ich, Mylady«, antwortete Tyrion.

Lysa Arryn lächelte ihre Schwester an. »Die Himmelszellen brechen jeden. Die Götter können sie dort finden, und man kann sich im Dunkel nicht verstecken.«

»Für mich sieht er nicht wie ein gebrochener Mann aus«, entgegnete Catelyn.

Lady Lysa schenkte ihr keine Beachtung. »Sagt, was Ihr zu sagen habt«, befahl sie Tyrion.

Und jetzt fallen die Würfel, dachte er mit einem weiteren, kurzen Blick auf Bronn. »Wo soll ich beginnen? Ich bin ein böser, kleiner Mann, das gestehe ich. Meine Verbrechen und Sünden sind nicht zu zählen, Mylords und Myladies. Ich habe bei Huren genächtigt, nicht einmal, sondern Hunderte von Malen.

Ich habe meinem eigenen Hohen Vater den Tod gewünscht, und meiner Schwester, unserer gütigen Königin, ebenso.« Hinter ihm lachte jemand leise. »Nicht immer habe ich meine Diener freundlich behandelt. Ich habe gespielt. Ich habe sogar betrogen, wie ich zu meiner Schande gestehen muss. Ich habe viele schreckliche und bösartige Dinge über die edlen Herren und Damen des Hofes gesagt.« Das rief offenes Gelächter hervor. »Einmal habe ich …«

»Still!« Lysa Arryns blasses, rundes Gesicht war zu flammendem Rosa geworden. »Was glaubst du, was du hier tust, Zwerg?«

Tyrion neigte seinen Kopf zu einer Seite. »Nun, ich gestehe meine Sünden, Mylady.«

Catelyn Stark trat einen Schritt nach vorn. »Man beschuldigt Euch, einen gedungenen Mörder ausgesandt zu haben, der meinen Sohn Bran im Bett ermorden sollte, und außerdem beschuldigt man Euch der Verschwörung zum Mord an Lord Jon Arryn, der Rechten Hand des Königs.«

Tyrion zeigte ein hilfloses Achselzucken. *»Diese* Untaten kann ich nicht gestehen, wie ich fürchte. Ich weiß nichts von irgendwelchen Morden.«

Lady Lysa erhob sich von ihrem Wehrholzthron. »Ich werde mich *nicht* verspotten lassen. Du hattest deinen kleinen Spaß, Gnom. Ich denke, du hast ihn genossen. Ser Vardis, bringt ihn in seinen Kerker zurück … doch sucht ihm diesmal eine kleine Zelle, mit abschüssigem Boden.«

»Wird *so* im Grünen Tale Recht gesprochen?«, brüllte Tyrion so laut, dass Ser Vardis für einen Augenblick erstarrte. »Endet die Ehre am Bluttor? Ihr werft mir Verbrechen vor, ich streite sie ab, und deshalb werft Ihr mich in eine offene Zelle, damit ich dort verhungere und erfriere.« Er hob den Kopf, damit sie alle einen Blick auf die Prellungen werfen konnten, die Mord in seinem Gesicht zurückgelassen hatte. »Wo ist das Recht des Königs? Ist die Eyrie nicht Teil der Sieben Königslande? Ich stehe unter Anklage, so sagt Ihr. Also schön. *Ich verlange eine Verhandlung!* Lasst mich sprechen und richtet offen darüber, ob ich die Wahrheit sage oder nicht, vor den Menschen und vor den Göttern.«

Leises Murmeln erfüllte die Hohe Halle. Er hatte sie, dass

wusste Tyrion. Er war von hoher Geburt, der Sohn des mächtigsten Lords im ganzen Reich, der Bruder der Königin. Man konnte ihm das Verfahren nicht verweigern. Gardisten in hellblauen Umhängen hatten sich zu Tyrion aufgemacht, doch Ser Vardis hieß sie stehen bleiben und sah zu Lady Lysa hinüber.

Ihr kleiner Mund zuckte mit verdrießlichem Lächeln. »Falls man Euch den Prozess macht und der Verbrechen, derer Ihr angeklagt seid, für schuldig befindet, müsst Ihr mit Eurem Blut bezahlen. Wir haben keinen Henker auf der Eyrie, Mylord von Lannister. Öffnet die Tür zum Mond.«

Die Menge der Zuschauer teilte sich. Eine schmale Wehrholztür stand zwischen zwei schlanken Marmorsäulen, ein Halbmond war ins weiße Holz geschnitzt. Jene, die ihr am nächsten standen, wichen zurück, als zwei Gardisten durch die Menge marschierten. Ein Mann entfernte die schweren Bronzeriegel.

Der zweite zog die Tür nach innen. Ihre blauen Umhänge peitschten von den Schultern, als sich der plötzliche Wind darin verfing, der durch die offene Tür heulte. Dahinter lag die Leere des nächtlichen Himmels, gefleckt von kalten, achtlosen Sternen.

»Erschaut das Recht des Königs«, sagte Lysa Arryn. Flammen flackerten wie Wimpel entlang der Mauern, und hier und da erlosch die eine oder andere Fackel.

»Lysa, ich halte das für unklug«, sagte Catelyn Stark, als der schwarze Wind durch die Halle fuhr.

Ihre Schwester achtete nicht auf sie. »Ihr wollt ein Verfahren, Mylord von Lannister. Also schön, Ihr sollt Euer Verfahren haben. Mein Sohn wird sich anhören, was immer Ihr zu sagen habt, und Ihr werdet sein Urteil hören. Dann könnt Ihr gehen … durch die eine Tür oder durch die andere.«

Sie sah so zufrieden mit sich aus, dachte Tyrion, und es nahm nicht wunder. Wie konnte ein Verfahren sie gefährden, wenn ihr Schwächling von einem Sohn oberster Richter wäre? Tyrion sah sich die Tür zum Mond an. *Mutter, ich will ihn fliegen sehen!* hatte der Junge gesagt. Wie viele Männer hatte der rotznasige, kleine Bengel schon durch diese Tür geschickt?

»Ich danke Euch, Verehrteste, aber ich sehe keinen Grund,

Lord Robert zu behelligen«, sagte Tyrion freundlich. »Die Götter wissen um meine Unschuld. Ihr Urteil werde ich anerkennen, nicht das Urteil der Menschen. Ich verlange den Schiedsspruch durch einen Kampf.«

Ein Sturm plötzlichen Gelächters erfüllte die Hohe Halle der Arryns. Lord Nestor Royce schnaubte, Ser Willis gluckste, Ser Lyn Corbray lachte schallend, und die anderen warfen die Köpfe in den Nacken und heulten, bis ihnen Tränen über die Gesichter liefen. Unbeholfen zupfte Marillion mit den Fingern seiner gebrochenen Hand ein paar fröhliche Töne auf seiner neuen Harfe. Selbst der Wind schien voller Hohn durch die Tür zum Mond hereinzupfeifen.

Lysa Arryns wässrig blaue Augen wirkten verunsichert. Er hatte sie aus dem Gleichgewicht gebracht. »Das Recht habt Ihr sicherlich.«

Der junge Ritter mit der grünen Natter auf seinem Wappenrock trat vor und sank auf ein Knie. »Mylady, ich bitte um die Gunst, für Eure Sache einzutreten.«

»Die Ehre sollte die meine sein«, sagte der alte Lord Hunter. »Im Namen der Liebe, die ich für Euren Hohen Gatten empfunden habe: Lasst mich seinen Tod rächen.«

»Mein Vater hat Lord Jon treu als Haushofmeister des Grünen Tales gedient«, dröhnte Ser Albar Royce. »Lasst mich seinem Sohn in dieser Sache dienen.«

»Die Götter sind dem Manne gnädig, der die gerechte Sache vertritt«, sagte Ser Lyn Corbray, »doch oft genug entpuppt sich dieser als der Mann mit dem sichersten Schwert. Wir alle wissen, wer das ist.« Er lächelte bescheiden.

Ein Dutzend anderer Männer sprachen alle gleichzeitig, brüllten, um sich Gehör zu verschaffen. Tyrion fand es etwas entmutigend, festzustellen, dass so viele Fremde es kaum erwarten konnten, ihn zu töten. Vielleicht war es am Ende doch kein so kluger Plan gewesen.

Lady Lysa hob die Hand und brachte sie zum Schweigen. »Ich danke Euch, Mylords, wie ich weiß, dass auch mein Sohn Euch danken würde, wenn er unter uns wäre. Niemand in den Sieben Königslanden ist so kühn und edel wie die Ritter des Grünen

Tales. Wenn ich könnte, würde ich Euch allen diese Ehre zusprechen. Doch kann ich nur einen auswählen.« Sie winkte. »Ser Vardis Egen, Ihr wart stets die gute Rechte Hand meines Hohen Gatten. Ihr sollt unser Streiter sein.«

Ser Vardis war ungewöhnlich schweigsam. »Mylady«, sagte er feierlich und sank auf die Knie, »tragt diese Bürde einem anderen auf, ich finde keinen Geschmack daran. Dieser Mann ist kein Krieger. Seht ihn an. Ein Zwerg, halb so groß wie ich und mit lahmen Beinen. Es wäre eine Schande, einen solchen Mann zu schlachten und das dann Gerechtigkeit zu nennen.«

Sehr gut, dachte Tyrion. »Dem kann ich nur zustimmen.«

Wütend sah Lysa ihn an. »Ihr habt das Urteil durch einen Kampf gefordert.«

»Und nun fordere ich einen Streiter, ganz wie Ihr einen für Euch selbst gefordert habt. Mein Bruder Jaime wird diesen Teil gern übernehmen, wie ich weiß.«

»Euer kostbarer Königsmörder ist Hunderte von Meilen weit entfernt«, fuhr Lysa Arryn ihn an.

»Schickt ihm einen Vogel. Gern will ich auf seine Ankunft warten.«

»Ihr werdet Euch am Morgen Ser Vardis stellen.«

»Sänger«, sagte Tyrion und wandte sich Marillion zu, »wenn du eine Ballade daraus machst, vergiss nicht zu erwähnen, wie Lady Arryn dem Zwerg das Recht auf einen Fürsprecher verweigert hat und ihn lahm, geprügelt und humpelnd ihrem besten Ritter entgegensandte.«

»Ich verweigere Euch nichts!«, sagte Lysa Arryn, und ihre Stimme war schrill vor Zorn. »Nennt Euren Fürsprecher, Gnom … falls Ihr einen Mann findet, der für Euch sterben würde.«

»Wenn es Euch egal ist, würde ich lieber jemanden suchen, der für mich tötet.« Tyrion sah durch die lange Halle. Keiner rührte sich. Einen Moment lang überlegte er, ob das alles ein kolossaler Fehler gewesen war.

Dann rührte sich am Ende des Raumes jemand. »Ich stehe für den Zwerg ein«, rief Bronn.

EDDARD

Er träumte einen alten Traum von drei Rittern in weißen Umhängen und einem lang schon eingestürzten Turm, und Lyanna in ihrem Bett von Blut.

In diesem Traum ritten seine Freunde mit ihm, wie sie es zu Lebzeiten getan hatten. Der stolze Martyn Cassel, Jorys Vater; der treue Theo Wull; Ethan Glover, der Brandons Schildknappe gewesen war; Ser Mark Ryswell, von weicher Stimme und sanftem Herzen; der Pfahlbaumann Howland Reed.

Lord Dustin auf seinem großen, roten Hengst. Ned hatte ihre Gesichter so gut gekannt, wie er einst sein eigenes gekannt hatte, doch die Jahre saugen das Blut aus den Erinnerungen eines Mannes, selbst aus solchen, die er geschworen hat, niemals zu vergessen. Im Traum waren sie nur Schatten, graue Geister auf Pferden, die aus bloßem Dunst bestanden.

Sie waren zu siebt und standen dreien gegenüber. Im Traum, ganz wie es im Leben gewesen war. Doch waren diese keine gewöhnlichen drei. Sie warteten vor dem runden Turm, die roten Berge von Dorne im Rücken, die weißen Umhänge flatterten im Wind.

Und diese waren keine Schatten, ihre Gesichter strahlten hell, selbst jetzt noch. Ser Arthur Dayne, das Schwert des Morgens, trug ein trauriges Lächeln auf den Lippen. Das Heft des Großschwertes Dawn ragte über seiner rechten Schulter auf. Ser Oswell Whent kniete am Boden, schärfte seine Klinge mit einem Wetzstein. Über seinem weiß emaillierten Helm breitete die schwarze Fledermaus seiner Familie die Flügel aus. Zwischen ihnen stand der grimmige alte Ser Gerold Hightower, der Weiße

Bulle, der Kommandant der Königsgarde. »Ich habe Euch am Trident gesucht«, sagte Ned zu ihnen.

»Wir waren nicht dort«, antwortete Ser Oswell.

»Wehe dem Usurpator, wenn wir es gewesen wären«, sagte Ser Oswell.

»Als King's Landing fiel, hat Ser Jaime Euren König mit einem goldenen Schwert erschlagen, und ich habe mich gefragt, wo Ihr wart.«

»Weit fort«, sagte Ser Gerold, »sonst würde Aerys noch auf dem Eisernen Thron sitzen und Euer falscher Bruder in den sieben Höllen brennen.«

»Ich kam von Storm's End herab, um die Belagerung aufzuheben«, erklärte Ned ihnen, »und die Lords Tyrell und Redwyne neigten ihre Banner zum Gruße, und all ihre Ritter fielen auf die Knie, um uns Treue zu schwören. Ich war mir sicher, Ihr würdet unter Ihnen sein.«

»Unsere Knie beugen sich nicht so leicht«, sagte Ser Arthur Dayne.

»Ser Willem Darry ist nach Dragonstone geflohen, mit Eurer Königin und Prinz Viserys. Ich dachte, Ihr wäret vielleicht mit ihnen gesegelt.«

»Ser Willem ist ein guter und wahrer Mann«, sagte Ser Oswell.

»Doch nicht von der Königsgarde«, hob Ser Gerald hervor. »Die Königsgarde flieht nicht.«

»Damals wie heute«, sagte Ser Arthur. Er setzte seinen Helm auf.

»Wir haben einen Eid abgelegt«, erklärte der alte Ser Gerold.

Neds Geister traten neben ihn, mit Schattenschwertern in Händen. Sie waren sieben gegen drei.

»Und hier beginnt es«, sagte Ser Arthur Dayne, das Schwert des Morgens. Er zog Dawn aus der Scheide und hielt es mit beiden Händen. Die Klinge war fahl wie Milchglas, wie lebendig im Licht.

»Nein«, sagte Ned mit Trauer in der Stimme. »Hier endet es.« Als sie in einem Rausch von Stahl und Schatten aufeinander stießen, hörte er Lyanna schreien. »*Eddard!*«, rief sie. Ein

Sturm von Rosenblättern wehte über einen blutdurchstreiften Himmel, blau wie die Augen des Todes.

»Lord Eddard«, rief Lyanna erneut.

»Ich verspreche es«, flüsterte er, »Lya, ich verspreche es …«

»Lord Eddard«, hallte die Stimme eines Mannes aus dem Dunkel.

Stöhnend schlug Eddard Stark die Augen auf. Mondlicht fiel durch die hohen Fenster in den Turm der Hand.

»Lord Eddard?« Ein Schatten beugte sich über das Bett.

»Wie … wie lange?« Die Decken waren zerwühlt, sein Bein eingegipst. Pulsierender Schmerz fuhr ihm durch die Seite.

»Sechs Tage und sieben Nächte.« Die Stimme gehörte Vayon Poole. Der Haushofmeister hielt einen Becher an Neds Lippen. »Trinkt, Mylord.«

»Was …?«

»Nur Wasser. Maester Pycelle sagte, Ihr würdet Durst haben.«

Ned trank. Seine Lippen waren ausgetrocknet und gesprungen. Das Wasser schmeckte süß wie Honig.

»Der König hat Befehl gegeben«, erklärte ihm Vayon Poole, als der Becher leer war. »Er will Euch sprechen, Mylord.«

»Morgen«, sagte Ned. »Wenn ich bei Kräften bin.« Er konnte jetzt nicht mit Robert sprechen. Der Traum hatte ihn schwach wie ein Kätzchen zurückgelassen.

»Mylord«, sagte Poole, »er hat befohlen, Euch im selben Augenblick zu ihm zu schicken, in dem Ihr die Augen aufschlagt.« Der Haushofmeister zündete eine Kerze neben dem Bett an.

Ned stieß einen leisen Fluch aus. Robert war nie für seine Geduld bekannt gewesen. »Sagt ihm, ich sei zu schwach, um zu ihm zu kommen. Wenn er mich zu sprechen wünscht, will ich ihn gern hier empfangen. Ich hoffe, Ihr weckt ihn aus tiefem Schlaf. Und ruft …« Eben wollte er *Jory* sagen, als es ihm einfiel. »Ruft den Hauptmann meiner Garde.«

Alyn betrat das Schlafgemach wenige Augenblicke, nachdem der Haushofmeister gegangen war. »Mylord.«

»Poole sagt mir, es sei sechs Tage her«, sagte Ned. »Ich muss wissen, wie die Lage ist.«

»Der Königsmörder ist aus der Stadt geflohen«, erklärte

Alyn. »Man sagt, er sei nach Casterly Rock geritten, um sich seinem Vater anzuschließen. Die Geschichte, wie Lady Catelyn den Gnom gefasst hat, ist in aller Munde. Ich habe zusätzliche Wachen eingeteilt, wenn es Euch beliebt.«

»Das tut es«, versicherte Ned ihm. »Meine Töchter?«

»Sie sind jeden Tag bei Euch gewesen, Mylord. Sansa betet still, nur Arya …« Er zögerte. »Sie hat kein Wort gesagt, seit man Euch brachte. Sie ist ein wildes, kleines Ding, Mylord. Nie zuvor habe ich solchen Zorn bei einem Mädchen beobachtet.«

»Was immer auch geschieht«, sagte Ned, »ich will, dass meine Töchter in Sicherheit sind. Ich fürchte, das alles ist nur der Anfang.«

»Ihnen wird nichts geschehen, Lord Eddard«, versprach Alyn. »Darauf verpfände ich mein Leben.«

»Jory und die anderen …«

»Ich habe sie den schweigenden Schwestern übergeben, damit sie nach Winterfell geschickt werden. Jory würde neben seinem Großvater liegen wollen.«

Es würde sein Großvater sein müssen, da Jorys Vater weit im Süden begraben war. Martyn Cassel war mit den anderen gefallen. Später hatte Ned den Turm eingerissen und mit dessen blutigen Steinen acht Gräber auf dem Hügel aufgeschichtet. Es hieß, Rhaegar habe diesen Ort den Turm der Freude genannt, doch für Ned bot er nur eine bittere Erinnerung. Sie waren sieben gegen drei gewesen, doch allein zwei von ihnen hatten überlebt. Eddard Stark und der kleine Pfahlbaumann Howland Reed. Er hielt es für kein gutes Omen, dass dieser Traum nach so vielen Jahren zurückgekehrt war.

»Ihr habt gut getan, Alyn«, sagte Ned, als Vayon Poole wiederkam. Der Haushofmeister verneigte sich tief. »Seine Majestät ist draußen, Mylord, und die Königin mit ihm.«

Ned schob sich höher, zuckte zusammen, als sein Bein vor Schmerz zitterte. Er hatte nicht erwartet, dass Cersei mitkommen würde. Auch das war kein gutes Zeichen. »Schickt sie herein und lasst uns allein. Was wir zu sagen haben, sollte innerhalb dieser vier Wände bleiben.« Schweigend zog sich Poole zurück.

Robert hatte sich mit dem Ankleiden Zeit gelassen. Er trug ein schwarzes, samtenes Wams, auf dessen Brust mit goldenem Faden der gekrönte Hirsch von Baratheon prangte, dazu einen goldenen Mantel mit einem Umhang von schwarzen und goldenen Quadraten. Einen Weinkelch hielt er in der Hand, und sein Gesicht war bereits vom Trunk gerötet. Cersei Lannister trat nach ihm ein, mit juwelenbesetzter Tiara im Haar.

»Majestät«, sagte Ned. »Verzeiht. Ich kann nicht aufstehen.«

»Macht nichts«, sagte der König barsch. »Etwas Wein? Aus Arbor. Guter Jahrgang.«

»Einen kleinen Becher«, sagte Ned. »Mein Kopf ist noch schwer vom Mohnblumensaft.«

»Ein Mann in Eurer Lage sollte sich glücklich schätzen, dass sein Kopf noch auf den Schultern sitzt«, verkündete die Königin.

»Still, Weib«, fuhr Robert sie an. Er brachte Ned einen Becher Wein. »Hast du noch Schmerzen im Bein?«

»Ein wenig«, sagte Ned. Er fühlte sich umnebelt, doch wollte er vor der Königin keine Schwäche eingestehen.

»Pycelle schwört, dass es sauber verheilen wird.« Robert legte die Stirn in Falten. »Ich denke, du weißt, was Catelyn getan hat?«

»Ich weiß es.« Ned nahm einen kleinen Schluck Wein. »Meine Hohe Gattin trifft keine Schuld, Majestät. Alles, was sie getan hat, tat sie auf meinen Befehl hin.«

»Ich bin *nicht* erfreut, Ned«, brummte Robert.

»Mit welchem Recht wagt Ihr es, Hand an mein Fleisch und Blut zu legen?«, verlangte Cersei zu wissen. »Für wen haltet Ihr Euch?«

»Die Rechte Hand des Königs«, erklärte Ned mit eisiger Höflichkeit. »Von Eurem eigenen Hohen Gatten dazu aufgerufen, den Frieden des Königs zu wahren und das Recht des Königs durchzusetzen.«

»Ihr *wart* die Hand«, setzte Cersei an, »aber jetzt …«

»Still!«, brüllte der König. »Ihr habt ihm eine Frage gestellt, und er hat sie beantwortet.« Cersei fügte sich, kalt vor Wut, und Robert wandte sich wieder Ned zu. »Um den Frieden des Kö-

nigs zu wahren, sagst du. So wahrst du meinen Frieden, Ned? Sieben Mann sind tot.«

»Acht«, berichtigte die Königin. »Tregar starb heute Morgen von dem Hieb, den Lord Stark ihm versetzt hat.«

»Entführungen auf der Kingsroad und trunkenes Gemetzel auf meinen Straßen«, sagte der König. »Das lasse ich nicht zu, Ned.«

»Catelyn hatte guten Grund, den Gnom …«

»Ich sagte, das lasse ich nicht zu! Zum Teufel mit ihren Gründen. Du wirst ihr befehlen, den Zwerg auf der Stelle freizulassen, *und* du wirst Frieden mit Jaime schließen.«

»Drei meiner Männer wurden vor meinen Augen niedergemetzelt, weil Jaime Lannister mich *züchtigen* wollte. Soll ich das vergessen?«

»Mein Bruder war es nicht, der diesen Streit begonnen hat«, erklärte Cersei dem König. »Lord Stark kehrte betrunken aus einem Bordell heim. Seine Männer haben Jaime und seine Wache angegriffen, ganz wie seine Frau Tyrion auf der Kingsroad angegriffen hat.«

»Du kennst mich besser, Robert«, sagte Ned. »Frag Lord Baelish, wenn du mir nicht glaubst. Er war dabei.«

»Ich habe mit Littlefinger gesprochen«, sagte Robert. »Er behauptet, er sei vorausgeritten, um die Goldröcke zu holen, bevor der Kampf begann, aber er gibt zu, dass ihr aus irgendeinem Bordell kamt.«

»Aus *irgendeinem* Bordell. Verdammt, Robert, ich war dort, um mir deine Tochter anzusehen! Ihre Mutter hat sie Barra genannt. Sie sieht aus wie das erste Mädchen, das du gezeugt hast, als wir Jungen zusammen im Grünen Tal waren.« Er beobachtete die Königin, während er sprach. Ihr Gesicht war wie eine Maske, still und blass, gab nichts preis.

Robert errötete. »Barra«, murmelte er. »Soll mir das gefallen? Verdammtes Mädchen. Ich dachte, sie hätte mehr Verstand.«

»Sie kann nicht älter als fünfzehn sein, und eine Hure, und du dachtest, sie hätte *Verstand?*«, fragte Ned ungläubig. Sein Bein bereitete ihm arge Schmerzen. Es fiel ihm schwer, sich zu beherrschen. »Das dumme Kind hat sich in dich verliebt, Robert.«

Der König warf Cersei einen Blick zu. »Das ist kein Thema für die Ohren der Königin.«

»Ihrer Majestät wird nichts von alledem gefallen, was ich zu sagen habe«, erwiderte Ned. »Wie ich höre, ist der Königsmörder aus der Stadt geflohen. Gib mir die Erlaubnis, ihn vor Gericht zu stellen.«

Der König wirbelte den Wein in seinem Becher herum, brütend. Er nahm einen Schluck. »Nein«, sagte er. »Ich will nichts mehr davon hören. Jaime hat drei von deinen Männern erschlagen, und du fünf von seinen. Nun hat es ein Ende.«

»Ist das deine Vorstellung von Gerechtigkeit?«, fuhr Ned ihn an. »Wenn ja, bin ich froh, dass ich nicht mehr deine Rechte Hand bin.«

Die Königin sah ihren Mann an. »Wenn irgendjemand es gewagt hätte, mit einem Targaryen so zu sprechen, wie er mit Euch gesprochen hat ...«

»Haltet Ihr mich für Aerys?«, unterbrach Robert.

»Ich habe Euch für einen *König* gehalten. Jaime und Tyrion sind Eure eigenen Brüder, durch die Gesetze der Ehe und all der Bande zwischen uns. Die Starks haben den einen vertrieben und den anderen entführt. Dieser Mann entehrt Euch mit jedem Atemzug, und trotzdem steht Ihr unterwürfig da, fragt, ob sein Bein schmerzt und ob er Wein möchte.«

Roberts Gesicht war düster vom Zorn. »Wie oft muss ich Euch noch sagen, dass Ihr Eure Zunge hüten sollt, Frau?«

Cerseis Miene bot ein Bild der Verachtung. »Welch einen Scherz haben die Götter aus uns gemacht«, sagte sie. »Eigentlich solltet Ihr in Röcken gehen und ich im Kettenhemd.«

Puterrot vor Wut holte der König aus und traf sie mit einem bösen Rückhandschlag am Kopf. Sie taumelte gegen den Tisch und stürzte hart, doch Cersei Lannister schrie nicht auf. Die schlanken Finger strichen über ihre Wange, wo sich die blasse, weiche Haut schon rötete. Am Morgen würde die Prellung ihr halbes Gesicht bedecken. »Ich werde es als Ehrenabzeichen tragen«, verkündete sie.

»Tragt es schweigend, oder ich beehre Euch noch einmal«, schwor Robert. Er rief nach der Garde. Ser Meryn Trant betrat den Raum, groß und düster in seiner weißen Rüstung. »Die Königin ist müde. Geleitet sie in ihr Schlafgemach.« Der Ritter half Cersei auf die Beine und führte sie ohne ein weiteres Wort hinaus.

Robert griff nach dem Krug und füllte seinen Becher. »Du siehst, was sie mit mir macht, Ned.« Der König setzte sich, hielt seinen Becher. »Meine liebende Frau. Die Mutter meiner Kinder.« Der Zorn war gewichen. In seinen Augen entdeckte Ned Trauer und Sorge. »Ich hätte sie nicht schlagen sollen. Das war nicht … das war nicht *königlich*.«

Er starrte auf seine Hände, als wüsste er nicht recht, was sie waren. »Ich war immer stark … keiner konnte gegen mich bestehen, keiner. Wie bekämpft man jemanden, den man nicht schlagen darf?« Verwirrt schüttelte der König den Kopf. »Rhaegar … Rhaegar hat gesiegt, verdammt. Ich habe ihn getötet, Ned, ich habe den Spieß direkt durch diese schwarze Rüstung in sein schwarzes Herz getrieben, und er ist zu meinen Füßen gestorben. Man hat Lieder darüber geschrieben. Dennoch hat er gesiegt. Jetzt hat er Lyanna, und ich habe *sie*.« Der König leerte seinen Becher.

»Majestät«, sagte Ned Stark, »wir müssen reden …«

Robert presste seine Fingerspitzen an die Schläfen. »Dieses ewige Gerede macht mich krank. Am Morgen werde ich im Kingswood zur Jagd gehen. Was immer du zu sagen hast, kann warten, bis ich wieder da bin.«

»Falls die Götter gnädig sind, werde ich bei deiner Rückkehr nicht mehr hier sein. Du hast mir befohlen, nach Winterfell zurückzukehren. Erinnerst du dich?«

Robert stand auf, packte einen der Bettpfosten, um sich zu stützen. »Die Götter sind nur selten gnädig, Ned. Hier, das gehört dir.«

Er zog die schwere Silberspange in Form einer Hand aus seiner Tasche im Saum seines Umhangs und warf sie aufs Bett. »Ob es dir nun gefällt oder nicht, du bist meine Rechte Hand, verdammt. Ich verbiete dir zu gehen.«

Ned nahm die Silberspange auf. Man ließ ihm keine Wahl, wie es schien.

Sein Bein schmerzte, und er fühlte sich hilflos wie ein Kind. »Dieses Mädchen, diese Targaryen …«

Der König stöhnte. »Bei allen sieben Höllen, fang nicht wieder damit an. Das ist vorbei, ich will jetzt endlich nichts mehr davon hören.«

»Warum solltest du mich als deine Rechte Hand wollen, wenn du dich weigerst, auf meinen Rat zu hören?«

»Warum?« Robert lachte. »Warum nicht? Irgendjemand muss dieses verfluchte Königreich schließlich regieren. Leg die Spange an, Ned. Sie steht dir. Und wenn du sie mir jemals wieder vor die Füße wirfst, ich schwöre dir, hefte ich das verdammte Ding Jaime Lannister an die Brust.«

ANHANG

Haus Baratheon

Das jüngste der Großen Häuser, entstanden in den »Eroberungskriegen«. Sein Gründer, Orys Baratheon, soll Gerüchten nach der Halbbruder von Aegon dem Drachen, sein. Orys kam zu militärischen Ehren und wurde einer von Aegons grausamsten Befehlshabern. Als er Argilac den Arroganten, den letzten Storm King, besiegte und erschlug, belohnte König Aegon ihn mit Argilacs Burg, Land und Tochter. Orys nahm das Mädchen zur Braut, übernahm Banner, Titel und auch den Sinnspruch des Geschlechts. Das Siegel der Baratheons zeigt einen gekrönten Hirschen, schwarz auf goldenem Feld. Ihre Worte sind *Unser Ist Der Zorn*.

KÖNIG ROBERT BARATHEON, der Erste Seines Namens,
- seine Frau, KÖNIGIN CERSEI aus dem Hause Lannister,
- ihre Kinder:
  - PRINZ JOFFREY, Erbe des Eisernen Thrones, zwölf,
  - PRINZESSIN MYRCELLA, ein Mädchen von acht,
  - PRINZ TOMMEN, ein Junge von sieben,
- seine Brüder:
  - STANNIS BARATHEON, Lord von Dragonstone,
    - seine Frau, LADY SELYSE aus dem Hause Florent,
    - seine Tochter, SHIREEN, ein Mädchen von neun,
  - RENLY BARATHEON, Lord von Storm's End,
- sein Kleiner Rat:
  - GRAND MAESTER PYCELLE,
  - LORD PETYR BAELISH, genannt LITTLEFINGER, Meister der Münze,
  - LORD STANNIS BARATHEON, Meister des Rechts,
  - SER BARRISTAN SELMY, Kommandant der Königsgarde,

- Varys, ein Eunuch, genannt »die Spinne«, Meister der Flüsterer und Ohrenbläser,
- sein Hof und Gefolge:
  - Ser Ilyn Payne, der Richter des Königs, ein Henker,
  - Sandor Clegane, genannt »der Bluthund«, Leibwache des Prinzen Joffrey,
  - Janos Slynt, ein Bürgerlicher, Hauptmann der Stadtwache von King's Landing,
  - Jalabhar Xho, ein verbannter Prinz von den Summer Isles,
  - Moon Boy, Hofnarr und Spaßvogel,
  - Lancel und Tyrek Lannister, Schildknappen des Königs, Vettern der Königin,
  - Ser Aron Santagar, Waffenmeister,
- seine Königsgarde:
  - Ser Barristan Selmy, Lord Commander,
  - Ser Jaime Lannister, genannt »der Königsmörder«,
  - Ser Boros Blount,
  - Ser Meryn Trant,
  - Ser Arys Oakheart,
  - Ser Preston Greenfield,
  - Ser Mandon Moore

Die wichtigsten Häuser, die durch Eid an Storm's End gebunden sind, heißen Selmy, Wylde, Trant, Penrose, Errol, Estermont, Tarth, Swann, Dondarrion, Caron.

Die wichtigsten Häuser, die durch Eid an Dragonstone gebunden sind, heißen Celtigar, Velaryon, Seaworth, Bar Emmon und Sunglass.

Haus Stark

Die Starks führen ihre Herkunft auf Brandon den Erbauer und die alten Winterkönige zurück. Über Tausende von Jahren herrschten sie von Winterfell aus als Könige des Nordens, bis Torrhen Stark, der Kniende König, es vorzog, Aegon, dem Drachen, die Treue zu schwören, um nicht gegen ihn in die Schlacht ziehen zu müssen. Ihr Emblem ist ein grauer Schattenwolf auf eisweißem Feld. Die Worte der Starks lauten *Der Winter Naht*.

EDDARD STARK, Lord von Winterfell, Wächter des Nordens,
- seine Frau LADY CATELYN, aus dem Hause Tully,
- ihre Kinder:
  - ROBB, der Erbe von Winterfell, vierzehn Jahre alt,
  - SANSA, die älteste Tochter, elf,
  - ARYA, die jüngere Tochter, ein Mädchen von neun,
  - BRANDON, genannt Bran, sieben,
  - RICKON, ein Junge von drei Jahren,
- sein unehelicher Sohn JON SNOW, ein Junge von vierzehn,
- sein Mündel, THEON GREYJOY, Erbe der Iron Islands,
- seine Geschwister:
  - {BRANDON}, sein älterer Bruder, ermordet auf Befehl von Aerys II. Targaryen,
  - {LYANNA}, seine jüngere Schwester, gestorben in den Bergen von Dorne,
  - BENJEN, sein jüngerer Bruder, ein Mann der Nachtwache,
- sein Haushalt:
  - MAESTER LUWIN, Berater, Heilkundiger und Hauslehrer,
  - VAYON POOLE, Haushofmeister von Winterfell,
    - JEYNE, seine Tochter, Sansas engste Freundin,
  - JORY CASSEL, Hauptmann der Garde,

- Hallis Mollen, Desmond Jacks, Porther, Quent, Alyn, Tomard, Varly, Heward, Cayn, Wyl, Gardisten,
- Ser Rodrik Cassel, Waffenmeister, Jorys Onkel,
  - Beth, seine kleine Tochter,
- Septa Mordane, Erzieherin der Töchter Lord Eddards,
- Septon Chayle, Hüter der Burgkapelle und der Bibliothek,
- Hullen, Stallmeister,
  - sein Sohn Harwin, ein Gardist,
- Joseth, ein Stallknecht und Zureiter,
- Farlen, Hundeführer,
- Old Nan, Geschichtenerzählerin, einst Amme,
  - Hodor, ihr Urenkel, ein einfältiger Stallbursche,
- Gage, der Koch,
- Mikken, der Waffenschmied,

– seine wichtigsten Lords und Vasallen:
- Ser Helman Tallhart,
- Richard Karstark, Lord von Karhold,
- Roose Bolton, Lord von Dreadfort,
- Jon Umber, genannt »Greatjon«,
- Galbart und Robett Glover,
- Wyman Manderly, Lord von White Harbor,
- Maege Mormont, die Lady von Bear Island

Die wichtigsten Häuser, die durch Eid an Winterfell gebunden sind, heißen Karstark, Umber, Flint, Mormont, Hornwood, Cerwyn, Reed, Manderly, Glover, Tallhart, Bolton.

Haus Lannister

Blond, groß und stattlich sind die Lannisters, vom Geschlecht der Andalischen Abenteurer, die ein mächtiges Königreich auf den Hügeln und in den Tälern des Westens errichtet haben. In der weiblichen Linie prahlt man mit der Abstammung von Lann dem Listigen, dem legendären Schwindler aus dem Heldenzeitalter. Das Gold von Casterly Rock und Golden Tooth haben sie zur reichsten Familie der Großen Häuser gemacht. Ihr Siegel ist ein goldener Löwe auf rotem Feld. Die Worte der Lannisters sind *Hört Mich Brüllen!*

TWYN LANNISTER, Lord von Casterly Rock, Wächter des Westens, Schild von Lannisport,
- seine Frau {LADY JOANNA}, eine Cousine, starb im Wochenbett,
- ihre Kinder:
  - SER JAIME, genannt der »Königsmörder«, Erbe von Casterly Rock, der Zwilling von Cersei,
  - KÖNIGIN CERSEI, Gattin König Roberts I. Baratheon, Zwilling von Jaime,
  - TYRION, genannt der »Gnom«, ein Zwerg,
- seine Geschwister:
  - SER KEVAN, sein ältester Bruder,
    - seine Frau DORNA aus dem Hause Swyft,
    - ihr ältester Sohn LANSEL, Knappe des Königs,
    - ihre Zwillingssöhne WILLEM und MARTYN,
    - ihre kleine Tochter JANET,
  - GENNA, seine Schwester, vermählt mit Ser Emmon Frey,
    - ihr Sohn SER CLEOS FREY,
    - ihr Sohn TION FREY, ein Schildknappe,

- {Ser Tygett}, sein zweiter Bruder, starb an den Pocken,
  - seine Witwe Darlessa, aus dem Hause Marbrand,
  - ihr Sohn Tyrek, Knappe beim König,
- {Gerion}, sein jüngster Bruder, auf See verschollen,
  - seine uneheliche Tochter Joy, ein Mädchen von zehn Jahren,
- ihr Cousin Ser Stafford Lannister, Bruder der verstorbenen Lady Joanna,
  - seine Töchter Cerenna und Myrielle,
  - sein Sohn Ser Daven Lannister,

- sein Berater Maester Creylen,
- seine wichtigsten Ritter und Vasallen:
  - Lord Leo Lefford,
  - Ser Addam Marbrand,
  - Ser Gregor Clegane, der Reitende Berg,
  - Ser Harys Swyft, Schwiegervater von Ser Kevan,
  - Lord Andros Brax,
  - Ser Forley Prester,
  - Ser Amory Lorch,
  - Vargo Hoat, aus der Freien Stadt von Qohor, ein Söldner

Die wichtigsten Häuser, die durch Eid an Casterly Rock gebunden sind, heißen Payne, Swyft, Marbrand, Lydden, Banefort, Lefford, Crakehall, Serrett, Broom, Clegane, Prester und Westerling.

Haus Arryn

Die Arryns sind Nachkommen der Könige von Berg und Grünem Tal, eine der ältesten und reinsten Linien des Andalischen Adels. Ihr Siegel zeigt Mond und Falke, weiß auf himmelblauem Feld. Die Worte der Arryns lauten *Hoch Wie Die Ehre.*

{Jon Arryn}, Lord über die Eyrie, Hüter des Grünen Tales, Wächter des Ostens, Rechte Hand des Königs, kürzlich verstorben,
- seine erste Frau {Lady Jeyne aus dem Hause Royce}, starb im Wochenbett, ihre Tochter totgeboren,
- seine zweite Frau {Lady Rowena aus dem Hause Arryn}, seine Cousine, starb an einer Wintergrippe, kinderlos,
- seine dritte Frau und Witwe Lady Lysa aus dem Hause Tully,
  - ihr Sohn:
    - Robert Arryn, ein kränklicher Junge von sechs Jahren, nun Lord über die Eyrie und Hüter des Grünen Tales,
- ihr Gefolge und der Haushalt:
  - Maester Colemon, Berater, Heilkundiger und Hauslehrer,
  - Ser Vardis Egen, Hauptmann der Garde,
  - Ser Brynden Tully, genannt Blackfish, Ritter des Tores und Onkel von Lady Lysa,
  - Lord Nestor Royce, Haushofmeister des Grünen Tales,
    - Ser Albar Royce, sein Sohn,
    - Mya Stone, ein Bastardmädchen in seinen Diensten,
  - Lord Eon Hunter, Freier von Lady Lysa,
  - Ser Lyn Corbray, Freier von Lady Lysa,
    - Mychel Redfort, sein Knappe,
  - Lady Anya Waynwood, eine Witwe,

– Ser Morton Waynwood, ihr Sohn, Freier von Lady Lysa,
– Ser Donnel Waynwood, ihr Sohn,
– Mord, ein brutaler Kerkermeister

Die wichtigsten Häuser, die durch Eid an die Eyrie gebunden sind, heißen Royce, Baelish, Egen, Waynwood, Hunter, Redfort, Corbray, Belmore, Melcolm und Hersy.

Haus Tully

Die Tullys haben nie als Könige regiert, doch gehören ihnen seit tausend Jahren reiche Ländereien und die große Burg von Riverrun. Während der »Eroberungskriege« gehörten die Flusslande Harren dem Schwarzen, König der Inseln. Harrens Großvater, König Harwyn Hardhand, hatte den Trident von Arrec, dem Storm King, übernommen, dessen Vorfahren dreihundert Jahre zuvor bis zum Neck vorgedrungen waren und den letzten der alten Flusskönige erschlagen hatten. Als eitler und blutiger Tyrann war Harren der Schwarze bei jenen, die er regierte, nur wenig beliebt, und mancher Flusslord verließ ihn, um sich Aegons Heer anzuschließen. Unter diesen war auch Edmyn Tully von Riverrun. Als Harren und sein Geschlecht im Brand von Harrenhal ausgelöscht wurden, belohnte Aegon das Haus Tully, indem er Lord Edmyn die Länder am Trident zur Herrschaft übertrug und von den anderen Flusslords verlangte, ihm Treue zu schwören. Das Siegel der Tullys ist eine springende Forelle, silbern, auf einem Feld von gewelltem Blau und Rot. Die Worte der Tullys lauten *Familie, Pflicht, Ehre.*

HOSTER TULLY, Lord von Riverrun,
- seine Frau {LADY MINISA aus dem Hause Whent}, starb im Wochenbett,
- deren Kinder:
  - CATELYN, die älteste Tochter, vermählt mit Lord Eddard Stark,
  - LYSA, die jüngere Tochter, vermählt mit Lord Jon Arryn,
  - SER EDMURE, Erbe von Riverrun,
- sein Bruder SER BRYNDEN, genannt Blackfish,
- sein Haushalt:

- – Maester Vyman, Heilkundiger und Hauslehrer,
- – Ser Desmond Grell, Waffenmeister,
- – Ser Robin Ryger, Hauptmann der Garde,
- – Utherydeswayn, Hausmeister von Riverrun,

– seine Ritter und Vasallen:

- – Jason Mallister, Lord von Seagard,
  - – Patrek Mallister, sein Sohn und Erbe,
- – Walder Frey, Lord über den Kreuzweg,
  - – seine zahlreichen Söhne, Enkel und Bastarde,
- – Jonos Bracken, Lord von Stone Hedge,
- – Tytos Blackwood, Lord von Raventree,
- – Ser Raymun Darry,
- – Ser Karyl Vance,
- – Ser Marq Piper,
- – Shella Whent, Lady von Harrenhal,
- – Ser Willis Wode, ein Ritter in ihren Diensten

Zu den kleineren Häusern, die durch Eid an Riverrun gebunden sind, zählen Darry, Frey, Mallister, Bracken, Blackwood, Whent, Ryger, Piper, Vance.

Haus Tyrell

Die Tyrells kamen als Haushofmeister der Könige der Weite zu Einfluss, zu deren Ländern die fruchtbaren Ebenen des Südwestens von den Dornischen Marschen und Blackwater Rush zu den Ufern der Sunset Sea gehörten. Auf weiblicher Linie erhebt man Anspruch auf die Abstammung von Garth Greenhand, dem Gärtnerkönig der Ersten Menschen, der eine Krone aus Ranken und Blumen trug und das Land erblühen ließ. Als König Mern, der letzte der alten Linie, auf dem Feld des Feuers umkam, übergab sein Haushofmeister Harlen Tyrell Highgarden an Aegon Targaryen und gelobte ihm Treue. Aegon ließ ihm Burg und Herrschaft über die Weite. Das Siegel der Tyrells ist eine goldene Rose auf grasgrünem Feld. Ihre Worte lauten *Kräftig Wachsen*.

MACE TYRELL, Lord von Highgarden, Wächter des Südens, Hüter der Marschlande, Hochmarschall über die Weite,
- seine Frau LADY ALERIE aus dem Hause Hightower von Oldtown,
- ihre Kinder:
  - WILLA, ihr ältester Sohn, Erbe von Highgarden,
  - SER GARLAN, genannt der »Kavalier«, ihr zweiter Sohn,
  - SER LORAS, der Ritter der Blumen, ihr jüngster Sohn,
  - MARGAERY, ihre Tochter, eine Jungfer von vierzehn Jahren,
- seine verwitwete Mutter LADY OLENNA aus dem Hause Redwyne, genannt die »Dornenkönigin«,
- seine Schwestern:
  - MINA, vermählt mit Lord Paxter Redwyne,
  - JANNA, vermählt mit Ser Jon Fossoway,

- seine Onkel:
  - GARTH, genannt der »Grobe«, Lord Seneschal von Flighgarden,
    - seine unehelichen Söhne GARSE und GARRETT FLOWERS,
  - SER MORYN, Lord Commander der Stadtwache von Oldtown,
  - MAESTER GORMON, ein Gelehrter von der Citadel,
- sein Haushalt:
  - MAESTER LOMYS, Berater, Heilkundiger und Hauslehrer,
  - IGON VYRWELL, Hauptmann der Garde,
    - SER VORTIMER CRANE, Waffenmeister,
- seine Ritter und Vasallen:
  - PAXTER REDWYNE, Lord über den Arbor,
    - seine Frau LADY MINA, aus dem Hause Tyrell,
    - deren Kinder:
      - SER HORAS, verspottet als »Horror«, Zwilling von Hobber,
      - SER HOBBER, Zwilling von Horas,
  - RANDYLL TARLY, Lord von Horn Hill,
    - SAMWELL, sein ältester Sohn, bei der Nachtwache,
    - DICKON, sein jüngerer Sohn, Erbe von Horn Hill,
  - ARWYN OAKHEART, Lady von Old Oak,
  - MATHIS ROWAN, Lord von Goldengrove,
  - LEYTON HIGHTOWER, Stimme von Oldtown, Lord über den Port,
  - SER JON FOSSOWAY

Bedeutende Häuser, die durch Eid an Highgarden gebunden sind, heißen Vyrwel, Florent, Oakheart, Hightower, Crane, Tarly, Redwyne, Rowan, Fossoway und Mullendore.

Haus Greyjoy

Die Greyjoys von Pyke stammen vom Grauen König aus dem Heldenzeitalter ab. Der Legende nach beherrschte der Graue König nicht nur die westlichen Inseln, sondern das Meer selbst, und nahm sich eine Meerjungfrau zum Weib.

Über Tausende von Jahren waren Banditen von den Iron Islands – von jenen, die von ihnen geplündert wurden, »Eisenmänner« genannt – der Schrecken der Meere, und sie segelten bis zum Hafen von Ibben und den Summer Isles. Sie waren stolz auf ihren Ingrimm in der Schlacht und ihre heilige Freiheit. Jede Insel hatte ihren eigenen »Salt King« und »Stone King«. Unter diesen wurde der Hohe König der Inseln gewählt, bis König Urron den Thron erblich machte, indem er die anderen Könige ermordete, als sie sich zu einer Wahl versammelten. Urrons eigene Linie wurde tausend Jahre später ausgerottet, als die Andalen die Inseln überrannten. Die Greyjoys gingen, wie auch andere Inselherren, Ehen mit den Eroberern ein.

Die Iron Kings dehnten ihre Herrschaft weit über die Inseln hinaus aus, teilten mit Feuer und Schwert Königreiche vom Festland ab. König Qhored konnte wahrheitsgemäß prahlen, sein Befehl gelte »überall, wo Menschen Salzwasser riechen oder den Donner der Wellen hören konnten«. In späteren Jahrhunderten verloren Qhoreds Nachkommen Arbor, Oldtown, Bear Island und einen Großteil der Westküste. Dennoch, als die Eroberungskriege kamen, herrschte König Harren der Schwarze über alle Länder zwischen den Bergen, vom Neck bis Blackwater Rush. Als Harren und seine Söhne beim Sturz von Harrenhal untergingen, sprach Aegon Targaryen die Flusslande dem

Hause Tully zu und gestattete den überlebenden Lords der Iron Islands, ihre alte Sitte wieder zum Leben zu erwecken und den auszuwählen, der unter ihnen den Vorrang haben sollte. Sie wählten Lord Vickon Greyjoy von Pyke.

Das Siegel der Greyjoys ist ein goldener Krake auf einem schwarzen Feld. Ihre Worte lauten *Wir Säen Nicht*.

BALON GREYJOY, Lord über die Iron Islands, König von Salt und Stone, Sohn des Seewinds, Lord Reaper von Pyke,
- seine Frau LADY ALANNYS aus dem Hause Harlaw,
- ihre Kinder:
  - {RODRIK}, ihr ältester Sohn, gefallen bei Seagard während Greyjoys Rebellion,
  - {MARON}, ihr zweiter Sohn, gefallen auf den Mauern von Pyke während Greyjoys Rebellion,
  - ASHA, ihre Tochter, Kapitänin der *Black Wind*,
  - THEON, ihr einziger überlebender Sohn, Erbe von Pyke, Mündel von Lord Eddard Stark,
- seine Brüder:
  - EURON, genannt »Krähenauge«, Kapitän der *»Silence«*, ein Verstoßener, Pirat und Räuber,
  - VICTARION, Oberster Kommandeur der Eisernen Flotte,
  - AERON, genannt »Feuchthaar«, ein Priester des Ertränkten Gottes

Zu den kleineren Häusern, die durch Eid an Pyke gebunden sind, gehören Harlaw, Stonehouse, Merlyn, Sunderly, Bothley, Tawney, Wynch, Goodbrother.

Haus Martell

Nymeria, die Kriegerkönigin der Rhoyne, brachte ihre zehntausend Schiffe in Dorne an Land, dem südlichsten der Sieben Königslande, und nahm Lord Mors Martell zum Manne. Mit ihrer Hilfe bezwang er seine Rivalen und herrschte über ganz Dorne. Der rhoynische Einfluss ist nach wie vor stark. So nennen sich dornische Herrscher eher »Prinz« als »König«. Nach dornischem Gesetz gehen Länder und Titel an das älteste Kind, nicht an den ältesten Sohn. Von allen Sieben Königslanden wurde Dorne allein niemals von Aegon dem Drachen, erobert. Erst zweihundert Jahre später wurde es dauerhaft dem Reich angeschlossen, durch Heirat und Vertrag, nicht durch das Schwert.

Dem friedliebenden König Daeron II. gelang, was den Kriegern misslungen war, indem er die dornische Prinzessin Myriah ehelichte und seine eigene Schwägerin dem regierenden Prinzen von Dorne gab. Das Banner der Martell zeigt eine rote Sonne, die von einem Speer durchbohrt ist. Ihre Worte lauten *Ungebeugt, Ungezähmt, Ungebrochen.*

DORAN NYMEROS MARTELL, Lord von Sunspear, Prinz von Dorne,
- seine Frau MELLARIO aus der Freien Stadt Norvos,
- ihre Kinder:
  - PRINZESSIN ARIANNE, ihre älteste Tochter, Erbin von Sunspear,
  - PRINZ QUENTYN, ihr ältester Sohn,
  - PRINZ TRYSTANE, ihr jüngerer Sohn,
- seine Geschwister:
  - seine Schwester {PRINZESSIN ELIA}, vermählt mit Prinz

Rhaegar Targaryen, getötet während der Plünderung von King's Landing,
- ihre Kinder:
  - {PRINZESSIN RHAENYS}, ein junges Mädchen, getötet während der Plünderung von King's Landing,
  - {PRINZ AEGON}, ein Säugling, getötet während der Plünderung von King's Landing,
- sein Bruder PRINZ OBERYN, die Rote Natter,

- sein Haushalt:
  - AREO HOTAH, ein Söldner aus Norvos, Hauptmann der Garde,
  - MAESTER CALEOTTE, Berater, Heilkundiger und Hauslehrer,
- seine Ritter und Vasallen:
  - EDRIC DAYNE, Lord von Starfall

Zu den wichtigsten Häusern, die durch Eid an Sunspear gebunden sind, gehören Jordayne, Santagar, Allyrion, Toland, Yronwood, Wyl, Fowler und Dayne.

Die Alte Dynastie

Haus Targaryen

Die Targaryen sind das Blut der Drachen, Nachkommen der Herren aus dem alten Freistaat von Valyria, deren Erbe sich in der atemberaubenden (manche sagen unmenschlichen) Schönheit des Geschlechts widerspiegelt, mit veilchenblauen, indigofarbenen oder violetten Augen und silbergoldenem oder platinweißem Haar.

Die Vorfahren von Aegon dem Drachen entkamen dem Untergang Valyrias und dem darauf folgenden Chaos und Gemetzel, indem sie sich auf Dragonstone niederließen, einer Felseninsel in der Meerenge. Von dort aus stachen Aegon und seine Schwestern Visenya und Rhaenys in See, um die Sieben Königslande zu erobern. Um das königliche Blut zu erhalten und für seine Reinheit zu sorgen, folgte das Haus Targaryen oftmals der valyrischen Sitte, Bruder und Schwester zu vermählen. Aegon selbst nahm seine beiden Schwestern zur Frau und zeugte mit beiden jeweils einen Sohn. Das Banner der Targaryen ist ein dreiköpfiger Drache, rot auf Schwarz, wobei die drei Köpfe Aegon und seine Schwestern darstellen. Die Worte der Targaryen lauten *Feuer Und Blut.*

Die Thronfolge der Targaryen
datiert nach Jahren, ausgehend von Aegons Landung

1–37	Aegon I.	Aegon der Eroberer, Aegon der Drache,
37–42	Aenys I.	Sohn von Aegon und Rhaenys,
42–48	Maegor I.	Maegor der Grausame, Sohn von Aegon und Visenya,
48–103	Jaehaerys I.	der alte König, der Schlichter, Aenys' Sohn,

103–129 Viserys I.	Enkel des Jaehaerys,
129–131 Aegon II.	ältester Sohn des Viserys, [Der Aufstieg Aegons II. wurde ihm von seiner Schwester streitig gemacht, die ein Jahr älter war als er. Beide kamen in dem Krieg um, den die beiden gegeneinander führten und den die Sänger den Drachentanz nennen.]
131–157 Aegon III.	der Drachentod, Rhaenyras Sohn, [Der letzte Drache der Targaryen starb während der Regentschaft Aegons III.]
157–161 Daeron I.	der Junge Drache, der Kindkönig, ältester Sohn Aegons III. [Daeron eroberte Dorne, war jedoch nicht in der Lage, es zu halten, und starb jung.]
161–171 Baelor I.	der Geliebte, der Gesegnete, Septon und König, zweiter Sohn Aegons III.,
171–172 Viserys II.	vierter Sohn Aegons III.,
172–184 Aegon IV.	der Unwerte, Viserys' ältester Sohn, [Sein jüngerer Bruder, Prinz Aemon der Drachenritter, war Vertrauter und, wie manche sagen, auch Liebhaber der Königin Naerys.]
184–209 Daeron II.	Königin Naerys' Sohn, von Aegon oder Aemon, [Daeron holte Dorne ins Reich, indem er die dornische Prinzessin Myriah heiratete.]
209–221 Aerys I.	zweiter Sohn Daerons II., hinterließ keine Nachkommen,
221–233 Maekar I.	vierter Sohn Daerons II.,
233–259 Aegon V.	der Unwahrscheinliche, Maekars vierter Sohn,
259–262 Jaehaerys II.	zweiter Sohn Aegons des Unwahrscheinlichen,
262–283 Aerys II.	Der Irre König, einziger Sohn des Jaehaerys

Schließlich endete die Ahnenreihe der Drachenkönige, als Aerys II. entthront und getötet und sein Erbe, der Kronprinz Rhaegar Targaryen, von Robert Baratheon am Trident erschlagen wurde.

Die Letzten der Targaryen

{König Aerys Targaryen}, der Zweite Seines Namens, von Jaime Lannister während der Plünderung von King's Landing erschlagen,

- seine Schwester und Frau Königin Rhaella aus dem Hause Targaryen, verstorben im Wochenbett auf Dragonstone,
- ihre Kinder:
  - {Prinz Rhaegar}, Erbe des Eisernen Thrones, von Robert Baratheon am Trident erschlagen,
    - seine Frau {Prinzessin Elia} aus dem Hause Martell, getötet während der Plünderung von King's Landing,
    - ihre Kinder:
      - {Prinzessin Rhaenys}, ein junges Mädchen, getötet während der Plünderung von King's Landing,
      - {Prinz Aegon}, ein Säugling, getötet während der Plünderung von King's Landing,
  - Prinz Viserys, nennt sich selbst Viserys, der Dritte Seines Namens, Lord der Sieben Königslande, genannt der »Bettlerkönig«,
  - Prinzessin Daenerys, genannt Daenerys Stormborn, eine Maid von dreizehn Jahren.

Danksagung

Man sagt, der Teufel läge im Detail.

In einem Buch von diesem Umfang finden sich eine *Menge* Teufel, von denen jeder einzelne zubeißt, wenn man nicht aufpasst. Glücklicherweise kenne ich einige Engel.

Mein Dank und meine Anerkennung gelten daher all jenen freundlichen Menschen, die mir ihre Ohren und Fachkenntnisse (und in manchen Fällen ihre Bücher) geliehen haben, damit ich all die kleinen Details richtig machen konnte – Sage Walker, Martin Wright, Melinda Snodgrass, Carl Keim, Bruce Baugh, Tim O'Brien, Roger Zelazny, Jane Lindskold, Laura J. Mixon und natürlich Parris.

Und ein besonderer Dank geht an Jennifer Hershey für unbeschreibliche Mühen …

Die

vo

Win